[云荒]

YUN
HUANG

羽

Yu

CANGQIONG
ZHIJIN

卷四

苍穹之烬

大结局

沧月·作品

时代文艺出版社

[目录]

序章 • 001

第一章　剑圣之剑 • 007

第二章　毕生之敌 • 019

第三章　雪中之血 • 042

第四章　分崩离析 • 058

第五章　迢迢西去 • 083

第六章　沧流东归 • 097

第七章　地宫血祭 • 125

第八章　星陨空寂 • 151

第九章　溯流而上 • 167

第十章　烽烟四起 • 189

第十一章　黑云压城 • 207

第十二章　钢铁骨骼 • 221

第十三章　深海诡变 • 240

第十四章　孤岛惊魂 • 259

第十五章　轮回永在 • 275

第十六章　缘起缘灭 • 293

第十七章　千年之恋 • 316

第十八章　王者之归 • 335

第十九章　傀儡之城 • 355

第二十章　彼岸之光 • 381

终曲 • 397

后记 • 417

[序章]

满月之夜，云浮城在夜空中随风无声飘移，掠过明月。

九天之上，空城寂静，无数的方尖碑林立，仿佛一座巨大的墓园。细细看去，这些碑上都刻着不同的名字，标注着起与止的时间——这里面的每一个，都是曾经生活在这座云浮城里的纯血翼族——天地之间拥有最高智慧的一族。

然而，随着时间的流逝，此刻的他们都已经选择了永久的沉睡。

不生不灭，与天地同在。

那些洁白的石碑不知道是用何种材质雕刻而成，晶莹通透，每一块上都隐约透出一个人影：站立着，双手交叉在胸前做出飞翔的姿势，肩后的翅膀却是垂落的。那些影子似乎被镶嵌在了墓碑里，似有若无，惟妙惟肖，千姿百态，居然无一个相同。

这，是那些纯血翼族在消失之前留下的唯一"实形"。用了秘术，每个灵魂离开躯体那一瞬间的姿态被凝固，投射在了碑里，象征着肉身已灭，而魂魄将继续飞翔，与天和地融为一体——这也是九天上云浮城里的纯血翼族所追求的最高境界。

【云荒】

羽
Yu
CANGQIONG
ZHIJIN
卷四
苍穹之烬
大结局

002

此刻，在这座已经空置了千年的天空之城里，唯一活着的，是一个少女。

"不生不灭，与天地同在？无不无聊呀？"琉璃看了半天，从那些碑前直起了身，忍不住嘀咕了一声，"有实体多好，可以做这个做那个，可以吃喝玩乐——这些人为什么一个个都不愿意转生轮回呢？"

万籁俱寂，没有一个人回答她。

这是她来到这座城市的第六十七个夜晚。按照姑姑临终前的嘱托，她在黯月之夜展开翅膀，带着隐族所有人的魂魄，竭尽全力飞上了这座九天之上的城市。然而，偌大一座城里，却只有她一人。

她在那些古老而巨大的方尖碑之间孑身独行，看着一个又一个离去的族人存在过的记录——这个传说中的故乡已经是一座空城，像极了一片偌大的墓地。

忽然间，琉璃眼前一亮，"咦？"

映入眼帘的是一座奇特的三联碑，比普通的碑高大，上面的字显然是新刻上去的，显示着碑的主人刚刚离去不久。

她忍不住念出了上面刻着的名字：曦妃、慧珈、魅婳。

念出这三个名字的时候，琉璃的心跳忍不住快了几拍——是的！这就是传说中的云荒三女神吧？就是她们，将尚未孵化的她托付给下界隐族的？

她惊喜地摩挲着碑面，却发现这三座方尖碑和其他的并不一样，上面并没有人影。她心里不由得一惊：怎么回事？难道三女神并没有死？

然而很快，碑下刻的一行小字跳入眼中：

> 浩然万古，诸神寂灭。吾等三人将于万年后转生云浮，
> 必不令此城永空。
>
> ·

"一万年后？翼族转生的时间可真是长啊……"琉璃算着时间，不由得颓然叹了口气——这么说来，这座城里没有人可以陪她了，她再也忍不住心里的沮丧，倏地张开背后金色的双翼，凌空飞起，落到了云浮城最高的那座方尖碑顶端。

那是云浮城的开创者尚昊的碑，上面留着一个孤独的剪影，不是和其他族人的影子一样仰望天空，而是微微垂着头，似乎在俯视着脚下的大地。

看来，大城主尚昊在离开前，也在思念着自己唯一的妹妹吧？那个被他驱逐出云浮城、永生永世在大地上轮回漂泊的少城主离湮——他，是否后悔过呢？

那一刻，琉璃忽然想起了一件还没有做的事情。

是了，如今，是到了自己来纠正这个万古前的错误的时候了！

琉璃收了翅膀，落回地面，在这偌大的城市中奔跑，穿过落满灰尘的长长玉阶，推开空无一人的宫殿大门。空荡荡的王座上，横放着一支尘封已久的金色权杖——她毫不犹豫地伸出手。就在这一瞬间，那权杖仿佛活了一样凌空飞起，自动跃入了她手中！

"应该是这么用的吧……"她竭力回忆着姑姑曾经的嘱托，摘下颈上的双翼古玉，在手里比画着。突然，手中一震，那块古玉倏地化作一道光，围绕着权杖飞舞，最后停驻在杖头，咔嚓一声嵌入，严丝合缝！

"啊……原来它自己会动！"琉璃松了口气。

当古玉镶嵌入权杖之后，金色的权杖上倏地延展出了双翼，发出了明艳的光华——那一点光似乎瞬间点燃了整座城市，从一处折射到另一处，纵横交错，仅仅一瞬间，沉寂黑暗的空城立刻变得璀璨夺目！

这……这是怎么回事？闯入宫殿的少女吃惊地抬起了头，发现悬浮在云浮城顶上的是无数巨大的镜子。那些镜子每一面都呈现出奇特的弧度，如同天穹一样簇拥着这座云端的城市——而那些镜子的聚光中心，居然就是云浮王宫里的王座！

在握住权杖的那一瞬间，无数的光芒折射而来，簇拥着她，就如整个九天星辰都在向新生的、无上的王者行礼一样。

琉璃在光芒的中央看着这一切，目眩神迷。

这就是所谓的"燃灯"仪式？作为最后一个纯血的翼族，她点亮了这座空城，成为了云浮城的新主人——就如姑姑所说的那样："用苍穹之光，为你加冕。"

"现在，我变成翼族的王了，是吗？"她小声地问自己，看着手

【云荒】

羽
Yu
CANGQIONG
ZHIJIN
卷四
苍穹之烬

大结局

004

里的权杖，生怕惊动了什么，有些雀跃，"那么，我可以去做姑姑叮嘱我做的事情了？"

在隐族覆灭之前，姑姑曾经叮嘱过她两件事：第一件事，就是将那些隐族人的灵魂从大地上携来，安放在这座城市中的蕴灵池里——那是翼族人孕育新生命的所在。只要把隐族人的三魂六魄放在那里，等转生时间到来后，他们这一族就可以在九天之上复兴了。

这么多年来隐族抚育的恩情，她终于得以回报。

如今，她应该去做姑姑嘱托的第二件大事了。

琉璃握着权杖，打开了翼族王宫最深处的那道门。在尘封了千年的密室里，有一盏华丽的水晶灯盏——灯上没有火焰，只有三缕纯白色的光，如同活着一样轻轻舞动，旋转着相互萦绕，透出一种洁净安宁的气息来。

那是姑姑用生命保护下来的东西：云浮城前任城主——离湮，飘散于天地间的三魂。

在万古之前，这魂魄的主人身为至高无上的纯血翼族副族长，却因为关心大地上卑微的人类、插手下界兴亡而触怒了自己的亲兄长，被大城主尚昊打入了下界，背负了生生世世的诅咒：只要与人类的情感未曾断绝，她都必须永生在人界轮回，历经背叛和悲伤，被这片大地不停伤害，也不得再返回云浮城。

在这样漫长的时间里，尽管变换了无数次外形和身份，但少城主始终承受着诅咒带来的痛苦，从无善终——在上一世，当两个朝代交替、天下动荡生灵涂炭时，她转生为空桑女剑圣慕湮，亲手封印了化身为魔的弟子云焕。

这个轮回似乎永无结束。

如今，这座城市迎来了新的主人，她终于可以结束这一切了。

在合掌默默祝颂后，琉璃拿起了象征着云浮城城主身份的权杖，轻轻点了那缕纯白的光华上，稚嫩的声音里透出一种肃穆庄严——

"我，翼族之主——琉璃，以新任云浮城城主的身份宣布，即刻解除一切加诸您身上的诅咒。从此，您将翱翔于天，无所畏惧！"

当咒语吐出的那一刹那，那三缕魂忽然动了，仿佛解除了束缚，瞬间向着三个方向飘散开来，宛如一朵美丽的纯白色花朵在瞬间绽放！

那些光散开后又瞬间聚拢，凝成一束，围绕着琉璃飞舞了一圈，似在无声地致谢，然后飘向了那些林立的方尖碑，依次掠过那些长眠的族人，似在和这些万古之前熟悉的朋友无声地叙旧追缅，最后，在那座最高的碑前长久停驻。

那是创造这座天空之城的初代城主——尚昊。

那道光环绕着这座碑，一遍又一遍，掠过那个影子的胸膛和脸颊，久久不散——就像是一双手紧紧拥抱着暌违已久的亲人。

"哥哥。"那一瞬，琉璃似乎听到了空城里传来一声叹息。

"离湮城主？"她忍不住失声呼唤那个刚获得解放的灵魂。然而那道光散开了，在尚昊的碑旁萦绕了三圈，如同箭一样掠上，俯瞰了整个空旷的云浮城一眼，发出了一声幽幽的叹息——然后，头也不回地冲下云霄，向着九天之下而去，旋即隐入深深的暗夜。

看来，获得了解脱的少城主还是毫不犹豫地去了云荒，再度投身万古以来就令她牵挂的洪荒大地。九天之下，那片人类世界里，一定还有她深深牵挂着的东西吧？历经了千难万劫，却始终不曾忘记。

琉璃手握权杖，怔怔地看着黑沉沉的夜空，直到那三缕光再也看不见，才低下头轻轻地叹了口气，忽然觉得这座城市寒冷入骨。

是的，当初姑姑所嘱托的，她都一件一件完成了，如今已经没有任何东西可以约束她了，既然无法忍受这样冷清孤寂的生活，便可以自行展翅返回大地，这中间没有什么阻碍。

可是，她为什么又要回去？

琉璃抬起头，巨大的圆月就在头顶似乎不足一百丈的地方，澄明如镜，仿佛能映照出人的脸。她怔怔地抬起头来，凝视着这从未见过的巨大的月亮，肩后的翅膀微微动了一下，却没有再度飞起——虽然看上去她只要一跃身就能触摸到圆月。

到这里已经两个多月了，她曾经无数次想过从这个空城离开，但每次站在高处远眺大地，她都会犹豫——是啊，回去干什么呢？那片大地上早已没有了值得自己留恋的东西。

琉璃忍不住低下头去凝望着黑暗中的大地。在九天上的云浮城看过去，凡人居住的下界在六合的彼端，早已渺如烟海——她睁大眼睛，却什么都看不见。但一片黑暗中，却浮现出了那个有着水蓝色长发的鲛人的容颜，远远近近，时隐时现。

在遥远的天上，她俯视着下界，终于想起了自己和他第一次相遇的情景——那是在迷墙背后的狷之原。他曾经和她倾诉过那么多尘封已久的往事，从半夜到黎明，连宵语未息，她甚至记得他藏在暗影里的侧脸，和依稀中滑过面颊的泪痕。

——后来，他封印了她的这一段记忆，直到她在云荒和他再度相遇，都不记得曾经有过的第一次邂逅。直到今天，她飞上了九天，成为了翼族之王，超越了星辰和轮回，所有在凡世时被封印的瞬间复苏，一切历历在目。

原来，那就是他们的第一次相遇；原来，自己并不是对这个人有莫名的熟悉，一见钟情——在那一见之前，他们早已相遇过。

可是，即便是明白了这一点，如今还有什么意义呢？

山长水远，天地迢迢，一别之后恐怕再无相见之期。

此刻，他应该也在下界继续奔走吧？可是，那是另一个世上正在进行的事，和已经飞上了九天的她又有什么关系呢？

琉璃轻轻叹了口气，握着权杖，在空空的王座上蜷起身体，将金色的羽翼聚拢在双肩上。那双巨大的羽翼似乎是一双温暖的手，将她小小的、单薄的身体裹住。她闭上了眼睛，努力想要睡去，然而脑海里全是那个影子，远远近近地浮现，怎么也无法抹去。

"滚出去啊，不要再出现了！"琉璃忍不住低低叫了起来，烦躁地掩住了脸，似乎想把自己藏起来。然而那个影子却更加清晰地浮现在眼前，用深碧色的眼眸凝望着她。那是他离开时的最后一个眼神，疏离而隐秘，似乎藏着无限心事。

"呜……"有泪水止不住地从指缝里滑落。那一刻，九天上空无一人的城池里，传出了一个女孩无助的啜泣声。

没有人听得见她的哭声。

然而，刚成为云浮城城主的她，不知道的是，就在她飞上九天的短短两个多月里，九天之下的那片大地上，已经风云突变。

[第一章]

剑圣之剑

白帝十九年二月，北越郡的雪城，寒风呼啸。

啪的一声，窗户开了。风卷着雪从窗户的缝隙里吹了进来，紫金炉上的火苗摇了一摇。一双枯黑的手搁在羊皮羔子的软褥上，软软地垂下，正凑在火旁取暖。此刻风一吹，火舌猛然一晃，舔了上去——而那双手僵僵地伸着，居然没来得及避开。

更奇怪的是，被火灼烤着，那双手的主人居然没有发出一声痛呼。

"哎呀！"旁边的一个小丫鬟正忙着去关窗户，一看见连忙回身。她刚将紫金炉挪开，便听到一个声音在耳后冷叱："废物！怎么这样不小心？"

她猛然一哆嗦，连忙颤声道："对不起，主人……"

"滚！"不等她说完，一掌挥过来，将她抽到了一边。

门外走进来的是一个男子，穿着白色葛衣，高而清瘦，神色冷峻，脸上每一根线条都如风霜镌刻而成，眼神如刀剑一样凌厉，令人不敢与其对视。他进来时脚步很轻，几乎听不到声音，右手还端着一碗汤药。然而在抬起左手把人打飞出去时，那碗满满的药汁居然纹丝不动！

他连看都不看那个丫鬟一眼，把药放在火炉旁的案子上，迅速地拉起了那双被烫伤的手察看——那双枯瘦焦黑的手上结满了疤，狰狞扭曲，五指甚至无法并拢。新伤和旧伤叠在一起，触目惊心。

"该死……这到底什么时候才能复原？"那人低声咒骂，眉间有煞气一掠而过，"难道真的要逼我按照那个见鬼的方子来吗？"

掌心那只手微弱地动了一下，似乎想要缩回去。

"醒了？"他脸有喜色，抬头看去。

那个缩在白狐裘中的女子果然微微睁开了眼睛，看着他，又看了看室内，似是不知道置身何处。那张脸是令人恐惧的——仿佛被什么燃烧的东西猛烈地迎头砸过，左半边脸已经化成了焦炭，而另外半边完好的脸却美丽如仙子。

"今天有没有感觉好一些？房间里够暖和吗？"他开口问，语气尽量温和。

那个女人没有回答，只是用一种茫然的眼神看着眼前的人，将身体微微往后缩了一下，似乎觉得对方身上有着一种令人不舒服的煞气——天下第一的杀手之王，即便是刻意收敛隐藏，还是令人警觉。

"来，喝药吧，喝了就会好了。"北越雪主叹了口气，从案子上拿起那碗药，另一只手将她连着狐裘扶了起来，"这是我找雪城里最好的大夫给配的药。"

她被包在狐裘里，很轻，仿佛一片羽毛一样，皱着眉扭开头，似乎想躲开他递来的碗。他有些不耐烦，抬起左手按在了她的神封穴上，将她扶起在臂弯里。碗到了嘴边，她不情愿地低下头喝药，然而左边嘴角也结了痂，口唇只能张开一线。

毕竟没有做过这种照顾人的细致活儿，喂得急了一点，药汁便顺着女人的嘴角流了下去，将雪白的狐裘染污了一片。北越雪主有点狼狈地连忙将碗放到案子上，拿来手巾替她抹去。然而一离开他的扶持，那个女子便立刻瘫了下来，重新在狐裘里缩成一团，急促地咳嗽起来。

他怔怔地看了片刻，只觉一股浊气从胸口涌起，啪的一声，竟将药碗狠狠地砸在了地上——空桑剑圣门下最优秀的女弟子，居然变成了这个样子！

在帝都那场乱局中，他冒着大险，从深宫大火里将殷夜来救了出来。当时她被压在一根巨大的燃烧着的横梁下，几乎成了火人。趁着一片混乱，他用一具宫女的尸体替代了她，将她放在棺里带出了帝都，从叶城连夜北上，回到了昔日的故乡雪城。

他本以为只要她能活下来，自己便能得到梦寐以求的剑圣绝学——然而，没想到逃出帝都后遍请名医，用了九牛二虎之力，如今的她竟然还是这种不死不活的状况。已经三个月了，方圆三百里内最好的医生都被他请来过，什么贵重的药材都用过，她却还是这样人不人鬼不鬼的样子——难道这个女人真的是从此残废了？

一想到这里，他禁不住有些不耐烦起来，霍地一把将那个委顿的女子扶起，将一物塞到她手里，厉声道："看，这是什么？这是我从大火里给你带回来的光剑！来，握紧了！"

她只是茫然地看着他，手指毫不反抗地握上。然而他的手一松开，她的五指便立即无力地松开，那把光剑就从她焦黑扭曲的手指间滚落——她，竟然连一把剑都握不住了。

北越雪主看着这一幕，心中越来越烦躁，转身便走了出去。那个小丫鬟正好急匆匆地捧着烧伤药走进来，一个避让不及，"啊"的一声撞了上去，手里的药膏糊在了他的胸口。

"蠢货！"北越雪主心下烦躁，杀气一升，手直接就扼向了对方的颈部要害。

他扣住丫鬟的脖子，对方连一声都叫不出来。他一甩手一发力，就要掐断对方筋脉。然而就在那一瞬间，只听轻微的唰的一声，一股冷意从旁掠来，直刺他肘后的大穴！北越雪主一惊之下，扔下了手里的人，霍然回身。

"谁？"他低斥，杀气凝聚。

房间里没有其他人，唯有那个伤病垂死的女子靠在榻上，披着厚厚的狐裘，脸色苍白，一动不动——只是她的手里，竟然不知何时已经重新握住了那把掉落的光剑。

殷夜来没有表情，只是对着吓呆了的丫鬟说了两个字："快走！"

小丫鬟回过神来，尖叫着捂着脖子站起来，跟跄着不顾一切地跑了出去。

眼看着对方跑出去，那个女子强自撑着的一口气终于散去，身体往后一靠，软软地倒了下去，手指无力地松开，那把光剑重新滚落。

北越雪主没有去追逃跑的丫鬟，站在那里怔了一怔，忽然明白过来，不由得狂喜——剑气！刚才袭来的，竟然是一缕剑气！

"刚才，是你从我手下救了那丫头？"他几步回到榻前，看着榻上的女子，嘴角难以抑制地浮现出一丝笑意，"空桑女剑圣殷夜来——你，终于醒过来了？"

蜷缩在狐裘里的女子抬起头来，一直茫然的眼神已经悄然改变，凛然生辉，宛如一把凝聚的光剑！那一刻，北越雪主下意识地往后退了一步，不禁吸了一口气——是的，这才是空桑女剑圣该有的眼神！这才是足以和他匹敌、纵横天下的剑技！

"太好了！"他忍不住笑了起来，"我就知道你不会这样废掉！"

那一刻，他喜极，居然一把将她打横抱了起来，像个孩子似的在房间里转了一圈，然后倏地一个回身，把狐裘包着的女子放回了榻上。

"快，教我吧！我可以拜你为师！"北越雪主毫不犹豫地跪倒在榻前，抬头看着殷夜来，眼神急切而热诚。

"收你为徒？"殷夜来凝视着他，化为焦炭的脸上看不出丝毫表情。

"是啊！要不然我救你干吗？"北越雪主看着她。

"剑圣门下世代有男女两位剑圣，传承不同的剑技，刚柔并济，如日月相互映照。"殷夜来淡淡地道，语气平静，并无丝毫讥讽，"我这一脉的剑技从来只传给女弟子。你是个男人，怎么也觊觎起这个来？"

"剑技是没有界限的！慕湮剑圣当年不也收了破军当关门弟子？"北越雪主却丝毫不动摇，"我是你的救命恩人，你如今九死一生，难道不肯收我这个徒弟？何况，我的资质又不差！"

"呵，资质不差？太谦虚了吧。"殷夜来摇了摇头，轻声冷笑，"你的剑技……咳咳，早已不在我之下，如今只怕说是天下第一……咳咳，也未必不可能。"

"但剑技永无止境。"北越雪主想起了多年前的往事，颇为惋惜，"昔年我曾经登门向令师兰缱剑圣以及灵飞剑圣讨教过一次——你知道吗？能学习剑圣之剑，乃我一生最大的愿望！"

殷夜来咳嗽着，问："那么……咳咳，你、你有想过两位师父昔年为何不肯收你吗？"

"是啊，我也一直在想这个问题。"北越雪主抬起头，眼神有些迷惑，"当年令师和我交过手后也非常赞许，说我的资质是其一生所仅见，可为何最终将我拒之门外，却收了清欢那个酒囊饭袋？"

她看着他，嘴角露出了一丝冷笑，"因为师父早就看出来了——你不配。"

北越雪主脸上的表情忽地凝滞了，眼神重新阴冷起来。忽然间，他冷笑一声，出手如电，一把捏紧了对方的肩。殷夜来想要往后避让，然而重伤的身体却无法动弹。

"他们说我不配？"他冷笑起来，眼里终于露出了凶光。

"是的。"殷夜来却毫不退缩。北越雪主吸了一口气，似乎强行压下了某种杀意，一字一字地问："那么，你说呢？"

殷夜来直视着那狼一样凶狠的双眸，丝毫不退避，"依然不配。"

北越雪主脸色一变，手下情不自禁地加力，只听咔嚓一声响，几乎将她的肩骨生生捏断。他哑着嗓子，低声问："为什么？"

殷夜来冷冷看着对方，"就凭你刚才那么对待区区一个下人。由此可见，当你掌握了超出凡人的力量，成为剑圣后，你又会怎么对待那些力量远不如自己的人。"

北越雪主听着，眼神复杂地变幻，似是不知怎么辩解。

"这些很小的事情，却是人性善恶的分水岭。"殷夜来摇了摇头，咳嗽着，"而你的本性已让人一目了然……咳咳……剑圣门下，怎能容许一个如此暴虐嗜血之徒？"

"暴虐？嗜血？"他冷笑起来，眼里那种愤怒和不平再度泛滥，"你知道什么！在这个弱肉强食的世界，我活下来了！这就是一切！我不杀人，人必杀我！"

"真是冠冕堂皇的借口。刚才那个小丫头呢？她妨碍你了吗？她难道会杀你？"殷夜来冷笑，"不，北越雪主，不要找借口，如今你杀人，早已不是为了自保，而完全是为了满足内心的杀戮欲望！所以……"

重伤垂死的女子仰头看着他，眼神锋利如剑，"所以，兰缬师父传给我剑圣之剑，我不能交到这样一双手上！"

北越雪主无言以对，忽然烦躁地一把将她拉了过来，恨恨地看着她，"事到如今，你还敢和我说这样的话？要知道，你自己现在的情况可并不比那个丫头好多少！"

"我知道，如今的我的确是俎上之肉。"被一手拖起，毫无反抗之力，殷夜来却笑了，"但是，有一点你料错了——刚才那个小丫头，她是怕死的。而我，却不怕。"

北越雪主忽地站起，眼神森冷，语气都透出一股杀意来，冷笑道："说得轻巧！你能忍受多大痛苦？信不信我一寸寸捏断你的骨头，让你求生不得，求死不能？到时候，只怕你会恨不得自己在帝都大火那一夜就死去！"

"尽管试试吧。"她却毫不在意，忽然用尽剩下的力气，将身上那一袭白狐裘扯了下来——看到她的模样，那一瞬，连北越雪主的瞳孔也忍不住收缩了一下。

眼前这个女子的身体被无情的烈火焚毁过，上下缠满了绷带，每一寸肌肤都涂满了药膏，渐渐结疤的身体上宛如爬满了无数蜈蚣，惨不忍睹。她看着他，忽然间默不作声地抬起手，直接放在了紫金炉上。

炉火正旺，绷带被焚毁了，火焰直接舔舐到了肌肤，发出焦煳的味道。

"你想做什么？"他倏地出手，紫金炉刹那被掀翻。

手上血肉模糊，她的表情却丝毫不变，转头看着他，淡淡道："看出来了吗？那一场大火，已经烧毁了我身上几乎所有的皮肤，断了所有经脉——如今，我已经连痛感都没有了。"

北越雪主怔住，一时间说不出话来。

"看吧，我已经是这样一具活死人的躯体了，"她微笑着，然而布满疤痕的脸却可怖异常，"你，还能怎么折磨我呢？"

北越雪主看着她，手指几度握紧又松开，迸发的杀意都被硬生生地压了下去——这个重伤垂死的女人眼里有如此无惧的光芒，那种力量，竟然令这个冷血的杀手都无可奈何。

"唉……"终于，他身上的杀气散开了，低下头从地上捡起了那一袭白狐裘，将她重新包裹了起来，低声道，"别冻着了。先把身体养好——其他慢慢再说。"

他宛如包一个偶人一样将她包了起来，动作温柔，小心翼翼，末了还低下头细心地将带子一根根地系好，苦恼地低声道："你到底要怎样才肯教我剑技呢？我可以向你发誓，入了剑圣一门后绝对不再乱杀人。我会洗心革面，做一个为天下苍生拔剑的剑客。"

"是吗？"她并没有被那种眼神所动，淡淡开口，"没有人会相信一头狼的誓言——我早就听说过你是怎样一个人。蔑视生命，没有敬畏和怜悯的人，同样也是没有信义可言的。"

听到这样的话，北越雪主眼里又掠过一丝凶狠的神色，手指一用力，手上的带子啪的一声被扯断。

"你看，你根本无法控制你心里的杀意。"殷夜来微微笑了一下，"当你一遇到挫折，稍不顺心，就只会想到用剑来让对方臣服——这样的性格，或许是源于先天，或许是出于后天，但无论如何都是极端危险的。我不能让你这只手握住剑圣之剑。"

他看着她，眼里的那抹凶狠渐渐消散，忽然间松开了手，双膝点地，将双手按在了自己的膝盖上，低下头来，郑重地行了一个大礼！

"求求你。"他低着头，"求求你了！"

这样的语气，令殷夜来不由得愕然。北越雪主深深行礼，语气变得软弱而哀婉，"我这一生并无其他目标，只为追求最高的剑技——殷仙子，你也是当世一流的剑客，应该能体会我这种心情！你……你就不能成全我吗？"

"如果你不相信我，可以对我下毒、下蛊，只要我违逆了你的心意，你随时取走我的性命就是！这样你总可以放心了吧？"

那一瞬，他的眼神竟让她微微一动。

那是灼热的、渴望的、极其纯净，也极其诚挚的。那双眼里透出的是无坚不摧的执念，可以为剑而生、为剑而死——是的，她可以想象，如果有着这样一颗心的人继承了剑圣之剑，本门剑术必然光芒万丈，无人可挡！

"我不会辜负你的期望，也一定会守住自己的诺言，剑圣一门的声誉绝对会因我而更加隆盛。"他一字一字地许下诺言，望着她，"我也会竭尽全力地报答你——我会治好你，送你回到白墨宸身边，你想要的一切我都会赴汤蹈火为你做到。"

听到"白墨宸"三个字，狐裘里的女子猛然颤抖了一下，却下意识地摇头，用焦黑的双手抚在心口，似是极痛苦地将身体蜷缩了起来。

"不，"她低声喃喃，"我不想再见到他。"

"白帅他刚刚写了休书，和悦意公主仳离，天下为之震惊。你知道吗？"北越雪主开口道，看着殷夜来吃惊地抬起头，便缓缓地将这段时间以来的局面逐一道出，"那日帝都内乱后，诸王势力均被削弱，最后居然让白墨宸乱中取胜，辅佐悦意公主登了基——他原本可以做摄政王，君临天下，却提出了和已经当上女帝的妻子仳离，挂冠而去！"

"啊？"她忍不住低低脱口，"他这是——"

"真是一个拿得起放得下的男人啊……"北越雪主也忍不住叹息，"你们曾经付出了那么惨烈的代价，却还是分隔两地，如今劫后余生，难道你不想和他团聚吗？"

殷夜来微微颤抖着，没有说一句话，只是咬着牙摇了摇头。

"你不想？"北越雪主有些意外地看着这个女子，不知道她心里到底在想什么。许久，才听她低声问："那么……镇国公府慕容氏呢？慕容隽……他如今怎样了？"

"慕容氏？"北越雪主摇头，有些没有把握地回答道，"白墨宸恨极了慕容家，在杀出帝都重围之后，一度派兵包围镇国公府，准备将其满门上下诛灭。"

"啊？！"殷夜来忍不住失声惊呼，"他……他，难道杀了慕容隽？"

看到她惊惶的眼神，北越雪主笑了笑，"不，最后在广漠王九公主的劝阻下，白帅还是放了慕容氏一马，但慕容隽却就此不知下落，如今镇国公府也交由慕容逸掌管了。呵，对了，听说悦意女帝还准备下嫁慕容逸呢，看来镇国公府日后的荣华不用担心了。"

殷夜来微微松了一口气，再也无法支持，身体沉重地靠在了榻上，只觉得有无尽的疲惫。是的……那场轰轰烈烈的大戏，终究是落幕了。帝都内乱之后，所有人都各奔前程，迎接各自的命运，生死殊途，再无瓜葛。

无论是墨宸还是隽，他们终将继续属于他们自己的人生——唯有她不一样。大火中，她的一生已经结束了，就这样不死不活、不人不鬼，永远无法返回阳世。

"看来你很惦记他们。"北越雪主看着她的表情，说道，"如果你肯收我为徒，等治好了你的伤，无论你想要去找白墨宸还是慕容隽，我都会把你送到他们身边。"

他看着她的表情，谨慎地开口，不偏向任何一个男人——眼前这个女人的年龄和自己相仿，却经历过如此多的风浪，如今她心里到底想的是什么，他居然无法揣测。

殷夜来摇着头，从镜子里看着自己罗刹一样可怖丑陋的脸，低声叹息："不……就这样吧！我不要再回到任何人身边了。无论是安菫然还是殷夜来，都已经死在了帝都那场大火里。"

是的，一切就应该终结在那一日，又何必多生是非？

如今的她已然成为焦炭枯木一样的废人，容貌尽毁，躯体成炭，饮食起居都无法自理。而以白墨宸或慕容隽的性格，一旦得知她还活着，定会不惜代价来找她，并且将这个负担一辈子背负下去。

够了。这一生相互羁绊已深，如今好不容易作了个了断，就不要再纠缠下去了。

"那好。如果你不愿意去找他们，我也可以养你一辈子。"北越雪主看着她，"我会安顿你，照顾你，尊敬你，尽我的一切能力陪伴你走到生命尽头——只要你答应教我剑术，我甚至可以做你的任何人。"

"不，我不要任何人。"她淡淡地道，"我愿意就此死去。"

听到这个回答，仿佛耐心终于用尽，北越雪主猛地一拍桌子，站了起来，厉声道："不可以！你如果就这样死了，剑圣之剑怎么办？它必须传承下去！"

剑圣之剑？殷夜来看着这个名动天下的杀手之王，叹了口气。

她知道自己的身体情况，当然也明白自己处于垂危的边缘，随时可能死去，而剑圣门下虽然有《九问》《六诀》等秘籍传世，但真正的精华却不在纸上，而是靠着师徒一对一地口耳相传，甚至心领神会来传承的。

作为空桑女剑圣，她继承了兰缣师父的剑技，和清欢继承的灵飞剑圣的剑技迥然不同。如今她已然垂死，却还没有收过弟子，一旦死去，剑圣门下的一脉剑技便可能就此失传——可是，即便如此，她也不能冒险将剑圣之剑交到这样一双染满血的手上！

北越雪主咬着牙，无可奈何的情绪几乎逼得这个杀人不眨眼的男人发疯。沉默许久，他忽然抬起头，道："或者，我还有一个方法可以让你改变主意。"

"什么？"看到他眼神深处的灼热，她不由得一惊。

他倏地站了起来，眼里又露出那种可怕的光芒。然而在她开口询问之前，他忽然一点足，整个人如同闪电一样穿窗而出，跃上了街道。

窗户开着，风雪呼啸卷入，房间里瞬间冷了下来，犹如冰窖。她靠在榻上，看着寒风吹动狐裘上一簇簇雪白的毛，眼神里有些忧虑。

半晌，只听啪的一声，窗户忽然又动了一动，一道人影落到了房间里。

去而复返的北越雪主脸色冷淡，一边看着她，一边将手里提着的人重重扔在地上。那个人落在地上，发出了惊惧的呻吟，然而身体却无法动弹，显然是被封住了穴道，缩成了一团。

殷夜来认出，被他抓来的居然是方才逃出去的那个丫鬟，不由得失声道："你——"

"你看，她该更努力些逃命的，"北越雪主冷笑，"方才我们讲了那么久的话，她居然才逃出两条街，然后就因为风雪太大，怕冷而躲在一个屋檐下——呵，要知道凭着我的追踪术，就算她提前三天出逃，我也能轻而易举地把她抓回来。"

那个丫鬟在地上颤抖着，用充满了泪水的双眼恐惧地看着他，又转头看了看殷夜来，嗫嚅着不敢说一句话。

"你到底要做什么？"殷夜来怒道，"干吗为难一个不相干的小丫头？"

"的确和她不相干，只可惜她运气比较差。"北越雪主淡淡地道，"其实，我只是想让你知道，这么多年来，凡是我想杀的人，可从来没能逃出过我的手掌心——"

话音未落，他忽然间俯下身，手腕一翻，一把银色的短刀倏地出现在他手指间，从丫鬟颈间一掠而过！伴随着一声惊呼，一道细细的血柱瞬间喷涌而出，飞溅上了她的狐裘，斑斑点点殷红刺目。

"你！"不知道哪里来的力气，殷夜来瞬间坐起。

"你看，现在，只有你能救她了。"北越雪主一刀割断了丫鬟的咽喉，直起身来，嘴角浮出了一个冷酷的笑，伸脚将地上那个不停惊呼挣扎的少女踢到了她面前。

刚才那一刀，他割得并不深，只堪堪刺破了静脉。血虽然不停流着，样子可怕，但一时半会儿还不至于丧命。

"我不能立刻证明自己洗心革面、放下杀戮之心的决心真假，但是却可以让你看到杀戮的可怕和持续。"北越雪主的眼神冷酷，语气也冷酷，"这些人就在你眼前死去！你一句话就可以制止——空桑女剑圣，你到底救是不救？"

"你——"殷夜来咬着牙，"想威胁我？"

"不，我只是和你做交易，而筹码就是这些无辜者的血。"北越雪主并不讳言，一字一句，"我要求的东西并不多，只是让你收我为徒，教我剑术而已。而且我向你保证，我会洗心革面，做一个对得起剑圣一门千古之名的好徒弟——如果你不能相信，那么，我会让无数人的血在你面前流淌，直到你相信为止！"

她全身止不住地微微颤抖，死死地盯着他，又看着地上血泊中挣扎着的少女，咬住嘴唇没有说话。

"救……救救我！"血在不停地喷涌，那个小丫鬟脸色苍白，吓得几乎昏迷，不停地喃喃呻吟，"救救我……"

殷夜来愤怒得发抖，深深地吸了口气，"你怎么能这样？！"

"是的，请原谅我。在过去漫长的几十年人生里，我只学会了这样唯一一种说服人的手段。"北越雪主淡淡道，看着鲜血在眼前流淌，漠然不动容，"不过，希望这也是我最后一次用它。只要入了剑圣门下，我以后就会做个好人。"

[云荒]
YU
YING
羽
Yǔ
CANGQIONG
ZHIBIN
卷四
苍穹之烬
大结局

018

"无可救药的杀人狂！"殷夜来压抑着愤怒的情绪。

"无可救药？你怎么知道无可救药？你试过吗？"北越雪主猛然回头，一边厉声说着，一边迫近，凶狠地看着她。终于，他压制住了那股怒意，重新直起身子，将那个流血的无辜者踢到了她脚下。

"我保证她能活到今晚子夜。那之前，只要你一开口就能救她的命。"北越雪主冷笑着，又加了一句，"记着，这不过是第一个而已。从今天开始，我就每天杀一个人——无论妇孺、老弱，一天一个，抓回来在你面前杀，直到你答应我为止！"

殷夜来倒吸了一口冷气，直直盯着他，眼神凌厉得几乎要杀人。

是的，她知道他不是说笑——他是真的做得出这种事的人。

"看在这些不停流出的鲜血的分儿上，请您慎重考虑。"那个杀人者凝视着她，用一种冷酷到极点，却又恭谦到极点的语气低声问，"空桑女剑圣，我尊敬的师父——您，是想看到血淋淋的当下，还是更愿意担忧可能出意外的未来呢？"

在那样冷酷而低沉的声音里，鲜血从那个少女的咽喉里不停流出，如同一条血色的小蛇蜿蜒爬向殷夜来的脚边。那一刻，从未有过的恐惧从心底升起——是的，如今，她已经无法握剑了，甚至连想要保护任何一个人都做不到！

墨宸……墨宸，此刻的我，又该怎么办啊……

[第二章]

毕生之敌

　　然而殷夜来没有想到的是，此刻，她所期待的那个人正在离她不足三百里的地方，呼朋唤友，进行一场酣畅淋漓的痛饮，完全不知道此刻她还活在这个世界上，并且正陷入了怎样的无助之中。

　　北越郡九里亭的冬天是寂静冷清的，家家户户都闭了门，街道上落满了厚厚的积雪，一天也难得看见一个村民出来走动。在这样滴水成冰的酷寒里，所有人都待在家里，静静等待着严冬过去，连狗吠都听不见了。

　　村里唯一的酒肆也关门歇业，但里面却还坐着一位不速之客。

　　"客官……客官，今晚还住这里吗？"酒肆老板吴老头儿胆怯地搓着手过来，问了一句，被对方眼神一扫，又下意识地缩了缩脖子。

　　酒肆里唯一的客人四十来岁，透着一股书卷气，眼神却又隐隐锐利，不怒自威。他很瘦，裹着一袭厚厚的皮裘，虽然一直靠着炕坐着，脸却还是冻得青白，显然是一个从暖湿地区来的人，并不适应北陆的冬季。

　　"我说过，整个冬季，你这家酒肆我包了。"客人有些不耐烦，语气也是冷冷的，"钱，我已经付过了，我要走的时候自然会走。"

"是……是。"吴老头儿嗫嚅着，"我只是想问问客官……晚上、晚上吃点儿啥？"

"随便吧。"客人头也不抬，"来点儿烈酒。这儿真是冷到骨头里了。"

"好……好，小店的酒虽然是自家酿的，但绝不输给郡府里那贵得要命的杏花春酿！"吴老头儿连忙点头哈腰地答应下来，转身走开，"客官，稍等。"

这个人到底是什么来历？离开时，酒肆老板默不作声地看了对方一眼，有些疑惑。

这个陌生人是几天前的夜里悄然来到这里的，一出手便给了五个银毫。他原本想不客气地拒绝，说冬天酒肆不开业，但一看到钱就软了下来。

这家九里亭唯一的酒肆很小，楼下招待客人，楼上便是自家生活起居的地方。老婆去世了三年，两个女儿也相继嫁去了别的郡，因此酒肆里一直冷冷清清地只有老板一个人，他正在努力地为自己积攒棺材本儿。九里亭是个小地方，以耕种狩猎为生的村民们一年也难得赚到多少钱，来酒肆里喝的多半是一个铜子一壶的劣酒，所以这个陌生客人的出手简直令人无法拒绝。

看在钱的分儿上，他破例收留了这个外乡人。然而奇怪的是，这个陌生人到了这里之后就一直待在酒肆里，既没有出去过，也不和任何人往来，每天都是静静地看着窗外。有几次吴老头儿看他喝了几杯脸色稍微缓和了一些，便壮起胆子搭讪，问对方来九里亭是寻亲还是访故，却没有得到一句回答。

"不要多问，也不要告诉村里人我来了这里。"陌生人只是这么说，拿出一枚金铢在他眼前晃了一下，"如果你不多嘴，等我走的时候这个就是你的。"

一辈子都没见过金铢的酒肆老板眼睛一亮，心跳都几乎停止了，连忙用力点头。

可是……这个人如此神秘，不会是什么被通缉的大盗吧？吴老头儿一边心里嘀咕，一边下厨去准备晚饭，巴不得这个奇怪的客人早点儿离开这里。

晚饭很丰盛，果子狸肉炒蕨菜、冬笋烧肉，还有九里亭特有的榛子口蘑。陌生人喝了一杯酒，脸色稍微红润了一些，便头也不抬地道："你也不用陪我了，上楼去睡吧。给我留下足够的酒和木炭就好。"

吴老头儿乐得清闲，客气地招呼了几声，便自顾自上楼睡觉去了。

就是在最淳朴原始的地方，金钱也是唯一的通行凭证啊……空荡荡的房间里，陌生人低头看着手里的金铢，眼里露出了一丝锋利的冷笑。看老板离开后，他无声地走到了窗口，用指尖将厚厚的窗户纸捅开了一点，凑上了眼睛——

外面大雪纷纷扬扬地下着，将这座北陆小村覆盖在一片白色里。酒肆斜对面一箭之地开外，便是那家新盖好的小院。墙上新刷了白垩土，柴门、篱笆是刚扎好的，水井也是新打的，显示着这家人刚刚来到这里，准备安家扎根。

白帅啊白帅……难道你真的选择了这个穷乡僻壤作为你最后的归宿？难道你真的想以庸人的方式了此余生？你是翱翔于天的雄鹰，是数百年一见的王者，怎么能选择这样的方式度过自己的余生呢？

如此一来，你让自恃谋略卓绝天下、这一生都在尽心尽力辅佐你的我，情何以堪啊！

穆星北在肃杀的寒冬里咳嗽着，眼睛里流露出不甘的光芒。

大雪持续了整个冬季，让整洁崭新的小院一片素白。在这样寒冷的色调里，唯有窗口透出的火光是暖的，跳跃着、映照着里面每个人的脸。

这个普通农家小院的房内聚集了许多人，人影憧憧，喧闹盈耳。

"属下再敬白帅一杯！"炕上盘膝坐着十二位黑衣铁甲的男子，个个眼神犀利，气势凛然，簇拥着穿着布衣居中而坐的主人。一碗碗烈酒陆续倒上，十二人轮番相劝，而对方居然毫不推辞，酒来碗干。

"怎么样？你们十二个也喝不倒我！"一直喝到坛子空了，布衣男子才扔下碗，平日肃杀的眉目也染了笑意，"有哪个不服的，再来！"

"服了，服了！"十二铁衣卫也一起大笑——是的，沙场征战十几年，虽然白帅偶尔也喝酒，却从没有一个人见他醉过，更是不知道他的酒量深到什么程度。而今日，在他们主仆一场、即将离散的前夕，他们终于知道了白帅的真正酒量。

"今日之后，我当不会再喝酒。"借着几分醉意，白墨宸将酒碗一顿，大笑，"干脆放开，陪你们一醉方休！安心，安康，快，再上酒！"

"好的，就来了。"后院传来了回应。

厨房设在后院的另一头，和柴房连着。灶前那对十三四岁的姐弟正忙碌着，将新炒好的菜端出，又将温好的酒坛抱起。听到前面传来的声音，弟弟安康忍不住打了个哈欠，抱怨道："哎，大哥怎么那么能喝啊……都半夜了，还不睡吗？"

"客人帮我们造好了房子，打好了井，如今要走了，好好喝上一顿也是应该的。"安心比弟弟年长懂事，"娘年纪大了，眼睛也不好，已经先睡下了，我们两个总得陪着。"

"可我真的很困啊……"安康嘀咕着，"我的眼睛都快睁不开，成瞎子了呢。"

"懒惰鬼！"安心没奈何，推了弟弟一把，低斥，"好了好了！别苦着一张脸去前面上菜送酒了，大哥看了会闹心——你待在厨房里，我去送。"

"哦。"安康闷闷应了一句，一屁股坐回了灶前，提醒了一句，"外面井口上还没围上石板井台，雪把井口盖住了，小心别掉下去。"

"知道了，你以为我傻啊？"安心提了一坛酒，又将新炒好的小菜放入食盒，推开厨房的门走了出去，"你小心看着火，可不许灭了。"

安康迷迷糊糊地打着盹儿，应了一声。

安心刚出门，就听到后山上传来一阵簌簌声，有几棵树摇了一下，树梢上的雪大块掉落下来。她有些奇怪地回头看了一眼，冬季的针叶林深邃得发黑，透出一股神秘的气息来——或许是有野猪什么的从林子里走过吧？前几天她去后院收冻好的鱼，还发现围墙上的积雪有几处被蹭掉了，似乎是有什么东西悄然翻过那里。

等明天送走了那些客人，一定要去把围墙加高一下，也得把井台上的石板给围起来。安心一边这么想着，一边提着酒食穿过后院，走进了前面的房间里。

热闹喧哗的气息扑面而来，十几个大汉挤在并不宽敞的堂屋里，高声喧哗，喝酒猜拳，热得都脱了外面的铠甲，露出肌肉虬结的胳膊来。安心已经是个十四五岁的姑娘了，看了一眼就忍不住转过头去，羞得脸上热辣辣的。

"来来，我家小妹送菜了。"白墨宸喝得也有些高了，但看到安心进来，还是很快地倾过身，迅速从她手里接过沉甸甸的食盒，另一手拎过了那坛酒，"看，还有酒！"

那些虎豹一样的军人发出了一声喝彩，兴高采烈。

"辛苦你们了。"白墨宸放下酒坛，拍了拍安心的肩膀，"很晚了，你和安康都回去睡吧，这些酒菜够了——"

安心抽了抽鼻子，被满屋子的酒气熏得受不住，便点了点头，低声道："哥，你可别再喝了。他们那么多人灌你一个……"

"哎呀，白帅还真是得了个好妹妹，这么会心疼大哥！"十二铁衣卫也喝得高了，说话语气不分轻重。安心脸色绯红，瞪了那个粗豪的汉子一眼。

"别担心，你大哥一个人对他们十二个都绰绰有余！"白墨宸笑了起来，"不过我们也喝得差不多了，很快也该歇了，你就好好地去睡吧，明天一大早还要送娘去山上扫祖坟呢。"

"嗯，洗了碗就去睡。"安心将菜布好，乖巧地应了一声，便退了下去，走的时候还顺手将房间里的空酒坛子都堆在了一处，将桌子上吃空了的盘子也收了回去。她推开门走了出去，在门口又回头，不放心地叮嘱："哥，你们早点儿歇息，不要再喝了啊！"

"知道了！知道了！"十二铁衣卫哄然笑了起来，"真是个啰唆的小姑娘。"

"安心几岁了？哪里是个小姑娘啊……"看着她走了之后，铁衣卫里有人趁着酒意，醉醺醺地开口，"对了，为什么……为什么殷仙子的妹妹根本不像姐姐那么美貌，却、却颇有几分像白帅呢？"

一群笑闹中的男人忽然停了下来——因为他们看到主帅在听到那个名字的时候明显震了一下，酒从杯子里溅出。尴尬的沉默中，十二铁衣卫面面相觑。那个无意中触及禁忌的人酒醒了大半，不知道该说什么好。

然而只是片刻，白墨宸舒展开了眉头，若无其事地喝了一口酒，"安心她过了年就十五岁了，算是大姑娘了，该开始好好为她准备嫁妆了呢。"

"好，到时候白帅别忘了告诉一声，兄弟们无论如何都会回来喝喜酒的！"铁衣卫首领连忙将话题接上。

"那是一定！"白墨宸大笑，为大家倒了酒，"来来，喝酒！"

一屋子的男人们再无拘束，重新猜拳行令，声震屋宇——房间里的声音太吵闹，以至于外面那些奇怪的簌簌声响都被掩盖了，没有任何一个人留意。

这场大酒一直喝到东方既白才停止，一群人歪歪扭扭地靠在炕上，困倦不堪。然而，当雄鸡唱过第三遍的时候，宿醉的人们忽然一起睁开了眼睛——多年的军旅生涯，让这些战士们拥有了牢不可破的自省意识，无论前一晚多累多困，时间一到便会立刻清醒。

"天亮了。"十二铁衣卫的首领喃喃道，霍地坐起，"我们该走了。"

白墨宸同时睁开了眼睛，看着这些属下一个个坐起，捡起了盔甲重新穿戴好，钢铁一样的眼神里流露出一丝软弱，却又被掩饰了过去。

"真想留下来，和白帅一起终老此处算了。"十二铁衣卫的首领叹了一口气，忍不住有些恋恋不舍，"我们从军后就是您一手带出来的，这些年跟您出生入死，闯过那么多关，如今离开了您，简直不知道该去哪里才好。"

"什么话！你们年纪轻轻，有大好人生，怎能就此终老山林？"白墨宸立刻毫不留情地训斥，"回去好好辅佐骏音——缇骑在内乱中折损了大半，女帝刚即位，天下局势未定，实在需要你们。"

"白帅之命，定当听从。"十二铁衣卫齐齐躬身。

"不，以后这世上再也没有'白帅'这个人了，我已经舍弃了入赘获得的'白'姓，以后只是北陆一个普通的农夫而已。"白墨宸披了一件长衣从炕上站起，拍了拍每个人的肩膀，"如今，这个云荒是你们的了！"

"去吧！"他大笑着走出去，拉开了门，看着身后的一群男人，

"如今冰夷未灭，天下动荡，你们该去创立功业！男子汉大丈夫，马革裹尸，才不辜负这一场大好人生！"

"遵命！"战士们大步踏出门外，在庭院里排成两列，齐刷刷地跪下，然后唰地拔出刀来，齐齐刺入雪地，"属下定不辜负白帅期许！"

"起来吧，回帝都去！"白墨宸也抬起手，握拳置于左胸，以军人的礼节送别这些沙场上一起出生入死多年的袍泽，眼中隐含热泪，"这一世就在这里分道扬镳吧，等来世再为兄弟！"

"来世再为兄弟！"十二铁衣卫收刀入鞘，同样握拳置于左胸，眼中热泪也忍不住长滑而下。白墨宸压住心中翻涌的感情，默默地走上前去与他们一一告别，然后侧过头，硬下心来催促他们离开。

一行十二人依依不舍地转过身，翻身上马，消失在了茫茫大雪中。

马蹄声渐行渐远。白墨宸站在门口，静静地看着那些铁甲战士的背影，直到最后一个人影也消失在村口的树下，这才转过身来掩上了庭院的门。

天地间彻底安静了，大山静默地环绕着大雪的村庄，只有无数鹅毛飞雪。

在一箭之地外的另一幢房子里，一双眼睛从窗户纸背后移开了，露出了复杂而绝望的表情：连护送的十二铁衣卫都离开了，白帅……您是真的打算就此终老乡野吗？您已经放弃了自己的人生，可是，我却不甘心！

穆星北看着那扇关上的庭院门，眼神一瞬间变得激烈而可怕。

当庭院的柴门和房子的木门都关闭后，房间里的灯火也熄了——显然是白墨宸在送走这批客人后，困倦地入睡了。对面那个院子里顿时寂静了下去，洁白的新房静静地坐落在山下，衬着浓黑的山林，显得静谧无比。

窥视了一夜，穆星北也终于觉得困了。然而，就在他要把眼睛从窗纸的窟窿上移开时，仿佛忽然发现了什么异常的景象，全身猛地一震。

那片山林里……似乎有什么东西！

然而定睛看去却又看不出异常，院子里很安静，没有人声，狗一声不叫——山林里有几棵树在微微摇动，发出了簌簌的落雪声，似乎有什么东西急速地穿过密林。

雪，依旧无声无息落下。

火……在梦境里，依旧是无边无际的烈火。

宫殿在坍塌，整座城仿佛掉入无边地狱。他穿过那些红莲烈火，疯了一样地狂奔，追逐着那个影子，拼命地呼喊着她的名字。然而那个女子仿佛被一只无形的手拽着，身不由己地飘离，只是回头看着他，眼神充满了悲哀和绝望。

在他快要追上她的时候，她的身形忽然停住了，看着他，说了一句话。然后，在他触及她之前，一团从天而降的大火轰然而至，将她彻底吞没！

"夜来！"他失声惊呼，不顾一切地冲入大火里，"夜来！"

他抓住了她，用尽全力将她从火里拖出。然而，当从火里冲出的那一瞬间，他看到了她的模样——火焰无情地吞噬了她的美丽，在他的怀里，她瞬间化成了可怖的焦炭骷髅模样！

"我不想死在看不到你的地方。"

那个骷髅嘴开合着，说出最后的话，温柔凄绝，柔白修长的手指抚过他的脸颊——忽然，那温柔的抚摸化为凌厉，指甲锋利如刀，恶狠狠地一划而落！

"夜来！"他惊呼着从梦里醒来。

睁开眼睛，眼前寒光逼人而来，一把刀正迎头落下！

在意识还未清醒之前，他下意识地左手挥出，堪堪格挡住了那只握刀的手——就在那一刻，落下的刀锋已经割破了他的额头，血流了出来，一下子模糊了眼睛。

刺痛令他瞬间清醒。白墨宸身躯一震，还来不及坐起，只感觉脑后又有两道疾风刺来。出于本能，他毫不犹豫地转过手臂，将手里抓着的那个人抡起，以左肩为轴心，连人带刀狠狠地往身后甩了过去！

只听噗噗两声钝响，来人发出了一声惨叫，硬生生被摔得五脏碎裂而死。

"谁？"他一按炕头，飞身下地，厉声喝问。

没有人回答，只听簌簌几声，又有人从窗外跳入房间，带入一阵冷风。房间里还残留着浓烈的酒气，杯盘狼藉之间却多了五个黑衣人。那些人都蒙着面，一双双蓝灰色的眼睛如同鹰隼一样凌厉冷酷。即便是错手杀了同伴，那些人的眼神也丝毫不动，神情镇定得如同钢铁铸成一般。

出入沙场多年，他一眼就能看出：那是杀手的眼神。

是冰夷？！白墨宸猛然一惊。那一瞬间，虽然宿醉依然令他头痛难忍，梦里的恍惚感却终于尽去，冰雪浇顶般的冷贯彻心肺——是刺客！自万里之外而来的刺客！

他的手迅速探出，想从床头拔出刀来，不料却摸了个空。原来随身佩戴的那把刀，已经在昨夜酒酣耳热之际送给了多年的兄弟。

对方看到他一动，也立刻动了起来。第二轮袭击迅速发起，凌厉的杀气扑面而来，根本不让他再有寻找武器的机会。

刺客们用的是刀，无声无息地搏杀，宛如一群猎豹。他穿着单衣，赤手和这群冰族人对抗，只能以空手对白刃，硬生生地腾出手去，冒着危险，劈手抢过最靠近自己的那人的刀。他的身手高出对方许多，闪过刀锋后欺身近前，迅速捏住了那人的手腕，咔的一声拧断。然而那个冰夷人毫不畏惧，筋骨虽断，五指却依旧牢牢地握着刀柄，死活都不肯松开。

白墨宸心头怒起，不再多想，左手抬起，闪电般地屈肘撞击对方胸口，用力之大，令那人的整个胸腔咔嚓一声塌陷下去——然而即便如此，对方竟然依旧不肯松手！

只是片刻，其他刺客已经迅速逼近，数把刀朝着他斩来。白墨宸单手回护，然而全身空门未免大露，只听一声钝响，一刀斩中了他的左臂。剧痛令他眼前一阵空白，那一刻，又有刀声响起在耳边，而他已经来不及回头去看。

难道就这样死在这里吗？

电光石火的瞬间，他下意识地抬起手臂去挡——第二、第三把刀飞速斩落，接连落在他左边的小臂、手腕上，每一刀都带着斩断钢铁的力量。然而就在斩入血肉的刹那，一道奇特的光芒从他左臂内绽放！

那光是如此刺眼，竟然让近在咫尺的刺客都闭了眼睛。

然而，当所有人睁开眼睛的时候，奇迹般地，所有刀都凭空折断了——无论是斩落在他手臂上的，还是正在落下的。那些冰夷刺客还保持着竭力斩杀的姿态，但手中空空如也，那些刀，居然在一瞬间都折断了！

连白墨宸都不敢相信这一刻的所见，直到对方的手顺着惯性落下，收不住势地整个人失去重心跌倒在地，落在他面前。他下意识地竖起手掌，向下一斩，咔嚓一声，离他最近的那个刺客颈骨顿时断裂——

那一刻，他才发现受伤的左臂也已经灵活自如，伤口瞬间愈合。

天，这难道是……白墨宸在心里发出了一声惊呼，抬起右手握着左臂，发现那里果然已经没有任何受伤的痕迹。那一刻，他心里忽然涌出了一个隐秘的念头——

难道，是那个在帝都大火里听到的声音又回来了？

可是，那到底是个什么东西？

他来不及多想，那些刺客在经历了短暂的错愕后回过神来，重新挥着断刀斩了过来，疾风割面而来。白墨宸只觉得身体里有一股奇特的力量蓦然苏醒，四肢百骸似有东西涌入，这个身体竟似不属于自己一般。

他飞速闪过了接连而来的三把刀，抬起左手生生格挡住了砍落的第四把刀，右手迅即探出，咔嚓一声扭断了对方的手臂，劈手将刀夺下，一反手抹断了对方的咽喉——这一切兔起鹘落，速度快得不仅令对方来不及反应，甚至连他自己都惊骇不已。

剩下两把刀交错着斩来，配合得天衣无缝。他挥刀相迎，从双刀夹缝中穿过，手臂一沉，刀锋竖向掠过，只听叮叮两声刺耳声音，居然将双刀瞬间同时居中切断！

"小心！"这时，一直沉默的冰族刺客首领发出了一声警告，"这个人似乎有点儿奇怪——别靠近他！退后，用弩！"

房间内所有人倏地往外退去，穿窗而过，消失。

白墨宸刚要追出去，但人一到窗口，就听籁籁几声响。他下意识地横过刀锋一掠，连续的震动传来，刹那间有五六支三寸长短的短弩斜飞出去，插满了窗棂——那些劲弩都是精铁铸成，寒光闪闪，锋利无比。更令人吃惊的是，劲弩插入之处，窗棂上的木头瞬间发黑，有奇特的淡淡的腐败味道散发出来。

这帮冰夷刺客的暗器上，居然浸了剧毒！而且是追踪了万里到了这儿——这是一次有备而来、预谋已久的刺杀吗？

外面白雪皑皑，那些刺客落地瞬间就在院子里伏倒，每个人手里拿出了一把改造后的精巧射日弩，对着那个房间便是一阵激射。只听簌簌声响，几百支短弩纵横交错，密集如雨，从窗户倾泻而入。

白墨宸连忙退回，刀光倒卷，化作一片光幕，护住周身。只听铮铮声不绝于耳，密集如暴雨。忽然间，连续的声音停顿了一下，啊的一声，传出了脱口的痛呼。

刹那间，房间里再无声音。

"进去看看。"刺客首领低沉地开口，挥了挥手。匍匐在雪地里的人从各个方向迅速接近房子，当先几个人从窗口飞速跃入，小心翼翼。

房间里根本无法立足，几乎每一寸地面上都插满了劲弩。然而令人吃惊的是，里面居然没有一个人——既没有尸体，也不见活人。

"小——"在低头四处搜索的时候，忽然有一人看到地上有影子一动，不由得失声惊呼。然而"心"字还没吐出，头颅便和身体分离。

刀是从上而下劈落的，宛如闪电。

原本攀在梁上、身体几乎贴着屋顶的人从天而降，从进屋的刺客头顶一掠而过。刀光匹练一样横卷而来，刺客来不及退出，倏地身首分离，一股血从腔中直冲而起，居然溅得屋顶斑斑点点。一切不过刹那，外面的人根本不知道里面发生了什么。

解决了房间里的五个人后，白墨宸穿窗而出，直掠向外面的院子，身形一沉，一刀便将离得最近的那个人斩杀，然后毫不停顿，直向那个出声发令的冰夷人冲去。

猝不及防之下，外面的刺杀者阵脚大乱。劲弩只利远袭，这样近身肉搏之下反而成了累赘。那个刺客首领当机立断，弃射日弩于雪地，反手拔刀。然而白墨宸的动作却快如鬼魅，他的刀还在鞘中，咽喉已经被捏住。

擒贼先擒王，这是沙场百战得出的教训，此刻居然也用得上。

白墨宸正要随手捏断对方的脖子，忽然间一个声音冷冷响起："住手，放开牧原少将！"

这个声音是如此熟悉，令白墨宸蓦地一震。

他回过头去，看着后院雪地上不知何时出现的一个人。那个人穿着淡青色长衫，披着狐裘，虽然出现在这样的荒僻之地，依旧带着一种来自帝都钟鸣鼎食之家的贵族气度。他从厨房里走了出来，侧头看着前院尸横遍地的惨况，淡淡道："果然很厉害。在被偷袭的情况下，居然还能以一当十，难怪这么多年来冰族屡次派刺客刺杀你都没有成功。"

"慕容隽？"那一瞬间，白墨宸忍不住失声喊道。

后院里的狗软软地趴在雪地上，一声不吭，早已失去了知觉。厨房的门也半掩着，里面的碗筷都堆在那里一动没动，灶台下的火也早已熄灭，只有星星火光跳跃着，一明一灭，衬得昏暗的室内更加诡异。

那个熟悉的人正是从那里走出来的，在台阶上静静地看着他。那张温润俊美的脸上已经满是风霜之色，显然是经过了长途跋涉才出现在这里。他也在看着他，那种眼神，沉默而坚忍，带着刻骨仇恨。

"你怎么会在这里？"白墨宸愕然，"你跟踪我？"

"白帅，好久不见。"慕容隽的左手裹着绷带，似乎受了伤，却不停地把玩着一个小物件，"帝都一别，没想到我们居然还能在这里见面。"

听到"帝都一别"四个字，白墨宸猛然一震，眼神宛如魔鬼，有难以抑制的怒火熊熊燃烧——他原本是个冷静沉稳的人，然而不知为何，一看到这个人就无法控制自己。

帝都……那是他和夜来分别的地方！都是因为眼前这个人！

"是啊，没想到还能在这里见到你！"他看着慕容隽，咬着牙，一字一字道，"看来，是老天送你来这里，好让我为夜来报仇！"

对着这样一双眼眸，慕容隽却没有惊惧。

"为夜来报仇？可笑……一个凶手，还嚷着为她报仇？"他发出了一声冷笑，"白墨宸！明明是你害死了她！如果没有你，夜来她根本不会卷进这件事，更不会被活活烧死！"

"住嘴！"白墨宸的手瞬间加力，手里的牧原少将脸色迅速发青。然而，不等他发力捏断对方的咽喉，慕容隽已抬起了手，将手里的东西递到了他的眼前——他手里拿着的是一朵白色的绒花，仿佛洁白的雪。

白墨宸猛然一惊。这……这是安心的！

雪还在下，天色昏暗，只能依稀猜测如今已经是正午时分，整个九里亭还是很安静，院子里也寂无人声。然而那一刻，白墨宸却被这样的寂静弄得有些不安，心里猛地掠过一个念头：上午应该是去祖坟祭扫的时间，而奇怪的是，安心他们居然没有来叫醒他。

"安心呢？你……你把她怎么了？"白墨宸脸色发青，声音第一次发抖，"你居然和冰族人勾结，做出这种事情来！"

"勾结？如果我不和冰族勾结，以这个云荒之大，只怕也没有任何一个人会再助我一臂之力！"慕容隽不出声地笑了笑，然而眼睛却是冷酷的，一丝笑意也无，"白墨宸！我从帝都一直追到这里，就是为了杀了你，替堇然报仇！"

"报仇？明明是你害死了她！"一瞬间，新仇旧恨涌上心头，白墨宸气极反笑，"我当时一时心软，没灭你们慕容氏满门，你今日倒是送上门来了！"

他厉喝着，手上一动，刀锋往里一收，便要割断手里冰族将领的咽喉。然而那一刹那，慕容隽低声再度喝止："住手！否则别怪我——"

他不再多说什么，转身推开了身后的门。

房间里很昏暗，杯盘狼藉，还没有收拾，灶里的火已经熄灭了，只有隐隐的星星点点的余光——那一瞬间，映入白墨宸眼帘的，是雪亮的刀锋，如同狼的尖利牙齿，恶狠狠地咬着咽喉。刀握在两名刺客手里，刀锋反射着刺眼的几点光芒。

他看到了刀锋下面那两张满是稚气的脸，闭着眼，一动不敢动。

"安心！安康！"白墨宸失声惊呼。

"喏，还有一个，在这里。"慕容隽示意房间里的刺客略略侧开身体，让白墨宸看到在灶前凳子上匍匐着的一个老妪。灶上星星点点的余光隐隐约约地映照出满头银发来，那个老人昏了过去，满是皱纹的脸庞很是安静。

慕容隽的语气平静，毫无杀意，"安大娘年纪大了，得让她坐在比较暖和的地方——你看，我对你的家人多有礼貌。"

看到自己一家人尽数落入敌手，饶是白墨宸再冷静，也忍不住脸色大变。他一个箭步，握刀上前，耳边却听慕容隽淡淡道："白帅，请你把刀放下，再放了牧原少将——不要和我谈条件。我只数三下，每数一下，就杀一个人。"

他的语气是命令式的，然而骄傲如白墨宸，只是沉默了一瞬，随即就将手里的人放开，依言将刀扔到了慕容隽的脚边。牧原少将受了重伤，几乎连站都站不住了，但却硬气，撑着自行跟跄走到了房间里，颓然坐到地上，喘息不已。

"你到底想要怎么样？"白墨宸抬头，死死地盯着慕容隽，厉声道，"居然勾结冰夷，做出这种事！要知道他们三个也是夜来的亲人，你怎么做得出来？"

"是啊，所以我并没有取他们性命的意图，我要的，是你的命。"慕容隽却也直白，语气平静，"我来这里，只是要和你做一笔生意而已——"

"真不愧是世袭的商人。"他不禁冷笑，"生意？"

"拿你的命，换这三个人的命。"慕容隽淡淡地道，伸出脚尖，将那柄刀踢到了白墨宸脚下，眼神冷冷地看着他，"一换三，很划算。"

白墨宸身子一震，冷冷地看着这个万里跟踪而来的人，而对方用同样冷酷的眼神和他对峙，毫不动容。头顶的雪还在下，寂静无声。虽然是正午，但整个九里亭仿佛睡着了，没有人上街走动，静得连雪花落在屋顶上的簌簌声都听得一清二楚。

"难道是我的出价没什么吸引力？"慕容隽冷冷地道，"给他点儿颜色看看！"

身后的刺客手一收，刀锋割破了少年的皮肤。安康本来已经被击昏，一受痛猛然醒了过来，看到架在脖子上的刀，顿时吓得大哭起来，挣扎着往外跑。

"闭嘴！"慕容隽厉叱，安康嘴里顿时被塞入了一块破布，又被拖到了一边。

"别以为我是和你开玩笑，别以为我会因为他们是堇然的亲人就心软。"慕容隽看着脸色大变的白墨宸，语气冷静而残酷，"我数到三，你如果不动手自己了断，我就砍下他一只手；数到十，你不动手，我就砍他一只脚！先这个男孩，再那个女孩！"

白墨宸死死咬住牙，两边腮上的肌肉都凸了出来，眼神可怖。然而不等他说什么，慕容隽已经开始数数："一！"

白墨宸只犹豫了一下，他已经迅速地数到了"二"。

那一刻，白墨宸迅速弯下腰，去捡起脚边的那把刀，却没有立刻动手。就在那一瞬，慕容隽已经毫不犹豫地数到了"三"。

只听房间里一声惨叫，安康小小的身体弹起了两尺多高，拼命挣扎，却立刻被按住。孩子在落地时声音立刻哑了，软软瘫倒。房间里的冰族刺客手起刀落，砰的一声，一样东西被扔到了地上，赫然是一只血淋淋的断手。

"慕容隽！"白墨宸失声大吼，目眦欲裂。

"四！"然而对方却往前走了一步，用同样布满了血丝的眼睛看着他，眼里充满了不顾一切的杀气，狰狞如魔鬼，已经完全不再是平日贵公子的模样。他直直地看着白墨宸，咬牙又吐出了一个字："五！"

不等他再吐出"六"，白墨宸的手探出，扣住了对面人的咽喉，刀锋压住了动脉，便要一抹而断。慕容隽没有挣扎，只是冷冷看着他，眼神毫无畏惧，嘶哑着道："……六！"

"啊——"这一瞬，房间里的安康又发出了一声惨叫。

这边牧原少将已经缓过了气，毫不犹豫地再度命令手下将那个少年按在地上，拿刀对准了他的另一只手，冷然道："不放开慕容公子，立刻砍了这个孩子的右手！"

"住手！"慕容隽却在此刻厉声喝止，"我还没数到十呢，不许动手！"

白墨宸的手有略微的颤抖，他看了看房间里的孩子和老人，眼神复杂地变幻——这种彷徨和恐惧，从未在这个戎马半生的军人眼里出现过。

"你看到现在的情况了吧？"慕容隽回过头看着他，眼神镇定，"你就是杀了我，也绝对于事无补——现在要你命的不止是我，还有冰族人。你若不做这个交易，他们三个就得死在当场，没别的条件可谈。"

刀锋已经割破了慕容隽的肌肤，然而却停了下来。

"真卑鄙啊……"白墨宸喃喃，"居然利用孤儿寡母！"

"兵不厌诈。"慕容隽脸色不变，淡淡道，"本来能顺利地刺杀了你是最好，可惜你身手了得，偷袭未能成功——我们要回去向元老院交差，也只能这么做了。"

白墨宸咬着牙，"我已经辞职归隐，何必苦苦相逼？"

"白帅乃不世出之将才，就算暂时归隐，十巫哪里肯放心？"慕容隽冷笑起来，"何况你征战西海多年，手上沾了多少冰族人的血？如今落了单，他们怎肯放过你？"

"够了！"房间里忽然传出低沉的两个字。

"你看，牧原少将都不耐烦了。"慕容隽冷笑，随即开始报数，"七！"

房间里开始骚动不安，传来安康的呻吟和惨叫，安心也被惊醒了，一连声地叫着弟弟和娘。白墨宸在门外听着，虽然一声不吭，脸色终于渐渐变了——面对着至亲之人所遭受的折磨，即便是冷定如铁的人也忍不住战栗起来。

"别……别杀他们。"他终于颓然开口，喃喃道。

那一刻，慕容隽能感觉到压在自己颈上的刀在剧烈地抖动，不由得眼神暗自变幻，知道对方心理已然到了极限，然而嘴里却不停顿地继续数下去："八！九——"

就在他即将吐出"十"的时候，白墨宸的刀猛然一沉，一把将他的声音逼停，凝视着慕容隽，一字一顿："如果我死了，谁能保证他们平安？"

"我。"慕容隽断然回答。

"你？"白墨宸冷笑，不肯相信，"就凭你？"

"他们毕竟也是堇然的亲人，无论如何我也会保护。"慕容隽冷冷道，"而那些冰族人，他们要的是你的命，和这三个平民百姓根本也没有关系，何必多此一举呢？"

白墨宸沉默了片刻，忽然将刀收回，刀锋一转，抵住了自己的咽喉，眼神变得冷厉，"那好，我就和你做这个交易！"

当他将刀架上自己脖子的那一瞬间，房间内外所有人都屏息而视。

那些冰族刺客看着他，眼神冷冷，却又含着渴血的残酷，如同一群狼在雪地里围住了一头末路的受伤雄狮。

"不要！"安心大哭起来，拼命地挣扎，"不要啊，哥！"

她被冰族刺客按住，却不顾一切地想要跑过来阻拦白墨宸。安康却吓得面无血色，蜷缩在角落里，一句话也说不出，眼神里只有恐惧。苍老的安大娘还没醒来，匍匐在灶前昏迷着，只有一颗白发苍苍的头颅映照在明灭的余光里。

慕容隽眼神复杂，慢慢伸出手来，低喝："拿命来吧！——白墨宸，今日，我们之间，总算要有个了断了！"

白墨宸握刀的手紧了一紧，深深吸了一口气。

那一瞬，三十几年来的金戈铁马、爱恨情仇逐一掠过脑海，如潮而来，如潮而退，转瞬心境一片空明——原来，在结束的这一天，才发现这三十几年终究不曾白过。

"大好头颅，今日竟落到了你们这帮鼠辈手上！"白墨宸仰天大笑，再不犹豫，横过右臂，用力一挥，咔嚓一声，刀锋掠过了咽喉。

刀过，血出。

那一刹那，慕容隽的眼睛一眨不眨，死死地盯着眼前的一幕，似要把这一瞬间的景象刻入脑海。他咬着牙，神色复杂无比，似是极其狂喜，又显得极其黯然。

已然决意舍命，白墨宸右手握刀，横过来一刀割断自己的咽喉，下手又狠又稳，并无丝毫犹豫。然而就在同一瞬间，奇特的景象出现了——他的左臂不受控制地抬了起来，啪的一声击在了握刀的右手腕上，在千钧一发之际将他手里的刀击落在地！

左右互搏？那一刻，房间内外的人都惊呆了。

"你——"慕容隽失声，"想反悔？"

"我……"白墨宸似乎也震惊地低下头，看着不受控制的左手——曾经断臂的地方发出了一圈诡异的金色光芒，那光正向着他的心脏迅速地逆行而上，浸透了他半边的身体！那一刻，他的半边身体居然完全不听指挥了。

"你是想放弃吗？"那一瞬，耳边又响起了那个恶魔般的声音，"真的想死？"

这……这个声音！是他在帝都火劫之变里听到的声音！

"白墨宸！你想做什么？"那一瞬间，慕容隽只觉得有什么地方不对劲，立刻一步退入了门里，"你不要他们三个的命了吗？"

就在这一刻，身后的冰族战士迅速将安心和安康高高举起，雪亮的刺刀对准了两姐弟。仿佛为了示威，一刀扎入了安心的肩膀，女孩痛得大叫起来。

"不！"猛然，白墨宸和慕容隽一起失声叫了起来。

听到安心惨叫，那一刻，仿佛身体里有什么东西被强行压制，白墨宸全身猛烈地一震，眼里的金光忽然间越发明显，竟仿佛是火焰在颅脑内燃烧一样！

"真的想要放弃吗？"那个声音在脑海里说着，满含讥讽，"帝都大火的时候，你第一次向我求助——我回应了你。可那之后，你却不肯履行我们之间的契约，非要逆着我行事：放弃了兵权，离开了帝都，回到了这里。如今，你难道还想死在这里吗？

"要知道，你的生命已经交换给我了，不再属于你自己！"

谁……是谁在说话？白墨宸捂着脑袋，下意识地开始摇头，却怎么也无法把那个声音从脑海里甩出去。旁边的冰族人看着他反常的表现，有些惊愕，不知道该不该上前。

"给我闭嘴！"白墨宸失声，对着虚空大喝，喘着气，右手忽然翻过来，猛然扣住了左手，抬起头，对着慕容隽厉声道，"来，动手！"

"什么？"慕容隽微微一怔。

"你不是要取我的性命吗？"白墨宸厉声大喊，"动手！我不会反抗！"

慕容隽看着他左右手交扣的奇特姿势，心里犹豫了一瞬，却听对方再度催促了一声——抬头看去，白墨宸的脸色又变得隐隐有些奇怪，眼眸里透出金光来，令人望而生畏。

"快！"白墨宸只觉得身体里的异动越来越强烈，左手已经开始

〔云荒〕

羽
Yu
CANGQIONG
ZHIJIN
卷四
苍穹之烬
大结局

038

再度不受控制，他咬着牙，右手几乎扣到了血肉里，厉声道，"要取我性命就自己放马过来，慕容氏的孽种！"

"闭嘴！"慕容隽只觉得胸口热血上涌，一个箭步上前，毫不犹豫地反手就是一刀！

"哥哥！不！"安心撕心裂肺地大喊。

房间里的人也发出了一声惊呼，看到一切在瞬间结束——大雪中，白墨宸还是站在原地，并没有退让，也没有抗拒，那把长刀在一瞬间穿透了他的身体，血喷溅了对面的贵公子半身。

慕容隽咬着牙，眼里透出狠劲儿来——这一刀他用尽了全力，从白墨宸的心口插入，从背后直透出来，毫不留情。

握刀在手，杀戮的快感令人从心底生出一股狂热来，他只觉得自己这十几年的憎恨如潮水一样宣泄而出，再也无可抑制。慕容隽忍不住低低发出了一声呼喊，唰地将刀血淋淋抽出，再度猛然刺穿，咬牙道："去死吧！"

在刀锋穿心而过的那一刻，白墨宸的右臂发出清脆的啪的一声，软软垂了下来，竟然是被自己的左手生生拗断的！

重伤的人往后一退，心口鲜血急涌。

"好吧，如果这次你真的是甘心就此死去，我也不会阻拦你。"那一刻，他听到了那个声音在灵魂深处低声冷笑，"去死吧！把这个躯壳空出来！"

被一刀穿心而过，白墨宸再也无法支撑，血从他的心脏里奔涌而出，将身下的白雪染成刺目的红色。他用力抽刀支撑着不让自己倒下，眼睛直直地盯着慕容隽，嘴唇动了动，似是想说什么。

"我知道。"慕容隽明白了他的意思，点头，"放心，不动你的家人。"

白墨宸看着他，眼神复杂而沉郁，低低地吐出最后一口气，感觉身体开始变得无比沉重，意识慢慢远离。他的手臂失去了力量，整个人重重地砸落在雪地上，再也不动。

一时间，整个天地间都安静下去。

"大……大哥！"房间里的安心回过神来，撕心裂肺地大哭，

"大哥！你们这些坏人，杀了我大哥！"

"死了吗？"牧原少将示意属下上前查看。那个冰族刺客小心翼翼地上去，俯身探了探侧颈的动脉，再看了看已经成为血窟的心脏，抬起头对首领点了点头，"死了。"

听到这句断语，慕容隽松了一口气，全身的疼痛令他颓然坐倒在台阶上，沉默了片刻，忽然忍不住低低笑了起来，越笑越大声。

那一刻，他想起了自己这一生的无数个片段。

在码头上初次遇见董然时的惊艳、少年时刻骨铭心的初恋、被命运的潮水卷着，转瞬而至的分离……等再次相遇时，她已经在这个男人的怀里，沦落风尘，成为外室——他曾试图将她夺回，用尽了各种手段，到最后却只能眼睁睁地看着她喊着这个男人的名字冲入烈火，在自己面前被活活烧死。

那一刻，她头也不回。

她终究是把他丢弃了，为了这个男人赴汤蹈火！慕容隽笑着，抬起头看着天空。眼前是灰冷的苍穹，雪一片片从头顶落下，沾在睫毛上，仿佛覆盖了整个世界。

时隔多年，自己终究把这个男人给杀掉了！

不过，这样一来，他们两个是不是又很快能在黄泉下团聚了呢？

"你们杀了我大哥！"安心哭得撕心裂肺，"一群坏蛋！坏蛋！"

他有些迟钝地转过头，看着泪流满面的少女——在那对姐弟的眼里，他看到了那样深重的仇恨和愤怒，完全蒙蔽了孩子原本透亮澄澈的双瞳。那样的眼神里烈烈燃烧着地狱之火，那一刻，他只觉得心头刺痛。

他们都是董然的亲人，此刻，却用如此仇恨的眼神看着自己！

在少年时，他曾不止一次设想过跟着董然回家，去拜见她的家人的情景——董然出身贫寒，她的家人到底是怎样的？对他这样拥有悬殊的出身和惊人财富的夫婿，是欣喜若狂，还是避之不及？他们……会喜欢自己吗？会答应让董然嫁给自己吗？

这些，都曾经是缠绕在心头的丝丝顾虑，令他裹足不前。

但命运无情，这些顾虑不曾有幸经受现实的考验，却都已经随着岁月的洪流被逐一剥离，随风逝去。

他没有想到，自己和堇然家人的第一次相见，却是在这样的情形下！

"把她拉下去……"他虚弱地喃喃，吩咐那些人，"不要再让我看到他们的脸。"

手刃了毕生劲敌后，他的心里却陡然升起了巨大的空虚。

是的，他曾经视白墨宸为一生之敌，因为这个男人无论在情场上还是在国事上，都成了自己的巨大障碍，几乎拦住了他前行的所有道路。如今，这块巨石终于被搬走了——然而面对着空荡荡的、一望无尽的前路，他忽然失去了前行的勇气。

还有什么用呢？堇然已经死了，他已经成了一个叛国者，所有美好的东西都已经毁灭了。

那一刻，他几乎想扔下染血的刀，大笑着走入北越郡冬季的茫茫大雪里，一直走，一直走，走到这个世界的尽头，筋疲力尽地一头倒下，永远不再醒来。

慕容隽坐在落满雪的台阶上，用缠着绷带的手扶着额头，一边摇头一边笑，眼角却有泪水流下，令旁边的冰族刺客们面面相觑，不知所谓。

"别管他，"牧原少将看了他一眼，喝令，"割下人头，回去复命。"

"是。"有一名属下疾步走出，"那么，屋子里那三个人怎么办？"

"放了。"牧原少将看了一眼屋子里哭闹不休的两姐弟，又看了看昏沉的瞎眼老妇人，皱眉道，"我答应过慕容隽，要留下这几个人的命，不可反悔——何况这几个也是些无关紧要的妇孺老弱罢了。"

听到命令，身后的刺客们松开了姐弟俩。安心立刻扑向了安康，颤抖地抱紧，却听到弟弟颤声道："姐姐，我……我……好害怕！"他用手紧紧搂住了姐姐的胳膊，安心这才发现弟弟的双手居然都完好无恙，压根儿没被砍断。

这……女孩一时间愣住了。

"放心吧，你弟弟好着呢。如果不是慕容力保，谁会在乎你们这几个家伙？就算真的砍了双手双脚又怎样？"牧原少将踢了踢地上那只"断手"，嗤之以鼻，"慕容这家伙居然不肯，还非要玩这一出苦肉戏来骗白墨宸，实在是太冒险了。幸亏成功了，否则……"

说到这里，冰族刺客脸色一变。

院子外不远处，有一个青灰色的人影一闪而过，朝着远处跑去。

"来人，快来人！这里杀人了！"院子外面，有一个尖厉的声音忽然间划破了村庄的寂静，疯了一样地喊起来，"快来人！"

[第三章]
雪中之血

　　片刻间，整个村庄仿佛苏醒了，骚动了起来，家家户户都传来了开门开窗的声音，无数脑袋从紧闭的室内探出来，朝着这边疑惑地窥探。

　　"不好！"牧原少将失声道，"快撤！"

　　"是！"所有人应声迅速撤退，训练有素地翻越了屋后的围墙，跃入山林，朝着山林深处奔驰。牧原少将奔出几步后仿佛想起了什么，又硬生生地折回来，一把拉起了还坐着的慕容隽，足尖一点，便跃过了围墙，飞速撤离。

　　慕容隽没有反抗，就这样随着他们撤退了。一路上无数杉树枝条拂过他们的脸，簌簌落下冰冷的雪，冷得足以令人清醒。

　　深入林中三里地后，他们停了下来。山林深处的一片空地上有秘密的辎重和车骑，是他们原本就准备好撤离时用的。

　　"走吧。"牧原少将翻身上马，对在原地等待的传令者吩咐，"立刻传消息给空明岛上的十巫大人，就说，我们已经完成了任务，即刻返回！"

　　"是！"等待消息的人露出狂喜的表情。

"怎么样，这回你也如愿了吧？"牧原少将回头看着慕容隽，嘴角露出一丝冷笑，"手刃了多年的宿敌，痛快吧？跟我们合作，果然没错吧？"

慕容隽没有回答，只是苍白着脸默默翻身上马，扯下风帽遮住了半张脸。

痛快？大抵是吧……在刀刃穿心、热血喷溅的那一瞬，多年的仇恨爆发而出，淋漓尽致，的确是令整个灵魂都战栗的痛快。如今那个人已经成为一具尸体，倒在一个荒僻村庄的角落，那些围观的愚昧无知的村民甚至不知道这个男人是谁——当他想到这一点，那种痛快忽然间又烟消云散。

人生短短几十年，就这么过去了吗？

他和董然都已经走完了属于他们的路，或许已经在另一个世界重新相遇。唯有他自己，还需要在这天地之间跋涉，不知道终点在哪里。

"走吧。"牧原少将看到他沉着脸不回答，有些无趣，回头下令，"螺舟在烛阴郡的海湾里等我们，得快点儿赶回去。"

"可是……高宣好像还没回来。"领队的刺客有些犹豫，"不等他了吗？"

"哦？"牧原少将愣了一下——高宣是那个最后领命去割白墨宸人头的战士，可能由于惊动了村里人，这么一耽搁，没能及时跟着队伍撤退回山里。

他透过密密麻麻的树叶，往山下的村庄看了一眼，发现那个院落里已经围满了人，惊呼和哭泣声响彻整个村子，不由皱了皱眉头。这种情况下，只怕任何一个外乡陌生人一露面，大概都会被当作凶手被村民围攻吧？

"算了，看来一时是回不来了。"牧原少将摇头，策马前行，"高宣身手不错，那些村民奈何不了他，我们先出去，到了螺舟旁再等他。"

"是！"

一行刺客在大雪里翻身上马，穿过密林，悄无声息地朝着北方海边奔去，只留下身后村庄里的一片沸腾喧闹。

当同伴迅速撤离时，那个叫作高宣的刺客正在白墨宸的尸体边俯下身，单膝跪地，拿出一把雪亮的解腕尖刀来。当牧原少将那句"撤离"的命令发出时，他略微犹豫了一下，却不想放弃已经进行了一半的任务，试图将头颅割下。

嚓的一声，尖刀割裂血管，抵住了颈椎。

"住手！"身后忽然响起了少女的哭喊，安心奋不顾身地扑上来，一把将这个杀手抱住，"坏蛋！不许杀我哥……放开，不许杀我哥！"

"滚！"高宣不耐烦起来，手臂一震，将那个女孩如掸灰尘一样弹开一丈。

"姐姐！"安康连滚带爬地上去抱住了安心，把她拖开，声音发抖，"你打不过他的！别过去了……快跑，快跑啊！"

"坏蛋！"安心拼命挣扎着，只能眼睁睁地看着对方一刀刺入了白墨宸的后颈。

刚死去的人身体还是温的，骨骼还没有收缩，血肉也容易分割，虽然听到村子里已经开始骚动，高宣还是有把握在村民们围上来之前将人头干脆利落地割下带走。他低下头去看了一眼尸体——那个心脏上的窟窿还在汩汩不停流出血来，就算是钢铁打的人也早已没了气息。他决定专心致志地完成剩下的任务，继续半跪在地上，转动刀锋。

"住手！"然而，就在他刚转动手腕的一瞬间，忽然间耳边风声一动，有什么东西投掷了过来。他下意识地一躲，那东西擦着脸落地，居然是一团雪。

谁？他愣了一下，眼里凝聚起杀气：难道除了这一家人，还有其他旁观者？

"快来人！杀人了……这里杀人了！"那个嘶哑的声音在院子外又响了起来，正是那个最初叫破这一切、惊动村里人的声音。随着声音，一个青灰色的人影从门外冲了进来，不顾一切地扑过来，赤手空拳地想要阻止这个杀手。

该死的！高宣心里一怒，杀气便腾了起来。

然而只看了一眼，他便发现对方脚步虚浮，竟是个毫无武功，甚至手无利器的普通人，简直是送死一样往自己这边撞了过来。

他冷笑了一声，为了不耽误时间，并没有拔出那把尖刀，一只手继续旋转着切割头颅，另一只手却拔出了腰间的长刀，对着那个不知好歹的家伙拦腰便是一斩。

然而，看到白帅横尸就地，青衣谋士穆星北顿时状若疯癫，完全失去了冷静，高声喊着，居然不退不让地直冲了过来！

眼看就要被拦腰两段，就在那一刻，咔嚓，高宣忽然觉得手腕一震，啪的一声，百炼钢居然匪夷所思地居中折断！

这是怎么回事？难道是——

然而，高宣的意识只能永远凝固在这一刻了。悄无声息地，一只手从雪地上抬起，五指并拢，硬生生地插入了他的身体里，一把捏碎了他的心脏！

他没有发出一声喊就倒了下去，叠在了那具"尸体"上。

血从他心里汩汩流出，顺着那只手臂流向雪地上白墨宸的"尸体"——血从伤口里倒灌着进去。仿佛汲取着新死者的力量，奇迹般地，白墨宸心脏上被慕容隽洞穿的伤口居然以肉眼可见的速度一点一点地弥合！

这一切无声无息，在大雪中悄然进行，没有任何人留意到。

当刺客颓然倒地的刹那，穆星北不顾一切地扑过去，将白墨宸扶起，声音嘶哑，"白帅……白帅！"

然而，在一眼看到白帅身上那把插入颈椎的刀时，他忽然说不出话来，双手掩面，跪倒在雪地上，号啕大哭起来。他哭得就像是一个孩子，宣泄着澎湃的痛苦和绝望。是的，他所有的梦想，已经破灭于此刻。

他的王，死了！

片刻，院子外面已经聚集了一群人，个个手里都握着锄头、弓箭，自发地包围了这座新落成的小院。那些都是九里亭的村民，第一次在这个民风淳朴的村子里目睹了一起可怕的血案。怔了片刻，村长才带头闯了进来，一眼看到里面的情况，忍不住失声惊呼："天啊……这、这到底是怎么回事？安心，安康，你们还好吗？你们哥哥呢？"

他带领村民往后走，看到满地的尸体，腿都忍不住发软。

"村长……他们、他们杀了我大哥！"少女的声音再度响起，安心拉着安康，跌跌撞撞地从后院跑了出来，大哭，"是这群穿黑衣的坏人杀了我哥！他们、他们杀了我哥……呜呜呜……他们是坏人，杀了我大哥！"

"他们是坏人？"看着满地的尸体，看着痛哭的少女，又看了看吓得呆若木鸡的安康，村长下意识地将他们搂过来，拍了拍，安慰道，"现在没事了，别怕。"然而，心里却是一阵嘀咕：这么多人来这里，只为杀一个人？而且这满地的死人，难道都是一个人杀的？看来这个刚搬来村里的外来户也不是什么善男信女啊……

"村长！事情有点不对头啊，"就在这一刻，有村民俯下身参着胆子看了一下，吓得连忙站起来，"快看，这些死了的人个个都是金色头发！根本不是我们空桑人！"

"金色头发？难道是冰夷？"村长毕竟是村子里唯一一去过郡府的人，听到此话倒抽了一口冷气，看了一眼新搬过来的这家人，嘀咕道，"冰夷怎么会潜入这里来杀人？对了，你们自称是从帝都搬来这里，难道……你们的大哥是什么大人物不成？"

"他们的大哥，是空桑的元帅，白墨宸。"

忽然间，有一个声音低低地替她回答了。是那个号啕的人止住了哭声，用一种令人毛骨悚然的语气木然开口，对着这群拿着锄头、镰刀的山野村夫说话，似是宣布着一个噩耗，"空桑的元帅死在了你治下的村子里……你们这群没用的家伙，个个都该受死！"

什么？！村民忍不住齐齐耸动，看向了地上那个说话的人。

酒馆的老板认得，那个蹲在尸体旁边的青衣人，正是住在自己店里的那个人——他一直鬼鬼祟祟地隔着窗户观察这户新搬来的人家的动静，刚才，也正是他第一个发觉了这里的异常，不顾一切地冲了出去喊人。

只可惜，还是没有办法阻拦那群刺客的袭击。

"什么？！他是白、白帅？"村长不敢相信地失声惊呼，看向了那对姐弟。安心啜泣着，点了点头，终于忍不住大声哭了起来，又是骄傲又是悲伤，"是的！我大哥，是空桑的大元帅！他、他不让我说出去！可是、可是现在……"

姐弟俩哭得伤心，村长却只觉得如堕冰窟，不寒而栗。

是的……空桑的大元帅，白墨宸，居然在自己的治下被冰夷暗杀！这个天大的罪名，不要说是他区区一介村官，哪怕是北越郡的郡府大人都承担不起！

"还不快去追刺客！"那一刻，他下意识地大喝，带头追了出去。还没有明白怎么回事的村民们连忙一哄而上，跟在村长后面朝着后山飞奔——这些拿着锄头、弓箭的村民，完全没想到刚才耽搁的那一会儿时间，足以让那些沧流帝国的刺客远走高飞。

院子里仿佛一瞬间空了，只有穆星北没有动，呆呆地坐在地上，脸色比死人更苍白。

这些北越郡的乡下人能做什么呢？以为靠着锄头、镰刀和弓箭，就能对付那群沧流帝国的刺客吗？而且，白帅已经遇刺，就算把那些刺客都抓回来又有什么用！他垂头坐着，看着自己辛苦辅佐十几年的雄主成为了一具冰冷的尸体，眼里有黑色的光逐渐浮现。

那是绝望，是憎恨，是不甘心！

"怎么会这样……怎么会这样？！"穆星北抱着头喃喃，一遍又一遍，神志恍惚。白帅是天命所归的王者啊，怎么会就这样死在冰夷手上？葬身于这个荒僻的村庄？不……这不可能！这不可能是真的！

青衣谋士在下雪的苍穹下大喊起来，安心和安康也忍不住扑在地上大哭，哭声交织着喊声，回荡在空荡荡的村庄里。

"你们给我闭嘴！"被哭声惊扰，穆星北看了一眼这对姐弟，忽然觉得心里烦躁无比，"无知的贱民，滚开！白帅都是被你们害死的！"

是的，如果不是因为这几个蝼蚁一样的贱民，白帅哪里会辞官归隐，死在这种穷乡僻壤？那个百战百胜的男人，居然一心被什么铸剑为犁、天伦之乐所吸引，不惜放弃到手的权柄，到最后，还不是连马革裹尸的战士荣耀都没有得到！

都是因为这些蝼蚁一样的贱民，阻碍了白帅的君王之路！

他愤恨地想着，只觉得心里越来越烦躁，眼里不由自主地露出嫌恶和憎恨来，一把将这对扑上来哭的姐弟推开。

"你是谁？凭什么让我们滚开？他是我大哥！"安心哭喊着冲过去，试图把白墨宸从这个陌生人的手里抢回来，"让开！不许碰我大哥，快还给我！他是我们的！"

这对姐弟扑过来，推搡着这个陌生人，又抓又咬，却没有看到对方的精神正濒临崩溃，盯着他们看的双眼里流露出越来越浓的憎恨。

忽然间，少女的咽喉被掐住了。

"他是你们的？别妄想了！"穆星北仿佛忽然间疯了，大声怒骂，整张脸都有些扭曲，"白帅是天下雄主，九百年一出的王者！怎么可能是你们这几个贱民的？！"

安心被提得双脚离地，一下子说不出话来，满脸通红地挣扎。

"放开我姐姐！"眼看安心危在旦夕，安康这回没有退缩，牛犊子一样冲了过来，结结实实地撞在了穆星北身上，哭喊着，"臭家伙，快放开我姐姐！"

然而他的举动更加激怒了对方，穆星北失去理智地将安心往地上一摔，便要过来抓他——地上的雪很厚，横七竖八的满是尸体，安心落下去的时候忽然啊地惊叫了一声，小小的身体扭动了一下，然后再也不动。

一把断刀从她的胸口透了出来，将她钉在了地上。

"姐……姐？"安康惊得呆住，"姐姐！"

那把长刀紧紧握在刚才那个刺客的手上，握刀的手在彻骨的寒气里冻成了青白色，维持着一个僵硬的角度，刀尖向上。而安心落下去时，似有一股可怕的力量冥冥中操纵着，不偏不倚，居然正正迎头撞上！

穆星北抓住安康的手僵在了那里，然而看到这样残忍的一幕，眼里的黑暗神色却有增无减。被刺穿的安心睁大着眼睛，显得无辜而惊恐，她挣扎了一下，发现身体根本无法动弹，只能用尽最后的力气看向弟弟，翕动着嘴唇，吐出两个字："快……跑！"

安康回过神来了，连哭都忘了，扭头便狂奔。

院子的门在斜对面，然而他来不及从门口逃出，便直接跑向了最近的地方，试图直接翻越篱笆逃出去，一边大喊："来人！快来人啊……有坏人杀了我姐姐！有坏人！"

然而此刻，村子里的人都去了后山密林追刺客，街道上空荡荡的。

看到安康逃跑，即将引来更多的村民抓自己，穆星北下意识地追了出去，身体里不知道哪来的力量，脚步居然比平日快捷十倍，几步就追了上去——在少年翻越篱笆的那一瞬间，他抓住了安康，低声冷笑。

那一刻，安康看到他眼里魔鬼一样的神色，不由得恐惧地大喊起来，一口咬住了他的胳膊，拼命地挣扎，"放开我……放开我！"

"不要动！"穆星北表情狰狞地紧紧抓住少年的肩膀，把他用力压在了篱笆上，试图制止他的挣扎，厉声道，"安分点儿！不许喊！"

然而安康却越叫越大声，越叫越凄厉，几乎将屋檐上的雪都震落下来。

"怎……怎么了？"忽然间，一个颤巍巍的声音在背后响起，"这里怎么了？"

穆星北猛然一震，回过头去，看到后院厨房的门悄然打开了，一个白发苍苍的老妇人扶着门站在那里，仿佛是昏睡了很久，刚刚被外面这样凄厉的叫声惊醒，摸索着朝外走来，"安心？安康？你们、你们怎么了？"

安大娘？那个被冰族刺客击昏的瞎眼老妇人，此刻醒来了。

看到老人，穆星北倒吸了一口气，倒退了两步，嗫嚅着说不出话来。然而，当他松开手后，安康抽搐了一下，却没有挣扎着落地，手脚软软地垂落了下来。

那个虎头虎脑的少年终于安分地听话了，再也不挣扎，再也不闹腾——篱笆上有三四支新削的尖利竹子，在刚才被大力压住的时候洞穿了小小的身体，把他扎死在了上面。

"这……这……"穆星北不敢相信地看着这一幕，又回头看了看雪地上的人。那个叫安心的少女也已经死了，身体被长刀对穿，然而她的眼睛一直看着这边，最后的眼神凝固在恐惧之中。

在临死前的那一瞬，她是否看到了弟弟被活生生地扎死的惨剧？

这一切，难道真是自己做的？

"安心！安康！"安大娘听不到孩子们的回答，不由得慌乱起来，摸索着从厨房走出来，看不到脚下的台阶，一下子就跌倒在地，趴在雪地上撕心裂肺地大喊起来，"安心！安康！你们在哪里？还有……还有我的宸儿……你在哪里？"

闻到了血腥味，心里已经预感到了不祥，瞎眼的老妇人哭喊着朝这边爬行过来，满身是雪和血，却浑然不知。

空旷的庭院里，穆星北茫然地站着，看着地上爬行的老人，只觉得手足无力。这一切发生在瞬间，已经远远超出了他原先的预计。他只觉得有一把刀在心里搅动，撕心裂肺，令他的意识一片空白——怎么会这样？怎么会这样？！他怎么忽然间就做出了这种事？

是的，平心而论，他从来没喜欢过这一家人。这忽然冒出来的一家老弱妇孺，数十年来为白帅做过些什么？如今，借着血脉关系和白帅对殷仙子的深眷，却忽然获得了如此重要的地位！

重要到，居然能令白帅放弃帝都的所有功名利禄，带着他们归隐这穷乡僻壤。

如果没有这一家子就好了……如果没有这些人，没有这条后路，白帅说不定就不会放弃帝都的一切，不会轻易离开那个几乎触手可及的至尊地位。

这个念头，本来一直是存在于他的心底的，但一直被压制着，不曾有过流露。而刚才，就在刚才，不知道被什么力量催化，心底那点憎恨忽然被千百倍地放大，身体就像是被一个莫名的魔物控制，不可抑制！

他、他居然亲手杀了白帅一对年幼的弟妹！他究竟做了什么！

穆星北跪在雪地上，双手颤抖，精神恍惚。大错已经铸成，现在，要怎样才能收场？

雪还在无声无息地下，迅速地覆盖地上的鲜血和尸体。瞎眼的安大娘在雪地上慌不择路地爬着，一边喊着，一边摸索着一具具尸体，寻找着那对姐弟——而不远处，院子里那口新打好的尚未围起来的井，犹如一个黑洞洞的眼窿，就这样恶毒地盯着即将自投罗网的猎物。

"别！别过去啊！前面就是……"那一刻，穆星北想要喊出声，提醒那个瞎眼老人，然而一个奇怪的声音在身体里冷笑，阴森可怖，扼住了他的咽喉。他无法动弹，宛如堕入噩梦，只能沉默着，一声不吭地看着这一切发生。

漫长的雪地爬行之后，扑通，沉重的一声响，那个瞎眼的老妇人就这样坠入了黑沉沉的深井，发出一长声凄厉的尖叫。

雪纷纷从井口坠落，落向那个黑沉沉的井里，几下就没了声音。

院子里终于又彻底恢复了平静，雪地上只有那道爬行过的痕迹。

　　身体里那个奇怪的笑声终于停止了，四肢陡然恢复了知觉，穆星北仿佛一个提线木偶散了架，一下子怔怔地跪在雪地里，不敢相信地看着眼前的一切。是的，他不敢相信这一切是自己做的——他怎么可能做出这种事来？他，居然杀了满门老幼！

　　刚才的一切，仿佛是一场噩梦。

　　雪地里，被刀刺穿的安心睁大着眼睛看着他，眼神里凝聚了恐惧和憎恨，而篱笆上，安康也如同一个被扎起来的娃娃一样，直直地盯着他。在这对孩子的眼神里，穆星北扑通一声跪倒在地，脑子里一片空白。

　　"不……不！"他用手抱着头，发出了野兽一样低沉的哭喊。青衣谋士脑里一片混乱，用颤抖的手捡起了地上掉落的一把刀，狂乱地对准了自己的心口。

　　"怎么？"忽然间，他听到一个声音，"你也想死吗？"

　　那一瞬，穆星北全身一震。这、这声音，是……白帅？！

　　当他定睛看去时，雪地上一双眼睛正缓缓睁开，和他默然对望——那个心脏被一刀洞穿、头颅又几乎被割下的人，居然就这样睁开了眼，缓缓问出了这句话！

　　"白帅！"穆星北全身一激灵，失声惊呼，"你、你还活着？！"

　　"呵……"地上的人笑了起来，"你说呢？"

　　那声低笑之后，他居然坐了起来，反手拔出了脖子上插着的尖刀，扔到了地上——在刀拔出的瞬间，那个伤口由里而外地透出一种奇特的金色光芒，然后迅速消弭。

　　穆星北看着这一幕，几乎如同坠入梦境中一样。

　　"是啊，我活着，"地上的人站了起来，扫视着整个庭院里惨不忍睹的情景，脸上的表情居然没有丝毫动容，淡淡道，"可是，很多人已经死了。"

　　穆星北脸色顿时苍白，跪下，"我……我失手杀了他们，罪该万死！"

　　"不，这不怪你，也不是你杀的。"白墨宸笑了起来，用一种诡异莫测的眼神看着穆星北，"你只不过是不巧遇到了'觉醒'的那一瞬而已——要知道，我的力量在'着肉'的瞬间将会大到不可思议，不仅侵蚀寄主的身心，所有在附近的人都会被影响。"

什么？穆星北有些迷茫地看着眼前这个熟悉又陌生的人，不知道如何回答。

"当然，你自身也有罪过。"白墨宸看了一眼穆星北，似笑非笑，声音奇特，"在那时候，心底只要有一丝恶念，就会被千百倍地放大，不受控制——你对那几个人的确心怀憎恨，是不是？才会导致这种结果。"

穆星北猛然一震，低下头看着自己染满血的双手，脸色苍白。

是的，他恨这一家人！

"好了好了，我宽恕你。"白墨宸看着一家人的尸体，笑了笑，"这件事很快就不会有人记得了——这些无辜者的死，都是冰夷刺客造成的，不是吗？"

"冰夷刺客？"穆星北愕然，无语地看着这样谈笑自若的白墨宸，忽然失声，"不……你不是白帅！你是谁？"

是的，这不是白帅的眼神，绝不是他跟随了十几年的白帅的眼神！那双眼睛，居然变成了暗金色，仿佛黑暗里一点遥远的光，充满了诡异的吸引力，令人不寒而栗却忍不住靠近。这绝不是白帅的眼神！

"哦？"白墨宸带着一种奇特的表情走到他面前，冷笑着，"居然这么快就分辨出来了？真不愧是心腹幕僚啊……"

穆星北倒退了一步，看着这个具有白帅外形的"人"，因为愤怒和恐惧而声音发抖："你……你究竟是谁？"

"我是谁？"那个人饶有兴趣地俯下身，研究着两姐弟的尸体，笑了起来，"我就是白墨宸啊！是你发誓毕生效忠的主人，是九百年一出的王者，是这个空桑、乃至这个天下和七海的霸主！"

他笑着，转过头看着他，金色的眼睛里有一种奇特的魔力，竟然让人无法移开眼睛，"你，寻求的不就是这样一个主人吗？那又何必再问我是谁？"

"……"穆星北说不出话来，只觉得那种恍惚感再度袭来——这个人身上，居然由内而外地透出如此强烈的黑暗气息，能将所有靠近的人都吸进去，让人无法抗拒和挣扎。

"像侍奉白墨宸一样地辅佐我，做我的心腹，如何？"那个"人"笑了。他的声音有着奇特的魔力，当他最后一个字吐出的时候，穆星北被一种莫大的力量压迫，已经不知不觉跪了下来。

"哈哈哈！"那一刻，"白墨宸"仰天大笑起来，在落雪的苍穹下张开了双臂——那一刻，天上飘落的雪竟然刹那停止。穆星北清晰地看到他的左臂上透出强烈的金色光芒，逐渐蔓延到全身，到最后，竟然映照得整个人都通透起来！

这……究竟是怎么回事？

"你看，我的力量已经恢复了接近五成。"那个人轻抚着自己的左臂，低语，"说起来，还要谢谢慕容隽呢……白墨宸是一个意志力很强的人，如果不是这一次他选择了自愿放弃生命，我也找不到这么好的机会，在一瞬间彻底同化他！"

同化？穆星北听着，渐渐从迷茫转为愕然，露出不可思议的神色——这个人的意思是说，此刻占据了这具躯体的并不是真正的白帅，而是另一个人？或者，他们已经合二为一？

怎么可能有这样的事？

"你看，隔了九百年，我终于在大限来临之前成功地找到新的寄主！""白墨宸"发出了一声大笑，再度一挥手，半空凝固的雪花又纷纷落下。他站在飘着雪的苍穹之下，仿佛一个刚被释放的孩童一样，不停地变换手势——随着他的操纵，那些雪时而凝聚，时而散开，甚至时而凝定在半空中！

这种操控天地的力量令穆星北目瞪口呆。那一刻他有些恍惚，只觉得眼前这个人似极熟悉，又似极陌生。

"你，是第一个追随我的人，会得到你应有的一切，封侯拜相，名留青史。"展示完力量后，"白墨宸"满意地笑了，转过头对着穆星北道，"现在，跟我去获取这个天下吧！"

"现在？"穆星北愕然。

"是啊，你追随我，不就是为了这个吗？""白墨宸"摸了摸自己的左臂，冷冷道，"九百年后，当有王者兴。这个预言可不能落空。"

"我们是去……"穆星北问，有些迟疑，"帝都？"

"不，帝都的王座可以再缓缓。""白墨宸"仿佛凝视着镜湖中心那座通天的白塔，眼神森冷，"放心，我曾经是那里的主宰，也终将回到那里去！"

他振衣而起，踏雪而行，无数雪花萦绕在他身侧，宛如另一个世界的来者。

然而，在离开庭院前，"白墨宸"仿佛被看不见的力量牵引，忽然驻足，俯下身看了一眼被刺穿在篱笆上的少年，右手动了一下，似乎不受控制地抬起，轻轻抚摸过安康的脸。那一刻，他眼神里的金色光芒淡了一下，流露出一丝哀伤。

"听啊，有一个灵魂在哭泣呢……为了他所失去的一切。"他抬起手压在自己的心口上，微微闭上了眼睛，似乎聆听着身体深处的另外一个声音，"只可惜，自从你在大火中答应和我交换条件后，契约已经达成。不管如何挣扎，我都要来收回我应得的东西……"

大雪里，他抬起手，将那对姐弟的尸体放在了一处，轻轻抚摸着他们渐渐僵硬的柔嫩面颊，喃喃道："不过，既然你们如此伤心，我还是愿意替你们哭一哭的。"

"白墨宸"在大雪里自言自语，垂下眼睛看着那对姐弟，果然有两行泪水夺眶而出，滑过了他充满风霜的脸颊，还没有流到下颔，便在冰冷的风里凝结成冰。

"满足了吧……你看，我以前从来没有为任何卑微的人类流过泪。"他低声对自己说着，将两个孩子抱起，毫不留情地一个接着一个扔到了井里。两声沉闷的钝响之后，再无声息。"白墨宸"低下头，看着那口逐渐落满了雪的井，忽然叹了口气。

"我知道你还想要什么。""白墨宸"低声道，似乎对自己自言自语，"我知道君临这个云荒并非你真正的愿望，你想要和那个女人在一起，是吗？只要你愿意，我可以替你达成。"

说到这里的时候，他的身体猛然震了一下。

他回手抚摸心口，微笑，"我说对了吧？这是你的梦想，不是吗？你本来都觉得今生今世已经失去她了，而我可以替你找到她，你们的缘分远远未断——这就是我给你的补偿，如今你可满意？"

他在大雪里喃喃自语，脸上的表情阴晴不定，连声音都起伏不定，似乎有两个人在身体里激烈地争吵。

"从此后，我就是你，你就是我，我们一起开创一个新的云荒，为何不好呢？"

"如今，你所付出的一切代价都已经付完了，你剩下来的所有愿望，我都会替你达成……不，应该说，我们一起来达成！"

"白墨宸"在大雪里说完最后一句话，忽然间抬起手，一掌击在了雪地上！

那一击有着骇人的力量，整个院子发出了可怖的战栗，脚下的大地颤抖着。一声闷响从深处传出，井口忽然轰然坍塌，合拢，再无痕迹。

连着里面三具至亲骨肉的尸体一起，深埋于地下。

"好了，这里，便是埋葬你过往一切的坟墓。""白墨宸"从雪地上站起，放下了压在心口的左手，对着身体里的另一个人喃喃，"从今天开始，我们将融为一体，走上一条光耀千古、君临天下的道路，就像万古之前的星尊大帝——琅玕一样！"

"主人！"穆星北跟随在他身后，恭谨回答，"这条路，还有我。"

"呵呵……""白墨宸"笑了起来，那一瞬，他眼里忽然有了类似于人的表情——金色的眼眸下，看不到的黑暗向内弥漫，逐渐侵蚀所有血肉，和原本这具躯体的主人融为一体。

"走吧，你跟随的这个主人，将令你名垂青史！"

他对穆星北说了一句，大步走出空无一人的村落，在大雪飘飞的荒原里放声大笑，一路行走，黑色的长衣在风雪里飞舞，如同一只张开翅膀临风而飞的鹰。

然而，走着走着，他却猝然跌倒，在雪地上一动不动。

"白帅……白帅！"穆星北急切地奔过去，将他扶起。昏迷的人没有回答，似乎在一瞬间，这具身体里的灵魂被抽空了。穆星北只看到他手臂上有金色的光渐渐弥漫，如同血液一样沁入四肢百骸，又渐渐消失。

"白帅！"他担忧地低声喊，伸出手去触碰对方的额头，发现火烧一样灼热，烫得几乎令他叫出了声——不，这种体温，简直不是人可以有的！

怎么回事？白帅是忽然间病倒了吗？

直到一天一夜后，白墨宸才在去往帝都的马车上醒来，睁开了眼睛。

那一瞬，穆星北有一种错觉：白帅的眼睛，居然由中州人的纯黑色，变成了璀璨的暗金色！

"穆先生？你……你怎么在这里？"昏迷的人醒了过来，撑起身体，吃惊地看着侍奉在面前的青衣幕僚，只觉得头痛如裂，停顿了许久，才想起之前中断的记忆，猛然站了起来，失声道，"糟了！沧流派来了刺客！他们抓了大娘、安心和安康，我得赶紧回九里亭那边去——"

穆星北愣了一下，片刻之间竟然无言以对。

这……是怎么回事？醒来的白帅，是完全记不得在大雪里发生的灭门惨案了吗？还是说，目睹了这一切的只是他身体里的另一个身份，而他自己本人，却如同睡了一场一样，对发生的一切毫无觉察？

青衣幕僚脑海里迅速地转过无数念头，最终却是长长地松了一口气。

如果是这样，那解决起来就容易多了……否则，真不知道要如何消除这一场极端残酷的事情对白帅所留下的阴影。

"白帅，大娘、小弟和小妹都……都已经死了。"穆星北眼里含着泪，小心翼翼地试探着开口，"就在九里亭！"

"什么？！"白墨宸失声惊呼，霍地坐起。

这种震惊的神色，绝不是作伪可得。看到白帅的反应，穆星北心里有了九成九的把握，点了点头，把准备好的谎言顺势推出，神色悲痛无比，语气低沉："是的。他们……他们被那群冰夷杀了！谁都没想到那些天杀的冰夷居然还会追杀到这里来！——属下无能，只拼死将您救了出来，却来不及……来不及……"

白墨宸脸色倏地惨白，身体一晃，如同心脏再度被刀刺穿，眼睛暗了下去，又忽然涌现出了璀璨的暗金色，妖魔般闪耀。

他压低了声音问，艰涩无比，"都……都死了？"

"白帅节哀。"穆星北低下头，不敢再看那双眼睛。

"啊啊啊啊——"许久许久，大雪里才传来一声声压抑又疯狂的低呼，宛如一头受伤的猛兽。白墨宸咬着牙，一掌击在车上，整个车厢瞬间裂了开来!

那一刻，穆星北又看到了那双金色的瞳孔。那其中燃烧着愤怒、憎恨和不甘，如同熊熊的地狱烈焰。这地狱的火焰里，隐约可以看到一个微笑的影子——是那个在大雪里曾经乍然出现、力量如妖魔的虚无影子。

白帅，此刻和我说话的，到底是你，还是"他"？

[第四章]

分崩离析

　　当被大山簇拥的九里亭发生着残酷的一幕时，在大陆的另一端，一个缁衣芒鞋的僧侣从遥远的西荒匆匆而来，正从息风郡的渡口下船。

　　那个僧侣左手托钵，右手握着一串念珠，容貌庄严，虽然风尘仆仆，却流露出一股洁净刚健的气息。手中那串佛珠不知道是什么材料制成，每一颗都有寸许大，似珍珠又似象牙。然而奇异的是既无珍珠的光泽，又无象牙的洁白，暗淡无光，显得有些阴惨惨，和僧侣的风范格格不入。

　　僧侣到来的时候正是深夜，渡口上没有一个人，所以也没有人发出一声惊呼——因为冷月下水面一道笔直的水箭划过，这个僧侣竟然是踏着波浪而来的！

　　"该死，还要继续往东吗？"他踏上渡口，皱了皱眉头，低头摊开了手掌。

　　掌心里那个金色的转轮已经暗淡了，仿佛死去了一样寂静——而在不到十天之前，它还日夜发烫，无休止地转动着，令他不得不离开空寂之山千里迢迢赶来，日夜兼程地穿过了整个云荒。

从三天前开始，掌心的命轮忽然沉寂了，再无动静。

不祥的预感笼罩下来，僧侣站在渡口，不知接下来该去哪里，只能低头将手握紧又摊开，想要努力感知另外一端传来的讯息——然而，什么都没有。彼端只是一片虚无，冰冷的、茫茫如白雪覆盖的世界。

孔雀明王站在渡口的冷月下，脸色渐渐变得异常。难道星主那边已经出了什么不测？作为命轮的首领，星主一直隐藏于幕后，从不会轻易召集大家。但前段日子召唤的力度却是史无前例。

难道，他这一路赶来，也是晚了吗？那么，龙呢？他此刻怎么样了？

心神一乱，孔雀忽地感觉到法袍上有什么东西微微开始跳跃，一颗接着一颗。他低下头，看到了自己脖子上的那串佛珠已经开始自行跳跃，仿佛活了一样在空中舞动，一颗颗发出奇特的光芒来！

一共六十一颗，每一颗佛珠的光芒里，都隐约浮现了一张扭曲的脸，在拼命地嘶喊、挣扎，似乎要逃脱某一种禁锢，重新飞散到阳世里。

不好！那些怨灵，此刻试图要脱离他的控制闯出来吗？

"须菩提，发阿耨多罗三藐三菩提心者，于一切法，应如是知、如是见、如是信解，不生法相。须菩提，所言法相者，如来说即非法相，是名法相……"来不及多想，孔雀立刻就地跌坐，开始念动真言，全力压制那群蠢蠢欲动的怨灵。

他凝聚了全部精力，念动咒语，压制着那些恶灵，完全顾不上头顶斗转星移，时间一分分地流逝。不远处的村落里开始有了人声，村民们已经准备开始一天的劳作。

黎明时分，有咿呀的舟楫摇动声由远而近，停靠在码头。

"爷，这里就是长山村了。"船家道，"村子那边就是青木墈，连着南迦密林。"

"就是这里了！快靠边，爷要下了！"包船的豪客握紧拳头，挥了挥手，连声道，"快点儿，快点儿！动作那么慢，想死啊？"

"是，是。"船家连忙将船靠上码头。

还没停稳，船上的人就跳了下来。然而没想到木质的栈桥年久失修，他身手不灵便，本身又甚重，落下来时居然压断了一根半腐朽的木板，只听咔嚓一声，半只脚顿时陷了进去，半晌拔不出来。

船家看着这个胖子一脚陷在渡头的桥里拔不出的样子，在一旁忍俊不禁。

"快过来帮忙！"豪客怒叱，"笑什么笑！"

"是，是。"船家连忙收敛笑容，系了船跳下来，跪在地上，用力拔掉断裂的木条。豪客这才将卡住的脚拔了出来，却一个重心不稳跌坐在地，哎哟了一声。

船家忙问："爷，您还好吧？"

"没事！这点儿小伤怎么能难倒我九爷？"豪客嘴上说得强硬，看表情却显然甚是疼痛，龇牙咧嘴地抽着冷气，嘀咕道，"如果不是前段时间刚受了重伤，险些丢了性命，老子堂堂空桑剑圣，哪里会……哎呀！"

他伸手摸了摸胸腹之间，手缩回来时整个手掌都是殷红的，吓得旁边的船家也哎呀了一声。

"妈的，这伤口怎么又裂开了！还说是姑射郡最好的大夫，绑个绷带都这么差劲！"豪客骂骂咧咧，却也不当意，只是将手在衣服上蹭了蹭，抹掉了血迹就支撑着站了起来，从怀里拿出一个钱袋子扔给一边的人，"你替我去前面村里雇一辆马车，我要继续赶路。"

船家看到他这样的伤情，心里暗自担心，然而对方一路出手豪阔，看在金铢的分儿上，他又不想损失了这笔生意，只能赔着小心，"那么，爷，接下来准备去哪里？"

"这个啊，我要去……"豪客迟疑了一下，将血手在衣襟上再度用力擦了擦，抬起手，朝着掌心看了过去，左看右看，半晌不答话。

船家看他专注的样子，暗自惊讶——要去哪里为什么要看手心来研究？难道手心里有地图不成？

"唉……该死！这一会儿老子也不知道该去哪儿了。怎么这个东西一到这里就不灵光了？前几天还在拼命催我，指方向给我呢！"豪客看了半天，颓然垂下了手，长叹，"算了，反正也没头绪，你扶我去村子里，找个地方先喝个酒！"

船家有些犹豫，"但客官你身上的伤还没好，怎么能……"

"不喝才好不了呢！少废话！"豪客一声呵斥，"再不喝，我就快死了，知不知道？"

"是，是……"船家再不敢顶嘴，连忙扶着他往前走，心里嘀咕，这家伙如此不爱惜身体，喝死了也活该。

两人刚从渡头上下来，没走几步就停住了。那个豪客睁大了眼睛看着前面，失声道："怎么这里有个和尚？还不偏不倚坐在路中间？真见鬼，怪不得老子一到这里就如此晦气！"

晨曦中，渡头那条路上果然坐着一个缁衣芒鞋的僧侣，一手结印，一手握着佛珠，宝相庄严地趺坐在路中间。

船家心下也觉得奇怪，却不想多惹事，只是扶着那个豪客小心翼翼地从路边绕了过去。那个豪客嘴里嘀嘀咕咕，但显然也无意多惹是非——然而，就在交错而过的一瞬间，那个僧侣虽然还是闭着眼睛，却忽然抬起了手，一把抓住了那个豪客的衣袂！

"喂——你！"船家失声惊叫起来，却见豪客在同一时刻也蓦然变了脸色，全身一震，也向着对方伸出手去——只听啪的一声脆响，两人竟然双掌相击，死死相扣。

然后就这样握着手，再也不动。

这……这是什么情况？这两个人是熟人，还是在打架？船家莫名其妙地看着这一幕，心惊胆战，却忽然看到地上那个僧侣睁开了眼睛，低声问："麒麟？"

"不错，我是麒麟。"船家听到身侧的豪客回答，说着他听不懂的话，"你……难道是传说中的孔雀明王？"

"是，我是孔雀。"那个和尚低声道，念了一声"阿弥陀佛"。

两个人对视了一眼，似乎彼此确定了什么，这才放开了手——直到那一刻，船家才看到他们两个人的掌心里居然都有一个转轮图样的东西，浮凸出来，在缓缓转动！

这是什么？船家睁大了眼睛，却不敢问。

"我说，你是怎么……"豪客刚想说什么，想起还有外人在，连忙不耐烦地从怀里拿出了那个锦囊扔了过去，"船钱和打赏都在里面了，快给我滚！"

船家一掂量那个锦囊，不由得咋舌，"全、全打赏给小人？"

"是啊是啊！滚得慢了就没了！"豪客厉声，声音未落，船家一溜烟地就跑了。等船家走了之后，豪客才大大咧咧地道："原来'孔雀明王'居然是个和尚！我一直以为这么威风的名字，一定是个王侯呢！我是清欢……不，麒麟——他娘的，这个名字真奇怪！"

他说话大大咧咧，然而却正好投了孔雀的脾性，孔雀道："怪不得命轮又转动了，原来是你到了附近，引起了感应！我还以为是星主有了新消息。"

"什么？你也没有星主的消息了？"清欢严肃起来，嘀咕，"怎么搞的？一开始是拼死拼活地催，我伤都没养好，就不得不爬起来赶路……结果赶到一半，路上又没消息了！"他看了看孔雀，皱眉，"不过，我向来是个局外人——难道连你也联系不上星主？"

"我再来试试。"孔雀叹了口气，双手虚合在胸口，用全部的念力驱动命轮转动，再度努力尝试联系彼端的星主——然而无论怎样努力，彼端都是一片空茫和漆黑。

那个曾经在数百年里无数次和自己联系过的"存在"，仿佛瞬间消弭了。

"事情不大好。根据我的预感，星主……只怕是已经出了什么事。"孔雀终于放弃，睁开眼睛低沉地念了一句佛号，"'孩童的眼眸里，看到天国的覆灭'——那个预言，只怕要成真了。麒麟，看来我们都已经来不及赶去阻止这一切的发生了。"

清欢愣了一下，忽然大笑了三声，拍了拍屁股转身就走。

"你准备去哪里？"孔雀站起了身，急忙问。

"既然没方向，那老子忙自己的去了——去年的账目还没收完呢！既然星主都死了，我们还忙个屁啊！"富甲天下的巨贾明显露出松了口气的表情，"我跟你说，如果不是手心里烫得紧，又想着得听从师父的遗命，我才懒得蹚这浑水——如今星主没消息，命轮也算是解散了，我们各自回去干老本行不就得了？"

孔雀看着这个第一次谋面的同伴，一时没有回答。

"哎呀，和尚，你怎么用这种眼神看我？"清欢被他的目光看得不好意思起来，摸了摸脑袋，从怀里拿出一包金铢，"看你全身上下也没啥值钱的东西，是不是命轮倒了你就没地方去了？喏，拿着，这些钱够你下半辈子花的，也不用去化缘了。"

哗啦一声，那包金铢落到了和尚的钵里。习惯于砸钱解决问题的清欢觉得自己已经仁至义尽，便转头离开，只留下孔雀在原地，气极反笑。

他咬牙切齿，喃喃道："灵飞和兰缬这两个家伙，居然教出了这么一个狗屎！"

刚转身离开的人蓦地停住了，清欢猛然转头，"你说什么？"

"灵飞和兰缬两个家伙真是有辱剑圣一门，居然收了你这种垃圾当徒弟。"孔雀冷冷道，想起多年前的那次见面，"早知道六十年前我就该和她们的师父说不要收这两个瞎了狗眼的徒弟入门，免得带坏了徒子徒孙。"

"他妈的！敢骂我师父！"大病初愈的清欢猛然暴怒，头发根根倒竖，"杀了你这秃驴！"

他霍然转身，一拂袖，一个银白色的圆筒滚入掌心，只听咔嚓一声，一道耀眼的光芒从肥厚的手掌里吞吐而出，几达一丈。

"光剑？"孔雀冷笑起来，"这点儿本事，也敢来我面前炫耀？"

天亮后，青水边的这个村庄沸腾了起来。第一个惊呼着跑进来的是去水边捕鱼的渔民，挥舞着双手，嘴里不停地叫着妖怪。第二个是外地来的船只，船老大吓得不敢停靠渡口，又绕路往前撑了几里路才停靠在一个荒野。

那些人都异口同声地说着一件事：村口的渡头上，出现了奇怪的旋风！

村民们纷纷扔下手头的活儿，甚至从田间归来，一起跑向渡口。然而远远一看，便不由得失声惊呼："天啊……这是怎么了？"

青水边的渡头上空无一人，只有两团影子上下飘飞，时而聚合，时而分开，看得人眼花缭乱。而在那两团影子周围似乎有看不见的气流飞速旋转，呼啸着，将周围树上的叶子都扯得干干净净！

"这是邪风啊……妖怪打架了！"村里的老人喃喃，"快回屋子里去，关上窗户！"

"妖怪打架？"然而，有胆大一点的年轻人不听老人劝告，忍不住走了过去，想凑近一些看个究竟。刚走到那些光秃秃的树旁边，身形猛然一滑，竟似有一只手扯着，身不由己地往里飞了过去——腾云驾雾之中，只听耳边哧哧轻响无数，凌厉的剑气逼睫而来，飞舞的头发竟一缕缕被割断。

"救命！"村民叫了起来，手足当空飞舞，惊慌万分。他脸上正在一道一道地冒出细细的血痕，就如风中有无数无形利刃飞舞，将靠近的一切都化为齑粉！

唰的一声，当他血流满面，即将被卷入的瞬间，身体忽然停顿了。

凭空里一只手伸过来，抓住了他的胳膊，止住了他的身形，然后轻轻一甩，将他甩回到了身后十丈开外——那个人的动作很轻，手劲却大得出奇。那个村民大呼小叫地被扔出那么远，落地时以为自己必然手脚断裂，然而奇怪的是凭空一股柔和的力量卷来，下盘一稳，居然就安然站住了。

"快走吧。"那一瞬，他听到有人对自己说道，"以后别乱凑热闹了。"

死里逃生，那个村民连忙转身踉跄狂奔，然而心里毕竟好奇，还是忍不住回头看了一眼自己的救命恩人——渡口上不知何时来了一个黑衣男子，他的脚印绵延自村子后的密林，似乎是穿过了看不到头的南迦密林而来，脸色苍白而疲倦，风帽下蓝色长发随风飞舞。

他伸出来的手指苍白而修长，却在刹那间将一个壮年人轻松扔出。

蓝色的头发！这个人，难道是鲛人？

村民不敢多看，捂着流血的脸飞快地跑回了村庄。身后旋风还在呼啸，半径越来越大，将周围的树都扯得哗哗作响，一树一树的叶子都被扯了下来，随风狂舞。而那些叶子被卷起，片片铮然作响，尖锐得宛如刀片！

"居然是这两个家伙！"刚从青木塬跋涉而来的黑衣鲛人看着眼前这一幕，眉尖微微蹙起，露出不可思议的表情。他叹了口气，脚尖一顿，冲入了那团旋风中。

一阵阵剑一样凌厉的风割面而来，将他的头发猎猎吹起。然而，那样柔软的蓝色长发却在风里完好无损，并没有被割断丝毫。

"住手！"一声低喝，他将双手在胸口一合，再往外一分——仿佛有巨大的气刃在掌心展开，瞬间扩大，将旋风居中切为两半！

所有在激流中飞舞的"刀片"都刹那消失，化为齑粉。风中两道人影骤然分开，孔雀和清欢猝不及防，各自收手退开，吃惊地看向来人。

"龙？是你？！"两个人不约而同地惊呼起来，然而表情却截然不同——孔雀的声音是久别重逢充满惊喜，而清欢的语气里却只有惊没有喜。在乍一看到溯光的时候，他简直有活见鬼的表情，嘴角明显抽搐了一下，手不由自主地握紧了剑柄。

天……这个鲛人，居然还活着！

自己在伽蓝帝都的白塔上，明明亲手将剑刺入他的身体，这个人如今怎么还活着？他……难道是死而复生的怪物吗？

随着心里的杀机浮起，唰的一声轻响，剑芒从银色的剑柄中再度吐出。看来是在刚才那场打斗里吃了大亏，清欢剧烈地喘息着，手里的剑芒微弱了许多，已经是强弩之末——他看着眼前的情况，急速地想着脱身之计。

然而溯光只是淡淡地扫了他一眼，并没有多说什么，又转过头盯着孔雀，用一种斥责的口吻道："现在情况那么危急，怎么还和自己人打架？"

自己人？清欢一愣，露出难以理解的诧异来。

难道到了这个时候，这个鲛人还把自己当作命轮的同伴不成？——要知道当初为了阻止他刺杀夜来，自己可是毫不留情地背叛了组织，将这个"同伴"格杀于剑下！

"能怪我吗？"听到这句责问，孔雀忍不住暴躁起来，"这个死胖子居然想半路脚底抹油走人！——剑圣门下出这种败类，我不替他们清理门户怎么说得过去？"

清欢忍不住咆哮："你算什么东西？居然出言侮辱我师尊！"

两个人又忍不住怒目而视。

"好了，何必为了这些小事拔剑相向——"溯光叹了口气，劝阻剑拔弩张的两个人，"大事为重。你看，当初麒麟虽然要杀我，可如今我还是把他当作同伴。"

"什么？这死胖子要杀你？"孔雀还是第一次得知此事，叫了起来，"他不肯为组织出力也就罢了，难道还想背叛命轮吗？"

"不错，是我干的！老子敢做做敢当！"清欢没有辩解，梗着脖子叫起来，指着溯光，"你居然要杀夜来，我管你是谁，一律杀无赦！"

"夜来？是那个第五分身吗？"孔雀怔了怔。她……居然是麒麟的亲人？

"是啊，他甚至为了她，毫不犹豫地对我动手。"溯光微微咳嗽了几声，"麒麟差一点儿就真的杀了我……如果不是有个人正好路过救了我，我如今可能还不知道怎么样。"

说到"有个人"的时候，他的语调起了微妙的变化，眸子里有一种黯然。

那一刻，他想起了那个救了自己的人。那个丫头将重伤垂危的他扛到了家里，养在一口巨大的铜水缸里，就如养着一条鱼一样。当他从昏迷中醒来的第一瞬间，第一眼看到的就是一双滴溜溜的大眼睛。

被她养着的那几天，似乎是紫烟死后他过得最平静愉快的日子吧？

只是，一切最美好的东西都是短暂的，转瞬即逝——就如终究逝去的紫烟，还有那个展翅飞去、再不回头的翼族女孩一样。

然而，就在他忽然失神的一瞬，孔雀怒吼："什么？他竟然真的对你下手！他妈的，真瞎眼了吗？剑圣一门传承万年，最后收了这样一个徒弟！"

清欢也暴怒起来："妈的！你又骂我师父！信不信老子真杀了你这个秃驴？"

"别吵了，事情都过去了。"溯光回过神来，知道这两个人都是火药一样的脾气，低声道，"麒麟也是为了保护亲人才对我下手——如今殷夜来已死在帝都大火之中，我如今也好好的。事情已经结束，他应该也没有什么执念了吧？"

清欢的脸色忽然沉了下来，愤怒的气焰仿佛一下子就灭了。是啊……夜来她毕竟还是死了……即便是做出了这种背信弃义的事，结果还是于事无补。

孔雀念了一声"阿弥陀佛"，看着清欢的眼神也渐渐缓和起来。

"人已经死了，过去的事情也都一笔勾销。"溯光并不是一个善于言辞的人，但此刻不得不对这个同伴流露出最大的善意，极力地说服他，"你背叛组织来杀我，我并不记恨。但，现在是命轮的危急关头，星主已经逝世，魔即将苏醒——剩下的事情，只能靠我们三个了。"

　　"星主已经逝世？！"虽然早有预感，但这个消息还是令两个人都大吃一惊。

　　"是。我亲眼所见，亲手所殓。"溯光微微咳嗽着，露出长途跋涉后的疲倦神情，抬手拂去了肩膀上掉落的花，"看到了吗？这就是'飞烟'，开在命轮中枢所在的地方——如今，它连同星主，一起被冰族毁灭了。"

　　"冰族？！"孔雀失声，"他们……"

　　"是的，他们派出了极厉害的杀手，用一件非常奇诡的机械秘密潜入了云荒。"溯光低声，语音沉痛，"我一接到星主召唤，就日夜兼程赶过去，不料还是晚了一步，无法挽回这个结局……你们不知道那场杀戮有多惨烈。"

> 星辰暗淡后的第九百年，
> 亡者当归来。
> 魔王从地底复苏，
> 血海从西汹涌而来，
> 呼啸湮没大地。
> 月食之夜，大灾从天而降，
> 神祇于红莲烈焰中呼号。
> 孩童的眼眸里，看到天国的覆灭。
> 当暗星升起时，一切归于虚无。

　　那一刻，水镜上浮现的预言一行一行地从命轮成员的心中浮起，每一句都令人战栗——是的，星主准确地预见了自己和全族的死亡，试图召回他们。然而，一切终究还是来不及了。在他们几个赶去之前，毁灭已经到来。

"冰族怎么能杀得了星主？"孔雀震惊，"星主到底是谁？"

"星主来自南迦密林里的隐族，是翼族遗留在大地上的一个分支。"溯光简略地说着，只觉得精神有些不济，"这些……咳咳，实在是说来话长，有时间再慢慢细说吧——如今，咳咳，如今我们得赶紧去往狷之原。"

"去狷之原？"孔雀吃惊，"为什么？"

溯光犹豫了一瞬，还是决定对同伴说出实话："这第六个分身，只怕已经潜入了迦楼罗，来到被封印的破军王座面前了！"

"什么？！不可能！时间还没到！"孔雀霍然一震，"离三百年一度的破军觉醒日还有两个多月，第六个分身怎么可能提前到达？而且，我们不是连最后一个分身是谁都无法预测吗？怎么会知道她如今的下落？"

"这是星主最后的预言。"溯光叹息，顿了一顿，道，"那是个冰族人。"

"冰族人！"孔雀倒抽了一口冷气，不再说话——冰族！难怪这些年来他们踏遍云荒，寻找那最后一位分身，却一直杳无消息。不曾想到那个人并不在这片大陆上，而是被驱逐在西海上流浪的异族人！

如果这一世，分身转世在冰族人里，那破军一旦苏醒，后果不堪设想。

"孔雀，你不应该离开空寂之山和狷之原那里的，"溯光低声咳嗽着，"你一走，迦楼罗那边就更无人看管，只怕冰族人已经把那最后一个分身送入了里面。"

孔雀脸色一变，喃喃道："糟糕！如果……如果第六分身已经到了破军座前，只怕无法阻止魔的复生了！"

"是的。但无论如何，我们也要用尽一切方法阻拦。"溯光道，碧色的眼眸渐渐凝聚起来，"难道你想就此放弃，任凭魔君重生、云荒动荡？"

"当然不！我在佛前立下誓言，众生入地狱之前，自己须先入地狱。"孔雀双手合十，低低念了一句佛号，神色肃穆庄严，那一瞬竟露出一种佛相来，"九百年了，即便命轮在此时崩溃，群龙无首，我亦不会就此抽身离去，任生灵涂炭。"

"好！"溯光点头，"那我们出发吧！麒麟，你——"

然而，当两人转过身的时候，却不由得吃了一惊——码头上空空荡荡，已经没有了清欢的人影。那个胖子，居然趁着他们两个交谈的时候脚底抹油再度悄然开溜了！他走得如此无声无息，显然是将剑圣一门的轻功发挥到了极点。

孔雀气得一佛出世二佛升天，拔腿便要追上去。

"咳咳……算了。"溯光咳嗽着，摇头阻止了他，"看来，咳咳，看来麒麟对命轮的使命并不认同。既然他毫无诚意加入我们，勉强也不是办法。咳咳……魔君即将苏醒，孔雀，我们还是立刻去往狷之原吧！不能耽搁了。"

一边说着，他一边走向渡口。

"好吧。"孔雀无奈，看了看他的脸色，"你很累吗？对了，你的剑呢？你的辟天怎么——"

然而话刚说到这里，溯光整个人忽然往前一个趔趄，剧烈地咳嗽了起来。"辟天已经断裂了，"他低声说着，因为咳嗽而几乎无法说下去，"紫烟、紫烟也……"

"怎么了？"孔雀一个箭步上前，扶住了他的肩膀，却发现他的肩上瘦骨支离，几乎硌痛了自己的手。他吃惊于同伴在短时间内的惊人消瘦，更震惊地看到溯光捂着嘴剧烈咳嗽，指缝里点点滴滴沁出了鲜血！

"天！你这是——"孔雀连忙扶着他站稳。溯光却摇着头，断断续续地道："不……我没事。只是、只是……咳咳，在密林里受了一点儿湿气风寒，不、不碍事……"

"这哪里是风寒！"孔雀毫不客气地打断了他，"龙，这段日子你太累了，鲛人的体质天生就弱，你怎么吃得消？我看还是先别忙着赶路了，得先好好养伤。看你这样子，估计撑不到魔复苏，自己就先去黄泉了！"

"我说过不要紧！"溯光却一反常态地发了脾气，咬着牙，"从东泽这里到西荒尽头，路途遥远。现在已经快三月了，为了赶时间，干脆横穿镜湖从水路走吧——"

"横穿镜湖？"孔雀对这个提议有些吃惊。然而溯光已经一脚踏入了青水里，双足在一瞬间合拢，成了鱼尾的形状，准备潜泳而去。

"好吧，去就去，最多用术法劈开水路就是。"孔雀嘀咕着，将袈裟脱下来卷好，摸了摸光头，"不过，丑话说在前头，镜湖这条路可不好走，万一出什么事，你得帮我一把！"

溯光点了点头，忽然停住了。

"怎么？"孔雀问，却见水波粼粼，忽然有一条鱼从青水上逆流而来，忽地跃起——那条鱼全身雪白，双鳍如同翅膀一样鼓动，居然飞上了半空，停在溯光的面前，腮帮子一鼓一鼓的，似乎张口无声地说着什么。

"文瑶鱼？"孔雀愕然，他还是第一次见到传说中的这种鱼。

然而，溯光却没有回答，听着鱼说着什么，脸色越发苍白。许久，他叹了口气，用孔雀听不懂的语言对着文瑶鱼说了几句，然后抬起手抚摸了一下那条鱼的脊背，低声说："就这样回复我的父皇吧……辛苦你了。"

文瑶鱼扑扇着双鳍，恋恋不舍地绕着他飞了一圈，最终一头扎入了水面，迅速游走。

"你和那条鱼说了什么？"孔雀在一旁忍不住好奇。

"一些关于海国的事。"溯光低声道，却不多说，"我离开得太久了，海国发生了很多事，父皇希望我能尽快赶回去处理——只可惜，我做不到。"

孔雀不由得苦笑起来，"你父皇一定很生气吧？生了这么个儿子，居然把云荒的事情看得比海国还重要。"

溯光也是苦笑，只道："我们还是尽快赶去破军那边吧。"

"好，我修炼有劈水术，可以入水行走。"孔雀接着把袜子也脱了下来，赤足走下青水去，却回头嘀咕，"不过镜湖里多水怪幻境，我怕这样一路过去，就算路线缩短了，一路上花的力气也不合算。还不如……"

就在那一瞬，他的话停顿了。

"龙？龙？"他涉水冲过去，一把将那个人从青水里扶起。溯光紧闭双眼，脸色苍白得可怕，身体早已毫无知觉，在水里载沉载浮。只有血一滴滴从嘴角沁出，混合着水蓝色的长发，在青水里蜿蜒散开。

孔雀怔怔地看着这张忽然失去了生机的脸，心情沉重。

是的，他是太累了吧？这几个月来，龙风尘仆仆地奔波于云荒各地，几次身负重伤。这次南迦密林之行，他更是亲眼见证了星主的去世。虽然孔雀不知道究竟发生了什么，但看到辟天剑都已经不在龙的身侧，便可以料想那场战役的惨烈，剑断魂散，浴血而返。

此刻的龙，已经是强弩之末，然而却还是用尽最后的力气分开了他和清欢两个，不让他们自相残杀。这个鲛人，虽然是海国皇太子，却为了云荒在拼命啊……

"阿弥陀佛……"孔雀低低念了一句佛号，将昏迷的人从水里背了起来，"不过，你就算要拼命，也得先留下一条命来吧？"

"开什么玩笑？星主都已经死了，这事还要继续折腾？"

这边，沿着小道一路飞奔的清欢正在嘀咕，满肚子的不以为然，"这群人神神叨叨的，整天什么命轮，什么魔物，什么迦楼罗——要弄自己弄去，凭什么要老子和你们一起去做这些莫名其妙的事！老子还有偌大家业要管呢！"

清欢往自己的掌心啐了一口，用力擦了擦掌心——随着星主的死去，那个金黄色的命轮也沉寂了下去，不再发光，不再转动，甚至也没有一丝灼热，就如同死了一样。

"真不错，这下彻底解脱了。"清欢觉得轻松无比，吹了声口哨，"以后总算不用被师门的誓约束缚，需要听从什么'命轮的召唤'了，想干吗就干吗，自由自在！"

一身轻松的商人沿着道路飞奔，行出数里遇到了驿站，买了一匹马、数囊酒，翻身而上，直奔北越郡的雪城而去——在那里他还有五家商号，去年的账目一塌糊涂，该交的利润也一直拖着没有上交。既然自己到了东泽，还是顺路去收一趟账吧。

清欢在马上惬意地喝着小酒，想着即将进账的滚滚金铢，想着在叶城等着自己的美人傅寿，只觉得神清气爽、扬扬得意，大有从此天高任鸟飞的豪情。

唯一美中不足的是，夜来已经不在了。

"唉……"想到这里，他叹了一口气，心情又沉重起来。

从慕容隽到白墨宸，自己这个小师妹在这一生里总是遇人不淑，偏偏又死心眼儿，不懂得放弃，为那两个人所累。她这一生到底有过多少明亮快活的日子呢？到了最后，她没死在天下最可怕的神秘组织的刺杀里，反而死在了所爱男人设下的圈套里——这到底是怎样令人哭笑不得的悲哀命运啊。

清欢苦笑起来，在马背上喝了一大口酒，摇头。

她这一生，如果没有遇见这两个人就好了。那个叶城蓬门小户里的好人家女孩，如今应该早就嫁作人妇，洗手做羹汤，膝下子女成行了吧？

只是，命运从来都不因为人的诉求而改变。

在当代剑圣清欢奔驰于古道，为即将失传的剑技而烦恼时，在不远处的北越郡雪城里，一场奇特的对抗却在悄然延续。

二月即将结束，大地回春，即便是寒冷的北方也开始转暖。雪已经渐渐止住了，这个城市从大雪中渐渐苏醒。

然而，在白雪尚未在春风里融化时，一场悄然的杀戮却在这个平静古老的城市里展开——短短半个多月里，城中竟然有十几个人忽然失踪。

鲜血在皑皑积雪下纵横流淌，消失不见。

那些人都是在黄昏时分消失的，有些位于远郊，有些位于城中。身份也不一，有的是体面人家，有的却是街头小贩——刚开始大家都以为这些是偶然的、独立的几起事件，并未将这些案子联系在一起。然而，在接下来的半个月内，事情却持续恶化，几乎每天都有一个人失去踪影。

当第十五个人失踪时，北越郡的郡府终于被惊动了，开始在城门口张贴告示，并派出衙役在城里到处巡逻和搜寻。雪城一向平安，从未出现过这样奇诡的案子，所以衙门上下都如临大敌。

"请问，府里最近有人失踪吗？"夕阳下，官差走入冷清的乌衣巷，敲开了一扇门，"如果看到可疑的人，请及时到郡府里禀告——最近外面不太平，府里也要小心。"

"在下并不曾看到过可疑的人。怎么，外面出什么事了吗？"一个披着雪狐裘的男子拉开门，淡淡地回答着前来询问的官差，不卑不亢。当官差问完了问题后，脸色苍白的男人没有多客套，随手关上了门。

"这户人家是不久前从外地搬过来的，不声不响地买下了这座宅子。"小衙役对着旁边的官差汇报，一边在册子上做了一个记号，"这人应该很有钱吧？你看，这宅子有三进，足足一百亩地，没有上千金铢是买不下来的。"

"嗯。"官差是个四十几岁的中年人，精明干练，在公门里混了多年。在门合上之前，他看了一眼里面——果然庭院深远，飞檐画栋掩映在树木之间，黑沉沉的看不大清楚，却不知怎的令人心下一动。

官差带着小衙役转身走开，走向巷子深处的另一家。

"但……如果那么有钱，怎么会是主人家亲自来开门呢？"小衙役是个机灵人，一边走，一边有些不解地喃喃，"偌大一个宅子，不会连一个奴婢都没有吧？里头连个灯都不点，死气沉沉的，还满是中药味道——"

"是啊，"官差点头，喃喃道，"这里头似乎有点儿不对劲。"

"不对劲？"小衙役一震，"蔡捕头，你觉得哪里不对劲了？"

"说不上来……只是感觉而已。"经验丰富的蔡捕头摇了摇头，将名册翻过了另一页，道，"先到这乌衣巷里的下一家去吧！"

门关上后，房间里便又恢复了黑暗。

披着狐裘的男子穿过昏暗的大堂，走向庭院后的阁楼——那里点着一盏灯，暖而亮，映照得整个院落都有了依稀的光彩。

灯下坐着的女子定定地凝视着那盏灯，不知道想着什么，眼神居然是空洞无神的。在她旁边有一个紫金火炉，炉火上放着药吊子，里面熬着不知道什么材料的中药材，散发出浓郁而奇特的气息。

她神色有些恍惚，看着灯火，似乎魂魄都出了壳。

北越雪主无声地走过去，伸出手轻轻一拍，解开了她被封住的哑穴。他在她身侧坐下，眼里露出了一丝冷冷的讽刺，"怎么样？刚才官差上门的时候，你很想呼救吧？可惜，现在的你哪怕动一动、喊一声也做不到。"

他的语气满是讥讽，然而殷夜来却没有看他，半边烧焦的脸依旧木然。

"你看，已经是第十七天了，杀的人多了，官府也会听到一点儿风声。"北越雪主走到药吊子面前，用银勺搅了搅，语气森冷，"真没想到，剑圣传人竟然有这样冷酷的心肠——看着一个又一个无辜者在自己面前死去，竟毫不动容！"

殷夜来的眼神终于微微变了一下，缓缓从烛火上移开，看着眼前的男人。灯光映照着她被烈火焚毁的脸，如同鬼魅一样可怖。

"幸亏我买的这房子够大，院子里就算再埋下几百具尸体也不会拥挤。"北越雪主似乎没注意到她的目光，继续说着这件事，气定神闲，"对了，你今天有没有感觉好一点儿？为什么最近老见你走神呢？你在想什么？是白帅，还是慕容隽？"

杀人如麻的人，语气却异常体贴，不禁令人毛骨悚然。殷夜来没有回答，眼神游离，似乎还是在半梦半醒之中。

"不舒服吗？"北越雪主皱眉，把火炉朝着她挪近了一些。她没有回答，只是努力摇了摇头，似乎想把飘远的思绪拉回来。

是的，不知道是不是因为喝药的原因，她最近只觉得自己的神志渐渐不清晰起来。起初只是嗜睡，全身乏力，怎么也睡不够。本以为是重伤之后的后遗症，然而，在梦里她居然还出现了幻听，总是听到一个声音在呼唤着，远远近近。

刚开始她以为那是墨宸在梦境里叫她，然而仔细听去，却不是他——那个声音是陌生的，似从时空的另一边传来，低沉回旋，却又熟悉无比，如同前世听见过。

而且，那个声音，居然在叫着她"师父"！

"唉，师父，为什么您总是不肯收我这个弟子呢？我已经求了你这么久，难道，怎么也不行？"同样一个称呼蓦然从身边的人嘴里冒出，将她猛地一震，恍惚的神志被拉了回来。她转过头，凝聚的视线里清晰地出现了一张苍白冷酷的脸。

北越雪主一边搅拌着药汁，一边冷冷地道："每天杀一个人，我说到做到！可是，你身为一个女人，又是剑圣门下，秉承为弱者拔剑的宗旨，怎能如此眼睁睁看着他们死呢？"

她仿佛被烫到一样抬起头。那个苍白冷酷的男人叹着气，转过身去拉开暗门，拖出了一个瑟瑟发抖的人来，"来，给你看今天的新羔羊。"

那是一个不超过二十岁的年轻人，面容俊秀，穿着甚为考究，显然是养尊处优的公子哥儿，却被莫名其妙地掳掠到了此处。那个人被拖出来后，昏头昏脑地倒在了地上，一眼看到殷夜来那张枯槁烧焦的脸，刚要惊呼，咽喉却被一把捏住了。

"别唐突佳人。"北越雪主将猎物拖到了榻前，微笑，"要知道在你面前的，可是云荒曾经的第一美人呢……"

那个公子哥儿拼命挣扎，然而手脚却一丝力气也没有，宛如一条鱼被拖到了砧板上。

"来，现在你的生死掌握在她手里了，"北越雪主按住他的头，强行扭转，令其看向殷夜来，语气里半分玩笑也无，"如果她肯开口说一个字来救你，那么，你就能立刻平安离开这儿——如果她不肯救你，那么……"

一把雪亮的短刀在指间闪过，刀锋雪亮，在人质面前晃了一晃——

"那么，我就在她面前把你给杀了，和前面七个人一样！"

"你……"那个公子哥儿终于明白过来眼前的人就是雪城最近盛传的杀人恶魔，不由得吓得瘫软在地，张了张嘴，居然一句话也说不出来。

"说啊！"看到他这副模样，北越雪主不耐烦起来，一脚踹在他的背上，厉声道，"开口！去求人家，让她救你！——蠢材！"

那个公子哥儿被一脚踢得踉跄跪下，摔在了榻前，痛得大喊，然而咽喉立刻又被掐住了。"别乱喊，"一把短刀轻轻地划过他的咽喉，割出一条血线来。北越雪主的声音阴沉冷酷，"这里地方大，你喊破了喉咙外面也听不到。"

脖子剧痛，那个公子哥儿吓得呜呜咽咽地哭了起来，全身颤抖着，看了殷夜来一眼，又旋即扭开头不敢再看——灯下的分明是一个修罗恶鬼，焦黑的脸上没有任何表情，深陷在疤痕里的眼睛冷然无光。

"说话！求她救你！否则——"北越雪主冷冷地在他身后道，刀子改了方向，沿着他的背部肌肉慢慢划去，用剧痛让这个吓蒙了的年轻人清醒过来。

"救……救命！"那一刻，恐惧终于令瘫软的人从喉咙里挣出了声音。他反应过来，哭泣着死死抓住了榻上垂落下来的衣襟，涕泪交加地看着那个丑陋的女人，"救命啊！"

然而那个女人转开了头，侧过脸向着暗影里，并没有看他。

"求求你……求求你救救我！"那个公子哥儿往前爬了一步，战栗着抓住了殷夜来的衣摆，那一刀划过他的背，痛入骨髓，"救救我！我家里上有老母下有幼子！我……我不想死！救救我！救救我！"

"唉……"忽然间，他听到灯下的女子似乎低低叹了一口气，缓缓转过了脸来——当他心下狂喜，以为对方心软的那一瞬，眼前忽然一闪！

他没来得及回过神，身体一轻，旋即腾云驾雾般往后飞出。

"你！"北越雪主抢身上前，一把将人质拉开，脱口怒叱。

然而已经来不及了，那道寒光一闪即逝。杀人者怒视着灯下的女子，一贯冷酷不动容的眼里露出了震惊和愤怒——刚才那一瞬，他看到殷夜来依旧侧脸向着暗影，不曾回头看一眼脚下苦苦哀求的人，然而，缩在狐裘内的手却猛然动了一下！

只是一瞬，一道白光从她的手指间掠出，绕颈而过！

北越雪主只觉大事不好，瞬间扑过去，一把握住了她的手腕。然而，一股细细的血柱猛然喷了出来，溅了他一脸。

一个血洞出现在殷夜来的脖子上，血狂喷而出。

他扣住了她枯瘦的手腕，因为狂怒而全身发抖，"你！"

殷夜来终于转过了头，向着他冷冷一笑。灯下的脸异常苍白，眼神闪亮如妖鬼，拈在她手指里的，竟是灯台上插蜡烛用的一支银钎儿。

北越雪主微微吸了一口冷气，喃喃道："你、你竟然……"

这个女人原本已经气脉微弱，筋骨俱断，手里又没有光剑，所以这些天来他也渐渐放松了警惕，却不料伤重至此，她依旧还有这样顽强的对抗心，宁折不弯！

"算你狠！"北越雪主迅速抬起手，压住了她脖子上急喷的鲜血，语气也失去了平日的镇定，"居然宁可自杀也不肯教给我，你究竟是有多恨我？"

喷涌的鲜血急速将他双手染得猩红。这个女人下手又准又狠，对她自己也毫不留情，瞬间就刺穿了血脉——她原本就重伤未愈，此刻再受如此重伤，已然再难活命。

北越雪主看着这个垂死的女子，嘴角微微动了一下，露出一种复杂的神色，喃喃道："这几天你一动不动地休息，是积攒了多久才积起了这一击的力气啊……不过，我好奇的是，你为何选择自尽，却没想过要杀我。"

"咳咳……我有自知之明。"她咳嗽着，语气迅速衰弱下去，"我只有一击之力……杀你，没有任何机会。"

"所以你想求死，对吗？"北越雪主凝视着那张可怖的脸，喃喃，"你就准备这样将剑圣的绝学带入坟墓？宁死也不传给我？——我绝不会让你这么做！"

他忽然弯下腰，一把将那个被摔晕过去的人质拖过来，一直拖到了药炉面前，然后一刀刺入了那个人的心口！哧的一声，血如同箭一样射出，不偏不倚落在了紫金炉上煎着的药里面，又哧的一声化作一股升腾的白气。

那种声音如毒蛇吐信，令半昏迷的殷夜来不禁打了个寒战。

"我从未见过固执如你的女人！"他反手将那具尸体扔了出去，砰的一声闷响，落在了庭院的雪地上，"只可惜，你遇到了一个更加固执的对手。"

他低着头，全神贯注地用银勺搅拌着炉上的药，直到白气渐渐散去，整个药汁呈现出一种奇特的半透明的深紫色来。北越雪主低下头，仔细地嗅了嗅，然后将药注入碗中，小心翼翼地端过来，放缓了声音："来，快点儿把药喝了——"

当散发着浓重药味的碗凑过来时，殷夜来无力地别开了头。

"良药苦口利于病。"杀人如麻的男子忽然变得温柔体贴，一只手端着碗，另一只手伸过来环住了病人的肩膀，按住了她颈后的大椎穴，强迫她张开了嘴，"来，喝了吧……这药方可贵重了，引子是人心口上的那点血，而且只能取气绝之前的那一点儿，喝了对你身体大有好处。"

殷夜来用尽全力想要扭开头，然而不能动弹，只能眼睁睁地看着那碗凑过来，搁在了唇边，浓稠的药汁直灌进来，冲入喉舌。

药里透出血的味道，几乎令她窒息。

"你以为我一天杀一个人，是纯粹为了逼你就范吗？那是为了给你治伤啊……"将一碗药通通都灌了下去，北越雪主这才松开了手，将碗底的药渣用手指抹在了她颈部伤口附近，"这个药方是巫术和医术的融合，一帖药一条人命，以命换命——以前北越的杀手们受了重伤，我就给他们吃这个药，百试百灵。"

果然，当药物抹上去后，急速喷涌的血流骤然减缓。

然而，他接下来的话却让她如堕冰窟，"但是呢，这药却有一些不好的地方——就是用多了会上瘾，令人变得嗜血，不经常闻到新鲜的血腥味就会发狂。你看，我就是用多了这种药，才会变成现在这个样子。"

北越雪主笑了一笑，诡异地低声道："现在，我们一样了，师父。"

殷夜来蜷缩在狐裘里，瘦弱枯槁的身体剧烈地战栗着，用力咳嗽，却怎么也无法把刚才喝下去的东西呕吐出来。那种诡异的药，恶毒而污秽的血，已经注入了她的身体，融入了血脉，再也无法分离出来了！

她的血，已经被这个杀戮者污染了！

"在我手下，要活命固然不容易，但要死，却只怕更难。"北越雪主轻拍她的后背，将枯瘦如柴的女子从狐裘里抱起，附耳低声道，"空桑的女剑圣，如今全天下都以为你已经死了，不会有人来救你。现在的你，完全是属于我一个人的……我有的是时间。"

他的语气温柔而从容，眼神却恶毒冷酷。那一刻，她用尽仅存的一点儿力气将他推开，终于爆发似的喊了起来："滚开，魔鬼！"

"呵呵……呵呵呵……"北越雪主端着空药碗，在阴暗的高楼上低低笑了起来，"空桑女剑圣，我会做出这些事，还不都是因为你——只要你答应传授我剑圣之剑，一切不就好了吗？"

【云荒】

羽
Yu
CANGQIONG
ZHIJIN

卷四

苍穹之烬

大结局

080

"我在地窖里还关了七个人。还要死多少人,你才肯答应我呢?"北越雪主喃喃,语气冷酷而平静,"仁慈的空桑女剑圣?"

那一瞬,她蜷缩在狐裘里,再也无法控制地发出了低低的喊声。

无限的愤怒、杀意,直冲上心头,剑圣的血在这具半死的躯壳里奔涌、沸腾,一下子全涌到了脑子里,令她全身发抖——拿起光剑那么多年,也曾经历生死劫难,但她始终是个不喜欢杀戮的人,不到万不得已绝不拔剑,每次见血都会令内心不安很久。

然而这一刻,强烈的杀气涌上来,令她几乎失去控制——

是的,这个人,是她毕生最想杀的人!可他就站在她面前,自己居然无法拔剑!

"呵……"北越雪主反而笑了起来,端详着濒临崩溃的她。

是的,这个倔强的女子还在苦苦坚守。在这个世上,本来已经没有任何事可以牵制她、折磨她,唯独她内心的,绝对无法坐视那些无辜者的牺牲,却成了最后的羁绊,逼得她几乎发疯——看吧!只要再过一个月、两个月,她一定会因为崩溃而屈服,将剑圣之剑交到自己手上!

"咦?"忽然间,不知道看到了什么,他嘴角的笑意凝固了。

那个濒临崩溃的人全身发抖,将身体蜷起,额头死死地抵在榻上,枯瘦的双手紧紧握着,仿佛是哭泣一样地呐喊着——被火烧过的秀发已经短了很多,如今只有堪堪齐肩的长度,被剪得长短不齐。然而,在灯下,他清晰地看到她后颈上忽然出现了一滴鲜血,殷红刺目。而且,更奇异的是,那滴鲜血在以肉眼几乎看不见的速度缓缓流淌——

不是顺着往下流,而是逆流!

这……是什么?北越雪主不敢相信自己的眼睛,连忙一个箭步过去,试图将殷夜来从榻上扶起,"你怎么了?怎么会受伤出血?让我看看——"

那一瞬,他的语音停顿了:那不是血,而是一颗红色的痣!

那颗红痣从她的躯体上浮现,微微凸起,在焦炭一样黑的皮肤上如同血般殷红刺目。而且,不可思议的是,随着殷夜来情绪起伏的加剧,它动得越来越快,从后颈转向耳后,一直往上移动,简直是想要钻入脑中一样!

"这是……"北越雪主倒吸了一口冷气。

是的，在替她疗伤的时候，他记得她背后有一颗红痣。然而那颗痣明明是位于左边肩胛骨下，并不在此刻的位置！难道，这些天来，这颗奇怪的红痣一直在移动？

"怎么回事？你看看！"北越雪主失声，拿过了一面铜镜放在她的面前，让她可以从镜子里看到自己耳后的皮肤。

殷夜来死死地盯着镜子里那颗朱砂痣，一种奇特的恍惚感忽然重新升起。那种感觉是如此诡异，竟然将她的神志一瞬间从这个世间抽离了出去！

"时间快到了……"一个声音在她耳边说，"快到我这里来。"

谁？谁在和她说话？

殷夜来捂着头，只觉得身体里的血液在加速奔流，恍惚感越来越强烈。那个声音似乎在天宇里回响着，轰鸣着，就像是一道无法抵抗的召唤，从天之彼岸传来。

"我等了你很久……很久……师父。"

那一刻，怀里的女子停止了颤抖，缓缓抬起了眼睛。

片刻间，她身上那颗红痣不可思议地加速移动，从耳后沿着鬓角上移，最后，居然出现在了她的眉心！

刹那间，北越雪主察觉到了什么，全身的肌肉猛然绷紧。多年的杀戮生涯令他具有了可怕的本能。那一瞬间，他断然翻转手腕，力道透入之处，手中的瓷碗咔的一声片片碎裂！只听叮叮的几声，那些瓷片如同飞雪一样散开，在半空化成一张网，封住了所有来路。

然而，一道凌厉的气息逼人而来，击溃他所有的防守。所有瓷片在半空中爆裂，刹那化为齑粉！

那道气息瞬间凝聚，聚集成剑，直刺而来。北越雪主凌空折身，双手一合，一道光在掌心出现，试图阻挡身后忽然而来的追杀。然而，只听咔的一声，当他双掌合拢的时候，掌心忽然冒出了一个血洞！

那缕剑气，居然瞬间刺穿了他的双手！

"'九问'！"那一瞬间，他失声惊呼，霍然抬头看去——烛影在剧烈地摇晃，似乎被无形的气流所逼。明灭的灯下，榻上那个披着白色狐裘的女子，眼神凌厉雪亮，完好的半边脸却苍白如鬼。她冷冷地看着他，手里没有拿任何兵器，指尖却有剑气纵横。

那是空桑剑圣门下最高的剑术，可以以无形剑气摧毁一切有形之物！

碎瓷片的粉末从半空落下，如同细微的白雪。在落雪中，激荡的剑风拂动了房间里两个人的衣袂长发，猎猎如旗。

那一刻，他看到那个垂死的女子忽然复活了，光芒四射，宛如从天而降的神。殷夜来不知何时已经站起，在榻上俯视着榻下怔怔站着的人，面无表情地抬起手，十指缓缓交错——那些凌厉的剑气在她指尖交织，发出了耀眼的光。

"'九问'！剑圣之剑！"那一瞬，北越雪主从咽喉里吐出了一声目眩神迷的赞叹。

一时间，他忘记了逃避，也知道根本无法逃避。在那一剑发动之前，他只来得及将一口内息提过膻中穴，硬生生将自己全身所有的血脉暂时凝住！

黑暗中，一道电光瞬间划过。

[第五章]
迢迢西去

　　夜色已经深了，初春的天气还是非常冷，街上积雪未化，也尚少行人，只有风在空荡荡的巷子里钻来钻去，发出细微的呜咽。

　　"你听到什么声音没？"街角有人忽然停下了脚步，问身边的人。

　　"没呀。蔡爷，您听到什么了？"跟随着他的是个小衙役，正冻得鼻子通红，搓着双手跺着脚，恨不得早点儿结束这一日的满城查访，返回家里的炕头，偏偏顶头上司却在这里又顿住脚问这个问那个，他只能随口应付着。

　　"好像有一声惨叫。"官差低低道，"那边院子里。"

　　"那边？"小衙役顺着他的视线看去，微微吃了一惊，"这不是白天刚去查访过的人家吗？那户从外地搬来的。"

　　"是啊。"蔡捕头沉吟着，不知不觉便往那边走了过去。小衙役不知道这个素来以严谨勤奋著称的上司又动了哪门心思，内心叫苦不迭，但也只能跟了过去，嘴里嘀咕："不是刚查过吗？没什么问题啊。"

　　"不，有点不对劲。"蔡捕头喃喃道，皱着眉头，"白天我就觉得哪儿不对。"

"是吗？"小衙役好奇起来，"蔡爷，我们都没进门去看过呢。"

"嗯，我只是从门外往里看了一眼，除了死气沉沉没有用人之外，也没啥可疑的。只是……"蔡捕头带着小衙役走到了那户人家的门口，抬头看了看。大门紧闭，里面暗淡无光，就像是一座空楼。他从门缝里往里看了一眼，那一瞬，他的眼睛亮了一下，顿足道："我知道哪里不对劲了！院子，是院子！"

"院子？"小衙役愕然。

"院子里居然没有积雪！而且，整个土地全被翻过一遍！"蔡捕头失声，脸色凝重地一连串道，"这家没有请用人，那么，是谁扫了庭院里的积雪？是主人自己？为什么要如此积极打扫，而且，还要翻土？除非是——"

"除非是什么？"小衙役抽了一口冷气。

蔡捕头压低了声音，森然道："除非是他往院子里埋过什么。"

小衙役僵在了那里，一瞬间只觉得脑后有一股森冷的风吹过，全身冰冷，他结结巴巴地道："我们……我们要进去看看吗？"

蔡捕头没有立刻回答，只是看了看深宅大院，又看了看空荡荡的街道，急速地搓着手，显然是在急于立功和谨慎谋划之间犹豫。许久，他才摇了摇头，道："不，案情重大，我们还是先回去禀告了郡府再说。"

小衙役松了口气，露出如释重负的表情来，"对对，蔡爷英明！等明天禀明了郡府——"刚要说什么，忽然睁大了眼睛，死死盯着他后面。

"怎么了？"蔡捕头皱眉，"怎么像活见鬼了一样？"

"鬼……鬼啊！"小衙役发出了刺耳的惊呼，往后倒退了几步，转头拔脚就跑，"有鬼！女鬼！"

那一瞬，蔡捕头只觉得一股阴冷的风从脑后吹来，令人毛骨悚然。不过，毕竟有几分经验，他把手按到了雁翎刀上，强自镇定地转过了头。

背后的那扇门，不知何时已经开了。

门内依旧黑暗深沉，看不到一点儿光和人活动的气息。然而，黑暗的最深处却隐隐约约看得到一个白色的剪影，悬在空中，依稀是个长发的女人。风从庭院里来，带来浓郁的血腥味，令人不寒而栗。

血腥味！那一刻，蔡捕头看了一眼那个森冷的庭院，再度验证了自己的猜测，情不自禁地就想冲进去查看。然而，不等他动身，那个阁楼上的白衣女人忽然也动了——她从阁楼上飘下来，迅疾地穿过院子，轻飘飘地掠过来，足尖完全不沾地面。

"谁？"那一刻，他提起了全部的勇气，大喝一声，"站住！"

雁翎刀呼啸着砍过去，试图截住那个空气中的人。然而刀从白影里划过，却什么都没有砍中，只留下一道风从耳边绕过。他握着刀，一回头，就看到一张焦黑可怖的脸从眼前闪过，眉心一点鲜血般的殷红，宛如恶鬼一样恐怖。

天……真的是女鬼！

刹那间，他只觉得遍体凉意，忍不住跟跄着倒退了几步。然而那个女鬼的眼睛是空洞的，直直地盯着西方某处，似乎被什么牵引着一样飘了过去，根本毫不停留。只剩下大门打开着，满是森冷而充满血腥味的风在回旋。

蔡捕头怔怔地站在那里半天，终于回过神来，一时间心胆俱裂，再也不敢踏入半步，更不敢停留，也和那个小衙役一样转过身，沿着街巷跟跄奔逃。

那座巨大的宅子敞开着，黑洞洞的，深不见底，宛如张开口狞笑的怪物。

第二天天亮时，整个雪城都沸腾了。

整个郡府的官差都出动了，包围了那座豪宅大院。夺命十几条的连环杀手案终于告破。就在那个宅院的土壤下，挖掘出了七具尸体，每一具都惨不忍睹，在死前受到了令人发指的虐待和折磨。楼下还有一具新尸横在地上，来不及收殓，赫然是日前报官失踪的陈家公子——而在一个地窖里，还发现了七个失踪者，正惶惶不安地等待着救援。

"是他！就是他！"获救的人指着后院楼上一具尸体，全身发抖，"就是这个人把我们抓起来关在这里的！他杀了很多人！"

蔡捕头小心翼翼地走过去，抬头看着高处的那个男人。

这个人被一种奇怪的力量穿透了胸膛，钉在了高高的中堂上——

死者低垂着头，血从背后流下来，将中堂上那幅"仲夏之雪"长卷染得殷红刺目，皑皑白雪都变成了地狱血池。有属下架了梯子爬上去查看，小心翼翼地用刀柄将死者垂落的乱发挑开。

"嘶……"虽然周围簇拥着那么多属下，在看到那个人的脸时，蔡捕头还是忍不住倒吸了一口气，只觉得背后一阵寒意。

那个凶手是个三十岁左右的男子，容貌并不凶恶，甚至可以说是清奇俊雅，只是肤色非常苍白，几近透明，令人想起那些在黑暗中长大、毕生未见过日光的野兽。他的脸上凝固着一种奇特的表情，似是狂喜，又似迷乱，竟然没有一丝一毫的痛苦。

"真是奇怪啊……他死前，必定看到了什么令他惊叹的东西吧？"蔡捕头喃喃道。

"哎呀！"忽然间，旁边的小衙役叫了起来，一下子从梯子上摔了下来。

"怎么了？大惊小怪的。"蔡捕头不快。

"你看！他、他的胸口！"小衙役脸色苍白，指着被钉在中堂上的尸体，"居然没有任何东西！他、他是怎么被钉上去的？"

所有人一下子悚然，围了过去。

那具尸体被悬空钉在中堂的卷轴上，刚开始所有人都以为是被什么利器穿胸而过，钉死在高处。但攀爬梯子仔细看去，发现死者前胸后背虽然都是血迹，然而穿透胸口的凶器却缺失了——换一句话说，那具尸体，竟然是被一种无形的力量悬挂在那里的！

"这是怎么回事？"蔡捕头喃喃，忽然一个激灵，"难道，是那个女鬼干的？"

"女鬼？"郡府大人吃了一惊，"这里难道还有个女鬼？"

"其实属下也不知道是人还是鬼……属下刚查到这里的时候，曾经看到院子深处出现过一个白衣女人。"蔡捕头喃喃，眼里露出后怕的神情，"很恐怖。那张脸……简直让人做噩梦。"

"是的！这宅子里还有个女人！"幸存者中有人叫了起来，"我在地窖里每天都闻到药味——那个凶手每天杀一个人，用血为她煎药！"

"用人血为她煎药……"所有衙役都倒抽了一口冷气。

郡府大人问："那个女人是同谋吗？如今去了哪里？抓到了吗？"

"禀大人，没有找到。"蔡捕头低下头回禀，"在我刚来到这里的时候，她就已经走了。"

"一群废物！"郡府大人跺脚，"给我把她找出来——死了七八个人的大案子！凶手已经死了，如果一个活口都找不到，北越郡也太丢脸了！"

"是，是。"蔡捕头连忙退下，吩咐左右，"把尸体送到衙门去，让仵作好好验一下。"

几天后，所有资料汇集，一些脉络渐渐清晰——

居住在这里的是一个外地来的男人，沉默寡言，肤色苍白。根据城门口的入城记录，在一个多月前，这个人带着一口棺材从南方来到这里，大手笔地买下了雪城这所大宅子，从此深居简出，不问世事。刚开始身边还有几个奴婢服侍，到最后连那些奴婢也失踪了。这个人低调谨慎，不和周围邻居往来。庭院深广，大雪封城，外面行人稀少，竟然没有人知道他竟做出了这种恶行。

直到今天事情败露，横尸屋内。

可是，那个女人又是谁？是棺材里的那个人吗？她到底得了什么病，为什么凶手把她藏在了这里，并不惜用人血来为她治疗？到最后，她为何忽然翻脸杀了为她治病的人？

如今，她又去了哪里？

然而就在这时，外面忽然传来惊呼，有人惊呼着跑了进来，一下子撞倒了房间内的衣架，"蔡捕头……蔡捕头！大事不好了！"

"怎么这样大呼小叫？"蔡捕头怒道，"是找到那个女人了吗？"

"不……不是！是、是那个杀人魔，他、他……"小衙役脸色苍白，手不停地发抖，竟然说不下去。那一刻，蔡捕头才发现他胸口全是鲜血，似是一跤摔在了血池里爬起，不由得立刻站了起来，急促问道："到底发生什么了？"

小衙役全身颤抖，半晌才挣出一句话："那个杀人魔，他、他跑掉了！"

"跑掉了？！"蔡捕头大吃一惊，"开什么玩笑！他不是死了吗？"

"是死了，可、可又活了！"小衙役声音抖得厉害，"仵作验尸时就觉得奇怪，说这个人死了那么久，不该全身还那么软，居然一点儿都不僵硬——第一刀下去动都不动，但第二刀刺到膻中穴的时候，他忽然就睁开了眼睛！"

"什么？！"蔡捕头不可思议地脱口惊呼，"复活了？"

"是啊！居然又活了！活见鬼！"小衙役终于忍不住带了哭音，"这个人……这个人居然也是个鬼！他们两个都是鬼！"

"那他现在在哪里？"蔡捕头抓起刀就往外走，"仵作呢？"

"死了！"小衙役大哭起来，害怕得全身发抖，"那个人是个魔鬼！一醒来，就把仵作给杀了！不但杀了，而且还喝了他心口上的血！喝完就走了，一眨眼就没影了，快得谁都追不上！"

北越郡雪城的郊外，冷月高悬，墓地里空无一人，只有寒鸦的叫声和猎猎的风声。守陵人瑟缩着，渐渐打起了瞌睡，头一顿一顿的。

忽然间，所有寒鸟鸣虫的声音都停顿了，似乎空气中骤然结了一层薄冰。

反常的寂静让睡意蒙眬的守陵人一下子清醒过来，探手抓住了身边的短刀，同时将枕边的朱砂罐子也摸了出来——在这墓地里守了十几年，他见惯了许多奇奇怪怪的事情，和盗墓贼搏斗过，也和鬼魂打过照面，软的硬的都来过，心胆甚是壮硕。

然而，守陵人刚探出头去，就看到冷月下，一道白色的影子乘风而来，从墓园上掠过，轻飘飘地朝着前方飞去。

月光明亮，他看得清楚：那是一个女子，在月下独自御风而行。

"咦？"守陵人并不知道雪城最近发生的事情，只是诧异——这个女人身上没有丝毫邪气，看上去竟不似妖物，然而冷冰冰的，却也没有人的气息。

他躲在暗处，看着那个女人从墓园上方掠过，不敢发出一丝声音。

然而，仿佛是觉察到了什么，她忽地朝着这边看了一眼。那一瞬间，守陵人倒抽了一口冷气——那张脸！半边焦黑可怖，另外半边却美如天仙，一眼看去令人如坠梦境。

似乎是听到了他急促的喘息声，那个女人忽然顿住了脚，看了过来。她的眼神是飘忽的，没有一丝热度，空空荡荡，宛如从墓地里出来的鬼魂。冷月下，能清楚地看到她半边完好的脸上有一颗殷红的痣，宛如一滴血。

　　守陵人与那道视线相接，倏地颤了一下，下意识地往后一躲。然而耳边风声一动，那个女人的身形快如鬼魅，居然瞬间就到了他身边！

　　情急之下，他将手里的朱砂罐子整个扔了过去，想用至阳之物镇住这个可怖的厉鬼。然而，一道凌厉的风倏地扑面而来，所有泼出去的朱砂没有一颗落在她身上，尽数卷回。

　　这一下守陵人知道遇到了极厉害的妖物，吓得一个哆嗦，握紧了手里短刀。然而手刚握上去，那把短刀居然生生居中折断了！

　　那个女人面无表情地伸出手来，扼住了他的脖子，将他提起，另一只手缓缓抬起，指尖划过之处，心口里有血沁出——她的眼神空洞，然而却透出一种奇特的疯狂，仿佛渴望嗜血的魔物，将唇凑了过来。

　　"救、救命！"那一刻，守陵人挣扎着，用尽全力叫了起来，"有魔物！"

　　"魔物"两个字一入耳，那个女人似乎微微震了一下。她的手原本已经刺向了守陵人的心口，贪婪地攫取着热血，此刻却顿了下来。

　　那一刻，女子抬起头来，脸上那种嗜血的疯狂渐渐退去，空洞的眼里流露出一种悲哀的神情，猛然往后退了两步，将手里的猎物狠狠扔了出去！

　　守陵人被甩在一块墓碑上，全身折断一样疼痛，然而立刻跳起，头也不回地奔逃。

　　殷夜来站在冷月下的墓园里，怔怔地看着四周，又低头凝视着染血的双手，一直恍惚的神志忽然出现了片刻的清醒——她为什么会来到这里？她又在追逐着什么？更可怕的是，她居然变成了一个魔物！像北越雪主那样嗜血疯狂的魔物！

　　她跪倒在墓园里，沉默片刻，渐渐全身发抖，捂住了脸。

　　很多年了，她从未这样哭过，无论是在贫苦多舛的少女时，还是在黑暗不见天日的秘密外室身份时，乃至在帝都大火的最后诀别时——

从出生开始，她的人生就一直艰难，在黑暗里度日如年，少见光明。原本以为早已什么都能承受，却不料还有这一日。

还有这样生不如死、非人非魔的时候！

"兰缅师父，堇然有辱师门，实在是无颜来泉下见师尊……"趁着神志清明的一瞬，她下定了决心，捡起守陵人扔在地上的断刀，对着北方黄泉之路低声道，"弟子本性渐失，若不自行了断，只怕堕入魔道，请师父……原谅我。"

刀尖对准了心脏。

一阵风吹拂过墓园，所有声音再一次停止。刺入肌肤的刀尖蓦然停顿，殷夜来双手一松，刀铮然掉落。眉心的红痣在那一刻放出淡淡的血色，令她的眼神重新变得恍惚。

连她自己也不知道，蛰伏在她血脉深处的，还有另一个魂魄。

正是那个冥冥中的召唤，引起了那个魂魄的共鸣，在最后的刹那，给她半朽残废的躯体注入了神奇的力量，令她一举挣脱了北越雪主的牢笼，循声狂奔至此。

殷夜来站了起来，整个人仿佛一个被无形的线牵引着的傀儡，再度朝着某个方向而去。

——牵引着她的，是一个遥远的声音。

那个声音从远方的荒漠里传来，穿透了无限时空，在耳边不停地呼唤，带着某种深深的渴望和期待，直接传入了她的心底，蛊惑着她的心意——

"为什么还没有来，师父？"

"我已经等了你这么多年。"

"这一世，你还是来得太晚……太晚了。"

女子从墓园里转过身。冷月下，一袭白衣飘摇，朝着那个声音的方向疾奔而去，仿佛投向烈火的飞蛾。

当冷月下的女子在墓园上折身而起的时候，大地和大海的交界处，一声低低的叹息被吐出，在空荡荡的迦楼罗金翅鸟里清晰地回荡。

"破军大人，您醒了吗？"星槎圣女守候在台阶下，此刻喜不自禁地脱口问道，"您……您能听到我的祈祷了吗？请您睁开眼睛看看吧……我已经在这里了！"

她抬起了头，撩开面纱，那点殷红色的痣在颊边显得分外刺目。

每一日，她都在观察这血之印记的变化——根据巫咸大人所说，这颗红痣是慕湮女剑圣"六魄"所化，依附在这一世分身的身上。随着时间的临近，这颗红痣会不停地向着头部移动，直到五月二十日那一夜，出现在她的眉心。

到那一刻，她的前世今生将重叠！

到那一刻，金座上的破军也将睁开眼睛！

九百年了，这个被封印的人还保持着二十多岁时的年轻外貌，气质冷峻，线条利落的侧脸镌刻着军人特有的决断。

星槎圣女无法将自己的视线从这张脸上移开。

这个人，是传说中的"破军"，是他们冰族至高无上的一代战神——他曾经君临天下，却又被一个女人击败，从此，他在迦楼罗里等待着那个封印了自己的先代空桑女剑圣，无论她的魂魄流转了几世，都不曾放弃。

这种感情，实在令在帝国长大的她难以理解。

军人，不都应该是铁石一样不动声色的男人吗？他们天生是为了战争而生，为了荣誉而死，所谓对爱人的爱只是小爱，终将会被更大的对族人对国家的爱所代替——就像她的父亲，为了民族和国家，甚至可以将唯一的女儿祭献。

可是，这个金座上的军人，为什么会有如此的执念？

她抬首看着沉睡中的破军——是的，她竟然如此期待他的苏醒，期待着他醒来第一眼看到自己的面容！那时候，他的眼神会是什么样的呢？

这种隐隐的期待令她心脏加速跳动，竟似初恋的少女等待着情人归来。

从小，她就知道自己是慕湮剑圣的转世分身之一。十巫将她严密保护了起来，教导她朝着成为"慕湮剑圣"的方向成长——他们教给她许许多多东西，让她学习剑术，娴熟空桑语言，了解梦华王朝末期的一切……经过二十年来的精心培养，无论从外貌、气质还是性格，她几乎和先代慕湮剑圣一模一样。

她的一生，就是为了等待他而生。

星槎圣女凝望着那张沉睡中的脸，情不自禁地抬起手，去触摸近在咫尺的人。然而，就在这个时候，一阵风掠过，迦楼罗外面忽然传来一声低低的鸣动。随着那一声响，仿佛是共振一样，迦楼罗金翅鸟发出了一阵震动，回应着远方的召唤！

星槎圣女霍然站起身，疾步走出去，打开了迦楼罗内室的窗子——巨大的机械外面，是一片绵延的大漠。狷之原在黑暗中缓缓地延展向西方尽头，和大海在冷月下汇合。

"天啊……"星槎圣女将手按在心口，"果然准时来了！"

海面上影影绰绰布满了黑色的影子，一个接一个的巨大螺舟从海底浮起，停靠在岸边，密密麻麻的军队从中涌出，涉水登陆。迷墙隔断了这一切，呼啸的风沙将外来者的声音掩盖，唯有布满荒原的猛兽狷，在受惊后四处奔逃。

有军队在月夜涉水而来，秘密登陆。

这支军队人数在一万左右，并不多，然而配备的武器却极其先进，几乎将所有沧流帝国现有的最具战斗力的装备都用上了，不仅有螺舟绕过空桑海军防线运送战士，更有镇野军团和征天军团辅佐登陆。

星槎圣女猛地回过头，眼神熠熠生辉，对着金座上的人道：

"破军大人，请看，您的战士已经来到了这里！"

少女第一次露出了狂喜的表情，奔过去，用力推开了窗，让外面的风吹入这密闭隔绝的地方，带来战车开上大漠、风隼回翔天宇的呼啸声。

金座上的破军面容微微一动，似乎听到了这内外的异动。

"看啊……破军，"一个声音在他灵魂深处响了起来，是那个很久不曾出现的魔，带着低低的笑，重新回到了他的感知范围内，对他说话，"你的族人回来了——在九百年大限即将来临之前，他们迫不及待地杀回来，迎接你了！"

他没有回答，眉宇紧锁，沉默地抗拒着这个声音。这么多年了，这个阴魂不散的东西一直在他身体里盘踞，时时刻刻低语。

"面对着这些漂泊海外多年的族人，你怎能辜负他们的期望呢？九百年了，昔年慕湮剑圣设下的封印已经越来越薄弱了，这次，应该是你可以真正复出的时候呢！"魔的声音在脑海里回旋，"破军，你难道不是一直在期待这一天吗？苏醒吧！战斗吧……证明你自己的力量，也证明我的力量！"

那个声音带着强烈的蛊惑，直接透入了他的灵魂，试图侵蚀他的意志。

"你，"他终于开口，在脑海里直接和那个声音对话，"为什么还在这里？"

"我为什么不在？我一直与你同在，就如我曾经与星尊大帝——琅玕同在一样。"魔的声音带着诡异的微笑，"我永远不会消亡。"

"我以为你已经消失了，"破军在心里对那个魔物冷笑，"最近我既感知不到你的存在，也不再需要费力和你对抗——我以为你已经气馁离开了。"

"九百年了，我已经厌倦日夜不休地游说你了。"魔回答，带着一丝诡异的笑意，"你以为用身体作为牢笼，就可以永远囚禁我了吗？——我的确已经对你失望了，破军，我只是在等待'那个时间'的到来而已。"

他冷冷地回答："那就闭嘴吧！等到了那个时间，我们再来较量！"

"呵……还真是固执啊。"魔在破军的身体里冷笑，第一次露出不耐烦的语气，"这也是我最后一次劝告你了，破军——我可以离开星尊大帝，自然也可以离开你。"

破军冷笑，"求之不得。"

"可别后悔。"出乎意料地，魔居然真的安静了。

月光从打开的窗户里透射进来，如水一样笼罩着金座上被封印的人。迦楼罗金翅鸟里是如此寂静，寂静得宛如童年时代的那座古墓——刹那间，灵台一片空明，往事变得清浅透彻，一眼看去，几乎可以回溯到几百年前的最初。

——那是他们在分别多年后的第一次重逢。

　　夕阳温柔地从石质的高窗上透射进来，在白衣上晕染出温暖的颜色。他站在窗后的阴影里，静静地凝视着窗前坐在轮椅里的女子，只觉得心里忽然安静下来。他不敢上前，只是站在身后的阴影里，凝望着面前苍白虚弱的女子，手指不受控制地轻轻抬起，试图去触摸轮椅上垂落的发丝，却又几度退缩。

　　"师父。"他忍不住轻声道，"师父，您当初所希望的我，应该是什么样的呢？"

　　然而那个人影并没有回头，依旧只是安静地坐在夕阳里。

　　"成为什么样子的人？"身为空桑女剑圣的师父用一种温柔的语调回答，抬起手指着窗外——古墓外面的天空碧蓝如洗，偶尔有白影在风里掠过——那是沙漠里的萨朗鹰，在日光里追逐着风。

　　"我希望你成为这样的人，"坐在轮椅上的师父转过头凝视着他，微笑着用一句话回答了他的所有疑问，"就像这白鹰一样，快乐、矫健而自由。"

　　那样简单的回答显然不是预料中的任何一个答案，他诧异，"就这样？"

　　"还要怎样呢？"师父坐在轮椅上，转过头来看着他，苍白的脸上透出衰弱的气息，宛如即将凋零的花，"我少年时师承云隐剑圣，之后的一生都不曾败于人手。然而这三样东西，我却一样都没有——你是我最后的弟子，我当然希望你能全部拥有。"

　　"……"他忽然无法回答，手紧紧握着光剑。

　　"可是，焕儿，你现在快乐吗？自由吗？"她看着戎装的弟子，轻轻叹气，"我并不是对你加入沧流的军队感到失望——你做游侠也好，做少将也好，甚至做到元帅也好，无论你成为什么样的人，到了什么样的位置上，我只是希望你保有这三样东西。可惜，现在我在你的眼睛里看不到丝毫它们的痕迹——"

　　"你既不快乐，也不自由。"

　　当时的那一瞬，他只觉得心如刀绞。

而如今一念及此，金座上被封印了九百年的人身体同样微微一震，似有利刃洞穿。师父……师父，你可曾知道，九百年之后，我，依旧如此！

我既不快乐，也不自由。

但至少，我曾经拼尽全力，不辜负您的期许！

"天啊！这、这是……"当泪水从紧闭的眼角滑落的瞬间，阶下的星槎圣女因为震惊而睁大了眼睛，仰视着金座上军人冷漠的脸——破军……破军，竟然在哭泣！

被封印了九百年的人闭目坐在金阶最高处，左臂上明灭流动的魔火渐渐衰微，那层覆盖着他的冰也已经变得更薄。结界在削弱——看上去，这个沉睡了九百年的人似乎可以随时随地睁开眼睛，宣布重新君临这个云荒世界。

然而，他依旧没有睁开眼睛。

星槎圣女怔怔地看着这个九百年前开始沉睡的传奇。他的眉峰微微蹙起，仿佛陷入了一个梦里，而且，是一个并不愉快的梦。

他梦见了谁？又为什么哭泣？

他，又在等待什么？

在这个迦楼罗里，时间被冻结。这个生活在九百年前的人仿佛只是睡了一觉，醒来即将继续自己的人生——他的一生犹如传奇，和海皇苏摩、光华皇帝真岚一起被列入史册。然而，人们所知道的他只是"破军"而已，真正的他，究竟又是怎样一个人呢？

为何此刻他沉睡中的脸犹如孩童，皱着的眉头里隐藏着无限心事？

看着流泪的人，星槎圣女只觉得内心最深处掠过一阵柔软的刺痛。

时间快到了……当破军醒来的时候，他一定会一眼认出她吧？九百年的期待终于结束，在宿命的轮回里，他们终究会重新相逢。而在这一世，她和他出生在同一个民族里，一切的矛盾都将不再有。

到时候，破军会再度君临，带领她，带领整个沧流帝国重返云荒，夺取这个天下！

[第六章]
沧流东归

　　三月初七深夜，猂之原上风沙漫天，猛兽四散奔跑，沙魔也纷纷躲避——海里悄然升起了螺舟，吐出庞大的军队。战车缓缓碾过了沙漠，排出训练有素的方阵，有条不紊地推进，最后在巨大的迦楼罗金翅鸟面前停下，从四方合围，排出了整齐的队形。

　　那一瞬，所有战士收刀入鞘，齐齐屈膝。

　　"看啊……这就是破军的座驾！"方阵簇拥着迦楼罗，居中有人在冷月下喃喃，用目眩神迷的语气道，"九百年了，我们冰族终于回到了云荒，终于看到了传说中的破军和迦楼罗金翅鸟！"

　　车上站着一个须发苍白的老者，正是十巫里的巫彭。

　　四周一片寂静，黑暗笼罩着云荒，只怕没有一个人会想到冰族已经悄然出现在这片大陆——此刻，西海战局完全被空桑人掌控，沧流的靖海军团已经无法抵挡空桑大军的进攻。如果不是白帅忽然挂冠而去，让空桑大军失去了领袖，在新的统帅上任之前只能暂时采取防守措施，那么此刻，毫无疑问，沧流帝国的国都空明岛也已经陷落了吧？

　　然而，在这样的情况下，谁都没有想到沧流元老院竟然兵行险招，秘密派出帝国仅剩的精锐，绕过空桑人的西海战线，用螺舟万里潜行，直奔云荒大陆而来！

巫彭在战车上看着近在咫尺的迦楼罗，或许因为激动，双手竟微微发抖。

"属下巫彭，特率兵重返云荒，恭迎破军重生！"

"恭迎破军重生！"所有冰族战士随着他的呼声齐齐匍匐，亲吻脚下的沙土，每个人眼里都含着热泪，簌簌落地——是的，时隔九百年，他们这支被驱逐出大陆的流亡者终于重新踏上了这片曾浸透了冰族人鲜血的土地！

沙风猎猎，巫彭在战车上低下头，看着面前一面水镜——那是一个精美的铜盘，雕刻着繁复的图案，上面有一指深的薄薄一层水，此刻正在冷月下映照出银子一样的璀璨光芒。他看着水镜，抬手结印其上，默默凝聚着灵力。渐渐地，月光淡去了，水面上浮凸出遥远的景象，竟是万里之外西海上的故乡。

巫彭低下头，通过水镜将声音传达给遥远的彼方，宣告着这边的一切："诸位，我们已经东归——在狷之原上，参拜破军。"

在遥远的西海，元老院的其他七位发出了如释重负的叹息，纷纷合上双手——是的，这就是被他们称为"东归"的秘密计划，在"神之手"出动后便已经开始布局，几乎是孤注一掷地将挽救帝国倾覆的希望寄托在了上面。

"感谢破军的庇佑！"首座长老巫咸对着水镜彼端的巫彭道，用念力将万里外的指令传达，"去吧，按照原定的计划来！时间只有两个月了，巫彭，你要抓紧。"

"是。"身负大任的巫彭低声道，"现在我正准备进去参拜破军……"

然而，话音未落，镜中一道刺眼的光闪过。只听尖锐一声呼啸，水镜那边的景象忽然消失了！镜面空蒙，只剩下漆黑一片。

"巫咸大人？"巫彭有些吃惊，对着水镜连声呼唤，"巫朗？你们怎么了？"

然而，水镜在无风自动，微微起伏，却始终看不见元老院的景象。

巫彭脸色苍白，忍不住就要用手去拍那面水镜。但是停顿了一瞬间，水镜重新又平静下来了——先是映照出了狷之原上空的一弯冷月，接着很快又隐约浮现了遥远的空明岛上的景象：元老院里以巫咸为首的七位大巫围坐在那里，静静俯视着水镜，唯独缺了巫即——那个天才的机械师望舒。

"刚才怎么了？"巫彭忍不住问。

"空桑人的炮火落在了屋顶上，"巫咸淡淡道，"不过，在爆炸的那一瞬间，我们用念力结成了界，将它给熄灭了——耽搁了一点儿时间，不好意思。"

"……"巫彭倒吸了一口冷气，失声道，"他们、他们已经攻到本岛了吗？不是说白墨宸辞官后，西海上的空桑军队群龙无首，暂时都陷入了守势？"

"他们这两个多月的确是一直没有发起进攻，直到十天前忽然反扑。"巫朗道，"空桑人换了新统帅，是个厉害人物。"

巫彭皱眉，"谁？青之一族的骏音？"

"是。"巫朗点头，"空桑人并不蠢，他是最适合的人选。"

"听说他原本是骁骑军的统领，镇守两京，白墨宸在辞官之前举荐了他接任——显然，在白帅心里，他也是最适合接替自己的人。"巫彭喃喃，"可他应该不是这种冒进急躁之人，为何一上任就不惜代价地猛攻？"

"骏音做事沉稳，但新任的副帅玄晟却急于为兄长报仇。"巫朗叹了口气，"所以再三要求出战，直攻我们本岛而来。"

"玄晟？"巫彭明白过来，"难道是原来副帅玄珉的弟弟？"

"是的。"巫朗道，"他的哥哥玄珉不久前死在了羲铮的风隼袭击里。"

巫彭沉默了一瞬，有些担忧，"那空明岛这边是否支撑得住？"

这次他带领帝国仅剩的精英倾巢而出，离开本岛，留下了一些战斗力微弱的族人，仅仅几万而已，却要面对空桑数十万的大军——这样悬殊的战力，还能守多久呢？可千万不能没等到他们这边开始行动，缓解西海的压力，本岛便撑不住啊。

"不用担心，"仿佛看出了远征将帅的担忧，首座长老巫咸开口了，"我们这里战士虽然不多，却有长老坐镇，更有望舒在——这孩子现在很勤奋，没日没夜地把自己关在地下工坊里，刚告诉我再过几天就可以研制出足以扭转战局的新武器了。"

"新武器？"巫彭有些震动，"有什么新武器可以扭转战局？"

"是的。"巫咸拈着花白的胡子点头，眼神意味深长，"你也知道，那个孩子有着匪夷所思的创造力，他所想所做的，超出我们血肉之躯所能达到的范畴——他告诉我，一旦新武器制造成功，每一个沧流帝国的战士都能轻松地以一敌百。"

巫彭击掌，"太好了！到底是什么新武器？"

"那个孩子不肯告诉我……真是的。"巫咸苦笑，摇着头，"最近他的脾气越来越古怪了。以前织莺在，他还愿意和外人交流一些，如今是彻底把自己关在了地下工坊里不出来了——他说，等研制得差不多了，就会第一个告诉我。"

"快让他抓紧吧！"巫彭道，"等过了时机，只怕有新武器也不顶用了。"

"这边的事情你不用太担心——来，让我告诉你几个好消息吧！"首座长老巫咸对着水镜彼端踏上云荒的同僚道，"第一，前往南迦密林的神之手已经顺利完成了捣毁命轮大本营、诛灭星主的任务，巫真织莺和阎笛少将正在返回的途中；第二，牧原少将经过千里跟踪，也在慕容隽的协助下除掉了空桑统帅，取走了白墨宸的性命！"

"太好了！"巫彭情不自禁地击掌，"白墨宸死了？"

"是好消息吧？"严肃沉稳如巫咸，也不由得露出了笑意。

"命轮的星主……空桑的白帅，每一个都是我们沧流的心腹大患啊！"巫彭狂喜无比，却谨慎地提问，"这两个都是极难除掉的人物，是真的全部解决了吗？"

"因为没有看到两个人的尸体，刚开始我们也不敢确定这些捷报是否准确——特别是后者，我怀疑是慕容隽为了解开我的禁咒而故意使的障眼法。"巫咸并没有因为他的质疑而不悦，显然他自己也曾经怀疑过这两个消息的确切性，语气慎重地回答，"为了验证，我召集了元老院所有人在密室里一起面对水镜，用灵力追溯整个六合八荒，发现天地间的确再也没有星主和白墨宸这两个人的'存在'，这才证实了消息的真实性。"

"再也没有他们两个人的'存在'？"巫彭重复了一遍，如释重负——是的，巫咸大人和其他几巫都那么说，显然这两个人已经不存在于这个天地之间。命轮和白帅，这是沧流帝国最忌惮的两样东西，如今终于都被拔除了！

"所以，尽管去战斗吧，巫彭！"水镜那一边，巫咸的声音充满了鼓励，"不要管我们本岛会怎样，只管朝前去！——冲入云荒，唤醒破军，捏碎空桑的心脏！"

"是！"巫彭将手抬起，重重按在心口上，"以破军的名义发誓，血战到底！"

水镜泛起了一丝波澜，随即渐渐归于平静。

踏上云荒的沧流统帅抬起头来，看着当空的冷月。

九百年前，在这轮冷月的照耀下，冰族的先祖战败后被空桑大军驱逐，走投无路，只能从这片猛兽云集的寒苦之地投入西海。他们也曾经是这片大地的主宰啊……就这样成了漂流海上、永不得归的流亡者。

如今，战士们回来了！那轮冷月，你看到了吗？

巫彭深深吸了口气，看了一眼不远处的巨大的迦楼罗金翅鸟，心却忽然一跳——打开的舱门前，站着一个白衣飘飘的少女，在月下宛如神仙。

那是……那是……那一刻，身经百战的将军忽然侧过头，不想再看，只觉眼眶湿润。已经有十几年了吧？自从被测出转世的身份、遴选为圣女之后，他就再也没有见到她，也没有听闻她的音讯，甚至每一次元老院在会议上谈到她时，他都必须避席。

如今，他们终于在云荒大地的月光下再次相见。

十几年不见，她已经长成了这样美丽绰约的少女了……

星槎圣女正遥遥地看着他们，双手合起，在胸口做了一个手势。巫彭一震，回过神来。是的，她这是在提醒他们：此刻，尚不可擅自靠近迦楼罗。

还不能靠近？那么，她在那儿安全吗？有没有受到什么伤害？

巫彭按捺住了心里的烦躁，知道显然是因为破军尚未到苏醒的时刻，禁咒依然存在，任何外人闯入，只怕都会被结界的力量撕裂——这个迦楼罗周围，存在着几百年来无数次重复累积的禁锢咒术，从历代空桑帝王到那个命轮组织，一重重，如同茧一样。

该到破除这重障碍的时候了吧？否则，等破军苏醒那一刻，终归会成为障碍。

巫彭沉吟了一下，抬起头，看着冷月下那个庞然大物，跳下了战车，朝着迦楼罗金翅鸟奔去，腾身而上。厚厚的沙层从金属上掉落，巫彭一动，身后一列灰衣人倏地跟上，训练有素地翻身上了这座巨大的机械，沿着迦楼罗双翼往上攀援，迅速地向着顶部而去。

这些人都不是战士，穿着巫师才穿的长袍，只是比元老院里的十巫的黑袍朴素许多，袖口和领口都没有装饰，衣料颜色也是浅灰——这些人都非常年轻，显然是沧流帝国栽培出的后起之秀，将来接掌元老院的年轻的杰出灵能者。

此刻，他们不远万里来到云荒，在巫彭的带领下登上了迦楼罗！

"在这里了。"冷月飞沙下，巫彭在迦楼罗金翅鸟的头部站住，用脚尖指向一处——那里，是迦楼罗金翅鸟的头部中心，下面直接对着破军所在的密闭的舱室，是这个庞大机械的中轴所在。他小心翼翼地用足尖踢开沙尘，金色的外壳上露出了一个圆形的符号，中间有六个分支，正在缓缓转动。

命轮！那一瞬间，所有人都吸了一口气。

"就是这个封印。"巫彭蹲下去看着这个久远的刻印，"九百年前，那个星主带领着命轮成员，在这里设下了结界，试图永久地困住破军。"他站起来，回望众人，"如今，命轮已经被我们击溃，让我们回到云荒迎接破军，彻底粉碎这个封印吧！"

冰族的巫师们齐齐列阵，围住了那个命轮封印，每个人的手心里都是一片殷红。在阵势发动之前，他们齐齐抬头，看了一眼西方的尽头，似是在做无声的告别。

迦楼罗金翅鸟发出了一阵剧烈的震动，身上所有的沙土簌簌而落，金属机械在暗夜里发出一声悠长的低吟，似是渐渐醒来的兽——星槎圣女在密室内双手合十，在破军座前祈祷着族人的顺利，直到那种奇怪的颤抖渐渐停止。

忽然间，有什么东西啪的一声落了下来。

那不是金座上鲛人潇的泪滴，而是一滴暗红色的液体，灼热——星槎圣女吃惊地抬起头，看到密室金色的顶上忽然间渗出一摊暗红，仿佛星图一样斑斑点点，从中心迅速地扩散到整个舱室的顶部。

那一瞬，她惊呼起来。是的……血！浸透了舱室顶部的，是血！

她听到头顶传来的声音，刚开始是低低的吟唱，然后声音越来越响，竟然隐隐如雷鸣。随着声音的扩大，迦楼罗金翅鸟起了一种奇特的共鸣，整个金属制成的机械开始微微地震动，仿佛随着头顶的声音一起活了过来，竭力挣扎着，想要脱出什么束缚一样。

咔的一声，迦楼罗猛然震动！

似有什么在崩裂，一道强烈的光自上而下地照耀下来，在破军的金座上投影出一个圆形的命轮形状，开始急速地转动——然而，只是一瞬，那个命轮的影子轰然碎裂，四分五裂，向着四方飞出，瞬间消失。

那个刹那，她看到了整个密闭的舱室发出了奇特的亮光，所有机械在一瞬间发出了光，开始运转，就像是有一只无形的手抹去了落在上面厚厚的九百年的灰尘，让这蛰伏在大漠多年的巨大机械恢复了昔日的生机。

"迦楼罗金翅鸟，束缚在你身上的锁链已经斩断，请重新展开翅膀翱翔吧！"

共鸣声里，有低沉的祈祷传来。星槎圣女抬起头，看着舱室的上空——隔着厚厚的金属，她甚至可以预知上面正在发生的事情：那些年轻的巫师们已经横尸满地，用全部的灵能和鲜血作为代价，打破了这个由命轮在九百年前设下的封印！

鲜血在黄沙和金属之上纵横，渗透了迦楼罗上那个刻印。

"破军啊……"她转过头去，再度看向金座上被冰封的人，眼里含了热泪，"您看到了吗？您的族人用生命为您的归来铺平了道路！请您睁开眼睛，听取我们的呼声吧！"

那些热血奇迹般地穿透了金属，如雨一样从穹顶滴落，洒满了整个舱室，包括金座和玉阶。血雨之中，仿佛听到了她的祈祷，金座上的人忽然真的动了一下！

那一刻，星槎圣女几乎不敢相信自己的眼睛——破军缓缓抬起了头，睁开了湛蓝色的双眸！在他的左臂上，那层封住的冰已经越发薄了，看上去几乎一触即碎。他心口上那个交错的伤痕还在，却已经以肉眼可以看到的速度在缓缓愈合！

"破军……破军！"她狂喜地低呼，想伸出手去触摸，却又退缩。

被封印的破军微微地动了动，似乎想努力抬起手——然而，左手上的那枚戒指忽然间发出了一道光，将他的动作给压了下去！

那是后土神戒。

这枚九百年前被慕湮剑圣亲手戴上的神戒，居然还在竭尽全力发挥着"护"的作用，不让这个封印破裂！

冷月高悬，沙风呼啸。迦楼罗金翅鸟的中枢上，堆叠满了年轻巫师的尸体——滚烫的血液在上面纵横流淌，形成了一个复杂而神秘的图案。那个图案和中心的命轮丝丝入扣，仿佛血的利齿合拢，咬住了九百年前设下的封印。

那个转动的命轮终于彻底停止下来，金光暗淡，瞬间熄灭。

巫彭站在迦楼罗的最高处，筋疲力尽地吐出了一口气。是的，看来，那个所谓的星主真的死了，否则这次他们也不会彻底破解了命轮设在这里的封印，将那个神秘组织对云荒的保护屏障彻底击破！

他在血的结界旁屈膝跪下，伸臂将一具巫师的尸体抱了起来，跃下了迦楼罗——这些冰族里最优秀的年轻巫师，不远万里渡海而来，登上云荒之前便已经知道自己的命运：他们必将付出鲜血和生命的代价，死在这片土地上。而他们却还是毫不犹豫地为帝国献出了生命。

他，作为沧流的统帅，又怎能让他们孤独地留在这里呢？

巫彭将那些牺牲者的尸骸一具一具从迦楼罗上搬下，放在战车上，然后再度屈膝，在狪之原上对着迦楼罗单膝跪下，左手按在右肩，行军人之礼。

沧流以机械立国，只有上层阶级才掌握着灵力，其中精通术法的更少，如今一下子失去了十二名最优秀的灰袍术士，几乎耗尽了多年来培养的一半精英。

"来，堆上火，让他们的躯体化为轻烟，升上天空吧！"

巫彭吩咐左右的战士，拳头握紧，眼里露出了一丝狠意。

是的，到现在为止，这一切都和元老院所预料的一模一样，一步一步地进行下来。如今，一切不利的外因都已经被除去，剩下的，便只有全力以赴去战斗，迎接破军的复苏了！

当火焰升起的时候，有一道影子从迦楼罗上掠下，如同无声的风，穿过千军万马，停在了他的身侧。在她走过的地方，战士们如潮水般自动分开，恭敬地让出了一条路。

"瑶……不，圣女，"巫彭回过头，看到了月光下的白衣少女，失声道，"你怎么出来了？"

那个本应侍奉在破军身侧、等待其转生的星槎圣女离开了迦楼罗，来到了他的面前，微微喘着气，抬头看着战车上风尘满面的统帅，眼里含着晶莹的泪水，许久，才轻声道："父亲，您老了许多。"

这个称呼令巫彭沉如水的脸动了动，压低着声音道："我说过，不要再叫我父亲——自从你被选中的那一刻起，人世间的血脉便已经断了。"

"血脉怎么能断呢？"星槎圣女声音颤抖，泫然泪下，"我永远是你的瑶瑶。"

巫彭的手抬起来，似乎想触摸一下久别的孩子，然而咬着牙又放下了。战士们都簇拥在周围，无数双眼睛看着他们——沧流帝国至高无上的星槎圣女，是不可以被除了破军之外的任何人触摸的。

他压下了心里的波澜，克制地开口："圣女，您应该侍奉在破军金座下，不可擅自离开。为何忽然来了此处？"

在这样冷硬的语声里，星槎圣女眼里的小火苗渐渐熄灭了。她低下头，白衣在风里飘舞，声音也变得缥缈而没有感情，"巫彭元帅，我想来告知您，在破除了命轮的封印后，破军刚才一度苏醒——然而，旋即又被后土神戒上的封印困住。"

"后土神戒……"巫彭喃喃，"就是空桑女剑圣临死前结下的那个封印吗？没想到过了九百年那么漫长的时间，还具有如此强大的力量。"

"不，我觉得不是这样。"星槎圣女低声道，"后土封印的力量在时间的流逝中必然也会随之削弱，如今只怕剩下六成不到——虽然那种禁锢依旧强大，但以破军的力量，要冲破这最后一重封印也不会做不到。"

"你的意思是……"巫彭明白过来，"那个约束在破军的心里？"

"是的。他自愿放弃。"星槎圣女道，"他只要感受到后土神戒上还存在着一丝的阻力，便会立刻停止挣脱，不会拂逆了师父的意愿。"

巫彭愕然，"这么说来，即便九百年大限到来，即便身上所有的禁锢都解除，破军只要感觉到后土神戒上的禁锢还存在，他就不会彻底苏醒？"

"是。"星槎圣女道，"这也是我必须赶来告诉您的原因。"

巫彭沉吟，抬起头来看着漆黑的夜空，"或许，巫咸大人说的是对的。"

"巫咸大人？"星槎圣女愕然，"他说过什么？"

"他在我出发之前曾经说过，打开迦楼罗上命轮的封印，只需要十二名术士足矣，接下来的事情必须看破军本身的意愿。"巫彭低声道，看着渐渐熄灭的火焰，"而剩下的九名术士，有更重要的任务。"

"什么任务？"星槎圣女有些诧异，这一点，元老院竟从未对她提起过。

"这是兵家之事，圣女就不必过问了。"巫彭淡淡道，忽然间一抬手，一道银色的光从他的战车上呼啸升起，高高地刺入夜空，一闪即灭。

星槎圣女抬头看去，"这是……"

"我是在召唤一支看不见的军队。"巫彭低声道，眼神肃穆，"那是一个中州人——但只此一人，已能消灭十万大军！"

黑夜里，空寂大营一片寂静，只有岗哨上的两个空桑士兵还在打着哈欠。三月初的西荒还是很冷，他们只能不停地交替跺脚，一边将手拢在火把上取暖，一边嘀嘀咕咕地抱怨："真是的……这么个大冷天，又轮到我们值夜！二队那边的人怎么都没安排这苦差事？"

"别提了，我们队长原本是白帅军中出来的，以前得势，据说还要被调入帝都骁骑军呢。现在白帅忽然下野归隐了，没了上头的提携，我们不被挤对才怪呢。"另一个同伴低声道，"据说袁梓将军和新任的骏音元帅是同族……"

刚说到这里，忽然间一阵风吹过耳际，带来类似呜咽的声音，令两人不禁打了个寒战。

"啥声音？"其中胆小的一个喃喃，"像哭一样！"

"鬼哭呗。听说这座山很阴呢。"另一个胆子大点儿的士兵大大咧咧地道，"山里有九重地宫，里头曾经死过上万的人，都是被冰族人杀的！"

"这都是猴年马月的事情了，九百年前光华皇帝就来这里做过一场法事，把所有冤魂、恶灵都度化了！"另一个胆小的连忙辟谣，"如今这里干干净净，我压根儿就没看到过什么和死人有关的东西。"

"嘿，见识少了吧？山脚那个古墓没听说过吧？"同伴冷笑起来，"听说那也是个很邪门儿的地方呢。"

"那是个墓吗？"士兵愣了一下，"我倒是听说当地牧民都把那儿当作圣地朝拜，供着一个什么女仙——你也知道，大漠里的牧民到处都有膜拜的对象。"

"嘘——那可不是什么女仙。跟你说，我前几天偷偷地去那个墓看过，居然发现沙子里埋着一块碑！"那个胆大的士兵看了一眼黑夜里黑沉沉的山脚下，压低了声音道，"你知道吗？碑文的落款，居然是光华皇帝！"

"光华皇帝？！"同伴吃惊道，"那墓里……埋的又是谁？"

"先代空桑女剑圣，慕湮。"

"慕湮？"同伴皱眉，"没听过。牧民传说里的女仙难道是她？"

"那块碑上是这样写的，估计也是很有来头的吧？"那个士兵道，"可惜我围着那座墓绕了一圈，也没发现有什么地方可以爬进去。这座墓被彻底封死了，连一条缝隙都没有。"

"你想干什么？"同伴骇然，"盗墓可是杀头的罪！"

"嘿，谁还在意这个破墓啊！我只是好奇罢了……"那个士兵连忙扯开话题，忽然愣了一下，脱口道，"看那边……是什么东西在闪？"

"什么？"同伴下意识地顺着他的手指看过去——空寂之山已经是云荒大陆的西部屏障，然而，比空寂之山更西的还有一个地方：狷之原，据说是猛兽魔物云集之地，光华皇帝建起了绵延千里的迷墙，将此地和云荒大陆隔开，以防魔物入侵。

自从王朝开始以来九百年，据说从没有一个活物能穿过那道墙。

然而此刻，黑暗里只看到迷墙后闪过一道金色的光，光里映照出一个巨大的东西，仿佛是匍匐在大漠里的一只鸟。光影里，还影影绰绰看到无数的东西在移动，一排排地从大海里升上来，一望无际，如同巨大的鲸鱼列队游动。

"这……"士兵擦了擦眼睛，以为自己看错了，"这是什么？"

那道光一闪即逝，夜又黑沉沉的，什么都看不见了。

"西海里有什么东西浮上来，你看到了吗？"他愕然回头，询问身边的同伴——然而奇怪的是，风灯下空空荡荡，那个人居然已经不见了。

"喂，喂！死家伙，去哪里了？"他吃惊地四顾，往外走了几步，忽然发现同伴的佩刀掉落在地上。那刀已拔出了一半，人却不见了踪影——他脸色变得苍白，惊惶不安地四顾，犹豫着，不知道该不该敲响示警的金柝。

夜色深浓。那一瞬，又有一阵冷风吹过，带来一丝奇诡的声音。

这是什么声音？不会……不会是那个古墓里有什么东西爬出来了吧？或者是空寂之山上的亡灵？那个大胆的士兵也不由得心寒，顾不得敲击金柝，拔脚就往营里跑。忽然间，又是一道风吹过，风里有寒光微微一闪。

唰的一刀，一只手捂住了士兵的嘴，另一只手迅速断喉，黑暗里的人从背后袭杀了岗哨上的人，将尸体迅速无声放倒，拖入了暗影里。

"原来云荒大地上的空桑军队如此不堪一击。"一个声音低低冷笑，"在西海上和白帅搏杀了那么多年，我还以为空桑的军队个个都是像他那样的铁汉呢。"

从暗夜里悄然浮现出一张脸，映照在明灭不定的风灯下。淡金色的头发，轮廓分明的五官，完全是西海上冰族人的外貌——而在他身后，无声无息地跟着几十位黑衣同族，每一个人的眼神都狠戾如狼。

这队人，正是一个月前出现在北越郡九里亭的冰族刺客们。

"最近白帅请辞，军队里人心不定，难免不如从前。"一个人在他身后走出来，黑发黑眸，却是中州人的贵公子模样，在一群冰族人里鹤立鸡群。他俯视着沉睡中的军营，"空寂大营是云荒四大营之一，扼守西方门户，屯兵十万，领兵的袁梓将军久经沙场，麾下战士也是善战精英，牧原少将绝不可掉以轻心。"

"我知道。空寂大营是军事重镇，所以元老院在完成任务后并没有令我们即时返回西海，而是直接奔袭此处。"牧原少将道，从岗哨上俯视着黑沉沉的西方尽头——忽然间，一道银色的光从猨之原上升起，划破了黑夜！

那道光只是短短一瞬，却照亮了大漠。那一刻，慕容隽清晰地看到铁甲从海上升起，无声无息地密密涌上大漠，簇拥着一架巨大的金色机械。

"看到了吗？看到了吗！"牧原少将的眼神陡然亮了，指着西方，"是巫彭元帅！他们已经到了，东归行动已经开始！"

亲眼看到沧流军队踏上云荒的土地，慕容隽只觉得心猛然紧了一下，几乎无法呼吸——是的，是的！这一切终于开始了！

异族入侵，天下动荡。太平的日子不过千年，这片大地便要再度风雨飘摇——空桑人的王朝要崩溃了，新的秩序即将建立。只有在这样的乱世里，他才有可能寻到机会，重新获得博弈的机会吧？才能重新让在云荒的中州人改变自己的命运和地位！

可是……这一切，都是要以血流漂杵尸骨成山为代价。

在那些已经死去的人中，也包括了堇然。

"巫彭大人今夜已经带兵登陆猨之原，我们得抓紧。"耳边传来牧原少将的声音，一物被放入了慕容隽的手心，"慕容公子，看你的了。"

那是一个钢制的小筒，一端有精密的开口。慕容隽的右手颤抖了一下，几乎接不住。他的手上还绑着绷带，似乎那个伤口永远好不了一样——他凝视着放入掌心的东西，眼神复杂地变化，嘴角微微一动，忽地道："非得这么做吗？"

"还有别的方法吗？我们才十几个人，怎能对抗这十万军队？"牧原少将第一次看到这个人露出犹豫的表情，"慕容公子，你是这里最熟悉空寂大营的人，不会到了现在开始犹豫了吧？刺杀白墨宸这样的大功都已经立下，我们很快就会夺回这个天下——到时候，元老院绝不会忘记对你的承诺。"

元老院的承诺——那一刻，慕容隽微微一震，手指不露痕迹地探入怀中，触及了秘藏的那一卷金黄色的帛，上面的文字他几乎倒背如流：

> 从复国之日起，帝国将对中州人一视同仁。即刻废除十二律，开放慕士塔格至天阙一线的驿站，通商道航道，建自由港与自治领。封尔为王，世袭罔替。免卿九死，子孙三死——立此为证，若有违者，破军辟之。

誓约的下面，是十个用鲜血画成的符咒，那是十巫对他的承诺——血咒里的誓咒，对立约人的确具有绝对的约束力，否则所立的誓言必然反噬。然而，作为对等的代价，他也奉上了自己的血，立下了替冰族做马前卒、夺取云荒的誓言。

如今白墨宸已死，他的诺言已经实现了大半，是以箭在弦上，不得不发。

慕容隽沉默了片刻，叹了口气，"也是，没有回头路可走了。"他将那件东西放进了怀里，对着冰族人点点头，"那我去了。"

"慕容公子，小心。"牧原少将在后面道，"要不要派几个人跟你一起去？"

"不用，我一个人就行了。如果人多了，对方反而会起疑心。"慕容隽已经走入了黑夜，头也不回，"你只要帮我把这一路上的岗哨都拔掉就好——你也知道，我手无缚鸡之力，随便一个士兵都能打倒我。"

看着那个白衣贵公子独自走入黑夜，牧原少将眼里露出了一丝复杂的神色，似是佩服，又似鄙薄，叹了口气，对左右的心腹低声道："这个中州人还真是一人能当十万大军啊，难怪元老院如此重用……只可惜……"

只可惜什么，冰族将领却没有说出来。

今晚的空寂大营很安静，外面只有沙风不时呼啸。在大营的最高处，一盏孤灯摇摇欲灭，灯下的将领犹自未眠。

空寂大营的袁梓将军放下来自帝都的书简，想着目下的政局，皱眉沉吟了片刻——几个月前的劫火之变后，帝都天翻地覆。白帝驾崩，女帝登基，白帅挂冠而去……种种变故接踵而来，令人措手不及。而他又远离帝都，驻守边关，等消息传到的时候大局已定。

如今，新任元帅骏音已经驰往西海战场，缇骑统领都铎下落不明。一朝天子一朝臣，目下空桑军队里的情况微妙不明，让他不由得心里忐忑。

要知道，作为一个中州人，虽然能力出众，在军队里做到这个位置殊不容易，如果不是因为白帅的一力提拔，他混到现在只怕还是一个裨将而已。空寂大营虽然位置重要，却艰苦非常，家眷都在帝都，数年难得团聚。他早已动了离开之念，这一年来托人在帝都极力活动，试图调离这荒僻的空寂大营，去往相对富庶的东泽姑射郡府——本来事情已经差不多落定了，但突发的巨变打乱了一切。

袁梓将军叹了口气，觉得有些心烦。

他本不擅长权谋，也不喜欢应酬。原本以为从戎了，军队是个相对简单的地方，以战功进阶，没有文臣之间那些钩心斗角，但没想到依旧还是逃不开那个大旋涡。

不过，骏音和白帅一贯要好，此次接任元帅之位据说也是白帅临去时举荐之功。他当了元帅，应该不会对白帅的人进行清洗吧？但这样一来，调职之事只怕要落空了。

然而，刚想到此处，便听到门外传来了轻轻的敲门声。

"谁？"袁梓将军一惊——已经是子时，战士早已就寝，谁会来敲门？

"是我。"外面有人道，"故人来访，将军难道要拒之门外？"

这个声音是……袁梓有点吃惊，霍地站了起来，一手按在了佩刀上，几步过去推开了门——外面的月光很好，月下站着一个白衣公子，正在寒气里微微咳嗽着。

"慕容公子！"那一瞬，他失声惊呼。

"袁梓将军，好久不见。"白衣公子咳嗽着，对着他轻轻点头，依旧保持着昔年那种风姿——冷月瀚海下，他的脸色有些苍白，神态也有些疲倦，仿佛是赶了很远的路才来到这里。然而，人却是活着的，地上也有影子。

"真的是你！天，你……你不是已经……"袁梓打量了他半天，说不出话来，"已经……"

"已经死了，对不对？"慕容隽微笑起来，"我怎么会那么轻易就死呢？你也知道，我不容易失败，就算失败，也不是那么容易被杀的。"

袁梓震惊地看着这个忽然出现的人，喃喃道："可是，你……怎么来了这里？"

"拜访故人。"慕容隽指了指门内，"不请我进来喝一杯吗？"

袁梓身子一震，却站在门口没有让开，手也一直按在佩刀上。他的眼神变得锋利，似乎是一把刀缓缓拔出了鞘。

"哦，我想我知道你的意思了……你不想给自己惹麻烦，对吗？"慕容隽看着他，叹了口气，"可是，站在这里说话，岂不是更容易被人看到？如果我出现在这里的事情传入了帝都，被女帝和藩王们知道，又会有什么结果呢？"

袁梓眉头皱了一下，眼里似乎掠过一丝怒意，身子却侧了侧，"进来再说。"

"多谢。"慕容隽更不客气，举步进门，径直走到了最靠近火炉的位置坐下，将苍白的手指凑近火焰，"外面很冷，房间里暖和多了。"

门在身后关上，袁梓紧绷的神经再也无法控制，他大步走过来，在对面坐下，一把将佩刀重重拍在了来人面前，咬着牙，低声道："你来找我，到底想做什么？"

慕容隽语气淡淡，"你很紧张吗？"

"我当然紧张了。"袁梓握拳，"你也知道现在是最敏感的时候！新帅刚上任，军中又不稳，如果有人知道你居然没死，又来看我，我……"

"你会被削职入狱？这样就让你怕了吗？"跳动的火焰映照着慕

容隽苍白的脸，他忽地冷笑起来，"袁梓将军，别忘了，十多年前，你也不过是我们镇国公府里的一个家臣！你的祖父、父亲，世代都是镇国公府的家臣，你本该也注定为我们慕容氏而生，为慕容氏而死——但我父亲仁慈，让你脱离了镇国公府，去军队里为自己的人生战斗。"

说到这里，他侧头看了袁梓将军一眼，"当然，你也一直很努力。"

袁梓的脸色一阵青一阵白，这个是他心底的伤疤，已经很久没人戳中了。

"自从你离开镇国公府后，为了让你彻底脱离这个家臣身份，我们明面上已经不再往来，可是，镇国公府暗地里对你的支持却一直没中断过——"慕容隽淡淡地道，"一年多之前，你说不想再驻守荒僻的空寂大营，想调去东泽，不也是写了封信求我帮你游说朝廷吗？"

袁梓的脸色更加不好，手指痉挛着握住了刀。

"你……你想说什么？"他哑着嗓子问，"想提醒我，我本该是你们世代的奴隶？我欠你很多人情，这辈子也还不清？"

啪的一声，他猛然拍案而起，寒光一闪，刀便已架上了慕容隽的咽喉！

"要杀人灭口吗？"虽然被刀压着喉咙，慕容隽的脸色却没有变化，语气也依旧轻缓，"可是，你也应该知道我不是那种笨到明知可能被灭口，却还孤身半夜来找你的人。"

袁梓的刀颤了一下，显然心里也知道对方的可怕——镇国公府的慕容公子，一直是中州人的领袖，虽然年轻，却善于权谋，心机缜密。

"你到底想要干什么？"这一刀终究没有下去，他语声发颤，"为什么来找我？"

"我想要你帮我。"慕容隽道。

袁梓舔了舔嘴唇，涩声道："怎么帮？你想逃到海外去吗？我这里还有一些金铢，也认识一些来往于西海上的商船。"

"哈哈……"慕容隽听到这里忍不住冷笑起来，"你觉得我像是在逃命吗？"

袁梓震了一震，咬牙道："那……你想要我帮你什么？"

慕容隽断然道："帮我推翻这个王朝，推翻空桑人的统治！"

"什么？！你要我叛国？"这样大逆不道的话，让刀锋颤了一下，在慕容隽的咽喉上割出一道浅浅的血痕来。然而慕容隽毫不畏惧，只是看着对方，"袁梓将军，你要记得自己是中州人！"

"中州人？"袁梓愣了一下，苦笑起来，"我倒是一直希望忘了自己是个中州人……也希望别人忘了我是个中州人。"

"那是因为空桑对中州人实在欺压太甚。"慕容隽回答，"这也是我为什么到这里来的原因——我要让中州人重新获得应有的地位和尊重。"

"怎么获得？"袁梓觉得不可思议，"就凭已经失去镇国公之位的你？就凭着我空寂大营里这点儿兵力？别忘了，空寂大营的士兵也有一半是空桑人！"

"不，当然不能只凭你我。"慕容隽压低了声音，语气忽然变得森冷，如同一头蛰伏已久的野兽，"知道吗？冰族人今晚已经从狷之原登陆，踏上云荒了！"

"什么？！"袁梓猛然站起，试图冲出去查看。

"别急，战争还没开始……"慕容隽拉住了他，微笑，"我来到这里，就是希望你能助我一臂之力——到时候，你获得的也将远超于在空桑人手下效力所得。"

"说什么蠢话！"袁梓失声惊呼，"你指望冰夷来对付空桑人？"

"为什么不行？"慕容隽冷冷道，眼神如电。

"这是引狼入室！"袁梓跺脚，"冰夷一来，天下就大乱了！"

"就让它乱吧！乱中才能取胜。"慕容隽咬着牙，一字一句道，"否则在承平岁月里，对中州人的禁锢和歧视只会越来越重，直到我们无力做任何反抗为止。到那时，一切都已经晚了——趁着我们还有力气反击！"

"你真是疯了！我对空桑人也有所不满，但无论如何，却不能背叛国家。"袁梓沉默了片刻，说出了自己的答复，"我是战士，曾经在西海上和冰夷搏杀那么多年，早就是你死我活的对手——如今要我去和他们狼狈为奸？做不到！"

"世上没有什么事情是做不到的。"慕容隽低声道，"要看大局。"

"不，我不能同意你。"袁梓顿了顿，说出了一句，"何况……

我的家眷都在帝都，我不愿他们卷入这种灭门大罪里。"

"我明白了。"慕容隽长长叹了口气，"可惜。"

"你可以走了——看在相识一场的分儿上，我也不会把你来过这里的事情禀告帝都。"袁梓站起身来，做出送客的姿势，"就当我们没有见过这一面吧，从此各走各路！"

"看来是没有什么可以谈的了。"慕容隽点了点头，却看着桌上的酒壶，叹了口气，"既然缘尽于此，那就最后喝一杯吧——从此后我们这一生的缘分，就算是到尽头了。"

"好。"袁梓端起了酒杯，一饮而尽，"各自保重。"

"保重。"慕容隽点了点头，"永别了。"

——永别？

他的语气里有一种奇怪的哀伤，那一瞬，袁梓只觉得心里一冷，下意识地伸手去拔刀。然而，胳膊忽然一痛，细细地又深入骨髓，仿佛有一根线牵住了他的四肢，所有动作居然都无法完成！一种奇特的感觉从脚底蔓延开来。那是一种麻痹感，迅速地侵蚀他的身体。

"你……你对我做了什么？"袁梓失声，只觉得全身开始失去知觉。

"没什么，你不会死的。"慕容隽的手里出现了一个精钢打制的小筒，一端的封口已经开启了，"这是冰族人昔年用来给鲛人服用的'傀儡虫'，如今被沧流元老院大肆培育，效力更胜从前——我刚才在你的酒里放了一只。"

"你！"袁梓目眦欲裂，只想一刀将眼前这个人砍为两断，然而手却怎么也动不了。

"抱歉，其实我并不想这么做的，我一直在劝说你，不是吗？"慕容隽看着他，目光隐隐有些悲哀，"我更想要一个活的同伴，可惜你却不肯站在我这一边。既然这样，那么，你就只能成为我的傀儡了。"

袁梓还想问什么，但所有思想就在这一刻停滞——那种麻痹的感觉迅速从脚底往上蔓延，侵蚀了心脏，然后注入了脑里。那一刹那，他失去了所有思考的能力，眼神一瞬间空洞。

"把刀放下吧。"慕容隽低声吩咐，"从此你不能再在我面前拔刀，知道了吗？"

"是。"仿佛被引线牵着一样，袁梓手里的刀颓然垂落，恭顺地低下了头，"主人。"

听到这个称呼，慕容隽眼里露出了苦涩的笑意，转过头去，不想再看眼前这个已经成为傀儡的同族。是的，他在叛国这条路上已经越走越远，再无回头之路，只能死无葬身之地。

"怎么样？"出来的时候已经是下半夜了，不远处的暗影里有人沉声问，手一直按在刀上，眼神如狼，"他肯不肯？"

"一切如计划。"慕容隽点了点头，"袁梓，过来。"

身后的空桑将领应声而出，脸上没有一丝表情，仿佛被引线牵着，屈膝下跪。

牧原少将打量着面前的人，将放在刀柄上的手挪开，不作声地吐出了一口气——这是他来到云荒后遇到的第一个敌国将领，然而，居然在第一个照面，空桑的大将就对自己俯首称臣！

"城主果然妙计！"他不由得赞叹，"不费一兵一卒，便于万军之中取了敌军将领。"

"将军谬赞了，在下不过是按照元老院计划行事。"慕容隽微微咳嗽了几声，"应该是巫咸大人明见万里，安排好了这一切而已。"

"巫咸大人自然是首功，但城主也是功臣。"牧原少将道，"如今一切顺利，我们的人已经在狺之原登陆了。明天，请让袁梓将军下令开启地宫，按计划行事。"

"那是一定。"慕容隽点头，"等少将赶到狺之原和巫彭元帅会合时，这边十万大军应该已经被我们消灭了——沧流大军正好越过迷墙，趁着西荒守备空虚的时候疾速推进，直取云荒心脏。"

慕容隽在沙风冷月下咳嗽着，手虚握着抵在嘴唇上，语声疲惫："但一切都要快，咳咳……傀儡虫不过是权宜之计，拖不了太久的。其他人不是瞎子，一个傀儡和一个正常人的区别不会没人看出来。一旦其他将领发现异常，起了疑心，事情就麻烦了。"

"好，我立刻出发去和巫彭大人会合——"牧原少将点头，"这里就交给城主了。只身陷于十万大军之中，请务必小心行事。"

说到这里，他眼里神色微微一动，看了慕容隽一眼。元老院居然如此信任这个中州人，让他只身掌握十万空桑大军，万一他起了异心，没有按照原先的计划灭除这一支军队，而是据为己有，那么一来，这个中州人就拥有了和沧流、空桑三分天下的能力！

"是，在下一定会万分小心。"慕容隽咳嗽了几声，眼神凝重，"等空寂大营的兵马一调走，请让巫彭大人疾速行军——如果速度够快，说不定能在四大部落反应过来之前抵达瀚海驿。如果不然，那就……"

牧原少将皱眉，"那就什么？"

"那就非常麻烦了。"慕容隽叹了口气，"从这里到叶城，路途长达千里，要穿越博古尔沙漠不说，中间还必然要经过帕孟高原北侧——曼尔戈部和达坦部也罢了，如果惊动了铜宫里的卡洛蒙家族，只怕后面的行程就要以血开路了。"

"元老院在出发时已经告知我要特别留意。"牧原少将点了点头，明白了他的顾虑，"多谢城主指点。如此详尽的情报，定然令我军的损失少许多。"

"我们是盟友，不必如此见外。"慕容隽点了点头，不再说什么，只道，"那慕容隽祝将军此行顺利，手到擒来——等他日会师于白塔之巅时，再来喝一杯庆功酒。"

牧原少将点了点头，然而却不见起身，看着慕容隽，眼神复杂地转着，竟渐渐有些凌厉起来——是的，如今袁梓中了傀儡虫，完全被慕容隽控制，也就是说这空桑空寂大营里的十万大军都在其控制之下！慕容隽野心勃勃，能力高超，谁知道他一旦手握兵力，又会做出什么样的事情来？

"少将，你也知道，刺杀白墨宸之后，元老院交给我的任务只完成了一半。"仿佛知道了沧流少将心里的疑虑，慕容隽冷笑一声，"而这种重托，总不会凭空没有依据地交付过来，对吧？我的性命还在你们手上。"

说着，他举起了手，一把扯开上面的绷带——那个伤口还在溃烂，透出一种触目惊心的黑色来。"看，这就是你们十巫之首巫咸大人亲自给我设下的血咒，"慕容隽举起手，第一次开口谈及这个敏感的

〔云荒〕

羽
Yu
CANGQIONG
ZHIJIN

卷四

苍穹之烬

大结局

118

问题，"这就是你们沧流帝国和我之间的契约，我压上了自己作为人质——牧原少将，这个约定，你该不会不知道吧？"

牧原少将转开了眼睛，"自然知道。"

"呵……这个伤口一直无法愈合，令人连睡一觉都无法安稳。"慕容隽低声冷笑起来，摇了摇头，看着掌心那个长久不愈合的伤口，"我想，巫咸大人是对我不放心，非要等登顶白塔那一天才解开我的血咒吧？到那个时候，狡兔死，走狗烹，谁知道。"

"城主言过了，"牧原少将正色，"帝国定然信守承诺。"

"既然如此，为何如今还未到兔死狗烹的时候，却已经对隽起了疑心？难道将军要在此处就取走隽的人头吗？"慕容隽笑了一声，低着头将右手上那个伤口重新包扎起来，"而且，你知道我和元老院商议过，要把这十万大军带往何处。"

牧原少将摇头，"这个在下倒是不知，请城主指教。"

是的，浩浩十万之数的大军，调动起来绝非易事。一旦有风吹草动，很容易被周围大漠上的部落得知，从而被伽蓝帝都察觉他们已经登陆的秘密。但如果留驻原地，就算侥幸不暴露，但空桑帝都发现狷之原出现异样，也会第一时间调动这支最近的军队，到时候就算慕容隽控制了袁梓，其他将领也会按捺不住，难免会起哗变。

以慕容隽一人之力，不能独当十万大军，又要怎样才能阻断这支军队，让它彻底失去战斗力，不为空桑人所用呢？

"你如果知道，就不会有这种疑虑了。"慕容隽抬头看了一眼夜空，"而且，我可以告诉你，巫咸大人是绝对不会允许你杀我的——因为，还有更重要的任务等着我去完成。我要以一人之力，消灭这十万的大军！"

牧原少将默然，气势已慢慢松懈。

"我会竭尽全力把这支军队'处理'掉，不让他们对沧流造成任何威胁。"慕容隽低声道，摇头，看着手上溃烂的伤口，"元老院会派'灰袍者'辅助我。"

"灰袍者……"牧原少将倒吸了一口冷气，没有再问下去。

沧流等级森严，甲胄分明。穿甲为战士，披袍者为术士——而所有术士中，等级最高的元老院十巫穿黑袍，次一级的，便是灰袍了。

这样的灰袍术士，在沧流帝国仅有十八人，每一个都是作为下一任元老院元老人选进行培养，个个具有高超的力量——这次作战沧流已经倾尽全力，看来除了陆地战术进攻之外，还出动了许多其他秘密人马。

"原来如此。"牧原少将点了点头，心下疑虑解除，语气也变得非常客气，"城主为沧流殚精竭虑，元老院定不会让你白白忍受这样的痛苦。"

是的，如果元老院已经将灰袍术士都拨给了慕容隽调派，那么巫咸大人对其的信任和重用已经毋庸置疑，他又何必在这里步步提防？

"少将，今天子夜，九百年来最大的一场仗就要开始了！"慕容隽正色道，"之前我和你们联手铲除白墨宸，是因为他是我们共同的敌人；如今我和你们也有一致的利益，就是击溃空桑人的王朝——要知道我们就算原本是殊途，终究也会同归。"

牧原少将点头，"城主说得是。"

"在这个云荒，我已经背叛了那么多，没有回头路了。"慕容隽微微苦笑，将手重新抬起，晃了一下，"更何况，这个血咒是跗骨之蛆啊……无论我去到哪里，远在空明岛的元老院都可以反手取走我的性命。"

牧原少将沉吟了一下，不再反驳——空桑军队内部复杂，派系林立，若无极其熟悉内情的人根本无法驾驭庞大的军队，而慕容隽和带兵的袁梓多年相交，对其了如指掌。此刻他的确是最好的人选，除了这个中州人，眼下几乎也没有别的选择。

他终于轻轻吐出了一口气，开口道："城主孤身一人陷入十万大军，未免太过凶险，不知道是否需要我留下一些人马作为后援？"

"在下现在的确非常需要人手，也明白少将不愿在下孤身犯险的苦心，"慕容隽叹了口气，知道这个提议多半也有盯梢提防之意，"只可惜沧流冰族容貌迥异于空桑人，在下一个人藏在大军之中尚可，若留一大帮冰族在内，只怕反而会更加危险。"

这个理由无法反驳，牧原少将沉默下来。

"而且，在下身边也并非空无一人，"慕容隽微笑，那个笑容显得令人捉摸不透，"除了被傀儡虫控制的袁梓将军之外，我还有些昔年的旧部可以辅助在下，请少将不必过于担心。"

"那好，那就请城主担一下风险，配合我们立即行动吧！"最终，他还是抱拳行礼。

"好！那隽就立刻动身筹措去了。"慕容隽对着身侧的袁梓点了点头，"走吧。"

成为傀儡的人顺从地站起，跟在他身后，一声不吭地往外走。

"替我向狁之原的巫咸大人问好，这盘天下的大棋，一定要顺风顺水，手到擒来！"冷月下，慕容隽拱手辞别，"来日，当相会于白塔之上！"

"城主也保重！"牧原少将回身抱拳，蓝灰色的冷酷眼眸里也露出了一丝缓和的神情。

冰族人离开后，冷月下，空寂之山上的大营俯视着整个云荒，夜深千帐灯。只有风沙里传来如缕不绝的声音，宛如呼唤，宛如哭泣，仿佛千百年来不曾断绝。

慕容隽独自站在月光下，不作声地松了一口气，只觉得微微的冷汗湿透衣衫。

是的，刚才那一刻，他看到了牧原少将指间的幽幽蓝光——那是沧流帝国的"掌中剑"，极其精巧的暗杀工具，能在一尺不到的贴身之处猝然发难，速度极快，一旦发出，几乎能穿透一寸厚的铁板，专门用来贴身刺杀。

刚才，这个沧流军人已经对自己动了杀机，幸亏自己及时打消了他的疑虑——生死已经是一线之差，短短的谈话间，自己不知道已经在鬼门关上打了几个来回。

他站在空寂大营的城头上，远眺夜空下的伽蓝帝都。

星空之下，只有白塔通天彻地，如同一道光柱从云端落在镜湖中心。

"堇然，你看，总有一天，我要让中州人挺直腰板，在云荒的天空下自由自在地生活！"风里带来了那个清韧明亮的声音，如此熟悉，如此遥远——那是多少年前的自己，指着伽蓝白塔，对身侧少女许下的诺言。

然而一转眼，却已是今日——世事难料，一人之力是如此渺小。到头来，他连身侧那个最爱的人都无法保护！

　　站在沙风呼啸的空寂大营里，慕容隽低下头，将手心里的绷带一层层地解开，看着那个长久不愈的伤口，仿佛握着的是自己破损的心。

　　这原本是冰族元老院为了胁迫自己而下的血咒，六合八荒无人能解开。然而，那个卡洛蒙家的小丫头琉璃，居然用那种神奇的绿色药水轻易地治好了它。

　　为了赢得和继续保持冰族对自己的信任，他隐瞒了这件事，用毒药反复地涂抹伤口，让肌肤继续保持着溃烂的状态。可是，和疼痛一并存在的，还有其他的东西——就如他内心的伤口，永远不会痊愈。每一次的思念都是一刀，将心划得鲜血淋漓。

　　其实，在如今的世上，已经没有一个人会再牵挂自己了吧？

　　"你如果死了，我会很伤心的啊。"

　　他想起那个小丫头在那个霜冷的清晨对自己说过的话——那双明亮的眼睛里流露出如此干净的光芒，至今一想起来依旧让人温暖。

　　"琉璃……"他低声喃喃，念了一遍这个名字，在黑暗中看向大地。

　　很久不见了，你此刻又在这大地的何处呢？你说要回到自己的故乡南迦密林去参加祭典，如今又怎样了？只希望在这个云荒没有从战乱里平静下来之前，你都不要再从密林里回来了……这个大地，即将卷入腥风血雨。

　　你，甚至无法想象我接下来做的事情会是多么可怕。

　　"让大军开拔，天亮后分六拨，上空寂之山！"他转过头，对一边被傀儡虫控制的袁梓将军道，"每两个时辰一拨，直至天黑。"

　　"是。"傀儡木然听命。

　　当下界云荒风起云涌、瞬息万变时，云浮城依旧在九天上孤独地随风飘游。空荡荡的城市里，一个少女孤独地趴在王座上，凝望着下界，看得出神。

　　一片黑沉沉……什么都看不见。

既看不见镜湖，也看不见白塔，甚至连大陆的轮廓都看不见，就像眼前被一道无边无际的黑色大幕给遮了起来——琉璃疲倦地叹了口气，重新聚拢了翅膀，把身体靠在软绵绵的羽毛里准备睡去。

然而，却怎么也睡不着。

那片大地上，如今到底怎样了呢？在密林里见到的那些可怕的孩子，应该是来自于西海上的冰族，这么说来，那个流浪在西海上的民族一直在进行着秘密的活动，灭亡了守护空桑的隐族之后，此刻说不定已经和空桑开战了。

那些冰族人拥有那样可怕的杀人机械，还有那样可怕的孩童杀手，云荒上的空桑人会是他们的对手吗？还有他们信奉的那个破军……那个传说中九百年后当醒来的魔君，是否真的会如期苏醒？当他苏醒的时候，这个云荒将会怎样？

龙……龙又将会怎样？

一想到这里，琉璃再也睡不着了，霍地站起身来，走上了高台，点亮了明灯，长久地凝望着下方，心绪如潮——那一刻，她忽然明白了万古之前少城主离湮不顾一切也要离开兄长，重新去往下界的心情。

原来，翼族虽然有着羽翼，但心却还是诞生在大地上的啊。

琉璃心里复杂地转过了无数念头，抬起手，轻轻抚了一下鬓边的花朵。

那是一朵白色的花，玲珑剔透，在指尖下散发出微微的寒气，仿佛是来自于冰雪之国的花朵——那是海誓花，来自于遥远的从极冰渊，百年不败，晶莹如冰雪。这，也是那个鲛人留给自己的唯一纪念。

有谁知，分飞后，碧海青天夜夜心？

忽然间眼角有什么一掠而过，定睛看去，下方的黑夜里，居然出现了一道炫目的光！那道光是金色的，从西方射出，瞬间扩散，形成了一个极其复杂华丽的符号，如箭一样朝着四方射出，然后转瞬消失。

"这是……"琉璃忽然失声，忍不住站了起来——在刚才那道稍纵即逝的光里，她看到了逐渐停止了转动的命轮，也看到了那个蛰伏的庞然大物。那道光发出的地方，正是狷之原上的迦楼罗金翅鸟！

她曾经和溯光在那里第一次相遇，自然也知道里面沉睡着的是什么东西。琉璃定定地凝视着那个逐渐停止转动的命轮，直到视线又陷入一片黑暗。

琉璃心中止不住地惊骇：那些冰族人，难道已经冲破了命轮组织在迦楼罗上设下的封印？难道他们已经唤醒了破军？那么，龙……你现在怎么样了呢？以你的力量，能挡住西海上汹涌而来的军队吗？

然而，当她凝视着漆黑一片的下界遐想时，忽然又有光出现——这次是三团白色的光芒，柔和宁静，在离迦楼罗金翅鸟不远的位置上飘忽闪过，仿佛一朵祥云。

"啊？"这回琉璃忍不住失声低呼。

天啊……这，分明是刚归于下界的少城主离湮的三魂！她去了下界，直奔迦楼罗而去！悠悠生死别经年，三魂飘荡入梦来。难道，她是真的回去寻找前世被自己封印的人了吗？

第七章

地宫血祭

天色微亮的时候，金柝声响彻了整个空寂大营。

虎帐里传出急令，让所有战士在用过早膳后迅速在演武场上集合，以五千人为一队列成阵，由校尉带领前往统帅帐下听令。

"一大早的，干吗呢？难不成帝都又有什么旨意？"

"难说，最近刚换了新帝——新官上任都要放三把火嘛。"

两名士兵一边喝着粥，一边压低了声音嘀咕着。其中一个足足有九尺高，魁梧如铁塔，另一个却白净瘦弱，仿佛一个以笔墨为生的书生，却被充军边塞。这样的两个人坐在一起，形成了一种奇特的反差，令人侧目。

"老浦，你可别乱说。"铁塔呵呵笑了起来，不以为然，"袁梓将军肯定不是那种阿谀奉承、对帝都闻风拍马的人！"

"那倒是，不然我们这支队伍也不会被派来驻防这种鸟不生蛋的地方，一驻就是五六年。"老浦抓起馒头啃了一口，不满地说道，"如果不是怕当了逃兵会被抓去坐牢，真想早点儿回九疑郡去——这破山上阴森森的，每到半夜还有鬼哭，谁受得了啊！"

"有鬼哭？"铁塔露出诧异的表情，"我怎么从来没听见过？"

"你天天睡得死猪一样，怎么听得见？"老浦嘀咕着，脸色有些苍白，"我也是倒霉，被这种声音吵得天天睡不好，再这样下去就得发疯了。什么鬼地方！"

"好了好了，在这儿总比去西海上打冰夷强多了。如果不是我，你小子差点儿在那儿送了命，记得不？"铁塔拍了拍同伴的肩膀，对方的衣领里还隐约可见一条巨大的伤疤，"我们都在这儿戍边五年多了，还有三个月就出头了！忍忍吧，到时候就可以随着军队调回去驻防东泽一带了。"

"东泽……"老浦眼里露出神往的神色，"如果能去我老家九疑郡驻防就好了……我都已经快七年没见到家里人了，也不知道父母还好不。"

"哎，很快就能回去了！"铁塔安慰着同伴，又喝了口粥，"等服满了八年的年限，再发一笔饷，回家就可以做点儿小生意，安安稳稳过下半辈子——咦，今天这粥倒不错！居然还带了甜味，你快尝尝。"

老浦喝了一口，忽地呸了一声，"啥味道啊？太烂了！米臭了吗？"

"喂喂，说什么呢你？不喜欢就别喝！"铁塔把他面前的那碗粥端了过来，一口气喝完，还咂了咂嘴，"你这个人，不仅耳朵有问题，看来舌头也有毛病！大家都觉得好喝，偏偏你觉得不行。"

然而老浦却没接他的话，蹙眉似在思考着什么，忽然道："别做梦了……你没听说当今元帅换了人吗？我们未必回得去。"

铁塔愕然，"白帅辞官，我知道啊！这又怎么了？帝都那些都是天上飘的事儿，谁登基、哪儿换人，和我们这些小兵小卒有啥关系？"

老浦对头脑简单的同伴嗤之以鼻，"嘿，关系可大了！你不知道袁梓将军是白帅嫡系？白帅如今一走，将军在朝廷里就没靠山了，天知道以后会怎样。说不定我们会常年留守在这儿，再也调不回去了！"

喝粥的铁塔差点儿被呛住，"不会吧？兄弟，你可别吓我！"

老浦哼了一声，"谁吓你了？你看，今天袁梓将军忽然有动作，说不定就是帝都的事——嘿，快喝吧！多吃几个馒头，等下不知道要折腾到啥时候呢！"

不到片刻，两名士兵便迅速地将面前的食物一扫而空，嘀嘀咕咕地整理着衣甲，抓起武器融入了队伍，如同一滴水融入了大海。

然而，没有人注意到在这庞大的军队里忽然多出了几十张陌生的面孔，凝视着这一切。那些人沉默寡言，看似毫无关联地分布在各处，相互不说话，只是用眼神遥遥传达着什么。在军队用完了早膳之后，他们迅速地从四处离开，消失在了视野里。

鼓声响起，肃穆庄严，宣告着全军集合。

袁梓将军治军严格，这支十万人的队伍在空寂之山驻防，每日操练训导，丝毫不曾懈怠。如今接到虎帐发出的指令，顿时有条不紊地行动起来，不到一刻钟，各队便已经集结完毕，分成五千人一队前去领命。

虎帐内端坐着空寂大营的统帅袁梓，甲胄威武，面容肃穆，只是一双眼里微带血丝，似是夜里不曾睡好。自副将、裨将、校尉以下的人分列下首，却离得远远的。

袁梓将军今日一升帐就自称昨夜身体不适，屏退了左右侍奉的人。

"昨日接到帝都旨意，女帝登基后，屡次梦见空寂之山上前朝亡魂哀泣，心怀不安，决定将今年的空寂大祭提前。"将军在帐中传令，吐字清晰，一句句传来，"特令我部先行清扫空寂九曲地宫，设好祭坛，等一个月后便摆驾前来。因此，今日要调动人马前去。"

"是！"各部将领领命。

"地宫深邃庞大，九曲九进，因此尔等五千人为一队，依次进入，按照指令前往各处，进行定点清理。"袁梓将军开口，一字一句传令，"地宫图册在此，各部校尉前来领取——去往图册所指地点，各自为伍，切勿违反。"

"是！"各部将领再度领命，便有左右拿了图册下来一一分发。

"即刻出发，以一个时辰为限，各就各位！"

"是！"接了图册出来，各部校尉退下。

自从光华皇帝真岚大祭空寂之山后，空桑王室便有了每三年前往空寂之山祭祀一次的习惯。按照时间推算，今年其实并非大祭之年，但考虑到新帝刚刚登基，可能会打破惯例，所以战士们也并不觉得奇怪。

"新皇上毕竟是女人……做了个噩梦就吓成这样。"战士各自回队，铁塔不满地一路低声议论，"提前祭什么祭，真是折腾人啊……"

老浦的眉头微微蹙起，忽然道："不过，我看袁梓将军可能真的病了，你没听他的声音都有点儿不一样了吗？"

"哪里不一样？也不见他咳嗽。"

"就是……说不出来，"老浦摇了摇头，有些诧异地道，"一个字一个字吐出来，感觉每个字都透着寒气似的，我听了觉得说不出的不舒服。"

"呵，我就说你的耳朵有些毛病！别人都不觉得什么，你非要挑出刺来。"铁塔有些不耐烦，"别说这些了，一个时辰之内得到指定地点呢！军令如山，迟了可不是玩儿的！"

军令一下，大军调动。

千军万马有条不紊地在大营里列队，蜿蜒长龙川流不息，一队队依次出发，整个空寂大营顿时热闹非凡。

当属下退去后，中军大帐的门重新关上，里面光线顿时暗淡。

一只手从背后伸出来，拍了拍端坐的袁梓将军的肩膀，"好了，站起来吧！"

那只手修长白皙，文质彬彬，包扎着一处白纱，似乎受了伤。手的主人是一个年轻俊秀的公子，在这样的边塞之地也是一袭白衣，气质温雅出尘。

慕容隽从后面走出来，手指轻轻一抬，略微一示意，端坐的袁梓将军就如同提线木偶一样站了起来——他在站起来时关节有些僵硬，膝盖骨发出轻微的咔嚓一声。慕容隽在那张空出来的将军椅上坐下，将手搁在两边吞金饕餮纹的扶手上，默默地看着直挺挺站在面前的昔日好友，眼神渐渐变成了空茫之色。

"唉……"许久，他几无声息地叹了口气。

"城主，怎么了？"周围有人问，如同冒出来的幽灵，"身体不舒服？"

那是慕容氏的四大家臣之一北阙——在帝都劫火之变后失踪的镇国公府幸存人马，居然在此刻悄无声息地云集在了这云荒最西端的大营帐下！

"不，我没事，"慕容隽喃喃，用包扎着绷带的手掌抚摸着前额，听着外面整齐划一的号令声和脚步声，"只是我一想到接下来要做的事，就有些……呵……"他苦笑着摇了摇头，没有再说下去，脸色有些苍白，只是低声道，"我怎么会变成了这样的人？"

"城主不会是临阵退缩了吧？"北阙有些纳闷。

慕容隽侧过头，似是默默地想了一下，决然道："当然不。"

"那就好，城主从来不是那种人。"北阙松了口气，"你看，我们都已经被空桑人逼到了这种地步，无家可归，无路可走，城主总不会还心慈手软吧？"

"是啊……箭在弦上。"慕容隽低声道，看着外面的兵马，"元老院这次的反攻计划缜密，天衣无缝，自然不会漏了空寂大营这一重要环节。你看，袁梓真是治军有方，这十万人调动起来都如此有章法。这支军队在此，便是云荒的西方铁幕，无法突破。"

"是啊。"北阙也忍不住赞叹，"袁梓身为白墨宸一手栽培出来的得力属下，身经百战，带兵有方，本来是仅次于骏音、有望接替白帅的人。只是可惜……"

"只可惜，他与我们为敌！"慕容隽打断了他。

说到这里，他眉峰微微一动：外面传来了金鼓声，是军队先头部队出大营的象征。慕容隽停住了话头，吩咐道："北阙，你现在可以带人出去了！去空寂山下的古墓那里等我，如果一切顺利，日落之前我会到。"

"是。"北阙俯首，犹豫着，"可是……您不需要带几个兄弟随身吗？"

"不用了，有那些冰族的灰袍术士就够了。你们进了那地方也帮不上忙，乱中出错，还容易折损人马——"慕容隽对着这个仅存的得力属下吩咐，"如果到了日落时分我还没有出现，那么，立刻带着所有人离开！一刻也不能停留，知道吗？"

北阙沉默着，第一次违抗了命令，"不行！我们不能把城主一个人留在那里，自己逃离！"

慕容隽苦笑，"傻瓜。如果那时候我还没出来，证明我早就已经死在了地宫，你还能做什么呢？你一定要带着所有人在第一时间离开，回到叶城去投靠我的兄长。因为当天黑之后，整个空寂之山就会变成你无法想象的可怕地狱！"

"地狱？"北阙愣了一下。

"是的。"慕容隽不想多解释，只道，"不过我不会轻易出什么事情，元老院的安排也是缜密详尽，不容有失——放心，灰袍者会帮助我完成这一步。"

慕容隽蹙眉，神色是从未有过的肃穆，"而你们，只要在山下的古墓里等待就行了。"

空寂之山位于云荒的最西端，仿佛巨大的屏障，隔开了大陆与海。山高万仞，和东方尽头的慕士塔格雪山遥遥相对。这座山上寸草不生，连苍鹰都不敢落足。天风呼啸而过，嶙峋的山石间隐藏着一个巨大的入口，如同黑黝黝的深陷的眼窝。

这是九曲地宫的入口，用巨石长年封堵，此刻，已经被军队合力打开。

地宫大门打开的瞬间，一股阴冷的风从深不见底的地下吹出，将先头的几个战士吹得激灵灵打了个冷战，一连倒退了好几步。封石被打开之后，一道青石台阶出现在面前，一级级地通向黑漆漆的地底，里面似乎隐藏着无数蠢蠢欲动的黑影。

伴随着地宫大门的打开，黑暗里忽然有了一点光亮，幽暗地浮动。

"啊！"当先的老浦只看了一眼，便惊呼着往后退，石阶长满青苔，滑得几乎跌倒。他大叫了一声，转过身就跑，"有鬼！大家快跑！"

"给我站住！"一阵骚动后，一把刀顶住了他的后腰，喝令，"退后者，杀无赦！"

刀锋入肉，刺痛令惊慌失措的老浦顿时僵住，不敢再动一步。

"校尉，校尉！"铁塔似的汉子连忙上前一步，拦住了动刀的上级，"我兄弟他只是胆子小，没进过这种地方……可别杀他呀！"

校尉冷哼了一声，知道铁塔是军中出名的勇士，而且是个暴性子，和老浦的交情又极好，便卖了他一个面子，将刀收入了刀鞘，转头对着周围同样惊惶不已的士兵大喊："听着，这只不过是地宫的长明灯！没有什么鬼怪！"

这座空寂之山山腹里的地宫，在九百年前曾经由光华皇帝重新布置过一遍。为了压住山中的戾气阴气，沿着地宫甬道排布了长明灯，里面盛放的是南海鲸油，共有九千九百九十九盏——这些灯里暗藏机关，当封墓石落下的时候，灯便逐渐熄灭。而当石门打开、空气再度流入，灯就会自行复燃，并不需要人力逐一去点。

校尉是身经百战的勇士，一马当先踏入了地宫，"我参加过上一次的大祭，亲眼看过里面的一切，哪里有什么鬼怪！真是大惊小怪！都跟我来！"

看到长官身先士卒，士兵们相互看了一眼，也跟着校尉走了下去。

地宫阴冷而黑暗，石阶很滑，长满了青苔，石壁上遍布着细密的水珠，一滴滴无声蜿蜒而下，在长明灯的映照下，有些水渍居然隐约透出暗红色，令人不由得想起当年在这个地方发生过的灭族之灾。

一千多年前，当沧流帝国从西海上入侵云荒时，空桑六部溃败。冰族人在智者的命令下，将擒获的六部贵族押往空寂之山，在地宫里分批处决，斩断空桑的血脉。

那场大屠杀里死人无数，史料从来没有详细的数量记载。据说当时九曲九进的地宫里每一寸石地上都堆满了尸体，空桑贵族的血纵横交错，从深深的地宫渗透空寂之山的山腹，将整座山侵蚀。

那之后，这座山便成了"亡灵之山"。

因为被冰族十巫的咒术所困，那些冤魂永远无法超脱，被困在这九曲迷宫里，充满了憎恨和愤怒，夜夜向着东方的帝都方向哭泣哀号，声音覆盖了整个西荒大漠，闻者无不寒心丧胆。整座山被怨毒笼罩，再也没有一株草木、一只活物，死气沉沉，连飞鸟都不愿意靠近山的上空。

这种情况，一直持续到光华皇帝带领空桑人赢得了战争，将冰族人重新驱赶出了云荒大陆。复国登基后，光华皇帝真岚带领祭司和百官亲自来到了这座空寂之山，打开被封印密封的地宫之门，走下了地宫，举行了空前盛大的祭奠仪式。

连续七七四十九天的大祭超度了那些亡灵，将其从憎恨中解脱，去往彼岸转生。光华皇帝却因为耗费太多的灵力而呕血，此后身体情况便再也不见好转，回京居住在伽蓝白塔顶端，再也不曾履足大地，直到驾崩。

经过那次仪式，这个地宫内大部分游荡的亡灵被释放了，然而百年沉积的冤气渗入山腹，那些已经和山脉融为一体的怨气却无法一时消除。九百年了，这座空寂之山上还是无法生长出草木万物，荒凉如昔，经常有牧民经过这里时遇到各种诡异情形。

于是，空桑皇帝立下了一个规矩，每隔三年便要亲自前来大祭一次。这个规矩被严格地执行，九百年来从未有一次懈怠。

而今年，离大祭之日尚有四百余日，新帝君却要提前打扫地宫。

对此，校尉心里也不是没有疑虑，但是身为军人，执行上级的命令乃是天职，他没有过多地去考虑，便点齐人马来到了地宫门口——不过是打扫清理一下地宫而已，这种事，每隔三年他们都要做一次，驾轻就熟。

十万人马鱼贯而入，足足用了一个时辰的时间才全数进入地宫。

封石被打开，地宫深远森然，石阶一直往下，直达九百多级才止，不知道已经深入山腹多远。战士们的脚步整齐，在空荡荡的山腹里折射出巨大的回响，听起来竟如雷霆一样。

"停止正步！各自随便走！"校尉立刻大声喊——这里是山腹，齐步走的话声音会在山里积聚，扰乱人的视听，就如将耳朵贴在铙钹上听敲打声一样，会让战士们震惊。

军队整齐的脚步立刻放松了，转为杂乱。台阶一层层不停往下，当下行之势止住的时候，眼前出现了一个空旷的大厅。那是在山腹里雕凿而出的庞大石窟，足足有三十丈之高，周长近千丈，居然比空寂大营的大校场还宽敞。

"天啊……"第一次入地宫的战士们发出了低低的赞叹。

"这里是九曲地宫的第一进，共分九支。"空寂大营的副将走到石窟中心，站定，将手中拿着的旗杆插入了脚下一个雕刻着图腾的石板上，下令，"第一队，负责在此清扫。第二队至第九队，穿过此处继续往里！"

当令旗插下的瞬间，只听咔嚓一声响，石壁洞开！顿时，九条高三丈宽一丈的甬道出现在面前，通向黑暗的更深处。随着暗门的打开，九条甬道里有一点一点幽暗的火依次燃起，如同一只只眼睛，在地底悄然睁开，蔓延。

战士们看得目瞪口呆，只觉得心里有森森的冷意。

"阿嚏！阿嚏！"老浦忽然间大声打了好几个喷嚏，脸色苍白。

"好了，大家先往两边靠，把路让出来，让其他兄弟们进去！"已经下过一次地宫的校尉却毫不犹豫地开口，"然后，都开始给我干活儿！"

"是！"军队列队而入，足音在幽暗的空间里回荡，听起来气势逼人，竟将阴晦之气也辟了不少。

在开墓时因为退缩而被刺了一刀的老浦属于第一队，留在了第一进的大厅里，没有前往更深处，他不由得松了口气。然而站在这里，看着鱼贯进入分支甬道的同伴们，他心里莫名地跳了一下——在战士们走过的地方，甬道两侧的灯光随之摇曳，将影子映照在石壁上，巨大而影影绰绰，如同地底深处的鬼魅在蠢蠢欲动。

"别傻站着！开始清扫！"校尉喝令。

"可是……这里很干净啊。"铁塔看了一眼地上，嘀咕——是的，从未有外人进来过，这个地宫怎么会脏呢？地面整洁，连一丝灰尘都没有，要打扫什么呢？

"仔细看！"校尉用力跺了跺地面，将手里的火把呼的一声贴到了靴子旁边。在火光映照之下，光洁的地面忽然像水波纹一样起了变化！

"啊……这是……"士兵们纷纷惊呼。

是的，仔细看去，地宫石质的地面上，居然凝结了一层暗红色的东西，从石头的缝隙里渗出，蔓延了整个地宫！而且，随着火的贴近，那层暗红色居然还起了波动，仿佛是要避开灼热的烈火一样！

"这就是需要我们打扫的东西。"校尉一字一顿，抬头对大家道，"这是从空寂之山腹地深处渗出来的泥，如同水垢一样沉积在地宫里，弄得到处都是——我们要在新帝君前来大祭之前，把这些东西都弄掉。"

"怎……怎么弄掉啊？"旁边有人结结巴巴地问，带着恐惧之意看着火光映照下不停微微动着的地面，"这座山、这座山里，是不是还有什么……"

[云荒]

羽
Yǔ
YUN
JIANG

CANGQIONG
ZHIJIN

卷四
苍穹之烬

大结局

134

"不要妖言惑众！"校尉提高了声音，"这里已经被净化过了！是安全的！我自己就进过两次地宫，不还好好的？——九百年来每隔三年就要打开地宫祭奠一次，每次都要打扫，你们听说哪一次出过事？"

这倒是事实，大祭那么多次，从没出过事。一想到这里，顿时让在场的战士们提着的心又落回了肚子里。

"听着，用铲子仔细地把地上的那层东西铲掉，然后用水冲干净。"校尉一边说着，一边示范地拿起铲子，贴着地面用力铲过去。只听刺耳的一声，一层暗红色的东西随之而起，在铲子上卷起了薄薄一层。被铲下来的血垢一样的东西发出浓烈刺鼻的气味。

"这些东西要扔到筐里，运出地宫。"校尉把铲子上血垢一样的东西扔到了一边的筐子里，然后用水冲洗地面，"用水冲一下就好了。"

很快，原本暗红一片的地上居然露出了晶莹的白色，如同玉石。

"明白了吗？"他卷起袖子，大声问身边跟随的战士。

"明白了！"战士们看到他亲身演示，事情不过如此容易，立刻齐声回答。

九曲地宫里很快就充满了一声声铲地的声音，刺耳急促，此起彼伏。战士们十二人一排，从六个不同方向交叉向前，将地上沉积的灰垢清理干净。洁净如玉的地面重新显示出来，在长明灯的映照下，如同镜子般幽幽地发着光。

战士们鱼贯将灰垢铲下，装入筐里，运送到地宫外，然后用水冲洗地面。

"老浦，你还好吧？"提着水桶的铁塔悄悄地问身边那个被校尉刺了一刀的逃兵，从怀里拿出一块布巾，压低声音道，"快转过身，我替你把伤口包扎一下！"

"谢谢兄弟！"老浦转过身，龇牙咧嘴地听凭铁塔包扎，"该死的……嘶……好痛！"

"没把你捅穿算不错了。"铁塔冷笑，"你这家伙犯了什么毛病，怎么还没进地宫就腿软想逃了？还算个男人吗？"

"你知道什么！"老浦愤愤，"刚才那一瞬间，我明明看到……

看到……"

说到这里，他又停了下来，似乎有些敬畏地仰头看了看四周——庞大的地宫里无数灯火明灭，充满了诡异的气氛。他没有再说什么，只是叹了口气道："你知道不？以前没进军队服役之前，在老家九疑郡，我家世代是做巫祝的……"

"巫祝？那是什么？"铁塔愕然，手脚麻利地包扎好了伤口。

"就是神庙里的庙祝啦！"老浦不耐烦地解释了一句，"所以我对这种地方分外地……呃，分外地敏感——虽然我小时候被我爹说没有什么天赋。"

"那你真的能听到或者看到我们看不到的东西？"铁塔好奇起来，凑过来问，"你到底看到了什么？"

"我……"老浦抬头看着石窟的穹顶，想说什么又停住了，摇了摇头，"算了，说了也没什么用。而且校尉说得对，这里九百年前已经被光华皇帝超度过，应该不会再有事了——阿嚏……阿嚏！"

"哦……"铁塔刚想说什么，身后忽然传来了校尉严厉的叱喝："说什么话？还不赶紧干活儿？想挨军棍吗？"

两个人一颤，立马一个提起水桶、一个抓起铲子，和身边的人一样埋头干了起来。

老浦后背受了伤，动作自然缓慢了一些，铲一下要歇半天。为了掩饰他的偷懒，铁塔频繁走动，不停地提水冲地。他力气大，每次能双手提满满两桶水，一冲下去脚下就像有小河流过一样。

"奇怪，这水是从哪里来的？"老浦忍不住问，"我们军队可没带水进来……而且西荒缺水，连空寂大营里平日用水都很紧张，哪里忽然来这么多水洗地？"

这么一说，旁边的铁塔也怔了一下——他手里正提着一桶水，准备洗刷地面。那水水质清冽，冰凉刺骨，在灯光下闪出微红色的粼粼波光。他的水桶是从第二进地宫里拎过来的，却没想过水源到底来自何方这个问题。

"我明白了！"铁塔低声叫了起来，往甬道深处看了一眼，那里穿梭着无数双手提着水桶进出的士兵，"听说地宫最里面有一眼泉水，肯定是从那里打了水上来，然后一站一站送出来的！"

老浦抬头看去，果然，那些水是一桶一桶从地宫最深处传递出来的，沿途井然有序地分配到每一个石窟。这些水阴寒凛冽，冲到地面上后没有继续流淌，就这样迅速地渗入了岩石地面，再不见踪影，似乎被这座山重新吸收。

"如果空寂之山里面有泉水，那不是传说中的'九幽阴泉之相'吗？这可是个大凶的地方啊……"老浦嘀咕，"这地方好邪门儿！我看是——"话说到这儿的时候，忽然间他看到了什么，立刻闭了嘴，低下头迅速地干起了活儿，压低着声音道，"嘘，将军来了！"

铁塔也感觉到了一瞬间气息的变化，连忙也埋下了头。

果然，地宫的门口出现了袁梓将军的身影，在两侧护卫的陪同下踏着阶梯走下了地宫。将军的脸色有些苍白，神色威严肃穆，一改平日的亲切，仰起头没有理睬地宫里正在忙碌清扫的战士，目不斜视地往前走了过去。

披风一角拂过地面，脚步声沉重而有力，一声声朝着地宫更深处而去。他身后跟随着十几个黑衣护卫，每个人都全副武装，在这样的地宫里也戴着头盔和铁甲，包裹得如同要上战场一样严实。

当将军的脚步远去后，两个人才松了口气，悄悄抬头看了一眼。那一刻，一道雪亮的目光从黑暗里射来，吓得他们一哆嗦，立刻又埋下头去。

"见鬼！"老浦压住了要打喷嚏的冲动，低声嘀咕了一句——那眼神来自于将军身后的某一个黑衣护卫，宛如闪电一闪即收。那些护卫穿着黑甲，头盔压得很低，两边的护颊遮住了脸，几乎看不清模样。

"奇怪。"等这一行人全数离开后，老浦又嘀咕了一声。

"奇怪什么？"提着水桶的铁塔压低了声音，开始冲洗地面，"别叽叽歪歪了，要是被校尉看到我们在这里闲聊，非被抓起来打二十军棍不可！"

"将军的脚，似乎有点儿问题……你不觉得他走路的时候膝盖似乎都是直的吗？"老浦喃喃道，眼角瞟着远去的影子。袁梓将军在随从的护卫下已经快要消失在第二进地宫的深处了，但远远看起来，举动的确有些反常，如同被提线的木偶一样。

老浦皱起了眉头，"喂，你和将军帐下的人熟，有听说最近将军的脚受过伤吗？"

"没有。"提着水桶的铁塔不耐烦，"他也许只是下床时扭到了，也许是睡觉时压麻了……你管这么多干吗？"

"阿——阿嚏！"老浦大大地打了一个喷嚏，揉着鼻子，"我觉得没那么简单。而且，你不觉得那些跟在将军后面的护卫也很奇怪吗？其中一个俊秀小哥看起来简直是个文弱书生，根本不像是一个军营里的人！"

这么一说，提着水桶的铁塔倒是一怔，点头道："那倒是。那些人很面生，好像在大营里从来没有见到过……难道是帝都新派来的使者？"

"切！"老浦冷笑了一下，"你没看到吗？那些人的眼睛，似乎是蓝色的！"

那一瞬间，提着水桶的铁塔脱口"啊"了一声。是的！在和那些护卫视线接触的时候，头盔下暗影里的眼眸，的的确确是湛蓝色的！

那绝不是空桑人该有的眼睛，除非是……

"糟了！会不会是冰夷？"他脱口而出，"快去向将军禀告！"

"别开玩笑了，将军在九重地宫的最里面！"老浦指了指甬道深处，那里长明灯摇曳，映照得整个石窟明明灭灭，"而且我们只看了一眼而已，未必准确。你这个时候冲进去，是想说什么？说'您身边是不是有冰夷'？而且我们不过是一介下级战士，擅自闯到主帅面前是要吃军棍的！"

"可是……"提着水桶的铁塔犹豫着，"万一真是冰夷混进来，要刺杀将军，我们岂能坐视不理？白帅说过，凡是空桑战士，无论在不在战场上，都不能后退！"

"好吧，"老浦被这种大义凛然的话镇住了，挠了挠头，"居然抬出白帅的话来……那，我们就进去看看吧。万一看错了要挨军棍，你得替我……"

就在这一瞬间，地宫深处忽然传来了一阵奇怪的声音："呜——"

那声音像是一阵风，吹过曲折幽深的洞穴，低低传到每个人耳边。声音很轻，就像是一声短暂的啜泣，但刹那间所有战士都听到了。

［云荒］

羽

Yu
CANGQIONG
ZHIJIN

卷四

苍穹之烬

大结局

138

无数双提着水桶、握着铲子的手一顿，怔在了那里，只觉得一股森然寒意从心底升起。然而，那个声音很快又消失在耳际，空荡荡的地宫里仿佛什么都没有发生过。

"什、什么声音？"铁塔愕然。

"这声音好耳熟……我好像小时候听过，不是什么好东西。阿嚏！"老浦愣了一下，抬起头看了看地宫深处，眼神一变，忽然失声道，"不好……快跑！"

"啊？"铁塔一时没有回过神来。

"要出大事了！"老浦来不及多说，脸色惨白，一把拉住他往外便跑。

"喂！你们！"旁边的校尉本来也被那声呜咽镇住了，此刻一见，马上反应过来，提刀追了过来，喝问，"这是干什么？给我站住！否则军法处置！"

然而，老浦不顾一切地拉着铁塔往外跑，似乎什么军法都不顾了。铁塔愣愣地被他扯着，掉过头跟跄狂奔——他们这一队原本就在离地宫大门最近的第一进大厅，此刻狂奔了不过十几丈，便已经到了往上升起的台阶前。

再往上一段，便能回到外面的世界了。

"站住！再不站住，回营就斩首！"校尉在后面猛追，厉声喝令，"听到了没？"

然而，老浦的脚步丝毫不停，扯着铁塔便往上跑。铁塔这时候有些回过神来了，听到校尉的喝令忍不住打了个哆嗦，道："你干什么？这要挨军棍的！你看校尉都——"说到这里，他回头想看一下后面追来的校尉，然而一看之下，全身瞬间冷了。

"天啊……天啊！"铁塔脱口大叫起来，"这是——"

"闭嘴！不要看！"老浦大喊，"快跑！你他娘的给我用尽吃奶的力气跑！"

他一边喊，一边用尽全力拉着铁塔往上奔去——从地宫门口下到第一进的台阶一共有一百九十八级，然而此刻看来，却似乎漫长得没有尽头。他喘着粗气，一步一步往上冲去，似乎每一步都耗尽了全部的力量。

然而，这平时只要一刻钟就能走完的路，忽然间变得遥远而艰难起来。

　　"天啊……"身后的铁塔还在大叫，声音中带着无法言喻的恐惧，颤抖着，"你看！你看！地宫……地宫怎么忽然间动了？那些灯、那些灯！天啊……快跑啊！大家快跑啊！校尉……校尉！你怎么了？"

　　老浦没有回头，咬着牙忍着。他知道身后正在发生着极其可怕的变故，所有人都已经陷了进去，而他只要一回头，也会陷入幻象，陷入铁塔那样的疯狂状态。

　　地宫深处忽然再度传来了一声幽幽的叹息，如同一阵风，穿行在曲折幽深的洞窟里。就在那一声叹息之间，铁塔清清楚楚地看到每一条甬道两边的长明灯都缓缓暗了下去，似乎有无数双无形的手按住了火焰。

　　紧接着，每一条通往地底的甬道都动了起来！仿佛无数条触手，从大山的腹中伸出延展，然后缓缓地扭曲着，将在其中的所有人包裹。

　　而奇怪的是，那些战士似乎被惊呆了，居然就这样站在原地，呆若木鸡地看着。一条条甬道延伸了过来，蜿蜒着，一个接着一个的战士被吞了进去，只听沉闷的噗的一声，一丛血从他们身上冒出，仿佛一朵瞬间绽放的烟火。

　　迅速地，那些甬道就喷溅满了鲜血，四壁殷红可怖。

　　"快跑啊！"看到这样诡异惨烈的景象，铁塔几乎忘了逃跑，对着陷入危险的同伴们大呼，"跑啊，跑啊……你们还站着干什么？"

　　似乎被他的声音惊动，有几个靠近地宫大门的战士颤了一下，从呆若木鸡的状态中回过神来，抬起脚想要动身离开。然而下一刻他们就发出了凄惨的大叫，拼命地挣扎——铁塔清楚地看到有暗红色的触手从地上悄然升起，仿佛蛇一样迅速盘绕上来，将他们裹住！

　　很快，他们就被包成了一个血红的茧。

　　"救命……救命！"那些人大喊，拼命挥舞着手。然而，他们在进地宫之前没有携带任何兵器，手里只有铲子和水桶，哪里有反抗的余地？

　　"别乱动！"忽然，一把刀劈了下来，一个士兵立刻脱离了出来——原来是那个追他们的校尉看到这种情景，毅然返身回来，一刀砍断了地面上长出的诡异怪物，将属下营救了出来。他的佩刀由寒钢镔铁打造，快可切玉。刀锋过处，那些东西顿时断裂，发出婴儿似的哭泣，倏地缩回了地下，而留在那些战士身上的部分则立刻化为一摊血水，汩汩而下。

"别乱动！我会砍到你们！"校尉从军已有十年，曾在西海上和冰夷作战多次，胆气豪壮，一刀一个迅速砍过去，不到片刻便有二三十个战士获得了解脱。

"快！大家操上家伙，袁梓将军还在里面！"不等大家缓过气，校尉就将地上的铲子捡起，一把把扔给了那些刚解脱的士兵，"都跟我冲进去！"

"可是……"此刻，长明灯的光已经极其暗淡了，整个地宫里一片幽黑，隐约只能看到那些甬道还在缓缓扭动，变换着形状，如同一条条从大山腹中伸出的血管——一想到将军还在最深处的那一进地宫，不知要闯过多少关才能见到，有些士兵不由得胆战心惊。

"一群废物！以前打仗的时候你们怕过吗？最多不就是一个死吗？"校尉看到属下苍白的脸色，顿足道，"既然怕，那就快跑！不用跟我去了——记着，出去永远别说是我的手下！我丢不起这个脸！"

他不再多说，一个人抓起刀，回头就往地宫深处冲了进去。

有几个战士看到上司这样悍不畏死的气度，被其气势所感，一时间热血上涌，一跺脚抓起铲子也跟了进去。然而，更多的战士却惨白着脸，掉过头落荒而逃，沿着台阶朝着地宫大门的方向狂奔。

然而，忽然间他们又惊呼起来——和所有甬道一样，地宫大门的台阶也起了变化！如同活了一样在缓缓地蠕动，就像是一条巨大的蛰伏的蛇，正在地底醒来。

他们每踏上一级，那条蛇就往下蠕动两级，将他们重新送回原地！

"天啊……"逃命的人只觉得心胆俱裂，拼命地往上飞奔，手脚并用。然而尽管他们使出了吃奶的力气，前进的速度却慢得可怜，每往前一尺都要付出巨大的努力。

"呵呵……这些可悲的蝼蚁。"一个声音从黑暗的深处传来，似乎有一双眼睛默默地看着这群人在生死边缘挣扎，冷笑着，"黑暗之魔已经醒来，九曲结界张开，你们，还以为自己可以从这张网里逃出去吗？"

随着声音，黑暗深处浮现出了一个剪影，站在扭曲的甬道的末端。

那个人披着灰袍，手里托着一团光。四周的长明灯都熄灭了，只有那团光映照着他的脸，衬托出湛蓝如海的眼眸和淡金色的头发。脸色雪白的冰族术士忽然出现在地宫里，双手虚合，薄唇轻轻地翕合，吐出几乎听不见的咒语。

"冰夷！"一道寒光忽然从黑暗里闪现，"受死吧！"

那个校尉血战前行，一路挥刀砍断那些怪物，拼尽全力穿过了甬道，杀到那个术士面前。面对着近在咫尺的人，满身浴血的军人睁大了眼睛，杀气逼人，毫不畏惧地一刀斩去，"别在我们空桑人的地盘上装神弄鬼！"

然而，一刀劈下，却落了一个空。

刀锋从灰袍术士身体里对穿而过，没有任何可以着力之处。

校尉愣了一下。那一刻，对面那个被劈为两半的灰袍术士重新合拢了，湛蓝色的眼里闪出一丝冷嘲，"再英勇的军人，也不能把一个人杀死两次——我刚才已经死过一次了，就在你们地宫的最深处！"

话音未落，他举起了双手，忽然低声吐出了奇特的咒语。

那一刻，校尉知道事情不好，下意识地再度掉转刀锋，大喝着用力斩断他的双手。然而就在那一刻，只听一声凌厉的金铁交锋之声，刀锋却在那个术士的手上顿住了——只是短短片刻，那个虚无的人又重新凝聚了实体，挡住了他的刀！

校尉不顾一切地挥刀，丝毫不畏惧。是的，袁梓将军还在地宫最里面，不知道如何，他身为百战跟随的铁血心腹，岂能后退？

"来吧！"忽然间，灰袍术士张开了双手，召唤道，"一切力量，归于破军！"

声音传来的刹那，校尉觉得手里的刀倏地消失了——是的，那是瞬间消失！他眼前出现了极其荒诞的景象：整条甬道忽然变成了看不到底的黑洞，穿过了他的身体。甬道的尽头有一点光，急剧地发出巨大的吸力。

他大喊着，拼命挣扎反抗，然而四肢没有丝毫的着力之处，仿佛飘在半空，身不由己地被吸住，迅速向着甬道尽头飞去。在没入白光的那一瞬，他看到了很多将士的脸：第二队、第三队、第四队……其他队伍的所有校尉都在那里，甚至，连副将都在那里！

难道是……刚想到这里，白光转为血红，他的意识忽然一片空白。

"天啊……"不远处，那些正在拼命逃跑的人发出了一声惊呼，眼睁睁地看着这一切——闯入甬道、孤身对抗那个灰袍术士的校尉忽然间爆炸了！就如被一只无形的手捏着，咔嚓一声爆裂，一蓬血从他身体里飙出，喷溅上了四壁。

灰袍术士举起了双手，手心里那团白光亮了一亮，仿佛吸入了新的力量。

捧着光团的灰袍术士嘴角噙着一丝莫测的笑意，一步步沿着甬道从大山深处走出来。他走过的地方，大地起了奇特的波动，无数血色的藤蔓蜿蜒而起，缠绕着战士。那是从地宫最深处流出的泉水，却呈现出诡异的红色，仿佛是空寂之山流淌的血。

血色蜿蜒而上，缠住进入地宫的空桑战士，勒紧。那些战士自从听到那声啜泣似的呜咽开始就呆若木鸡，似乎中了某种奇特的咒术，丝毫不反抗地任凭那些怪物攀爬上自己的身体——只听砰的一声，血肉的躯壳碎裂了，一蓬一蓬的血飞溅而出，如同一朵朵殷红的血莲花绽放在这被诅咒的地宫！

"快、快跑啊……这是鬼！"仅剩的二十多个有意识的战士被吓得魂飞魄散，大声喊着，拼命地爬上台阶。然而，那条通往地宫大门的台阶也像活了一样蠕动着。他们拼尽了力气，速度却慢得如同蜗牛。

灰袍术士举起了手，那团光在汲取了无数人的鲜血后亮如旭日，竟将整个地宫都照得如同白昼！一眼看到了台阶上还在挣扎着逃离的那些战士，冰族的巫师嘴角露出一丝冷笑，缓缓走了过来，抬起手指一点——只听一声巨响，战士们脚下的台阶忽然翻转，如同一条巨大的舌头，一卷一吞，就将所有人包了起来！

"老浦，我们得去救他们！"看到这样的情景，铁塔大喊。

此刻，他们已经爬到了离地宫出口不到十丈的地方。在越靠近外面阳世的地方，地宫的蠕动变化越微弱。他们脚下的台阶虽然还在变幻，却已经不能阻拦他们的离开。

"给我闭嘴！"然而老浦却毫不犹豫地大喝，声音冷酷凌厉，一把攥紧了他的手腕，死命地把他往上拖，"别回头看！别管他们……他们死定了！用吃奶的力气给我往上走！否则我们都要死在这里了！"

铁塔怔了一下，转过头去。

那一刻，他清清楚楚地看到地宫的门，居然正在缓缓闭合！

"他们要关闭大门，切断阴阳两界，在黑暗里完成最后的仪式！"老浦大喊，不顾一切地往前狂奔——然而，前面似乎有看不到的屏障阻拦，无数双手推着他，不让他上前一步！

耳边传来最后一声凄惨的厉呼，伴随着血肉碎裂的咔嚓声。那是一群战士在挣扎之中被吞噬，成为了最后一批祭品。

"啊……啊！他追来了！"铁塔惊呼，"他追来了！"

老浦没有回头看，但也知道铁塔说的"他"是那个幽灵般的灰袍冰夷术士，他只觉得身边的空气在急剧地冷下去，周身的血液仿佛都要冻结似的，再也无法迈出一步——地宫的门就在眼前缓缓闭合，巨大的封石落下来，外面的日光一丝丝变小。

不行！拼了！

那一刻，他一手拉着铁塔，把另一只手的中指送入嘴里，用力咬破。他几乎咬掉了一整节手指，血飞溅而出——那一刻，他回过身，直面那个已经飘然而至近在咫尺的灰袍幽灵，手臂大开大合，飞速地在虚空里书写！

灰袍术士失声惊呼，倏地倒退。

飞溅的血居然在空中悬浮，赫然组成了一道墙！血红色的墙发出了光，仿佛燃烧的火，将逼人而来的黑暗和冷意阻断！

"快走！"老浦一声大叫，推着铁塔往外滚去。

只听一声闷响，仿佛被某种力量催促着，封石加速轰然闭合。老浦不顾一切地推着铁塔滚地而出，而自己却慢了一步，被巨石压在了下面。只听咔嚓一声，右腿碎裂。

外面的日光照射在脸上，一切忽然烟消云散。

"老浦……老浦！"铁塔吓呆了，拼命地摇晃着他。

他在剧痛中几乎要昏过去了，然而却拼命撑住身体，保持着最后一丝清醒。他咬着牙，不顾一切地往外扯着那条断腿——然而，腿上的骨头虽然断裂了，筋肉却还连着。他只觉得撕心裂肺般地痛，眼前发白，却怎么也无法挣脱。

"帮……帮帮我！"他哑着嗓子，用布满血丝的双眼看着铁塔，露出野兽一样的疯狂，"过来扯断我的腿！快！"

"啊？"铁塔看到血淋淋的惨样，失声。

"快！否则……否则我就要……"老浦咬着牙，看着压在石头下的那条腿——有一丝看不见的黑气从里面透出来，沿着血脉，一缕缕往外侵蚀！

他大喝一声，再也顾不得什么，左腿一蹬石门，整个人往外滚动。

只听噗的一声，血肉断裂，他竟硬生生地将那条腿齐膝扯断！

"天啊！你疯了吗？"铁塔扑过来，看着血疯狂地从断口处往外涌，连忙扯下衣襟包扎。然而，在断腿逃生的那一瞬，老浦看着血肉模糊的伤口，却露出了如释重负的笑容，喃喃道："还好……还好，血还是红的！"他看着铁塔，又抬头看了看天空，在日光下忽然泪流满面，"血还是红的……我还活着！"

日光照耀在两个人身上，温暖而明亮。

进入地宫又出来，其实只是短短的半天时间，却居然有重返人世的感觉。

老浦用尽所有力气，用手肘支撑着身体，在地上一寸寸地挪动着，极力远离地宫的入口。铁塔虽然不明白他的意图，也连忙过来帮着他挪动。

直到移开了三丈远，老浦才长长喘了一口气。隔着厚厚的千钧重的封石，还能听到里面不停传来的惨烈叫喊，还能闻到无处不在的浓烈血腥，十万空桑战士正在地底无声无息地死去，外面的人却毫无知觉——

只是一层之隔，却是人间和地狱。

"昔年在西海上，咳咳，你从冰夷的刀下救过我的命，"劫后余生的人喃喃，气若游丝地对忙着包扎的同伴苦笑，"你总是嘲笑我手无缚鸡之力，可今天，咳咳，这个人情，我、我终于还是还上了……"

铁塔满手是血，脑中一片空白，甚至还没有把这一切弄明白。

"你的腿断了……你的腿断了！"壮汉看着同伴这个模样，忽然忍不住哽咽起来，"兄弟，你别怕，残废了，我一辈子卖力气来养你！"

"嘿，别哭！"老浦还是第一次看着这个蛮牛一样的同伴掉眼泪，不由得汗毛倒竖，"断了腿而已，我还不至于会死，总比留在里头的那些人强多了……别啰唆了，快走吧！"老浦扶着铁塔的肩膀，用尽剩下的最后一点儿力气站了起来。

"去哪儿？"铁塔抹了把眼泪，"回大营给你找军医？"

"早上是全军出动了，不知道空寂大营里现在还有没有人留守。不不，就算还有人留着，说不定也是冰夷人！不能冒这个险——"老浦喃喃，眉头紧皱，"趁着他们还没追来，我们赶紧下山，在天黑之前离开空寂大营！"

"去哪儿？"铁塔讷讷。

"去报官啊，傻瓜！有大事发生了……可能是比我们看到的更大的事！"老浦低声道，吸着气，维持着最后的神志，实在不耐烦了，"快！去找一匹快马，立刻下山，去瀚海驿……不！只怕我们赶不到那儿了，去告诉赤王！'"

"赤王？"铁塔愕然，"我们这些小民，只怕没机会见到赤王吧？"

"不，就算被打死，也一定要见到赤王！"老浦摇摇欲坠，咬着牙，"要……要赶紧把这个讯息传到帝都去！否则，云荒就要大难临头了！"

当封石彻底闭合时，整个地宫变成了一片炼狱。

血色的花一个接着一个爆开后，地宫变得幽黑如墨。然而，奇怪的是，虽然瞬间死了那么多人，但是在这个密闭的空间里却闻不到一丝血腥气，每一滴血似乎都被吸收了，变成了一缕光，汇聚在了灰袍术士的手里。

灰袍术士站在那里，双手托着那团越来越亮的光，举过头顶，身体也被映照得稀薄，仿佛即将散去的雾气。如果有人可以在这一刻透视整个空寂之山，便会发现这个瞬间是何等的神奇瑰丽——

九重地宫里，每一进大厅都站着一个灰袍人，双手托着光，高高举起。

仔细看去，那团光其实是由无数缕微光组成，如同细细密密缠绕的线，将流动飞舞的灵魂困住。那团光将已经没有一个活人的地宫映照得光芒雪亮，只见四壁如雪，那些流淌的鲜血毫无踪迹，那些倒下的尸体也无影无踪！

直到最后一丝血迹也被吸收，九个灰袍术士动了起来，朝着地宫最深处飘去。当九道光从各个方向凝聚时，第九重地宫放出盛大的光芒，几乎令人无法睁开眼来！

空寂之山最深的地宫里，有泉水汩汩涌出，呈现出诡异的血红色，仿佛刚才所有的血都汇集到了这里——在血泉的中央，袁梓将军面朝下匍匐着，心口已经洞穿。在他的身侧，空桑战士的尸体一层叠着一层，宛如筑起了一座血肉高台。

慕容隽站在这修罗场中央，只觉得自己的双手都在颤抖。

他不是没有见过世面的养尊处优的贵公子，也是在明枪暗箭里长大，手上也沾染过人血——然而，面对着这样惨绝人寰的大屠杀，他还是觉得身体里的力气都被抽空了，发出微微的战栗，几乎要在这样浓重的血腥味里弯腰呕吐。

是的……整整十万人，就这样死在了他面前！

每一个人都是活生生的，有自己的父母妻儿，有自己的欢喜爱恨，就这样通过自己之手葬送在了这里！其中，甚至有自己多年老友，袁梓。

从小在争权夺利中长大的他，从来不是一个仁慈软弱的人。在和慕容逸诀别时，他曾立下誓言，也曾经说过，为了中州人的命运，自己可以不惜背负所有罪孽、不择一切手段——但是，难道这种靠着屠杀另一族来换取，也是理所应当的吗？

那么多人在眼前死去，纵横交错的血污染了他的视线，令心如铁石的人都颤抖起来。

那一刻，他第一次开始怀疑自己选择的路。

冰族沧流帝国，这个西海上流亡了千年的民族，早已有着铁石一样的冰冷心肠，如果屠杀十万俘虏对他们来说都是小菜一碟，那么，怎么能保证当他们掌握了云荒的绝对权力后，会对中州人守诺仁慈？

九个灰袍术士托着光球从地宫的九个方向飘过来，刺眼的光芒下是一张张惨白的脸，眼眶里涌动着血一样的浓重暗红——这九个，也早已不是活人，而是九个"死侍"！

　　那是活的灵魂，刚离开自己的躯壳不久，并且都是身份高贵、灵力强大的术士。这些冰族的灰袍术士在死亡之前在自己身上施了某种奇特的咒术，令灵魂在死去十二个时辰之内不但不会溃散，而且会变得加倍强大。

　　强大到，可以操纵这个地宫，吞噬进入其中的一切！

　　慕容隽看着这九个人以"活灵"的状态返回，每个人手里都捧着一个散发着光芒的太阳。当他们从空无一人的地宫里返回时，流血和杀戮已经停止，十万空桑战士瞬间被这座墓穴埋葬。而他自己，是这里的最后一个活着的人。

　　九个"死侍"聚拢在第九进地宫里，围着慕容隽，眼神却是空洞的，没有丝毫表情。慕容隽没有开口，虽然他知道一切都已经完成，到了吩咐进行下一步的时候了——这些在冰族人恶毒咒术下死去的亡灵，需要被强行封印，否则必然闯入人世成为大祸。

　　而他得到了元老院的指令，在地宫被清空后，需要领导这些灰袍术士进行最后的"清场"。

　　地宫的最深处有一眼泉脉，在泉水中间设有一个白石堆砌的祭坛，正是九百年前光华皇帝超度怨魂时所筑。慕容隽站在那里，将手按在了祭坛正中光华皇帝留下的御笔上，久久凝望——那上面，用空桑文字记载着空寂之山这座地宫的历史。

　　千年之前，当沧流帝国在智者的带领下返回云荒时，空桑六部的贵族被俘虏，关入地宫，灭族血洗。那场屠杀里有成千上万的人死去，以至于怨恨浸透整座山，千百年久久不消。直到空桑遗民在真岚皇太子的带领下复国，才在这地宫里进行了盛大的祭奠仪式。

　　　一愿族人转生彼岸，得享生之美好。
　　　二愿云荒铸剑为犁，再无征战。
　　　三愿空桑与诸部世世代代和睦。

慕容隽看着那位帝王在暮年留下的手书，不由得微微叹了口气。这样的"三愿"，即便是功垂千古、彪炳青史的光华皇帝，也没有做到。

"您曾经用尽了全力，想消除世间所有仇恨和不满。相信当年我的先祖追随您，也一定有他的理由。"他轻声道，眼神复杂，"可您看，在您死后九百年，这个云荒最终还是变成了现在这般模样。"

低声说完，他将手指从"天佑空桑"四个字上挪开，眼神变得有些恍惚——历史是否真的总在重演，不以人力为转移？可是，在其中作出选择的，不正是人本身吗？就如他决定背叛空桑帮助冰族人一样。

可是，这个决定，真的是正确的吗？

然而，不等心乱如麻的他在血泊中理出一点头绪，九个"死侍"已在他的身侧发出低低的呜咽声，嘴唇翕动，金色的眼睛已经渐渐变成了血红色。

慕容隽吸了一口气，知道该是开始下面计划的时刻了。

他咬破了手指，将手按在祭坛中间的石碑上。当血渗出时，迅速被石碑吸收，仿佛内部有千万张口在吮吸！

唯有空桑六部王者之血脉，才能开启地宫与冥界的联系。

那一瞬，地宫最深处的古泉发出了悠远的声音，似乎吞咽了一口气。他知道，那是黄泉之路打开了——

"开始吧！把那些亡灵送进去！"慕容隽一声令下，灰袍术士们动了起来。围绕着祭台，九具尸体齐刷刷地屈膝跪下，每个人的心脏上都有一个窟窿。

这九个人，竟然是硬生生将自己身体掏空，让怨灵寄居其中！

九个"死侍"簇拥着慕容隽，缓缓抬起眼睛看着他——冰族人的眼是冰蓝色的，映照着手里四射的光团，宛如最璀璨的钻石，令人无法直视。

"好了，我已经替你把黄泉之路开启，你们就带着这十万之灵的力量，回到冥界去吧！永远不要再回来扰乱阳世！"他被刺得睁不开眼睛，只能抬起手挡在面前，对那九个"死侍"说出了那句约定的咒语。

那一刻，仿佛得到了指令，九位"死侍"动了一下，忽然齐齐上前，弯腰行礼——然后，九双手一起伸过来，抓住了慕容隽！

"怎么？"慕容隽吃了一惊，下意识地倒退了一步。那些手是如此冰冷，简直如同雪里封存了万古的僵尸。他被触及的肌肤瞬间失去了知觉——这完全是计划之外的举动，令他吃惊莫名。

他愕然挣扎，失声道："你们……这是干什么？"

没有人回答。眼前的九双眼睛都是血红色的，里面似乎烈烈燃烧着火。九双手分别扣住了他全身各大关节，一声不吭地将他从祭台上举起——慕容隽下意识地挣扎，然而根本无法挣脱那铁镣一样的九双手。

"你们带着这些亡灵，通过黄泉之路去往冥界！你们这是在做什么？"身在半空，他一边厉声大喝，一边脑子里飞速转动：是的，成为"死侍"之后，这些灰袍术士已经失去了独立思考的能力，那么，此刻他们的所作所为，又来自于何人的指令？难道是……

那一刻，他隐约觉得不对。

"放开我！"他大喊，"元老院吩咐过，你们要听从我的指令！"

然而，听到他这一句话，九个"死侍"非但没有松开他，手反而更加用力。那一刻，慕容隽能清晰地看到一缕缕新死去的魂魄，游荡在地宫之中，组成一条呼啸的巨龙，将被高举的他团团围住！

"不！"那一刻，他明白过来，失声惊呼。

是的，元老院是想在这里杀了他！沧流帝国的十巫让他来这里，不仅仅是为了让他带领九位灰袍术士进行血祭仪式，更是要把他当作祭品！

因为冰族人的血脉终究不能和空桑人的相融，这九个术士的作用，只是要把自身承载的这些灵魂驯化后再注入他的体内，让他成为最终的"容器"——因为他的身体里，有着来自母系的空桑六部王族的血脉，是最合适的封印这些空桑亡灵的容器！

这些"死侍"是要把十万恶灵注入他的体内，然后把他扔进已经开启的黄泉之路！

黑暗的地宫里，慕容隽在生死交睫的瞬间想通了这一层，失声惊呼。

然而此刻，所有随从都已经不在身边，无论他怎么用尽全力挣扎，九双冰冷而强大的手从各个方向抓住了他，将他高高举起在祭坛上。他仰面看着十万怨灵呼啸着在空中盘旋，在他的头顶聚集，如同即将下击的雷电。

一切都还没有完成，就要在这里结束了吗？

那一刻，无数的往事从脑海中呼啸掠过，难以言表。只听一声呼啸，闪电霍然下击，正中双目，贯穿了他的身体！

那一刻，他的魂魄飞出了躯壳，恍惚之中看到自己在祭坛上悬浮着，底下的泉水倒映着光，忽然间起了奇特的波动，仿佛有看不见的手在搅拌着水面，一个旋涡迅速出现，越扩越大，围绕着中间的祭台——而那几个"死侍"将他的躯体高高举起，向着旋涡中心扔了下去！

只是一声轻微的咕噜，仿佛山腹中打开了一条秘密的通道。祭坛上的所有瞬间消失，整个地宫陷入了彻底的漆黑和死寂。

死一样的寂静。

第八章

星陨空寂

空寂之山最深处的那场血腥屠戮已经结束了。短短几个时辰内，千万人死去，血流满地。然而隔着厚厚的岩层，外面阳世里的人却一无所知。

只有寥寥几个人，在等待着这场大屠杀的最后结果。

夕阳开始一点一点地在地平线上消失，高窗上的光熄灭了，整个古墓开始陷入昏暗。嚓的一声轻响，一点幽幽的火光燃起，映照着石壁。古墓里幽深寒冷，整洁无尘，只是石壁上有交错的痕迹，斑驳古老。

"听说这里是昔年空桑女剑圣教授破军剑法的地方。"一个声音低低道，那是慕容隽四大家臣里仅剩的北阙，他在叹息，"真是奇怪啊……空桑和冰族，这两个千百年来斗得你死我活的族群之间，在这座古墓里，也曾经有过如此亲近融洽的一瞬。"

然而，那点宁静和温柔，就如一朵微小的浪花，旋即就湮没在了历史滚滚的长河之中。那之后，沧流帝国和空桑之间的大战爆发，空桑女剑圣最年轻的弟子成了破军少帅，冰族人的领袖——那双温柔地教给他剑术的手，将利剑刺入了他的心口，永远封印了他。

只是一瞬而已，却被刻在了这里，倒显得像是永恒。

一行七人在这座山脚下的墓里缓缓前行——这座墓不大，不过两进，前后六个房间。最深处一间石室内二丈见方，里面却是一个水池。池水清浅，在火光里可以见底，泛出浅浅的绿。然而石室西北角却骤然变成黑色，深不见底。

"应该就是这里了。"北阙喃喃，转头吩咐属下，"在外面的人都把火折子灭了吧，现在还不到入睡的时间，小心被路过的牧民看到。"

"是。"随从吹灭了火折子，一行人围着池子，静静而坐。

沙漠的风穿行在这座远古留下的墓穴里，发出低低的呜咽，犹如古乐器埙在演奏。所有人都很沉默，眼观鼻，鼻观心，等待着城主的重新出现。当火把熄灭后，整个墓室陷入黑暗，只有池子折射着外面的一丝丝光，有些微的粼粼。

"看啊……"忽然间有人轻声道，"那是什么？"

一瞬间，所有人都看到贴着水面掠过几点白光，宛如轻柔的流星，倏忽聚拢，倏忽分散。然而等定睛看去的时候，却又什么都看不见了。

"这个墓里不会有鬼吧？"有随从警惕起来，唰地拔刀在手。

"别乱来！"北阙随即喝止，"这里是空桑女剑圣的衣冠冢，传说在这里动杀戮之心就会……"

"就会怎么样？"随从随口问，将刀在空中挥舞了一下。

黑暗里忽然有影子一动，以无法形容的诡异速度掠过。

"啊——"那个随从骤然大叫起来，只觉腕上一阵刺痛，手里的刀当啷一声落地，在古墓里发出清脆的回响。

"谁？"所有人悚然惊动，跳了起来。

然而，很快有无数影子悄然掠过，快得如同闪电。那些黑影似乎对地形极熟，来去无声，瞬间配合巧妙地袭击了这群闯入古墓的人。虽然有了防备，但一行人还是在黑暗里乱了阵脚，或多或少挂了些彩。

"原来是这东西！"北阙虎口出血，赤手扼住了袭击他的东西，低喝道，"别慌。"

咔嚓一声，火折子重新燃起。大家发现他手里是一只沙漠狐狸，耳朵出奇地大，金色的瞳孔，毛色在光下呈现出深蓝色，正怒视着他们，龇牙咧嘴地恐吓——沙狐有着尖利的犬齿，上面沾染了人血。

更可怕的是，他们看到整个墓室内有上百只蓝狐，无数双金色的眼睛在暗影里深深浅浅地看着他们，满怀敌意，密密麻麻。

所有人默不作声地倒吸了一口冷气，各自握刀在手。

"该死，我居然忘了空桑女剑圣的古墓里会有蓝狐。这些东西是有灵性的——"北阙低声道，松开了手里那只蓝狐，似乎是客气地商量一样，"各位，我们只是在这里暂时停留，等城主到了就走，不会打扰剑圣的在天之灵，祈望见谅。"

那只蓝狐落在地上，抖了抖，蓬松的毛一下子奓了起来，前爪扒在地上，做出攻击的姿势。然而，听完这番话后，金色的眼睛里流露出狐疑的神色，呜呜了几声，走到水池边，尾巴一收，盘尾坐了下来。

"太阳下山后一个时辰内，我们一定会离开。"北阙放下刀剑，蹲下来低声平视着蓝狐的眼睛，"恳请稍微容留片刻。"

那只蓝狐又仰起头呜了一声。奇迹出现了，所有蓝狐一下子都跳了下来，纷纷走到水池和门口，尾巴一甩，坐了下来，警惕地看着他们，似乎齐刷刷地守护着什么。

"好了，"北阙松了口气，放下刀也在水池旁边盘膝坐下，"大家包扎一下伤口，老老实实地待着，等城主出现，不要惹什么麻烦。"

"是吗？"随从不敢放下刀，"万一它们又袭击……"

"不会的。"北阙道，"传说中，这些东西比人还聪明。"

在几百只蓝狐的注视下，一行人坐在古墓的最深处，默默地等待。时间一分一秒地流逝，古墓里的光越来越微弱，到最后，连窗口最后一丝亮色都没了。

"已经到了晚上了，城主怎么还不来？"终于，有人沉不住气开口，"会不会是地宫里出了什么差错？我们要去接应一下吗？"

"再等等。"北阙摇了摇头，然而他的手心里也开始有了冷汗。

"如果到了日落时分我还没有出现，那么，你立刻带着所有人离开！一刻也不能停留。因为当天黑之后，整个空寂之山就会变成你无法想象的可怕地狱！"

在他们下山之前，城主曾经这么叮嘱，神色凝重。是不是他已经知道，踏入地宫之后，将面临无法控制的可怕局面？

看来，他们几个家臣真不该听命离开，让城主一个人孤身踏入险境！

当夕阳一跃，消失在大漠地平线尽头那一瞬，整个古墓里忽然黑了。空寂之山深处传来一声悠远的低鸣，仿佛有什么东西在地底下醒来了。那一刻，铁汉如北阙也情不自禁地打了个冷战，只觉得身侧的空气一下子变冷了，似是就要凝结。

那是无比浓重的戾气，压迫得人几乎无法喘息。

数百只蓝狐忽然跳了起来，一起炯炯地盯着古墓最深处——水池的一角，那深不见底的黑色古泉里忽然出现了异样的涌动，咕噜咕噜地轻响着，似乎有什么东西即将从水底出现。

"小心！"那一刻，北阙只觉得一窒，似乎心脏被一只看不见的手捏住，透不过气来。多年的直觉令他下意识地拔剑，然而不等手触及剑柄，剑铮的一声自动跃出，嗡嗡作响——这把剑跟随他多年，早已有了灵性。

然而，这些人里只有他还能动，其他人连动手拔出剑的力气都没有了。

一股奇特而无比强大的力量笼罩了水池，古泉开始涌动，发出连续的奇特声响，似乎大山深处有一个巨人在吞咽着。古墓里的蓝狐躁动不安，聚拢在水池边上，对着那一角狂叫，完全忘记了防范北阙一行人，似乎那里即将有极其可怕的猛兽出现。

水面忽然向上大量涌起，如喷泉一样凸起，像是底下有什么要破水而出。北阙满身冷汗，手里的剑似乎有千钧重，他死死地盯着起伏不定的水面。

哗的一声响，一个东西从水下涌起。

那是一个人形，苍白，发出微微的光，垂着头，全身湿漉漉的。那一瞬，蓝狐狂叫着，如同箭一样冲了过去，尖牙在夜里闪着刀锋一样的冷光，要把这个闯入者的咽喉咬穿。

然而只听砰的一声，蓝狐掉进了水里，发出一声尖厉的呼喊，随即四肢僵硬，一动不动。其他蓝狐发出了愤怒不安的叫声。而那个从水底出来的人依旧一动不动，只是随着水面的波纹悄然滑行，前进了大约三尺的距离，宛如毫无重量般在水上漂着，一直低着头，也不看周围的人一眼。

那一刻，北阙惊呼出声——是的！那不是人，至少，那不是一个实体！

那只是一个影子，宛如凝聚的阴火之光，从古墓冷泉里涌出，全身散发着一股说不出的阴气和诡异，默默地垂头而立，漂浮在水面上。

可是，这个人，似乎……有点儿眼熟！

当他刚想到这里的时候，地底深处又传来一声模糊的呜咽，水面重新翻涌，第二个人形从水下渐渐浮现，缓缓上升——

一个接着一个，从这座古墓的冷泉最深处，竟然浮出了九个这样的人形！

"天啊……"那一刻，北阙叫了起来，"是他们！"

是的，那些人，居然是和城主一起进入地宫的九个冰族灰袍术士！

当那些"人"全数浮出后，水池平静了，只有诡异的冷光幽幽浮动。那些人垂着头漂浮在那里，不言不语，一动不动，全身发出惨白的光，宛如九盏幽冥来的灯。蓝狐眼睛里流露出愤怒和恐惧之色，利爪皆张，然而却远远躲开，不敢靠近一步，显然这些从古泉里浮上来的东西有着令它们无比忌惮的力量。

然而北阙却不曾退缩，反而往前冲了一步，"城主呢？城主在哪里？"

就在那一瞬，垂着头的术士倏地抬起眼睛，凝视着他——那双本该是湛蓝色的双瞳居然成了一个黑洞，里面盛着鲜血一样的红色！被这双眼睛一看，北阙陡然间只觉意识一空，整个人仿佛被抽了出去。

忽然间外面有微弱的光一闪，升上天空，又拖着长长的尾部落下。那是一道焰火，从狷之原的迷墙后方发出。那九个灰衣人齐齐抬头，似是接到了指令，立刻动了起来，以一种匪夷所思的速度飘上地面，然后从高窗里掠出，消失在了沙漠里。

"快追！"北阙失声顿足。

一行人立刻握起刀剑，拔脚追了出去。

所有人都离去了，古墓又恢复了一片寂静。

然而，那几百双眼睛却还在黑暗里闪烁。数百只蓝狐没有随着人的离开而散去，还是聚集在一处，死死地盯着水池的那一角幽黑处，利爪皆张，喉咙里发出低低的咆哮，似乎那里随时会有不祥之物出现。

池水平静，古泉深流。

当那些灰袍人离开后，忽然间，水面微微一动，似乎有什么东西从地下涌出。水下出现一点影影绰绰的白色，发着微光，漂浮着缓慢上升，最终哗啦一声浮出水面。

浮出水面的是一个年轻男子。

闭着眼睛，脸上苍白无血色，漆黑的长发在水里如同水墨一样飘散。奇特的是，虽然从水里浮出，他的衣衫上却滴水不沾，散发出一种奇特的淡淡光芒。这种光也从水底涌现，在浮出水面时如同明灭旖旎的火，缠绕着这个昏迷的年轻人——这种奇特的景象让所有低声咆哮的蓝狐不由得倒退了一步，忽然间停止了咆哮。

然后，带头的蓝狐忽然间低下了头，似是俯身行礼，发出了低低的呜咽。

那一刻，年轻人身上的光忽然散开了，化为三缕，如同跳跃的火焰一样相互缠绕，在水面上静静跃动，笼罩着浮在水面上的人。

隽……隽，醒醒。恍惚中，似乎有人在耳边呼唤他。

醒一醒，你的路还没走完呢……模模糊糊中，他看到一个女子的剪影，一身纯白，在面前俯下身，低唤，声音轻柔。

堇然？是堇然吗？那一瞬，他心里剧烈震动，一种强大的力量从内心深处出现，推动着他，终于让他从沉睡中睁开了眼睛！

泉水边的蓝狐骤然紧张，充满敌意地盯着醒来的人。

然而，睁开眼睛却依旧什么都看不到，眼前只是一片漆黑：昏迷之中的那个纯白色女子剪影在瞬间消失，只留下一片空茫可怕的黑暗。

他怔怔地站在黑暗里，在刹那间回忆起了失去知觉前的情景：当他被那些"死侍"在祭坛上抓住的时候，云集在地宫里的十万冤魂化为巨大的闪电，盘旋下击，瞬间从他的双眼透入，击穿了他的身体！

难道是……慕容隽在黑暗中睁大眼睛，微微战栗。

如今的自己，是在黄泉之路上了吗？自己，是活着，还是已经死去？

他抬手摸着自己的双眼，能感觉到肌肤上属于活人的温度，然而，他却看不到自己此刻的眼睛是怎样的诡异：中州人的双瞳本来是纯黑如夜色，然而此刻，映照在水面上的双瞳却充满了丝丝的暗红，围绕着漆黑的瞳孔不停地旋转，如同涌动的血！

身体忽然觉得剧痛，似乎同时也有什么被惊醒了。那一刻，他只听到无数声音在脑海里呼啸，嘈杂无比，充满了憎恨、恐惧和悲哀，在醒来的一瞬间几乎令他忘了自己是谁。

这……这是什么声音？

是谁在呼喊？为什么那么像地宫里十万士兵临死前的呼声？

他捂住了耳朵，只觉得身体里万马奔腾，锥心刺骨般疼痛。他看不到自己的双眼在此刻是怎样的可怖——血红色的光在眼中剧烈涌动，似乎里面装着的不是血肉之躯，而是一团血和火！

他咬牙忍受了片刻，终于忍不住大喊起来，在水面上挣扎，渐渐下沉，冰冷的水迅速灌入他的口鼻，神志也开始涣散。他只觉得自己在沉沦入地狱。

忽然间，一只手伸过来，将濒临淹死的他拉出水面。

在神志模糊的刹那，他看到那个纯白的剪影又出现了——就这样浮在水面上，静静地托着他的头部，将他托出水面，令他不至于溺水。

那双手是微凉的，如此温柔宁静。

"别怕，他们现在都在你的身体里。十万冤魂，如今都住在你的身体里。"他听到那个声音轻柔地道，"新死的魂魄很愤怒，无法平息……你可能一时间无法接受那么多的暗噬，会觉得痛苦。但没有关系，有我在这里。"

"谁……是谁？"他失声喃喃，"堇然？"

慕容隽在剧痛里挣扎，觉得身体几乎被撕裂，体内的那些声音如同一把把刀子割破他的五脏六腑，把他一刀刀地凌迟，带着无比的憎恨和愤怒。

那十万冤魂，是要吞噬掉他！

"别怕。"他听到那个声音轻柔地说，"你会没事的。"

一双柔软的手将他抱起，离开了水面。他无法集中精神，只能模糊看到那个纯白色的剪影一直在身边，双手按在自己的双眼之上，冰凉而柔软，依稀带着一种奇特的芳香。耳边有低低的吟唱声，像是从远古传来的风声，吟诵着他听不懂的祈祷。

那双按在他额头上的手发出淡淡的微光，透入他的颅脑，浸透躯体。

那一刻，身体内洪流一样的嘈杂和愤怒都平静了，似乎在那种光的透射下，所有黑暗都已经遁去。慕容隽气息起伏，只觉得身体如同虚脱。

"堇然？"他喃喃，抬起手去摸索，却什么也碰不到。

那个影子是虚无的。她在他身侧，微微含笑，如此宁静安详——不知为何，虽然他什么都看不到，却唯独能知道她就在这儿，近在咫尺。

"我不是堇然。"他听到她柔声说，"你认错人了。"

"是吗？"他苦笑起来，并不相信，只是喃喃——是了……堇然早已经不存在了，活着的是殷夜来……就算是死也要死在别人身侧的殷夜来！一念及此，剧痛从身体里闪电般穿行，撕裂他的心肺，令他的神志再度紊乱起来。

"唉……"他听到身边的人叹了口气，将微凉的手指按在他的眼睛上，"先别说话，闭上眼睛。那些恶灵以你的双眼作为通道穿入身体，所以……你已经瞎了。"

"是吗？"慕容隽一震，回手摸着自己的眼睛，半晌才喃喃说了两个字，"报应。"

"你的身体，现在是承载十万灵魂的容器。而你，也将承担这十万人的痛苦于一身。"那个纯白的影子低声叹息，将手按在他灼热的双眼上，"慕容修的后裔，我们有幸在轮回中相见，可以让我助你一臂之力——否则，后果不堪设想。"

慕容隽咬着牙，脸色苍白而愤怒，浑身微微颤抖。

是的，那些冰族人，原来一开始就计算好了！还说什么血的契约，什么等复国后封他为王——元老院从一开始，就根本没打算让他活到空桑被灭的那一天！

他在昏昏沉沉中开口："慕容修的后裔？为什么……为什么你会知道这些？"

"我当然知道。"他听到她回答，"所以，我才会在这里等。"

等什么？是等我吗？堇然？慕容隽想问，却忽然发出了一声痛呼——短暂的平静后，身体里那种剧烈的撕扯和喧闹又开始了，凌迟般一刀一刀而来，千刀万剐。他只觉得身体一寸寸碎裂，那种痛苦简直无法形容！

他咬着牙，不让自己放声大喊，唇间已经满是鲜血。

"很痛苦吧？"那个纯白色的剪影轻声叹息，用手轻抚他冷汗密布的额头，"换了一般人，受到这种万鬼噬心的惩罚，估计早就已经变成和那九个亡灵术士一样的怪物……可是，为何你还活着？还有呼吸和心跳？要知道，仅凭着你身上那一半的空桑紫王血脉，远不足以抵消这种损耗。"

似乎是感到大惑不解，纯白色的剪影低下头，细细地审视着他。

慕容隽在极度的痛苦里颤抖，在混乱中咬着自己的手腕，极力忍耐，用力之大让手腕上流出了殷红的血。

"这是什么？"忽然间，那个纯白的剪影颤了一下，一把抓住了他抽搐的手。

——右手上留着一个奇怪的疤痕，似乎是长期不曾痊愈的伤留下的腐蚀性印记。然而，这个伤赫然早已痊愈。用来掩饰子虚乌有的"伤口"的绷带也早已经不见了踪影，但略一感知，便明白那是一个极其可怕的终极咒语。

"这是十巫下的血咒？"纯白色的剪影愕然低声问。

这是无可解救的恶毒咒术，云荒大地上的所有民族都无法与其对抗，而面前这个年轻人，却显然已经自行将这天地间最难解的咒术解开！他是怎么做到的？

纯白色的剪影沉默地将手按在他的伤口上，感应着。

从这个人的记忆里，慢慢浮现出了一个戴着双翼项圈的少女的影子。那个少女拿下了脖子上的古玉，从中倒出了一滴焕发着光芒的绿色液体——那滴绿色液体落在这个年轻人的手上，溶解了所有黑暗，将可怖的咒术破除。

那一刻，纯白色的剪影陡然明白了——

那是来自云浮城的圣物，属于城主所有的生命之水。

"命运的丝线原来是这样纺就的。"轻声的叹息里，慕容隽被无形的力量抬起，平放在了冰冷的石床上，"你得到过来自于天空最高处我同族人的庇佑……她曾经有恩于我，而我，又将替她施恩于你。这就是因果吗？"

如果不是得到过生命之水的灌注，这个凡人估计早已死去，如果不是遇到自己，他就算侥幸活下来，也会死在此刻的万灵噬身之下——这么说来，他是命中注定和翼族、和这座古墓有缘了。

纯白色的剪影沉默地看着受尽苦难的年轻人，抬起手，按在了他的心口上。那一刻，有淡淡的光注入他的身体，沿着四肢百骸渗透，一寸寸地压住了那些肆虐的恶灵。

然而，随着注入他身体的光越来越多，那个剪影变得越来越淡。

当那个影子几乎消弭时，发出了一声叹息——

"遭受着万鬼噬身之刑的人啊，你作了残酷的选择，眼睁睁葬送十万无辜者的性命，如今应有此报——但，既然我们在轮回中相遇，你与我们这一族又有着千丝万缕的联系，那么，就让我暂时守护你吧……如同九百多年前，我曾经在这座古墓里守护过另一个人一样。"

"我必不让你和他一样沉沦魔道。"

冷月下，瀚海黄沙，万里烽烟。

赤水流域是空桑六王中赤王的领地，九百年来，与其他四大部落一起掌管着西荒。然而，或许因为承平太久，壮年魁梧的赤王沉迷于声色犬马，早已懈怠。在迷墙背后异动刚起的时候，他接到了禀告，却并未重视，只派了斥候去探个究竟，心里以为又是狷之原上魔物肆虐，才导致黄沙漫天，不过一场虚惊而已。

可奇怪的是，派出去的人居然没有一个回来。

一直到第五个斥候也没有消息，赤王这才警惕起来，一边派出了一支两千人的军队前往迷墙附近查看，一边派人去空寂之山那边联系袁梓将军的部队——空寂大营离狷之原最近，不知道那边是否得知了什么消息。

然而，军队刚派出去还没回来，帐外却传来了一阵骚动。

"王！外面有两个闯入者，非要面见您！"有侍者进来，打断了赤王和宠姬的宴饮，"说是从空寂之山那边来的，有急事禀告，可刚说完就昏了过去。"

"空寂之山？"赤王刚要不耐烦，听到这个名字却略微一惊，"是袁梓派来的人？那边到底啥情况？"

"不、不是将军派来的……"侍者顿了顿，颤声道，"他们说，袁梓将军……已经死了！"

"什么？！"赤王一下子站了起来，撞翻了面前的案几。

"袁梓死了？怎么会？"王者不可思议地反问，咆哮如雷，"是谁干的？是了——一定是那群冰夷刺杀了他！那现在空寂大营谁主管？是副将朱砂吗？"

"不，王，现在空寂大营……"侍从顿了一下，终于艰难地开口，一字一字回答，"据说，现在空寂大营已经没有一个活人了！"

赤王一时间没有反应过来，"没有一个活人？都去哪儿了？"

"来人说，所有人都死在了地宫里，只有他们两个人逃了出来！"

"死在了地宫里？胡说八道！"赤王失声，"整整十万大军！怎么可能一下子全死在了地宫？就是冰夷大军杀到，也得要一年半载才能拿得下空寂大营！"

"可是……"侍从喃喃，"那两个人就是这么说的，看样子不像是假的。"

"那就是他们疯了！"赤王暴怒，"那两个人呢？"

"刚才在外面昏过去了。"侍从道，"他们说一路从空寂大营赶过来，已经两天两夜没合眼了，其中一个人还断了一条腿……"

然而，话没说完，赤王就咆哮开了："昏了也给我用水泼醒！本王要亲自问话！"

侍从嗫嚅而退。忽然间，帐后一个苍老的声音传来："王……不、不可！"

赤王大吃一惊，转过头，"谁？"

赤王的帷幕被卷起，一个须发苍白的老人拄着拐杖颤巍巍地站在那里，骨瘦如柴，似乎单薄得一阵风就能吹走，然而手里却捏着一串极大的念珠，上面十八子一颗一颗都有拳头大，沉甸甸垂落，绽放着光华。

"老师？"赤王愕然，忙不迭地迎上去，"您怎么出关了？不是还有七七四十九天吗？怎么出关了也不说一声，本王也好率领文武百官去迎接您啊！"

白发老者站在那里，不停咳嗽，身子都佝偻了起来，却不停地摇着头，似乎想说什么却又被扼住了咽喉。

从光明王朝创立开始，空桑六王恢复了古训，每一族里都设有一名祭司，下司六名巫祝。这些神职人员地位极其崇高，其一言能决废立，连王族继承人都自幼承其教诲，呼其为师。而赤之一族的祭司沙星已经有八十九岁高龄，灵力卓著，声望极高。但随着年事的增长，早已将大部分事务移交给了弟子，自己则长时间地闭关修炼，为飞升作着准备，即便是到了年末大祭这种时刻也不轻易出来和赤王见上一面。

然而，今天，他却忽然自行来到了帐下！

"快快，外面风大，老师快进来坐！"赤王忙不迭地拉着白发老人上座，将锦缎抹平，"来，老师，坐这里。"

然而，老祭司剧烈咳嗽着，竟连坐都坐不下来。

"王……王啊！"赤王的袖子一把被拉住，模模糊糊中，只听到祭司从空洞的肺腑里发出喘息般的声音，"大难……大难临头了！"

"什么？！"赤王大吃一惊，脸色转瞬惨白。

四十多年来，他从未听到过老师嘴里吐出这样可怕的预言！

"岁逢破军出……咳咳……帝都、帝都血流红！"沙星抓着赤王的手，用力得青筋爆出，似乎竭尽全力才吐出这些话，"大难临头了！听着，时间到了……命轮……命轮已经锁不住他了！魔君破世而出，从西……西边来……"

"怎么了？"赤王只觉全身发冷，"和今天那两个来报信的人有关吗？"

"咳咳……咳咳……"然而，老祭司再也说不出话来，身体猛然一颤，一口血从咽喉里直喷而出，将雪白的须发染得斑斑点点，一片殷红刺目！

"老师……老师！"赤王大惊失色，"快传医官！"

"不……不用了。"苍老的祭司喃喃，似乎那口血喷出来后气息顺了许多，吐出的语句流畅了许多，"西边……西边的防线转瞬就要崩溃了……无数人已经死去。"

"西边的防线？"赤王愕然，不敢相信，"不是还有空寂大营吗？"

"没有空寂大营了……十万将士，转瞬灰飞烟灭！"老祭司的声音虚弱无比，鲜血从口里不断涌出，染红了雪白的长须，"我提前破关，来向王禀告……听着！破军复苏之日接近，敌人已经来了！"

"不可能！什么破军复苏？"赤王大喊，眼角血管突突直跳，"这事已经谣传了九百年，从没有一次灵验过！老师，您怎么也来妖言惑众了？"

"咳咳，咳咳！"衰老的祭司剧烈咳嗽着，似是再也没有力气说话，只是用一双眼睛死死地盯着赤王，里面有剧烈的感情变幻——忽然间，这个垂死的人居然一把伸出手来，死死地揪住了赤王的衣领，用惊人的力气把王者从帐篷里拖了出去！

"看……看看！"老祭司喘着粗气，颤巍巍地抬起手，指着西方的尽头，"看看！"

那一瞬，赤王顺着老师的手指方向看去，猛然在漆黑的夜幕里看到了骇人的情景——在云荒的西方苍穹下，墨一样的天宇里，空寂之山忽然发出了奇怪的光泽，就算在千里之外看来也极其醒目！

那光是血红色的，整座寸草不生的山上似乎被涂遍了鲜血一样！

"这……"这种诡异的景象，令赤王说不出话来。

"看到了吗？"老祭司咳嗽着，竭尽全力将语句连贯，"给我听着！"苍老的手死死抓住赤王的领子，几乎勒得他喘不过气来，"我的王……我知道他们都说您是个庸碌奢靡之君，但只有我知道，您这一生，注定要以浴血奋战来作为终结！"

"老……老师？"赤王愕然，但老祭司的眼里有一种热切的期许和激励，竟然令他感觉心脏都加快了跳动，"您……您想让我怎样？我听您的吩咐！"

"这是我一生最后、也是最重要的预言。"沙星祭司咳嗽着，盯着赤王，一字一句，"赶快击响你的战鼓，召集你的族人，调动你所有的战士！飞速传信帝都，请求增援……咳咳，如果不得已，放下赤水大闸！"

"因为很快，入侵者就要越过迷墙，直插云荒的心脏了！"

最后一句话，几乎是和着血吐出的，每一个字都伴随着一口鲜血。沙星祭司抓着赤王的手终于渐渐松开了，整个身体缓慢地倾斜，声音慢慢变弱。

"老师……老师！"赤王大喊着，跪下来，抱住了老人的身体。

"记着，把我的念珠……放到空寂之山上的千佛窟里去，"那一刻，怀里的老人终于吐出了最后一口气，作出最后的叮嘱，"这是我的法器，用来镇压十万冤魂……"

"是。"赤王哽咽着点头。

"去吧……"老祭司抬起了枯瘦如柴的手，轻轻推了一把他的胸口，微弱地喃喃，"去吧……我的孩子，去……战斗。"

在沙星祭司停止呼吸的那一瞬间，赤王忽然沉默下来，就这样跪在地上抱着老师的尸体，木然凝视着西方苍穹下盛大的流星雨和惨白的高山——壮硕的王者一句话也说不出来，只有肩膀微微发抖。

"王……王？"侍从担忧地低唤，轻轻触了一下他的后背。

然而，那一瞬，赤王忽然抬起了头，眼睛里仿佛燃烧着火，咆哮起来："来人！立刻给我击响战鼓，召集西荒的四大部落族长！"

迷墙的另一边，猰之原，风沙漫天。

巨大的迦楼罗金翅鸟静静地停息在沙漠里，映照着漫天划过的流星，光滑的金属外壳折射出璀璨无比的光，在风沙里如同宝石闪耀。

"真美啊……"巫彭抬头仰望着迦楼罗，发出了由衷的叹息，"一想到这样的圣殿里沉睡着我们的破军，一想到我们就要突破这道薄薄的迷墙，从空桑人手里夺回大陆，我就觉得这一生做的任何事都是值得的。"

"也包括把女儿祭献出来吗？"一个声音轻轻问。

"瑶瑶？"巫彭元帅猛然一震，回过头，看到了从迦楼罗里悄然下来的白衣圣女——流星的光芒下，沧流帝国的星槎圣女容色如同冰雪，那张几乎和传说中的空桑女剑圣一模一样的脸上带着似极遥远又极亲切的表情，默默凝视着他。

巫彭只觉心里剧痛，说不出话来。

是的，当年，这个女孩降生在冰族贵族的家庭里，全家都爱若珍宝，原本也会享有最美好的一生——然而，元老院首座巫咸大人的一个预言却粉碎了这一切——这个美丽的小女孩被确认为是带有慕湮剑圣六魄的转生人选，必须被严密保护起来，纳入帝国最机密的计划。

巫咸大人对不舍的他说：作为准备进入元老院的人，如果献出这个六岁的女儿，便是立下一件大功，远超过其他竞争者。

他没有犹豫太久，只在女儿的小床前默立了一个晚上，便下定了将掌上明珠献出去的决心——天明后，他让妻子给女儿穿上最美的一套裙子，一手拿着她心爱的小竹马，一手拉着她的小手，告诉她要带她去一个从未去过的好玩儿的地方。

他亲手将女儿送到了元老院里。

"这位圣女将成为复兴帝国的关键，带领一族走向无上荣光——感谢你的祭献。"当巫咸揽过瑶瑶，沉重的大门缓缓闭合的瞬间，他泪流满面。他看到女儿惊慌失措的表情，听到女儿在里面一声声地喊着爹爹，直到声音再也听不到、样子再也看不到，那一刻，他低下头让眼泪落了下来，手里握着的玩具竹马已经被捏得粉碎。

当时身为靖海军团少将的他，在三年后顺利地入选元老院，成为十巫之一，登上了帝国权力的顶峰。然而，他的妻子却为此终日以泪洗面，最后郁郁而终。

自从那扇门关闭之后，他就再也没有看到过瑶瑶。

直到这一次，他带领冰族大军登陆云荒，看到了迦楼罗金翅鸟里侍奉在破军座前的星槎圣女。

十几年过去了……他唯一的女儿在他无法触及无法看到的地方悄然成长，接受着严苛的教育，肩负着沉重的宿命，早已成了他所不熟悉的模样。

他再也不能叫她的乳名了，因为，世上再无瑶瑶。

有的，只是祭献给破军的星槎圣女。

"我不求任何宽恕。"巫彭在星光和冷月下凝视着那张陌生的脸，长长地叹了一口气，低声道，"无论如何，感激上天，能让我有机会再度看到你。"

星槎圣女微微低下了头，沉默片刻，问："你们何时出发？"

"明天晚上，"巫彭低声道，"我们不能枯等到五月二十日——我将率领冰族的勇士，以血战来迎接破军的苏醒！"

"时间不多了，请尽快吧。"星槎圣女点了点头，声音依旧冰冷，"要知道，我生存的意义就在这段时间了……我比任何人都期待破军的苏醒。"

她生存的意义就在这段时间了？

巫彭心里猛然抽搐了一下。白衣飘飞在冷月下，那个被封为圣女的少女抬起头，看着十万颗璀璨的流星呼啸着划过天宇，语气宁静而悲伤，"其实，我和这十万灰飞烟灭的空桑人是一样的……都不过是洪流中微不足道的祭品而已。"

"但，对于能被奉献给破军，我满心欢喜。"

[第九章]

溯流而上

慕容隽醒来的时候，眼前还是一片漆黑。

这是……他睁着空洞的双眸，脑海里迅速掠过最近一段时间经历的一切：帝都大火；叛离；北越郡那个小村子里的刺杀；漫天大雪；密令上惊心动魄的血腥计划……当回忆起空寂地宫打开的瞬间时，他陡然坐起。

天！他犯下了多么深重的罪孽！

但刚一动，周身便剧烈地疼痛，似乎每根骨骼都是被折断后再续上的。尝试了两次后，他停止了坐起身的努力，颓然躺下，伸手摩挲着周围，想知道自己所处的境地。

冰冷的石头、坚固的墙壁、幽深微凉的气息……他，难道还在那座古墓里？

这座古墓很黑，什么都看不到。他从怀里摸索出了火折子，啪的一声点燃。然而，眼前却还是一片漆黑。

这是……那一瞬，他心里大惊，手一抖，火折子落在了身上，灼热的痛从膝盖上传来。然而，他眼前却还是漆黑一片！

那一刻，他想起了恍惚中不知是否真实发生过的对话，那个纯白色的影子曾经告诉过自己，他身体里住了十万的亡灵，眼睛已经再也看不见。

——他伸出手，在眼前用力晃了一下。一片漆黑。

看来，那是真的了！那一刹那，地宫里伏尸千万的惨象闪过了脑海：黑暗的地底，那些年轻的空桑战士在瞬间死去，恐惧和绝望凝结在脸上——那样的人间地狱，居然是他在这个尘世里看到的最后景象！

慕容隽颓然放下手，捂住了自己的眼睛。

他记得那十万亡灵化成的闪电是怎样穿入他的双眼，那一瞬，他身体里所有的痛苦都惊动了，十万只恶灵汹涌地撕咬着他体内的血肉。

然而，他坐在黑暗里，任凭灼热的火在膝盖上熄灭，将血肉烧焦。

"对不起……对不起。"他情不自禁地喃喃，全身微微发抖——是的，他无颜面对所有人。那些被他利用、牺牲的熟悉的人，那些为他而战、而死的同伴，还有他的长兄，如今成为女帝夫婿的慕容逸。

他，已经没法完成兄弟之间最后的誓约了。

他从怀里摸出那张金色的帛书，咬着牙，用尽全力将其撕得粉碎！

是的，什么十巫，什么血誓，都不过是尔虞我诈的谎言。那些冰族人用血立下誓言，却从未想过要真的兑现诺言，和中州人共享云荒——他们，只是想利用完一切能利用的之后，再把中州人从云荒版图上除去！

他一贯自负绝顶聪明、洞彻人心，其实却是多么天真和愚蠢啊……居然孤注一掷，和这样的狼虎之徒做交易！

慕容隽撕裂了帛书，在黑暗里静静坐着，心乱如麻，只有热泪无声从脸颊边滑落，落在衣襟上——自从在大火中眼睁睁看着堇然被烧死后，这还是他第一次流泪。

是的，他已经竭尽全力，却还是在这里跌倒。

不惜一切代价，不惜一切手段，他带领族人投奔沧流帝国，为异族人而战，钩心斗角、尔虞我诈。然而，如今的他却已经成了一个废人，不仅无法完成和慕容逸各助一方、带领中州人获得平等自由的约定，反而弄脏了自己的手，葬送了自己的心！

那一刻，他心里升起了无穷无尽的自我厌弃，霍然站起，恨不得立刻撞在石墙上死去。

"吱——"耳边忽然传来一声低低的鸣叫，有温热的气息丝丝缕缕触碰到他的肌肤，凑过来舐着他血肉模糊的伤口。

野兽？！慕容隽一惊，虽然看不见，却下意识地挥舞着手，试图把靠过来的野兽驱赶开。然而很快，那个温热的呼吸更加凑近，一条湿漉漉的舌头舐上了他的脸颊，亲热地舐去了他颊边的泪水，似是安慰般地呜呜叫了几声，用毛茸茸的尾巴扫了扫他的脸，然后把一个东西叼过来，放在了他的胸口，挠了挠他的手心。

慕容隽小心翼翼地摸索了一下，发现放在胸口的居然是一个柔软的果子。

这是……给自己吃的吗？他愕然。西荒风沙万里，空寂之山草木不生，这是从哪里来的果子？

然而从长久的昏迷中苏醒，胃里的饥饿感迅速升起，让他情不自禁地抓起那个果子咬了一口——甜蜜的汁液沁满了嘴角。那居然是一个成熟的大水蜜桃！

他有些迷惘，只觉得此时此刻、此情此景如同梦幻。

吃完了桃子，他觉得体力恢复了一些，试着微微动了一下手脚。然而刚一动，周围呼啦一声响，似乎有很多动物倏地移动，将他团团围住，似是不让他走开。慕容隽怔了怔：难道自己在这座古墓里，被一群野兽包围着？

危机感令他忍住疼痛倏地坐了起来，试图摩挲着下地。然而衣服却是一紧，似乎有一头野兽咬住了他的衣带，拼命地拉扯，不让他离开石床。

他奋力挣扎，但只是那么微微一动，身体里剧烈的痛苦又发作了，似乎有无数蚂蚁在身体里撕咬，密密麻麻，钻入了每一根骨头的缝隙，令他痛得一瞬间低低叫了起来。

"唉，你还不能动，"忽然间，他听到一个轻柔的声音道，"那些恶灵的力量还留在你的血脉里，没有完全蛰伏，你只要一动，就会刺激到它们。"

谁？这个声音是如此耳熟，似乎是昏迷前在耳畔低语过。

"堇然！"那一刻，慕容隽失声惊呼，不顾一切地踉跄向前，"堇然！"

"我说过了，我不是堇然。"然而刚跑了一两步，一股力量就迎面而来，按住了他的双肩。一瞬间，他整个人朝后飘起，落回了石床。

那一刻，他漆黑一片的视野里，终于出现了一个人影。

那是个纯白色的女子，看不清面目，似是逆光下的剪影，就这样悄然无声地出现在了古墓的最深处。她不知从何而来，坐在石床边低头看着他，抬起手搭在他的腕脉上。虽然看不清她的表情，慕容隽心里却忽然一阵安定和清凉，似乎是有一股清泉注入了四肢百骸。

"那……那你是谁？"他虚弱地喃喃，"为什么救我？"

"因为你是慕容修的后裔，而且得到过我的族人的帮助，和我有着太深的缘分。"那个女子微笑，继续按住他的手腕，"不过，就算你是一个路人，我也不能让你死在这里——在这座古墓里，我不曾让任何一个活着的人在我面前死去。"

"你的古墓……"仿佛有一道闪电掠过心灵，慕容隽脱口惊呼，"天……难道你、你是……"那一刻，他被自己的大胆想法震惊了，不敢说出来。

难道，面前这个影子，居然是空桑女剑圣慕湮？

仿佛知道他想什么，那个纯白色的剪影微笑起来。

那一刻，如同水墨晕染开来，一片白色渐渐化开，手足清晰，美丽淡雅的五官悄然浮现。那个穿着白衣的女子坐在轮椅上，微微低头，凝视着石床上的他，松开了按着他腕脉的手指，关切地问："怎么样，感觉好点儿了吗？"

身体里的那种撕咬感果然已经平息了许多，慕容隽完全说不出话，只是怔怔地抬着头看着她，仿佛生怕自己一眨眼，眼前的幻象就又会倏地消失。

"你很奇怪能看到我，却看不到其他一切，是吗？"白衣女子微笑，"那是因为你的双眼已经在那场血祭里被怨灵毁掉了——从此后，你再也看不到阳世的一切，你的视线将永远只能留在冥界里。这是惩罚。"

"那么……"他终于能说出话来了，有些迟疑，"你难道是……"

"我不是活人，只是一缕魂魄而已。"她仿佛知道他的疑惑，点了点头，又道，"不，确切地说，我只有三魂，还没有六魄，还是一个不完整的、无法进入轮回的灵魂。"

"……"慕容隽无法接上她的话，茫然。

眼前的女子不过三十岁的光景，清丽无双，气质恬淡，脸色有些苍白消瘦。她坐在轮椅上，长长的头发和衣角垂落下来，无风自动，纤细的手指抚摸着膝盖上横着的一把剑——那把剑没有剑鞘，没有剑身，只有一个银白色的圆筒剑柄，上面吞吐着凛然寒芒。

是的，这个女子，他早就已经见过。

在那本落满了灰尘的空桑古籍《六合书·往世书》里，她作为一个平民女子，被收入了只有帝王才能列入的《本纪》一卷，并不与其他剑圣并列——因为她不仅是空桑历史上赫赫有名的女剑圣，同时也是遏制了破军、令空桑复国的元勋之一。这个病弱纤细的女子，以毕生之力为弱者拔剑、为家国战斗，足以和其他君主一样名垂青史、光耀千秋。

慕容隽看着眼前这个幻影，终于问出了口："您……难道是剑圣，慕湮？"

她微笑起来，那笑容虽然淡淡，却满含温暖和力量，"是。"

"……"慕容隽说不出话来，那一刻，他只能极力控制住内心惊涛骇浪一样的冲击，定定地看着她，半晌不知道该说什么才好。

那一瞬，千载时光在这座古墓交错，就像是坠入梦境。

"中州人，你背叛了空桑？"忽然，他听到她开口。

"是。"他断然回答，毫不畏惧那把光剑会割断自己的咽喉，"可是，是空桑人先抛弃了曾经并肩作战的同盟者、帮助他们取得天下的中州人！"

"于是，你就反过来帮助冰族毁灭云荒吗？你又怎能知道冰族一定会善待你们？"慕湮淡淡地问，"你的先祖慕容修，以一介商贾之身帮助真岚皇帝开创王明王朝，从而封侯裂土——中州人是善良坚忍的民族，并不是来往于两强之间、贩卖利益的骑墙者。"

"现在说这些还有什么用……"慕容隽苦笑,喃喃,"所有罪孽,我都已经做下了,我的余生还能有什么出路呢?"

"眼睛瞎了,还能看到另一个世界的东西;而犯下的罪孽,也并不是没有洗刷的一天。"慕湮淡淡道,拍着他的肩膀,"慕容修的后裔,你的路并没有走到终点——宿命让你在这座古墓里遇到我,是为了给你另一个选择。"

慕容隽愕然,"另一个选择?"

"是的,你可以选择帮助我。"那个纯白色的女子低声道,"我要去做完一件千年之前未曾完成的事,而我目前太过于衰微,哪怕是一缕白昼的日光都无法承受,所以,必须找一个可以信赖的人——在这古墓里没有别人可以托付,你,愿意帮助我吗?"

"我?"慕容隽喃喃,"我一个盲人,能帮你什么呢?"

她一字一顿地回答:"带我去狷之原,去往迦楼罗金翅鸟内,破军座前!"

慕容隽吸了一口冷气——狷之原。那里是冰族人的大本营,千万军中簇拥着的迦楼罗,自己已经是沧流帝国的一枚弃子,如今再去那里,简直如同自杀,有死无生。

然而,他没有丝毫迟疑,"好!"

慕湮微笑了起来,"你不怕?"

"怕什么?"慕容隽冷然,无所畏惧,"我已经是死过一次的废人了,如果还能对剑圣有些微的帮助,这具残躯捐弃在沙漠又有何可惜?"

"果然不愧是慕容修的后裔,有胆色。"空桑女剑圣看着他,点了点头,道,"但现在我们暂时不能出发,还要等一等。"

"等什么?"慕容隽愕然,"离破军复苏的五月二十日已经不远了。"

"不,"慕湮的语气意味深长,"我要等一个'容器'。"

"容器?"慕容隽身体微微一震,似是想起了自己身体内的十万恶灵。

"是啊……属于我的容器。"慕湮叹息,"因为目下我还只是残缺的灵体,魂魄不全,力量衰微,连离开这座古墓太远都做不到——我必须等待一个好的时机。"

她微笑起来，心里似乎默默推算着什么，点了点头。

"他们，不，她，就快要来了。"

十万大军进入地宫，一去无回，空寂之山已经真的"空"了。山下沙风猎猎，空无一人，只有白鹰不时从风里掠过。

夕阳斜照之下，一道白影从大漠另一端掠来，箭一样划过空寂的大漠。但那支箭仿佛已是强弩之末，速度越来越慢、越来越慢，终于跌倒在了沙漠上。

那是一个白衣女子，凌乱的长发下有一张可怖如修罗的脸，令人触目惊心，双手双足上遍布烧焦过的痕迹。一路风尘满面，已经看不出她原本的容貌，眼神是直直的，一直凝视着虚空里某个方向。

然而，就是这样一个重伤的女子，居然有神鬼附身一样的惊人毅力，独自穿越了万里黄沙瀚海，从格林沁荒原方向直奔而来。

"啪"，她的脚尖绊到了一物，倏地跌倒。

那种奇特的召唤声还在耳边，但血肉之躯终于无法承受这样高负荷的昼夜奔跑，在抵达空寂之山脚下时，她终于筋疲力尽地跌倒在地。

夕阳下的沙子滚热，她仿佛再度置身于火海地狱，痛苦煎熬。然而，这种熟悉的痛苦却一瞬间把殷夜来的神志短暂地拉回了躯体里。

这是哪里？伽蓝帝都的深宫火海吗？她……她不是早就死在了那场大火里吗？但为什么隐约记得有一个白衣男人将自己从废墟里抱起，放入棺材？

她被他救了，带到了雪城。

可是，后来呢？眼前这绵延无尽的黄沙又是什么？自己为什么会来这里？这几天，居然从北越郡一路奔到了这片沙漠上！她是疯了，还是……为什么记忆时断时续？

在短暂的清醒里，濒临崩溃的女子抱着头，苦苦思索。

"咻咻"，忽然间，耳边响起一个奇怪的声音，一缕清凉的呼吸喷在了她脸上。那是一只毛茸茸的动物，竖起的耳朵巨大，长长的毛的尖端泛着淡蓝色，一双眼睛骨碌碌地转着，正好奇地看着这个不速之客。

那是一只蓝狐，大漠上特有的动物。

她因为极度心力交瘁而一动不动，只能睁着眼睛和这只好奇的动物在咫尺之遥对望。蓝狐凑近的眼睛里映照出她憔悴不堪的脸——那一刻，她在自己的右额角下方，看到了赫然出现的一颗殷红的血痣！

这……这是怎么回事？她在震惊之下居然有力气动了一下，抬起手，摸了摸那颗血痣。是的，是那滴会自己移动的血！如今，它已经悄然到了这里！

"呜……"看到她动了，受惊的蓝狐迅速后退，藏到了某物背后。

殷夜来看着那只动物，忽然想起了师门里的那个传说……空寂之山脚下，有着前代空桑女剑圣慕湮的古墓。难道现在自己已经不知不觉奔跑到了那个地方？

她心里忽然微微一动，用尽全部力气撑起了身体，发现绊倒自己的居然是一块半埋在沙里的墓碑，上面密密麻麻刻着墓志铭，还有朱红色的印玺。她撑着身体，一行一行地读下去，当看到最后一幅"剑圣封杀魔图"时，忽然间全身发抖。

她在夕阳下挣扎着爬起来，用颤抖的手拂开了那些飞沙。

当整幅图显露出的那一瞬，碑上定格成永恒的一幕景象，和她脑海里的幻觉重合。她可以听到那个戎装青年在垂死之前所说的话，他胸口贯穿着光剑的伤，五剑剑剑相连，行成封印。白衣女剑圣低下头，将一枚有着银色双翼的神戒戴在了他手上。一瞬间，将他的生命连同那种可怕的力量一起封印。

脑海中忽然有什么浮现出来了，令她痛苦地颤抖。

是的！她记得！她，居然记得那一幕！

"请记住我。在下一个轮回里，我一定还会等着您的到来……希望那个时候，您能来得更早一些。这样、这样……我，就可以陪伴您更长的时间。"

这……这些，都是什么？是幻觉吗？殷夜来扶着墓碑，只觉得脑海里无数幻觉在翻飞，一片一片，就如这浩瀚大漠上呼啸的风沙一样掠过。

眼前忽然一黑，她彻底失去了知觉。

蓝狐从墓碑后溜出来，试探着围着倒下的人嗅了一圈，呜呜低鸣。然而，这次筋疲力尽的人却再也无法睁开眼睛回应了，就这样在沙漠里昏迷不醒。

斜阳西下，灼热的大漠也渐渐沉入暮色。

寂静里，忽然有嘚嘚的马蹄声从远处传来，如同疾风一样穿过沙海，直奔而来。蓝狐受惊，倏地蹿回了墓中，探出头来观望。来人是一骑白衣，以白巾蒙面遮挡风沙，只看到两道眉毛极淡，在眉心处连成一线，充满煞气和冷意。

他似乎是循着什么线索而来，在此处忽然勒马，逡巡了一会儿，最终跃下马背。

"应该是这里，"那个人低声自语，"再往前就没有气味了。"

他细细地分辨着什么，一寸一寸地往前走，冷月下的眼神凝聚肃穆，就如一头冷静无比的猎豹在追踪着猎物。

终于，他看到了那块半埋在沙子里的墓碑，以及墓碑旁倒地的女子。

"在这里！"那一瞬，狂喜从他眼里闪现，低声道，"剑圣之剑，终究还是我的！"

确切地说，殷夜来其实只昏迷了片刻。

昏迷的刹那，她不知道自己是生是死。

很多混乱的幻景浮现在脑海里，又散去，杂着本来属于她的那些记忆。忽然间，她听到有人在召唤她——那个声音不再是平日听到的遥远的蛊惑，而是近在咫尺的低语。

那是一个温柔的女声，从不远处飘来，"来我这里吧。"

谁？是谁？她的魂魄在虚空里四顾，忽然间，看到了不远处古墓里一道白色的淡淡光芒。那光芒虽然微弱，却有着极强的吸引力，令她不由自主地靠了过去。

"好了！该醒醒了！"然而，就在她快接近的那一刻，身体猛然一晃。

她是被强行晃醒的。醒来的时候，身体虚弱无比，嘴里有什么苦涩的东西。然而，在看到身边的人时，她却一瞬间产生了错觉，以为自己依旧还在绵延不尽的噩梦里。

"是你？"她失声，看着那个坐在暗影里的人。

"是我。"北越雪主看着她，笑了一笑，"又见面了，空桑女剑圣。"

"这……怎么可能？"她惨白着脸，定定地看了北越雪主半天，喃喃，"我……我分明记得你已经死了！是的，你的确应该已经死了！"

"是啊……被你一剑穿心，死在了雪城里。"他冷冷笑起来，语气平静，"那一剑可真是卓绝天下，令我开了眼界——只是，没有学到剑圣门下的绝学，我就是做鬼也不甘心，所以我还了魂，一路追着你来了这里。"

"……"她不敢相信地看着这个阴魂不散的人，直到确认他真是活人，终于叹了口气，"是了，你执掌北越多年，出生入死，在紧急关头自然有活命的绝技。"

"剑圣谬赞了。"北越雪主笑了笑，"这一路，我追你可是追得辛苦万分。"

他上下打量着她，眼里也露出吃惊的表情，"真奇怪，你被我从宫中救出来时已经是命垂一线，到了雪城若不是我连日对你用药，只怕你早就去了黄泉——可是这样的你，居然还能在那一刻爆发出巨大的力量。"

殷夜来心里也有些恍惚，只道："我宁可死也不会被你控制。"

"是啊，空桑女剑圣性情刚烈，我早有预料。"北越雪主冷冷道，"不过我有的是耐心。这一路我追着你走过了大半个云荒，现在你别想再逃了。"

北越雪主冷笑，点了点她的周身穴位，"我当时一时大意，以为你已成废人，才让你有机会刺杀我而逃脱——如今，我用金针封死了你全身上下二十四处大穴，动动手指可以，要转个身，却是再也不能。"

殷夜来暗自提了一口气，果然二十四穴全部被封，身体根本不能动弹。

"我想，你会来到这里，说不定是因为冥冥中自有安排。"北越雪主忽然笑了起来，抬头望着不远处山脚下的那座古墓，"听说昔年慕湮剑圣在这里收了异族人破军为徒，如今时隔九百年，你也要在这里收我入剑圣门下！"

"做梦！"她她听到这里，忍不住冷笑了一声，"就算你在这里杀了我，也休想得到'九问'！"

她的语气斩钉截铁。北越雪主的脸色渐渐苍白，忽然也冷笑了一声："真是刚烈啊！别以为自己多么伟大崇高，空桑女剑圣！你，如今也和我一样了。"

一语未毕，他忽然将手里的东西甩了出来，正正落在她脚下。那是一具新死的尸体，穿着西荒砂之国牧民的袍子，还在微微抽搐，心口上赫然有一个刀痕，血脉已经被割断。

"什么？！"她失声，"你又杀人了？"

"杀人是为了救你，"北越雪主站起，手里端着一个碗，"如果不是取活人心头血入药给你服用，你这样一路奔波到这里早已油尽灯枯，还能醒得过来吗？"

什么？殷夜来忽然僵住，喉咙里那种奇怪的味道越发浓重。

"你……"她抬手捂住自己的咽喉，深深弯下腰去，一股呕吐的冲动直冲喉咙，"你给我喂了……"

"在你昏过去的时候，我猎杀了附近的牧民，为你配了一剂药。"北越雪主冷笑起来，端着药碗走过来，"我知道你的身体情况，你随时可能发病——所以就算在追你的路上，我也不忘随时抓一个活人备用。"

殷夜来全身发抖，脸色惨白。

北越雪主的声音冷酷而轻微："女剑圣，你已经一刻也离不开这种药了，可能连你自己都不知道自己变成什么样的怪物了吧？——这一路我追踪你过来，在路上找到了多少具被你杀死的尸体，你知道吗？"

"不……不可能！我杀了人？"殷夜来只觉得身体骤然冰冷。然而无论怎么回忆，脑海中都一片空白，居然怎么也想不起从雪城到大漠这一路迢迢千里中发生了什么。

"这药有后遗症，不及时服用可能会令人非常狂暴，短暂失去意识——如果不是一路上那些明显是被剑气所杀的尸体，我怎么能顺利地追踪你呢？"北越雪主冷冷地说着，将碗端过来，"来，喝了吧——那个空桑女剑圣已经死在了那场大火里，如今活下来的你，只是一个被污染的杀人魔物，和我一模一样。"

那碗里，热腾腾的是一泓心头血。

"不！"她终于忍不住失声，想推开他递过来的药碗。然而全身穴道被封，手指动了动，却根本无力推开。她只能眼睁睁地看着那碗血向着自己的嘴边递了过来。

"你不如杀了我。"她咬牙，"杀了我！"

北越雪主冷笑，"那可不行，剑圣一脉，怎能就此而绝？"一边说着，他一边捏住了她的后颈，强迫她喝下去，"来，喝吧！"

就在她绝望挣扎的刹那，忽然间耳边风声一动，有什么东西飞来，掠过他们两人之间。只觉手腕上猛然一痛，北越雪主啊了一声，碗砰然落地。

"谁？"他失声站起。

"呜呜……"夕阳下，居然是一只蓝狐从古墓里蹿出，匍匐在碑前，锋利的前爪上染着血迹，充满敌意地看着北越雪主，发出了恐吓的低鸣。

"小畜生！"北越雪主看明白了对手，不由得怒从心起，拈起一片碎瓷，倏地飞过去。他出手如电，快狠准，便是天下高手也没几人能避开。只听吱的一声，蓝狐飞跃而出，发出一声惨叫，落地时尾巴已经被割去了一半。

北越雪主却有些愕然：这只小兽居然如此敏捷，能在他这一击下生还？

断尾的蓝狐落在地上，呜呜低鸣，似乎是痛极，却怎么也不肯离开。它死死盯着这个男人，拖着断尾，一寸一寸往后退到了断碑前，每走一步都流下一条血线——到了暗影里，它忽然发出了一声尖厉的声音，倏地返身蹿上了古墓的高窗。

这是做什么？不等两人反应过来，忽然传来了奇特的窸窸窣窣声音，似乎有无数的东西在蠕动靠近。一点一点的幽幽的光，从古墓深处浮现。

"见鬼！哪来那么多？"北越雪主一愣，发现那居然是上百只蓝狐！

断尾蓝狐又叫了一声，忽然间所有蓝狐从黑暗里唰地冲出，从各个方向朝着这个男人奔了过来，尖利的牙齿闪着寒光，每一只都动作敏捷，快得犹如一道闪电。

那一刻，北越雪主将殷夜来一把推到身后，反手拔出剑来，"找死的畜生！"

剑光纵横，无数道黑影飞扑过来，撕咬着闯入者。但是，杀人者的剑比它们的动作更快，每一道弧线都会斩断几只蓝狐，鲜血飞溅。然而，古墓里涌出的蓝狐数量越来越多，悍不畏死、前赴后继地扑过来。

"该死……怎么那么多？"北越雪主低声怒吼，往后退了一步，想抓起殷夜来返身离开，然而却抓了一个空。

什么？他骇然回首，身后的人不知何时居然已经没了。

一片混乱中，殷夜来只觉得身体忽然动了起来，有一股力量拖着她往后退。当她的后背撞到某一块石头的时候，整个人陡然失去了平衡，猛然一个趔趄。

身后的墙在瞬间翻转，将她吞没，耳边还能听到北越雪主怒吼的声音，然而眼前却是一片黑，可以听到隐约的水流声音。不知置身何处，也不知道疾速往前多远，黑暗里那股拖着她的力量忽然消失了，身周亮起了很多幽幽的光。

那是无数只蓝狐在黑暗里看着她。

她在筋疲力尽中喘息，不由得愕然——怎么，难道刚才是这群小家伙把自己从那个狂人那儿弄到了这里？但这座古墓居然还有机关和密室，却是剑圣一门从未提到过的事。可是，又是谁指使的这群蓝狐？

她想站起来，但身上的大穴被封，却无法动弹。

"呜……"看到她挣扎，领头的那只蓝狐凑了过来，用湿润的鼻子嗅了嗅她，然后小心地用爪子蹭了一下她的手背，表示友好——她认得，正是那只带领群狐恶战北越雪主、冒险将自己拖了出来的断尾蓝狐。

"是你们救了我吗？"她低声问，"为什么？"

断尾蓝狐低鸣了一声，跳到了她的肩膀上，用人一样的眼睛看着她。那一瞬，殷夜来想起了剑圣一门里关于慕湮剑圣的一些故事，比如，她隐居古墓时曾养了一只通人性的蓝狐，在剑圣身体不好的时候照顾她；比如，慕湮剑圣去世后，年年忌日都有成群结队的狐狸出现在古墓，人立呜咽，似在祭拜。

"你们救我，是因为我是剑圣门下吗？"她明白过来，身体无法动弹，只能侧过脸蹭了蹭那柔软的皮毛，低声道，"谢谢。"

然而，当她侧过头表示亲热的时候，忽然间颈后就是一痛！那只断尾蓝狐忽然发了疯，居然扑过来，一口咬住了她的后颈！殷夜来吃惊地痛呼了一声，陡然间站了起来，一把将其甩开……然后，立刻又怔住了——

后颈的风府穴传来一阵刺痛，她居然能动了！

断尾蓝狐被她甩到了墙上，重重落地，却没有发出丝毫声音，只是隐忍地呜呜了两声，继续毫不畏惧地凑了过来，闪电般地蹿上她的肩膀，又是一口咬在了她的右肩。

这次殷夜来立刻发觉，它咬下去的地方，居然是肩井穴！

右手立刻恢复了知觉，紧接着是左手、腰部、后背……断尾蓝狐用尖利的牙齿啮咬着她周身被封住的二十四大穴，速度快得闪电一般，又准又狠，居然在一瞬间就解除了她的禁锢。殷夜来不可思议地站了起来，在黑暗里看看自己恢复自由的双手，又看了看那群蓝狐，一时间说不出话来。

这……这是怎么回事？这些狐狸，难道真的通灵？

"快给我出来！"短短的沉默里，忽然听到外面传来北越雪主的声音，那样冷酷镇静的人也已经狂怒无比，"不然我就把这座古墓拆了！"随之而来的是重重一声响，似有巨大的石块被投掷到了墙壁上，让整座古墓都颤了下。

殷夜来心里一惊：北越雪主心狠手辣，只怕他说到做到，会毁了慕湮剑圣的故居。

"我们还是出去吧。"她低下头，对断尾蓝狐道，"密道出口在哪里？"

然而，这次那些通人性的蓝狐似是听不懂她的问话一样，只是歪着脑袋看着她，并没有任何举动。殷夜来听到外面的声音越来越大，一墙之隔，不停有石头坍塌崩裂。北越雪主似乎真的说一不二，居然真的动了手。

只听哗的一声巨响，古墓的一侧出现了一个口子，有人直接闯了进来!

不,绝不能再让这个狂热的疯子毁了剑圣的古墓!然而,就在她想要挺身而出的那一刻,一个身影忽然从古墓里飘出,迎向了闯入者。

"在我的古墓里杀我门人,罪可当诛。"

说话的是一个白衣女子,身形快如闪电,手中也绽放出了一道闪电,在空中轻灵转折,剑势如风。只看得一眼,殷夜来便惊呆了——问天何寿!

是的,那个女子使出的,居然是剑圣门下最高深的"九问"!

而且这一招使得出神入化,无迹可寻,论造诣,甚至在自己之上!

"啊?"北越雪主被这样猝不及防的袭击震住了,还没有明白过来出了什么事,便本能地往后退——他的速度也已经很快,居然能在这一击之下全身退出。然而,不幸背后却是那堵墙壁,只退了一步便无路可退。

在绝路之下,他爆发出了极大的力量,手里的剑锋上指,居然硬生生接下了一剑!

一剑未中,白衣女子在黑暗的墓室内折身起舞,凌空而起,转手又是一剑当头斩下。那一剑在虚空中一分为二、二分为四,迅捷曼妙,如同羚羊挂角。

"天啊……苍生何辜!"殷夜来也忍不住失声惊呼——这一招的精妙,更是匪夷所思。即便是她的师父兰缬剑圣,也到不了这种炉火纯青的境界!

北越雪主已经无法再退,只能眼睁睁地看着闪电纵横而下,然而眼里却全是狂喜,忍不住伸出了双手,仿佛是要膜拜和迎接某种梦幻般的场景——是的,他终于看到了!这样举世无双的剑术,几乎只存在于上古传说之中,而如今,他却亲眼目睹!

咔嚓一声轻响,闪电交颈而下,一闪即灭。

背靠着石壁的北越雪主一动不动,睁着双眼看着前面,似乎不想错过片刻——然而,他的咽喉上已经有细细的血渗出,一线殷红。

"你是……"北越雪主捂着咽喉,看着眼前的白衣女子,眼里露出不可思议的神色,"古墓的主人……空桑剑圣……慕湮?"

那个从黑暗中走出的白衣女子微微颔首，如同雾气一样，竟是半透明的。

"真的是剑圣慕湮……真的是！天啊……"北越雪主狂喜地低呼起来，眼里的光芒亮如闪电。他忍不住往前踏了一步，伸出手，似乎想抓住那个凭空消失的剑圣之剑，然而刚一踏出，他的头颅忽然就从脖子上滚落了下去！

一代枭雄颓然倒下，身首分离，然而，眼睛却依旧大大睁开，凝视着虚空，充满了狂喜、兴奋和满足，似乎一辈子的梦想都得到了实现。

"能死于'九问'之下，武道之狂者，你也该瞑目。"

那道闪电消失于白衣女子的手指之间，她俯视着脚下的尸体，淡淡地开口。北越雪主的血在地上蜿蜒，漫过了她的脚背，然而却没有留下丝毫痕迹。

"你若一心向道，转世而未灭，来生必然能入我门下。"

一剑出，那个白衣女子的幻影渐渐消失，如同雾气。

古墓重新归于黑暗，只有殷夜来一个人怔怔地站在那里，恍惚如梦。方才刹那间发生的一切仿佛就像是做梦，一瞬间出现，又一瞬间消失，她要用力握紧自己的手，才清楚刚才看到的一切不是虚幻。可是——

刚才从古墓深处掠出来救她的那个女子，难道真的是剑圣慕湮？

这位已经去世了近千年的剑圣，怎么会忽然出现在这座古墓里？可是，如果不是剑圣慕湮，又有谁能将剑圣一门中的"九问"发挥到如此登峰造极的地步？

这座古墓里，到底藏着什么？

然而，刚想到这里，忽然间有一双手从黑暗中伸过来，抓住了她的肩膀！

殷夜来大惊，下意识地手腕翻转，扣住了对方的虎口穴，便要将对方的手臂折断。但黑暗里那个人居然丝毫不畏惧，反而从背后更用力地抓住了她！

"堇然！"她听到那个声音在喊，"是你吗，堇然？"

什么？！这个声音……这个黑暗里的声音！是……

她全身忽然僵硬，只觉得血色瞬间从脸上褪尽，身体战栗得如同风里的叶子。她不敢回过头去看那个人，只是僵直站在那里，任凭那双手抱紧她的双肩，用力得如同要把她单薄的身体弄碎。

这样的拥抱，感觉似乎来自遥远的前世。

"我……我是在做梦吗？"她听到那个声音在耳边低呼，似乎穿过了时空抵达耳畔，"堇然，我听到了你的声音！这是在做梦吧？是你吗？"

终于，她开口，每一个字都重如山，"是我，少游。"

那一刻，背后的人身体剧烈颤抖起来，本来用力的双臂忽然间软了，似乎是筋疲力尽。他松开了手，转过她的身体，抬起手似乎想要摩挲她的脸。然而手指居然落了空，只是颤抖地落在了她的头发上。

"你……"她忽然间发现了他的不对劲，失声道，"你的眼睛怎么了？"

慕容隽没有回答，只是睁着空洞的眼睛看着她，抬起手摸索着她的脸庞，狂喜地喃喃："真的是你……真的是你！谢天谢地！我、我还以为你在帝都那场大火里已经……"

欣喜若狂的话说到这里，他的声音忽然停顿了，手指尖停在她那半边被焚毁的脸上，剧烈颤抖。她从暗影里抬起了脸，那一刹那的狰狞丑陋，令周围的蓝狐都骚动不安。

"你的脸……"他喃喃，说不出话来。

殷夜来从重逢的激动中平静下来，吸了一口气，往后退了一步，离开了他的指尖。两个人就这样在黑暗的古墓里静默了片刻，无言相对。

"我没死。"她轻抚着自己被烧毁的半边脸，低声道，"其实，还不如死了。"

"别胡说！"慕容隽打断了她的话，"你知道吗？我从没想过还能在这个世上再次遇见你。我想着只有到来世相遇了——但你居然活着！这就是老天最大的恩赐。"

殷夜来叹息了一声，没有说话，只是问："你的眼睛……怎么了？"

"瞎了。"慕容隽苦笑，摸了摸自己的双目，低声道，"所以在我心里，你永远是最初的那个样子，再也不会改变。"

"只是自欺欺人而已。"殷夜来惨然一笑，"全都毁掉了，早就已经什么都不一样了……"她刚要说什么，忽然觉得喉咙里一甜，弯下腰呕出了一口血。

"怎么了？"慕容隽连忙过去扶住她，"受伤了？"

"不……不是受伤，是中毒。"她喃喃，低头看着掌心呕出的血，那血腥气透出说不出的诡异，"北越雪主给我喂了那种药……我、我身体里的血，已经脏了……怎么办？"说到这里，她的眼睛里忽然透出一种恐惧，一把推开了他，"你快走！"

"怎么了？"慕容隽愣了一下。

"你……你不能留在这里。"殷夜来咬着牙，全身微微发抖，"我中了血毒，已经完了……我成了个疯子，不知道什么时候就会杀人！你不能待在这里——快走吧！"

"要走一起走。"他二话不说，伸过手握住了她的手腕，在黑暗中握紧，"无论怎样，我不会第三次再把你一个人留下了。"

这句话令她安静下来，凄惨地笑了，"第三次？"

对的，是第三次。

第一次，是在他们懵懂的少年时。她遭逢大难，孤立无援，却倔强地不肯向他求助。而他是如此的聪明洞察，明明对她的困境洞若观火，却因为各种顾虑和私心，并未伸出手拉她一把——他们就此在命运的洪流中失散。

第二次，是在帝都的那场大火里。他亲手设的局，至狠至毒。本来是为了除去白墨宸、夺取天下大权。然而，却阴错阳差，把她葬在了火场里。那一刻，他挣扎着去救她，她却头也不回。

他们的一生，总是在这样的转折点上相互背离。

"是的，第三次，"他抓紧她的手，"这次，就算你杀了我，我也不会放开手了。"

她沉默了片刻，叹了口气，"我早就不是菫然了，少游，你还不知道吗？"殷夜来看着年少时的恋人，眼里的悲伤一层层涌现，"甚至，我都已经不再是殷夜来——我变成了一个废人，一个怪物！我不想这样活着。"

她转过身，向着墓室的最深处走去，低声道："就让我葬身在这里吧。"

这一代的空桑女剑圣穿行在前代空桑剑圣的古墓里，冷月透过高窗照射在她的脸上——她的脸半边焚毁，另一边却白皙如玉。

然而，在尚存的完好肌肤上，接近额头的地方，居然出现了一颗殷红的痣！那颗血一样的红痣在月光下以肉眼可见的诡异速度缓缓移动，从眉梢移向额头。当她经过月光下的时候，忽然间身体微微一震，眼里又露出恍惚的神色来。

"我又听到那个声音了……"她停下了脚步，喃喃，"那个声音……在催促我。"

"什么声音？"慕容隽侧耳细听，除了大漠的风沙却什么也听不到。

然而殷夜来却站定，仿佛被什么声音召唤，陡然转过身，朝着古墓外面走去！

"你要去哪里？"慕容隽从身后抓住了她的衣袖。

"不行，我要走了……因为时间就要到了。"殷夜来低声道，身体有微微的颤抖，语声奇特，"星宿相逢的时刻……已经快到了——啊，我真讨厌这种声音！"说到最后，她忽然捂住了耳朵，全身发抖，挣扎似的低呼。

慕容隽紧紧抱住她，却不知道说什么才好。

那一刻，他是真正觉得怀里的女子已经疯了——眼前的堇然是如此憔悴衰弱，语无伦次，说着他听不懂的话，一会儿要长眠古墓，一会儿又要奔赴外地。而他，只能用尽力气紧紧抓住她，不让她去任何地方。

殷夜来战栗了一会儿，忽然用力挣脱了他的手，往外奔跑。慕容隽知道不好，疾步追上，想要拦住她，然而眼睛看不见，在古墓里跌跌撞撞了几次，迷失了方向，便再也摸不到她的衣袖。

"堇然……堇然！"他在黑暗中大呼，焦急万分，摸索着往前走。

随着他的呼喊，古墓深处忽然传出一种奇怪的声音，令人悚然一惊。那个声音是从古墓最深的黑暗里传来的，是一声悠远的咕咚声，似乎是一颗石子被投入了无尽深的古潭之中。

"放心，她哪里都不能去。"忽然间，一个声音道，"她只能来我这里。"

"谁？"慕容隽吸了一口气。

黑暗里，忽然有了淡淡的光亮。那光非常微弱，如同点点萤火。然而，在黑暗里看到的景象却让人大吃一惊：古墓的最深处是一个石砌的水池，直通大漠地底的泉脉。然而，在古泉里，却幽幽浮起了三点纯白色的光，如同活了一样，在水面上缓缓漂浮！

刚要奔出古墓的殷夜来忽然顿住了脚，似乎被另一种力量吸引。

泉水里，三道白色的光芒聚拢在一起，在水面上慢慢盘旋，如同绽放的花朵，美妙绝伦。

殷夜来怔怔地看着，脸上露出懵懂的表情，情不自禁往前走了一步。

就在那一瞬，那三道纯白的光在水面上倏地聚合，化为一个淡淡的人形！长发白衣，朦胧而温暖，悬浮在古泉上，对着他们遥遥伸出手来。

"剑圣！"那一刻，殷夜来失声惊呼出来，"慕湮剑圣！"

是的，在她面前凝聚成形的，居然是方才看到的空桑女剑圣慕湮！

"我们终于相遇了。"慕湮的三魂在古泉上重新凝聚，对着殷夜来微微含笑，语气平静，"欢迎你，我的继承者——当代剑圣，殷夜来。"

殷夜来怔怔地看着这个女子，因为震惊而说不出话来。然而，对方只是微微招了招手，她便下意识地往前走去，涉水走到了她的面前。

"我的继承者，你是我流离在外的六魄之一啊……而且，是如今还具有'躯体'的魄，也是最适合我暂时栖居的'容器'。"虚无的灵魂在空中微微俯身，探出手，轻轻地点在了她额头的那颗红痣上——

"你在这一世，是否也等了我很久？"

虚无的手指点上了她的额头，微凉。那一刻，殷夜来只觉得身体陡然被抽空，似乎全身的血液都朝着额头那一处凝聚，躯壳只剩下一片空白。她整个人忽然失去了重量，轻飘飘地浮了起来，悬浮于对方指尖！

"堇然！"慕容隽失声，"你要对堇然做什么？"

噗的一声轻响，手指尖端指着的那一处肌肤忽然裂开，冒出了一滴细细的血。那滴血从幽灵虚无的指尖透入，仿佛宣纸迅速地吸取着墨汁，刹那间晕染开来！

一点白色的光随着那滴血的涌出，倏地回到了三魂本体之中，融合无痕。只听唰的一声响，虚空中，原本只有薄薄一层的灵体忽然间光芒大盛！

当光芒散去后，慕湮剑圣的手指缓缓放下，指尖已经从虚无变成了半透明。

"这么快就已经开始实体化了吗？"她凝视着自己的手指，轻声叹息，然后俯下身，拥抱了昏迷的殷夜来——两个女子在黑暗中缓缓凌空浮起，辗转着贴近，宛如镜像内外两个影子，在古泉之上慢慢重叠。

忽然，慕湮消失了，就如同雾气一样溶解在黑夜里！当白色的光消失后，泉水里只剩下了殷夜来一个人。暗夜里，只看到一点殷红，重新在她的眉心闪闪发亮。

慕容隽看着站在面前的殷夜来，吃惊莫名。

是的，这一瞬，他居然又看得见她了！他……他居然又看得到堇然了！——只是，堇然的脸已经悄然改变，不知道为何显得有些似像非像。她睁开眼看着他，眉心被慕湮点过的地方出现了一点朱红，似乎是一颗红宝石。

"你……你……"他讷讷，"到底是谁？"

"我不是殷夜来。她只是我暂时的'容器'。"殷夜来睁开了眼睛，然而，嘴里吐出的却是慕湮剑圣的声音，抬起手按在眉心上，"我的三魂还太弱。在六魄没有聚集之前，必须在夜里出发——而在白天，我无法承受阳世的灼热。"

"……"慕容隽看着这张容颜，半晌才道，"你，占了堇然的身体？"

"放心，我不会伤害她。"慕湮剑圣的语气温和，"我只是暂时借用她的身体去往狷之原而已，因为她和我魂魄相通，是最好的容器——等事情结束，我就会把身体还给她。"

"那就好……"慕容隽松了口气，"我相信您的承诺。"

慕湮剑圣笑了笑，忽然又皱起了眉头，似乎这个身体令她不大好受。

"我这个继承者的身体可真是千疮百孔啊……她还年轻，就已经吃过那么多苦了？"慕湮剑圣停了一停，压着自己的心口，"而且，她居然还中了这么厉害的血毒？"

"求剑圣救救堇然！"慕容隽也知道她的身体极度不好，立刻恳求。

慕湮剑圣轻轻摇头，"她身体里的各种病痛由来已久，一时也无法根除——但唯有这个血毒，我的古墓里倒是正好有药可解。只是……"说到这里，她苦笑了一下，"只是过了九百年了，那些药，不知还在否。"

一语落，身后却传来呜咽之声，有什么东西迅捷地奔去，又缓缓地回来——古墓深处传来窸窸窣窣的声音，似乎有某物被从黑暗里曳地拖出来。

两人一起看去，却发现是那只断尾的蓝狐，正吃力地拖了一只药箱出来。

"小蓝？"慕湮剑圣吃了一惊，不由得脱口道，"不对……你是小蓝的几代孙？这么多年了，难道你们一直在这里？"

断尾的蓝狐呜呜叫了几声，把药箱拖到她的脚边，然后亲热地蹿上来，将脑袋顶在她的手心摩挲。慕湮抚摸着蓝狐，看着那个虽然陈旧却被保存得完好的药箱，眼神渐渐变得温柔，似乎是想起了遥远的往事，发出了一声叹息——里面的药都还在，缺了的那一格白药，还是当年给焕儿涂抹的刀伤药。

仿佛只是睡去了一瞬，再回头却已是沧海桑田。

她低下头，从里面翻捡出一个金色的药瓶，掰开，里面是一粒细如瓜子的银丸，看着，不由得笑了笑，"幸亏还剩下一粒。你看，这就是可以解刚才那个武道狂人所下之血毒的药了……"

慕容隽松了口气，"以后堇然就不会再受血毒之苦了？"

"是，连带着原来的血痨之症也会好一些。"慕湮剑圣服了药，轻抚胸口，将药力化开，叹息道，"这也算是我借用她这躯体一用的报酬吧。"

她站起身来，走到窗口，抬头看着大漠上的月亮，侧脸在月光下几乎透明，低声道："从这里到狙之原，大概要三天——我们今晚就出发。这一路你须片刻不离陪同我左右，到了白天我会失去意识，在那个时候，就要靠你了。"

"请放心。虽然是瞎了眼，但人世历练那么多年，做这点事我还是做得到的。"慕容隽点了点头，跟随着她走了出去，寸步不离——他的眼睛已经什么都看不见了，只能看到面前这个介于冥界和阳世之间的女子。然而，在他看来，这已经足够。

可是，慕湮剑圣要去迦楼罗做什么呢？是想再度封印了破军吗？

那么，等到了狙之原，是否又会有一场生死搏杀？

他在黑暗中行走，不知道前路等待着自己的是什么，然而他却毫无畏惧。在这个天地之间，他已经无路可走。到了如今，跟随面前这个女子，才是他唯一的路。

[第十章]

烽烟四起

"传说破军从未死去，只是暂时蛰伏地下。今年是魔物每三百年一度的苏醒之日，空寂大营夜有异象，有报冰夷已趁机染指云荒。本王将亲率人马前往查验——请帝都重视西荒防御，尽早撤回西海上重兵，回防云荒。切切。"

赤王听着帐下心腹重臣草拟的奏折，点了点头，"好，就这样吧！"

"悦意女帝会准奏吗？"属下不无担忧地问。

"九成不会。"赤王苦笑。

破军复苏？用这些流传了几百年未曾被证实的谣言向女帝进谏，说不定会沦为帝都百官的笑柄。而且，如果真的是狷之原有异动，镇守的空寂大营也出了异常，冰夷一旦入侵，那第一道防线就是自己的属地，怎能掉以轻心？

"外面召集了多少人？"他问。

"一时之间，只凑齐了一万余人。"属下道，"王的命令下得太急。"

"一万就一万。我明日亲自去一趟狷之原，"沉思了片刻，赤王回答，"看看迷墙那边究竟有何事发生。若真有异动，再立刻禀告帝都。"

当夜，赤王便带了一万人的军队，直奔狲之原而去。

一路上均无任何异常。远远望见迷墙时，那道由光华皇帝建造、在云荒最西端矗立了九百年的墙也依旧矗立着，将狲之原和大陆隔开——墙后黄沙飞舞，似是有东西在走动。

"难道又是沙魔猛狲之类的东西？"赤王嘀咕着，甚至在遥遥看了一眼后有掉转马头立刻往回走的心思，"迷墙明明好好的……难道老师也会出错？"

然而，就在他刚转过头的瞬间，眼角忽然瞥见了一道金光——那是金属在月光下折射出的光，虽然透了猎猎沙风，依旧清晰刺眼。

"这是……"那一刻，赤王停住了，转身走向了迷墙。

"王！王！"忽然间，他听到遥遥的呼声，一骑从东北方大漠疾驰而来，打着赤色的旗帜——那是他前日派出去前往空寂大营打探消息的探子。

"不好了！空寂大营……空寂大营整个空了！"探子来不及滚下马，便在风沙中竭力大喊，"没有一个人……已经没有一个人了！"

"怎么可能？！"赤王大惊失色，"袁梓将军呢？"

"根本看不到将军……整个大营全空了！似乎是有条不紊地撤走的，没有看到打斗厮杀的痕迹，地上也没有一具尸体。"探子回报，气喘吁吁，"但是，辎重都还在，战马也全在马厩里，整整三天没人喂食，已经奄奄一息。"

赤王握着缰绳的手微微颤抖，深吸了一口冷气——这是多么诡异的现象。驻扎在云荒最西边的空桑精锐铁骑，十万大军，居然在一夜之间消失！

"翻过迷墙！"他回过头，终于对队伍下了命令。

然而，就在刚到达迷墙脚下的一瞬，风沙忽然暴起，一时遮天蔽日——风里有什么在低鸣，仿佛一群巨大的鸟类在墙后聚集着，准备暴风雨一样冲出来。而脚下的大漠也开始颤抖，仿佛怒潮一样涌动。

在军队的惊呼声里，绵延上千里的迷墙忽然坍塌！

墙后有旋风呼啸而出，如同千万条黄色的巨龙，直扑来到的那一行人——在迷墙倒塌的那一刻，空桑人看到了狷之原上可怖的景象：原本空无一人只有猛兽出没的荒漠上，林立着巨大的战车，而前面横七竖八倒着的，居然是他们派出去的两千先头部队！

黄沙漫天，影影绰绰站在沙漠上的每个人都有着同样的金色头发、黑色盔甲、冰蓝色眼睛，仿佛一群重新扑回陆地上的狼。

所有人都惊呆了：一夕之间，整个狷之原的海岸线上都密密麻麻布满了冰族军队！

"不可能……不可能！"赤王喃喃，几乎不相信自己的眼睛——沧流帝国的军队居然忽然出现在了这里？前段时间西海上不是还持续传来好消息，说空桑军队已经攻占了沧流本岛、冰夷，已经穷途末路了吗？为什么这些冰族人绕过空桑防线，忽然出现在了这里？这么说来，整个空寂大营的覆灭也是因为他们？

他怔怔地僵在马上，看着那些冰族人潮水般地冲破迷墙，冲向云荒。当先战车上的主帅在荒漠上跪了下来，亲吻脚下的土地，高呼："破军保佑，回归故土！"

吼声里，迷墙倒塌后，那些战士如脱离牢笼的猛兽一样呼啸而出，扑向了空桑人——在他们背后，巨大的战车碾过黄沙，跟随而来；螺舟一架一架地从深海浮出水面，不停地吐出数以千计的战士，源源不断。

赤王目瞪口呆地看着这一切：这简直是做梦都看不到的景象——时隔九百年，沧流帝国的镇野军团重新踏上了这片土地，而空桑人却毫无防备！

"快！快派人驰马去苏萨哈鲁求援！"赤王声音发抖，"霍图部离这里最近！"

"是！"斥候迅速离开。然而，左右侍从看着越过迷墙滚滚而来的冰族人，不由得有些迟疑，低声道："王，对方人实在太多了，我们……我们要不要……"

"谁都不许退！"那一瞬，赤王咆哮起来，须发皆张，"这是第一战，不战而溃，还有脸当赤之一族的勇士吗？如果让冰夷冲过这里，那西荒就完了！守住迷墙！等待救援！——谁敢退一步，立刻斩首！"

那一瞬，仿佛是身体里流着的血苏醒了，常年沉溺于声色犬马的王者身上忽然焕发出无畏的斗志，竟然丝毫不退缩，第一个策马迎上去，一刀砍翻了一个冲杀在最前面的冰族战士！

"王，小心！"看到一族之王亲自上阵，空桑赤族的战士们不再后退，大喊着扑了过去，和那群从迷墙后涌出的黑甲战士混战在了一处。

血战开始了。迷墙后不停地涌出冰族战士，空桑人便不停地砍杀——彼此的距离非常近，几乎是面对面搏杀。

那是名副其实的白刃战，惨烈异常。沧流的战士勇猛如狼，不顾一切地想突破这最后一重障碍，回归云荒。而赤王带领的空桑战士死死守着迷墙，保护着身后一望无际的土地，不让异族人越过这最后的屏障。

然而就在这令人喘不过气的贴身肉搏里，忽然间一声炸雷，一道白光落在混战的人群里，双方战士顿时死伤过百，一片血肉横飞。

"守住！"赤王的战马受了惊，几乎把他从马背上甩下来，他厉声大喊，"冰夷用火炮攻击了！大家小心！"

然而，他身边的战士却忽然叫了起来，抬手指天，"鸟！冰夷的怪鸟！"

所有人一瞬间一起抬头，看到了巨大的飞鸟从头顶掠过，在百尺高空之外轻轻松松地越过了迷墙——那是由木和金属制成的机械，竟然可以在空气里像真的鸟一样飞行。而操控着它们的，居然是不足十五岁的孩童，个个眼里被黄金封印，双手凌空舞动，全凭意念力操纵着这些极其难控制的巨大机械，竟然比鲛人傀儡还灵活百倍！

"风隼……这、这是传说中的风隼！"赤王失声。

话音未落，又一道光从天而降，准确地落在他身侧不到一丈之处，轰然炸开！赤王的声音中断了，连人带马被炸得飞起。

"中了！"操纵风隼的孩子眼睛上蒙着纯金的带子，却仿佛能看到一切，在夺去空桑王者性命的瞬间露出了一丝微笑，低声喃喃，"这个王是我的了……下一个！"

风隼在头顶一个回旋，一道道银色的光撕裂了黑夜，如同雨一样沿着那道隔开云荒和西海的墙，连续落下。

只听一声巨响，绵延数千里的迷墙轰然倒下！

缺口一扩大，冰族战士们齐声发出了狂喜的喊声，如同潮水一样从狷之原上冲了过来，冲向了他们日夜向往的云荒大地。而空桑战士还聚集在原先的缺口处，忙着躲避从天而降的电光和倒塌崩裂的迷墙，失去了统帅的指挥，陷入了一片混乱。

"保持队形！一字展开，不要乱冲！"巫彭在战车上看着这一切，有条不紊地指挥，一道道命令如同闪电一样传过战士们的队伍，"越过迷墙后，两翼迅速合拢，将这些空桑人包抄，然后，就地消灭！"

"是！"战士们狂喊着，握刀冲过了迷墙。头顶上风隼回旋，身后跟随的是巨大的战车。铁甲的军队在月夜悄然登陆，西海的战场转瞬间就转移到了空桑人所在的云荒。

那之后的战争，变成了一场屠杀。

天刚亮的时候，战斗已经结束。当太阳从遥远的慕士塔格雪山背后升起时，赤王和他所带领的一万人军队消失在了这片狷之原上，如同清晨的露水，被黄沙无声无息地吸收。

"下一个目标，艾弥亚盆地，苏萨哈鲁！"

春寒尚自料峭，云荒心脏上那轮权力争夺战刚刚结束不久。

悦意女帝即位后的第二个月，不顾大内总管黎缜的劝阻，迫不及待地下诏和镇国公府的继承者慕容逸完婚。不出所料，这一决定遭到了白之一族长老们的强烈反对。然而铁了心的女帝丝毫不肯作出退让，甚至不惜和族里长者公然反目，竟在没有一个族人到场的情况下，在紫宸殿自行举行了婚礼！

可笑的是，空桑六部虽然九百年来一直钩心斗角，但却一样不愿让一个中州血统的男人成为空桑女帝的丈夫，不约而同地以罢朝来表示抗议——紫宸殿上，居然接连十几日看不到上朝的大臣。

一时间，云荒的心脏一片混乱。

然而，或许是想着自己的任期不过只有两年而已，刚刚完婚的悦意女帝并不以为意。群臣罢朝，诸王反对，她反而乐得清闲，干脆日日待在后宫，不再临朝听政，沉浸在多年心愿一朝得偿，和恋人比翼双飞的快乐里。

深宫的夜晚寂静无比，焚毁的亭台楼阁还没来得及重新建造，让云荒的心脏显得有些阴森惨烈。

三更时分，一个影子匆匆走过那片废墟，直接来到了女帝的寝宫门外。

"女帝，"低沉的声音道，"西荒急报！"

"谁啊……"过了许久，才见悦意女帝揉着眼睛从深宫里走出，满怀不悦地看着门外被侍女带进来的大臣，打着哈欠，"我说，黎缣大人，有什么大事非要这样深更半夜把我硬生生地叫起来吗？"

那个默默站在御阶下的人抬起头来，"女帝，不知道您是否得知西荒传来的消息——冰夷集结了大军，从狷之原登陆，如今已经越过迷墙，穿过了博古尔大漠。"

"什么？！"女帝的睡意全消，"你……你说什么？"

"禀陛下，"黎缣再度重复，只用了简短的四个字，"冰夷入侵。"

"这……"女帝颤了一下，不敢相信自己的耳朵，许久才如梦初醒，失声道，"怎么可能？！在这种时候，冰夷居然出现在云荒腹地？他们不是应该被我们在西海征讨，快要亡国灭种了吗？"

"西海战局的确如此，但云荒的情况也是真实的。"黎缣道，语气不急不缓，"臣相信，这是他们走投无路之下的孤注一掷。"

"他们都已经到博古尔大漠了？"女帝不敢相信地喃喃。

新婚以后，她和慕容逸形影不离，除了被黎缣催着上过几次朝，在紫宸殿上象征性地应付一下百官之外，根本不想踏出后宫半步——反正最近天下承平，一年也出不了几起杀人案。她作为白族的王，只要安然享用这最后两年的任期，接下来就把帝位传给玄族，何必多费心思呢？

没有想到，偏偏在这个当口上居然突发这样的变故！

"袁梓呢？他的军队去哪里了？"女帝这才想起，不由得咬牙，

"十万大军驻守空寂之山，却让冰夷这样堂而皇之地从狷之原长驱直入，他呢？他在干什么？"

"他……"黎缜停顿了一下，道，"在冰夷突破迷墙的前几天，袁梓将军和大营里的十万将士忽然下落不明。"

"下落不明？他……难道叛国了吗？"女帝震惊，"对！他是个中州人！"

"不，不至于叛国。"黎缜回答，神色也是凝重的，"袁梓将军虽然是中州人，但却是白帅一手提拔起来的骁将，在西海上曾替空桑立下赫赫战功。更何况，他的家眷都还在帝都——他若是忽然叛变投敌，似缺乏可信。"

女帝皱眉，"那他为什么忽然擅离职守？他到底带兵去了哪里？"

"根据大营附近的牧民所说，空寂大营最近并无兵马出动，一直驻扎在大营。"黎缜低声道，"女帝，没有任何前兆，十万大军忽然就不见了！"

他的语气，令半夜起来的女帝忽然全身森冷，打了个寒战。

"忽然不见了？"女帝喃喃，"怎么会凭空不见？难道是见鬼了吗？"

"或许真的是有鬼怪乱神的可能。"黎缜并没有开玩笑，凝重地回答，"能令十万大军忽然消失，必然不是人世间的力量所能做到的——总之，我们在西方的屏障消失了！"

"那么……赤王呢？"女帝仿佛忽地想起什么，"赤王怎样了？那儿是他的领地！难道他没有抵抗吗？为什么让冰夷那么快就到了博古尔大漠？"

"赤王……"黎缜沉默了一下，终究还是实话实说，"已经战死。"

"什么？！"女帝的脸色一下子苍白，身体晃了一下。

空桑一共有六个王，分封在西荒的是赤王。然而，这样的国之砥柱，居然被冰夷取走了性命——那一刻，原本还以为战争远在天边的女帝忽然微微颤抖起来。

"真的要打仗了吗？"她虚弱地喃喃，看着重臣，"我……我有点儿怕啊。"

作为空桑最高的统治者，说出这种话来似乎有些好笑。然而黎缜并没有笑，也没有露出轻视的神色，只是叹了口气，安慰道："女帝不用太急，此刻冰夷还没有到达瀚海驿——女帝忘了西荒还有四大部落吗？"

女帝眼睛一亮，失声道："怎么？四大部落牵制住了冰夷？"

"是的。"黎缥回答，"他们以血筑起了围墙，拦住了冰夷！"

在这短短几天里，在没有空寂大营军队拦截的情况下，登陆的沧流帝国军队越过迷墙，发动了闪电般的袭击，迅速撕开西荒的防线，仅仅一天一夜便推进了三百里——显然他们是有备而来，行军的速度几乎和消息传播的速度一样快。

虽然赤王因为准备不足、麻痹大意而遇难，但幸亏四大部落长老已经预知不祥，立刻开始召集勇士——所以，当迷墙倒塌、冰族从狷之原冲向云荒腹地时，在赤水流域遇到了来自西荒部族自发的第一波抵抗。

而苏萨哈鲁的勇士，在刚接到消息猝不及防的情况下，和冰族在艾弥亚进行了殊死搏斗，一直到最后一个战士倒下。

冰族人在此停留了超出预计的漫长时间，直到十天后才穿过星星峡，继续进入西荒腹地——曼尔戈部落的萨迪。

冰族的战士凭借着庞大而精密的机械、杀伤力巨大的武器，战斗力几乎以一敌十。十三天后，西荒勇士的血染红了赤水，曼尔戈部和萨其部损失了五万名勇士。战车碾过血和沙，继续向着云荒心脏冲杀而来——然而这一战，却至少争取到了时间，将来去如电的冰族突袭者第一次长时间地拖在了原地，并且让伽蓝帝都得知了这一突发消息。

烽火之讯连夜传入伽蓝帝都，女帝在紫宸殿内面色苍白，沉默许久，转头看着大内总管黎缥，"真不可思议……上个月不是还说我们的军队即将登陆空明岛，彻底消灭沧流帝国指日可待吗？怎么忽然间、忽然间他们反而杀到云荒来了？"

"从目前的情况来看，冰夷的兵力绝对无法和空桑对抗。"黎缥沉稳地进言，说出自己的判断，"可能这只是殊死一搏，如中州人所说，是围魏救赵的把戏。"

"哦……原来如此。"悦意女帝松了口气，"这么说来，应该不会攻到帝都吧？"

这种侥幸轻率的语气，令黎缜暗自摇了摇头。毕竟是个毫无经验的女人，在这种情况下几乎是不知所措，只能依赖身边的心腹重臣。

他想了想，回答："据我所知，四大部落的确已经和冰夷进行过一次交锋，但因为仓促应战，没有统一的指挥，历时多日终究还是不敌——曼尔戈部和萨其部的主力已经被击溃，只有达坦部还在抵抗。"

悦意女帝忍不住吃惊，"什么？曼尔戈部和萨其部也已经被击溃了？那……"

"女帝不用太担忧，帕孟高原上的卡洛蒙家族已经召集了战士，"黎缜安慰道，"广漠王和九公主琉璃刚刚离开，铜宫由刚刚生完孩子的翡丽长公主暂时主掌——她虽是女流，却不输给男人。如今他们出动，局面应该会好转。"

"希望如此。"悦意女帝却还是皱着眉头，一颗心吊在喉咙口，"可是广漠王为什么忽然离开云荒？会不会……会不会是有人背后搞什么阴谋？"

"女帝多虑了。听说广漠王是带着九公主琉璃返回南迦密林，去寻找她的生母。"黎缜摇了摇头，"虽说赤王遇难，但还有其他五位藩王在——军情如火，不可轻视，请女帝立即召回在西海的骏音元帅！"

"召回骏音？"悦意女帝居然有些迟疑，"他不是我们白之一族的人，又手握重兵。在西海对付冰夷也罢了，一旦让他带兵回到云荒，我担心……"

"在这种时候，女帝还担这种心？"黎缜再也忍不住，语气严厉起来，"骏音虽然是青之一族的人，但其军旅多年，反而甚少牵扯到朝中争斗，亦不属于任何派系，况且他是白帅临走时亲自举荐的继任者，如今天下有乱，自当召他返朝！"

白帅。听到这个名字，女帝脸色不由得变了一变。

——那个男人虽然已经抽身离开了权力的核心，但他的影响却在朝野上一直留了下来，直到今天，一旦国有动荡，她居然还要活在他的庇荫之下！

虽然觉得刺耳，她却不得不同意总管的意见，却依旧迟疑，

"可是，召回骏音的话，西海前线的战局怎么办？岂不是正好中了冰夷之计？"

"女帝，国家危亡在即，"黎缜道，一字一顿，"您还在想这些？您的王位，也不过只有一年多的时间而已——为这一年的争权夺利葬送空桑全族，值得吗？"

这话说得重，居然令女帝沉默了下来。

"好，就听你的吧！这些我反正也不懂。"悦意女帝叹了口气，站了起来，一甩手，"干脆我把国事都交给你处理吧，我真的是一筹莫展。"

黎缜微微皱眉，"女帝不是说气话吧？"

"自然不是，"悦意摇头，微微苦笑了起来，"在白塔顶上被硬生生关了十年，你觉得我还是那种一语不合便甩手走人的贵族小姐吗？我说让你负责，便是真的觉得你堪当此重任——更何况，目下我除了你也没有别的人可以倚靠。"

她说得推心置腹，黎缜沉默了片刻，点了点头，"那好，明天请女帝立刻下令，从西海上调回大军！"

"听你的。"悦意没有反对，静了片刻，忽然道，"黎缜，你是不是下一步就要劝我召回白墨宸了？"

"……"黎缜沉默了一下，最终还是坦然回答，"现在的形势还没有危急到这个地步，但如果冰夷击溃了四大部落，杀到了瀚海驿，那我就不得不劝女帝召回白帅，以挽狂澜了。"

"开什么玩笑！居然让我去求他回来？"悦意女帝忽然间愤怒起来，"当初他主动辞官，离开帝都的时候，我真是舒了一口气……我一辈子都不愿意再见到他！可是到了现在，我身为帝王，居然不得不求着他回来，我可没这个脸！"

黎缜低声道："国事为重，女帝委屈了。"

"委屈？能有当初被父王囚禁于白塔之上那么委屈吗？"悦意苦笑，"那时候，一心想着只要斩断那条黄金锁链就能展翅高飞，如今心愿得偿，可那又怎么样？——这也不行，那也不行，我会比那时候更自由吗？"

她的笑容是苦涩的，大内总管看在眼里，低声安慰道："可是，至少如今女帝您有能力拯救慕容氏全族，并且能和意中人结百年之好。"

　　悦意女帝沉默了一下，嘴角终于露出一丝笑来，"你说得对——我终究不会一无所获。"她从王座上站起，看着大内总管，"黎缜，谢谢你一直这样尽心竭力地辅佐我，如果不是有你在，我真不知道该如何应对这种局面。"

　　"属下只是遵从了白塔上女祭司的愿望而已。"黎缜低下头。

　　"是吗？原来你和我一样，都是女祭司的追随者啊……"悦意女帝喃喃，"在我被父亲关在白塔顶的时候，无数次想要死，都是因为她的劝勉才活了下去——难道，她也曾经引领过你吗？"

　　"是，当我还是个什么都不懂的孩子时，她救过我的命。"黎缜苦涩地笑了一下，"已经是五十多年前的事情了……如今，是还这笔债的时候了。"

　　悦意女帝没有听懂他的意思——这个神秘的总管在帝都生活了许多年，屡历风波却均安然无恙。有传说他是得到了白塔顶上女祭司的暗中指点，才得到历任帝君的倚重，躲过了一次次宫廷内斗，平步青云到如今。

　　可是，他和女祭司之间到底达成过什么样的约定？

　　"好，如你所言，"空桑的女帝在紫宸殿上抬起头，看着白塔之下的镜湖和广袤大地，眼神幽幽闪烁，"那么我明天就下令让骏音立刻回云荒平乱！"

　　"陛下英明。"黎缜叩首，"但……如果骏音不肯呢？"

　　悦意不防他有此一问，不由得愕然，"不肯？"

　　"将在外，军令有所不受。"黎缜神色严肃，"女帝，你不是军人，无法理解一个军人面对着唾手可得的千秋功业时的心情——骏音如今即将灭亡沧流，创下不世功业，这个当口儿上要他挥师返回，只怕他不肯。"

　　悦意咬着牙，"如果他不肯，那你就看着办！不用对他客气。"

　　"是。"黎缜低下了头，"臣明白了。"

"还有，我明天要另外颁发一道旨意，"说到这里，悦意女帝顿了一下，看向了他，一字一句，"劫火之变后，素问大人已死，宰辅之位悬空——如今，我任命你为新任宰辅，统领群臣！"

黎缜愣了一下，"在下多年来不过是一介内臣，从未过问国事，只怕……"

"那又如何？在这种时候，还有谁比你更能为我分忧？"女帝摆了摆手，冷笑道，"管他们六部反对不反对，反正我坐这个王位也不过只有一年多时间了，谁能勉强我？"

黎缜沉默了一下，没有再反对和推辞。

"谢陛下。"他接受了这一任命——时间不多了，如果他直接坐上了这个位置，恐怕会更加方便快捷一些吧？

黎缜低头行礼，然后退了出去。

紫宸殿外月色如洗，天风吹拂，带来二月的料峭。他在殿外停留了许久，凝望着黑暗中沉睡的云荒大地——白塔女祭司，如您所料，在您去世后，云荒的动乱很快就来了……不过，我会竭尽全力，不辜负您当年的期许。

回忆如潮涌来。

五十年前，他刚刚十五岁，不过是一个刚入宫的平民孩子，因为聪明伶俐，很快就得到了大内总管的重用。但年轻的他不知人心险恶，在帝都深宫里被其他同伴嫉妒。有一天，他们居然故意引他走上了白塔顶上的禁区。

——那个"踏入者即杀"的塔顶神庙。

不知内情的他推开了神庙的门，看到了浮在虚空中、手执法杖的女祭司，全身散发着光芒，宛如一只凌空飞舞的凤凰。

那一瞬，他因为震惊而跪倒，不能言语。

闻声赶来的侍卫将他压在地上，准备拖下去问斩。然而，就在那一刻，那个满身光芒的女祭司开口了，只用一句话就让他获得了自由——

"我已经等待这个人很久了，"她说，法杖指向了那个惊恐不已的少年，"命中注定，他必然会来到我面前，承担起应有的命运。进来吧。"

他懵懵懂懂地被推着跌入了那个神庙，门在身后关起，他战栗着准备迎接命运。

"我早就预见到了你的到来，"黑暗里，那个神殿内的女祭司缓缓开口，对着惊恐的少年道，"今晚，当星辰轨迹交错的时候，一个不速之客会推开这道门，走进这只有空桑帝君才能踏入的地方。那个人，就是你。"

"什……什么？"年少的他懵懂且震惊，"为什么是我？"

"如果我知道为什么，那么，我也不会在这里了。"女祭司低低地笑了起来，声音却不知道是苦涩还是欣然，"每个人都有自己的命运，我是这样，你也如此——当它来的时候，你无法拒绝；当它走的时候，你也无法挽留。"

这些话深奥又虚无，如同咒语。少年定定地看着女祭司，忽然觉得有一种不可知的畏惧，失声道："可是，我、我如果不接受，又会如何？"

"会如何？"女祭司笑了，抬起手，点着门外环伺的那些带刀侍卫，"今晚你在命运的指引下来到这里，见到了我。但是，你依旧有选择的权利——你可以拒绝我，打开这扇门，重新走出去。你会被侍卫押下去惩罚，在深宫里做一个卑贱的杂役，被同伴们欺压，一辈子无法出人头地，庸庸碌碌地过完一生——那，是你可以走的另一条路。"

女祭司的声音低沉悦耳，那种描述居然有着奇特的力量。

每当她说完一句，那种景象就栩栩如生地浮现在他的脑海里。少年的他甚至可以看到自己被严酷惩罚的悲惨模样，同伴们在一边取笑；他拖着伤残之躯，在不见天日的帝都大内做着杂役，直到两鬓苍苍，最后卑微地病死在湿冷窄小的房间里，无人知晓，无人过问。

那些景象仿佛活了一样在他脑中掠过，只是短短一瞬，便仿佛看尽了自己的一生。

"……"他沉默了半响，颓然放下了即将推开门的双手。

"你不愿意过这样的一生，是不是？"女祭司仿佛洞察了他的心，"没有一颗星辰，愿意永远暗淡无光。"

"是！我……不愿意过这样的一生！可是……"年少的他抬起头来，有些迟疑，"如果我成为你的继承者，会怎样？会……会和你一样，变成一个幽灵，永远被关在这个神殿里吗？"

女祭司看着这个平民少年，似乎略感到意外地笑了，"原来，你以为我是一个死人。"

"难道不是？"少年怔了一下，凝望着那个悬浮在神庙中的凤凰般的女子。她有着雪白的长发，美丽得不真实，身上散发出奇特的光芒。怎么看，都不像是一个真实的人。

"当然不是。我和你一样，是一个人。"女祭司放下了手里的法杖，从半空飘落，停在了他的面前，"不信你可以摸摸我的心会不会跳。"

她拉起少年的手，放在自己的心口。他触电般地缩回了手，满脸通红。

"怎么啦？"女祭司看着少年，不由得笑了起来，"现在你相信我是一个活人了吧？我和你一样都是空桑人，比你年长，今年二十七岁。"

"啊？"他抬头看着眼前的女人，感觉说不出的震惊——这个外貌如少女的人，居然比自己大了整整十几岁？而且，白塔里的女祭司，居然是个年轻的空桑女人？他迟疑了一下，终于鼓起了勇气发问："那么，你想让我做什么呢？"

"唔……"女祭司皱了皱眉头，再度抬头，看着头顶——白塔顶上的神殿是重檐庑殿顶的，然而上一层的殿顶却是由整块的巨大水晶打磨而成，坐在神殿里，一抬头，便可以看到万千星辰。

"你看到了吗？"她抬起法杖，指了指夜空，"我们的命运、这片大地的命运，都在这上面写着呢……我将在五十年后死去，而你，将是继承我的人。"

"什么？"年少的他茫然抬头，却只看到无数散落的珍珠一样的星星——可是，哪一颗是她，哪一颗又是自己呢？

"看不懂，对吗？那么，就跟我学吧。"女祭司微笑着，用法杖轻轻点击他的肩膀，"这样，你就能看透这云荒上万事万物的流转生死，明白兴衰和成败。当我死去后，你可以接替我守护这空桑天下。"

少年茫茫然地听着，却无法将视线从那张美丽的容颜上移开。

那一夜，独闯塔顶神殿的他被赦免了。没有人知道他被召入神殿的那个时辰里到底发生了什么，只知道当他打开门走出来的时候，整个人的气场已经完全不同。他手里握着女祭司赐给他的金环，那是从法杖上分出的一部分。

他带着这个信物，连夜去紫宸殿觐见了帝君。

从那之后，他被迅速地提拔，从普通内侍一路晋升到了大内总管，成为历史上最年轻的内务府掌管人。五十年过去了，空桑的皇位都轮过了五任，而他也权倾帝都，经历过多少次的风波血洗，犹自岿然不动，几乎成了一个传奇。

——没有人知道，这个沉默谨慎的总管内心隐藏着怎样一句话。

"终有一天，我将死去，但凤凰却会涅槃。"

"孩子，我将凤凰之名传承给你——你，也当替我守住这个命轮，守住这个空桑天下！你，愿意和我缔结这个誓约吗？"

那一夜，那个美丽的女祭司弯下腰来，注视着他的双眼，说出了这句话。那一刻，其实他脑海里是一片茫然，并不知道那是一个多么重要的誓约，只是看着近在咫尺的容颜，手指上似乎还存留着她肌肤的温暖和柔软。

"是的，我愿意。"

然而，三个月前，当深宫那场大火熄灭后，一种不祥的预感侵蚀着他的心，令他不顾一切地疯狂地奔上了白塔，不顾"没有召见不得入内"的敕令，径自推开神殿的门冲了进去。然而，他看到的是一场残酷血战后的场景。

——金色的法杖居中折断，水镜碎裂，血流满地。

那个美丽的女祭司躺在地上，胸口插着断裂的半截法杖，躺在自己的血泊中，一动不动，雪白的长发如同一匹银白的绸缎展开。

那一刻，大内总管只觉得浑身的力气忽然被抽空，双膝一软，竟然不由自主地跪倒在地上。沉默了良久，他终于鼓起了勇气，缓缓抬起手，放在了她的心口上——那里不再温暖，冰冷，毫无动静。

这是他生平第二次接触到她。然而，那颗心，已经停止跳动了。而眼前的容颜也瞬间枯萎，如同一朵凋零的花，再也不复昔日初见时的美丽，和世间所有古稀之年的老妇人没有任何区别。

那一刻，他忽然发出了一声不受控制的低喊，疯了一样地用手捶地，失声痛哭！

死了……她死了！如她自己所预言的那样，在五十年后死去了！这是多么精准的预言，多么可怕的能力！

"不要哭，孩子。"忽然间，他听到了一个微弱的声音。

孩子？在这个世上，还会有谁用这两个字称呼年高德昭、大权在握的总管？惊骇的他抬起头，在虚空中看到了一个淡淡的影子——那个虚无的白色影子从神殿高处俯视着他，伸出手，似是要抚摩他的头顶。

"祭司大人！"他惊喜地失声喊道。

"唉……"她轻声叹息，"我知道你定然会来，所以，特意保留了一点灵力等着你。"

虚无的手触碰到了他的脸，有微微的凉意。狂喜的他忽然间安静下来，眼神一瞬冻结，变成了死灰，"这、这是幻象吗？……这么说来，您、您是真的……死了？"

"是啊，看，地上就是我的尸体呢。"女祭司在虚空里微笑。

"是谁？"他咬着牙，脸色发白，"我发誓，就是追到天涯海角也要把那个人找出来！"

"不，不必替我报仇，孩子，这都是注定的事，是因果循环之中的一环而已。"女祭司说着，语气渐渐衰弱，"我留着最后一点灵力等你……并不是为了让你替我复仇，而是有更重要的事情要嘱托你。"

她从虚空里俯下身来，竖起来右掌——那一刻，他看到一个金色的转轮在那只苍白的手上缓缓转动，发出光芒。这个奇特的印记，多年来他一直好奇，祭司却始终不肯告诉他真正的含义。

"看到了吗？这就是云荒的命运之轮啊……九百年了，转到这里，已经是最后关头。"女祭司低声说着，"如今，明鹤死了，我也死了……破军即将复苏，大劫到来，已经危在旦夕。你必须代替我守住命轮，守住云荒！"

"我？"黎缤看着她，"怎么守？"

"自从誓碑立下后，几百年来，命轮和空桑帝王之间一直存在着密切的联系……守护着空桑，也保证着六王轮政制度。命轮以神权介入王权更替，而两者之间的纽带，就是白塔祭司，"她低声说着，尽量简短，"我是第十一代女祭司，也是第十一代'凤凰'。而你，即将成为第十二代，估计也是最后一代。"

"我要怎样守护命轮和云荒？"他问，"我已经是六十多岁的老朽，在深宫大内或许还能有些能量，可一出这个帝都，我什么都无法保护。"

"你可以保护。只是，要通过另外一个人的手，"女祭司低声嘱咐，"在这场大火中，所有最接近权力中心的人，包括白帝、素问、都铎、玄王之子，都已经被一网打尽……新女帝即位后，你就会成为她最倚重的臣子——这个时候，你就能做到一切。"

"可是，还有白帅。"黎缤低声道，"此次事变后，估计白墨宸才是权倾天下之人吧？"

"不，不会。我占卜过，"女祭司低声预言，"他并不是这场争斗的胜利者……他所失去的远远大于得到。不出一个月，他将离开帝都，失去所有权力……那之后的事情我无法预料，但这些必然会发生。"

"真的吗？"黎缤失声道。

"是的。所以，这个天下，最终还是掌握在你的手里。"女祭司喃喃说着，声音已经越来越低，"听着，孩子，我的时间不多了……必须把事情交代完。"

他看着她，虚空中的影子已经越来越淡薄，如雾气一样渐渐消散。

"您想要我做什么？"他咬着牙，一字一句，"无论任何事，我都愿意替您去完成。"

"好孩子。"女祭司微微地笑了，忽然翻转手掌，印在了他的心上！

那一刻，他只觉得一股奇特的力量穿过他的身体，直透心脏！他下意识地想张开口失声喊出来。然而，她的另一只手却及时捂住了他的嘴。

"这是我所拥有的一切，全部都注入你的心里……我留最后一点灵力，就是为了完成这个'传承'。"她的手直插入他的心脏，女祭司的声音越来越轻，已经接近于耳语，"我、我本来想守护空桑度过这次大劫，可惜，这个身体已经不行了……请你协助我剩下的同伴，保护空桑度过这次大乱。

"他们的名字，分别是，孔雀明王、龙和麒麟。"

"而你，将继承我，成为'凤凰'。"

"你……要替我守护这个云荒，守护空桑天下。"

耳语般的声音在耳边渐渐消散，他陷入一瞬间获得大量讯息的思维混乱之中。等他回过神抬起头，虚空里的人影已经再也看不见。

他抬头凝望着伽蓝白塔顶上的神殿，默默地合起了手掌。

是的，这些日子以来，一切如同她所预料的那样发生了——白帅离开了，权力回归；女帝临朝，而他权倾天下；他替她守护着空桑，竭尽心力帮助女帝坐稳帝位，同时，也时刻警惕，等待着她所谓的破军苏醒的大难。

他派人四处秘密寻找那三个所谓的同伴。然而，下落还没有找到，另一个更坏的消息却猝然而来——冰夷已经在狷之原登陆，大劫已经发生！

"无论如何，我会尽力守护着空桑。"白发苍苍的总管低声喃喃，"哪怕命轮中只剩下一个'凤凰'。"

第十一章

黑云压城

冰族入侵的消息，在短短的十数天内传遍了云荒。

空寂大营守卫失灵，迷墙崩塌，沧流帝国的军队在强大的机械辅佐下登上了狷之原，闪电般地奔袭千里，在最初的一两天里几乎一天推进了三百里。虽然没有帝都的旨意，西荒四大部落在仓促之下自发抵抗，在艾弥尔盆地和星星峡进行了两次会战。

然而，在风隼、比翼鸟、烈火战车和沙螺舟的上下辅助之下，沧流军队以一敌十，凭着仅仅一万多人的军队，竟然击溃了四大部落的联军，杀敌五万余人后攻下了天险星星峡，直插西荒腹地，在攻克了曼尔戈部落首府萨迪后继续东进。

——直到在流光川附近，被从帕孟高原冲下的卡洛蒙家族拦截。

真正的血战开始了。

虽然消息被封锁，战火也没有燃过来，但望海郡的叶城里还是人心惶惶，大家都在交头接耳地议论，却没有一个人敢大声。

"你们知道吗？"叶城最奢侈的望海楼上，美酒堆满案，一个鲜衣怒马的年轻人已经微醺，身边簇拥着一帮朋友，趁着酒意用一种怂恚的语气，压低声音道，"冰夷又杀回来了！他们的军队已经在西荒登陆了！"

"这事是真的？"听的人都是一脸震惊，"不是前段时间还说很快就要把冰夷彻底灭国了吗？怎么一转眼他们反而出现在云荒了？如果不是三少爷说，谁敢相信是真的！"

华服年轻人拍着桌子，冷笑道："嘿，这事情肯定是真的！瀚海驿已经关闭了，所有去往西荒的关卡都封锁了，去那儿和牧民做生意的商贾吃了闭门羹，只能回到叶城——不信的话，你出城往西走看看，保准走不过一百里就被拦住了！"

听的人愣了半天，才道："这么说来，这事情是真的了？"

"何止是真，简直千真万确！"华服年轻人压低了声音，"你没看最近叶城的东、西两市上，忽然间就看不到粮食出售了吗？那是因为官府秘密通知了几个大商家，命令市面上所有稻米食盐都必须低价卖给官家，以充粮饷之用——在瀚海驿上不断有军队集结，很快就要杀到前线去了！"

听的人都吃了一惊，"瀚海驿？是赤王的军队吗？"

"哪里只是赤王的军队，"华服年轻人摇了摇头，"连我们族里的军队也去了，听说帝都还调动了其他藩王的军队呢——你看，叶城这两天夜里都开始戒严了，骁骑军也在帝都集结。"

"天啊……那事情真是严重了！光华皇帝复国以来，云荒上还没来过冰夷呢！"听的人不由得紧张起来，"可是骁骑军原来的统领骏音大人不是刚升任大元帅，去了西海吗？"

华服年轻人喝了一杯酒，摇头道："这个我也不知道了……听说帝都新任命了大内总管黎缜做宰辅——骁骑军原来的副统领是谁来着？青殷大人？"

"不清楚……"听的那群少年面面相觑，嘀咕，"我们都是些小人物，可没三少爷那么关心天下大事。"

"不关心怎么行？！现在天下都要大乱了！"华服少年重重地拍打了一下桌子，叹着气，忧心忡忡，"真要命，出了这种几百年也没遇到的事情！偏偏白帝驾崩，现在的新皇帝年轻，又是个女人，号令不了天下——万一挡不住冰夷，可不是要真的出大问题？"

旁边听的少年人露出不相信的表情，安慰道："三少爷也别太担心了，如今六王轮政，空桑国力也强盛，还有骏音大人驻守边关，区区冰夷怎么能大乱云荒呢？"

"怎么能不担心？！你们这些家伙，真是一点也不知道情况危急啊！"显然是喝了一些酒，华服年轻人扬声呵斥，"你以为现在我们空桑还有像光华皇帝、白璎太子妃、西京大将军那样的人物吗？如果冰夷真的杀到这里，还真不知道扛不扛得住！"

他的声音颇高，引得望海楼上许多客人纷纷看过来，露出诧异的表情。华服年轻人拍了拍腰畔的长剑，扬眉傲然道："一旦国家有难，到时候少不得我这个没出师的家伙也要上阵杀敌了——但愿师父别怪我技艺不精，辱没师门。"

他的手在剑上重重拍了拍，拿起来放到了桌上，得意扬扬。

"哎呀，这剑可真神气！"簇拥着他的众位少年一眼看到他那把剑，忍不住啧啧赞叹起来，"上面还有闪电形的记号？莫非是……"

"不错，这正是空桑剑圣一门的标记！怎么，没见过吧？"华服年轻人忍不住有些得意，声音也提高了起来，握起剑传给众人观赏，"我乃当今剑圣清欢门下弟子，这柄剑也是剑圣亲手传给我的。"

"咳咳……咳咳！"旁边忽然有人呛住了，似乎是实在忍受不了这边的嘈杂声音，忽地放下酒碗，看着被传看称颂的剑，露出鄙夷之色，嗤笑道："剑圣之剑？这是花多少钱买的？一千金铢还是三千？"

声音刺耳，众人不由得齐齐看过来。

那是一个衣衫褴褛的和尚，方当壮年，剑眉星目，大有龙象之姿，然而一手端着酒碗，另一只手里却握着一根鸡腿，喝酒吃肉正不亦乐乎，完全没有佛门高僧的戒律束缚。在他身侧坐着一个黑衣青年，脸色苍白，病恹恹的。

"你这个臭和尚想干吗？"少年人回过神来，呵斥道，"知道我家三少爷是谁吗？"

"何必大呼小叫？只是想观摩下剑神之剑而已。"那个和尚放下了手里的鸡腿，油腻腻的手指微微一动，正拿着剑的那个少年虎口一麻，脱口发出一声痛呼，手里的剑仿佛被看不见的线牵着，倏地飞了出去。

那个和尚用握过鸡腿的手捏着这把剑，拔出来看了一眼，眼神越发讥诮，"啧啧，镶玉的啊，那是要三千了……云荒上有钱的冤大头可真多，清欢那个家伙靠这一手敛财，看来真的已经把剑圣一门'发扬光大'了。"

"孔雀，该走了。"此时忽然有人开口，"别浪费时间。"

大家这才发现那个和尚的旁边原来还坐着一个人。他穿着一身黑衣，在室内也没有把风帽摘下，独自坐在角落里，一直很沉默，令人几乎感觉不到他的存在。此刻，他终于抬起头来，眼神亮如闪电，让一行少年心里都不自禁一颤，生出畏惧来。

然而，那张风帽下的脸却有些苍白，仿佛大病初愈，不停地微微咳嗽，将手里的筷子放下，道："别多事，还要赶路呢，没时间喝酒了。"

"喂喂，不用这么急吧？喝一口酒能耽误多少时间？"孔雀看到溯光摇晃着站了起来，连忙道，"你的伤还没好，等我下去先雇一辆马车再说。"

"还要什么马车，已经没时间了！"溯光却一反常态地匆匆往外走去，"如果……咳咳，如果不是你非要我留在北越郡养伤，耽误了那么久，如今我们早到西荒了！"

"哎，你这是不要命了？"孔雀连忙跟上去，"你也不看看从南迦密林出来自己是什么情况！就剩下一口气了，还不能养几天？如果不是我照顾你，你这家伙早就挂了！"

两人一边说着，一边抢着跑下楼去。

"三少爷！你的马！"旁边的少年叫了起来，指着前方——官道上两骑绝尘而去，其中一匹马正是青衡的坐骑，来自天阙的名驹，"快看，他们居然抢了你的马！"

溯光骑的是青衡的天阙名驹，一直到叶城门口，孔雀才追上了他，愤愤不平，"喂，你这家伙怎么把好心当驴肝肺？还嫌我耽误了时间——你也不看看从南迦密林出来后自己的身体都成了什么样子！挣扎着到了西荒又能怎样？"

溯光低声道："如果当时我在那里，至少能让冰夷没那么容易突破迷墙防线！"

"呵，就算你我联手，能拖住沧流的军队多久？一天？两天？你真以为自己是万人敌啊？"孔雀冷笑起来，策马跟在后面，"此次冰夷孤注一掷，大举进攻云荒，定然是派了最精锐的人马——如今命轮已破，光凭我们两人，能做什么？"

他说到这里，溯光忽然顿住了脚。孔雀一个收不住脚，两匹马差点撞在一起。

"是的，命轮已破，"溯光叹了口气，勒马转身看着唯一的同伴，"沧流已经在狷之原登陆，那个冰族的圣女也到了破军座前——沧流帝国这次简直是稳操胜券。这一局，真不知道能否翻得过来。"

"尽人事，听天命。"孔雀念了声阿弥陀佛，眼神沉毅，"如今反正已经来不及，不争这一天半天的。不如好好休整，等神完气足再上战场。"

"天命？"听到同伴这种口吻，溯光不由得皱眉，"命轮就是为了改变天命而存在的，如今你却说出什么听天由命的话来。"

"哎，哎，别这样，我在命轮里比你还资深呢。"孔雀摇着头，"现在星主死了，组织里只剩下我们两个。接下来我们要对付的是破军，那个即将复苏的魔——就算是在巅峰的状态下，我们两个人也未必赢得了他，更何况如今你是这样的半残废。"

"那么，你是要放弃吗，孔雀？"溯光低声问。

"……"孔雀挠了挠光头，忽然反问，"你知道我在命轮里已经多少年了吗？"

溯光沉默了一下，不知如何回答——在他加入命轮时，孔雀早已是组织里的元老，据说已经连续参与了好几轮遏制破军苏醒的行动。这个来自中州的和尚亦正亦邪，持钵云游四方，镇压怨灵于空寂之山。

他的来历却从无人知晓，甚至，没有人知道他到底活了多少年。

"在你还没出生的时候，我就已经在云荒上为苍生奔走了几百年，你以为是闲得慌吗？"孔雀冷笑了一声，"我不会好酒好肉享受此生？"

是啊，一个中州和尚，为什么会一直在云荒做这种不知所谓的事情呢？

"我来自于慕士塔格雪山那边的中州大地，一个叫作蓝毗尼的地方。"孔雀忽然语声低沉下去，和平日的大大咧咧迥然不同，"你知道中州人信奉的佛的起源地吗？——就是在那里，一个和云荒完全不同的地方。"

"我没有听说过这个地方，也没有去过慕士塔格峰那边的世界。"溯光坐在马上，看着这个远方来的苦行僧，"如果你是来自那里，又为何身在此处？"

"为何？所有的'因'，在一千年前就已经种下了，我只是来收割结出的'果'。"孔雀苦笑，双手合十，低诵一声佛号，缓缓道，"云荒和中州，是互为表里的'镜'像世界。任何一个世界的微小变化，都会引起另一个的巨变。"

"是吗？"溯光微微皱眉，"你来到这里，是因为云荒和你们世界的联系？"

"是。"孔雀回答，"一千年前，曾经有一个人不远千里从云荒来到蓝毗尼，见到了我的师祖，被尊为当世真佛的龙象上师——那个奄奄一息的少年有着绝世的容颜，想不惜一切获得力量。他在佛祖当年坐悟的娑罗双树下足足跪了三天三夜。"

孔雀低声说着，眼神渐渐深远，"我的师祖并没有答应这个远方的陌生人，因为他看不到那个人心里的光明，若赋予其力量，未必是好事。然而我的师祖心地慈悲，最终被其打动，偷偷传授了他本门的奥义——于是，整个云荒的命运，都因其而改变！"

"那个人是谁？"溯光悚然，"难道是……"

"他就是你们鲛人的领袖，复兴一族的英雄——海皇苏摩！"孔雀霍然抬头看着他，眼神炯炯，"现在，你知道其中的因果了吗？"

"……"溯光猛然一震，只觉得心里倏地通透无比。

是的。那个带领族人重获自由的海皇苏摩，据说曾经有过极其黑暗的过往。从小沦为奴隶，受尽凌辱和荼毒，后来因为太子妃白璎之事被驱逐出云荒，孤身翻越慕士塔格峰，去往中州——他失踪了很久，直到一百年后，才以黑衣傀儡师的身份返回。

后世传说，他在那一百年里四处流浪，在六合八荒之中获得了力量，等修炼大成之后，便返回云荒，带领族人复国。然而，没有人知道那段历史究竟如何，就如没人知道海皇的真正内心。

那段时间里，到底发生了什么？

离开云荒时，那个叫苏摩的少年不过是一个背负着血海深仇的鲛人，孱弱孤僻，甚至尚不曾分化出性别；而归来时，却已经是一个历经劫难的英俊男子，灵力卓绝，沉默中蕴藏着说不出的沧桑和黑暗意味。

他曾经去过何处？又携带了什么回来？在那一百年里，他经历过什么？学到了什么？遇到过怎样的人？做过怎样的事？这些，没有人知道，都被湮没在了云荒的滚滚历史洪流之中，到如今，只留下一年一度拜访叶城的潮汐。

然而，在千年之后，居然有人为了那段空白的历史来到了云荒！

溯光迟疑着，"所以，你来到云荒，是为了师门？"

"不，我不是为他而来。"孔雀双手合十，垂目道，"我只是托钵云游四方，于天地间修行。当我踏足云荒时，海皇湮灭已经多年。但我来了之后，却看到了由他引发的一系列因果循环——那之后，我便卷入其中，无法脱身。"

溯光明白过来，"你是看到了沉睡的破军，那个蛰伏的魔？"

"或许那也是我留下来的一个原因吧。"孔雀抬起眼睛，看了一眼西方尽头，"苍生涂炭，天下动荡，不是佛家所愿，我将以身赴此难。"

孔雀宣了一声佛号，神色沉了一沉，"不过，这次的局面比以前任何时候都严峻——离五月二十日只有二十七天了，必须要竭尽全力，才能够在破军座前杀死最后一个六魄分身。"

"最后一个分身？"重复了一遍同伴的话，溯光眼神亮了一下，忽然道，"不，那根本不是最后一个分身！"

"什么？！"孔雀怔了怔，"这一轮的六个分身，你明明已经解决了五个！"

"不，前面四个都是我亲手杀的，唯有第五个，我却并未见到她的尸身。"溯光打断了同伴，"你记得吗？她葬身于帝都那场大火，尸骨无存。"

孔雀愕然，"这么说来，难道这第五个并没有死？"

"是的，那样大的火，没有一个人逃出来，而她竟然还活着，真是不可思议。"溯光低声道，"这本该是我百年未有的严重疏漏，但……或许反而是宿命的恩赐。"

"宿命的恩赐？"孔雀皱眉。

"冥冥中有一种力量令她逃过了那场劫难，因为她必须活下来。"溯光点了点头，叹息，"你知道吗？星主在临死之前告诉了我第六分身的真正身份，同时也指给了我一个方向……那可能是唯一还能遏制破军的方法。"

南迦密林里那场大屠杀后，隐族灭绝，天空之城坠落，大火燃尽了一切，连命轮之主也葬身于此。然而，却还有这样一个秘密留了下来？

"我记得那个人是叶城第一美人殷夜来吧？她没死？"孔雀摸了摸脑袋，露出了烦恼的神色，"这算什么好消息？时辰越来越接近了，六个分身里还有一个没有清除掉，就已经够麻烦的了，如今居然又多了一个！"

"不，你错了，"溯光低声道，眼里隐约有亮光，"星主临死前说过，这个侥幸逃脱的第五人，或许才是可以遏制破军复苏的关键！"

孔雀有些不解，"别绕弯子，星主临死之前到底和你说了什么？"

溯光压低了声音，一字一顿，"星主告诉我，这一轮名单上的第五人，她还存活于这个世间！——如果我们日夜赶路，说不定还来得及在一切起变化之前遇到'她'！"

"她？"孔雀愣了一下，"哪个'她'？"

"我也不知道……因为世上的事如同流水，时刻在变化之中。"溯光眼里露出了意味深长的神色，勒转了马头，"不过星主说过，'她'，可以改变星辰的轨迹！"

"喂喂，等等我！"孔雀追了上去，忽然感慨地叹了口气，"你身为鲛人，不回海国，却偏偏在云荒上为了异族人拼命……这又是何苦来哉？"

"我也不知道。"溯光抬头看了一下天际。沙漠之外，看不到大海，而他的故乡远在云的另一边——那个碧落海国，他已经有多久没有回去了？父皇、母后、弟弟……那些人，都还好吗？

自己离开他们，在空桑人的土地上奔波，一开始，或许是为了对紫烟的许诺吧，可那么多年了，似乎对这片土地也有了深沉的感情，竟不能忍心袖手旁观。

"对了，马上就要去拼命了，不如先说一下后事吧！你还有什么心愿没了的？如果死在了这里，要不要我把你的尸体带回去？"孔雀问同伴，带着一丝戏谑，"身为一条鱼，你总不能死在沙漠里吧？"

"哈哈哈……"溯光笑了起来，大病初愈的苍白脸上有微微的茫然。

是啊，还有什么没有了的心愿呢？紫烟已经去往轮回，不知转生在哪一生、哪一世，和他之间的那一缕缘分终于是彻底地断了。那么，在这个世间，他还有什么可以牵挂的呢？想到这里，他默然抬头，看向了蔚蓝色的天宇。

天很高，有飞鸟展翅掠过，然而，那片云似乎在永远无法抵达的地方。

云的背后，是否有那张明亮灿烂的笑靥？

那个在黯月之夜展翅飞去的女孩，鬓边那朵洁白的海誓花是否尚未凋谢？她回到了属于她的国度，凌驾于大地众生之上，如今，是否在俯视着这里的一切？那么，此刻他的凝望，她是否也已经看到？

飞鸟和鱼，永无交集。

溯光和孔雀两骑从叶城西门驰骋而出，刚一踏出城外，风沙扑面而来。

"奇怪，有血腥味！"孔雀皱起了眉头，抽了抽鼻子，"从西面来的，似乎死了很多人。"说着，他的身体忽然震了一下，猛地抬起手按住了胸口，弯下腰去。

"怎么了？"溯光愕然，"你不舒服？"

"奇怪，这些恶灵……忽然骚动不安起来。"孔雀的手探入缁衣内，用力握住了那串佛珠。然而，那串佛珠还是一颗颗地剧烈跳跃，发出奇怪的光，一张张被封印的恶灵的脸从珠子里浮现出来，狰狞嘶喊。

或许感受到了这种汹涌而来的邪气，孔雀胯下的骏马忽然惊嘶，人立而起，几乎将背上的人甩下来！

溯光一眼看去便知道不好，侧身探手一把抓住了孔雀坐骑的笼头，手腕用力，顿时将惊马硬生生勒住，策马并骑，到了官道边的树下避开了行人。

孔雀急忙下马，已经双手合十压在胸口，开始急速念诵经文。

许久，他手里的那些念珠一颗颗归于平静，似乎被法力重新镇压下去，渐渐暗淡，直到再也没有光芒。孔雀这才喘了一口气，喃喃道："整个沙漠上，全部都是煞气！龙，我们终于赶上了这百年一遇的时候！"

说到这里，他跳了起来，"走走走！不负人世这一回了！"

溯光抬起头，看到城外的大漠上空是黑压压的云。狂风肃杀，乌云狂卷，宛如无数猛兽从天那一边冲过来，张牙舞爪地扑向这片大地——黑云压城城欲摧。那一瞬，他心里忽然有了这样一种预感。

两人翻身上马，从叶城西门出来，忽地愣了一下——前面堵着一大群人，官道上满是看不到头的车辆和马队，密密麻麻。

"这边，这边！运麦子的走这边，运大豆蔬菜的去那边！别乱了套！"他们听到了熟悉的声音大声吆喝，"他奶奶的，才十万石粮食就弄成这样，别走了半天，没到西荒自己倒堵死在半路了！一群蠢材！"

"麒麟？！"两人相视一眼，齐齐失声。

大路中间，那个坐在高头大马上的锦衣人正是清欢。多日不见，他居然瘦了很多，再也不是原来大腹便便的胖子，眼看着竟有了些线条，正一手拿着酒壶，嘴里骂骂咧咧着，一手指挥着手下一大队的人搬运粮食。或许因为从没有组织过如此大规模的运送，他手下三个商号的人乱成了一团，正在相互扯皮，将道路彻底堵住了。

清欢大怒，一边骂，一边策马过去迅速地抽了几鞭子，将纠缠在一起的人群分开，迅速地划出了清晰的队伍。

溯光和孔雀交换了一下惊讶的眼神：这个巨富商贾居然亲自押送这些东西出叶城，难道不知道此刻西荒已经一片战火，哪儿都没有商队可走了吗？

一匹驮着粮食的骡子被抽得大叫，冲出了队伍，朝着他们的方向疾冲过来。那一瞬间，清欢如同箭一样地出手，在即将撞上的刹那拉住了骡子。

"啊？"一眼看到他们两个人，清欢的神色变了一下，"你们？"

溯光漠然地看着这个背叛命轮的人，在这个当口儿上，他也没有心思去追究他在白塔神殿里对自己下的杀手，也不想去追问当日他在青水旁一听星主死了就脚底抹油开溜，但是看着这个锦衣华服的巨贾，眼里仍忍不住流露出一丝鄙夷。

然而，清欢却出乎意料地从马背上跳了下来，奔过来，热情地抓住了他们的手，"哎呀，好久不见，你们两个居然还活着！真是……哎，真是太好了！"

"……"溯光冰冷的手忍不住颤了一下，缩了回来，用匪夷所思的神色看了这个巨贾一眼，并不想理睬，只是自顾自地拨转了马头，想径直离开。

然而，清欢却拦住了他们，抬手抓住缰绳，用一种自来熟的口吻道："难得遇上故人，不要急着走嘛，下来一起喝杯酒叙叙旧吧！——哎，别走别走，我们之间肯定有些误会……"

孔雀终于忍不住了，一勒马头，怒叱："你有病啊？想干吗？"

"哎，这是什么话？我可是一片好意，没想再和你们打一架。"清欢一脸诚恳地看着他们，忽然感慨道，"原来你们说的还是靠谱的！天，还真的打仗了……冰夷真的攻进来了！命轮里说的预言，居然是真的！"

"……"溯光和孔雀有些愣住，觉得这个同门的思路跳跃太快，简直无法理解——是因为看到战火真的燃起，他才相信了命轮使命的存在？

"现在你们去西荒做什么？"清欢大声问，"是去打冰夷吗？"

"……"孔雀和溯光愣了一下，点头。

"太好了！"清欢一拍大腿，跳了起来，"我和你们一起去！"

什么？！两个人都怔住了。却听到清欢将酒壶扔给了手下人，一连声地吩咐几个掌柜看好队伍，安排后面的交易，然后转头啐了一口，道："看到了吗？现在一听说要打仗，东市、西市那些奸商都囤积粮食，不肯出售——他奶奶的，老子的地盘上，看谁敢发国难财！昨天我连夜抓了好几个奸商，打了一顿，立刻就吐出来好多粮食。"

他一边说着，一边不停地吩咐下去，让粮车有条不紊地开赴前线，然后不无得意地道："看，足足有十万石！这些粮食是我让那些奸商吐出来的，准备送到前线去。一分钱都没要，白送！嘿，怎么样，爷爷我牛吧？"

溯光和孔雀默然，脸上露出了意外的神色。作为天下最出名的巨贾，富甲四海的清欢一向有着守财奴的名声，然而在此刻，居然如此一掷万金。

"是不是觉得我怎么忽然大方起来了？"清欢安排完了事情，回头看着他们，笑了起来，"不看看冰夷都打到这里来了，谁不紧张？本来我都要和寿儿成亲了，这么一来，婚礼也只好延后——国难当前，别的顾不上了。"

孔雀皱了皱眉头，试探地问："你是说愿意和我们一起去对付冰夷？"

"对！如果你们还老和我提什么破军，那就算了！老子听不懂那些。"清欢指着大漠的另一边，慨然道，"但是，如果你们和我说要一起去杀冰夷，对付沧流帝国，那老子二话不说，马上跟你们去！"

"为什么？"溯光终于开口，"你不是一直很抗拒和我们合作吗？"

"谁让你们一上来就一心要杀夜来？管你是什么命轮不命轮，老子就和你们斗到底！"清欢看着他们两个人，皱眉，"但如今我妹子已经死了，以前的恩怨也就不提了——我的师父不会轻易投入一个组织，她选择了你们，必然有她的道理。"

"阿弥陀佛。"孔雀双手合十，低声道，"剑圣一门，数百年来一直是命轮中人。"

清欢点了点头，"我记得师父去世前和我说过，所谓的命轮，它的宗旨是守护云荒大陆——如今大难来了，我可不能违背对我师父的誓言。"

"什么誓言？"孔雀问。

"这你都不知道？"清欢皱眉，一字一句，"剑圣一门古训——为天下人拔剑！"

为天下人拔剑——这六个字让他们都震了一下。

"怎么样？"富甲天下的锦衣巨贾回过头，看着两个同伴，眼神的变化让他仿佛忽然换了一个人，"要记得老子是清欢，是当代剑圣——清欢！"

"好一个当代剑圣清欢！"终于，溯光苍白的脸上浮出了一丝微笑，主动伸过来手，"那么，如今我们有三个人了。"

"去哪里？"清欢跃上了马背，指了指最西边，"猖之原吗？"

"是。"溯光回答，"去破军所在的地方，冰族军队如今的心脏所在！"

"然后呢？"清欢问，跃跃欲试。

"千万军中，取主帅人头！"孔雀双手合十，轻轻宣了一声佛号，眼里却也放出了盛大的杀戮光芒，"阿弥陀佛……修罗场在前，虽千万人，吾往矣。"

三人策马冲出，三道烟尘漫天而去，消失在大漠的尽头。

在遥远的九天之上，有一个人匍匐在汉白玉的栏杆上，踮起脚尖凝望着下界。

"哎……为什么啥也看不清楚？"琉璃极目远望，然而只看到下界白云离合，如同一片片的羊群，再往下就只能看到一片模糊——只有广袤的蓝色大海以及依稀可见的大地，甚至连那座高耸入云的伽蓝白塔都看不见了。

"也不知道他们在下面都怎样了……"她嘀咕着，自言自语。

这座空荡荡的城市里没有一个人和她说话，这些天来，她养成了自己和自己说话的习惯。琉璃抬起手，轻轻按了按鬓发边那朵洁白的海誓花——离开大地多日，这朵来自于北方极寒之地的花朵还是一样绽放着，完全没有丝毫凋零的痕迹。

然而，花犹如此，人呢？大地上的那个人，是否也别来无恙？

"难道真的要在这里继续待下去？真是太无聊了啊……"琉璃托着腮，喃喃，回过身来，看着背后神光离合的一池碧水——那是云浮城的蕴灵池，里面星星点点，全是正在孕育中的灵。那些被她携带上九天的隐族人的魂魄，要经过千年才能在池中孵化，转生九天。

而在这之前，这个地方将找不到第二个人可以和她说话。

唰的一声，巨大的翅膀在少女身后展开，琉璃倏地飞起。

"要不要飞回去呢？"展开翅膀，在空城上逡巡了一圈，琉璃低声喃喃，眼里露出了犹豫，"可是，下去了，还能飞得回来吗？还是等到下一次黯月到来时再回去呢？"

她已经是这座空城的主人，是否还能选择回到大地？

从九天上俯视，白云悠悠，沧海桑田，下界苍生仿佛在极其遥远的地方，渺小如蝼蚁。可是，那个人的面容却宛如在眼前，沉默而忧伤，默默凝望着她。琉璃下意识地抬起手，仿佛想把他眉梢的沉郁抹去。然而，那个幻象在瞬间消失了。

"可是……我真的很想他啊。"她将权杖握在手里，俯视着看不见踪影的下界，对着自己低声道，扑闪着金色的翅膀，"鲛人只能活一千年，只怕等我回去，他已经不在了……鲛人是没有轮回的，如果他真的不在了，我……我可怎么办？"

琉璃喃喃自语，纠结了千百遍，却始终没有勇气踏出第一步。忽然间，她的眼神一变，脱口轻轻啊了一声。

那是什么？在下界离合的白云中，她居然看到了三道淡淡的白色光华——旋转着，飘摇着，在千疮百孔的云荒大地上，宛如三缕旖旎洁白的烟。

这，是离湮城主回归于下界的三魂吗？

[第十二章]

钢铁骨骼

　　云荒大地上战云密布，帝都虽然还没有进入战时状态，但塞外的大漠上烽烟已经燃遍。六部战士奔赴前线，大军集结。然而，在另一个永无尽头的深蓝色海洋里，万里之外的归客却还不知道这种天翻地覆的变化。

　　满月暗了又亮，渐渐变成下弦月。

　　然而，这一切变化却无法被地底下的人们所感知。离开南迦密林里那座神秘的城市后，冰锥无声无息地在地底穿行，破开岩石，由密林北上，穿过北越郡，抵达九嶷——这条通道，是他们进入云荒时就挖出的，所以回去的时候速度快了许多。

　　"你说，这次死了那么多人，回去应该不会被处罚吧？"舱室内空空荡荡。闻笛少将在南迦密林里受了重伤，只能用一只手控制着轮盘和机簧，对着旁边的白衣女子开口，忧心忡忡，"巫咸大人会怎么说？"

　　巫真织莺坐在舱室里，照顾着两个被封住了眼睛的孩子：一水和三水——这也是此行仅剩下的两位神之手了。然而这两个孩子虽然活了下来，双眼却被灼伤，双手不停地颤抖，整个人处于精神崩溃的边缘。

听到同伴的这句话，她轻轻地叹了口气，怜惜地抚摸了一下孩子。

这次酝酿已久的秘密行动，目的是为了拔除数百年来一直阻挠着破军复苏的神秘组织——"命轮"。他们携带着神之手不远万里潜入云荒，按计划侵入了这座密林中的城市，灭除了那座隐于历史幕后却一直在左右历史进程的神秘城池——最后，连隐族的族长、命轮的星主也已经被杀。

这个计划到此已经如期完成——虽然丧失了前去的绝大部分的精英，代价过于巨大，但至少可以返回去和元老院交代了吧？

"不用担心，我想我们已经完成了任务。"织莺低声回答，"在出发时，我们每个人都作好了不再回来的打算，也都已经和家人告过别了。"

家人……说到这里，她心里微微一震。

羲铮，她新婚的丈夫，如今怎样了呢？按照元老院的任命，他没有跟随巫彭元帅出征云荒，而是作为最精悍的部队，留在棋盘洲空明岛，守护沧流帝国到最后——可是，在几乎把所有兵力都抽调去云荒的时候，他一个人带着那么几架破损的风隼，在空桑西海舰队的进攻下又能支持多久呢？

她走的时候，他没有来送别；而等她回去的时候，还能见到他吗？

想到这里，一种剧烈的痛苦从心底蔓延，如同一柄看不见的薄刃搅着她的心脏。凯旋的巫真跟跄着回到了自己的舱室，关上门，下意识地喃喃念着丈夫的名字："羲铮……"

"织莺不喜欢羲铮。"忽然间，一个声音清脆地说。什么？她愕然抬头，看到了架子上那只夜莺。那只机械做的仿真鸟正用滴溜溜的眼睛看着她，神色无邪，说出的话却如此直接而犀利。

"小莺，你说什么？"她不由自主地脱口问道。

"织莺不喜欢羲铮。"显然对这个问题早有准备，仿真鸟重复了一遍刚刚说过的话，歪着头看着她，"织莺不喜欢羲铮！"

"谁告诉你的？"她失声，眼里已有怒容，一把抓住了那只饶舌的鸟。下一个瞬间，她就知道自己对着这样一只机械鸟发脾气是多么可笑——小莺所说的一切，自然是设计者在之前就存入了它身体里的。所以，如今它说的话，无非就是望舒的心里话而已。

是的，望舒知道自己并不是人类，他也知道她并不爱羲铮——他还知道什么？

"那么，织莺喜欢谁？"沉默了片刻，她终于问出了下一个问题，语音微微发颤。而奇怪的是，一直对答如流的小莺居然哑了，瞪着乌溜溜的双眼看着她，就是不说话。

机械也会卡壳吗？她心里忽然有些烦躁，将那只仿真鸟扔回了架子上。

"织……织莺喜欢的，应该是望舒吧？"忽然间，沉默许久的小莺开口了，声音一改平时的活泼顺溜，居然是有些迟疑和惶恐的，而且破天荒用了不确定的语气。

"你……说什么？"问话的人失声，语声发抖。

"织莺喜欢的是望舒。只是，织莺没办法和望舒在一起。"小莺怯生生地继续说着，眨了眨眼睛，"因为，望舒和小莺一样，是个机械人，是人造出来的工具——元老院那些可恶的家伙像养着小莺一样养着望舒，让他帮他们造杀人武器，日夜辛苦工作，却没有把他当作人看待，更不会允许他和织莺在一起。"

"够了！"织莺失声，脸色苍白，看着那只仿真鸟，仿佛是看到了什么可怖的存在一样，猛然往后退了一步，"别说了！"

然而，仿佛被那个问题触发了早已设置好的一系列回答，小莺居然没有理会她的话，继续嘀嘀咕咕地说了下去，似乎那些话早已被埋藏在那里，只等她问一个正确的问题，便能发出无尽的倾诉。

"可是，织莺和那些人不一样……织莺是真的喜欢望舒，哪怕他没有血、没有肉，也没有心——她把他当作人，不会像元老院一样只把他当作工具。她对他好，心疼他，就像哪怕她最后还是嫁给了羲铮，她喜欢的，还是望舒。"

"一定是这样的，是不是？"

"……"织莺看着那双乌溜溜的眼睛，身体微微发抖，说不出一句话。是的，那是一只没有生命的机械鸟，然而这一刻却仿佛妖魔附体一样拥有了灵魂，说出了这样一番足以震惊活人灵魂的话。

"是望舒教给你这些的吗？"许久，她才涩声问，脸色苍白。

"是的。"小莺在架子上蹦跳了一下。

"他还说了什么？"织莺顿了顿，仿佛下了一个很大的决心一样，"他……有没有什么别的话，让你转告我？"

架子上的小莺停顿了一下，嘴巴张了张，里面的机簧咔咔转动，居然出现了长久的卡壳。正当织莺以为没有别的话，打算推开门离去时，背后忽然传来了一句话——

"织莺，我很喜欢你，想和你在一起。你也爱我吗？"

那居然是望舒的声音！

织莺的脸色倏地苍白，她倒退了一步，定定地看着架子上的小莺，而那个学舌的机械鸟也看着她——那一刹那，她几乎有一种错觉，那个木头金属制成的躯壳里盘踞着一个灵魂，正在窥探着她的反应。

你也爱我吗？小莺在等着她的回答。然而，织莺不能说出一个字——尽管她知道自己的每一个回答，都会引发不同的答案。

"可是，望舒……只是个机械人。"

许久，她并没有按照小莺的问题回答，而是用战栗的语气说了这一句。

小莺仿佛又卡住了，嘴巴张了张，没有说一个字，乌溜溜的眼睛骨碌碌地转，许久，才忽然道："望舒知道自己是个机械人！"

织莺沉默，用力攥着自己的拳头，只觉得掌心里都是汗。

"我把所有想对你说的，都交给了小莺。你想知道我的想法，就去问它。"

耳边响起了离开沧流时望舒在码头上对自己的轻声叮嘱，少年的声音低沉而神秘，带着一种执拗的不可言喻的疯狂。

这些，都是他的话吗？那个孤独的少年，一个没有过去、没有未来，长年累月在地底下军工坊工作的异类，他到底有怎样的感情和内心？没有人知道。因为，那是和所有人都不同的、独一无二的存在。

"是与不是，又能怎样呢？"她最终只是喃喃，用轻到听不见的声音道，"我们终究不是同类……还能怎么样呢？"

冰锥在无边无际的大海里穿行，带着幸存的战士返回故土。

她的故乡在战火里，她的族人在浴血奋战，她的夫婿在苦苦支撑。按理说，她应该尽早返回，投入战场。然而，不知道为什么，她心里却有一种隐约的抵触——她只希望能永远不要抵达彼岸，永远停在这片蔚蓝色的深海里。

唰的一声，在经过了不知道多久的地底穿行后，冰锥猛然一震，终于穿透了云荒地底的岩层，从北方尽头跃入了大海。

在这从陆地跃向海洋的短暂瞬间，阊笛少将从窥管里看到了头顶的星象。

"破军！"一时间，沉稳的军人失声叫了起来，"快看！破军开始发出光芒了！——时间快到了，破军就要苏醒了！"

"真的吗？"这个消息令一直失魂落魄的织莺也站了起来。然而等她走过去的时候，冰锥猛然一沉，已经重新一头扎入了北海，无边无尽的蓝色海水覆盖了上来，淹没了窥管，再也看不到头顶的星象。

机舱里瞬间陷入了寂静。外面只是一片深蓝，无穷无尽，仿佛来到了另一个世界。

进入大海的那一瞬间，冰锥发出了猛烈的颤抖，聚集成尖利形状的外壳一瞬间展开，变换成了更加适合在水中潜行的模式。仪器开始运转，其中一个机簧开始有节奏地跳跃，接受着从深海里传来的讯息——那些讯息是用一种奇特的波纹发出的，中心位于空明岛，穿行在海洋深处，只有冰锥能感觉到它的存在。

阊笛少将迫不及待地打开仪器，看着从深海里传来的讯息，忽然喊了一声。

"怎么？"织莺吓了一跳，回过神来。

"太好了！我看到元老院传来的消息了——按照我们原来的计划，反攻应该已经在十天前正式发动，我们的军队已经从狷之原登陆，如闪电一样刺入空桑的心脏！"阊笛少将越说越激动，飞速驾驭冰锥，恨不得立刻回到战场，"现在命轮已经被摧毁，白墨宸也挂冠而去——空桑已经被斩首，还有谁能与我们相抗？"

织莺低低地回答："可是，我们的军队只有他们的十分之一。"

"但我们的战士个个勇猛，以一当十，岂是那些空桑人可以比的？"闾笛少将冷笑，"而且，我们还有了神之手！空桑有吗？"

"神之手……"织莺一怔。对，她怎么会忘了留在空明岛的那批孩子呢？

那批具有"风"和"空"力量的孩子，在她走的时候被移交给了羲铮。虽然不像此行的"水"和"火"两部的孩子一样具有破坏性的杀伤力，那些孩子却天生擅长操纵虚无的东西。即便是风隼这种精密度极高的机械，他们操控起来也是游刃有余。那些孩子驾驭机械的灵巧度，甚至超过了训练有素的鲛人傀儡，能让改装后的风隼和比翼鸟力量提升接近一倍之多。

经过羲铮的训练后，那些孩子掌握了驾驭机械的技能，那些因为没人会开而封在仓库里的风隼和比翼鸟，如今都可以重返战场了——整个征天军团瞬间复活，展现出当年震动九天的力量，那些空桑军队怎能抵挡？

"那些空桑人措手不及，被杀了个落花流水！听说第一战在迷墙下就斩首了一万空桑人！"闾笛少将兴奋地说着刚听到的消息，"目下我们已经诛杀了空桑赤王，还灭了四大部落里的三个！看起来，马上要剑指瀚海驿了！"

织莺默默听着，心里却没有多少喜悦。

杀戮，有什么可炫耀的？如果以她个人的看法，她觉得居住在西海上也没有什么不好，何必用血流漂杵的代价回到那片土地？但身为帝国的一份子，听从指令几乎是生下来就被教导的准则，她亦从无反抗。

"不知道羲铮去了云荒没。"她轻声喃喃。

"没有没有，听说羲铮被留下来守卫本岛了。"闾笛少将回答，"元老院把整个帝国的兵力倾巢派出，也得留一张王牌防守吧？羲铮本身就是个一流的军人，这次战役结束后，他身上的荣耀就更多了。巫彭元帅老了，将来帝国的元帅也该是他了吧？"

说到这里，闾笛少将对她的态度忽然变得恭谨起来，"你看，就算看在羲铮的分儿上，元老院也不该处罚我们的——先在这里对你说声恭喜了。"

　　"恭喜？"她低下了头，眼里一点欢喜的神色也没有——她刚刚带领一群孩子屠杀了一座城池，那些孩子死了，而隐居在密林里的那些男女老幼也都无一幸免。已经有那么多人死了……即将有更多人死去。战争，似乎真的永无穷尽。

　　这，有什么值得喜悦的？

　　"快到西海了吗？"她忍不住轻声问，心里有一种奇特的复杂感情：似是恐惧和回避，又似在渴盼。然而，阊笛少将还没回答，一个声音却抢了进来，尖声道："回西海！织莺一定要回西海！望舒在等着！"

　　小莺睁大了眼睛，骨碌碌地看着她，眼神宁静又干净。

　　宛如那个天才少年的眼神。

　　望舒，你还好吗？你，还在与那些冰冷的机械为伴，等待着我的归来吗？等我归来时，你希望我给你的是什么样的答案呢？

　　此刻，在遥远的西海上，战云密布。在最后一个辅岛失守之后，沧流帝国的首府空明岛已成绝境，四周都包围着空桑人的军队。木兰巨舰上火炮轰鸣，密集的炮弹射向了冰族人最后的堡垒。

　　大地在颤抖，无数房屋随之倒塌，空明岛几乎成了焦土。

　　在地下的密室内，沧流元老院会聚一堂，默默无语地看着居中的首座长老巫咸。头顶不断有炮弹落下，闪出的火光透过天窗，映照得室内一明一灭。水镜里倒映着火光，让潜心与远方对话沟通的巫咸回过神来。

　　"各位，我们的军队，已经穿越了博古尔大漠！"首座长老抬起头，缓缓吐出了最新的消息，"四大部族已经崩溃，很快，我们就要抵达瀚海驿了。"

　　如果抵达瀚海驿，那么，镜湖和伽蓝帝也都近在咫尺。

　　然而，这样的喜讯并未让在座的几位长老露出轻松的神色。长老们只是相互看了看，国务大臣巫朗紧皱眉头，低声道："前线传来的消息固然是好，可是燃眉之急还是要先解……目下空桑的十万大军围困空明岛，日夜猛攻，只怕我们撑不了多久了。"

说到这里，头顶再度落下一枚炮火，地下密室震颤。

巫咸低下头，看着水镜上映照出的火光，低声道："放心，他们不会得逞的——我相信，空桑帝都发出的调西海大军回去救急的命令，已经在半路上了。而等到五月二十日，破军就将苏醒，到时候，这天下谁还能与我们匹敌？"

"五月二十日？就先别想那么远了，"旁边的巫姑却尖着嗓子冷笑，"听说空桑主帅骏音已经下令，要在三天内攻入本岛！"

"三天？空桑人也太小看我们沧流战士了！"巫咸冷笑起来，"这是我们的首府，怎么会让那些空桑人在三天之内登上空明岛？"

"你出去看看吧，外面都成什么样了！"巫姑却不客气地打断了他，"没有一座房子是好的，包括我们的府邸和元老院都被空桑人的炮火击中了！我的孙子被炸死了，大儿子也战死了——如今我们只剩下不足一万人还能动！你倒是说说看，能不能坚持三天？"

"巫姑！"巫咸在元老院德高望重，还是第一次被人如此不留情面地驳斥，不由得变了脸色。然而，旁边的几个长老却没有人开口帮他说话，每个人都脸色凝重。

"其实，真应该多留一些兵力在本岛的。"巫抵叹气，"否则也不会弄成现在这样。"

"依我说，当初就不该给那个中州人那么多黄金！把国库都掏空了。"

几巫纷纷低声议论，开口说出的却全是抱怨。这些年来，巫咸大权独揽，作大决断的时候根本不把其余人的意见放在眼里，让元老院的其他几位心里积累了不少意见，此刻形势危急，那些深埋的火药便有被引爆的危险。

"好了，在这种时候，元老院诸位更加不能乱了阵脚。"巫咸看到这样的情况，只能勉强压下了火气，开口问，"羲铮呢？他在哪里？"

"羲铮已经三天三夜没有回来了。"巫朗回答，"他带领征天军团留守在本岛的战士抗击空桑人，日夜不眠地巡视着本岛——空桑兵力是我们的十倍，却没有制空权，多亏了羲铮带领的十二架风隼从空中配合，否则空明岛早就沦陷了。"

"召羲铮回来。"巫咸低声道，咳嗽着，"紧急部署后面的事情。"

"是。"巫朗低头。

"在空桑人登陆之前，无论怎样的情况，所有人各司其职，不得离开。"巫咸站起身来，手里握着水晶球，虽然脚步有些踉跄，苍老的身形依旧挺得笔直，朝着外面走去，"明天中午，大家再来这里讨论下一步的事情。"

巫姑等人看着他的背影，眼里的不满之色更深，相互交换了一下意味深长的眼神。

"首座真的是太老了……"巫朗叹息，"连走路都不稳了。"

巫姑冷笑，"但愿不要空桑人没攻进来，他先倒下了吧！——你猜他这是要去哪里？"

"应该是去地下工坊吧？"巫朗低声道，"如今那个孩子是我们唯一的希望了。"

"孩子？"巫姑桀桀怪笑起来，"那可不是什么孩子……那是个怪物！"

"这种话别说得这么露骨，毕竟望舒很听话，给沧流帝国造了不少有用的武器。"巫朗皱眉，"何况现在又是这种局面，我们还要指望他呢——听说他正在做一种叫'云之山'的火器，威力巨大，一旦成功，据说靠着个人之力就可以扭转战局。"

"什么东西这么神？肯定是吹嘘的吧？"巫姑并不信，冷笑，"不知怎么的，我觉得那小子蔫坏，整天不说话，装沉默乖巧，心里不知道打什么主意呢……你猜，他是不是知道自己是什么东西了？"

巫朗紧张起来，"别乱说！他怎么可能知道？沧流上下知道这个秘密的就我们元老院几个人，谁会去告诉望舒？"

"织莺那个小妮子说不定会。"巫姑冷笑，"望舒那么喜欢她，她却嫁给了别人，说不定人家上门来一顿追问，她扛不住就会把真相兜出来。"

巫朗摇头，"不，不可能。巫真虽然年轻，但做事有分寸，断然不会违反首座的意思，把如此关系重大的一件事透露给望舒。"

"好吧，"巫姑索然乏味地转过了头，"既然如此，我倒要看看——"

话音未落，又一声巨响从头顶传来，整个空明岛似乎都在战栗。巫姑的话顿在了喉咙里，枯瘦的手指飞快地掐算着蓍草，脸色阴晴不定。

隆隆的炮火声在头顶传来，然而，在这个宽阔的地下军工作坊里，每个人都全神贯注地工作着，似乎就算炮火落在了眼前也不会动容分毫。那些都是沧流最好的工匠，他们迅速而严谨地按照各自的职责操作着，锻造钢铁、调配火药、制作机簧、磨合组装……

一切有条不紊，每隔一盏茶时间，就会有崭新的武器出现在面前。

"禀告首座，今天我们造出了一百二十七把射日弩，五百发筒子镖，还有……"负责军工坊的何安校尉向忽然前来的巫咸长老报告进度。然而后者只是皱着眉头看着一堆崭新的机械，摇了摇头，"还只是在造这些？没有更好一些的武器了吗？"

"这……"何安校尉有些为难，"没有其他新武器了。"

巫咸皱眉，低声问："望舒在哪里？"

"他……在房间里休息，"何安校尉显出犹豫之色，似乎压抑着自己想要抱怨的心，嘴里却还是忍不住一连串说了出来，"这两天他几乎就没有从房间里出来过，连我们遇到制作上的问题，都是隔着门向他请教。首座，您看外面的战局已经这样了，大家都在拼命工作，如果这样下去，属下觉得——"

"我知道了，"然而，巫咸只是淡淡点了点头，"继续工作吧。"

何安校尉愕然，却看到巫咸将一把射日弩扔回了匣子里，对着身后的随从说了一句"你们在这里等一会儿"，就径直走向了地底更深处那个工坊。

这个工坊，位于地底十丈深之处，已经有了数十年的历史。沧流帝国历史上的传奇人物天机公子生前便在这里工作，靠着一人之力，研制出了无数匪夷所思的机械，改进了风隼和比翼鸟，留下了冰锥草图，将冰族的制造学提升到了新的高度。

而此刻，这里的主人是一个少年，传说中天机公子的"遗腹子"——望舒。

通道并不宽，只堪堪容许两个人并肩，四壁都用精钢制成，坚固无比。任凭空桑军队狂轰滥炸，火炮炸弹如雨而落，这个工坊却还是纹丝不动、固若金汤。走完了长长的甬道，巫咸在尽头的那扇门外停下，发现它果然是关上的，便抬起手敲了敲。

没有人开门，也没有丝毫声音。

巫咸皱起了花白的长眉，屈指重新敲了敲，开口："望舒，开门。"

"别烦我！"里面传来了少年的声音，出乎意料地暴躁，随着一声沉重的金属跌落声，似乎有什么东西被狠狠砸在了地上，"滚！我说过，没我的吩咐，谁都不许吵我！"

"是我。"巫咸咳嗽了一声。房间里的声音忽然停顿了，似乎望舒听出了是谁，回答了一句"稍等"，随即传来一连串窸窸窣窣的响动，有什么东西被急促地拖动着。过了足足一盏茶时间，脚步声才向着门口走来。

"巫咸大人？"厚重的包着精钢的门被打开，门后露出一张苍白的脸，眼窝深陷，头发蓬乱，整个人连站都站不稳，左右摇晃着，似乎随时随地都会晕过去。

"怎么把自己弄成这样？！"巫咸看到望舒这个样子也吃了一惊，连忙推门而入，"这些天你把自己关在这里都在做些什么？"

"我……在设计一个新东西。"望舒搓着手，神色有些不安，身体也微微左右摇晃——巫咸很熟悉他这种神情，往往预示着这个少年在进行一件非常重要却暂时不能说出来的事情，不由得精神一振，"你研制出新武器了？"

"这……算是吧。"望舒犹豫了一下。

"怎么吞吞吐吐的？"巫咸有些不耐烦起来，皱眉呵斥，"你知道外面的战局已经到了什么程度吗？空明岛已经四面被围，羲铮带着人苦苦支撑，眼看空桑人就要登陆了！这个时候你如果设计出了什么，一定得赶快投入制作！否则就来不及了！"

"羲铮？"似乎这个名字刺激到了某根神经，望舒苍白的脸上忽然浮起了一丝淡淡的血色，眼神倏地一亮，"对哦……他是军人，应该去和空桑人打仗的。他还没有死吗？"

"什么话！难道你希望他死吗？"巫咸心里一震，似乎从这个少年的眼眸深处看出了一种极大的恶意，一股怒火勃然而起，怒叱道，"望舒，事到如今你也要有自知之明。织莺已经嫁人了，就算是羲铮死了，她也是别人的妻子！这辈子，你就别再妄想了！"

这些话锋利如刀，让少年的脸顿时褪尽了血色。望舒双手绞在一起，薄唇颤抖着，似乎要说什么，却终究硬生生咬住了牙，只是低下头去，不再说话。

"是不是还不服气？"巫咸第一次在少年脸上看到这种神色，忍不住皱眉，舒了口气，道，"等这场仗打完了，我会挑族里的美人给你。"

"我不要。"望舒咬着牙，低声道，"我就要织莺。"

"放肆！"巫咸位高权重，还从未被别人如此当面顶撞，忍不住大怒，"本座说给你娶妻也是为了你好，本来你压根儿不需要娶妻！要不是……"

"要不是此刻国难临头，你连这一句都懒得哄我，是吗？"望舒忽地嗤笑起来，抬头看着巫咸，清秀的眉目之间尽是冷嘲之色，"首座大人，我为沧流帝国日夜辛苦工作，没有功劳也有苦劳，为什么我唯一想要的东西，你们就是非要从我手里夺走呢？——如果没有了我，谁来为你们造这些杀人武器？谁来成为你们的武器？"

巫咸震了一下，似乎听出了这话里面的威胁意味，不由得审视了一下面前站着的这个少年——自从织莺离开后，短短数月，这个少年似乎从内而外有了一些深远的改变，连眼神都已经不同，闪烁莫测。

他知道望舒说得没错，叹了口气，放缓了语调，"我知道你是个好孩子，望舒。对帝国而言，你也是个不可或缺的宝贵财富——孩子，你配得上拥有任何东西。"

这样的语气让少年的口气也软了下去。望舒绞着双手，有些不好意思地问："如果……如果我给了你你所需要的一切，你是不是也会把我想要的给我？"

"我要的东西？"巫咸一震，四顾，"你到底做出了什么？"

"首座大人以为我每天关在这屋子里，难道是在无所事事地浪费时间吗？"望舒嘴角噙着一丝笑，意味深长，"看吧，我做出了一件可以扭转整个战局……不，乃至整个天下的东西！是超越天机公子的、空前绝后的杰作！"

巫咸忽地站了起来，用一种又惊疑又狂喜的目光审视着望舒。他知道这个单纯的少年从不曾如此狂妄和夸大过，不由得咳嗽了几声，"让我看看！"

"还是半成品。"望舒摇头，"我还没做完，缺一些零件。"

"到底是什么？"沉稳老练如巫咸，也终于流露出了沉不住气的急躁，"外面战局已经岌岌可危，你总要让我知道到底是什么新机械，能够扭转局面？"

"这个……"望舒沉吟了一下，眼睛里露出一丝狡黠，"如果我比羲铮更有用，如果我能挽救这个帝国的危局——首座大人，您，会答应我的要求吗？"

"……"巫咸知道自己这句话的分量，掂量了下，只道，"先让我看看你做出了什么，如果真的是空前绝后的利器，我可以考虑。"

"真的吗？"他终于松了一丝口风，已然令望舒欣喜若狂。少年从堆满各种机械的仓库内飞快向深处奔跑，顾不得自己一瘸一拐的模样，在工坊的尽端，打开了一个柜子，回过头喊："看！"

那一瞬，巫咸目瞪口呆。

装在柜子里的，居然是另一个望舒！

然而仔细看去，那分明又是一具模型：四肢和躯干都用金属制成，面具是瓷做的，细密如锁子甲一样的冷冷钢铁覆盖着表面，如同覆盖了金缕玉衣的苍白的人体。看到这个东西，巫咸不由得倒吸了一口冷气，心里忽然有了一种奇怪的感觉——

难道，这个孩子造出了另一个同类？

"你看，它会动。"望舒伸手进去，不知道在机械的什么地方按了一下机关，只听咔嗒几声，那个金属机械人忽然动了，一抬脚，竟从柜子里稳稳当当地走了出来！

只听轰然一声响，它这一步踏下去，坚硬的地面居然凹了一块！

那个人偶只走了一步就又停住了，再也不动。

　　"大人，看我给你示范。"望舒走过去，又按下了一个机簧。站立的机械人的身体忽然打开了，两边的肋骨如同一扇小门似的敞开，露出了空空的内部，正好能够装下一个人。

　　"这……"巫咸直视着这具金属做的机械骨架，不可思议地喃喃，"怎么会？你、你居然如天机公子一样，做出了这种……"

　　"不，这只是一个外壳而已，要靠人工来操作。"望舒打断了他，将那个机械脸部拆卸了下来，里面是空空的一个类似头盔的空间，"我只不过随手拓了一下自己的脸，做了这个面具放在它身上而已！这个其实只是一个单兵作战用的机械，我把它叫作'钢铁骨骼'，只要一使用，就可以将单兵格斗能力放大到上百倍！"

　　"钢铁骨骼？"巫咸愕然。

　　"对，我给您示范下。"望舒背对着机械站定，然后摁了一个机簧。只听那个机械人忽地往前走了一步，敞开的胸膛，顿时将少年整个人包了进去。不等旁观者惊呼，只听细密的咔嗒声连续响起，那具机械在不停地展开和变化，瞬间长大了一倍。

　　"这是做什么？"巫咸愕然，"是一具机械盔甲吗？"

　　"这可不是什么简单的盔甲！"望舒被关在里面，手足都和机械合为一体，只有声音传了出来，骄傲无比，"你们以前都觉得我手无缚鸡之力，可是现在，我可以轻松地做任何事，比如——"

　　他的手微微抬起，机械也随即动了起来，用钢铁的手臂拿起旁边一根粗如儿臂的钢铁檩条，轻轻一弯，竟然轻而易举地将这百炼精钢给折断了！

　　这种巨大的力量，令巫咸倒吸了一口冷气。

　　"看到了吗？这个机械的妙处在于，可以百倍放大操纵者的一切力量！"望舒挥动着手臂，机械精确地复制了他的动作，做了一个攻击的姿势，"它还能格斗！可以轻易掀翻一座战车——要不要我找个对手演示一下？"

　　"不用了。"巫咸连忙往后退了一步，心生凛然。

　　他刚退开，机械人的手臂从身边擦过，轰然一声，铸铁的长椅粉碎！那种巨大的力量令首座长老的脸色都变了。

看到造成了破坏，望舒连忙停止了动作，道："对不起，我还没完善好它的系统，所以力道控制得不大好——不过，这东西很好操控，不像风隼那样对驾驭者要求很高，任何普通战士都可以掌握。"

"真的？"巫咸看着这个巨大的机械模型，眼里露出了一丝喜悦，"如果是这样，那我们每一个战士在战场上就真的能以一敌百了！"

"是的，以一敌百！每一个战士的力量，都相当于一个营的人！"机械外骨骼打开，望舒从里面走了出来，看着巫咸，眼睛闪亮，如同一个急于得到奖赏的孩子，"你看，这是不是够让我们反败为胜？是不是够让首座大人你答应我的要求？如果还不够，我能造更好的出来！"

"……"巫咸沉默下去，许久才道，"你要什么？"

"你……你知道的。"望舒的脸色居然微微有些红，双手绞着，身体下意识地左右晃动，"你……你明明知道的！干吗非我说出来？"

"是织莺吗？"巫咸不再和他兜圈子，直截了当地回答，"这个，还是不可能。"

望舒的脸唰地惨白，那种白透着一种诡异的透明，令人望而心惊。巫咸被他这样盯着，任是老成稳重，也不禁有些不安，不由得放缓了声音："望舒，我知道你喜欢织莺。可是别的女子都无妨，唯独她不可以。织莺出身高贵，是十巫之一的巫真，自幼就许配给了羲铮，如今也成了婚，你还想怎样？难道要我把她从羲铮身边给你抢回来？"

"抢回来又如何？作为首座长老，应该有权力判决帝国的任何一对夫妻仳离吧？"望舒定定地看着他，语气强硬，毫无回旋余地，"我要的就是织莺！你若不给我，那么，我也不会给你你要的东西！"

巫咸皱眉，"钢铁骨骼都已经造出来了，你还想怎样？"

"我不会告诉你制作的核心秘密，你就是拿到了，也不过是个死物件。你们既不懂操作，也不能复制。"望舒冷冷的，眼里露出了傲然的光，"你就算把整个帝国一流的机械师都集中起来，这个模型拿去任凭你们拆卸研究——给你们一年时间，我倒要看看谁能造个一模一样的出来！"

"你……"巫咸皱着眉头看着他，天才的机械师也冷冷看着他——这个眉清目秀的内向少年，还是第一次露出这样桀骜不驯的表情。

真的变了啊……巫咸在内心叹了口气，听到火炮在头顶隆隆作响，大地在颤抖。

"空桑人已经快攻到本岛了。"他叹息，"望舒，你就不能别在这时候添乱吗？"

"火烧眉毛的时候，才是你们最需要我的时候。"少年机械师冷冷回答，如此犀利、一针见血，完全不同于平日，几乎带着一丝冷嘲，"错过了这个时机，你更加不可能答应我的要求了，是不是？"

"可是，就算我同意，你觉得织莺会答应吗？"巫咸无奈，换了个角度，劝导，"她自己也不会同意。"

"胡说！你胡说！"望舒忽然激动起来，握紧了双手，直直看着首座长老，"你凭什么说她一定不会答应？如果不是你们作梗，她早就和我在一起了！她喜欢和我在一起！"

"呵，"巫咸忍不住笑了一声，想说什么又忍住，最终只是叹了口气，"那么，等她从云荒执行任务回来之后，我再带你去当面问问她——如果她愿意离开羲铮，那么我一定不会阻拦，如何？"

"……"然而，少年却沉默了，身体的晃动越发剧烈。

巫咸忍不住苦笑，"你看，连你自己都无法确定织莺的想法，是吧？却还要在这里逼着我同意让她和羲铮仳离。望舒，你还小，不要总是……"

"我不小了，别把我当小孩子哄。"望舒忽然抬起头，冷冷看了他一眼，那种眼神令首座长老都忽然噤声。望舒的身体忽然间停止了晃动，十指用力绞在一起，咬着牙道："好！我答应你，等织莺回来了，就和你一起去问问她——如果她想和我在一起，那么，你绝不许阻拦我们！"

"好。"巫咸苦笑着，不想和这个执拗的少年继续纠缠，"就这么说定了。"

"那好，"望舒迟疑了一下，看了一眼那个机械人偶，对巫咸道，"你派一队机械师过来，大概十个人就够了——我只够顾得上那么多人，太多了我没办法一一教过来。我把制作这个东西的诀窍和剖析图给他们。"

"好。"巫咸松了口气，"大概多久能批量造出来？"

"怎么着也要十天吧？"望舒道，"第一批估计可以略微快一些。"

"十天？那可能也来不及了……"巫咸皱眉，花白的眉毛下眼神焦急，"空桑人的登陆战，估计这两天就要打响。一旦他们登陆，估计本岛地面战争只能支撑一个月，等转入了地下战斗，那这种钢铁骨骼也就没有用处了。"

"那么快？"望舒愕然。他一直只是一个闭门造车的机械师，从没有直接参与过战争，所以也不知道目下外面到底是一个什么样的情况。

"你不用管这些，地下军工坊肯定是最安全的所在，就是元老院沦陷了，这里也会有重兵把守。"巫咸目光炯炯地看着少年，拍了拍他的肩膀，"抓紧将这个东西制造出来——如果你这次能拯救沧流帝国，那么，你想要的一切都可以在日后得到满足！"

望舒的眼睛亮了起来，用力点了点头，"好！"

巫咸最后对少年颔首，转身匆匆离去，头顶的地面不停摇动，密集的一发发火炮倾泻而下。

在十万战舰的包围下，空明岛已经成了一座孤岛，内外无援的海上堡垒——而岛上的军队也只剩下了十分之一。

"怎么样？"巫姑等在那边，急切地问，"有什么秘密武器？"

"有。"巫咸点点头，"但还需要时间。"

"那怎么来得及？！"巫姑急躁起来，"刚才我通过蓍草占卜，结合探子的密报得知，如果不出意外，空桑主帅骏音应该决定在明天子夜对空明岛发起最后的合围进攻！他们有十万军队、三千艘战舰，而我们这边能作战的已经不到一万人。"

"明天……"巫咸一震，脸色苍白。

许久，他才道："幸亏我们还有羲铮，他带领征天军团借助空中优势，可以略微遏制空桑几天。"巫咸摇着头，"可惜，这次征天军团的大部分力量都调去了云荒大陆。实在不行，我们只有暂时撤离本岛。"

"撤离？"巫姑愕然，"让元老院撤离？"

"是，我相信伽蓝帝都一定会调兵回本土，只要我们撑到那一天，一切就能逆转。"巫咸低声下令，"让元老院所有人作好撤退准备，只能带直系三代以内亲属不超过十人，乘坐螺舟暂往深海避难——其余的，都留在本岛！"

巫姑的手颤抖了一下，喃喃道："那……望舒呢？"

"当然要带上！就算扔下你和我，也不能扔下他！"巫咸肃然，"他是我们帝国最大的财富，就算是牺牲其他所有机械师，也不能让他落在空桑人的手里！"

"怕什么？反正他也不会死，"巫姑冷笑起来，"他不是人。"

"但我们还不知道怎样才能再造出一个新的望舒。一旦失去了他，帝国的战斗力就会削弱一半！"巫咸压低了声音，"特别是现在这种时候，什么事都必须答应他……刚才，我甚至同意了将织莺许配给他。"

"什么？！"巫姑尖叫起来，"你要把织莺许配给一个不是人的家伙？"

"只是权宜之计。"巫咸压低了声音制止她，"先过了眼前这个难关再说。如果空桑人真的登陆本岛，我需要他帮我们收复失地——如果我们要撤离，也一定得带上他，销毁地下军工坊里的所有机械，免得落到空桑人手里！"

"羲铮还在为帝国血战，你转过身，就把他的妻子卖给了一个没有血肉的机械人！"巫姑咬牙切齿，喃喃咒骂，"你觉得她会同意吗？和这种怪物在一起一辈子？"

"别担心，只是暂时的。"巫咸知道巫姑尖刻火暴的脾气，连忙安抚，"目下先撑过空桑人这一波攻击，等过了这一关，我们也就不需要再哄着他了。让他把毕生所有才能都展现出来，等机械师们掌握了全部图纸，我们就——"

他的手平平一切，冷然做了一个手势。

"杀了？"巫姑吃惊。

"不，只是让他安分点儿。"巫咸低声道，摇着头，"作为一个'人'，望舒给我们带来太多麻烦了……如果是只剩一个头颅、没有手脚的纯机械的话，他就只能老老实实，不会折腾出那么大动静了吧？"

"呵，你可真实际啊……"巫姑一愣，忍不住讥笑，"只要他的脑袋就够用了？你是想把他拆了，只留下一颗脑袋放在托盘里，让他每天指导机械师干活儿？"

"别说得那么残忍。要记得，他本身也不过是个机械罢了。"

两人说着，并肩在黑暗里渐渐远去。

咔嗒一声，墙壁上一个小孔悄然打开，露出了一只冷冷的洞彻的眼睛。望舒坐在空旷的地下军工坊里，透过墙壁里的窥管看着外面的一举一动，苍白的脸上露出了一种莫测的表情，似乎是冷冷的嘲笑。

等二人离开后，他打开了钢铁骨骼的外壳。

巨大的外壳里面，有一具和人体等大的金属内胆，四肢俱全，上面笼罩着头盔。那个头盔似乎是比着望舒的外貌制作的，面容栩栩如生，紧闭着眼睛。

少年手指抚摸过机械，对着冰冷的钢铁低声说话："非我族类，其心必异。在这些家伙眼里，我和你，基本都是差不多的'物件'罢了，呵……"

望舒发出了轻轻的冷笑，那一瞬间，他的眼神变得极其恐怖，和他清秀俊雅的少年外表完全不符。

"既然这样，那么，我也不再手下留情了。"

[第十三章]
深海诡变

如巫姑所料，空桑人的登陆战役在第三天晚上深夜打响。

十万大军包围了空明岛，一艘艘木兰巨舟首尾相连，如同巨大的海兽围绕着孤岛，每一艘船上都吐出猛烈的炮火。密集的炮弹如同天火一样倾泻而下，在短短的半个时辰内将空明岛地面上的所有化为火海。

"快，把军工坊所有东西都装上螺舟！"

"所有东西？螺舟装不下啊！"

"那就把所有成品装上去，剩下的都砸毁！——巫咸大人吩咐了，绝不能让这里的东西落入空桑人手里！"

"那么，望舒大人呢？"

"早就被接走了！他是最重要的人，怎么会让他留在这里？——空桑人刚合围的时候，他就和元老院上了螺舟，到了外海。"

"那就好。否则，我们就会接到命令把望舒大人就地处决吧？如果他落到空桑人手里，那可就……"

"赶快！别说话了！空桑的先遣队都已经搭了舢板，涉水冲锋过来了！——羲铮少将带着风隼在截击，尽量给我们多争取时间。"

头顶炮火隆隆，整个大地都在颤抖。地下的军工坊里聚集着一队战士，正在急促而有条不紊地运送着资料和机械——风隼、螺舟、射日弩、冰锥……沧流帝国军工制造业的精华凝聚于这些图纸上。

　　当所有该运走的东西都被运走后，整个军工坊顿时显得空荡了许多。只有未曾完成的巨大机械横七竖八地摆在那里，有些是战车，有些是武器，有些甚至是人形的盔甲，看上去如同开膛破肚的尸体。

　　"接下来呢？"有战士低声问，看着未完成的机械，"砸掉？"

　　"干脆放一把火吧，来不及砸了。"队长皱了皱眉头，听着头顶的声音，"空桑人已经杀进来了……我们没时间了，得立刻撤退！"

　　"是！"战士领命退下，迅速地找来了火石和火绒，而另一些战士则拿来了一袋袋的脂水。那些比水还轻可以燃烧的液体被装在皮囊里，发出浓烈的味道。

　　"泼到地上，均匀点。"队长吩咐，"点火时退开一些。"

　　脂水在军工坊的地面上纵横流淌，如同一条条蜿蜒的蛇，爬向了那些未制造完成的机械。咔嚓一声，火绒点燃，被扔到了脂水里，发出轰的一声巨响。巨大的火舌腾空而起，瞬间将靠近的战士须发舔焦。

　　"走！快走！"队长迅速后退，看着大火迅速蔓延，喝令，"都撤离！"

　　战士们扔掉了手里的火绒和脂水，向着地下军工坊门口撤退。然而刚一回身，所有人脸色瞬间惨白——当他们把最后一批物资运走之后，不知何时，地下军工坊的铸铁大门居然无声无息地关闭了！

　　"谁？谁干的？"队长心胆俱裂地大喝，一边用力地锤击那扇门——然而，军工坊的门足足有一尺厚，纹丝不动，"开门，开门啊！外面有人吗？"

　　头顶的火炮还在继续轰鸣，然而地下却和地上一起瞬间变成了炼狱。大火蔓延，地下密室的温度迅速升高，所有人都疯了一样拍打着门。但是铁铸的门也迅速地灼热起来，拍打着门的手掌被灼烤着，发出了刺鼻的焦味！

　　"队长……他们、他们是不是想把我们一起烧死在这里？"战士里终于有个年纪小的哭了起来，崩溃地大喊，"元老院想烧死我们！他们根本没想要我们撤离！对不对？"

双手被烧焦的队长似乎感觉不到疼痛，继续拍打着门，疯狂地大喝："胡说！元老院是安排我们撤离的！谁知道怎么会忽然变成这样！——见鬼，谁关的门？"

"呵呵……"忽然间，火海里似乎传出了低低的笑声。

那种笑，让所有人瞬间安静了下来，在烈火里全身发冷。

大火之中，有什么东西动了起来，影影绰绰。那些移动的东西穿过烈火，朝着他们包围过来——那一刻，所有人发出了恐怖的惊呼。

那些机械！是那些半成品机械，自行动了起来！

大火在地下军工坊里燃烧，然而，那些尚未完工的战车隆隆运行，弓弩不停发射，从火上缓慢碾轧而过，居然无惧于脂水烈火，就这样从四面围了过来！

"这堆破机械，到底是怎么回事？"队长也有点蒙了，说不出话来，"难道是有人在操纵它们？喂……有人吗？有人在那儿吗？快出来，别开玩笑！"

唰的一声，劲弩一起指过来，对准了大火中活着的那群人类。

"快退！"队长失声喊道，看到那些空空的机械上劲弩自动瞄准，连忙后退。然而往后一步就踏入了火海，又只能惊呼着跳了出来。

"咔嚓"，在大火中，那些机械仿佛被看不见的手操控着，张弓引箭，对着这群孤立无援的战士围了过来。烈火里，空荡荡的机械上所有武器都自动瞄准了这些活人，冷冷的尖端闪着寒芒。

"不……不要！"战士们失声惊呼。

那只无形的手动了，瞬间，箭如雨下。

当所有人被射杀后，那些机械自动转向，冲入了烈火，似乎按照另一种指示，就这样一动不动地任凭大火焚烧，毁灭了自己。

当地下军工坊发生这一幕的时候，一发炮火落到了空明岛外围的海水里，直达数十丈深，令下潜的螺舟微微摇晃。

螺舟里的气氛非常凝重，黑袍的长老们围着居中的灯火，脸色苍白。

"空桑人真的连夜发起了总攻啊……"巫朗喃喃，脸色有些苍白，"我还以为伽蓝帝都会下令大军返回呢，结果，他们还真的占领了空明岛！"

"不可思议，"巫礼摇了摇头，"我们都已经打入云荒腹地了，空桑人怎么能坐得住？我猜伽蓝帝都的旨意肯定已经下达了，只是尚未传到万里外的西海而已。"

"呵呵，有没有传到，这谁知道？"巫姑桀桀笑了，"将在外，君命有所不受——说不定那个空桑元帅早就接到了旨意，但他不想就这么班师回朝，想先把我们灭了再说。要知道，作为武将，谁不想建功立业呢？"

"……"螺舟里的长老都沉默了下去，没有人说话。

望舒作为最年轻的人之一，在元老院里一向说不上话，此刻也就随着众人沉默下去，双手在黑袍下渐渐绞紧，身体微微晃动，眉目间似乎有些紧张，不时微微抬起眼，看着周围的其他几个黑袍长老。

"我们能撑过这一关。"忽然，首座长老巫咸开口了，闭着眼睛，面无表情，"不要在这里嘀嘀咕咕。多说无益，等着吧，不出三天，他们必然会撤离西海！"

"三天？"巫姑低声道，"三天后只怕我们的战士也没几个活人了吧？"

巫咸霍然睁开眼睛，厉叱："要我说多少遍？我们的战场，不在这里，而在云荒！就算这里都变成焦土，只要我们能直取空桑心脏，一切都不是问题！"

巫咸的眼神凌厉，雪亮如电，让其他长老都不敢再吭声，纷纷起身离开。

然而，不满的情绪在四下弥漫。巫姑咬着嘴唇，低声冷笑，而巫礼、巫抵也都相视摇头，不作声地叹气——这些年来，首座长老的权力膨胀得太厉害，大权独揽，几乎让元老院原本的"合议"制度成为摆设，对于巫咸，他们几个人早已腹诽多时。

特别是如今，已经到了国破家亡的边缘。

散去的长老们相互交换了一下眼神，似乎传递了什么秘密的讯息，朝着不同的方向分散而去。

"望舒，你在想什么？"当所有人散去后，巫咸一眼看到了依旧坐在原地发呆的少年。望舒低着头，脸色有些苍白，身体微微左右摇晃，似是陷入了一种奇特的节奏里，无法控制。

听到这一声，望舒的身体震了一下，似乎从某种遥想中回过神，讪讪道："我……在想，那些空桑人如果发现了军工坊，会怎样。"

"放心，他们发现不了的，"巫咸冷冷地道，"我已经下令将那里焚毁了。"

"啊……是吗？"望舒叹了口气，露出惋惜的表情，"太可惜了。那里还有很多东西我都没造完，如果造出来，会是惊天动地的杰作。"

"只要你聪明绝顶的脑子还在，一切都来日方长。"巫咸安慰地拍了拍少年的肩膀，"如今你先把最要紧的武器造出来——钢铁骨骼弄得怎么样了？我特意用一架螺舟集中了那些机械师，给你造了一个战时的临时军工坊，不耽误你半点工夫。"

"多谢大人如此费心。"望舒笑笑，站了起来，"第一具复制品已经快要完成了——大人想过来验看一下成果吗？"

"这么晚了，机械师们都回去休息了吧？"巫咸有些犹豫，"要么明天再看？"

"能早一天确认，就能早一天投入战场使用，"望舒恳切地道，"大人如果晚上验看了，觉得一切都没有问题，等下半夜机械师们休息回来，我们就可以把第一批的钢铁骨骼运到地面开始使用了。"

"唔……"巫咸拈着花白的长须点了点头，"也是，军情如火啊。"

"那么，大人这边请。"望舒躬身，做了一个请的手势。

空明岛已经陷入战火，沧流帝国的核心人物乘着螺舟避入水底。然而，螺舟大部分被派往云荒，剩下只有寥寥几架，只能让最尊贵的人优先离开——其中元老院及其直系大约有一百多人，剩下的都是帝国最拔尖的机械师以及拥有各类特长的专业人士。

而望舒的军工坊，更是独占了其中一架螺舟。

从一架螺舟到另一架，需要搭乘水下小艇。当巫咸和望舒乘坐小艇穿梭于水下时，一枚炮弹正好落下，直击他们头顶的海面。驾驶小艇的舰长失声惊呼，迅速地转开舵。然而，飞速下沉的炮弹还是直奔他们而来，眼看就要把小艇拦腰炸成两截！

水流激烈动荡，带得小艇猛烈摇晃，望舒失声惊呼。

"小心！"巫咸霍地长身而起，一手按住了望舒，一手抓住了权杖，高高举起。他口唇无声翕动，刹那间，一道光从权杖顶上放出。海水向两边迅速分开，大海深处起了无形的波动，仿佛有看不见的力量瞬间释放，和迎头落下的炮弹对撞。

只是一瞬，那枚钢铁炮弹忽然变形，就像被迎面一击，倏地落入深海。

小艇在海下剧烈地动荡，所有人都脸色苍白。

"没事了。"巫咸收起了权杖，安慰望舒。少年仿佛被吓坏了，定定地看着他手上的权杖，说不出一句话来，许久才道："好厉害。"

"怎么？可怜的孩子，你还是第一次看到真枪实弹吧？"首座长老笑了，似是微微带着讽刺，安慰道，"其实空桑人的这些破东西，比起你造出的射日弩差远了——在战场上你才是王者，别被这些小破东西吓到。"

"……"望舒沉默了许久，才低声道，"那么说来，我造出的武器杀了更多人，是吧？"

"那当然！纵横沙场，杀敌无数！"巫咸拍了拍他的肩膀，"多亏有你这样的天才，我们沧流帝国才能抵抗空桑人那么多年。"

望舒的双眉微微蹙起，神色似乎颇为复杂，许久才摇了摇头。

"走吧，别纠结了，让我看看你最新的杰作！"巫咸拍着他的肩膀走出小艇，前面就是另一架专供机械师们使用的螺舟——那个螺舟悬浮在海底，发出幽深的蓝色，比普通的螺舟大出不少，如同一个巨大的堡垒，在海水的深处静静地悬浮。

望舒站了起来，拖着脚步，微微一瘸一拐地跟着他走了进去。

已经是深夜，因为刚刚完成第一批钢铁骨骼的制作，疲惫至极的机械师们已经去休息了，这架螺舟里只有十几个打下手的工匠在忙碌，进行着最后的清扫和擦拭工作。看到他们进来，所有人连忙都站了起来。

"你们都退下吧。"望舒低声道，"我和首座大人有事处理。"

当所有人都离开后，这架螺舟里便只剩下了两个人。巫咸从进来开始，眼神就一直停在那批刚刚铸造组装完毕的机械上，不由自主地露出赞叹的神情——螺舟的舱室正中，陈列着刚刚制作完毕的机械，每一个都有一丈高，精密地组成类似人形的机械。

一排足足十个，蔚为壮观。

"时间太紧，第一批只能做出这么多。"望舒道，摁下了机簧，所有机械瞬间缓缓转动，"但每一个都有足以抵挡一个营的战斗力，只需一个人进入内胆，熟练操控，便能穿行战场，如履平地。"

"太好了！"巫咸赞叹地看着舱室内的陈列品，"这么说来，这里有足足可以抵挡一万人的战斗力！——可以直接拿到战场上用了吗？"

"还没有。"望舒道，"让您过来看，就是为了做最后的检测。"

"检测？"巫咸略微有些意外，"这不是你们机械师的事情吗？"

"不，这事可不能让外人来做，非得劳烦您的大驾不可。"说到这里，望舒的嘴角忽然浮起了一丝奇特的微笑，只听啪的一声，其中一个钢铁骨骼的内胆忽然打开，"大人如果能亲自进去尝试一下操作，那就更好了。"

巫咸看到了那架机械骨骼的内胆，眼神忽然凝聚，脸色变了。

——巨大的机械里，那个金属的内胆是根据人形制作的，除了有四肢躯干，头颅上面甚至依稀浮雕出了五官。而这个内胆上的人脸，居然和自己有几分相似！

"你这是做什么？"他霍然回头，厉声喝问。

"不做什么，只是致敬而已。"望舒却只是淡淡地道，并未对他这样严厉的呵斥表示在意，"作为旷古烁今的武器，对于这第一批做出来的十具钢铁骨骼，我擅自用了元老院的十位长老名字来命名——你看，这一具就是我。"

他指向了最末的那具机械骨骼。果然，内胆上浮凸雕刻着的是望舒的面容。

"……"巫咸脸上严厉的神色略微缓解，但内心的不适依旧存在，握紧权杖摇了摇头，"检测这种事情，还是让机械师来做为好，我不参与。"

"是吗？本来还希望大人能亲自体验一下，好好地表扬我呢。"望舒似是露出了失望的表情，叹了口气，却也没有坚持，只道，"那么，就让我来给大人您做一下最后的测试，展示一下它的真正力量，如何？"

不等巫咸反对，少年一瘸一拐地走向了自己那具机械，攀爬而上。

机械有一丈高，然而他刚踏了一脚，那具机械忽然动了，梯子自动收缩，将望舒拉起。接着，只听到咔嗒一声，内胆打开，将少年包裹了进去，瞬间严丝合缝地关闭。

只是短短片刻，望舒就消失在了面前。

"大人，你看，现在这个钢铁骨骼的自重比之前你看到的半成品轻了许多，所以动作也灵活数倍。"望舒进入了机械内部，声音透过金属传出来，闷闷的，"我一共给它设计了十五套基本动作，这些动作的蓝本源于镇野军团的格斗术，比如……"

说到这里，那个巨大的机械哗地动了，一个冲拳接着一个格挡，做了一个漂亮的连削带打动作——举动之轻盈，速度之迅捷，甚至可以和活人媲美。而这一击的力量，又何止胜过人千百倍？

"好！"巫咸情不自禁地喝彩。

"还有，因为自重减轻，所以它需要的驱动力也减少了。举个例子，我甚至可以连续操作它十二个时辰——"巨大的机械停顿了一下，然后缓缓弯下来，似乎想要做某一个动作。然而只听望舒啊地叫了一声，内部传出一声清脆的裂响，整个机械猛地震动了一下，然后停顿，就保持着那个姿态僵在了那里。

"望舒？"巫咸失声喊道，"怎么了？"

"我……我……好像卡住了。"望舒的声音从机械里传了出来，已经微弱到几乎听不见，"有个机簧坏掉了……我没法动。"

"别乱动！"巫咸连忙大喊，身形一动，已经掠上了机械，"我拉你出来！"

"别、别撬！会弄坏的！按右边那个环形的机簧！"望舒在机械里微弱地说着，"完了，完了，我、我的腿好像断了……"

"还怕什么弄坏！"巫咸听到他的声音越来越微弱，惊怒交加，手上不自禁地加了劲道，"如果你有什么事，十个机械也抵不上！"

他一摁那个机簧，整个机械就动了起来，外壳啪地打开，露出了光洁如新的内胆。内胆打开，里面露出望舒的眼睛，声音也清晰了一些，"我……我还好，只是……只是身体动不了。"

"没事，你别动，我把你抱出来。"巫咸松了一口气，弯下腰来想把面具揭开，把受伤的人抱出来。然而，当他的双手穿过机械，接触到望舒的那一瞬，忽然间心里就是一冷。

——触手所及是冰冷而坚硬的，完全不是人的身体！

不对，望舒本身就不是人，难道是……

然而，这些念头如火花一样闪过，还没有来得及一一从脑海里细想过来，耳边只听一声奇特的响声，怀里的"望舒"居然动了起来，只是一抬身，一反手，一把将他死死抱住，往机械内部拉了进去！

"望舒！"巫咸失声惊呼，一掌推开。然而，手接触到的居然是钢铁。那双冰冷的钢铁双臂紧紧扣住了他，将他整个人拖入钢铁骨骼的内部。

"抓到你了。"忽然，他听到一个声音轻轻地笑了起来，恶毒而欢快。

巫咸马上合拢双手，结阵，吐出了一句咒语。只听一声响，凭空闪过一道白光，虚空中凝结出利刃，一切而过。那双拉住他的钢铁之手断裂了。巫咸脱身而出，一按机械，倏地回身，一边厉喝着，一边寻找望舒——因为方才听到的最后那句话，声音居然已经不是来自于机械内部！

那个把自己关入钢铁骨骼的望舒，是什么时候神不知鬼不觉地离开的？

然而，就在那个刹那，巫咸看到了不可思议的景象——仿佛一声令下，整个螺舟已经封闭，四面的门无声落下。在舱室里，十具钢铁骨骼动了起来，朝着他围了过来，每一具动作都轻灵便捷、力量千钧！

"望舒！"白发苍苍的长老变了脸色，四顾大喝，"你在做什么？"

"我在做什么？"头顶传来少年轻轻的笑声，望舒居然不知何时已经离开了舱室，转移到了螺舟顶部的控制室里，"我在请您视察我的成果啊……巫咸大人。"

"别给我绕弯子！"巫咸失去了平日的从容风度，怒叱，"你在做什么？为什么把人都调开、把舱室密闭？为什么把这些东西都放出来？——你是不是想造反？"

"造反？"望舒忽地笑了一笑，"这种钩心斗角的事情，只有你们人才有兴趣玩啊……我只不过是想借着您来测验一下我这批新机械的威力罢了。看，它们都已经接受了我的命令，接下来将对您发起不间歇的攻击。"

"你想做什么？难道……"巫咸震惊，然后顿了一顿，低声道，"你知道了？"

"知道什么？知道我自己是个机械，不是个人吗？"望舒的脸出现在控制室里，苍白而诡异莫测，"哦，告诉你，这个我早就知道了——我和这些东西是一样的，不过是你们的'工具'，不是吗？那么，就来试试工具的力量吧！"

巫咸忽然怔住，一股冷意从心底涌起。他看着少年的眼睛：黑白分明，却没有丝毫感情，仿佛冷冰冰的钢铁。

首座长老忽然冷笑起来，"好吧！看起来天机公子造出来的这个机械人，比我们想象的更聪明——不但知道了自身的秘密，居然还不动声色地设了这个圈套让我钻。但是，你毕竟还是个机械，你无法超越你的制作者，也低估了人的力量。"

他举起了手，十指之间绽放出淡淡的光，那是灵力开始凝聚的象征。

"以为我手无寸铁就可以收拾我了吗？"巫咸厉声道，双手分开，虚空中倏地出现无形的利剑，呼啸着斩开了空气，"人的力量，是你们这些机械永远想不到的！"

赤手空拳的人开始动作，双唇中吐出咒语，手腕翻转，只是轻轻一点，当先围过来的钢铁骨骼便发出了裂响，精钢的表面居然被硬生生撕裂！

"啊，好厉害！"望舒躲在控制舱里，忍不住赞叹。

——这就是"人"的力量吗？来自于灵魂、精神、修炼，是神秘莫测的血肉之躯里蕴藏的看不见的东西？和机械完全两样？

十具机械交错攻击，按照指令对巫咸发起了围攻，动作精准，发出的力量大到不可思议。然而，巫咸一人一杖，并指点去，咒术纵横交错，居然将所有攻击都拦了下来！每次他隔空伸手，无形的力量便将巨大的机械推开，直推到墙壁上，哗啦一声四分五裂。

整个螺舟都在颤抖，被这种力量的交锋所震慑。

当巫咸扬起法杖，凝聚一道闪电，将最后一个钢铁骨骼粉碎时，那冰冷的拳头也已经堪堪击到了他的胸口。虽然在最后关头被震开，然而巫咸也被巨大的力量波及，往后一个踉跄，含住了嘴里的一口血。

"果然，首座大人您的力量，比这些新造出来的机械加起来还厉害。"望舒看着底下的一幕，淡淡开口，并无惊惶，"所以，我给您准备得更全面——"

在他的声音里，螺舟忽然间发出了奇特的咔咔声，每一面墙壁都往内凸起，如同有一只巨大无形的手在外用力揉捏。四壁传来刺耳的声音，是金属的舱室在深海的水下撕裂，海水的压力让螺舟扭曲变形。

望舒轻声地笑，"你看，这就是我为您准备的钢铁的坟墓！"

不好！巫咸心里一惊，这个疯子，是想弄坏螺舟，让海水倒灌进来吗？

来不及思考，深海的水已经从缝隙内飞快涌入，一道一道，如同箭一样射在他身上，剧痛。巫咸来不及躲开那些水柱，站在原地，将法杖横持手中，飞速地念着咒语，释放一个个咒术，飞快地修补即将崩溃的四壁，不让海水进入。

然而螺舟已经开始自毁，碎裂的速度远远超出想象，巫咸竭尽全力也无法赶上破坏的速度。当咒术一遍遍飞快念出的时候，他忽然觉得口唇灼热无比，一口血就这样喷溅了出来！

半空中，忽然有什么东西飞了下来，倏地将鲜血接住，一滴都不曾落地。

——那是一个小小的水晶杯子，被看不见的手操控着，从顶部控制舱垂落，分毫不差地接住了那口鲜血，然后啪地合上盖子飞了回去，落回望舒手里。

"看啊，这就是血……只有人才有的血液！这其中，有着人的魂魄。"头顶上传来望舒的声音，双手似乎抚摸着那杯鲜血，"这就是你们人类和我们不同的地方，对吗？——可惜，你们的血肉之躯，终将会在黑暗的海底，腐烂成泥。"

巫咸抬头，看向头顶的控制室，然而却已经看不到少年的那双眼睛。他似乎只是在那里冷冷地俯视了自己片刻，便又迅速离开了。

望舒……去哪里了？

"望舒！"他厉喝，"你要做什么？"

"我要做什么？"头顶的声音越来越遥远，"巫咸大人，如果，你真的给了我和织莺在一起的机会，或许，我今天也会给你机会……可惜……你们这些言而无信的人类啊……"

声音终于越来越远，乃至于消失。

就在同一瞬间，巫咸感觉脚下的地面猛然一沉，听到周围的舱壁开始起伏波动，发出古怪的声音——那已经不再是被撕裂的声音，那些墙壁居然自行修复，一层一层延展开来，瞬间变得牢固无比！

这是……巫咸刚看了一眼，忽然间天旋地转。

螺舟猛然下坠！就像是一个通道忽然打开，他和周围的一切飞速下坠，就如断线的风筝一样，完全不受力！这是……巫咸终于忍不住失声惊呼，将法杖在虚空中划过，一遍遍念起咒语，然而却无法终止坠落的速度。

他就这样连同这块巨大的钢铁，一起坠入了无尽的黑暗！

"去吧……"深邃的海底一片漆黑，只有一个小小的舱室脱离了母体，在大海里静静悬浮。舱室里的少年嘴角浮现出一丝恶毒的微笑，目送着坠入深海的首领。

在刚才的那一刻，耗尽了巫咸的所有灵力后，望舒按下了手里的机簧，锋利的刀刃弹出，旋转着割断了那根连接控制舱和螺舟之间的钢索——整个螺舟失去了动力支撑，如同一个沉重的铅球，朝着大海深处飞速坠落！

无声无息，迅速被黑暗的深渊吞噬。

"有那么多我的杰作和你一起沉入海底，也算是厚葬了吧！"望舒坐在控制室里，冷冷凝望着消失不见的螺舟，嘴角露出一丝莫测的笑意，转过身来，问站在身侧的另外一个人，"是不是呢，巫咸大人？"

——在他身侧站着另外一个人，黑袍白发，赫然和巫咸有着一模一样的外貌！甚至，连黑袍和法杖都丝毫不差，几乎像是孪生兄弟。

然而，他没有说话，口唇和双眼都紧闭着，没有一丝生机。

"哦，我忘了，你还不会说话呢。得进行《营造法式》古卷上记载的最后一步'铸魂'仪式才行。"望舒笑了起来，站起身走过去，捏开了对方的下颌，端起了那个水晶杯，滴了一滴鲜血在舌尖上——那滴血沿着舌头慢慢滑落，滑向咽喉的深处，仿佛一条蜿蜒的赤红色小蛇爬向莫测的所在。

如果仔细看去，在咽喉上似乎还有细密的朱红色，似乎是某种奇特的图腾。

望舒看着一切，喃喃道："呵，人所拥有的魂魄，还真是神奇的东西啊，完全无法以机械学来解释……当年，父亲就是这样创造我的吗？用他自己的血？"

是的，这是他从天机公子遗留的手稿里发现的秘密——这个旷世奇才，一生创造出了无数绝顶的机械之后，在生命的最后，留下了最伟大的创造：望舒。一个几乎和活人一模一样、具有高度智慧的机械傀儡！

按照天机公子的绝笔，他是将自己的血注入了这具机械，让灵魂注入，从而赋予了这冷冰冰的机械生命之力量。

——这种创造，已经是将绝世的机械学和绝顶的术法相结合，旷古烁今。

那个天才机械师牺牲了自己，完成了最后的杰作。

所以，从某种意义上来说，他真的是天机公子的儿子吧？是延续了他的生命、继承了他的智慧的后裔，只是比他……更加不朽，可以永久地传承。

如今，他按照天机公子的做法，造出了下一代机械傀儡。

只是，他并不需要那种注入了全部灵魂的"完全体"，因为，一旦获得了和正常人类媲美的智慧，这些机械便会难以控制，而他，只需要听命的傀儡。

从巫咸身体内获得的鲜血缓缓注入机械。

望舒聚精会神地看着这一幕，眼神里露出奇特的渴望和恶毒——

当鲜血穿行过咽喉的瞬间，一道光忽然从身体的深处绽放，将这个人从里到外照亮！

"行了。"望舒放下了水晶盏，看着面前的东西笑了一声，然后伸出了手。他的手里拿着一个精美的水晶柱，长不过一寸，六棱折射出美丽的光。他打开了颅腔，将这个水晶柱安放在了机械傀儡的百会穴下方，固定。

有了这个控制仪，他就能在方圆三丈的范围内不动声色地控制这个机械了。

"好了，我的杰作。"他看着面前的东西，眼神又是纠结又是厌恶，伸手拍了拍。那"巫咸"吐出了一口气，似乎苏醒了过来，双眼慢慢睁开。

在刚睁开眼的那一刹那，他的眸子散发着微微的光，迥异于人的眼睛。然而很快，那些光就弱了，熄灭于双瞳。黑袍的老者睁开眼，看到了面前站立的少年，弯下腰，单膝跪了下去，低声道："主人。"

"别叫我主人，起来吧。"望舒淡淡地俯视着他，眼里有一丝骄傲，"让我测试一下你。"

"是的，主人。"黑袍老者低了低头，恭敬无比地站了起来。

"说过了，不要叫我主人，怎么就教不好呢？——花了那么多时间才把你设计出来，你总该比小莺聪明一点吧？"望舒皱起了眉头，有些不悦，一把抓过了那个人，一抬手，咔嚓一声，居然将他的下颌拆了下来！

——老人的半个下巴顿时空空如也，然而却一滴血也没有。缺失的下半边脸里，露出的不是血肉，而是蜿蜒曲折的管子，从咽喉直接通向了身体的深处。

"是不是你的发声部位还没弄好？或者回路出了故障？不至于啊……我在小莺身上都做过试验了，连它说话都比你像样！"望舒仔细地研究着里面的舌头和软骨，将一卷细带子似的东西抽了出来，逐一理顺，然后又放了回去，咔嚓一声装好。

老人的脸顿时变得栩栩如生，没有一丝瑕疵。

"巫咸大人，你现在感觉怎么样？"望舒捧住他的脸，眯起了眼睛，轻声问，"再说一句话试试看？"

"感觉不错。"巫咸应声回答，语气平板。

"不错，果然不叫我主人了。"望舒松开了手，满意地笑了一笑，叮嘱，"对了，你以后还是叫我望舒吧……否则一开口叫主人，元老院那群人还不吓疯了？"

"是。"巫咸回答，"望舒。"

"好吧，以后你要记住，自己是巫咸，元老院的首座，除了在我们私下面对的时候，你不可以表现出是我的傀儡，因为接下来我们要……"望舒刚说到这里，忽然外面传来了一阵沸腾，似乎有无数人在瞬间包围了上来，控制室周围一片雪亮，是无数的灯光照射了过来。

"首座大人！首座大人！你们没事吧？"外面有人大喊，"是螺舟沉了吗？需要我们派人手过来吗？"

"哦，他们来了，动作还真快。"他轻声道，笑了起来，拍了拍巫咸的脸，道，"好了，现在终于到了检验我这个杰作的时候了——别怕，接下来你只要少说话，按指令来，就不会出大差错。"

巫咸点了点头，没有半分紧张，"是，望舒。"

"哎，在外人面前不要和我说'是'，要说'好'。"望舒不耐烦地纠正，"好了好了，你少说话！——告诉你，如果你半途出了什么大岔子，我有的是办法在众目睽睽之下把你不露痕迹地销毁掉！"

"好的，望舒。"巫咸回答。

望舒最后凝视了那个傀儡一眼，回过头，对着外面喊了起来，敲击着金属的舱壁，"来人——快来人！我们被困住了，被困在这里了！"

漂浮在海底的控制舱猛然一震，望舒知道是旁边的艇舰上发出了钢索，将漂浮的控制舱牢牢抓住，拖回身边。

"巫咸大人，你们还好吗？"当控制舱的门打开时，冲进来的人焦急万分，"是出什么故障了？螺舟刚才为什么沉入了水底？"

"太糟糕了！"望舒探出头，脸色苍白地喊，语声焦急，"钢铁骨骼在测试时失控，让螺舟整个沉了下去！我们根本来不及控制，只能撤离到这里，斩断了和螺舟之间的联系，好不容易才脱了险。"

"啊……"所有人都倒吸了一口冷气,有人失声,"那巫咸大人呢?"

望舒看了一眼身边的人,没有立刻回答。仿佛知道对方的意图,巫咸清了清嗓子,踏前一步,低声回道:"我在这里。"

"哦。"问话的是巫姑,她一眼看到望舒身边的巫咸,松了一口气,语气里却有一丝掩饰不住的失望,只道,"首座大人安然无恙就好——真担心您和那螺舟一起沉了,这当口儿上元老院要是没人主事,可就群龙无首了。"

"让你们担心了,"巫咸道,神色一动不动,"我没事。"

四周有小艇围上来,用工具撑开了扭曲变形的门,将控制舱里的两个人拉出。脱困的巫咸一边应付着前来慰问的人,一边吩咐军队赶紧去搜索附近,打捞螺舟——他说的话很少,但每一句都很短促,看起来似乎和平时没有什么两样。

望舒站在他身侧,眼睛一眨不眨地盯着他。

是的,只要他一个回复不准,露出破绽,他就必须按下手里的机关——那个机关遥遥控制着巫咸的脑部,只要轻轻一按,就能让他瞬间倒地毙命!

然而,巫咸回答得很好,几乎滴水不漏,令他松了一口气。当问话的人开始越来越多,问题越来越复杂的时候,望舒轻轻地抬起了手,做了一个不易觉察的手势。

"今天太晚了,我很累了。"只是一瞬,巫咸便低下了头,用简短的话结束了一切,"一切等明天天亮再说吧。大家都散了吧。只是,搜索要连夜继续。"

在首座长老的威严下,人群散开,却还是议论纷纷。

"这回军工坊彻底完蛋了,败局已定,他倒是还沉得住气。"望舒随着人群离开,忽然,背后传来一声低低的抱怨,带着满腔的怨气,"空桑军队都已经登陆本岛了,不知道我们还能不能撑到明天!"

望舒闻声回过头,在人群里看到了黑袍的巫姑,她正和其他几个黑袍人聚在一起,每个人的眉目间都流露着不满的情绪。他们几个在散去后没有各自回去,而是在一个偏僻的角落里重新聚在了一起。

看来,元老院的其他人都已经按捺不住了啊……

望舒看着那群人，嘴角忽然浮起了一丝冷笑。这些年来，元老院的钩心斗角，他一直都看在眼里。原本以为和自己不相干，谁知道如今却都成了棋盘上必不可少的棋子——在这个当口儿上，他怎能不助他们一臂之力呢？

"真是糟糕啊，"他走了过去，刻意地拖着一瘸一拐的腿，加入了他们，"这回是死里逃生，差点把命都丢了……唉。"

然而，看到他走过来，其他几个长老立刻顿住了话题，用警惕的眼神看着这个少年，不再继续议论。很显然，他们并没有把他当作自己人。

"我记得军工坊迁移过来后，动用了两架螺舟，"许久，巫姑才冷冷道，"除了刚才沉掉的那架，还有一架是你自己在用的——那里应该还有不少武器和资料吧？"

望舒很知趣地没有再说下去，只是叹了口气，道："是还有一点，也不知道有没有大用处。里面有一堆东西，各式各样的杂碎，我准备让巫咸大人过来看看。"

"巫咸要去看？"巫姑忽然皱起了眉头，"什么时候？"

"明天晚上子时。"望舒道，"巫咸大人说那时候他才有空。"

"哦……那么晚啊。"巫姑意味深长地说了一句，目光和其他长老们对接了一会儿，每个人眼里都有奇怪的神色翻涌，"明晚子时？还有谁同去吗？"

"没有了，估计也就我和他两个人吧。"望舒似是漫不经心地回答，"你们也知道，巫咸大人一贯独来独往，连侍卫都不愿意带一个。"

"那是。"几个长老不约而同地一起点头，说了一句，然后立刻又止住，眼神变得更加复杂而奇特。

"各位大人要不要也一起来呢？"望舒笑着问。

"好，"巫姑满是皱纹的脸上忽然浮起了一个笑容，"到时候见。"

"到时候见。"望舒转身慢慢走开，听到背后低低的议论，眼里的笑意止不住地更深——这些人类，因为有着心脏和大脑，总以为自己聪明，然而，却往往因为各种欲望而变得蠢笨无比，完全不如机械果断干脆。

坟墓已经挖好了，只等那些人列队依次进入。

当望舒离开后，低到几乎听不见的声音响起，窃窃讨论着，宛如深海里潜游的鱼类。黑袍者聚集在一起，秘密讨论着——

"怎么样，明晚，是个好机会吧？大家同意吗？"

"真的要动手？会不会有点……"

"你还迟疑？再迟疑大家就一起完蛋！——都什么时候了！"

"可是，到时候舱里还会有人吧？望舒肯定会在场，怎么办？"

"望舒？他不过是个机械，你可别忘了。最多一并处理掉就是！"

"太可惜了。他是个天才，没人可以代替，帝国还用得到他，可别把他和巫咸一起处理了，得保留下来才是——如果他不给我们添乱的话。"

"放心，望舒很好对付。只要告诉那个孩子我们同意让织莺和他在一起，他肯定会跪下来吻我们的脚。呵呵……"

"怎么，你也想让织莺跟了这个机械人？太恶心了！"

"权宜之计嘛。哄一下这个孩子，日后再慢慢收拾他就是！"

黑袍的长老们聚集在一起，低声议论着，手指在袍袖底下不停比画，眼里的光芒越来越莫测。他们坐在螺舟里，头顶是不断落下的隆隆炮火，深海湛蓝色的波纹映照在他们身上，忽明忽灭，令这群人像是刚从地狱出来的一样。

[第十四章]
孤岛惊魂

　　西海上，棋盘洲的空明岛上已经是一片火海，再也没有一个完整的建筑。一个不过二十公里见方的岛屿上，忽然间几乎每一寸海岸线都被军队包围，密密麻麻的战舰簇拥着这个岛，将血和火倾泻了下来。

　　在烈火中，有冰族战士在唱着战歌，悲凉雄壮。

　　"末路之气！这些困兽！"旗舰上，全副戎装的将领扶舷远眺，看着自己的士兵从舢板上疾冲而下，气势汹汹如同下山之虎，不由得用力拍了拍船舷，"这些冰夷如今已经是笼中困兽，看他们还撑不撑得过三天！"

　　"来人，草拟密信！"骏音压抑不住内心的兴奋，传唤身边的侍从。侍从上前，迅速拿出了纸笔，问："元帅是要给帝都传喜讯吗？"

　　"不，那些家伙怎么配得上我第一个专程去报喜！"骏音冷笑了一声，眼里涌起一股热意，用力击掌，道，"我要写信给墨宸——我要告诉他，我替他完成了他的梦想，拿下了冰夷的老巢，灭了沧流帝国！"

　　"是给白帅吗？"侍从也激动起来，"怎么写？"

　　"'昔年，你我曾于白塔之上立约，为国百死不悔。今日君归隐田园，吾不负君所托，以冰夷之血为饮，于西海遥祝。君之愿，已达成，不负当年金戈铁马一场！'"骏音咬着牙，一字一句口授，"'愿日后云荒铸剑为犁，永享太平。'"

"写得真好！"侍从一边奋笔疾书，一边道，"白帅知道了一定也很开心吧？"

"他会夜不能寐，向西痛饮三百杯吧？"骏音大笑，扬眉看着自己的战士冲上冰夷的首府。

登陆后，空桑军队遇到了沧流帝国镇野军团出乎意料的顽强抵抗。虽然所有建筑都已经被炮火轰塌了，但每一条街巷、每一处废墟都有沧流的战士坚守，寸土不让。

这样的巷战，持续了两天两夜。

"冰夷还真是有血性啊……"空桑统帅从海上看着这一幕，也不由得叹息，"明知肯定守不住，还要血拼到最后——难怪几百年来我们都无法真正灭掉他们。"

"几百年来都做不到的事，骏音大人您今天就可以做到了！"侍从已经写完了那封密信，小心翼翼地封起来，"是要立刻飞鸽传书发到云荒去吗？"

"是，要让墨宸尽快和我分享这个喜讯！"骏音拍着船舷，高声道，语气有压抑不住的兴奋，"要让他知道，我终于没辜负他的托付！"

然而，侍从刚拿着密信转身，就撞上了另一个急匆匆赶来的斥候。

"元帅，帝都来的圣旨！"斥候疾奔而来，单膝跪地，将一封用金漆密封的信件托起。那上面盖着朱红色的玉玺，是来自伽蓝帝都的密旨，还有十万火急的标记。

骏音看着那道旨意，眼神不由得微微变了。

拆开来，里面的内容果然如他所料，让他不由得长长叹了口气。

> 冰夷入侵，已达瀚海驿，特命尔等火速率军返回，切莫留恋西海战场——大军在外，敢不受君命者，军法从事，灭族连坐！

这已经是三天来的第五道密旨了吧？前面的那四道，都被他强行压下来了，如今帝都居然发来了措辞如此严厉的旨意。

云荒那边的情况到底是什么样，不是还有袁梓将军的十万大军在空寂之山镇守吗？冰夷的国力他是清楚的，就算倾国之力奔赴云荒，空寂大营作为西北屏障，至少也能扛住一年半载，所以，他一开始接到帝都密旨说冰夷已经登陆狷之原时并没有太放在心上。可如今，不过短短半个月，居然接二连三地来催促他返回！

灭九族？这是恐吓吗？难不成帝都还要屠灭青之一族？

然而很快，他的脸色就变了——因为密旨后面还附了一封信。那是一封家书，朴素无奇，但上面的笔迹，赫然是他的父亲青王的！

他只匆匆看了几行，脸色就转为苍白，呼吸也急促起来。

"元帅……"侍从拿着那封刚写好的密信，看到他的脸色，有些犹豫地问，"是要现在就发出去给白帅吗？"

骏音迟疑了一瞬，铁青着脸，劈手一把夺过那封信，揉成了一团，看也不看就扔进了大海，霍然转头，厉声下令："昭告全军，停止登陆，迅速返程！"

"什么？！"侍从愣住了，不敢相信自己的耳朵，"我们马上就要拿下空明岛了……"

"停止登陆，返程回云荒！听到了吗？"骏音咬着牙，声音已经有些发抖，"否则，他们就要杀了我父王！"

侍从匆匆跑下去发布指令，骏音独自站在旗舰上，看着下面的士兵在指令到达时如同潮水般撤退，不由得热泪盈眶——从云荒到西海，何止万里，他们付出了多大的代价才到达此处，就算是眼前的这一个小岛，每一寸的推进都是鲜血铺就，如此艰难地血战前行，到了离成功只有咫尺的地方，却要被一道圣旨硬生生勒马返回？！

作为一个身经百战的军人，此恨何能忍？

他咬着牙，一掌拍在了船舷上，用力得沁出了鲜血。

"元帅！小心！"忽然间，耳边传来了惊呼。劲风从头顶袭来，黑暗压顶，骏音急速抬头，只看到巨鸟从上空低低掠过，在翅膀几乎碰到旗舰桅杆的刹那一分为二，化为两道黑影左右袭来。

比翼鸟！冰夷居然还有一架比翼鸟！

这些日子空桑军队已经占领了西海棋盘洲差不多所有岛屿，摧毁了岛上所有机械库，所有风隼、比翼鸟起降地都已经不复存在，而这驾比翼鸟又是从何而来？

他大惊之下迅速侧身，一个翻滚便朝着船舷另一侧的舱室而去。然而，劲风呼啸而来，追逐着他的身形，快到无与伦比。比翼鸟上闪电般地射下一排密集的劲弩，每隔三尺一支，支支穿透钢铁的船板！

唰的一声，最后一支劲弩钉住了他的左脚，在他即将进入舱室的时候。

"主人，命中目标。"鲛人凝的一头雪白长发在风里飞舞，俯视着脚下的空桑旗舰以及旗舰上血流满地的统帅，面无表情地开口，向另一边比翼鸟上的羲铮汇报——她的双手、双脚都连接着机簧，靠着肌肉微弱的牵动触发控制机械，已经完全是傀儡的状况。

"射杀！"羲铮的回答传递过来。

比翼鸟两翼合围，交叉掠过，无数劲弩呼啸而来，直射下方已经动弹不得的人。空桑战士冒死从甲板两侧冲出，想要把统帅救回，但在速度上却完全不是比翼鸟的对手。

然而，就在那一刻，骏音忽然从甲板上消失了！

"小心！"一击落空，羲铮立刻下令，"他们的火炮就要跟过来了！"

比翼鸟呼啸拉起，直冲云霄，在高空合二为一。然而羲铮并没有返回，而是冒着必死的风险回头折返，再度朝着旗舰冲了过去！

他冲得很低，几乎贴着甲板飞过。比翼鸟的双翼带倒了桅杆，这样低的高度反而让所有瞄准过来的火炮都不敢发射，生怕误伤旗舰。在冲到最低点的时候，他不顾一切地再度按下了机簧，将所有射日弩在一瞬间对准那个舱室射了出去！

轰然中，比翼鸟贴地后重新冲上云霄，无数炮火随之而来。

"主人，我来。"凝短促开口，十指以无法形容的速度开始动作，操纵着比翼鸟在密集的火网中穿梭。她的动作很快，控制也妙到毫巅，然而，在数百门的火炮攒射下，左翼还是被击中，整个比翼鸟猛然倾斜。

"凝！"羲铮失声。

然而凝没有说话，似乎所有精力都凝聚在了手指上，飞快地操作着，被击中的比翼鸟发出咔嚓的声响，陡然再度居中裂开！重新分体！

"我引开炮火，掩护主人离开！"她低声道。

"不！"羲铮大呼，伸出手扣住鲛人的手腕。然而命令已经完成，比翼鸟迅速一分为二，两个驾驶舱刹那间断开。他无法拉住凝的手，倏忽间已经远离百丈。

凝操纵着比翼鸟，俯冲而下，在天网里上下翻飞，吸引着船队密集的火炮，如同一只用尽全力搏击的飞鹰。在她的努力之下，空桑人的攻击大部分被吸引过去，天空里赫然露出了一个空隙，足以让他撤离。

然而羲铮并无犹豫，迅速按下了控制杆，只是一个折身便又返回，冲入了火网。他穿过枪林弹雨靠近她，发出了指令，比翼鸟迅速合体。

"主人！"凝看到了他，惊呼。

——即便是服用了傀儡虫，成了一个傀儡，她的眼里居然还会有如此深切的关切和恐惧。羲铮心里一痛，伸出手紧紧握住了她枯瘦的手腕，低声道："要走一起走！"

"是。"凝低下了头，接受了这个命令，"一起走。"

仿佛身体里焕发出了可怕的力量，这个满头白发的鲛人猛然坐起，开始以惊人的速度操纵着摇摇欲坠的比翼鸟，居然硬生生从漫天的炮火中闯出了一条路来！

奇袭结束，比翼鸟已经变成了高空里的一个小黑点，远在射程之外。

"元帅……元帅！"空桑战士们惊呼着扑过来，只看到满地的鲜血和地上的断肢——在刚才千钧一发之际，骏音毫不犹豫地拔出佩剑，斩断了自己被劲弩钉住的左腿，才在关键时刻滚入了舱室内，避开了凌空而下的呼啸袭击。

"快传军医！"侍从脸色苍白，大声喊，"快！"

"没事，我死不了。"然而，骏音却惨白着脸开口，声音一丝不抖，"你们别在这里乱，全都给我回前线去！——小心冰夷在我们回撤时袭击，千万不能乱了阵脚！"

"是！"战士们咬牙领命，迅速散去，只剩下侍从扶着断腿的统帅，眼里有泪。

"这个比翼鸟上，是羲铮少将吧……"骏音抬头看着天空，喃喃，神色复杂，"据说玄珉副帅上一次就丧生在他的手里，真是个厉害人物啊。只可惜，这次不能和他面对面来个第二次交手了。"

军医提着药箱赶来，匍匐在脚下为他包扎伤口。然而骏音似乎感觉不到痛苦，只是看着外面的蓝天碧海和如同潮水一样撤退的空桑军队，将手重重地敲在了甲板上，肩膀微微颤抖，眼里第一次有了泪光。

——墨宸，墨宸，你临走时托付给我千军万马、万世荣耀，我本以为可以替你完成心愿，却不料终究还是辜负了你的嘱托！

比翼鸟在大海中间落下，浩瀚的水面无声无息分开，居然有一座浮岛从水下悄然浮现，承接了从天而降的巨大机械。那座岛屿也是机械做成，长一百余丈，在展开时竟然可以将整个比翼鸟包入其中。

"凝，"羲铮抬起手，拍了拍旁边的鲛人，柔声问，"累吗？"

苍老的鲛人摇了摇头，"不累。"

然而，虽然这样说，她的身体却已经连坐都坐不住了，无法控制地往下瘫软。羲铮连忙伸手将她扶好，缓缓放平——凝已经无法离开比翼鸟了，因为有支架固定着她的四肢，和机械合二为一。

羲铮看着这个已经有了千岁高龄的异族同伴，不由得深深叹了口气。

是的，如今的凝，已经彻底变成了一个真正的傀儡……再也没有自己的意识，成了行尸走肉，只懂得为主人而战。可是，如果不服用傀儡虫，她这样千疮百孔的身体也决计无法支撑到这一刻，早已崩溃死亡。

羲铮脱下外袍披在了她身上，低声道："你也已经三天三夜没合眼了，睡吧。"

"是，主人。"凝微微一笑，满脸的皱纹，然后闭上了眼睛，迅速睡去。

羲铮走下比翼鸟，迎向前来接他的属下。显然已经得知了前方传回的好消息，每个人脸上都有兴奋之色，疾步走过来，行礼，"恭喜少将又立新功！——奇袭了空桑的旗舰，这次元老院一定又会嘉奖你了！"

"过奖了。"羲铮很疲倦，没有精力如平日那样客套一下，只道，"我在离开的时候，看到空桑的军队在撤退——是真的吗？"

"是真的！"将士们的脸上都露出兴奋的神色，争着道，"前方传回的消息，空桑人已经开始撤出空明岛了！据说是伽蓝帝都方面的旨意，命令大军返回——看来我们在云荒的兄弟们终于有所动作了。"

"那就好……"羲铮舒了一口气，只觉得无穷无尽的疲惫袭来，"再这样攻下去，我们定然连三天都撑不住——真是险到了极点。"

"是啊是啊，幸亏这当口儿上他们撤兵了！"属下接口，抹了抹额头的冷汗，"少将您不知道，昨晚发生了一件大事！不知道出了什么差错，军工坊那边居然整架螺舟都掉了下去，里面的所有武器都没了！"

"什么？！"羲铮吃了一惊，下意识地问，"那望舒他……"

那一瞬，他心里不知道是什么滋味，似乎是暗喜，又似乎是震惊。

"望舒和巫咸大人没事，否则就更糟糕了！"幸亏属下飞速地接了下去。

"哦，没事？"羲铮愣了一下，吐出了一口气，嘴角不由自主地浮现出一丝苦笑，脱下护手护膝，交给了属下，一边往里走去，一边问，"那元老院有什么吩咐吗？关于这次的空桑撤军？"

"还没有，"属下回答，"巫咸大人昨晚受了惊吓，今天一整天都在休息。"

"哦？"羲铮微微一怔，觉得有些反常——巫咸大人虽然年近八十，但依旧精力旺盛，事必躬亲，如今又是国难当头的非常时期，怎么会一整天都不见人？军机如火，稍纵即逝，怎能如此耽误？

"我去拜见一下大人。"他想了想，转身离开，"你先回去吧。"

"可是巫咸大人说了，今天不见人！"属下连忙喊。可是羲铮少将早已大步走得远了。在幽暗的水底，他的背影显得如此孤单和疲惫，如同一只搏击了万里的白鹰。

从前线归来，羲铮第一件事就是来到首座长老所在的舱室，果然被告知长老正在休息，不见人。然而不知道为何，他心中不祥的预感越来越强烈，便不顾外面侍从的阻拦，强行推开了门闯了进去。

"巫咸大人，"他沉声道，"在下有急事禀告！"

然而，舱室内居然空荡荡的，除了堆满的书卷，一个人都没有，连跟着进来的侍卫都有些呆住了。巫咸大人明明待在里面，如今到底去了哪里？这下所有人都吃了一惊。但不等出去大肆搜索，忽然听到暗角里传来一个声音："都出去。"

"巫咸大人！"羲铮一个箭步上前，看到了坐在最暗角落里的老人。

巫咸大人居然独自坐在舱室的暗影里，披着黑袍，似是打坐，盘膝低眉，不看任何人一眼。侍从都知趣地退了出去，只有羲铮留了下来，坚持不肯离开。

"出去。"巫咸低声重复，语气冷淡，没有抬头。

"大人，我有事禀告。"羲铮反而上前了一步，开口道，"今日我刚从前线返回，发现空桑人已经开始撤离西海——我猜测他们已经接到了来自伽蓝帝都的命令，要返回云荒了。不知大人对此有何计划？"

"……"巫咸沉默着，没有回答。

"大人？"羲铮有些愕然。

"出去。"巫咸只是重复，头也不抬，"我很累。"

羲铮一怔，他的家族和巫咸是世交，自幼得到巫咸的重视，还从未见过首座长老对自己这样说话，不由得吃了一惊，忍不住问："大人，您是有什么地方不舒服吗？"

"没有。"巫咸冷冷地回答，依旧没有看他，"出去吧。"

羲铮心里更加不安，然而门外的侍从已经上前，催促他离开。他不能违逆对方的意思，转过身，忽然仿佛想起了什么，又转头问："对了，大人，您……您有没有织莺的消息？她什么时候回来？"

听到"织莺"这个名字，巫咸忽然震了一下，似乎触动了什么，蓦然抬起了头。那一瞬，羲铮心里不知道有什么地方咯噔了一声，直觉不祥，一个箭步过去，扣住了老人的手，"大人！你……你怎么了？"

巫咸没有说话，但是眼里居然有淡淡的光芒放出，迥然异常！

"巫咸大人，"就在这个时候，他忽然听到背后有人淡淡开口，"元老院召集会议，请您前去主持，大家都已经到了。"

那个声音一入耳，巫咸眼里的光顿时熄灭了，站了起来。

"望舒？"羲铮回过头，看到了门口的白衣少年。那个天才机械师面无表情地站在那里，外面披着一件元老院的黑袍，对巫咸点了点头。首座长老应声站起，默不作声地走了过去。

"少将凯旋，又立下新功，真是可喜可贺。"望舒看着羲铮，淡淡开口，语气却莫测。这个孤僻的少年平日甚少和人主动说话，更是从未和羲铮有过面对面的交流，此刻忽然开口，令人不由得有些意外。

"过奖了，"羲铮拱了拱手，"听说望舒大人的螺舟昨晚失事，实在是令人担心。"

"是吗？不必担心。"望舒笑了一笑，而巫咸一直沉默，并没有回答。

"巫咸大人是否有什么不适？"仿佛是接着方才羲铮的问题，望舒开口问，眼睛一眨不眨地盯着面前的老人，"我觉得大人的手很冷，需要叫大夫来看看吗？"

巫咸摇了摇头，"不需要，主……"望舒眼中冷芒一闪，巫咸立刻顿了一顿，说，"主要是，有点疲惫。"

"看来大人是需要多休息了。"望舒神色缓了下来，轻声道，"不过，今晚元老院有约，大家都在等您，还是得去一下。"

羲铮动了动嘴唇，又忍住了。他今晚本来想问问织莺归来的时间，然而，当着望舒的面，这话却又问不出口，只能沉默着等待下一次机会。

他看着老人和机械师并肩离开，枯槁的外形和少年的青春形成强烈的对比。老人脚步沉稳，落地轻而无声；少年一瘸一拐地走着，那条天生残疾的左腿有些僵硬。然而腿脚灵便的巫咸却一直跟在望舒的后面，并没有超出半步。

这种情况，不知为何令他生出微妙的不祥感觉来。

"这次做得还不错，"等走远了，望舒轻声对旁边的人道，"当你不知道怎么回答的时候，就不要回答，看我的手势，知道吗？"

"是。"巫咸点头。

"不过，我没有在你身上设置关于'织莺'的回答，难怪你不知道怎么回复。"望舒淡淡苦笑，眼里似乎流露出复杂的感情，"以后如果他再问到织莺，你就说还没有她的消息吧——总而言之，不要再让羲铮得到任何有关她的消息，知道吗？"

"是。"巫咸继续点头，面无表情。

望舒低下了头，看着自己一瘸一拐的腿，眼里忽然露出了狠戾的神色，"不过，这样下去似乎也不是办法……看来羲铮已经起了疑心，在织莺回来之前，我要把他处理掉才行！"

顿了一顿，他叹了口气，"可是，如果真这么做了，她会恨我的吧？"

"……"巫咸似乎没办法回答这个问题，只是沉默。

望舒双手紧紧绞在一起，似乎在思考什么，身体也有些摇摆起来——天机公子在制造他时已经病危，并未完全造好便去世，所以他的左腿留下了残疾，而身体的平衡性也不好，一遇到紧张的时候就容易失控。

"可是，也不得不这么做了，"终于，少年咬住了牙，"谁叫他是织莺的丈夫！"

羲铮站在门口，看着巫咸和望舒一起离开的背影，心里的不适感越发浓重了，却又说不出到底什么地方不对。

"元老院今晚有议程吗？"他转过头，问旁边的侍从，"在哪里？"

"属下也不是很清楚。最近元老院的会议很多，经常开到半夜。"侍从道，"听说巫咸大人今晚要去另一架螺舟，检视望舒大人剩下的一些武器机械——可能元老院其他大人也会去吧。"

"哦。"羲铮皱了皱眉头，一时想不出什么头绪，只能回身离开。

一路上，疲惫铺天盖地而来。这次执行元老院下达给他的刺杀任务，孤身深入空桑大军又抽身返回，已经险到了极处，此刻紧绷的神经终于承受不住。

他往回走，脚步沉重，只想着回到舱内倒头躺下，好好睡一场。

然而在从小艇里出来的时候，意外地看到另一架小艇正从侧方启动，隐约听到一个女人尖细的声音，虽然压低了，却还是断断续续传入耳中，只得了几句："人都到齐了吗？……六个对一个……还是要小心点……"

他微微有些错愕，只觉得这声音似乎有点熟悉，回头看去，小艇早已远去，看方向，是另一架比普通螺舟体积大出甚多的螺舟。

"那是……"他下意识地问了一句。

"那是望舒大人的专属螺舟。"侍从在一边回答，"元老院在撤退的时候把军工坊的很多东西都移了下来，一大部分都放在那里面——幸亏昨晚失事的螺舟不是这个，否则损失会更大呢。"

"哦。"羲铮应了一句，眼神追随着那架小艇的方向。

"少将赶紧回去休息吧！都快三天没睡了吧？"侍从看到他苍白的脸色，连忙上来扶住他，朝着休息舱室的方向走去。

连续作战，羲铮的确已经困得快要睁不开眼睛了。回到舱室里，他只觉得连脑子的转动都已经慢了下来，当沾到枕头的瞬间，双眼沉重地合起，几乎是迅速地陷入了睡眠。

睡梦里，无数幻象浮现——其中反复浮现的是同一张脸：他青梅竹马的妻子。他看到自己和织莺的婚礼，她眼里的苦痛，他违心的谎言，以及最后甚至没有告别的分离。

他们一起长大，他看得懂这个成了他妻子的女子的眼神，所以无法欺骗自己。是啊，她的心，已经不在自己这里。他只是她用来逃避痛苦的一种途径而已。

当她乘着冰锥离开西海去往云荒的时候，他驾着风隼从天空掠过，隔着大海和她遥遥相望。那就是他们之间的最后一面了吧？当时他曾经那么想——只要等她回来，发现他已经战死沙场，那么，一切问题都可以迎刃而解。

当他孤身冲入百万大军数次刺杀统帅，当他在几百门密集的火炮里穿梭，当他弹尽粮绝几乎坠毁在海上时，他都是抱着这样的必死之心的。

然而，他却活了下来，而且等到了空桑大军撤退的那一天。那么，当织莺回来后，他，又该如何面对自己的妻子和这个无法解决的矛盾呢？

或者，从一开始，自己就该坚决地拒绝父母安排的这门婚事吧？哪怕为此受到元老院的处罚也在所不惜，这样，如今也不会陷入这样更痛苦艰难的境地。

巫咸大人……他一直力撑自己，虽然他经常和其他长老意见不合。

"人都到齐了吗？……六个对一个……还是要小心点……"

睡梦中的思维是跳跃的，忽然间，睡前听到的那句话朦胧中再度出现在脑海，那一刻，半梦半醒中的他仿佛忽然明白什么，忽地睁开了眼睛——是的，他终于想起来半路上听到的这句话是谁在说了。这个声音，明明是巫姑的！

六个对一个，这难道是说……

天！怎么会这样？！所有困倦和疲惫在刹那间退尽，羲铮霍然坐起，只觉得满身冷汗。他一句话也没说，立刻跳下床铺开始穿衣，一手拿上佩剑，推开门便走了出去。

"少将！你要去哪里？"侍卫吃了一惊，"你只睡了一个时辰！"

"去螺舟那边！"羲铮低声道，"快，带上所有能调动的人手，都随我来！"

"怎么了？出什么事了吗？"侍卫莫名其妙。

"可能要出大事了！"他脸色铁青，握紧了手里的剑柄，"今晚是元老院所有人都去了望舒所在的那架螺舟吗？"

"是的。怎么了？"侍卫忽然打了个冷战，"难道……那架螺舟也要失事？"

"但愿只是我多虑了。"羲铮没有再回答，只是疾步走出舱室，飞奔而去。

深夜的大海漆黑如墨，简直如同无边无际的黑洞。巨大的螺舟静静地悬浮在深海里，没有一丝声音。当羲铮带领属下到达时，意外地发现外面居然连守卫都没有，所有卫兵都被调遣到了另外一架小艇上。

"巫咸大人说了，让外面的人都退开，有机密要事商议。"卫兵回答。听到这样的回答，羲铮心里的不安更加强烈，"那……里面有什么异常响动吗？"

"没有。几位大人进去后，里面一直很安静。"卫兵回答，也显得有些疑惑，"不过，都已经快三个时辰了，他们一直都没有出来，也不知道在商量什么大事。"

"我进去看看。"羲铮咬了咬牙，便要上前。

"可是，巫咸大人说了，不许任何人擅自入内！"卫兵很为难，

"违者军法处置！"

"如果怪责下来，我一个人担了就是。"羲铮知道巫咸一贯视自己如子侄，便不管不顾地直接往里闯——然而一推就发现螺舟的门是从内锁住的，死死的，一动不动。

"巫咸大人，巫咸大人！"羲铮拍打着门，大喊，"属下有事禀告！"

但是，里面依旧没有丝毫动静。羲铮把耳朵贴在门上，仔细听去，只能听到里面有奇怪的咔嗒咔嗒的声音，似乎是有什么机械在有节奏地运转——然而，除了这些，居然连一个人的声音都听不到！

外面敲门如此剧烈，里面却寂静如死，难道情况已经是……

"巫咸大人！"他再也忍不住，拔出佩剑，咔嚓一声，螺舟的门被劈开。羲铮一个箭步闯入其中，却忽然愣住了——

螺舟内灯火通明，四处堆着机械战甲，居中的一块地方已经被清理出来了，干干净净，铺着地毯。而在地毯之上坐着几位黑袍人。居中的是巫咸，其余几位长老团团围成一圈，低着头，似乎正在秘密商议什么。

听到他的声音，其中一个人抬起头，往这边看了一眼，皱眉，"羲铮少将？"

那个人眉目清秀，赫然是十巫里年纪最轻的巫即：望舒。

"这……"羲铮破门而入，一时间有些诧异，看着好好在座的诸位长老，心里觉得有什么地方不对劲——是的，当他闯入的瞬间，除了望舒，其他长老居然没有一个人抬头看他，仿佛聋了一样一动不动！

"为何擅闯？"终于，巫咸抬起头来，开口问。

羲铮刚要开口说什么，但一看这个阵势，已经知道自己莽撞，立刻道："诸位大人，属下急躁了——只是想起空桑人已经开始撤退，而我军却迟迟没有得到元老院的指令，只怕错失追击的良机。请大人宽恕。"

"……"巫咸沉默了一下，似是不知道如何回答，看了一眼望舒。望舒没有说话，眉梢却略微挑了一挑，有肃杀之气一掠而过，不作声地做了一个手势。

"胡闹！"巫咸猛然拍案而起，语气出乎意料地严厉，"我明明已经下令戒严，任何人不得擅闯，你居然还不顾禁令！来人，给我押出去，军法处置！"

"巫咸大人？"羲铮猝不及防，失声道。

——他们两家是世交，自己从军之后，多年来巫咸大人一直对他关照有加，如父如子，所以，他此刻闯入时也知道自己不会受到太严厉的处罚。但在这个当口儿上，对方忽然说出这番话，令他完全没有料到。

然而，他更没有料到的是，在座所有长老居然没有一个人为他求情，无论是巫姑、巫礼还是巫朗，无论和他平日关系亲疏远近，都只是沉默地抬起头，冷冷看着这一幕。

那些人的眼睛……那些人的眼睛，似乎有什么不对劲！就像是沉默的骷髅、死去的兽类，目无表情而空洞。

巫咸冷冷重复："违反元老院禁令者，杀无赦！"

只是短短一愣神，已经有守卫冲进来，按照元老院的吩咐夺去他的佩剑，将他押下。羲铮猛然惊醒，手臂一震，将左右两个守卫甩了开去，反手将剑夺回，冲到了巫咸面前，喊道："巫咸大人！你怎么了？出什么事了吗？"

"我怎么了？"巫咸看着他，似是笑了一笑，"我没怎么。"

"今晚这些人聚集在这里，是要对您不利吧？"羲铮在那一瞬已经黢出去了，指着周围那些长老，厉声道，"我知道他们想对您下手！元老院的其他人早就对您不满了——您是不是被他们胁迫了才会这样？不用担心，有我在！"

然而，巫咸只是木然地看着他，"你说什么？我们只是在商议要事。"

羲铮还想再说什么，却听到了旁边轻轻一句："好了，把他拿下吧——别在这里再吵闹了，听着好烦。"

他霍然回头，看到了一旁一直没有出声的少年——望舒的脸色还是那么苍白，眉目俊秀，忧郁中带着一些莫测，竟然数年来从没有变过。他一直在看着自己，直到现在才开口，说了一句话。

"是。"巫咸居然说了那么一个字，下令道，"把他拿下！"

"是你？"羲铮陡然间有些明白了，失声道，"难道是你做的？你……你控制了这些人？"

"别开玩笑了，我一个残废，能做什么？这是元老院的决定，你不是亲眼看到了吗？"天才少年机械师看着他，唇角浮出了若有若无的笑。他周围簇拥着一列黑袍的长老，每个人的脸都是沉默如水，面无表情地看着他。

他只是看得一眼，心就立刻沉了下去。

"押下去，军法处置，斩立决！"巫咸的嘴里吐出了低沉的命令。

"放开我！"当守卫扑上来的那一瞬间，羲铮再也不能忍耐，唰的一声抽剑出鞘，"巫咸大人！你怎么成了这个家伙的傀儡了？你说句话啊！"

然而巫咸没有回应，眼睛死寂，冷而茫然地看着他，重复着："押下去，军法从事！"

"你不是巫咸大人！我不会听凭你们发落的！"那一刻，羲铮厉声大喊，返身就冲了出去。他的剑术在沧流军中首屈一指，此刻全力搏杀，所向披靡，再加上外面大部分战士是他带来的直系下属，都犹豫着不敢动手，竟然给他硬生生杀出一条血路来。

羲铮朝停靠着比翼鸟的方向冲过去，显然是想去和凝会合。

"拦住他！"巫咸厉声，所有人如同潮水一样涌去。

"算了，让他去吧。"忽然，望舒轻声开口了，眼神复杂地摇了摇头，轻声道，"就当把他永远地放逐在外好了——再也不能回到这个国家，再也不能见到织莺。"

"凝，凝！"比翼鸟里沉睡的鲛人被唤醒，看到了满身是血的羲铮。

"主人！"她失声惊呼，一下子坐起来。

"快走！"羲铮松开染血的长剑，迅速坐入了操作室。刚刚修理完毕的比翼鸟发出一阵轰鸣，震颤着飞起。然而，因为机翼上的伤还没有完全修复，整个机身的平衡不是很好，只能跟跟跄跄地升起，在冲出浮岛的时候猛然震了一下。

大海已经在脚下，一切历历在目。

漆黑的深夜里，西海上的列岛还在战火中燃烧，仿佛蓝色上的一点点赤红，而空桑庞大的战舰队伍松开了对这些岛屿的包围，正在有条不紊地撤退。

羲铮驾驶着比翼鸟在大海上盘旋，俯视着燃烧的家园和庞大的敌军，想起多年来的军旅生涯，心头万种情绪涌起，只觉得眼眶一热，泪水夺眶而出。

那一瞬，他就想驾着比翼鸟直接撞向空桑旗舰，同归于尽！

——是的，他已经无家可归，还不如战死沙场来得痛快！

可是……如果他死了，织莺回来后会怎样？她会陷入什么样的境地？无论如何，自己得活着再见她一面。而且，自己又怎么能带着凝一起去死？

他驾驶着比翼鸟，在黑夜的大海上一圈又一圈地盘旋，看着脚下的故土和敌人，心乱如麻。眼前这天地虽大，他却不知何去何从。

"去哪里？"鲛人凝在一边问，"主人？"

"不知道，越远越好……先赶紧离开这里！"羲铮回头看了一眼身后的大地，眼里露出了一种绝望和厌恶，"必须走，凝，这里不能待了！"

"因为，这里，已经成了一座傀儡之城！"

第十五章

轮回永在

当西海上的大军撤离，朝着云荒万里跋涉行军而返时，瀚海驿下的血战已经接近半个月，双方都伤亡惨重。空桑集结了全境的力量，从六部调动了二十万大军，全数布置在瀚海驿—流光川一线，而冰族的军队也全数聚集于此，日夜猛攻。

因为一旦瀚海驿被攻破，背后便是毫无屏障的叶城，以及叶城背后的帝都。

云荒已经承平数百年，本土上从未有过如此大规模的战争，六部一时间仓促应战，协调不及，而伽蓝帝都的现任女帝悦意更是个从无理政经验的女流，无法统领协调如此庞大的军队，所以，以超出对方一倍的兵力却依旧处于劣势。

"根据前方的消息，还能撑多久？"紫宸殿里，女帝焦急地询问，"诸位藩王呢？为什么不上殿来议事？都已经到了国家危亡的时候了，难道还要各怀私心吗？"

"女帝息怒，"宰辅黎缜上前，沉声道，"诸位藩王应该都在前线督阵，一时无法前来帝都。"

"好。"悦意忍了一口气，又问，"西海大军如何了？"

"臣已经草拟诏书，加急送了出去。"黎缜道，"听说骏音已经率领大军从西海返回，如今已经穿过棋盘洲列岛，应该会在半月内抵达。"

"还是你有能力，"悦意终于舒了口气，"我还以为骏音会拖拉不肯回来呢。"

黎缜笑了一笑——又有谁知道为了让骏音听从命令，他用了什么样的手段。他曾经以女帝的名义直闯青王座前，以株连九族为名，逼迫青王写下家书，让带兵在外的儿子返回——连青王他都得罪了，女帝又软弱，他日后在朝中只怕是难有好日子了。

不过，只要空桑能撑过眼前这一关，这些又有什么关系呢？

"女帝，前线急报！"忽然间，有内侍在外禀告，声音急切。女帝拿过奏折，只看了一眼，神色就大变，一下子站了起来！

"居然还会这样！真是反了！"悦意失去了镇定，失声道，"两个部族的军队不好好打仗，居然还闹了内讧！青王和紫王，他们这是在做什么？"

黎缜拿过奏折看了看，脸色也变得很不好。

——冰夷猛攻瀚海驿，六部军队死伤惨重，各位藩王为了保存各自的实力居然都有了畏战之心，互相推诿，不肯派出最精锐的部队打头阵。而最近，这种上不得台面的钩心斗角更加激化——为了争夺粮草，相互之间居然兵刃相见！

"胡闹！"他也忍不住咬牙，"女帝，臣马上亲自去瀚海驿一趟。"

"你去能行吗？"悦意有点担忧，看了看这个文质彬彬的大臣，"六部这些家伙从来不把我们帝都放在眼里……而且我是一介女流，你又是内臣出身，就算我赐给你御剑可以先斩后奏，你孤身一人，能弹压住前线那二十万大军吗？"

"也只能试试了。"黎缜道，"国难当前，总要有人站出来。"

悦意女帝沉默片刻，长叹了一口气，忽然幽幽道："你说，我的运气是不是很差？本来不过是被拖来当一两年的皇帝，偏偏遇到了几百年都没有的战乱！"

"难为女帝了。"黎缜叹息，"若是白帅还在就好了。"

"白墨宸？"悦意女帝喃喃念着这个名字，然而语气已经从原先的抵触变得软了下来，停顿了一刻，她道，"是啊，如果他还在就好了……他一定比我做得好。"

"那么，女帝愿意下旨把他从北越郡召回来吗？"黎缜趁热打铁，提出了这个建议，"如今国难，正当用人之际。"

"好吧。"悦意女帝叹了口气，终于点了点头，"等他来了，我就和逸回叶城的镇国公府去，不再干涉朝政。这场仗，看来是必须他来带领空桑人才能获胜了。"

"女帝先不要如此说，"黎缜低声道，"禅位是大事，不可仓促决定。"

女帝摇了摇头，颓然坐回了王座，幽幽地道："可是……我当这个皇帝，真是当得很头疼啊。简直是个烫手的山芋，恨不得早一刻扔出去给别人接着。"

黎缜苦笑，只能领旨而退。

空荡荡的紫宸殿里，悦意女帝抚摸着御座的扶手，发出了长长的叹息——从白塔顶上的囚牢走上这万人之上的王座，她用了整整十年；而从这个位置下来，却居然只需要几个月。一个人的命运到底有多曲折起伏，只怕无过于她了吧？

"真的打算回叶城去吗？"忽然，背后有人轻声问。

"嗯。"她微微点头，听出了那是慕容逸的声音，却没有回头，"你觉得失望吗？"

"不，我其实更喜欢叶城，"她的夫婿从身后伸出手抱住了她，低声道，"只是因为你坐在这个位子上，我才会留在帝都这个深宫里。如今能够回去，我觉得很好啊。"

"逸。"女帝感受着那双温暖的手臂，忍不住眼眶湿润。

——这举世江山，又怎能比得上情郎的一个拥抱？

第二日，黎缜便领了旨意，疾驰往瀚海驿。

从水底甬道抵达叶城，又马不停蹄地从叶城西去，这一路上他想了很多，关于怎么调停六部，怎么弹压各方，怎样巩固战线，把失地夺回来——然而，当抵达瀚海驿下的大营时，他却忽然愣住了。

这座传说中刚出了内讧的军营看上去井然有序，各部的战士整齐划一地操练着，攻防轮换，一切都井井有条，并无丝毫混乱迹象。大帐下有人在处理军务，决断干脆，毫不拖泥带水。那是个青衣中年文士，意态寥落，瘦削如鹤，远远看上去居然像是昔日白帅帐下的心腹幕僚穆星北。

黎缜在辕门外看着，不由得愣了一下。

"听说帝都有特使前来，"耳边忽然传出一个声音，"有失远迎。"

声音方落，马蹄嘚嘚而来，气势如虹，显然是训练有素。前面数十名骑士在冲入后一勒缰绳，迅速两两分开，让出一条道来。一匹黑骏马闪电般疾驰而入，马背上坐着挺拔英武的军人，剑眉星目，神色冷峻，似乎是从前线刚回来，满身鲜血，抱拳迎了上来，朗声道："是黎缜大人？久违了！"

黎缜看着从千万大军中走出的男子，不可思议地脱口道："白……白帅？"

是的……那是白墨宸！那个已经辞官归里、隐居乡下的白墨宸，居然一身戎装地出现在了这和冰夷对抗的最前线！

"是我，"白墨宸朗笑，"黎大人吃惊了？"

黎缜看着这个意气风发的统帅，忍不住愕然，"白帅不是在北越九里亭吗？如何……如何到了此处？"

听到"北越"两个字，白墨宸的神色黯然，声音低了下去，只道："说来话长。我的家人，都在北越郡被冰夷派来的刺客给杀了。"

"什么？！"黎缜脱口惊呼，"有这种事？"

"是啊，满门被杀。从七十多岁的老母到十几岁的弟妹，一个都没放过！"白墨宸眼神深处似乎掠过一丝暗金色的光芒，狠戾而阴郁，"我没有家人了——那些该死的冰夷灭我满门，我只有被逼出山，回到战场上来灭他们满门了！"

"原来如此……"黎缜沉默下去，许久才道，"白帅节哀。"

"是。所以这些天来我几乎没睡过一个完整的觉！不把这些冰夷杀光，怎能消我心头之恨！"白墨宸回过头，将马鞍边挂着的东西摘下来，扔给了旁边的战士，"去，挂到辕门上！"

"是！"战士接住了飞过来的东西——那是头发结在一起的三个人头，满面血污，怒目狰狞，被人一剑齐颈斩下。看发色，都是冰族人。黎缜看着战士们将斩下的首级在辕门上依次挂起，一颗一颗，如同升起胜利的旗帜。

那些人头都是纯金的头发，一望便知是冰族，然而令人意外的是，面容却稚嫩，竟然是些十几岁的孩子。

"刚刚得到前方线报，有一队冰夷想用风隼秘密绕开瀚海驿，去袭击叶城。我来不及调兵，便轻装带人抄了冰夷后路。"白墨宸笑了笑，轻描淡写，"一口气击落了三架风隼，谁知道上面的操纵者居然都是些小毛孩子——原来，这些就是冰夷秘密培养的所谓'神之手'！"

黎缜不禁动容，"风隼？那种东西，居然也能打下来？"

"是挺难对付的。他们有空中优势，而我们的军队只能待在地上傻看。"白墨宸蹙眉，跳下马背，"不过我在西海上和他们交手多年，也琢磨出了一些对付的门道——只有在起飞和降落的一刻钟内才有击毁他们的机会，而火炮的布置是关键。"

说到这里，他看了一眼黎缜，道："这些无趣之事，就不和宰辅多说了。麻烦回帝都禀告一下，说这儿火药吃紧，请在十天内筹集一万斤运过来。"

"前线需要，当倾国支持！"黎缜道，"白帅一连击落三架风隼，也应向帝都请功。"

"算了吧，斩的又不是巫彭元帅的首级，邀功就不必了。"白墨宸笑着用鞭梢指了指辕门的另外一边，"而且，帝都不给我降罪就不错了。喏，你且看看那边——"

黎缜顺势看过去，发现辕门那里也挂着一排人头，密密麻麻，居然有十几个之多。但是看发色却是黑的，分明不是冰族人，而是空桑人！

"这……"黎缜有些震惊，"斩的是自己人？"

"是。前几日，青、紫两部的军队内讧，几乎让冰夷乘虚而入，我不得不一口气斩了带头闹事的十六人，才把事态给压了下去。其中有王族血统者七人，少将以上职位者三人。"白墨宸摇了摇头，眼神肃杀，"当时事发突然，来不及请示帝都，真是抱歉。"

黎缜倒吸了一口气，"这个……白帅你如今还是个没有官位的一介布衣，这么做，置诸王于何地？"

"军中无父子，何况其他？"白墨宸冷然，眼神忽然变得凌厉，"两位藩王管束属下不力，耽误国事，罪该当诛。若要人偿命，那在下自行入帝都领罪便是——不过……"他看了一下前面甲胄鲜明的战士，嘴角浮起一丝冷笑，"只怕，军队不会答应。"

黎缜无言以对，他知道白墨宸在军中的威望和地位，在这种危急关头，别说是藩王，就是帝都也不敢轻易动他一根手指头——但是这里的军队，有一半是诸位藩王从属地带来的，理应说更效忠于本族才是。在短短十几天里，他又是如何做到将这些人也给同化了呢？

他不动声色地打量了一下身边的人。真奇怪……这次回来，白帅身上似乎有深远而隐秘的变化，似乎更加具有令人折服的霸主之气。

"女帝正要下旨去北越请白帅出山，没想到您早已返回前线。"他只能这样开口，语气恭敬，"此次临阵哗变，若无白帅在，只怕瀚海驿早已失守——女帝又如何会责怪白帅？"

"女帝……"白墨宸重复了一下，忽然道，"悦意她还好吧？新婚后过得开心吗？"

黎缜沉默了一下，不知道如何措辞，只好回答："甚好。"

"真的甚好？只怕最近这些事闹得她头疼吧？"白墨宸笑了一笑，语气并不客气，"她一介女流，只懂得情情爱爱，哪里应付得来这些天下大事？"

黎缜便趁机道："所以，女帝正要请白帅回朝。"

"唔……我就知道。"白墨宸点了点头，"所以我已经回来了。如今瀚海驿的六军已经在我麾下听令，可以让女帝下旨，让诸位藩王各自回封地了。"

"这只怕很难。"黎缜没想到他会提这种要求，不由得皱眉，"实话实说，女帝如今无法号令六王——六王各自带兵前来，是想在战乱中为各自捞一点好处，如何肯将兵力留下，自己打道回府？"

"呵，宰辅说得倒也坦白。"白墨宸笑了一笑，淡淡道，"不过没关系，你让她下一道旨意给我就是，剩下的她就不用管了——我会替她执行到位。六王又如何？在军中，我说了算！"

说到这里，他举起了左臂，挥鞭在空中狠狠抽了一记。那一刻，不知道是不是错觉，他的眼眸里金光大盛，宛如璀璨的闪电！

黎缜没有说话，只是默默看着这个重归权力顶峰的统帅，只觉心中有些忐忑。

是的……有哪里不一样了。

他记得以前的白帅是个沉默寡言的人，内敛低调，掩藏锋芒。而眼前的白帅，虽然看起来意气风发、魄力超群，但不知道为什么总是令他觉得有些不舒服。似乎，他身上有一种无法掩饰的咄咄逼人的力量在向外扩散，侵蚀人的心志。

"前线有白帅在，女帝应该放心了。"黎缜道，心里却暗自警惕。

"冰夷就交给我对付好了，除了我，空桑只怕也没有别人了。"白墨宸淡淡道，用命令式的语气吩咐身边的人，"麻烦宰辅回京后和女帝禀告两件事，一是早日重新把元帅的虎符交给我；二是解除骏音的军权，把西海归来的大军也交给我——听说骏音在前线负伤断了一条腿，想来也该回去休息一下了。"

黎缜默然，只是点了点头。

一山不容二虎，白帅既然归来，这统帅的位置便是他的。但是白帅和骏音一向交好，他想不到此刻对方会这样毫无顾忌地提出褫夺对方的军权，言辞之间似乎并无顾惜。

"我会转告女帝。"他道，"白帅还有其他事吗？"

"有。只不过……"白墨宸顿了一顿，忽地笑了，那个笑容有些奇特，"还是等我得了空，入京面见女帝再谈好了。若让你转告，会吓到宰辅。"

黎缜皱了皱眉头，不悦道："白帅未免有些小看在下了。"

"是吗？那么我就告诉你好了！"白墨宸忽地笑了起来，眼中的金色光芒一掠而过，伸出左手，用鞭子点着黎缜的肩膀，凑过来低声道，"你回去告诉悦意，让她早点整理一下紫宸殿，把王位空出来让给我吧！我不会亏待她的。"

"什么？！"黎缜失声，变了脸色。

"你看，果然吓到了吧？"白墨宸放声大笑，眼眸中金光璀璨如电，甚至握着鞭子的左手都有淡淡的光闪现，"眼前天下将覆，各方虎视眈眈，这个江山，她一介女流是坐不住的！与其让别人占了，还不如给我。"

如此犀利直白的话，让黎缜一时间无法回答——他看到那双黑色的眼睛泛起了金色的光华，深不见底，如同最深的深渊。那一刻，他甚至不知道自己是在和白帅说话，还是和他身体里的另一个陌生人说话。

白墨宸策马回身，扬长而去，只扔下了几句话——

"到了现在这个境地，这个空桑，如果她不给我，就得给藩王或冰夷了！而我至少除了保住江山，还能保证她日后一辈子的荣华富贵。"

"让她仔细想想！"

黎缜看着空桑的统帅策马而去，身后骑从如云。虎帐下的青衣幕僚穆星北迎了出来，细细说着什么，而身侧六军将士纷纷听令——只不过短短十几天，这样一支来自六部的军队居然被白墨宸管得服服帖帖，号令严明，不愧是一代将才。

只是……如此赤裸裸的狼子野心，和当年挂冠而去的白帅判若两人。难道是因为北越郡中的灭门惨案，让他完全变了一个人吗？

"啊……看……看……"忽然间，辕门外传来嘶哑的声音，"王……王！"

黎缜一震，不由得回过头去。辕门外有一个穿着破烂衣衫的老乞丐，捧着乞讨用的碗，嘴唇嗫嚅着正直直望着里面，张开的嘴里，赫然舌头已经被割去了一截。

"天官？"那一瞬，黎缜认出了这个面目全非的人，失声惊呼——是的，这个乞丐，就是因为妄言而被割去了舌头的天官苍华！

似乎也认出了他是谁，乞丐张大了嘴，结结巴巴地想要说什么，却说不出来，最后，将碗往地上一摔，趴在地上写了几个大字，然后抬头看着他，嘴里嗬嗬有声。

黎缜看过去，不由得倒抽了一口冷气——

"九百年后，当有王者兴！"

天官趴在尘土里，用一双灼热的眼睛炯炯盯着白墨宸的背影，仿佛一个疯子似的举起手来，指着，用没有了舌头的嘴狂热地说着："王……王！"

黎缜只觉得双手发抖，也忍不住回过头，看着军营里的统帅。远处的白墨宸似乎没有感觉到他们的注视，只是自顾自地在虎帐下忙碌，身边簇拥着铁骑和骁将，如同风云簇拥着蛟龙，异常夺目。

那一刻，黎缜内心受到的冲击难以言表——难道如天官所说，这真的就是九百年一现、天命所归的王者？

一轮圆月从大漠落下，显得异常明亮和庞大，静静照耀着云荒。

这一日，已经是五月十六日子夜。

一匹白马奔驰而来，扬起一路烟尘。马上控缰的是一个年轻贵公子，眼睛深陷，双目无神，一手控缰，一手扶着怀里的一个白衣女子。那女子身体极其虚弱，用白纱遮住了脸，只看到眉心一颗血红色的痣，用轻微的语声提醒他在大漠里该怎么走。

越靠近迦楼罗，她的语气就越恍惚。

终于，她推了推他，让他停了下来。

"已经快到了，就在前面大概十里开外。"慕湮吐出了一口气，对着身后的慕容隽道，"你现在感觉身体怎么样？"

"还好，前辈。"慕容隽低声回答，眉头却微微蹙起。

——自从身体里注入了十万恶鬼之后，那种疼痛便无时不在，如同万千张嘴在里面撕咬，令人几乎崩溃。即便是慕湮剑圣一路上替他治疗，也无法彻底消除这种痛苦。

"我怕你会受不住。"慕湮叹了口气，神色复杂地看了看前方，"迦楼罗金翅鸟已经很近了……越靠近魔的所在，那种黑暗的力量越会加强。"

"原来已经要到了啊……"慕容隽忍着身体内的痛苦，勉强笑着，用空洞的眼睛看着前方，"没关系，我还能忍。"

"不，慕容修的后裔，金翅鸟已经近在咫尺，我们也该在这里分离了——"慕湮看了一眼远方，眼神开始有些恍惚，"多谢你一路护送我来到这里，接下来的事，我自己来做就好。"

慕容隽一震，失声道："什么？！剑圣您要扔下我？"

"你双目已盲，身负恶灵。我想，董然也不愿意看到你身入险境。"慕湮叹息，眉心的红痣在微微闪光，如同一滴血。她抬手轻轻按着那里，似乎竭力抵抗着什么，"我还要借这具身体一用。但放心，等事情完毕，我一定会将她平安归还——到时候，你去空寂之山的古墓里找她就是。"

"不行！"慕容隽却不肯答应，"我不能让你一个人去！"

"何必如此？我知道你关心董然的安危，可是以你现在的情况，去了也不能做什么，而且，唉……"慕湮柔声安慰着他，停顿了一下，"你是根本无法靠近破军的——因为你的体内蛰伏着十万恶灵，而这些东西一旦靠近魔的领域，就会立刻妖变！"她叹了口气，"到时候，你都不知道自己会变成什么样——你只会妨碍我。"

"……"慕容隽虽然双眼已盲，却不是一个盲目的人，他慢慢松开了手，却依旧道，"不会的。前辈你看，这一路过来我不是好好的？我……"

然而话说到一半，迦楼罗金翅鸟又在月下发出了一阵低沉的轰鸣，他身体忽然一震，发出了一声痛呼！

当慕湮扶住他的时候，他的脸色已经变得极其惨白。月光下，他的身体正在发生可怕的变异，仿佛有无数双手在皮肤下拍打撕扯，就像是一具起伏不定的空皮囊，里面的东西随时要破壳而出！

慕湮倒吸了一口冷气，反手便是一个手刀斩在慕容隽的后颈，将他击昏过去。

身后忽然传来奇特低沉的鸣动，她在月下回过身，烈烈风沙里只看到一道巨大的黑影从头顶升起，宛如一座从天上压下来的城市。

那是迦楼罗金翅鸟。

——这个沉睡了九百年的庞大机械，居然在时间到来之前提前启动！

迦楼罗金翅鸟的头部舱室里射出璀璨的光，显示这具蛰伏了九百年的庞大机械已经醒来，正在启动。那一刻，四周忽然狂风大作，无数黄沙随风卷起，如同龙卷风的森林，在他们周围树立了起来！而狂风之中，影影绰绰有什么东西从沙漠深处涌现了出来，如同沉默的魔物，忽然间听到召唤，开始渐渐苏醒。

而慕容隽身体内的那些恶灵，也是被其所感，才蠢蠢欲动的吧？

慕湮霍然回头，并指如电，封住了慕容隽的七窍六识。白色的光如同剑一样唰唰刺入，将那些从他身体内即将透出的黑气逼了回去。

"抱歉，现在我也无法再进一步替你'净化'那些恶灵了。"空桑女剑圣苍白的脸上流露出疲惫之意，低声道，"我还要积蓄力量和破军会面，所以……"说到这里，慕湮抬手将昏迷的人横放上了马背，拍了一掌，低斥了一声，"去吧！"

骏马吃痛，顿时惊嘶一声，箭一样地冲了出去，闯入了漫天黄沙。

送走了同伴，空桑女剑圣再无留恋，霍然回过头，凝视着缓缓启动的迦楼罗，眼里露出了极其复杂深远的神色，发出了一声叹息："焕儿……我知道你在等我。"

"我又何尝不在期待和你再度相见那一天？"

从大漠另一边来的三骑，也已经在同一个月夜抵达了狷之原的边缘。迷墙已经在望，月落西斜，将三个人的影子在起伏不定的沙丘上拉得很长。

"还有四天了。"溯光看着月亮，眼神深邃，"瀚海驿的战士还在死守。"

旁边的孔雀诵了一声"阿弥陀佛"，道："听说白帅重新出山，统领六军了，真是一个好消息。否则我真觉得当今女帝不通兵法，就凭着瀚海驿上那些乌合之众，根本不是冰夷的对手。"

"放心，我已经发动了剑圣门下的所有弟子奔赴国难！"清欢拍着胸脯，"老子这几年收了几千个徒弟，壮大了我们剑圣一门，此刻终于派得上用场了！"

"切，就你那些酒囊饭袋的徒弟？"孔雀嗤之以鼻。

"你以为老子的徒弟都是靠金铢收买来的吗？"清欢怒了，握住了马鞍边的光剑，正色道，"告诉你，剑圣门下的就算学到了三成真本事的，就够你吃一壶了！不信来试试！"

"够了！"溯光打断了他们两个，"还没到破军那儿就先吵起来了？"

命轮中剩下的三人谈论着白日里听到的消息，在大漠冷月下策马飞奔，穿过刚刚清理过的战场，穿过同胞和异族人的尸体，在满地的辎重和狼藉中前进。

他们的前方，是狼之原。

迷墙已经坍塌，隐约可以看到月光下巨大的机械。那是迦楼罗金翅鸟，如同一座金色的山峦，静静地蛰伏在西方尽头的荒野上，守护着它的主人——破军。

在迦楼罗金翅鸟的周围，劲旅环绕，重兵拱卫。

"就是那里了。"命轮剩下的人相互望了一眼，"闯进去似乎有点不容易。"

"那也没办法，死也得硬闯了。"清欢往掌心啐了一口，看着上面那个符号——随着星主的死去，他们手心的那个命轮已经熄灭了，不再灼热，也不再旋转。然而，当年立下的誓言却还镌刻在心底，不曾忘记。

——既然天下倾覆在即，不管是不是命轮的成员，作为剑圣一门，无论如何，就算殊死一搏，也要遏制破军，守住云荒！

"看！"忽然间，孔雀叫了起来，指着远处，"迦楼罗里似乎有动静！"

三人一起看过去，果然发现迦楼罗金翅鸟的头部忽然透出金色的光芒，似乎有人在其中忽然点起了无数的灯火，盛大而辉煌！

"是那些冰夷在里面举行什么仪式？"清欢愕然。

"不可能。巫彭元帅还在瀚海驿，没有首领，冰夷怎么会擅自进入迦楼罗举行什么仪式？"孔雀立刻反驳。

一直沉默的溯光却忽然道："不对劲，迦楼罗好像在启动！"

远远看过去，那座小山似的机械果然动了起来！四周的黄沙在激烈的风里飞扬，一道道光芒从迦楼罗头部透出，就像是一只沉睡许久的巨大的鸟忽然睁开了眼睛，正要展翅飞起！

"怎么会提前启动？"孔雀愕然，"它要做什么？"

"快！"溯光领头翻身下马，疾奔而去。孔雀和清欢也没有犹豫，纷纷弃马而下。他们三人的速度远超奔马，宛如闪电消失在月下。

迦楼罗金翅鸟在震颤，发出巨大的鸣动。在这样的声音里，整个大漠似乎都瞬间被惊醒，风沙狂舞，魔物肆虐。而大地上，无数冰族军人抬起头，震惊地望着这个巨大而神圣的机械忽然启动，发出了惊喜交加的低呼："破军……破军醒了！"

尽管外面风云涌动，灯火通明的舱室内，金座上的破军却并没有醒来。

封着他的薄冰已经消失了，左臂上那充满了魔性的暗金色的火焰也已经熄灭，然而，心口上五芒星的封印却还在，和左手上的后土神戒一起组成了不可撼动的结界，在时辰未到之前死死地封锁着破军。

可是，尽管破军并没有醒来，迦楼罗却先于他苏醒。

"你……你要做什么？"星槎圣女惊呼着冲向金座，试图阻止那双缓缓动作的枯瘦的手——然而那双手只是微微点了一下机簧，闪电纵横而来，织成了一片网，将她阻挡在外。

是的，在这个迦楼罗里，除了破军之外，还有他的搭档——鲛人潇！

那个一直沉默地陪着破军度过了数百年的鲛人，存在感稀薄到几乎不存在，却在这个月圆之夜忽然睁开了眼睛，默不作声地操纵着迦楼罗金翅鸟起飞！

迦楼罗金翅鸟是冰族旷古仅见的巨制，自身带有精密复杂的防御设置，一旦启动，任何人都无法靠近中心位置的两位操控者。

这个沉默的鲛人，头发在九百年的沉睡中早已全数雪白，昔年美丽的容颜也枯槁苍老，甚至湛碧如大海的双眸也因为多年来的不停流泪而黯然无光——但就是这个看起来早已奄奄一息、全无生机的垂死鲛人，忽然启动了迦楼罗！

巨大的机械开始鸣动，带着九百年来积攒下的所有力量，开始缓缓离开地面！地面上的将士们发出欣喜的狂呼，以为破军即将苏醒，将带领他们冲向空桑人的土地。

"快停下！"星槎圣女厉声道，"没有破军的许可，你怎么敢擅动迦楼罗！"

闪电环绕着金座，不让任何人靠近。高高的金座上，长发如雪的鲛人睁开了双眼，看着她，终于开口，带着微弱的笑意，"你以为……主人坚持让我保留自己的意志，不让我成为傀儡……是为了什么？"

她看着星槎圣女，一字一顿地道："就是为了……让我作出自己的选择！"

潇在金座上断断续续地开口，手指却是片刻也没有停顿，飞一样地在机簧上跳跃着，操纵着这架庞大精密的机械，娴熟一如千年之前。巨大的迦楼罗金翅鸟呼啸而起，带着沉睡了几百年后的飒爽英姿，从猖之原上飞起！

"你要做什么？"星槎圣女咬紧了牙，"快停下来！"

"我要把我的主人……从你们这些人身边带走。"潇微弱地回答，眼神却是清醒而凌厉的，看着冰族的圣女，"当'那一刻'来的时候……我、我希望他能安安静静地与她相见……不要、不要被周围那些心怀叵测的人，打扰……"

"住手！"星槎圣女厉声道，"我就在这里等候他醒来，不需要换地方！"

"呵，呵呵呵……你？"潇抬起眼睛，看了她一眼，忽然发出了低微的冷笑，"你在等我的主人，但是，他未必是在等你……"

"胡说！"星槎圣女揭开了面纱，仰起脸，"我就是慕湮剑圣的转世！"

那颗朱红色的痣已经到了眉心，在闪电的照耀下微微发出奇怪的光——那种光芒令金座上的潇也沉默了片刻，似乎有些不安和踌躇。

"看上去的确一模一样啊……"她低声喃喃，看着这个冰族的圣女——是的，这张脸她永远都不会忘记，在九百年前，她也是眼睁睁地看着有着这样容貌的空桑女剑圣一剑一剑刺入主人的心口，将他封印。

她的脸、她的眼、她的气息，乃至灵魂……都和面前之人相似。可是，为什么总是不对呢？

"停下！"星槎圣女再次厉声喝道，眼看着迦楼罗从猖之原上飞起，离开冰族军队的簇拥，她的语气越来越严厉，"你以为你可以做主？破军不是你的，他是我们冰族人的神，我们已经等了九百年！——在这个时候，你不能擅自把他带到任何地方！"

"神？"忽然间，潇笑了起来，"不，他……他不是神，他只是我的主人……我知道他的愿望。"

白发如雪的鲛人被固定在金座上，身体融于机械，和破军背向而坐，甚至连回过头看一眼他都做不到。然而这接近千年的咫尺天涯，却并没有阻断她的心，无论在过去还是现在，她一样能清楚地洞察主人的心意，并发誓用尽一切力量去守护他。

迦楼罗金翅鸟的双翅振起，已经缓缓离开地面。

"住手！"星槎圣女终于再也忍不住，双手霍然在胸口交错，结印，瞬间劈下！无形的剑切断交织环绕的闪电，直逼金座上的潇而来——作为十巫亲自培养出的圣女，她并不是只具有外形和血统的转世分身，她的术法和剑术也同样惊人。

嚓的一声，护卫金座的闪电被硬生生劈开！

星槎圣女扬起手，衣带如同一条灵蛇倏地缠绕上了潇的双臂，想要阻止她的动作。然而潇的双臂虽然不能动，但只是微微动了动眼睛，看了一眼穹顶，就只听一声呼啸，舱室顶部瞬间射落无数道光，将衣带化为灰烬！

——自从九百年前舍身开始，她的身体就已经和这具钢铁的机械高度同化，合为一体。她的每一寸肌肤都可以和迦楼罗相互呼应，所以在金翅鸟内部的任何人，就如同落入了牢笼的猎物，无法反抗。这么多年来，在她的守护之下，连命轮都无法进入迦楼罗毁灭破军，眼前这个冰族圣女又如何能做到？

星槎圣女却并未放弃，再度结印，凝聚起了力量。然而不等她发动攻击，只听到一声巨响，迦楼罗猛然摇晃了一下，忽然顿住！

"啊……"潇低低惊呼，感觉有一股巨大的力量猛然拉住了迦楼罗，不令其继续上升。她几次催动机械，居然还是无法继续上升。

"谁？"她愕然，却因为被钉在金座上无法起身查看，"是谁？"

星槎圣女奔到了舱室的窗子旁，探头往下看去，不由得也脱口啊了一声。

黑暗的大漠上，万军簇拥仰望，齐声惊呼——人群之中，有三道光从地面上逆射而上，从三个方向死死地定住了迦楼罗金翅鸟！

星槎圣女不由得惊喜。难道，是巫彭元帅从瀚海驿返回了？

冷月下，迦楼罗如同一座巨大的山，悬停在头顶上方，不停震颤，试图挣脱。猛烈的气流从双翼下喷出，吹得大漠上黄沙狂舞，几乎看不到五指，只有猛兽魔物的呼啸近在耳侧。

"停住了！"清欢呸的一声吐出了嘴里的沙子，抬头，气喘吁吁地道，"真他妈的重啊！"

在他的左右分别站着溯光和孔雀，呈鼎足之势，每个人都聚精会神，用尽全部灵力，将迦楼罗定住——他们三个人在千钧一发之际赶到，在一瞬间扑向了起飞的迦楼罗，把这具即将离去的庞大机械硬生生固定住！

然而，即便是三人合力，也已经摇摇欲坠。

"干脆一起上去看看，到底出了什么幺蛾子！"孔雀也是气息不平，"快！"

"真的要上去？"清欢喘着气，抬眼看了看迦楼罗，喃喃道，"这东西可真邪门……上去了会不会下不来？"

"必须上去，没有别的办法了。"关键时刻，沉默的溯光开口了，"我们无法强行停住迦楼罗太久，周围的军队很快就会过来。"

"好吧，"清欢低声道，"我数一二三，一起上！"

声音一落，三个人倏地消失在原地，同时翻身而上。

迦楼罗失去了控制力，猛然往高空里冲去，如同一支离弦的箭刺向明月，瞬间变成了一个小小的点，速度之快令地下无数人目瞪口呆。整个大漠沸腾了，黄沙狂舞，群魔嘶吼，军队齐声惊呼。

甚至，远在千里之外的人也被惊动。

巨大的呼啸声从西方尽头传来，回荡九天，令瀚海驿的大军也齐齐抬头。冰族战士爆发出了狂喜的呼声，个个以为是破军苏醒，回翔九天。

"狷之原怎么了？"正在和手下将领议事的巫彭元帅从虎帐里霍

然而出，抬头仰望，却满是震惊，"迦楼罗启动了？星槎圣女呢？是不是还在上面？"

他再也顾不得别的，立刻回身吩咐："备马！"

"元帅，您要回狷之原？明天就是大战之日了！能否攻下瀚海驿就在此一举，"属下焦急，"两军对垒，不可无帅啊！"

"没有什么比破军更重要，"巫彭咬着牙，"我必须带人回去看看！"

西方的尽头，那架巨大的机械从地面上缓缓起飞，速度越来越快，正在向着高空而去——冷月的光芒披洒在迦楼罗上，折射出耀眼的金光，仿佛一只浴火重生的凤凰正在起舞。

然而，巫彭没有和身边其他人一样面露喜色，反而蹙眉。

是的，时间还没到，迦楼罗金翅鸟不应该在今天启动，破军也不应该在今天苏醒！肯定是有什么地方出了意外，才出现了这种预料之外的情况。

——瑶瑶，你如今怎样？

在冰族战士狂喜欢呼声如潮传来时，另一边空桑人的大军里却鸦雀无声。一双双眼睛紧盯着冷月下从大地尽头飞起的金翅鸟，眼里无不流露出惊惧的神色：破军和迦楼罗金翅鸟。这存在于空桑传说里的东西，居然出现了在眼前！

而抬头看去，黑色的天幕里，北斗正在以肉眼看不见的速度缓缓旋转——然而北斗的第七星，却以肉眼可见的速度缓缓亮了起来！

"岁逢破军出，帝都血流红！"帐下，青衣幕僚也怔住了，看着这一幕，忍不住脱口念出了那句谶语，"天啊！三百年了……难道要成真了？"

一只手从后面伸过来，拍了拍他的肩膀，"别怕。"

穆星北回过头，看到了从虎帐深处走出来的白墨宸，忽地震了一下：白帅的眼眸深处透出璀璨的金色，隐约令人感到畏惧。那一刻，他心里一跳，明白眼前站着的人已经不再是平日所见的那个白帅。

"果然。破军要苏醒了吧？"白墨宸和他一起抬头，看着飞翔月下的迦楼罗，然而眼神却是奇特的——没有惊惶，更没有恐惧，反而有一种迫不及待的兴奋，似乎他所期待的什么事情即将发生。

"提前了三天啊……三天。呵……"白墨宸笑了一声，眼里不知是什么样的神情，冷然道，"看起来，事情和所有人料想的都不一样……真是令人期待。"

"期待什么？"穆星北愕然，"白帅在期待破军复苏吗？"

"破军复苏？"白墨宸淡淡重复了一遍，低下头笑了一笑，"当然。"

穆星北一怔，还以为自己听错了。却听到白帅摸了摸自己的左臂，继续道："他若不复苏，这数百年的账又如何了结？——也该结束了。云荒已经换了人间，昔年一切都早已化为灰烬，所有人也该各自散场。"

冷月照耀着虎帐，空桑的主帅抬头凝望着苍穹，眼里掠过暗金色的光芒。

"轮回永在，唯神魔不灭。"

［第十六章］

缘起缘灭

来自大地的拉力瞬间消失，迦楼罗金翅鸟呼啸着飞向九天。

"停下！"星槎圣女厉声道，手中绽放出闪电般的光，连续刺向了金座上控制着迦楼罗的潇。潇一边操控迦楼罗升起，一边还要应对袭击，未免有些应接不暇。忽然，她轻轻啊了一声，手一颤，有一道血从手臂上缓缓流下。

然而，她还是咬着牙，迅速地将所有机簧推到了位置，咔嚓一声锁定。

仿佛筋疲力尽，那些环绕着金座的光芒倏地消失了。星槎圣女一个箭步上前，对准了她的咽喉，厉声道："快停下迦楼罗，回到地面上去！"

"呵……不可能了。"潇淡淡笑了一声，眼神讥诮，"我锁定了迦楼罗……它只会一直往高处飞，连飞三天三夜，直到耗尽所有力量，坠毁。"

"什么？！"星槎圣女失声，脸色倏地苍白，"你要做什么？"

"我只是……想让我的主人……离开那些心怀叵测的人。他等这一刻，已经等了太久。"潇筋疲力尽地靠在座位上，一头雪白的长发瀑布一样落下，语气低微，"现在好了……迦楼罗已经启动，没有任何力量能够阻拦……"

说完，她缓缓闭上双眼，似乎毫不在意对方会不会取走自己的性命，只是陷入了疲倦的休息中。

星槎圣女惊怒交加，扣在对方咽喉上的手几乎锁紧，然而最终还是颓然放开。她退了一步，看着这个白发苍苍的垂死鲛人，眼神复杂——这就是陪伴了破军千年的女子，直到最后一刻，还在不顾一切地战斗！

"你何必如此，这么做有何意义？"星槎圣女长叹一口气，"等破军醒来后，我自然会和他相见，无论是在大地还是天上。"

"你？"潇微微笑了一笑，没有说话，似是极疲倦。

"你是鲛人傀偏，所以不喜欢我们冰族人，是吗？"星槎圣女低声问，神色严肃，"可是，破军对我们很重要——你知道吗？我们一族的复兴，就靠破军大人了！你为什么要处心积虑地把破军和我们隔开？"

"不，不为你。"潇摇了摇头，还是没有睁开眼睛，"我只想……让主人更自由。当那一刻到来的时候……没有人可以影响他的决定。"

迦楼罗扶摇而上，转眼呼啸几万里，舱室外面唯有皓月的光。星槎圣女扑到了窗口，看着脚下越来越远的大地和大地上的同族，心中焦急，却又不知如何是好。她回头看了一眼金座，破军还在沉睡，似乎并没有感知到这个巨变。

是否，真的要到那一刻来临，他才会睁开眼睛？

"破军大人！"她忍不住回到了金座前，低声祈祷，"请您早日睁开眼，看看这个世间和您的子民吧！我们已经等了您九百年，成败就在这几天了。"

"我就是……不希望你们这些人的欲望和祈求……影响到我的主人。"潇喃喃，疲倦地坚持着，"他应该自己作决定。"

"你……你要把迦楼罗带到哪里？"星槎圣女惊怒交加地问。潇微微笑了一笑，抬起眼睛，似乎是看了一眼天宇，"它原本该去的地方。"

星槎圣女不由自主地随着她抬起头。然而，就在这一瞥之间，她失声惊呼起来——星空！她的头顶上，忽然出现了一片星空！

舱室顶部忽然打开，有人影从天而降，如同三道闪电落在了破军座前！

那一刻，她认出了对方，失声惊呼。

——那是命轮中的人！可是，元老院不是说命轮组织已经被他们在南迦密林中彻底击溃了吗？为何会忽然出现在此处？

三个人从天而降，呈鼎足之势围住了破军的金座。

"还来得及。"溯光看着金座上的破军，"他还没苏醒。"

"杀哪个？"旁边的清欢迫不及待地拔剑在手，剑气凌厉，审视着舱室里的所有人，"是破军，还是这个女人？"

溯光眉梢一挑，刚要回答，然而眼前白影一闪，星槎圣女已经拦在了座前！

她手里凝聚起了透明的剑，看着面前从天而降的三个男人，毫无畏惧地怒叱："混账！你们这些空桑人，休想在破军面前放肆！"

"冰族？看来没什么问题了，"清欢耸了耸肩，"先杀你。"

他再不多话，手中光剑剑芒暴涨，呼啸着斩了过来，空桑剑圣的剑术凌厉无比，剑芒还没有触及女子便发出了耀眼的光。

·星槎圣女并指点去，半空中只听到一声裂帛似的声音，无形的交锋一瞬即收，两人都退了一步。清欢脱口"啊"了一声，刮目相看，"不错！十巫的真传？"

不等回答，星槎圣女一眼看到溯光和孔雀正从左右两侧逼近破军，连忙侧身抢过，手臂一扬，两道白光如匹练展开，竟然是用出了咒术。瞬间，她的白衣如同烟雾一样弥漫，围绕着破军，如同筑起了一道屏障。

溯光反手拔剑，唰唰两剑左右截断——辟天剑碎裂后，他手中的兵器不过是普通青钢剑，然而因为灌注了力量，一样亮如秋水。当这一剑迎面而来时，星槎圣女只觉得寒光凛冽，逼人而来，脸上、发上居然瞬间结了一层严霜，似乎堕入了从极冰渊。

她不得不瞬间屏住了呼吸，全力反击。

这时，清欢并没有上前相助，反而抱剑在一边闲看。

"我们剑圣一门，从来不以多欺少。"他这样解释，似乎想作壁上观。然而，孔雀的怒叱扑面而来："别闲着，来对付破军！"

"啊？"清欢看了一眼金座上的人，犹豫了一下——要联手对付这么一个被捆住的人，似乎有点儿违背剑圣一门的训导。可是……不等他想完，只见孔雀双手合十，短促地念了一句什么，手中的念珠忽然裂开！

噼啪声里，一颗颗念珠爆裂，里面浮出了一团团白光，在空中倏地散开，然后重新聚合，那汹涌的光瞬间朝着破军方向扑去，如同一条蛟龙——然而，当白光靠近破军时，一股暗金色的亮光忽然从破军左臂处升起，化为另一条黑色蛟龙迎空而上！

一明一暗，舱室内就像忽然腾空而起两条蛟龙，呼啸旋转！

"这……"清欢看着舱室内盘旋而斗的两道光，不由得愕然。

"看到了吗？这就是魔的力量！"孔雀短促地低喝，"我把它从破军身体里引出来了。去，快用剑封住破军！"

孔雀竭尽全力驾驭着那道白色的蛟龙，和那股魔的力量当空恶斗——很是奇怪，在过去的数百年中，他曾经几度闯入过迦楼罗和魔一较高下，然而每一次都支撑不了多久，立刻溃败。可是这一次，他居然感觉到了势均力敌。

这是怎么回事？难道，九百年以后魔的力量减弱了？

"怎……怎么封？"清欢看着金座上那个沉睡的戎装军人，一时间有些手足无措，"喂，我……我还是第一次参加命轮的行动！怎么封？"

"看到破军心口上的五芒星痕迹了吗？"孔雀一边动手，一边断断续续地大喝，"用'九问'，重新顺着剑痕，再封一遍！"

"什么？！"清欢愕然，看着金座上破军心口的伤痕，忽然明白了。

——是的，这个伤，据说是当年慕湮剑圣用尽最后力气在破军身上结下的封印。五剑剑剑穿心而过、首尾相连，结成五芒星的印记，将入魔的破军钉死在了金座上！

"是要我用剑圣门下的剑法重新封一遍吗？"他大声问，握紧了光剑，跃跃欲试，"能管用吗？不是说上面用的是什么云浮禁咒吗？"

"废话！当然……当然管用！否则命轮每一任里都保留剑圣门人，又……又是为了什么！"孔雀的目光不能离开空中盘旋恶斗的光，见缝插针地回答，终于忍不住大喝一声，"快点儿！我要撑不住了！"

"好！"清欢手里的光剑顿时剑芒暴涨。他大喝一声，长剑居中斜斜而起，一招"问天何寿"的起手式，迅疾如电，便往破军的心口刺入！

眼看剑芒已经抵达破军的盔甲，而破军依旧闭着眼睛毫无知觉，如同俎上之肉，清欢心里正暗喜，耳边忽然听到咔嚓一声，整个金座竟然突然动了起来——只是一个旋转，居中而坐的破军便已不见！

迦楼罗在保护着主人？

清欢反应迅捷，一剑去势未尽，半途立刻变招，如同游龙一样追着破军而去。然而头顶忽然传来咔嚓嚓的连续响声，耳畔只听溯光大喝一声"小心"，劲风扑面，似有无数的劲弩激射而至，密集如雨。

清欢毕竟艺高人胆大，在这样千钧一发之际，折身闪电般退回，剑芒忽然收敛，绕体而过，只听叮叮之声连续不绝，数十支当头射落的劲弩被削断在地。然而，他的虎口却也已经被震破，鲜血直流。

"他妈的，谁偷袭老子？"他放声大骂，然而抬起头来，眼前金座上已经换了一个人。

"啊？"清欢忍不住吃了一惊——这个满头白发的枯槁女人看起来已经死了，双眼紧闭，双手却紧紧地握着金座两侧的扶手，指尖不停微微移动。随着她手指的动作，头顶的咔咔声又密集起来，无数的机关重新对准了他们。

"杀了她！"旁边的溯光一声断喝，"她在控制迦楼罗！"

话音未落，只听和溯光缠斗的星槎圣女一声低斥，不顾一切地折身而返，手心忽然出现了一把卜算用的蓍草。这些青青的柔弱的草叶在剑气下居然一支支挺得笔直，如同箭一样激射而出，一根根钉了破军座前，瞬间围绕成一圈，将星槎圣女和破军包围在了其中！

"结阵！"她双手尾指上挑，迅速划过。

蓍草之间顿时交织出纵横的光，将金座和自己围在了中心。她一手按住阵中心的蓍草，用身体挡在了潇的面前，不让他们靠近。

"保护……保护我的主人。"潇微弱地喃喃，双手痉挛地抓着扶手，急促地呼吸，"不能让这些人……这些人……"

"放心，我一定会保护破军！"星槎圣女断然回答，同时提出要求，"不过，你能不能把迦楼罗落回地上去？这样的话，我们的战士就可以把这些空桑人拿下了！"

潇嘴角浮起了一丝苦笑，微微摇了摇头，"已经……锁死了……"潇喃喃，"只能一直往上飞，飞……"

"飞到哪儿？"星槎圣女吃了一惊，"万一飞不动了，怎么办？"

"呵……那就只能……只能坠毁了。"潇低低笑了一声，"我的主人如果醒来……天上地下……何处不能去？迦楼罗坠毁……又有什么关系？"

星槎圣女看着被钉在金座上的鲛人，顿足失声，"你真是个疯子！迦楼罗坠毁的话，你不也完了吗？你——"

"我？"潇淡淡地道，"我本来也没想过还能活到现在。"

"……"星槎圣女说不出话来，只是神色复杂地看了这个头发雪白的鲛人一眼——这么多年了，这个鲛人陪伴着孤独的破军，并不惜在生命最后一刻拼尽全力。

在这一刻，原本还敌我两立的两个女人之间，忽然又建立起了奇妙的同盟。

在她们两人谈话时，攻击又一次发动。

星槎圣女倏地将手压在了眉心，低声迅速念起了咒语。只听唰的一声，地上的一根根蓍草转眼挺立起来，发出了刺眼的亮光，如同剑一样彼此交错——那些蓍草长不过三寸，柔弱无骨，然而却在咒术之下结出了极其强大的结界，一时间居然也无法冲破。

星槎圣女的手按着最中心的那棵蓍草，全身灵力和它交融，编织出绵密的结界，不让外来者冲入。每当清欢的剑锋指向其中一处时，其他所有蓍草尖端便瞬间一起转向，用所有力量迎接。这是来自于十巫的术法，力量和空桑迥异。

可能是因为凝聚了所有的力量，星槎圣女的脸色显得有些苍白，唯有眉心那颗红痣越发殷红，似乎要滴出血来。

这样的僵持，一时间让整个迦楼罗内部都安静了下来。

不知道飞了多高，窗外转眼已经是黎明，云雾缭绕，天风呼啸，阳光从云层间折射而入，给整个舱室内都涂上了刺眼的金黄。

"快一些！"一直盘膝而坐的孔雀忽然爆出了一句，脸色发青——他双手合十，竭力与那股魔的力量抗衡，然而一夜过去，终究渐渐不支。半空里那道黑气逐渐压住了白光，兜头慢慢探下，如同一条张开口的巨蟒，狰狞可怖。

"奶奶的，这个阵很邪门！"清欢几次冲不进去，不由得怒了，"老子和她拼了！"

"这是冰族十巫的术法，单纯以力相抗是不行的，要智取。"溯光看了片刻，忽地动了起来。他的身形极轻灵，如同一道电光一样从阵上掠过，只是刹那间便出了十二剑——这瞬间，他在剑术之上又叠加了幻术。这十二剑几乎是同时发出的，不分先后到达，如同幻影。所有的蓍草来不及作出反应，剑锋便已经点到。

只听哧的一声响，蓍草居中折断——然而令人震惊的是，折断的蓍草里流出的不是青碧色的汁，而是殷红的血！

与此同时，阵中的星槎圣女身体猛然一震，脸色同样煞白。她用手死死按着居中的蓍草，不移动分毫，嘴角有血慢慢沁出，全身都在微微颤抖，显然刚才那一击已经令她元神受损。

溯光一剑之后，身形折返，对清欢低喝："快！取她左侧！"

两人一左一右分掠而上，剑光如匹练，从左右两侧破阵而入！

那一刻，整个迦楼罗忽然发出一阵震动，舱室迅速旋转，金座上方忽然射下无数白光，如同雨点一样密集，将两个人的攻势阻拦。那是潇用尽了最后的力气，启动了迦楼罗的所有机关，来保护星槎圣女。

"小心！"溯光曾经进入过迦楼罗内部，知道里面精密而庞大的防御设置曾经射杀过多位闯入者，便立刻提醒。清欢的足尖刚落地，只听咔嚓一声，舱室的地板居然塌陷下去一块。溯光来不及多想，立刻伸出手将清欢拉住，然而只听耳边一声低吼，半空中盘旋相持的黑白两道气终于分出了胜负，黑气如同巨蟒一般下探，倏地将孔雀吞噬！

他们两人根本来不及搭救，眼睁睁地看着孔雀被吞了进去。然而，转眼却听到黑气里发出一声吼声，如雷贯耳——孔雀居然用了佛门狮子吼，在黑气中张开嘴猛然一吸，将那些黑气全数吸入体内！

那些黑气倏地消失在他身体里，如同从未出现过。趺坐的孔雀露出了全身，上下没有一丝伤痕，但表情却痛苦万分，似乎四肢百骸都剧烈颤抖着。

溯光知道不对，立刻问："怎么了？"

孔雀没有说话，双手合十，一动不动，低低祝颂。那些散开的佛珠在指尖上一颗接着一颗出现，环绕着他的双手。然而那些佛珠是半透明的，如同雾气一样稀薄，无法凝聚。孔雀祝颂的声音越来越快，身体一震，那串佛珠仿佛动了起来，瞬间绕住了他的颈部！

黑气在孔雀身体里翻涌，而佛珠死死勒住他的咽喉，不让其散佚。到最后，孔雀连打坐都无法支撑，整个人倒在了地上，痛苦地颤抖着，但双手依旧死死地合十，保持着最后的坚持，结印不放。

"怎么了？"溯光和清欢失声惊呼。

溯光抢身上前，一把抓住了那串佛珠，想要把它扯断。然而掌心忽然传来剧烈的灼热，就像是握住了一团火。

"……"孔雀说不出话，摇了摇头，定定地看着金座上的破军，"去……去……"

那个沉睡了九百年的戎装军人还是闭着眼，只是脸上的表情似乎有了微妙的变化。左手上的后土神戒还在，但左臂上金色的火焰不知何时已经熄灭——是的，一直寄居在破军体内的魔之力量，已经被孔雀给引了出来，暂时离开了他的身体。

溯光反应了过来，看着脸色苍白的同伴，"孔雀，你是以身体为牢笼，囚禁了魔？"

孔雀缓缓点头，双手合十放在胸口，断断续续地喘息，"只能暂时……愿以我身……舍身困魔……"他说出的每一个字都是挣扎的，佛珠不停勒紧他的咽喉，而黑气在他身体内汹涌翻滚，想要挣脱而出。

他已经近乎虚脱，只能竭力对溯光和清欢示意。

溯光明白这个多年好友的意思，立刻按剑而起，对清欢道：

"快！趁着孔雀刚困住了魔，去把破军封印了！否则等它回到了破军体内，就……"

"我知道！"不等他说完，清欢一声大喝，已经人剑合一，化为一道闪电。

潇操纵着迦楼罗，一道道劲弩呼啸而来，整个舱室天翻地覆。然而，这一切都不能阻挡清欢和溯光的脚步，两个人如同两道光，破除所有障碍直抵破军座前！

溯光挥剑隔开所有袭击，转头大喝："我替你挡着，快点动手！"

"我？"清欢愣了一下，"为什么是我动手？"

"因为……"溯光没想到这个命轮的成员居然一无所知，在这么关键的时刻还要给他重新启蒙，不由得一时气急，失声道，"少废话！让你动手就动手！"

"没什么诡计吧？"清欢嘟囔着，然而看到近在咫尺的破军，一种屠灭魔君的自豪油然而生，他不再多说，提剑几步便冲上了金座。

潇眼里露出了雪亮的光，将手指挪向了一个按钮。

"住手！"就在那一瞬间，溯光早已经注意到了她的动作，及时地转身探出手，闪电般扣住了鲛人的手腕——因为一时用力太大，居然折断了她的腕骨。潇痛呼了半声，又硬生生忍住，怒视着溯光。

忽然，她愣了一下，"你……是鲛人？"

"是。"溯光沉声道，扣住她的手腕，不让她再有机会发动更多机关。潇看了他一眼，低声道："你……很像当年那个海皇……这就是宿命吗？"

宿命？溯光没有回答，只是并起手指，瞬间就将她的周身大穴都封住。

"好了，"他对另一边的清欢大声道，"我制住她了，快！"

"为何你也要与我的主人为敌呢？"苍老的鲛人低低叹了口气，身体没办法动，只是微微起了一阵痉挛。溯光的耳边忽然响起轻微的咔嚓声，眼前的金座忽然间裂开了，如同一朵花忽然在眼前怒放。金座的每一处都出现了极小的洞口，飞速地弹出无数细细的金丝，纵横交错，从四面八方迅速将他的身形扣住！

那一刻，溯光猛然醒悟过来：是的，这个鲛人傀儡已经和迦楼罗合为一体，她甚至不需要动手，就能控制这个机械！

真是太大意了……他居然忘了那么多年来，那些死在破军金座前的人！

——那些人能够历经千辛万苦闯入迦楼罗，抵达破军座前，可见每个人都身负绝学。然而，他们的死状却极其凄惨诡异，一个个如同茧一样被裹住，悬吊在舱室顶上直至风干。他一直不知道是什么样的力量让这些人在最后关头送了性命，原来，就是在破军的金座之前中了这最后的机关！

他拔剑斩去，然而，那些金丝如同活物一样在虚空中扭转避让，密密麻麻迅速编成了一张网，纵横交错，不停回旋，瞬间形成了一个茧。溯光一剑斩落，却发现那种奇异的材质坚固无比，压根儿动也不动。

"别白费力了，"潇微弱地讥诮，看着被困住的人，"就是辟天剑，一时半会儿也未必能劈开。"她的手指微微一动，那个茧瞬间拉高，将溯光送往舱室打开的顶部。

只是一瞬，就无声无息地把他从迦楼罗里扔了出去！

"喂，是用'九问'重新封印？"那边清欢却不知道这里的危急，拔出剑来比画着破军心口上的五芒星封印，大声问，"有先后次序吗？还是随便都可以？"

话音未落，他只觉得背后锋芒袭来，连忙闪避。只听哧的一声，闪得略微慢了一些，脸颊上便留下了一道血口子。

"妈的，谁偷袭老子？"他失声大骂，回头却见星槎圣女站在已经破碎的阵法中心，脸色煞白，双手中握着一把蓍草，每一根断裂的草叶上都流着殷红色的血，不由得愣了一下。

这个女人……怎么又活过来了？

"从破军大人身边滚开！"她不顾一切地厉声道。

每一根蓍草都如同一把利剑迎面飞来，在空中盘绕交错，当头下击。星槎圣女显然已经受了重伤，然而还是咬牙尽了全力攻击，不让他有再向破军动手的机会。灵力通过血脉注入蓍草，每一根草叶都锋利如刀。

清欢避开了好几次攻击，终于大怒，"一把破草叶子，也来挑衅老子？"大喝中，他剑芒暴涨，一口气将"九问"里的"问天"和"问地"连发而出。那是空桑剑圣一门的最高剑术，只听哧哧击响，半空中光芒交错，震动四方。

蓍草叶子纷纷落下，星槎圣女身体猛然一震，往前一个趔趄，跌倒在破军金座之前，口唇之间鲜血急涌，奄奄一息。然而，当清欢扬起光剑，想要在破军胸口刺入时，她却忽然站了起来，张开了双臂挡在面前，厉声道："不许碰破军大人！"

距离太近，清欢来不及收剑，剑芒一瞬间穿透了她的胸口！

鲜血喷涌而出，洒落在面前的人身上。

"你……"清欢愣了一下，几乎是下意识地想去扶住她，然而眼前忽然一闪，右臂立刻一阵剧痛——星槎圣女重伤之下，居然从怀里抽出一把匕首，用尽最后力气刺向了他持剑的手。

"该死的！"清欢大怒，一掌将她打飞了出去，将光剑换到了左手，踏上一步准备立刻动手。星槎圣女脸色苍白如雪，几近昏迷。

当她落下时，头撞向了金座尖锐的顶端，而筋疲力尽的她已经没有丝毫力气回避，只能眼睁睁地看着，神志瞬间恍惚。

——就这样死了吗？死在了破军面前，却终究没有等到他苏醒的那一刻！她的民族、她的国家、她一生的责任和期许，难道就只能止步于这一刻？

落下时，她的视线掠过破军的脸。金座上的军人还在沉睡，那张沉毅冷峻的侧脸一如平日，冷冷不动。那一瞬，星槎圣女只觉得内心如沸，绝望和悲痛令她在内心一遍遍呼喊："醒来啊！醒来看看我……看看我！"

那一刻，她眉心的那颗红痣忽然裂开，流出了一滴血。那滴血正好滴落在破军的脸上，居然发出了哧的一声奇怪的声音，如同沸腾！

在意识模糊的瞬间，视线的最后，她看到了那双金色的双瞳正在睁开。

一只手接住了下坠的她，同时，另一只手接住了清欢的光剑——剑圣门下的"九问"，那一招凌厉无比的"生何欢"，居然就这样被徒手接住!

一切都发生在瞬间，清欢还没有明白过来怎么回事，只觉得眼前一黑，一击重重落在了他的胸口，将他打得直飞出去。他甚至都没看清对方是如何出手的，等落地回过神，光剑已经不在自己手里。

"啊？！"他抬起头，看到了不可思议的一幕，失声惊呼——

金座上的人居然睁开了眼睛，站了起来！

一手抱着半昏迷的女子，另一只手里握着从他手里夺来的光剑，破军从金座上躬身缓缓站起，双瞳里仿佛有暗色的火燃烧，静静盯着他，表情冷峻。

——不是幻觉吧？这就是破军？那个传说中九百年前被封印、一直沉睡的破军，居然在这一刻提前醒了过来！

"孔雀！龙！他妈的，这家伙提前醒了！快一起拦住他啊！"他回过神来，大声呼喊同伴——然而孔雀正在以身为牢笼，囚禁着魔之左手的力量，七窍五蕴全部封闭，完全听不到他的呼喊。而溯光也不知去向。

清欢啐了一口，只能自己吃力地爬了起来。

破军忽然开口，声音低而冷，虽然沉睡了千年，却依旧是二十几岁的年轻人的声调："当我醒来之时，便是天下动荡之日！剑圣门下，难道你还要逆天而行？"

只听咔的一声响，破军手中的光剑剑芒忽然暴涨，吐出数丈，在清欢毫无准备的情况下，瞬间抵住了他的眉心！在这么远的距离外催动光剑，又忽然顿住，这种动静无定、收发随心的造诣，即便是当代剑圣也自愧不如。

清欢倒吸了一口气，一动不敢动，因为只要一动，剑芒就会洞穿他的颅脑！

"如果不是看在你也拿着光剑的分儿上，我直接就让你去死了。"破军冷冷地道，横过剑倏地封住了清欢的大穴，手里的光剑剑芒顿收，"真是没用，九百年后，剑圣一门居然凋零如此了？"

"胡说，明明是你偷袭在先！否则老子怎么会中了招？"清欢大怒之下完全忘了现在是人为刀俎，我为鱼肉，怒骂道，"你这个剑圣门下的逆徒，有种和老子重新比过！——不是现在，要等我的肋骨好了再比！"

"这么啰唆。"破军皱了皱眉，看了一眼这个喋喋不休的胖子，一抬脚，毫不客气地踢中了他的昏穴，把清欢踢到了一边，走到窗口看了看，微微皱眉。

外面已经是万丈高空，视野所及全是离合的白云，已经看不到大地。

"潇，你这是做什么？"破军沉声问，"时间马上要到了，快回去！"

"抱、抱歉……主人。"潇的声音从金座背后传出，虚弱无力，"没法……没法回去了……迦楼罗只能一直往上飞……直到耗尽所有力量。"

"……"破军的眉头皱了起来，却没有动怒，"为什么？"

"因为……我不想……让主人在苏醒时，被那些各怀心机的人所包围……"潇喃喃，声音越来越低，"我想……只要让你和慕湮剑圣的转世单独在一起……就够了。"

破军皱眉，下意识地抬起手抹了一下眉心。

他的眉心有一抹殷红，那是星槎圣女滴落在他脸上的血。

"转世？"他低头看着怀里昏迷的女子，眼神微微改变，似乎是被这张极其相似的容颜所震，却依旧带着一丝疑惑和不确定。然而她最后一刻不顾一切的维护，显然震动了破军的心。他沉默着抬起手，缓缓抹去了自己眉心的血迹，将手指放到眼前凝视。

那滴血里，有着穿越了千年的熟悉的气息。

方才，就是这滴落在他眉心的血，将他从长久的沉睡中唤醒，强烈的震撼令他强行挣脱了尚未解除的封印，提前从金座上苏醒！

是的，她的血在召唤他！他必须醒来。

九百年了，前生今世，沧桑轮回，他一直在这里等待，她却已经不知漂流在天涯的哪一处。但是，容颜可以改变，记忆可以混淆，唯有灵魂是不能作假的——那个一模一样的纯白色的灵魂，如同洪荒旷野里那朵永不凋零的花朵，遥远而又清晰，独立于天地之间，摇曳。

此刻，就出现在了自己的面前，触手可及。

是她吗？真的是她？星宿相逢的那一刻终于到来了？而且，她这一世，居然是以同族人的身份出现在他面前？这世上，居然会有这样奇妙的安排吗？

破军凝望着昏迷中的女子，似乎想把她的前生今世都一并看懂。他伸出手，缓缓按在了星槎圣女的眉心。一股力量缓缓透入，让昏迷的人微微一动，醒了过来。

在她睁开眼睛的时候，看到了梦寐以求的情景：那个一直在金座上沉睡的人醒来了，在她的面前看着她，眼眸里蕴藏着复杂而深远的神色，似乎想要诉说什么，却又沉默。

"破军……破军大人？！"星槎圣女激动无比，一瞬间清醒，甚至连胸口的伤都不觉得疼痛了，"您……终于醒来了？我们已经等了您很久……"

她合起了双手，想要继续说长久以来的期待和愿望。然而她刚开口说了第一句话，对面那双眼睛里的神色忽然变了，就像是刚融化的深潭在瞬间凝结，失去了所有的温度。她只觉得托着她的那双手忽然一松，整个人跌落在地，痛彻身心。

"不是你。"破军松开了手，冷冷道，转过头去，甚至不愿意再看她一眼。

"……"星槎圣女震惊得说不出话来，只觉得彻骨剧痛——这种痛不是来自于摔落的身体，而是来自于内心深处——不是她？破军居然说不是她？他只是看了她一眼，就彻底否认了她！

不可能！她等待了他那么久，几乎就是因他而生，他居然一句话就否定了她！

"破军大人，请您仔细看看我！"她在愤怒和委屈的情绪下霍地站起，用颤抖的声音大喊，"看看我！我就是慕湮剑圣的转生——这是元老院长老认定过的！我已经等了您那么久，我们族人也等了您那么久！"

"是吗？"破军重新在金座上坐下，冷冷道，"你们等待我，又是为了什么？"

"因为您可以带给我们力量，带领族人重返云荒！"星槎圣女将双手合在胸口，看着他，"我们这一族已经在西海上流浪了九百年，请带领我们重新夺回被空桑人占领的土地，重回故土！"

"这就是你们在这里等待我的原因？"破军看着金阶下的星槎圣女，沉默了一下，微微苦笑，"你们，或者自称为我的族人的那些人，等待了九百年，其实只是想利用我的力量完成自己的愿望而已，是吗？"

星槎圣女被这种冰冷的语气和眼神窒住了一瞬，然后合起双手祈求："是的，请您聆听我们的愿望——难道您不想族人重回故土吗？"

破军将头微微往后仰，靠在金座上，淡淡道："不。"

星槎圣女一震，失声道："为什么？"

"真可笑……我是个从小被冰族放逐在外的异类，是曾经血洗十大门阀的元凶，又怎么会对你们这些人有'同族'的概念？"破军的声音冷淡，"如果连这一点都弄错了，那可真是悲哀啊……让你们白白等了九百年。"

"……"星槎圣女身体微微颤抖，似是不知道如何回答，沉默了片刻，眼眶一红，泪水瞬间夺眶而出，哑声道，"您……您怎么可以说这样的话？！您不知道我们活得多辛苦，又等待了您多久！"

"那和我又有什么关系？那是你们的人生。"破军冷冷回答，看着面前哭泣的人，眼神似乎微微有些波动，低声喃喃，"别哭了。我从来没有见过师父流泪……她是最恬淡坚忍的人，哪怕被最亲的弟子背叛，万箭穿心，也能安然若素——你身上有她的气息，可是，你并不是她——"

"我就是她！"星槎圣女忽然打断了他，声音颤抖，泪水不停滑落，"我从生下来起就是为了成为她！我有她的灵魂、她的容貌、她的一切！甚至她没有的冰族血统，我也有！——您怎么能用一句话就否定我？"

"因为就算什么都相同，但你的心，却是不一样……"破军看着她，缓缓伸出了手指着她的心脏，"你的初心，就是完全不对的——"

那一瞬，星槎圣女被一股奇特的力量推动，身不由己地向前急行。破军伸手在金座前抓住了她，端详着，摇了摇头，"看吧，空有和我师父一样的外貌，却只具有她六分之一的灵魂——如果不是拥有六魄，甚至一点点她的气息都没有了。"

他伸出左手，缓缓点在了她的眉心。

那颗红痣忽然透出奇特的光来，照亮了他的脸庞。

"其实……我多么希望你就是她……"破军的眼神忽然变得空茫，似是失落地喃喃，"如果是这样，那就简单了啊……我就会对你开口要求的一切任你予取予求，无论是毁灭空桑，还是夺回云荒，我将赴汤蹈火、万死不惧——可是，你不是她。"

"真正的师父，又怎么会怀着杀戮的愿望而等待我苏醒呢？"

破军低声说着，声音居然是温柔的。他的左手按住了她的眉心，缓缓抽离——那一瞬间，她喊了一声，眉心的红痣忽然开裂，一滴鲜血伴随着白色的光飘了出来！

"你就应该是你，不该活在谁的阴影下，也不该保有她的灵魂碎片——所以，让我帮你把这一切结束，从此轻松地为自己活着吧……"

星槎圣女猛然一震，身体里似乎有什么东西急速流失。

她想维持住自己的神志，然而，却在他的手指下陷入了昏迷——他的眼睛是暗的，里面却似乎燃烧着火。在那样的注视下，她忽然觉得畏惧，下意识地想逃离。

"去吧，"她听到那个声音对自己说，"过自己的人生。"

眼前的一切慢慢模糊，最终变成了一片黑暗。她不知道这个人正在取走她的魂魄，她生命中唯一和他有交集的部分；她也不知道这将是自己这一生里最后一次见到这个名为"破军"的男人；更不知道自己和他之间那种与生俱来、看似牢不可破的夙缘，已经在这刹那间破除。

从此后，茫茫万古，他们之间永远只是陌生路人。

将手指从星槎圣女的额头抬起，那一点淡淡的白光也随之浮起。

破军张开左手，凝视着掌心里那一点光，低声喃喃："真是温暖啊……哪怕只是碎片。"他屈起手指，似乎想将这一点光虚握，却忽然痛呼了一声，松开手来！

"师父？！"他脱口低呼，眼神苦痛。

——是的，已经九百年了，他还是无法触碰师父的灵魂！这是多么深重的罪孽，多么不可饶恕的污浊，经过那么多年，依旧无法洗去。

那一点白光从手指间迅速散佚，随风而去，如同流星般消失。

"师父！"他失声惊呼，扑向窗口，却已经来不及。

他只能眼睁睁地看着它消失，就如同九百年前师父从他的生命里消失一样。

外面居然又已经是黑夜。夜空里星辰浩瀚，点点璀璨如钻石，早已分辨不出哪一颗是从他指间逝去的那颗——破军在九天之上凝望着黑暗里的苍穹，微微发抖，低下头看着自己的手。忽然间，不受控制地将手狠狠砸向了墙壁！

一下，两下，猛烈的撞击，迦楼罗剧烈地颤抖起来。

"主人……主人！"金座的另一面传来了潇微弱的惊呼，"你……"

破军停住了手，手上鲜血纵横。然而，他定定看了片刻，忽然间放声大笑起来："哈哈哈哈……哈哈哈！"

是的！他流血了……他的左手，终于流出了血！

自从九百年前魔的力量进入自己的身体后，他已经成了金刚不败之身，这个身体无论多么彻底的损坏都会得到迅速的修复，哪怕是被师父用五剑穿心也只能得到暂时的封印。而如今，这双手上流出来的血，足以证明魔的力量终于从自己的身体里彻底离开了！

那一瞬间，性格沉默冷峻的军人终于纵声大笑，无法压抑心中的狂喜。

"潇，潇……你看！"他举着血淋淋的手，转过金座的那一边，喜不自禁地对自己的同伴道，"你看，魔的力量消退了！我的左手居然已经会受伤流血了……"

忽然，他的声音戛然而止。

"潇？"他放下手，不敢相信地看着眼前奄奄一息的人——那个白发苍苍、鸡皮鹤发的垂死女子，居然就是潇？

那么多年来，他们被困在迦楼罗里，背向而坐，被封印的他甚至没有机会回过头去看一看自己的同伴，看一看光阴是怎样残忍地在她身上留下了不能磨灭的烙印。

"九百年了……主人，"那个白发女子看着他，干枯的嘴唇翕动着，发出微弱的声音，"我……我终于……还是见到了你。你、你一点也没有变。"

她的眼中有泪水渐涌，化为一颗一颗珍珠，铮然落地，"而潇……已经老了……能在死之前见到你一面，真的是……无悔无憾……"

"别说这种话，"破军打断了她的话，俯下身握住她的手，语气斩钉截铁地冷定，"既然我都能站到你面前了，自然就有方法让你再好好地活下去。"

他的手是温暖的，血缓缓流过她冰冷的肌肤，令她颤抖。他垂下了眼睛，有光芒在他手心聚集——那是他凝聚了自身的灵力，准备注入她即将崩溃的身体内，维持她的一线生机。

"不……不用了。"潇看着近在咫尺的人，极力挣扎。

他还是青年时候戎装的模样，英姿焕发，一如当年，仿佛九百年来只是沉睡了一场，而她却已经在漫长孤独的等待中耗尽了生命。她用尽了力气，低声喃喃："枯荣轮回，有自己的次序……我已经做完了最后一件能为主人做的事情，现在……可以休息了。"

"你不愿意活下去？"破军吃惊地看着她。

"是的，不愿意。"她终于对他说出了这几个字，这，也是千年以来，她第一次对他说出"不"字。

枯瘦的手指缓缓拨动着机簧，那些精密的机械如同藤蔓，一处处穿入她的身体，和鲛人合而为一——这么多年来，她就是这样通过血肉之躯控制着这架冰冷的机械，赋予了迦楼罗生命，守护着沉睡的破军。

"我已经竭尽全力，将迦楼罗驱上了九天，远离大地上那些人，"潇喃喃，"等飞到最高点后，迦楼罗……迦楼罗就会崩溃，四分五裂……主人，那个时候，就是我的归期。"

"归期？"他第一次听到她嘴里吐出这个词，"你要回哪里，潇？"

"大海和蓝天……永恒的归所。"她低声回答，微笑着，"鲛人的寿命，也只有一千年……我早已透支，该是归去的时候了。"

"潇……"他看着她，只觉得内心刺痛，竟说不出话来。

那样沉默而冷厉的军人，居然也有哽咽的时候。

她勉力微笑，感觉身体在飞速地崩溃，如同沙土筑成的高台在坍塌，语气衰微，"主人……你当初保留我的个人意志，不就是……不就是为了让我能自己作决定吗？……那么，请让我选择自己的生和死，可以吗？"

"……"他在金座前凝视着她，许久，终于将手移开，缓缓点头，然而胸口却有巨浪翻涌，无法说出一句话。

"就让我离开吧……鲛人……鲛人是从海上来的，也该回到海里去。"她虚弱地说着，眼睛却不肯离开他片刻，似乎想把这一生最后的记忆刻入心底带走，"可惜，我偏偏在这么高的地方死去……主人，请把我的尸体抛入大海……让我在生命的最后一刻，穿过九天，回到……回到故乡去。"

破军沉默着，听着她最后的要求，眼里有无法掩饰的苦痛。

在他的记忆中，潇还是九百年前的模样，美丽而温柔，安静而顺从，如同一缕清风陪伴左右。可是，如今一睁开眼时，她却已经是垂暮老人，即将离去，无法挽留。他自诩有一颗钢铁般的心，可在那一瞬，却竟然还是无法接受这样的结局。

"我答应你，"最终，他只低声道，"送你回到故乡去。"

"谢谢……谢谢主人。"她嘴角浮起一丝笑意，心满意足地喃喃。

那个笑容似乎极其熟悉，瞬间刺痛他的眼睛。

那一刻，他想起了许多年前的往事：想起这个鲛人是怎样来到自己身旁，从一个卑贱的奴隶成为真正的同伴；想起那个战火纷飞的遥远年代，他曾经和她一起翱翔九天，俯瞰这个云荒；一路的成败荣辱，却转眼成空。

当他醒来的时候，她却即将死去。

千年如同一瞬，就像朝生暮死的蜉蝣。从此后，茫茫万古，在黑暗的时空河流上，再也没有一个搭档如她，风雨千载，无怨无悔。他这一生是如此孤独，孤狼一样在暗夜里前行，然而，就算屡至绝境，却始终有一缕柔和的风在耳畔萦绕，伴他同行，一往无悔。

可到了今日，连这最后的一点微暖，也要永久地逝去了吗？

"主人……你、你哭了？"她震惊地看着他。

他侧过头去，没有说话，用力咬住了牙，只看到线条冷峻的两侧脸颊上的肌肉微微鼓起。

"不要、不要难过……主人，"潇用尽最后的力气安慰着他，喃喃，"很快、很快你就能见到你师父了……九百年后的五月二十日……那一刻，一切都会发生。我走后，很快、很快会有新的人来陪伴你……你不会孤单。"

他没有说话，只是握住了她冰冷的手。

她的手指在他掌心单薄如纸。他忽然想起鲛人生于大海，身体本身是没有温度的，可是那么多年来，为什么她一直给人那么温暖的感觉呢？那么纤细、柔弱，却又那么温暖、强大，强大到可以独自和世界为敌，保护着沉睡的自己整整九百年。

"真好啊。终于到、到了相逢的时候，只可惜……我没办法陪伴在主人身边。"她喃喃，眼皮无法遏制地合起，"主人，以后潇不在了，你要好好的、好好的……"

她的手从他掌心颓然滑落，再无声息。

那一刻，他的嘴角动了动，侧脸上有什么微微闪着光，长滑而落。他没有说话，只是低下了头，将自己的额头埋在她冰冷的手心，久久不语。

迦楼罗还在继续往上飞翔，呼啸着冲上云霄，而舱室内部却寂静如死。

"真不敢相信，你就这样走了，潇。"许久，他沉闷地吐出了这句话，从她手心里抬起了头——那一刻，他的双瞳里干净冷彻，如同映出冷月的寒泉，再无一丝软弱。

他看着在金座上静静死去的同伴，忽然伸出手，将她从金座上抱了起来。

为了能完美地驾驭这具空前绝后的庞大机械，潇的血肉已经和迦楼罗融为一体。当他抱起她时，无数探入血肉的引线被扯断，鲜血从身体里瞬间涌出。然而，他毫无犹豫，如同扯断傀儡娃娃身上的线一样，将她抱起。

白发如雪的鲛人蜷缩在他胸口，枯瘦安静，如同睡去的孩子。

"看啊，那就是你的故乡，看到了吗？"破军抱着潇来到了窗口，看着下方——月亮已经在很近的地方，大地在遥远的彼端，脚下是一片闪着月光的海面，波光粼粼，"是你这一辈子，都没能回去过的故乡。"

戎装的军人低下头对怀里死去的同伴说，声音是难得的温柔低沉，忽然间俯下身紧紧拥抱了她一下，然后伸出双臂，将她送出了窗外。

"现在，你终于可以回去了。"

他松开手，怀里的人飞速下坠，如同流星一样坠向了茫茫的夜空。他固执地仰着头，似是不想看到她离开的样子——然而，她雪白的长发被天风吹起，拂上了他的脸，又瞬间滑落——就如一双温柔的手拂过他的脸，又在刹那离开。

永远地离开。

潇消失在茫茫的黑暗里，片刻后，那片璀璨如银的海面上似乎激起了一朵细微的浪花——那个生于海上却毕生都被困在大地的鲛人，终于在千年后回到了孕育她的大海。

可是，他自己，又将去向何处？

九百年长眠苏醒后，这个天和地，这个时与空，已经根本不属于他。

"生命，其实只不过是一场接着一场的告别和相遇而已……不必太执着。"忽然间，他耳边传来了一声幽幽的叹息，头顶的月光似乎暗淡了一些。破军霍然惊觉，手一抄，握住了地上清欢掉落的光剑，白芒倾吐而出。

"谁？"他厉声问，剑指窗外。

剑芒所指之处，巨大的圆月下，有一个淡淡的影子浮现。

[第十七章]
千年之恋

"是我。"

那个女子静静地站在迦楼罗金翅鸟巨大的机翼上，身形单薄，白衣飘飞，如同翩然起舞的雪鹤。她站在冷月下，逆着光，一身白衣似乎发出光芒来。她的左手微微抬起，指尖上旋转着一点白色的光芒，正是片刻前散佚而去的星槎圣女的魄。

那一点"六魄"，渐渐被她吸入了身体，完全融合。

那个月下的女子有着一张他从未见过的脸，半边非常美丽，另外半边却狰狞如鬼——这是个完全陌生的女子，不像星槎圣女那样，和他记忆中的容颜几乎一模一样——然而，破军在看到她的第一眼就如受重击，脱口而出："师父？！"

——是的，那张完全陌生的脸上，却有着他千年前早已熟悉的表情。

只是看得一眼，他就瞬间认出了她。

听到他的声音，那个女子微微笑了一笑，眉心那颗痣殷红欲滴，似悲似喜，在月下缓缓伸出手来，低声道："焕儿。"

那一声呼唤仿佛穿心而过的剑，破军一震，脸色瞬间苍白。

"其实，我早就已经在这个迦楼罗上了，"她淡淡道，白衣沐浴着月华，出尘飘逸，"可是我的力量不够，只有到了晚上，魂魄才能凝聚——所以，只能在迦楼罗里沉睡了一个白天，到现在才出来和你相见。"

他看着她，忽然问："师父，你……你是来杀我的吗？"

"这就是你看到我的第一句话吗？"她没有回答，只是微笑着，在巨大的圆月下如同风一样无声飘近，在虚空里微微俯下身，凝望着他，"来，焕儿，让我看看你……"

当她伸过来手的时候，他微微闭上了眼睛，垂下头。

她是来杀他的吧？从九百年前开始，他就知道会有这样的结局——但为什么在这漫漫的轮回里，他依然一直期待着她的到来？

破军却没有动，任凭她微凉的手指落下来。

那双手并没有落在他的咽喉或者心口上，只是轻抚他的鬓角眉梢，带着无限的关爱。他只觉得全身微微颤抖——那一刻，他不再是名垂青史、叱咤风云的破军，仿佛回到了无数年之前第一次遇到她的那个地窖里，如同一个无助绝望的孩子，在看到她到来的时候，几乎就要屈膝跪下，抱住她的膝盖放声大哭。

"你还是一点也没有变，焕儿，"她轻声叹息，"而我，却已经换了形骸。"

——她的手居然是有温度的，而不是虚无的冰冷。

"时间紧迫，我只能借用了别人的身体。"她叹了口气，眉心那颗红痣微微有光，"在你苏醒之前，我已经收全了散落在这天地间的三魂和六魄，完成了完整的'转生'——正好能在这九百年大限到来的时候与你相见。"

他终于抬起头来，看着月光下跋涉万里而来的人。这一刻，她的容颜在他眼里已经是虚无，唯有魂魄脱离了躯壳，在月下闪着光华，迎风而立，一如千年之前。

"太好了，"他目眩神迷，喃喃，"我……我等了您很久，师父。"

"我知道。"她的声音温柔，一如昨日，眼神却深邃坚定，"我知道你等了我很久……可是，焕儿，你期待的又是怎样一个结果呢？"

怎样一个结果？

他的身子微微一震，有无数话语在心底涌动，嘴唇动了动，却终

究沉默。那些想说的话，其实在九百年前已经说过了……如今再说一次又有何用呢？

最终，他只是低声喃喃："我……已经说过了。"

是的，在九百年前被封印的那一刻，他曾经鼓足勇气说出了那句埋藏在心底的话。然而，她却不置可否，只是低声回答"我早就知道了"——知道了，又如何？因为那是禁忌，所以她从不回应，只是不动声色地将他拒之门外。

"请记住我。在下一个轮回里，我一定还会等着您的到来……希望那个时候，您能来得更早一些，这样、这样……我就可以陪伴您更长的时间。"

"而这一世，我来得太晚，太晚。"

既然没有回应，那么，这就是他的最后愿望。

可是，她也并没有来。时光如流水一样经过，轮回一次次地空转，他被钉在金座上，封印在迦楼罗里，在荒漠中孤独地等待。九百年了，她一直没有到来。他渐渐知道，她，可能是并不愿意见他吧？否则，又怎么会一次又一次地让他空等？

"是的，我知道。今天，我就是来给你一个结果的。"然而，耳边却传来了这样的话，她的手轻轻落在了他的胸口，轻抚着那个五芒星的印记，声音里也带着苦涩，"这么多年来，我一直记得那一刻。焕儿，我希望有一天能令你真正解脱，这就是我回来的原因。"

真正解脱？他微微一震，看了她一眼，默默地抬起了手，将一物横放到了她面前——握在他手里的，是清欢落下的银色光剑。

"怎么？"她有些意外地看着这把剑。

"杀了我吧。"他惨然一笑，倒转光剑，将剑柄交给她，"我知道，您想杀我已经很久了。"

"是吗？"慕湮微微皱起了眉头，看着奉剑而跪的弟子——暌违九百年，他却还是当年的模样，年轻英挺，眉目如剑，眼神里带着决绝，如同一匹暗夜里的孤狼。

"您一手建立了命轮，还让剑圣一门成为其中一员，九百年来不惜一次次地诛灭自己的六魄，阻挡自己的转生——师父，您是宁可永不超生，也不想见到我，是吗？"他顿了顿，语音无法控制地起了颤栗，

"其实，何必那么麻烦？您若想要弟子死，只消一句话就够了——只消您当面和我说一句话！"

那一刻，破军眼里居然隐约有泪，用力咬着牙。

"……"她沉默着，无言以对。

"如今，我终于再次见到您了。杀了我吧，从此，您可以解脱，我也可以解脱。"他低声道，看着一边失去知觉的孔雀和清欢，冷笑，"命轮里的人已经竭尽全力把魔从我身体内暂时剥离——来，杀了我吧！过了这一刻，要解决起来就麻烦多了。"

他双手托起光剑，举至齐眉，垂下了眼，如同当年她将光剑授予出师的自己。

慕湮定定地看着他，抬起手，握住了那把光剑。

"那好吧……"她低声道，"既然你这样想，那我成全你！"

她的手一扬，剑芒呼啸而出，疾斩而下，瞬间停在了他的颈侧！他闭目等待，毫无反抗——然而，逼人的剑芒却在切入血脉的刹那消失了，紧接着一个耳光重重地落在了他的脸上，打得他一个趔趄！

"师父？"他愕然睁开眼睛，失声。

那么多年来，她从未打过自己！

"记住，杀戮，永远不是解脱！"慕湮握剑直视着他，一贯平静的眼里有了波澜，厉声道，"你以为九百年来，我真的一直想要诛灭你吗？"

"……"他第一次看到师父有这样的表情，不知如何回答。

她不想杀他？那么，她又想如何？又能如何？

"你错了，焕儿，"慕湮看着他，低声道，"九百年了，我一直不肯见你，并不是怕你苏醒后魔的力量便会失控，也不是怕令天下动荡——而是因为，我自身受到了来自云浮的诅咒，生生世世都不能解脱。"

"云浮诅咒？"他愕然。

"是。来自这天地之间最高处的诅咒，非翼族之王不能解除。"她轻声叹息，"生生世世轮回下界，凡是我一生所遇所爱，均不得善终。"

所遇所爱？破军怔怔地听着，只觉心头大震，一时间竟然说不出一句话。

"焕儿，你的一生已经受尽苦楚，我不愿让你再承受更多。"她抬起头，看着九天之上的朗月，微微叹了口气，"当我明白自己背负着什么样的宿命之后，就不愿意再连累任何人——所以，我设立了命轮，设法阻拦自己的转生。我宁可把自己封闭在轮回之中，也不希望你落得像语冰那样的结局。"

她之后又说了什么，他已经没有听。他全身发抖，脑子里只回响着一句话——是的，师父九百年来都不来见自己，并不是因为不愿意见他，也不是因为厌恶他！——相反的，是为了保护他！她是为了保护他！

只此一念，便足够令人九死不悔。

"而今日，诅咒已经消解，我穿越了千年的时光回到这里，你以为我只是来杀你的吗？焕儿，看看这片天地吧……"慕湮抬起手，指着冷月下遥远的大地和苍穹，"这些人不是你的族人，这个空桑也不再是当初的空桑，毁灭和守护的力量此消彼长，如日月更替——这一切，都早已有了自己的存在规律。"

她回过头，看着他，"我们只是一个残像，本不该再存留于这个世间。"

"是。"他点头，终于说出了一个字来，"那么，您准备怎么办呢？"

"是离开的时候了。"她伸出手，带着一丝微笑，轻轻握住了他的手，肌肤微凉如玉。她轻声低低念了一句咒语。忽然间，他觉得左手一震，只听叮的一声，掌心光芒大盛，如同一颗流星忽然划过！

——那枚禁锢在他手指上的戒指自行松开，落在了慕湮的手心里。

"后土神戒……这个世界上守护的力量。"她看着那枚在月光下熠熠生辉的银色双翼宝石戒指，叹了口气，"白璎早已转世轮回，只留下这个还在原地——但是，到了今日，它的使命也应该完成了。"

她张开手，低低祝颂了一句，那枚戒指忽然从手心浮起，展开了银色的双翼！

"去吧。"慕湮对那枚传承了万古的灵戒低声道，"九百年后，命轮已经开始重新转动了，回到时间的洪流里，去寻找你真正的主人吧！——好好守护空桑，守护这片大地。"

仿佛听懂了她的话，后土神戒展开了双翼，无声地绕着她飞了一圈，然后倏地掉头，消失在了月光下，就像是一只灵鸟飞向了彼空。

他在一旁看着这一幕，直到那枚禁锢他九百年的戒指彻底融于黑夜，才开了口："它会去哪里？"

"不知道。"慕湮淡淡道，"皇天后土均有灵性，会选择自己的主人。"

"那我呢？"破军停顿了一下，"天地之大，又能去哪里？"

"你？应该跟我去往下一个轮回。"慕湮剑圣的声音平静而柔和，回头看了他一眼，白衣在月下翻飞，"命运之轮已经停滞了九百年，所有的一切，都应该有新的开始——我已经彻底摆脱了来自云浮的诅咒，三魂六魄得以齐聚，将要进入新的轮回。"

她看着他，将手伸给他，"我要走了……焕儿，你，愿意和我一起走吗？"

一起走？破军猛然一震，抬起头来看着苍穹。

迦楼罗金翅鸟还在按照设定的轨迹往上飞翔，竭尽全力冲向九天，但去势已竭，速度渐渐慢了下来。月亮似乎已经在很近的地方，巨大如华盖，覆盖下来。而那个白衣女子就站在迦楼罗外的机翼上，衣袂翻涌如云，目光如同温润清澈的泉水。

那一刻，他似乎看到她的三魂和六魄从躯壳里慢慢蜕出，浮现在虚空里，对着自己伸出手来。他不由自主地伸出手，想去握住那只递过来的手。

——是的，她在邀请他一起走。

君生我未生，我生君已老。在他们相遇的最初，彼此就已经错过。在光阴之河上顺流逆流、辗转千年，一直都没有遇到对的时间——而如今，当无数人和事都已经化为灰烬、随风而去的时候，他居然还能握住那只手，已然是上天恩赐。

更何况，她在说，一起走。

一起——就在此时此刻此地。不会再早一步，也不会再晚一步。

天风呼啸，那个白色的影子似乎是被风吹起，在月光下轻如无物。她的身体在风里四分五裂——如同风筝一样轻飘飘地坠落向大地，迅速消失。而三魂和六魄却分别从身体里浮出、飘散，如同流星一样旋转着，速度越来越快，居然形成了一个巨大的旋涡！

他明白，这是魂魄在溃散，在去往下一个轮回。

"师父！"他不顾一切地伸出手去，却什么也没有抓住。

她朝着大地坠落，身体在坠落之中渐渐化为虚无，唯有游离而出的三魂和六魄在虚空中飞舞，形成了一个巨大的光环，如同时光逆流时的旋涡。那一刻，他什么也没有想，毫不犹豫地一跃，从迦楼罗金翅鸟上飞身而下！

坠落中，天风呼啸，黑暗的大地遥不可及，只有光之旋涡，将他簇拥着环绕，似乎打开了通往另一个世界的大门。

"天啊……快看！那是什么？"

"天眼？这是天眼开了吗？"

大地上传来隐约的惊呼，那些西荒的牧民和战士在月下抬起头，看到了苍穹里出现的巨大旋涡：三道主光，中间夹杂着六道略细的光，如同展开在天宇里的羽翼，疾速地转动，形成了一个笼罩空寂之山的巨大旋涡！

通往黄泉之路的门在缓缓打开，今生今世的一切都开始模糊。那一刻，破军闭上眼睛，想起了童年时第一次遇见师父时的情景。

"你想成为怎样的人呢？"那个轮椅上的女子看着他，温柔地低声问——她抚摩他的头顶，将光剑交在他手上，"焕儿，我把剑圣之剑交给你，你会成为怎样的人呢？"

想要成为怎样的人？那时他并没有回答。

而如今，他终于可以把答案告诉她——他想成为的，无非是一个令师父感到骄傲的人，能守护着她、令她安心，能让那张寂寂寡欢的脸上绽放微笑。

如果这一生不曾做到，那么，就等下一世。

在穿过生死之门、化为虚无的那一刻，他看到了新的光芒在遥远处绽放，召唤着他们的到来——他从胸中吐出了一声叹息，唇角微微弯起，就像一个在大漠里奔跑着追逐着风的孩子，在风停息的时候，终于跌倒在沙漠里，心满意足地睡去。

这漫长的一生，终于是结束了。不用再赎罪，也不用再等待。在生命的最后一刻，他握住了那双曾经以为永远也无法触及的手，无论去往天堂还是地狱，都终于可以安然。

夜幕里，北斗无声旋转，那一颗破军星骤然爆发出剧烈的光芒，汹涌澎湃，照彻天地，在瞬间将这六合照得如同白昼——

然后，又迅速地衰减，熄灭，成为暗星。

"看啊！那是什么？"伽蓝白塔顶上，悦意女帝在紫宸殿里抬起头，正好看到了那个巨大的白色之光在西方旋转，不由得惊喜，"空寂之山上开了天眼，这是吉兆吗？"

"白帅在前线屡奏捷报，的确形势大好。"背后有人回答。

"宰辅，你回来了？"悦意女帝回过头，看到风尘仆仆赶回的人，不由得松了口气，"辛苦了，我已经接到你从半路飞鸽回来的急报——瀚海驿一战，我们逆转了形势，真是太好了！"

黎缤回答："白帅在前方已控制住局面，估计战火短时间内不会再蔓延。"

"是吗？他……还真是个将才啊。"悦意女帝表情复杂，"这么快就能统帅六军。"

"那么，急报里写的那些，女帝意下如何？"黎缤停顿了一下，还是提出了那个棘手的问题，"白帅说了，希望帝都在十日之内作出答复。"

"是信里说的，白墨宸想让我把王权让给他这回事吗？"出乎意料，女帝回答得很从容，"我已经想好了。"

然而，她没有直接回答，却反问："宰辅，你的意见呢？"

"在下……"黎缤一时语塞，竟然不知如何回答——是的，女帝历经多年苦难，在空桑风雨飘摇之际即位，又很快遇到了这样百年一遇的战乱，除了自己，她早已无依无靠，在这个时候，难道他还要再给她最后一击吗？

"宰辅，你不用为难地回答这个问题，"女帝却低着头微微笑了，"你能告诉我，如果没有白墨宸，我们要怎样渡过眼前这个难关？还能有其他方法吗？"她看着黎缤的表情，摇头一笑，"不能，对吧？所以，我还有什么选择呢？"

黎缤默然，无言以对。

"虽然我是个百无一用的女人，但好歹还是白之一族的王，我可以在我的任内指定新的继承者。"悦意女帝的声音平静，"宰辅，为了空桑，我愿意把权柄让给白墨宸，让他带领六部度过眼前的危机——至于之后如何，不是我考虑的范围。"

"是，"黎缜喉咙紧了一紧，涩声道，"女帝英明。"

"我从来都不是一个迷恋权柄的人，只是命运把我推到了这个位置上而已，"女帝站了起来，抬头望着伽蓝白塔顶上的夜空，"你去告诉白墨宸，我只有一个条件——让我和慕容逸回到叶城，以镇国公夫妇的身份终老，持有丹书铁券，有罪不得加刑，世袭罔替。"

"是。"黎缜低下了头，"我想白帅会答应这个条件的。"

她从容地从王座上站起，捧出了一个锦盒，交到了黎缜手里，"如果他答应，就把这个转交给他。告诉他，他想要的一切都在里面。"

黎缜打开锦盒，黑色的丝绒里赫然放着两样东西：皇天神戒和虎符。

——王权和军权，空桑的根本，尽在其中。

"短短一年，从阶下囚到皇帝，我真像是做了一场梦啊……"女帝回过头，轻轻抚摸着空桑帝君金座的扶手，眼神复杂地笑了一笑，"谢谢你陪着我走过这一程。君臣一场，如今也该散了——白墨宸是比我好得多的帝君，以后，你就好好辅佐他吧。"

"是。"黎缜双手捧起锦盒，低头领命。

"反正自从帝王之血断绝后，皇天已经没有了主人，彻底成为一件俗物。所以，给白墨宸这样毫无贵族血统的平民，应该也没有什么吧？"女帝走下王座，朝着深宫走去，忽然回头笑了一笑，"你说，他会不会就是应验那个谶语的人呢？那个疯了的天官说过，九百年，当有王者兴——不是吗？"

黎缜没有回答，只觉得心里有些震撼和敬畏，无言以对。

是的，他没有和女帝说，自己在瀚海驿大营外见过天官苍华，那个疯癫的老人用被割了舌头的嘴断断续续地说出了同样的预言，指着万军簇拥的统帅。

难道，这真的就是天意吗？

那么，师父，我的责任，是否就是顺应天意，辅佐新的君王，让云荒太平繁盛？

迦楼罗金翅鸟里，重新陷入了一片寂静，唯有外面日月更替。

"龙……龙！孔雀！"当清欢从昏迷中醒来时，不知道已经过了多久，只觉得全身剧痛，肋骨像是被全部折断一样，略微一动就痛得撕心裂肺。他只能勉强侧身，不敢爬起，对着舱室大呼同伴的名字。

然而居然没有一个人回答他。外面还是一片漆黑，不知道是已经过去了一昼夜，还是同一个黑夜。但抬起头一瞥，只见金座已经空了，上面一个人也没有——无论是破军，还是那个鲛人，都已经不见了踪影！

这……这是怎么回事？

"龙！孔雀！"清欢再也顾不得疼痛，挣扎起身大呼。

起身时，脚边踢到了什么，低头看去，居然是自己掉落的光剑。破军呢？那个一招之间就把自己打飞的家伙如今去了哪儿？清欢握剑在手，一边喊着同伴的名字，一边扶着墙往前走，心中暗自警惕。

转过金座，果然看到了角落暗影里坐着一个人，垂着头，盘膝趺坐。

"孔雀！"清欢失声惊呼，上前一步看清楚后，几乎不敢相信自己的双眼。

那……那还是孔雀吗？只不过短短片刻，那个丰神俊秀、有着龙象之姿的僧侣，居然变成了一个枯瘦干瘪的小老头儿！就像是有什么东西在瞬间吸干了他的元气，只剩下一个空空的皮囊，垂着头，一言不发地盘膝坐在那里，双手合十，脖子上缠绕着念珠。

那些念珠一颗一颗发出光，勒住他的脖子，而脖子以下的身体已经漆黑，皮肤枯槁开裂，隐隐透出暗金色，似有火焰涌动不熄。当清欢凝视时，他的身体还在以肉眼可见的速度继续萎缩，向内坍塌，渐渐越缩越小。

"孔雀？你这是……"清欢愕然，想伸出手推一下，"怎么了？"

"别碰他！"忽然间，头顶有人厉喝。

清欢怔住，抬头，失声喊道："龙？"

金座上方的机舱破了，出现了一个空洞，空洞外面有一个金色的茧，奇特的细密的金丝纵横交错。那里面困住的人，赫然就是龙！

"你怎么在里面？"清欢连忙用仅剩的力量催动了光剑，"我放你出来！"

"别动！不能碰！"然而溯光再度厉喝，制止了他，"这些金线牵扯着迦楼罗的核心枢纽，如果一动，这个机械就会自毁——那个叫作潇的鲛人，为了保住破军不惜一切。"

"那可怎么办？"清欢抬头看着他，又低头看了看孔雀，忽然觉得脑子不够使了，不由得顿足，"那……那这个和尚，他又是怎么了？"

"孔雀用身体困住了魔，然后，用禁咒封印了自己的躯体。"溯光低下头，看着地下趺坐的同伴，眼神也渐渐变得哀伤，"我不入地狱，谁入地狱……听说佛曾经为了终止以杀止杀的循环而牺牲自己，割肉喂鹰——没想到，他还真的身体力行了。"

"他死了？"清欢看着那个瞬间枯萎的僧侣，吸了一口冷气。

"不，他还活着，"溯光低声道，"现在成了行尸走肉，一个没有生命的容器。"

"是吗？"清欢握着光剑，怔怔地问，"我们要把他怎样？要怎么才能救他？"

"不用救，他是求仁得仁。"溯光声音低沉，"孔雀修炼自身多年，内外俱臻化境，就是为了让这具肉身可以困住天下最厉害的魔物——或许，这是最好的结局。"

在他的话语里，孔雀的身体缩得越来越小，仿佛有暗火由内而外吞噬着，焚烧着，而另一种力量在死死地约束着，让那种暗火不至于烧穿躯壳，只能在血肉之躯内燃烧。只听轻微的咔嚓一声，趺坐的身躯仿佛坍塌了，瞬间爆发出一种奇特的光芒！

清欢下意识地闭上了眼睛，等睁开眼时，地上的孔雀已经消失了。

"他……他死了！"清欢失声惊呼，却看到了地上出现了一物——那是一粒晶莹洁白的舍利子，出现在迦楼罗冷灰色的地面上，如同明珠闪出柔和的光。那种光是从内散发的，隐隐透出黑暗的金色。

清欢伸出手捡起，而这一回溯光并没有喝止。

"这是什么？"空桑剑圣只觉得那粒东西几乎轻若无物，愕然。

"这就是孔雀最后留下的东西。"溯光在顶上看着，低声叹息，"他在最后一刻不惜坐地涅槃，奉献所有一切，将血肉之躯化为舍利子，成为困魔之界。"

"……"清欢看着掌心的舍利子，说不出话。

片刻前还活生生的同伴忽然消失，变成了这样一个冰冷的东西？

"你知道吗？这就是他数百年来的愿望。"溯光看着那枚舍利子，苦笑，"以前我们也曾经联手攻入破军金座前，但是魔的力量太强了，孔雀用尽方法也无法将其压制，只能挫败而归——而这一次，他终于如愿以偿。"

他闭上眼睛，回忆着那么多年来自己和那个酒肉和尚的往事，叹息。

——是的，舍身降魔，这个来自蓝毗尼娑罗双树下的僧侣，终于实现了自己毕生的愿望，以肉身供奉了佛道。孔雀，孔雀……你是否心满意足？

就在舱室寂静如死的瞬间，迦楼罗忽然猛烈震动了一下，发出一声巨响。

"怎么了？"猝不及防，清欢被弹起来一尺高，几乎跌倒，在落地的瞬间紧紧抓住了舱壁，失声道，"怎么了？"

然而第二下震动随之而来，发出更加剧烈的声响，如同重锤击打，几乎将清欢甩开。

转眼整个迦楼罗都在震动，从地面到四壁都在发出巨响，起伏不定，就像是有一只巨大的手从外面一把攥住了迦楼罗金翅鸟，狠狠地揉捏！

"不好！迦楼罗……迦楼罗在崩溃！"溯光失声喊道。他被困在潇临死前设下的结界里，然而那个金色的茧也在剧烈地摇晃，眼前天旋地转，完全没有任何可以抓住的东西。

"在崩溃？那……那怎么办？"清欢在迦楼罗舱室里踉跄着，四处碰壁，完全无法站稳，简直像是一个在盅内被摇动的骰子，"该死！这东西……这东西要坏掉了？"

"跳出去！离开迦楼罗！"溯光厉声道，"立刻离开！"

"开……开什么玩笑！"清欢被又一阵的震动晃到了窗边，只看了一下外面的九重天就叫了起来，"那么高，跳下去肯定死！"

"不跳死得更快！"溯光大喝，"迦楼罗去势已定，马上要分崩离析了！"

奇怪的是，在他的声音里，迦楼罗忽然安静了下来——那些震动和碎裂忽然停止了，那一瞬间，舱室里寂静得吓人。

"这……"清欢松了一口气，"你看，停住了！幸亏我没跳吧？"

"不，这已经是'静点'——"溯光皱起了眉头，"那个鲛人锁死了迦楼罗，让它一路飞到了最高处，用尽了所有力量后解体——很快，它就要往下坠落了！"

话音未落，迦楼罗一震，忽然重新发出了可怖的响声！

"啊？"清欢眼睁睁看着地面上出现了一道裂痕，如同活了一样迅速延展过来，连忙跳到一边避开——那道裂痕迅速蔓延，撕裂钢铁的地面，轻易得如同撕裂一张薄纸。瞬间，更多裂痕出现在四壁，疯了一样蔓延，发出刺耳的声音。

"快跳！"溯光在顶上厉喝，"抓住帷幔，跳下去！"

清欢下意识地伸出手，抓住了一面垂下来的帷幔——是的，他看过那些孩童放风筝，如果自己从万丈高空抓着帷幔跃下去，作为一只精通轻功的大风筝，或许还有活下去的机会！

然而，他没有挥剑割下帷幕，反而一用力，抓着帷幕跃上了舱室顶部。

"跳个头！"他粗鲁地大声叫道，一边用尽力气凝聚起了剑芒，对着溯光挥剑，"我跳了，你怎么办！——奶奶的，你还像一条死鱼困在网里呢！"

唰的一声，光剑削在了金丝上，只削断了一根金丝，整个网仍纹丝不动。

"别管我了！"溯光厉声道，在分崩离析的声音里对着同伴大喊，"我试过，这东西非常柔韧，短时间内是弄不开的！——别管我了，快跳！我们命轮总要有个活下来的人！"

"跳，跳！跳下去也是个死，不跳也是个死，干吗要做缩头乌龟？"空桑的剑圣咬着牙，一剑一剑削下来，任凭周围的一切飞速崩溃，"那个和尚的舍利子我已经收好了！要死，咱们三个人也得一起死！——剑圣门下，有酒鬼，没逃兵！"

迦楼罗在崩溃，从舱室四分五裂，四壁一片片飞走。没有了动力继续向上飞起，这个机械在九天开始失重，飞速下坠。然而清欢眼里似乎只有那困住同伴的罗网，咬着牙，一剑一剑砍着，表情狰狞。

咔嚓一声，溯光的一只手终于可以从网里伸出，开始挣脱。然而那一刻，迦楼罗已经彻底崩溃，只听一声巨响，悬挂着金色的茧的舱顶也碎裂了。

"龙，小心！"那一瞬，清歌大喝一声，用尽全力抓住溯光，一把将他从罗网中拉出，脚下却忽然空了。迦楼罗碎裂，两人一起从万丈高空坠落！

失重的那一瞬间，时间显得出奇地漫长。

他们从舱室内掉落而出，下意识地伸手，周围只是一片虚空，什么也抓不住，只能飞速地下坠，如同细小的种子从果壳里掉下。

迦楼罗金翅鸟在极高的天空里坠毁，四分五裂，如同巨大的烟火在冷月下绽放。当主舱室碎裂后，内胆开始崩溃。只见漆黑的天幕上一道一道的光华不停迸裂、射出，在夜空里交织出大大小小各色各样的花纹。

"真美啊……"那一刻，仰面跌落的两个人同时在心里默默赞叹，完全忘了自己已经飞速接近死亡的深渊。

天风呼啸过耳，刺得人几乎睁不开眼睛，坠落的速度非常快，快到能令神志在瞬间模糊——重伤的清歌率先昏死过去，但却死死握着溯光的手，怎么也不肯放开。两个人就这样握着手一起掉了下去，速度越来越快。

和胖子在一起，会掉得更快一些吗？溯光脑海里掠过这个念头，不由得苦笑起来。

坠落的速度令他有些恍惚，眼前渐渐花了起来，似乎有无数小碎片在视线里疾逸地飞舞，一片一片，如同仲夏夜的雪花。

那一刻，他想起了一生里的所有事情，历历在目。

紫烟、孔雀、命轮、誓约，还有遥远的碧落海上的故乡……从极冰渊下的龙冢……等着自己归去的父王……都已经非常遥远，遥远到仿佛是另一个自己身上发生的故事。他知道，自己可能永远无法回到那片碧海里去了。

多么可笑……一个鲛人，最后居然死在了天空中。

天空，不是那些飞鸟的故乡吗？就像是已经在月下消散离去的紫烟……以及那个在黯月之夜归于天上的少女琉璃——多么奇特的宿命啊。这一生里，和他生命轨迹发生交错的，似乎永远都是飞翔的那一族，却又永远不能相守。

就如飞鸟和鱼，永不能相见。

在飞速的坠落里，他仰起头，看着漆黑夜空里的圆月。

那轮月亮似乎在触手可及的地方，巨大无比，如同镜子映照着他平静苍白的脸。而月亮的彼端，他几乎可以看到那座飘浮在九天上的城，存在于传说中的云浮城。

凌驾于众生之上的、纯血翼族的最后国度。

依稀之间，仿佛是临终前的幻觉，他在呼啸的天风里听到了这首熟悉的曲子。那个熟悉而遥远的声音在轻轻吟唱，似乎从彼岸传来。

《仲夏之雪》？那首歌……是北越的民谣《仲夏之雪》吗？

那一瞬间，似乎是因为飞速坠落的恍惚感，眼前黑得如同墨一样的夜空里忽然浮现出了淡淡的影子——那个影子似乎在天宇的另一端，隔着一层看不见的屏障，也在俯视着从九天坠落的他，影影绰绰。

电光石火般地，他想起了童年时的那个预言。那个叫碧的女祭司，让他站在一面冰川面前，凝视自己的未来——他在冰川里看到了一个人影，似乎是紫烟，又似乎是其他女子，影影绰绰，忽近忽远，如同此刻的幻影。

他曾经以为终其一生也不会真正看清楚那个冰之镜里的人影了。然而，在飞速下坠的那一刻，生与死的边缘，那个影子似乎忽然清晰起来了，它打破了厚厚的冰壁朝着他走过来，越来越近，越来越近……

先是紫烟回眸而去的脸，接着，又化成了灿如阳光的少女的笑容。

"紫烟？……琉璃？"那一刻，溯光情不自禁地脱口而出——然而，他的身体却在不受控制地飞速下坠，几乎失去了知觉。

现在这一瞬，可能是她离开大地后，自己离她最近的一刻了，但估计她永远不会知道吧？不知道自己曾飞上九天，却又在天空中死去……只能天人永隔，独自坠向他们初次相遇的那片大漠。

坠落的速度越来越快，他的神志开始恍惚——恍惚到居然觉得月亮忽然间在眼前消失了，而冰川里的那个影子破壁而出，来到了他的面前。

唰的一声，似乎有什么东西覆盖住了眼前的天空，如同从天而降的羽翼。耳边呼啸的风声忽然消失了，下坠的趋势也忽然开始减弱。就像是有一股力量倏地托住他，努力地向上而去。然而他和清欢两个人加在一起很重，坠落的速度实在是太快了，耳边听到有个声音惊呼了一声，刚稳住，又坠了下去。

"天啊，怎么这么重？！"那个声音失声抱怨。

是……是谁？还是幻觉？依稀间，他闻到了冰冷的芳香——那是来自北海从极冰渊的海誓花的芳香。是幻觉吗？在这样高的天空里，居然会有海誓花绽放？

天空里似乎有一双柔软微凉的小手伸过来，抓住了他的手臂。

"天啊……天啊！我不是在做梦吧？"他听到一个声音在耳边喊，"真的是你？……你、你是怎么到这儿来的？"

那个声音是如此熟悉，近在咫尺，令他猛然一震，清醒过来——是她？是她在说话？

他用尽了最后的力气睁开眼睛。一睁开眼睛，映入眼帘的就是鬓边那朵洁白的花，来自于从极冰渊的常年不凋零的冰雪之花，以及在花下睁大眼睛看着自己的少女。

她张大了嘴，表情是如此震惊，以至于夸张得有些可笑。

"琉……璃？"那一刻，他发出了一声低呼，不可思议。

"是我！是我！"巨大的羽翼在他头顶展开，遮蔽了圆月。琉璃从九天之上飞翔而下，俯身把坠落的人紧紧抱住，"天啊，我刚刚祈祷过，神就把你送到面前了！——天啊，你真的来了！你……你是怎么飞到这里来的？鲛人会飞吗？"

她的声音在颤抖，身体也在颤抖，语无伦次。

溯光想要说什么，却说不出来，只觉得胸口被压紧，无法呼吸。这个丫头的力气可真大啊……双臂如此用力，几乎要把他生生窒息在怀里。然而，从未有过体温的鲛人，却在这一刻感到了无比的温暖。

"你是来找我的吗？"她看着他，热切而欢喜，"是不是？"

他本来想解释，最终却只是微笑起来，点了点头。

"太好了！我就知道你会来找我的！"那个女孩欢喜地叫了起来，挥舞着翅膀在天空里回旋，眼里闪着光，如同明亮的星辰，"我就知道你不会忘了我……我就知道！"

久别重逢，在九天上飞翔的琉璃狂喜如醉，似乎完全忘记了羞涩，忽然抱着他，大声问："你……你是不是也想见我？就像我一直祈祷能再见你一面一样！"

他看着她的模样，又点了点头。

"太好了！你居然不否认！"她欢呼起来，挥舞着翅膀，如同孩子一样在天空里团团转，"哎呀，我能亲你一下吗？"

然而，这次不等他回答，她就低下头，狠狠地亲了他一下。

她亲得很用力，牙齿啪地撞上了他的嘴唇，用力得似乎是想留下一个印戳。溯光被她抱在怀里，飞翔在万丈高空之上，丝毫没有反抗和拒绝的余地，看着红着脸亲吻自己的女孩，眼睛一眨不眨，如同最深的潭水，令人看不清他这一刻的心情。

当琉璃打完了印戳，想抬起头时，他忽然侧过脸，轻轻吻了她一下。

"啊……"从来没有被吻过的少女蒙了，那一瞬间连呼吸都停止了。

那一刻，琉璃甚至忘记了飞翔，翅膀停顿在半空，身体失去了支撑，拥抱着他飞速地向下坠落，意识一片空白，直到呼呼地下坠了数百丈，才回过神来，连忙重新扑扇着翅膀稳住身体。

"你……你……"她的脸忽然滚烫，侧过头去，不敢看怀里的人，停顿了片刻，才鼓足了勇气问出了最重要的话，"你……喜欢我吗？"

溯光看着面红耳赤的少女，微笑，"如果回答'不'的话，你会把我从这里扔下去吗？"

"哼！"琉璃扭过头去，露出了绯红的脖子根。

他们停驻在半空，一瞬间，仿佛时间停止，整个天和地之间只有他们两个人。唯有头顶九天上的迦楼罗还在不停崩溃，碎裂，化为光和影，一道一道从四面洒落下来。

"原来是迦楼罗金翅鸟碎了。"她仰望着半空的景象，赞叹，"你知道吗？我在云浮城里百无聊赖，结果忽然听到离湮城主的声音——我忍不住出来一看，就看到不远处绽放的烟火，飞过来看看到底出了什么事，结果……"

"结果，看到了我？"溯光微笑，渐渐化为一声叹息。

是的，或许是离湮城主相助，或者是命运仁慈，令他们在最后一刻还能相遇在云的彼端，拥抱彼此，而终不至于海天一方，相互错过。

"那现在我们去哪里？"挥舞着翅膀悬浮在半空里，琉璃仰起头问他，顿了顿，看着他，道，"无论你去哪里，我都跟你去！"

溯光抬头看着月亮的彼端，"你不回云浮城吗？"

"现在已经回不去了……等下一次黯月到来时再回去呗。"琉璃抬起头看了看头顶上已经成为一个小点的城市，撇了撇嘴，"反正那儿现在也是一座空城，我一个人待在那里无聊死了——你……你可别再扔下我啊！"

"不会。"溯光抬起头看着天空，又俯身看了看大地，"在这片大地上，所有要做的事情，我都已经做完了；所有立下的誓约，我也都已经遵循了——如今，我该回故乡去了。"

"去碧落海吗？"琉璃欢喜起来，几乎要拍着手，"太好了，我还没见过大海呢！"

"我的父王也从没见过有翅膀的女孩。"溯光微笑着看着她，"但愿你不要吓到他。"

"没关系，我可以把翅膀藏起来的！"女孩嘟囔，然而一句话说出来却忽然愣了一下，睁大了眼睛，"什么？父王？你、你是说，你难道是——哇！"

溯光没有说话，只是看着她微笑。

是的，在这个飞鸟一族的少女心中，这些世人为之疯狂颠倒的权力、地位都不过为尘土。她来自天空，自由自在，澄澈无瑕。

琉璃挥动着翅膀，开始向着大地徐徐下降，一边又开始发愁："不过，我不会游泳怎么办？你家是在大海底下的珊瑚宫殿里吗？我要怎么去？……呃，真是重死了……我可以把这个抓着你的死胖子踢下去吗？对了，他又是谁？"

他微笑着，听着那个女孩在耳边嘀嘀咕咕，仰望着碧空明月，只觉得心里平静而温暖。已经是五月二十日了，天空已远，大地已近，破军已然逝去，迦楼罗也化为灰烬。一切都已经在这一夜的风里散去，如同九百年前的那段历史。

如同滚滚的河流，无声无息地来，又无声无息地消逝。甚至，这片大地上的很多人从未意识到这些发生过——那些在睡梦中度过了九百年大劫的人们，愿你们永远安宁，永远不要再看到灾祸和动荡。

这，就是昔年我和紫烟共同的心愿。

第十八章

王者之归

空寂之山脚下，沙风猎猎。

开战以来，西荒已经赤地千里，到处都是难民，连原本富庶的艾弥亚盆地也是一片疮痍。为了躲避战火，很多难民纷纷来到空寂之山脚下的空寂大营寻求庇护，却发现这里的驻军早已不知去处，于是就干脆住了下来。

慕容隽在篝火旁坐着，脚上被绳子绑着，一言不发。火上烤着肉，滋滋流油。那是他所骑的马，在空寂之山脚下被这群难民拦截屠杀。

"喂，瞎子，吃一块不？"有人大声问。

因为饥饿，他沉默地伸出手来。然而入手的东西却不是马肉，灼热无比。只听哧的一声，一股白烟从掌心冒起，皮肉顿时烧焦——对方递过来的不是马肉，而是一根在火里烤得通红的铁条！

"哈哈哈哈！"旁边那个把烧红的铁条递给他的流民大笑起来，满怀恶意和兴奋，两眼放光地嚷嚷，"这个死瞎子，细皮嫩肉的，估计烤了滋味也不错！"

旁边的流民哄然大笑。然而他沉默着忍受，居然没有发出一声痛呼。

旁边那些笑声渐渐停了，流民们露出了诧异的神色，看着他们两个人。"啊？"那个递过去铁条的流民发出了一声惊呼，表情忽然僵硬，似是活见鬼一样地看着对面的慕容隽——通红的铁条在他的手里骤然冷却，变成奇怪的银灰色。

慕容隽坐在那里，眼神空洞，连手指都没有动过。

"天啊……鬼！"旁边的难民如潮水一样退开，惊惧无比。这个人看起来斯斯文文，被他们打劫的时候也丝毫看不出有什么反抗的能耐，居然有着这种魔鬼一样的能力！

"……"慕容隽沉默地摊开手，掌心的伤痕在瞬间修复，平整得看不见丝毫痕迹。他只感觉到体内那种汹涌的恶意又在蔓延，无数声音呼啸着，撞击他的身体，想要迫不及待地跑出来——那十万恶灵还在他的身体内，遇到机会就要不受控制地冒出来，显示其存在。

当的一声，铁条落地。慕容隽摸索着靠近火堆，从火边拿起马肉，咬了一口，粗粝的肉感令他几乎无法下咽。他努力咀嚼，还是吃了下去。忽然间，跑到一边的难民里再度发出了惊呼，无数人一起抬头。

"看啊！那是什么？流星？"

"是烟火！你看到过有像花儿一样开出来的流星？"

"可谁会在那么高的地方放烟火？见鬼！该不会又是冰夷那些会飞的鬼东西吧？"

流星？烟火？他看不见，却听到了声音，忍不住全身一颤，倏地站了起来，"堇然……堇然！"他忽然疯了一样跟跄着奔跑，双脚踏过烈火，朝着空寂之山古墓的方向飞奔。

是的，在他看不到的地方，这一切，已经结束了吧？如果迦楼罗已经灰飞烟灭，那么，破军又如何了？那个借着堇然躯体登上了迦楼罗的空桑女剑圣，如今又是怎样？

"到时候，你可以去古墓找她。"

——他想起空桑女剑圣曾经那么说。

慕容隽在大漠上奔跑，根本分不清方向，直到筋疲力尽跌倒在地，却还是不肯放弃——是的，无论如何，他都要回到那座古墓找到她！

黑暗里，忽然间有什么东西凑过来，呼哧呼哧地嗅了嗅，用牙齿咬住了他的衣领，试图将他拖起。他伸出手去，摸到了一个毛茸茸的脑袋。更多毛茸茸的脑袋凑了过来，从四方围住他，用牙齿把他拉起，叼着他的衣袂，扯着他向前。

那一刻，大漠上的流民远远看到了不可思议的一幕：冷月下，一大群的蓝狐簇拥着那个瞎了眼的年轻人，亦步亦趋，带着他朝着荒芜的空寂之山走去。

那座山上已经空无一人，唯有一座传说中存着先代女剑圣衣冠的古墓。蓝狐拉着他，簇拥着进入古墓，叼着他的衣袂，引领他在黑暗中前行。

慕容隽用手一寸一寸地摸索着，走过长长的甬道，来到了内室。

他走过狭长的黑暗甬道，进入了最深处的墓室。蓝狐跳上前，咬着他的袖子往前伸。他小心翼翼地在看不见的夜里伸出手，指尖忽然摸到了石床上一具温软的身体。

"堇然……堇然！"那一刻，他脱口惊呼，狂喜。

石床上沉睡着一个白衣女子，寂静如花，半张脸上伤痕可怖，另半张脸却美丽绝伦。她沉沉睡着，眉心那颗红痣已经消失不见，回复了普通人的形貌。

然而他看不到这一切，只感觉黑暗中有人在微弱地呼吸。

那个呼吸，似乎也是他无比熟悉的。

"堇然？是你吗？慕湮剑圣……慕湮剑圣没有骗我！你真的回来了！"慕容隽战栗着伸出手，去触摸那个看不到的女子，指尖发抖——他终于触碰到了她，实实在在的。她的肌肤温润而柔软，呼吸微弱而短促，似乎身上的重伤依旧不曾复原。然而她的发间有着他在遥远的梦境里闻到过的香气，缥缈又真实，如同一个梦。

"堇然！"慕容隽在那一刻再也抑制不住内心的狂喜和震惊，一把将沉睡的女子揽入怀里，埋首在她瀑布一样的黑发里，发出了一声啜泣。

怀里的女子微微动了一动，似乎在一个深沉的梦境里挣扎。

"墨宸……墨宸！"那一刻，他听到她在怀里微弱地喃喃，"快跑……快跑！火！"

同一刻，他忽然间全身冰冷。他听着她在昏迷中喃喃，焦急而不顾一切，喊着那个名字——那个他曾经刻骨铭心仇恨过的名字——一声接着一声。在黑暗的古墓里，九死一生后的人忽然全身发抖，只觉得血都冷了下去。

是的，总归是什么都不一样了。

就算空桑女剑圣出手相助，就算经历过千山万水后还能相逢，就算天时可转、地利能合，就算一切都为他准备好了——但唯有那颗离去的心，如同呼啸离弦的箭，却是再也不能回头。

——靡不有初，鲜克有终。

人生短短几十年，在白驹过隙的光阴中，他们曾经狭路相逢，倾尽所有。然而到了最后，却依旧只是相互擦肩，彼此路过，不曾为谁停留。

无论当初有过怎样深的缘分，如今的他们，经历过那么多的流离艰难，一点一点地消磨了初心，却是再也无法回到叶城码头上初次相遇的时候，一见倾心，再无他人——

当她为了救白墨宸，推开他冲入烈火，选择和他同死的时候，自己就应该知道一切再也无法挽回。

他的堇然已经不在了。如今活着的，只是殷夜来而已！

慕容隽在黑暗里抱着这个一生挚爱的女子，再也无法抑制眼中的泪水。是的，历经战火、劫后余生，他终于可以重新拥抱她，然而，却也已经彻底地失去了她。

这场沧流帝国入侵云荒的战争，转折点发生在五月二十日的夜里。

那一夜，云荒上的人们抬起头，都看到了盛大无比的烟火在月下绽放——那是迦楼罗金翅鸟在九天上四分五裂，化为灰烬，连同冰族人的战神——破军。

同样的一夜，瀚海驿外的流光川上发生了空前的激战。空桑统帅白墨宸率领六部军队大举反击，铜宫里的卡洛蒙家族倾尽全力，出动了一万铁骑冲下了帕孟高原，左右夹击，协助空桑军队展开了血战。

而不幸的是，在这一夜，作为冰族统帅的巫彭却不在前线。

他在赶往狷之原的路上，目睹了迦楼罗的毁灭。后来，他在迷墙背后寻找到了其残骸和重伤昏迷的星槎圣女。然而，无论是这个巨大的机械还是他的女儿，都已经处于毁灭的边缘。巫彭在这样的打击下失去了控制，状若疯狂。

然而，当他回过神来，联系西海上的帝国元老院时，水镜那边传来的却只有沉默，只有一张张木然的脸，簇拥在水镜旁看着他在这端呼喊求助，却没有人说一句话。从首座巫咸到巫姑，他所熟悉多年的人，一个个的眼神忽然变得那么诡异，令人不寒而栗。

不……一定有什么地方出问题了！在云荒战局发生巨变的同时，西海上他们的故土也发生了巨变！

必须速回西海，否则，就会全军覆没在云荒！

那一刻，巫彭当机立断作了决定，从前线撤军——事实证明，这是非常英明的决定。因为在他下令后的第三天，空桑远征西海的大军在骏音带领下返回，从西荒登陆，截断了冰族海上的粮草供给和退路。

只是一夜之间，空桑军队推进了三百里，收复了大半被占领的西荒土地。深入腹地的冰族军队顿时被首尾拦截，困在了大漠上，如同困兽一样血战。

战局在一夕之间扭转。

捷报频传，瀚海驿大营里张灯结彩，开美酒，宰牛羊，庆祝这血战后的大胜。在这万众欢呼的时候，帝都派来的使者也已经抵达元帅的虎帐下。

"恭喜白帅攻克萨迪，收服曼尔戈部！"

"恭喜白帅连战连胜，收复苏萨哈鲁！"

当黎缜来到白墨宸帐下时，帐内牛油烛烧得雪亮，一个衣衫褴褛的老人正匍匐在案上大吃大喝，似乎饿疯了般嘴里塞满了食物，发出嘀嘀的声音。再定睛看去，他发现那个人居然是被割了舌头的天官苍华！

"九百年……当有王者兴……王者兴！"天官含混不清地喃喃。

"是的，是的。"一个声音温和地回应着他，是坐在帐下和心腹幕僚一起看着地图的白墨宸，抬眼看去，"你是对的。那些庸碌的蠢材立刻就会明白自己的有眼无珠。"

天官回过头，循声看着虎皮椅上的统帅，浑浊的眼里忽然流下了泪来。

"王者……王……"他放下满手的食物，不停地叩首。

"没事了。你以后会荣华富贵一辈子。"白墨宸微微一抬手，凌空似乎有一股力量托起了磕头的老人，"你敢于在所有人都一无所知的时候说出预言，而且为了坚持自己的信念，不惜被割舌也不肯改口——这，就是我对你的回报。"

黎缜在帐外静静地看着，抱紧了手里的锦盒，几乎想转身离开。

然而，帐中的人却已经抬起头，隔着帘幕冷然发话："宰辅在外面站了那么久，不嫌风寒露重吗？何不进来一聚？"

他颤了一下，终于咬牙下定了决心，撩开帐子走了进去。

"女帝已经答应了白帅的所有要求，并命在下将信物送到。"黎缜打开了锦盒，双手奉上——锦盒里，陈列着一枚戒指和一枚虎符，象征着空桑的王权和军权。

那一刻，站在白帅身边的青衣幕僚眼里放出了光，看着里面的东西，不由激动得全身发抖——是的，他的主人，终于可以成为这个云荒的主宰，登上权力的巅峰！这是他作为幕僚一生的梦想，如今终于近在眼前。

白帝十九年五月二十三日——他将终生记住这个日期。

"宰辅辛苦了。"白墨宸点了点头，"帮我拿过来，穆先生。"

穆星北几步过去，接住了那个锦盒，只觉得有千钧重，托在手里竟然微微发抖。

"女帝说，她会尽快从紫宸殿搬出，回到叶城的镇国公府居住。"黎缜复述着女帝的旨意，时刻留意着白帅的表情，"希望白帅能如约让她和镇国公安度余生，保留世袭爵位和丹书铁券。此外，她别无他求。"

"我就知道悦意会同意，"白墨宸看着案上的锦盒，笑了一笑，"她一直是个识时务的女人，心也不大。这样的女人，在乱世里容易安身立命。"

一边说着，他一边伸出手，想去拿起那枚皇天神戒，却猛然一震。

那枚银色的戒指精巧而华美，如同闪耀的星辰静静停在黑色的丝绒上——然而，当他的手指触碰到戒指的那一刻，皇天的双翼倏地动了，自动跃出了锦盒，发出了一道耀眼的光，如同弧形闪电，把他的手震开了去！

"白帅！"帐下的穆星北情不自禁地惊呼，脸色苍白，如受重击。

传说中这枚万古之前由星尊大帝亲手铸造的戒指具有灵性，和帝王之血代代相随。当最后一个帝王光华皇帝驾崩后，这戒指就熄灭了光芒，成了一件死物。但奇怪的是，六部的任何一位藩王也无法戴上这枚戒指——这九百年来，皇天神戒只是作为王权的凭证，在六部藩王之间流转，成为每一任帝君最昂贵的装饰品。

然而在这一刻，到了白帅的手上，这枚戒指居然又活了！

"怎么，不肯承认我？"白墨宸出手如电，一把握住了那枚戒指，低声冷笑——皇天戒被他用力握在手心，银色的双翼微微震动，似乎在竭力挣脱。然而，白墨宸的左手上竟然也透出金色的光，笼罩住了皇天，纹丝不动。

两种看不见的力量在交锋，帐中的巨烛猛烈摇曳，无风而动，而在内的几个人都觉得胸口一窒，几乎喘不过气来。

许久，两种光芒终于双双熄灭。

"何苦呢？你的缔造者、万古之前的星尊大帝，和我未必不是同一类人。"白墨宸看着手心安静下来的皇天戒，低声道，"而且，除了我，这世上还有谁能配得上你？"

他再度拿起了戒指，手指用力地捏住。不知道是不是幻觉，黎缜甚至觉得他的整个左手似乎都焕发出奇怪的淡淡金色光芒——这一次，只听轻微的叮的一声，皇天戒顺利地套上了他的手指。那一刻，那只戒指忽然焕发出了极大的光芒，仿佛太阳落到了他的手指间，照耀得所有人都闭上了眼睛！

"吾皇万岁！"穆星北立刻屈膝下跪，高声祝颂，"万岁万万岁！"

黎缜也随之跪下，震惊莫名——他的双眼还被光芒所炫，无法视物。如果说，在奉命带着锦盒来到瀚海驿之前，他内心还对这个人有所抵触的话，这一刻，他的内心却是真正受到了震撼，油然而起心悦诚服的敬慕。

是的，说不定这个男人是真正的王者，是空桑命定的霸主！

白墨宸低下头，看着手指上的皇天戒，眼里掠过一丝冷芒，旋即步出虎帐。外面的战士酒酣耳热之际看到统帅，忽地安静下来，"白帅！"

"不，不要叫我白帅。"猎猎的火光下，白墨宸竖起左手，那枚皇天神戒在他手上熠熠生辉，如同星辰。他的声音如同洪钟，传到每个人耳畔，"片刻之前，我已经从女帝手里获得了这个——皇天！"

"天啊……"那一瞬，所有战士爆发出了惊呼，"皇天！"

"是的，皇天！"白墨宸站在高台上，右手握着虎符，平举，对着六军高声道，"从今天起，我就是你们的新帝君！所有追随我的人，我将带领你们获得这场战争的胜利——驱逐冰夷，收复国土！但愿天佑空桑！"

"天佑空桑！"战士们沸腾了，欢呼如同风暴一样掠过，"国祚绵长！"

黎缜站在他背后，看着万军欢腾的场景，不由得深深吸了一口气。是的，女帝的选择是正确的。就算她不交出神戒、虎符，又能如何？掌握了百万虎狼之师的人，永远是空桑说一不二的霸主！

"今晚，我们痛饮完了美酒、吃完了牛羊，就点兵出征，追击冰夷！把他们驱逐回迷墙的那一边！"高台上的白帅，不，应该说是新任白帝，对着麾下十万将士高呼，"凡是小看空桑人的，都要把命留在云荒！以血还血，以杀止杀！"

"以血还血！以杀止杀！"台下群情如沸，战士们举起牛角杯狂呼，声音如同风暴一样呼啸在大漠上——

"战神白帝！空桑之王！"

黎缜从未上过战场，此刻在这样狂风暴雨的声音里身心震撼，不由得热血沸腾。这样强大的凝聚力，这样强大的空桑，是他居于深宫几十年里从未看到过的。以前他只是听说白帅勇武，百战百胜，但此刻，才算是亲眼见识到了他的力量。

这一切，又怎么能是那些只会玩弄权术的深宫贵族所能抗衡的？

"怎么样？我的主人，的确是九百年一见的王者吧？"背后传来了穆星北的声音，那个青衣幕僚的眼里闪耀着光，"宰辅，你很明智，选择了和我一起辅佐他。"

"我不是辅佐他，我只是为了云荒。"黎缜低声回答，"我想要辅佐一位强有力的帝君，让这个国家和子民获得最大的安宁。"

"那么，宰辅的选择就更加明智了。"穆星北笑了笑，凝视着高台上的王者，"这个世上，没有比我的主人更强有力的帝君了——那些六部藩王，他们嚣张不了多久。等这场仗打完，六部必然被削藩撤军——只怕六王，都没有几个能活下来。"

"……"黎缜默默倒抽了一口冷气，听出了话语里的杀机。

穆星北伸出手来，"看到了吗？一个可以媲美星尊大帝的新时代就要开始了——既然你我有幸在白帅帐下相逢，何不共同辅佐主人，成就一代霸业呢？到时候，被万古传颂的不止是他，还有你。"

黎缜迟疑了一下，还是伸出了手和他相握。穆星北轻笑着握住他的手，用力晃了晃。他的手冰冷而有力，指节枯瘦而长，如同孤鹤。

"如果白帅是星尊大帝，那么，谁是白薇皇后？"黎缜感慨。

穆星北的手指微微震了一下，侧过头去，看着高台上万众欢呼簇拥里的统帅，眼里似乎掠过一丝阴影。

是的，他看到过彻底"黑化"后的白帅是如何可怕，完全是神魔附体，怕是只剩下"毁灭"的力量——就如白薇皇后是唯一可以"平衡"星尊大帝的存在一样，这一世，又有谁能遏制白帅呢？

那个在大火中死去的女子如果还在就好了，就如太阳必须要有月亮的陪伴。没有了她，如今在这个世上，新的王者又会有多孤独呢？

流光川一战之后，空桑挽回了云荒上节节败退的局面，重新掌握了主动权。

西征的大军从海上返回，登陆后和瀚海驿的白帅军队一起行动，对冰夷进行了夹击。巫彭元帅苦苦支撑战局，在多达数倍的兵力前后夹击之下，原本占据了优势的冰族军队陷入了对他们最为不利的久战之中，首尾不能兼顾，加上孤军深入云荒大陆，海上补给线被切断，甚至连粮草都无以为继。

当六月进入尾声的时候，战争显示出了结束的迹象。

随着冰族军队的节节撤退，西荒再度回到了空桑的控制之中。流民们纷纷散去，各自回归故土，而空寂大营也重新驻扎了军队，由白墨宸亲自坐镇，以应对战局的西移。一时间，比原来更多的战士重新涌入这座空城。

到了晚上，篝火处处，夜深千帐灯。

"白帅，听说空寂大营的十万大军是一夕之间忽然消失的。"青衣谋士站在城头，对着主帅道，"这件事实在是蹊跷，到现在属下也没明白冰夷是怎么做到的，而那十万大军到底又去了哪里。"

"听啊……"他在城头上侧耳，低声道，"风里的声音。"

穆星北愕然侧头，却什么也没听出来。

"那些声音在呼唤我啊……"白墨宸喃喃，低下头看着自己的左臂——夜色如墨，在火把的映照下，他的左手似乎发出淡淡的金色光芒！他伸出手，对着空寂地宫的方向。那一瞬，穆星北看到白帅手上的皇天戒忽然发出一道光，如同箭一样射向了地宫！

地宫之门轰然洞开，里面有无数黑影瞬间汹涌而出！

那些黑影从封闭的地宫涌出，扑向了空寂大营，如同黑压压的乌云，伴随着尖啸，形态狰狞可怖。

"那是什么？"穆星北失声惊呼，下意识往白帅面前挡了一步。

"是怨气。"白墨宸一把将他推开，登上城头，迎着呼啸而来的乌云张开了手——天上地下的所有乌云瞬间朝着他涌来，将他兜头湮没！

然而只听一声雷鸣，乌云里绽放出金色的闪电，如同狂风瞬间旋转而起，将一切一扫而空。乌云消失后，只见白墨宸独自站在城头，左手上的皇天戒熠熠生辉——那些黑气，居然在刹那被急速地吸入其中，泯灭不见！

"云荒动乱，你们这些东西就想趁机出来为祸人间吗？"白墨宸右手轻抚左臂，抬起头俯视着脚下大营里的万帐灯火，冷然道，"在我的统治下，不允许有这种事！"

穆星北从背后注视着他，忽然觉得凛然，仿佛又看到了那个在大雪里初次诞生的魔一样的男人，有着令天地失色的力量——那种睥睨天下的力量只展示了一瞬，就归于平静。这些日子以来，白帅驰骋沙场，南征北战，和战士一起畅饮，和谋士一起筹划，如正常人一般无异，性格虽然比起以前的沉默冷峻有些微的改变，却也令最亲近的属下看不出异常。

除了自己，没有谁见过那一瞬的他，也没有谁知道眼前这个人的身体里，隐藏着怎样一个可怕的影子。如今，当他的左手戴上了皇天，右手握住了虎符，整个云荒都已经在他的掌握之下——当冰夷被驱逐后，这个新帝王又会把空桑带向何处？

"白帅，"有战士上前，连忙又改口，"不，白帝！属下罪该万死！"

"就叫白帅好了，"白墨宸摇头，"我更习惯你们这么叫我。"

"是，"战士松了口气，道，"有三百石粮草连夜送到，其中有一百五十石嘉禾、一百石各类蔬菜以及五十石肉类——该如何安置？"

"帝都筹措粮草的速度这么快？"白墨宸有些诧异，"我五天前才吩咐黎缤回朝，调度各方，他应该刚刚回京吧？"

战士回答："禀白帅，这批粮草是叶城来的，不是帝都分配的军粮。"

"叶城？"白墨宸愕然，语气有些异样，"难不成是镇国公府慕容家送来的？事到如今，他们也没有这么大的财力吧？"

"不，是叶城商会那边送来的，说是民间为了支持军队而自发筹措的粮草。"战士道，"领头那个人，还说认识白帅您。"

"谁？"白墨宸倒是好奇起来，"一个商贾，会认识我？"

"那个人已经在虎帐外等您了。"战士低头禀告，"那人说他叫清欢，他的妹妹叫殷夜来，只要说了白帅一定知道，也一定会见他。"

清欢？夜来？白墨宸猛然一震，脸色苍白。

是的……夜来，终于又听到这个名字了。这些日子以来，他将每一日都安排得忙碌不堪，每夜深宵累极倒头而睡，刻意将这个名字埋入记忆最深处，不去想起。可是终究是躲不过，只要有人轻轻一提，所有的往昔就呼啸而来，将他淹没。

夜来……夜来。那个烈火中的永别，如同烙印一样刻在记忆里，永世难忘——这是他一生中唯一真正爱过的女子，却已经化为灰烬。哪怕今日登上了云荒的最高处，手握天下，又能换回什么？

而且，清欢……那个胖子居然还活着？！

"白帅？"穆星北久久不见他出声，不由有些担心地低呼一声。他不是不知道那个名字对于白帅的意义，此刻见人提及，不由心中忐忑。

"哦，没事，"白墨宸回过神来，"带我去见他。"

"白帅，现在已经子夜了，不如明天……"穆星北试图劝阻。然而白墨宸哪里听他的话？早已一挥手跟着战士走下了城墙。

虎帐下果然有人在等他，百无聊赖地跺着脚，看到他霍然回过头，大声道："嘿，你可算来了！好久不见！"

那个微胖的高大男人衣衫华贵，头发梳得油光水滑，让他一时间有些认不出。白墨宸打量了对方一番，皱眉道："你是？"

"是你大舅子啊！怎么样，我瘦了不少吧？"那个人得意地拍了拍胸口，"认不出了？"

"原来是你。"白墨宸微微苦笑，"好久不见了。"

上次一别还是在叶城，他挂冠隐退远去北陆，清欢来码头送别，慷慨地给了他在北越郡的地契，免得除了打仗什么都不会的他饿死在隐居地，从此一别再也没见面——在他的记忆里，清欢还是那个肥硕的叶城巨贾，铜臭味满身，贪杯好色。而如今，对方至少瘦了二三十斤，那张脸上少了横肉，看上去居然也有了几分英俊。

"嘿，下个月我就要成亲了，傅寿她逼着我减肥，说不然不和我拜堂，他娘的！"清欢苦着脸，"这个月我就没见过油星，每天晚上做梦都梦见鸡腿满地走！"

白墨宸忍不住笑了笑，却还是不知道说什么好。

说起来，他和清欢也算是老相识，但他们两人之间始终存在着奇特的敌意，除了夜来之外，似乎找不到任何共同的话题。如今夜来已经逝去，清欢也要迎娶新娘了……世事无常，给予有些人美好的结局，却从不肯给他一点安慰。

"白帅……"穆星北和卫士过来，却被他挡开。

"我们说一些私事，你们都退下吧。"白墨宸淡淡道，撩起帘子和清欢一起走进了虎帐。

清欢自顾自找了个位置坐下，开口道："这次我来找你，可不是为了邀请你参加我的婚宴，我知道你现在肯定忙得很！——我只是路过，去办一件事，顺路来看看你。"

"多谢。"白墨宸也在对面坐下，拿出了一壶酒来给他斟上，道，"你赈助了那么多粮草给军队，等驱逐冰夷后，我回朝论功行赏，到时候你想要个什么封号？"

"哎，这么说就俗了！"清欢却是连连摆手，拿起酒杯一饮而尽，"老子富甲天下，什么都有了，还想要啥？——我只是想着以前因为夜来，一直看你不顺眼，而如今你为抗击冰夷复出，独扛大任，实在不能不支持一下。"

夜来——这两个字一被提起，白墨宸的眼睛就黯淡了一下，默默喝了口酒。

"别这样，"那个大大咧咧的胖子似乎敏锐地觉察到了，拍了拍他的肩膀，低声道，"如果夜来看到现在的你，肯定也会为你骄傲的！——这才不愧是她舍命跟了的男人！"

舍命？白墨宸沉默了片刻，喃喃道："我没能保护好她。"

"……"清欢也沉默了片刻，只叹息，"别再想了……都过去了。你总不能老陷在那天夜里不走出来……你看，你如今是皇帝啦，这天下都是你的，多想想开心的事情！"

"皇帝？"白墨宸笑了一下，摇头，"可这六合八荒、列国天下，也不会再有第二个夜来。这世上，还有什么值得开心的事情？"

"……"清欢挠了挠头，实在不知道怎么劝他，只能道，"总之，保重。"

"多谢。"白墨宸看了他一眼，忽然道，"我感谢你们在那天晚上合力遏制了破军，击毁了迦楼罗——如果不是那样，我也无法如此迅速地获取胜利。"

"啊？你怎么知道的？"清欢愕然，"你又不在那儿！"

"我当然知道，我的耳目遍布天下。"白墨宸意味深长地笑了一笑，"当迦楼罗在月下爆炸、四分五裂的时候，我以为你们几个连同破军一起都灰飞烟灭了——如今看到你活着回来，真是太好了。"

"可不是？差点就回不来了。"清欢嘟囔着，指了指胸口还没拆去的绷带，带着几分炫耀，"老子如今算是天下唯一一个和破军正面交过手的了！——妈的，同样是剑圣门下，他只一出手就把我的肋骨全打断了！"

"破军……哦，"白墨宸微微吸了一口气，眼神有一些异样，"破军最后怎么样了？被你们合力杀了？你的其他几个同伴还好吗？"

"我们哪儿能杀得了破军？嘿，告诉你你也不信……最后是先代空桑剑圣慕湮把他带走了！"清欢耸耸肩，"当然，这事是龙说的，我晕过去了，没看见。最后还是他和他那个会飞的小丫头把我弄下来的——"

"会飞的小丫头？"白墨宸有些愕然。

"是啊，如果不是那个叫琉璃的小丫头从云浮城下来救我们，估计我和龙也就像孔雀一样死在迦楼罗里了吧？"清欢叹了口气，"那个丫头也飞不回去了，幸亏龙也肯负责任——他们两个现在去卡洛蒙家的铜宫那边——据说要先回去见见那个丫头家里的亲戚，然后就动身返回碧落海。嘿，居然成了一对好事，难得，难得。"

"原来，那个叫作琉璃的丫头还真的是翼族……"白墨宸喃喃，忽地笑了笑，"那次我在叶城看到过她展开翅膀。没想到云浮的血脉在天地间居然尚有传承——和九百年前一样啊，到了最后，出来收拾残局的还是翼族。"

"嘿，是啊，谁想得到呢。"清欢摇了摇头，"只可惜了孔雀那家伙，为了遏制破军，不惜以身饲魔，求仁得仁。"

听到"魔"那个字，白墨宸忽然震了一下！

"以身饲魔？"他咬着牙，语气有些奇怪地颤抖起来，眼神也渐渐变化，"那么，孔雀，他……最后如何了？"

"喏。"清欢并没有觉察到他的变化，从怀里拿出一物，"最后他变成了这样——"

他打开匣子，里面是一个精美的纯金舍利塔，按照中州的样式打造，八宝琉璃装饰着，里面供奉着一粒大如拇指的珠子。那个珠子的表面是洁白的，然而内部隐隐透明，能看到有什么东西正在其中翻涌，如同滚黑的墨汁。

"变成了……一颗舍利子？"白墨宸愕然，声音低沉而恍惚。

灯火摇曳的虎帐下，空桑新的王者坐在案边，直直地盯着那颗舍利子，放在膝盖上的左手慢慢握紧，眼神在悄然地变化——有一种暗金色的火焰从他的瞳孔里燃起，令他整个人都改变了气息，似乎陡然换了一个人。

"是啊，当时他以身体作为容器，将魔的力量全部纳入了其中，对肉身强行进行了封印。"清欢看着那颗舍利子，叹了口气，"当迦楼罗爆炸之后，我们在大漠上只找到了这个东西，孔雀早已涅槃了——喂，不要碰！"

那一刻，他出手如电，按住了白墨宸伸过去的手，急道："龙说过，这个东西很邪门，不能留在人间，要我把它送到空寂之山上孔雀开凿的千佛窟里，好好封印起来——你别碰。"

白墨宸的手指停住，抬头看了他一眼，忽然嘶哑着道："快走！"

"什么？"清欢愕然，不知对方这句没头没脑的话从何而来。

"……"然而，白墨宸的身子微微颤动，似乎挣扎了一下，那种反常的态度很快就消失了。他重新垂下眼睛，看着自己的左手，低声问："怎么，这个东西很危险？"

"那当然！这里面封印着的是魔的力量，我是专程送它去空寂之山，才路过这里顺路看看你的。"清欢道，"如果让它逃逸了出来，就会——"

然而，话说到一半便戛然而止。

因为，白墨宸骤然抬头，那双眼睛里涌动着暗金色的火焰，忽然间变得陌生，令他心寒——不等他回过神，那双手猛然伸过来，一把捏住了舍利塔！纯金的舍利塔在一捏之下瞬间破碎，里面那颗舍利子噗地跳了出来。

"就会怎样呢？"清欢听到对方冷冷地问，语声也和刚才完全不同。

"快放下它！"清欢来不及多想，从椅子上骤然跃起，半空中拔剑，剑芒倏地汹涌而出，刺向了白墨宸——然而那一刻，白墨宸居然避也不避，依旧端坐在案边，手指收拢，咔嚓一声轻响，那颗舍利子在他手里化为齑粉！

与此同时，噗的一声，光剑洞穿了他的心脏！

　　仿佛也没料到自己会一剑得手，清欢也愣住了，不自禁地收剑倒退了一步，"你……"他看着捏碎了舍利子的人，一时间惊疑不定，"你这是做什么？"

　　白墨宸却没有动，只是任凭自己的心口被刺穿，慢慢摊开了手，看着自己的手心，低声笑了一笑，道："太好了，我四处寻你不到，居然自己送上门来了。"

　　那一瞬，清欢清楚地看到舍利子彻底碎裂，洁白的外壳四分五裂，里面那团漆黑色的雾气弥漫开来，在白墨宸的掌心旋绕着，渐渐化成狰狞可怖的魔物！

　　"真不错，里面还有那个和尚随身携带的六十一颗恶灵之珠，全部以肉身为舍利镇住了，这力量，可比原来的还强多了！"白墨宸微笑着看着，再度慢慢收拢左手。

　　刹那间，他的左臂上发出了金色的光。在金光里，那黑雾如同旋风一样瞬间旋绕而起，一头冲下来，钻入了他左手的手心！

　　白墨宸张开手，将这魔物吞噬入身体，眼睛里的光芒变得金光璀璨，令人无法直视！只是短短片刻，他的左手完全收拢，握紧，最后一丝黑气也泯灭不见，看着对面持剑的清欢，嘴角浮出了一丝笑意，"多谢你，终于让我完整了。"

　　"什么？！完整？"清欢愕然，一时间没有回过神，然而却看到了不可思议的一幕——白墨宸的左臂上焕发出淡淡的金色光芒，而他心口上那个洞穿的伤口正在以肉眼可见的速度一分分地弥合！

　　不过是片刻，那个致命的伤口居然消失了！

　　伤口自动愈合，白墨宸长身而起，俯身看着他，嘴角噙着一丝笑，"老实说，我是不想伤害你的……毕竟你和殷夜来有点关系。杀了你，可能会让'他'很不开心。你看，刚才他就挣扎着竭力想提醒你逃跑。只可惜，你这个笨蛋居然没有及时反应过来……"

　　他缓缓站起，身影在烛火下被拉得很长，诡异而扭曲。

　　"不……你不是他！"那一瞬间，清欢醒悟过来，"你不是白墨宸！你是谁？"

　　"我是谁？"白墨宸笑了笑，"我是你们命轮千年来的死敌，是这个云荒万古的主宰。"

"你……已经成魔？"光剑再度铮然吞吐，锋芒逼人——空桑剑圣在虎帐里面对着逼近的男人，目眦欲裂。是的，他怎么也没想到，当破军消失、迦楼罗毁灭之后，居然还会有这样的事情！如今孔雀已逝，龙远在他乡，自己一个人要面对复苏的魔！

"来吧，让我看看这一代的空桑剑圣，到底还有多少分量！"白墨宸微笑起来，双手一拍，身边的烛火霍然摇曳出了一道光——他手指一伸，那道光顿时凝固在他的手里，赫然化成了一柄金色的利剑！

这样的力量，让清欢看得目瞪口呆。

"我猜，你的身手，应该还在殷夜来之下吧？"白墨宸转动着光凝成的剑，笑了笑，"如果你在破军手下只走了一招，那么，在我这里应该也差不多。真是可惜……何必来送死呢？剑圣的传人，你难道不贪恋这人世吗？"

"只要你肯服侍我，你将拥有一切。"

清欢知道已经无路可退，眼神渐渐凝定，露出了无所畏惧的表情——是的，今夜，他即将一个人面对天地间最可怕的魔，没有援手，无法求助，也不可能逃脱。但是无论如何，他不会屈服，也不会退缩，虽然他心里贪生也怕死。

他手里握着剑圣之剑，为天下苍生而拔的剑神之剑！

"做梦！"他大喝一声，"剑圣门下，从不服侍人！更何况你这种不人不鬼的怪物！——老子拼了一身剐，今天也要把你劈成千百块！"

剑气纵横，烛火猛烈摇曳，帐中帷幕无风自动，瞬间，一切都黑了下去。

那一夜，没有人知道虎帐里发生了什么。

清晨，当守卫在外面禀告时，帐中许久没有传来白帅的回答。守卫不敢擅入，只能回去叫来了穆星北。当青衣幕僚冒着被责怪的风险撩起帘子进去后，震惊地发现里面一塌糊涂，桌椅狼藉，似乎是发生过激烈的搏斗。

昨夜来访的那个商贾已经不知去处，只有白帅独自坐在虎皮椅上，似乎是困倦地睡去了，身上却带着大片的鲜血。

"白帅……白帅！"穆星北失声道，"你怎么了？"

是那个家伙刺杀了白帅？然而，很快他就发现自己错了，白帅身上根本没有伤口，毫发无损——那些血是溅上去的？那么，那个刺客又去了哪里？

似乎是被他的呼声惊醒，白墨宸在椅子上动了动，睁开了眼睛，喃喃道："居然不知不觉坐着就睡着了？咦，这里怎么弄成了这样？"

穆星北看着白帅愕然站起，看着虎帐里的一切，带着一种迷惑不解的表情问："这是怎么搞的？这满地的血是从哪里来的？"

"……"心腹幕僚倒抽了一口冷气，一时间说不出话来。

这是怎么回事？白帅是喝酒喝太多，所以记忆中断了吗？但是……看情况似乎却又不像。那一瞬，他忽然想起了九里亭发生的可怕至极的一幕：白帅在那一刻仿佛神魔附体，变成了一个陌生人，接着就失去了知觉，晕倒在雪地里。而等他再度苏醒时，已经完全记不得发生过什么——包括安大娘和安心、安康姐弟的死。

这样撕心裂肺的事情，他都已经不再记得。他甚至只是以为冰夷刺客才导致了这样的灭门惨祸。这么说来，今天这一幕的发生，也同样是因为……因为那个"魔"曾经在昨夜出现过，强行占据过这个身体？

"昨晚庆功，大家喝酒后闹得太凶了，还在里面角斗比武，没有节制，大概是不小心弄伤了吧。"他的脑子飞速转动，终于在白帅不耐烦、出去叫人来问之前说出了一个解释，"沙场凯旋，白帅也不必太责怪他们了。"

"哦，原来如此。"白墨宸扶着额头，似乎还隐约感觉出有些酒意，头痛欲裂，挥了挥手，疲倦地道，"传令下去，即日开始，军中戒酒！三天后我们拔营起程，全军出击，追击冰夷溃军！要在他们越过迷墙回到狷之原之前消灭他们，不然等一回到狷之原，他们就容易返回西海逃脱了！"

穆星北霍然起立，点头，"是！"

当他走出营帐时，看到了那批叶城商会运送物资的马匹——马背上的粮草已经入库了，马队却还没有走，马夫都在原地，等着他们的首领——富甲天下的九爷。青衣谋士不由得叹了口气，这些人，只怕永远也等不到他们的主人了……而且天下之大，也不会有人给他们一个交代。

堂堂一代剑圣，就如同朝露一样，无声无息地消失在了天地之间。没有人知道他在那一夜之后去了何处，也没有人知道他是活着，还是已经死去。

就如同没有人知道，登上空桑王位的新帝君，到底是怎样一个人。

叶城的夜，依旧是喧嚣而繁华的，灯红酒绿，不夜之城。

玉香炉里的龙涎香快烧完了，更漏却还长。傅寿默默地坐在楼上，隔着帘子看了外面的路口半晌，手一松，啪的一声将帘子放下。

"姑娘，还是早点睡吧，"贴身侍女端了药进来，"估计九爷今天是不回来了。"

傅寿叹了口气，忧心忡忡，"他明明说过这次运送粮草去前线，最多十天就回来——可怎么马队都回来了，他却独独没了消息？"

侍女小心翼翼，也怕再度惹得傅姑娘不开心，"小姐别急，叶城整个商会都已经出动在找了，一定能找得到——或者，九爷只不过是在哪个地方又喝到了好酒，乐不思蜀暂时忘了回来呢。"

"……"她没有说话，竭力克制着内心不祥的预感，轻轻抚摸着已经微微隆起的小腹——九爷向来多金而浪荡，行踪神龙见首不见尾，但尽管如此，他对自己却是有真心的，绝不会约好了婚期却又背诺不归。

更何况，他明知她已经怀了孩子，更不会扔下她不知踪影。

——除非是，他真的是再也无法回来。

她心里想着这些事，只觉得思绪乱如麻，一颗心被沉甸甸的秤砣坠着，不由自主地往下沉，牵得脸色都一片雪白。

"姑娘，快趁热喝了药吧，"侍女连忙道，端过了药碗来，"大夫说您最近心思太重，气血两虚，很容易让胎气不稳呢。"

她点了点头，端起药碗，皱着眉头喝了下去。

真苦啊……和她心里一样的苦。

傅寿轻抚着隆起的小腹，遥想着坎坷的过去和茫茫未知的将来——她并不知道自己腹中孩子的父亲已经再也不能归来；她也不知道，自己将凭着这个孩子，一举成为云荒大地上最富有的女人。

命运无常，有时残忍，有时却慷慨无比。这种变幻锋利而莫测，如刀锋一样宰割着每一个人。百年以后，千年以后，史书只会大笔一挥，留下寥寥数语的记载——有谁还会记得每一个单独的、微小的个体的挣扎和悲喜？

　　　白帝十九年五月二十日，传说为破军出世之日。是日，
白帅墨宸大破冰夷于流光川。此夜有异象，大星如斗，直坠
于月下，云荒全境皆见。或曰：此迦楼罗金翅鸟也。
　　　是夜北斗旋转，未曾见破军曜日之兆。
　　　越一月，白帅收复西荒，移师驻于空寂大营，声望日
隆，六军拜服。女帝悦意遣使前来，授以皇天及虎符，示禅
位之意。白帅受之，全军皆贺。
　　　　　　　　　　　　　　　——《六合书·白帝本纪》

第十九章

傀儡之城

"破军未曾苏醒，迦楼罗已经毁灭！一切都完了。我们深陷云荒，首尾不能兼顾，正浴血杀出一条路来返回西海——请元老院派人接应，给予支援！"

水镜的另一边，传来了巫彭元帅嘶哑低沉的求救声。然而，围坐在水镜旁边的诸位黑袍长老都面无表情，只是木然地看着另一边同袍的求助，没有丝毫反应。

一只手伸过来，啪的一声，轻轻合上了水镜。

"真是的，巫彭那些人怎么还没死啊？"一个少年走过来，关上水镜，脸上带着冷酷的表情，讥诮道，"还想回西海？也不想想——"他顿了一下，看着元老院里坐着的所有长老，微笑，"也不想想，就算回来他又能做什么？"

几位长老齐齐点头，低声道："是。"

"巫礼，你带一队人守着东线，看看云荒那边有没有军队真的会撤退回来。"望舒抬起手指，点了点其中一个长老，"如果巫彭回来，记得要完好无损地带给我！"

"是。"巫礼站了起来，点头。

望舒看着自己修长的手指，嘴角浮起一个深远的冰冷笑意，"这样，我就能在他身上继续试验新一款的傀儡人偶了……他一定会比你们几个更高级。"

"是。"所有长老都齐齐点头。

"真无趣，你们说话怎么都整齐划一的？"望舒皱起了眉头，沉吟，"或许接下来我应该趁着有空，给你们好好设置不同的特性，让你们最大程度上符合原来的说话模式和语气——否则迟早会露馅儿。"

少年陷入了沉思，手指在水镜的盖子上缓缓比画。而当他沉默时，周围的长老也陷入了沉默，一动不动地簇拥着他。

"西海上空桑人的大军已经撤走了，我们终于可以回到海面上了。"望舒终于回过神来，抬头看着窗外满目疮痍的城市，叹了口气，"让军队协助百姓好好重建家园吧——如果有什么需要，尽管动用征天军团、靖海军团里的机械设备。巫朗大人，你来负责。"

"是。"十巫中的巫朗站了起来。

"真是听话。"望舒赞赏地点头，"过来，让我给你检查一下。"

国务大臣巫朗来到了少年的面前，站定。望舒抬起手，咔嗒一声，打开了他胸口的肋骨——血肉之躯早已不复存在，里面赫然盘绕着无数机簧和管线，密密麻麻。望舒将一卷东西放进了他的身体里，安装好，拍了拍他的肩膀，"给你加了一些词汇，免得等一下你负责修缮的时候不知所云。"

"是。"巫朗点头，丝毫不觉得恐惧和痛苦。

"告诉我，你觉得痛苦吗？"望舒忽然抬起头，饶有兴味地注视着那双眼睛，"我把你的魂魄封印在这个身体上，变成了一个机械傀儡……你觉得痛苦吗？"

"……"巫朗沉默，没有回答。

"哦，我忘记了，你无法自主地回答没有经过设置的问题。"望舒叹了口气，用手将打开的胸口重新关上，"可是，我现在也没办法让你获得局部的自主意识——我害怕一个不小心失控，就会让你变成我现在的样子。"

说到最后几个字的时候，少年的嘴角浮出讥诮的笑意，一瘸一拐地走开了。

是啊……他现在的样子——不死不活，十足的怪物。

"望舒大人！"忽然间，有侍卫从外面奔跑过来，气喘吁吁，"有……有巨大的机械……抵达了空明岛港口！"

"什么？！"望舒愣了一下，"是空桑人吗？"

"不……不是！"侍卫喘息着，眼睛放光，"是冰锥！是冰锥回来了！"

话音未落，望舒一把推开了他，朝着海港方向奔跑了过去——他跑得很吃力，一瘸一拐，然而却丝毫不顾及自己的失态，几乎是不顾一切地狂奔。

是的……冰锥回来了！织莺回来了！

她从那片蔚蓝色的大海里浮出，回到了他的身边。

离开不过短短数月，归来时家园已经面目全非。西海战局结束，大军撤去，只留下一片废墟。从云荒密林里九死一生执行完任务回来的织莺站在港口码头上，怔怔地看着满目疮痍的空明岛，一时间说不出话来。

"织莺……织莺！"一个声音热切地喊着，由远而近。

"望舒？！"看到那个一瘸一拐跑过来的身影，那一刻，她惊喜万分，只觉胸中一阵热意涌起，情不自禁地也向着那个少年奔跑过去，"望舒！"

他们在大海边上重逢，双手紧紧相握，一时间都说不出话来。

"望舒喜欢织莺。"忽然间，有一个声音清亮亮地响起，打破了寂静。

"小莺！"织莺的手猛然震了一下，看到那只机械鸟不知何时飞了过来，停在了望舒的肩膀上，歪着头看着她，不由得脸上一红，"给我闭嘴！"

小莺乖乖地闭上了嘴。她忽然觉得一阵尴尬，想把手从对方手里抽出来。

"不，小莺说的，就是我想说的。"然而，这一次少年却反常地不肯松开手，反而握得更紧，看着她的眼睛，一字一句地道，"你也知道，小莺所有的话都是我教给它的——织莺，你现在一定知道我的心意。"

"我……"织莺脸上的红晕渐渐退去，变得惨白，"我已经成亲了。"

"这不重要，"望舒握紧她的手，看着她，"重要的是，你的心是怎么想的？"

"我的心里怎么想，还重要吗？望舒，别傻了，我已经嫁人了，是羲铮的妻子！"织莺的手指冰冷，肩膀也开始微微颤抖，低声道，"这是元老院一致同意安排的婚事，整个帝国都承认过的铁一样的事实——你觉得一切还有可能吗？"

"整个帝国都承认，那又怎样？！"望舒眼里的光暗了下去，却又露出一种冷厉的表情来，"什么'铁一样的事实'？铁只要融化了，还不是可以随意揉捏的东西？织莺，回答我！只要你心里真的还那么想，我就——"

话还没有完，眼前忽然黑影一闪，一股大力猛然把他直推了出去！

"望舒！"织莺不由得失声惊呼，想要冲过去扶他，然而刚一动，就被身后的人用力拉住——闾笛少将停好了冰锥，从舱室里走出来，不由分说，一把将望舒推了出去。

"就怎样？"军人的身形高大如山，冷冷地看着地上孱弱的少年，从鼻子里发出一声冷笑，"羲铮将军的妻子，你也敢碰？！"

一边说着，一边抬起一脚就又踢了过去。

"闾笛少将！"织莺苍白了脸，冲过来猛然一把将他推开。眼看望舒被打倒在地，那一刻她气急攻心，出手居然用上了真力。闾笛只觉得肩膀咔嚓一声响，剧痛，被她推得一个跟跄，几乎掉进了海里。

"织莺！"闾笛少将震惊了，觉得不可思议，"你……难道真的喜欢这个家伙？"

"闾笛少将！"织莺厉声道，"你怎么敢对元老院的人动手？！"

"哼，这家伙也算元老院的？巫咸大人几时让他列席过？"闾笛少将悻悻地闭了嘴，对着望舒啐了一口，"小残废，少耍花头，要是被我知道你再动羲铮女人的主意，下次就直接把你的腿打残！"

望舒一句话也没有说，挣扎着从地上爬起来，默默地看着他离开。那一瞬，少年的表情里藏着某种极其可怕的东西。他抬起手背，擦了擦嘴角的血。

"望舒，你没事吧？"织莺过去扶他起来，"有没有受伤？"

"我没事。"望舒一瘸一拐地站了起来，看着旁边因为紧张愤怒而脸色发白的织莺，忽然笑了起来——日光下，少年的脸苍白如纸，身体单薄羸弱，然而那笑容却极其灿烂明亮，如同此刻如洗的碧空。

"织莺！原来你真的是喜欢我的！"他大声笑了起来，欣悦无比。

织莺的脸色一白，又飞红，"别胡说。"

"别赖了！我从来就没见你打过人！"他用力抓住了她的手，再也不肯放开，"是的，我已经知道了——你再也不能抵赖了！"他拉着她的手，一直往前走，"来！我带你去看新的工坊！有好多新的好玩的东西……"

织莺走了几步，却顿住了脚步，缓缓将手从他手心里抽了出来，"不，我不去了。我……我得去找羲铮，看看他怎么样了。"

"羲铮？"望舒脸上的笑容顿时凝固，下意识地喃喃重复了一遍这个名字，眼里的神色变得非常复杂莫测，停顿了片刻，忽然道，"我想你是看不到他了。"

"什么？！"织莺愕然，"他……他怎么了？他阵亡了吗？"

那一刻，她只觉得大脑一片空白。作为军人，在战场上死亡是理所当然的归宿，尤其是这次冰族倾国之力远征云荒，只留下不多的力量驻守本岛，羲铮带领的征天军团更是以一敌百，承受着极大的压力和危险——她不是没有想过，当自己回来的时候，他或许已经阵亡。

但此刻，她心里还是伤痛如绞，充满愧疚。是的，他自小就对她关爱有加，如兄如父，可是她却未能回报以他所期待的东西。

"不，他没有，只是……"望舒停顿了一下，最终还是摇了摇头，叹息，"还是让元老院的长老告诉你吧。"

"为什么？到底怎么了？"织莺心里越发忐忑，一把拉住了他，"你不能告诉我吗？"

"不能。我不想自己的嘴里吐出这个名字——"望舒脸色有些发白，回头看了她一眼，"更不想看到你为这个名字伤心痛苦的样子。"

织莺回到空明岛，想去拜见元老院诸位长老，然而侍从却说巫咸大人和其他长老都有事，今日无法出来召见她，必须要等到明日。

她回到房间休息了一夜，第二日来到元老院的时候，就传出了阊笛少将被处分的消息——元老院认为其作为冰锥的操作者，在此次行动里措施不力，导致神之手几乎损失殆尽，被褫夺军衔，关押入水牢，发配怒海苦役十年。

她站在元老院的廊下，听到这个消息后惊讶得脱口啊了一声。

他们两人一起主持了冰锥行动，带领神之手千里迢迢远赴云荒，在南迦密林中完成了极其危险的任务。然而，没有想到回来不但没有得到想象中的嘉奖，反而获得这样的结局。

阊笛少将的怒骂回荡在廊里，但刚说了两三声就被堵住了嘴。

"传巫真入内。"侍从叫了她的名字。

织莺心下惴惴，不知道自己会获得什么样的处分。然而推开门进到大厅时，却看到长老们齐齐起立，看着她，忽然一起鼓掌。

她在掌声中怔住，不知所措地站着。

"辛苦你了，"首座长老巫咸上前了一步，伸出双手，"巫真织莺，肩负重任，带领神之手远征空桑，潜入云荒，摧毁命轮——欢迎归来，你是帝阍的英雄！"

他的话语热情澎湃，然而语气却平静，并没有起伏，听起来有些奇怪。

然而织莺并没有注意这一点，只是松了一口气，单刀直入地问："多谢各位长老的夸奖。不过……你们能告诉我羲铮怎么了吗？他在哪里？"

"羲铮……"听到这个名字，那一瞬间长老们似乎齐刷刷地眨了一下眼睛，表情异常，陷入了沉默。然后巫咸长老很快开口，回答了她的问题："羲铮作为军人，却不服从元老院的指令，擅自驾机离开，至今下落不明。所以，我们已经把他列为叛逃者。"

"什么？！驾机叛逃？不可能！"织莺不敢相信，冲口而出，"羲铮一直是最忠诚的战士，是什么样的指令，能让他不惜违逆元老院？"

"这你不必知道。"巫咸冷冷回答。

"我一定要知道！"织莺咬着牙，寸步不让，"我是他妻子！"

"呵……"听到这个回答，巫咸冷冷笑了起来，停顿了一下，居然还是让了步，开口道，"他那个鲛人，凝，已经太老了，我们命令他换掉她，让神之手里最优秀的'空'部孩子来和他搭档——毕竟他驾驶的比翼鸟是帝国最贵重的武器，丝毫不能大意。"

织莺脸色白了一白，身子微微一晃，"但是……他拒绝了？"

"是的，他拒绝了。"巫咸语气肃杀，"没有人可以拒绝元老院的命令。"

"……"织莺说不出话来，只觉得原本满腔的怒火都渐渐冷却，心灰意冷——原来，竟是为了那个鲛人？是为了那个叫作凝的鲛人！

她还记得新婚之夜的情景。当时的猜测，无不吻合了此刻的结局。

"作为军人，我只能奉命成婚——但无论怎样，我实在无法拥抱一个自己不爱的女人。"那天夜里，当她正不知道该如何面对这个刚成为自己丈夫的男人时，羲铮却背对着她，说出了这样的话，"织莺，我爱的是另一个人，你永远只是我的妹妹。"

那一刻，她如受重击，隐约猜测到了他口中的"另一个人"是谁。

作为军人，他一生里绝大多数的时间都是和那个叫作凝的鲛人在一起，飞翔于海空之上。他们在枪林弹雨里穿梭、战斗，彼此肩并着肩，穿越生死和战火——这样的感情，可能是她永远难以理解的吧？

而现在，他居然为了保住她，公然背叛了元老院，不惜亡命天涯。

"原来是这样……"许久，她喃喃，只觉得全身脱力，苦笑，"原来是这样。"

"所以，巫真，你不必为了他的离去而伤心。"巫咸的声音低沉，一字一句，"元老院一致决定，在你归来的时候，即刻让你和他比离——从此，你和这个人再也没有任何关系，恢复自由身，可以再嫁给配得上你的人。"

"……"织莺说不出话来，脸色苍白，只觉得恍惚。

怎么会这样？九死一生回到故土，一切都变了——熟悉的家园毁了，新婚的丈夫走了，以前一致施压促成这门婚姻的元老院改变了态度，给她解除了婚约，宣布了她的自由。

一切来得太快，恍如梦寐。

"我知道你喜欢望舒，"巫咸长老的声音低沉，"是不是？"

"……"她没有回答，然而眼神微微一动，却无法否认。

"元老院经过商议，一致同意你们的婚事，"巫咸继续道，语气干脆而决断，"这次，没有人会阻拦。"

"啊？可是，你们明明知道他并不是……"织莺大吃一惊，脱口而出，"你们明明知道他并不是人！——你们不是一直说'非我族类，其心必异'吗？"

"战火已经检验了他的忠诚，"巫咸开口道，语气冷静，"这次如果没有望舒，等你回来时就根本看不到帝国还有一个活人了！这次望舒立下了无可比拟的大功，无论他是什么，都是沧流最大的英雄，配得到所有的一切。"

"……"织莺微微吸了口气，只觉得越发混乱。

沧流最大的英雄？这样的赞美之词从平日严肃的首座大人嘴里说出来，语音却又如此刻板，听着令人觉得有些不舒服——而且，当他说这些话的时候，旁边的其他长老没有一个人开口，只是用眼睛默默盯着她，表情僵硬。

那种眼神如同死去的鱼类，令人毛骨悚然。

她情不自禁地往后退了一步。

"织莺。"忽然间，她听到有人在背后轻轻叫了她一声。回过头去，却是望舒不知何时来到了门外，对她招手，示意她过去。

她忽然觉得有些尴尬，脸上微微一热，不知道他有没有听到前面的对话。

"为什么你不回答巫咸大人？你是不是不愿意？"当她走过去时，望舒压低了声音问。

织莺一下子只觉得脸上滚烫——原来他已经听到了前前后后所有谈话。

"我……"她不知道怎么回答，脸烧得绯红。

望舒看着她，叹了口气，低声道："我就知道你不愿意……呵，好好一个活人，谁愿意和机械过一辈子呢？就像小莺虽好，毕竟不是一只活的夜莺一样，是吧？"

"……"织莺沉默着，无法回答，感觉心里有激烈的感情在交锋。

——是的，平心而论，她从未将望舒当作一个冰冷的机械或者异类看待。她是第一个从地下军工坊里发现这个少年的人，看着他从一个懵懂的孩童，渐渐变成一个天才的机械师，她经历了他的成长，也倾注了所有感情。

当被迫举行婚礼的那一夜，她甚至觉得自己失去了真正的爱人。

可是……为什么在这一刻，当一切障碍都不复存在时，她却无法顺利地点头同意？为什么她心里总是有一种隐约的不安，提醒她这是错误的？

少年站在身边等着她的回答，双手紧紧绞在一起，身体开始左右轻微摇摆，脸色发白。织莺知道，每次当他情绪压抑到了一定程度，就会出现这样的情况。

"别怕，织莺，"看到她一直沉默，望舒终于叹了口气，声音低而轻，"如果你不愿意，我就去找巫咸大人说，让他收回成命就是——你千万别直接和他顶撞，他会生气的。"

他转过身，一瘸一拐地走了，背影孱弱而孤独。

"望舒！"那一刻，织莺只觉得心痛如刺，终于忍不住叫了一声。少年应声回头，眼眸里赫然已经有泪光——织莺忽然间如被猛然一击，晃了一晃。

那么多年来，她甚至不知道他也会流泪。

一个机械制作的人偶，居然会流泪！他也是有灵魂，也是有心的吗？

她走过去，拉住了他的袖子，摇了摇头，轻轻道："算了，别去了。"

"啊？"望舒怔了一下，看着她。少年的眼睛很亮，如同草叶上清澈的露水，令人看了心旷神怡。他走过来，一把握住了织莺的手，"这么说来，你……你是不反对了？"

织莺沉默着，微微点了点头，脸上的潮红渐渐退去。

"太好了！"望舒几乎是跳了起来，"我这就去告诉巫咸大人！"

"望舒，"织莺却拉住了他，低声道，"你能向巫咸大人求一下情吗？"

"求情？"望舒愕然，"替谁？羲铮？"

"羲铮连下落都不明，还能怎样？只是不知道他的父母如今怎样了，他们年事已高，希望元老院不要株连九族。"织莺叹了口气，叮嘱道，"还有阊笛少将……他在云荒的南迦密林里为帝国立了功，如果一回来就被处分，未免有点太过于严苛了。"

"原来你是为他们求情……真是个善良的人啊。"望舒看了看她，清澈的眼里露出一丝暗影，"好，我替你去说——你先回去休息，我回来带你去看好东西！"

少年带着欢悦转身离去，一瘸一拐的脚步也轻快了许多。

然而，当他进入元老院大厅时，眼中的那种清澈就消失了。望舒关上门，看着围坐在那里的元老院长老，嘴角露出一丝冷笑。

唰的一声，黑袍长老齐齐起立，向他鞠躬。

"坐吧。"望舒抬了抬手，长老们顿时齐齐坐下，动作整齐划一，如同提线的木偶。望舒坐在了最高处的位置上，托腮看着这些穿着黑衣的长老，叹了口气，皱眉道："你看，我一个动作，你们就齐刷刷地做出同样的反应——给外面的人看到了，肯定会觉得异常。"

要怎样改进，才能让不同的机械傀儡体现出不同的个性来呢？

自己已经把元老院长老们的血分别注入了傀儡里，完成了血封后的机械便具有了活人的一部分灵魂。按理说，血封会带给机械和血主相符的性格啊……可为什么融合得如此生硬呢？

少年托着头苦思冥想。

当初天机公子制作第一具傀儡人偶的时候，曾经留下了手绘的草图。可是，那只是技术层面上的问题而已——那个疯狂的天才机械师是怎么用自己的血赋予了这具机械生命，却并没有彻底写清楚。作为机械学的天才，望舒非常顺利地破解了前面的制作部分，但后面涉及灵力、术法的部分，却始终不曾真的搞懂。

所以，他造出的这些傀儡，始终远远不如自己聪明。

"唉，在没有最终完善你们之前，你们就深居简出，待在元老院吧。"望舒最终只是挥了挥手，"少露面，少说话，我每天都会来调试和改进你们。"

"是。"长老们齐齐点头，表情僵硬。

"巫咸大人，你今天做得很好，"望舒对着首座长老点了点头，赞许道，"把我预先设置的话都丝毫不差地转述了出来，没有出差错，看样子织莺她也信了——不愧是被我调试过最多次的初代。"

"谢主人夸奖。"巫咸低下了头。

"还有，明天就把闾笛那家伙发配到怒海去吧！杀就不必了。"望舒哼了一声，眼神冷酷，"那家伙居然敢在码头对我动手，冒犯我一时，我要让他这一世都不好过。"

"是，主人。"巫咸点头。

他皱了皱眉头，"对了，还有羲铮……最近有没有他的消息？"

"没有，我们探查了周围三百里的海岛，都没有他的踪影。"巫咸回答，"我们的人在片刻不停地寻找他的下落，一旦找到，就格杀勿论！"

"当然是要格杀勿论，难道还准备带他回来？"望舒皱眉，"话说回来，那架比翼鸟是如此庞大的东西，应该很难掩藏。那家伙离开的时候只带了那个快死的鲛人，如今还能去哪儿？"

傀儡们无法回答这个问题，一起沉默，大厅里的气氛诡异。

望舒想了想，又问："对了，他的家人怎么处置了？"

巫咸回答："按照主人的吩咐，隔离囚禁，准备处死。"

"停止死刑。"望舒抬起了一根手指，摇了摇，"如果昨天就杀了也就好了，现在织莺回来了，总不能违逆她的心意吧？——算了，一样改成发配怒海苦役，终生不得返回本土。"

"是。"巫咸点头。

"唉……当独裁官可真麻烦啊。"望舒抬起头，揉了揉眉心，只觉得头痛，"怎么会有那么多事情要处理呢？我本来只是想把你们都弄成傀儡，就不会有人反对我和织莺在一起了——结果弄成了现在这个样子，你们的事情都要归我来处理了。"

他站起来，摊开随身携带的图卷开始苦苦思索。

"如果不早点把你们的血封和机械完美融合，让你们的智力恢复，我的苦日子就没个头了……"望舒研究着图纸，招了招手，"巫姑，你过来。"

黑袍的老妇人应声而至，屈膝跪倒在少年面前。

望舒一边看着图纸，一边头也不回地抬起手握住了老妇人的下颌，咔嚓一声，拆卸了下来——所有机械傀儡的血封都绘制在咽喉舌骨上，给冰冷的机械注入活人的魂魄力量。望舒皱着眉头看了半晌，探进了手去。

没有了半个头颅的黑袍老妇人跪在那里，一动不动。

"对了，可以对外宣布我和织莺的喜讯了，"望舒拆下了巫姑的舌骨，一边吩咐巫咸，"尽快安排婚礼——虽然如今刚刚结束战争，但这次的大婚不能简陋，要盛大隆重，让所有人都知道我娶了织莺！"

"是。"巫咸点了点头，停顿了半晌，道，"要请哪些人呢？"

"名单我会随后拟定。"望舒头也不抬，"如果人手不够，你去下面调配一些可靠的心腹上来作为助手。"

巫咸有些犹豫，"作为助手的意思是……"

"十巫的人数毕竟太少了，有时候办事不大方便。我的意思就是，"望舒终于抬起头，笑了一笑，"选更多的人过来，我可以把他们变成和你们一样——只有变成和你们一样，我才能信任他们。"

"是。"巫咸只是低下头，"我会尽快挑选一批人手过来。"

"唔……多准备一些人，我可以在他们身上进行新的实验。"望舒将舌头重新装回了巫姑的下颌，微笑着，眼眸里有妖异的黑暗，"你看，不出几年，这座城市就会充满了我的傀儡，成为一座真正的傀儡之城！"

少年大笑着，俯视着匍匐在地的黑袍傀儡，如同一个牧羊人俯视着他的羊群。

当冰锥从海上归来时，暮色里，一只巨大的鸟降落在海面上。

当空桑大军从西海撤离后，这片海域只剩下了死亡的痕迹。一艘艘船的残骸在海上半浮半沉，海风里充斥着腐烂尸体的腥味，引来无数的食肉海鸟，乌压压地落在上面，撕扯叼啄着死人的血肉。

当那只巨大的鸟降落时，所有海鸟惊动飞散。

"主人，今晚只能暂时栖息在这里了，"鲛人低声禀告，将比翼鸟灵巧地降落在几艘军舰残骸上，勉强维持了平衡，"我们找不到其他岛屿可以降落。"

　　"好。"羲铮疲惫得几乎手都抬不起来了，"先休息吧。"

　　"是。"得到命令后，凝筋疲力尽地睡去，面目枯槁，白发如雪。

　　他出了舱，在海里为自己弄了一些食物草草果腹，然后拿着一些鱼类和水草准备回到比翼鸟里交给凝。他呆呆地看着夕阳从大海尽头一点点落下去，夜色一分分浓起来，直到自己完全被黑暗包围。

　　凝雪白的长发在黑夜里闪耀，而四处空旷，再也没有一个活人。

　　羲铮不由得苦笑起来。从来没想过，有朝一日自己会落到这种局面：有家不能回，有国不能归。而更不能想象的是，如今的沧流帝国又变成了什么样子？如今窃据高位的，莫非都成了一群没有血肉的傀儡？

　　海天辽阔，天地茫茫，他已经没有一个同伴。

　　现在唯一的出路，就是一直向东飞行，只希望能够早日抵达云荒，和在那里的巫彭元帅会合——然后，把自己在沧流遭遇的一切告诉他，请他回师空明岛，一起铲除那些怪物！

　　当他正这么想的时候，忽然看到了海面尽头的天空忽然一亮。

　　那是一朵巨大的烟火，在冷月下瞬间绽放！

　　然而，在璀璨的烟火里，他依稀看到了一只巨大的金色的飞鸟，在瞬间四分五裂，燃烧着坠毁。那一刻，羲铮失声惊呼起来："迦楼罗金翅鸟？！"

　　是的，那是迦楼罗金翅鸟！传说中征天军团里顶级的机械，空前绝后的巨制，是破军的座驾，在云荒西方尽头的狷之原静静沉睡。

　　可是，这一刻，迦楼罗居然爆炸坠毁了？

　　那么破军……破军又怎样了？巫彭元帅又怎样了？是不是空桑人已经赢得了战争？

　　一种不祥的预感侵蚀了他的心，羲铮忽然觉得喘不过气来，冷汗布满手心，"凝……凝！"他跳回了比翼鸟，大声呼喊身边刚刚睡去的鲛人，狠着心把她从休息中唤醒，"别休息了，我们赶紧继续飞！不然恐怕来不及了！"

　　的确是来不及了。当比翼鸟抵达狷之原的时候，战争已经接近尾声。

　　五月二十日夜，迦楼罗坠毁，孤军深入云荒的冰族军队并未能如计划获得破军的支持，反而陷入了空桑军队的夹击中。巫彭元帅断然下令，由神之手驾驶着风隼开路，让一度已经抵达瀚海驿的冰族军队紧急掉头，向西海撤离。

　　然而在撤离过程中，却遭到了白墨宸的追击。

　　从空寂大营而下的空桑军队势如猛虎，将冰族军队围歼，只有少数战士依靠机械武器闯了出来，杀出一条血路。

　　巫彭元帅指挥着撤退，两天三夜不眠不休，带着精锐三次杀出空桑军队的包围，带出三批战士，满身浴血，状如疯狂。从瀚海驿到这里，他带领大军在没有后援和粮草的情况下血战前行，穿越了整个大漠，迷墙已经在眼前，狷之原的尽头便是大海。

　　而大海的另一边，就是故乡。

　　然而，就在这样一步之遥的地方，他们却被白墨宸的军队如同闪电一样截断！空桑最精锐的部队从空寂大营全数出动，在统帅的亲自带领之下撕开战线，尖刀一样直插敌后，将试图撤离的冰族军队拦截在了狷之原。

　　白墨宸在战马上，宛如闪闪发光的金甲战神，冷然看着敌方。

　　在那一刻，巫彭只觉得莫名的巨大压力猛然而来，呼吸为之一窒——是的，眼前的这个男人身上具有奇特的力量，那种力量，竟然连身为十巫之一的他都觉得恐惧！

　　"带着圣女撤回西海！立刻走，不要回头！"

　　留下了这样的命令后，他断然带领仅剩的一千名精锐，回转马头，迎向了空桑人的军队。黑袍在沙风里猎猎飞舞，如同一只黑鹰。沧流帝国的最高统帅从马鞍边抽出长剑，唰的一声，赤色的火焰倏地从剑上燃起，照亮了方圆数十丈！

　　空桑战士惊呼着后退，第一次在战场上看到了超出人力的奇景。

　　"冰族的十巫，果然也非徒有虚名。"白墨宸缓缓策马过来，眼里的暗金色越来越浓，"我就取了你的头颅，放在九里亭的故居，作为你们杀死我满门的供奉吧！"

巫彭放声大笑，毫无畏惧，"好！大好头颅，只等有能者取之！"

当两方主帅相互靠近一触即发的瞬间，战士们忽然惊呼起来。

"巨鸟！又有巨鸟从西边飞来了！"

这样的惊呼让白墨宸微微一怔，抬头看向了西海岸。就在这一瞬，巫彭抓住了这个稍纵即逝的机会，长剑迅速飞斩而落。

战斗开始，空桑的骁骑军和沧流帝国留下来断后的战士厮杀在了一起。这是双方最精锐的兵马，从天空里俯视下去，完全是一场狼与狼的搏斗，异常血腥而残酷，如同一朵朵巨大的血色花朵在沙漠里绽放。

"凝，上前助巫彭元帅！"羲铮立刻道。

"是的，主人！"凝应声回答。比翼鸟呼啸而来，盘旋下降，一排排劲弩唰唰露出尖端，对准了战场中心厮杀的两位主帅。

然而，就在即将发射的一瞬间，凝忽然惊呼了一声，手指飞快弹起！整个比翼鸟震了一震，在刹那间毫无预兆地猛然上行，几乎是呈直角地迅速飞起。

"凝！你这是干什么？"羲铮大吃一惊，厉声道。

然而话音未落，比翼鸟猛然又是一震，几乎把他从舱室内抛了出去！

那是能量巨大的一击，就像是一百发炮弹瞬间一起爆炸，让整个比翼鸟的外壳都在瞬间变得炙热无比——如果不是凝在最后的关头觉察到了危险，断然将比翼鸟拉起飞高，此刻估计他们早已经尸骨无存。

羲铮扑到窗舷上往下看，失声惊呼："巫彭元帅！"

——大漠上黄沙滚滚，方圆十里内已经无人生存。那些尸体一排排倒下，排列成一朵巨大的血色花朵，而花朵的中心一片焦黑，赫然出现了一个深坑——所有的血肉都已经被融化，如同有可怖的能量在瞬间爆发，以此为中心，将一切燃烧殆尽！

深坑的最中心，直直插着一把长剑，上面犹自有火焰烈烈燃烧。

虽然隔了那么远，羲铮也认出那是巫彭元帅的佩剑"天焰"——在十巫里，号称战神的巫彭元帅拥有同族中最高的战斗能力和毁灭力量。当他拔剑释放出天火时，几乎可以把方圆一公里内的一切生灵屠戮

殆尽。

而如今这修罗场一样的情景，也只有他才能做到。

"巫彭元帅！"他心知不祥，失声大呼——方才的瞬间，巫彭元帅一定是用出了所有力量，和对方统帅还有追兵同归于尽了！

然而，惊呼未落，他却看到焦黑的深坑里有什么动了一动。那是一个被黄沙覆盖的人形，忽然站了起来，拍了拍身上，黄沙簌簌落下，丝毫无损。比翼鸟里的羲铮忍不住低呼了一声，不可思议：在这样毁天灭地的力量之下，居然还有生还者？

那个穿着金色盔甲的人上前一步，抬手拔起了那把燃烧的长剑！

巫彭的佩剑在他左手里长啸，似乎在剧烈挣扎。然而白墨宸的左臂忽地一挥，似乎是有一股金光闪过，剑上的火焰忽然变成了黑色！

黑焰一闪而灭，长剑随之黯然。

"好吧，果然是值得尊敬的对手，"白墨宸低声道，看着一地的灰烬，"虽然拼尽全力也不能杀了我，但至少，我也无法斩下你的头颅去九里亭故居供奉了……能在我的手下还保持最后的尊严，已经很了不起。"

"从此，这把天焰就作为我的佩剑留下吧！"

那一天，从西海上万里迢迢赶来的羲铮并没有来得及参加最后那场惨烈战役，只亲眼目睹了元帅最后殉国的过程——然后，他掉转比翼鸟，在西海接应了撤离的军队，把星槎圣女接了上来。

那个女孩自从五月二十日破军之曜后被人从大漠上发现，就再也没有苏醒过，如同一座沉睡的塑像。然而这个从血污狼藉的修罗场里被运出来的女孩却被保护得如此之好，洁净无瑕，白衣上一滴血迹都没有，不染一丝烟火。

羲铮长长叹了口气，只觉得眼眶酸涩。

是的，他乜听说星槎圣女原本是巫彭元帅最钟爱的小女儿，然而，为了民族，元帅最终还是将她奉献给了帝国，从此父女之缘断绝——没想到，在最后的一刻，这个心如铁石的军人却用尽了所有力气保护了自己的小女儿，履行了一个父亲的职责。

他把自己的生命留在了云荒，却把她送上了归途。

"巫彭大人，我一定会把她平安带回故乡。"他对着脚下的大漠喃喃发誓。

羲铮驾驶着比翼鸟，从海的一边飞向另一边，孤独而茫然。在他身后，是冰族死里逃生、伤痕累累的残兵——没有支援，没有粮草，这样的一行人要横渡整个西海，等回到棋盘洲本岛时，不知道还有多少人能活着。

而活着回去的，又会得到怎样的待遇？

他心中忐忑——要知道，如今的沧流帝国早已成了一个他们无法想象的黑暗帝国，一个被控制的傀儡之城！

可是，不回去，又能去哪里？他们这一行人漂泊于天地之间，早已没有了故土，如果连西海上的那个家也不能回去，就真的成了天地弃儿了。

"凝，你说我们该怎么办呢？"比翼鸟在一望无际的西海上飞翔，羲铮看着天尽头的海平线，声音里第一次出现了茫然和脆弱——然而身边的鲛人已经被傀儡虫控制，再也无法和他交谈。

孤独和无助，如同眼前的大海一样无边无际。

羲铮所不知道的是，当这一行人在西海上摆脱追杀、苦苦奔向故土时，在空明岛元老院议事大厅里，一场盛大的婚礼正在举行。

他的妻子正穿着华丽的嫁衣，披戴着金玉装饰的面纱，缓步走向大厅的另一端。而另一端，望舒穿着簇新笔挺的礼服，正满怀喜悦地看着步入的新嫁娘，绞紧的双手微微发抖，轻轻咬着下嘴唇，却忍不住溢出笑来。

是的，她终于是他的了……属于他，别人再也夺不走。

甚至，连这个帝国，都已经是他的！

他站在那里，看着织莺一步一步走过来，摇曳生姿，珠玉在灯火下璀璨无比，宛如梦幻。那一刻，少年似乎真正长大了，眼里除了欣喜，也带着沉稳和笃定，仿佛这个世界都在他的掌握之中。

她终于一步步走到了他面前，这短短十几丈的距离，却仿佛走了一生一世。望舒对着织莺伸出手去，用力握住。

"你的手怎么这么凉？"他轻声道，带着她一起走向上座穿着黑袍的元老院长老，双双低下头，准备开始仪式，接受祝福。

首座长老巫咸带领其他长老坐在高台之上，看着这对新人。等他们走来时抬起手，轻轻抚上他们的头顶，沉声宣布："以破军之名，许你们为夫妻——相敬如宾，白首如新，非为生死，不得阻隔。"

望舒和织莺轻声跟着念了一遍，忽然听到另一个声音跟着念了第三遍，清亮亮的。一对新人愕然回头，看到了不知何时跟随着飞进来的小莺。

那只美丽的机械鸟停在了高高的烛台上，侧着头看着他们，乖巧地复述了一遍望舒说过的话，模仿着他的语声，惟妙惟肖。

"哈哈哈……"望舒心情很好，忍不住笑了起来——当初他为了调试这个机械鸟，给小莺设置了学舌的功能，可以复述他对它讲过的话。然而婚誓这样严肃的场合被这只小鸟一搅和，实在令人哭笑不得。

织莺脸色微微一白，低声道："小莺，别闹了。"

"不离不弃，白头偕老。"巫咸长老分别牵起新婚夫妻的手，叠在一起，祝颂，然后用红线将他们的手腕系在一起。然而不知为何，手指有些发抖，好久都没有系上。望舒迫不及待，微微皱眉。织莺在摇曳的珠帘面幕后沉默，直到红线系好。

她的手，冰冷如雪。

元老院的长老依次上前，为这对新人祝福。然而在这样喜悦的场合，每个人的声音却是平静的，一人一句，语调没有起伏，听起来有些刻板。

织莺沉默着，从珠帘后静静凝视诸位长辈，握紧了望舒的手。

作为战争过后的第一场喜事，这场隆重的婚礼持续了整个晚上，冰族人聚在一起喝酒吃饭，声音却并不嘈杂。这个以铁血冷酷著称的战斗民族，即便是在婚宴这样可以纵情的场合，依旧是克制内敛的。

一直到深夜子时，这对新人才被送回了后堂就寝。

当所有宾客都不在时，房间里空空荡荡，忽然大得可怕。小莺停在了架子上，眼睛滴溜溜地看着这对新人，嘴巴张了张就被望舒叱了回去："闭嘴，今晚你不许再学我一个字了！听见了吗？"

小莺缩了缩爪子，咕噜了一声，侧过头去，不再看他。

织莺屏退了侍女，独自坐在妆台旁，开始卸下胭脂水粉以及所有珠宝装饰。她的动作很慢，似乎心里压着千钧重担——这身华美的服饰，她在几个月前曾经穿戴过一次，却没想到这么快又会穿第二次。

"来，我帮你把这个面幕拿下来。"望舒站在她身后，殷勤地帮她拿走头上的珠帘，"都是这个破东西挡着，让我一整天都看不到你的脸。你——"

他的话语忽然停顿。

镜子里的女子脸苍白得一点血色都没有，眼神深不见底，隔着镜子幽幽地凝望着他，那里面似乎蕴藏了深沉的哀痛，令人一见心惊。

"织莺？你怎么啦？"望舒失声，抓住了她的肩膀，"你……你不开心吗？如果不开心，为什么不早说？——无论元老院怎么说，我肯定不会逼着你，让你不开心的。"

织莺轻轻一震，低声道："我没有不开心。"

她缓缓站起身来，抽掉了最后挽发的簪子，微微一摇，一头金子一样的长发瞬间滑落，映照得室内都璀璨生辉。她解开了外袍，华丽的嫁衣如同瀑布一样柔顺地从身上褪去，露出了里面薄薄的亵衣。

"望舒，我们该休息了。"她轻声道，走过来，"我替你宽衣。"

"啊？"少年忽然露出紧张的神色，往后退了一步，不让她触碰。

"夫妻之礼，总要行的。"织莺轻声道，语气平静，"你总不能和羲铮一样，穿着衣服在这里坐上一整夜吧？别害羞，要知道是我第一个从地下工坊里找到你的，那时候你沉睡在水里，同样也没有穿衣服。"

"……"望舒的脸似乎微微有些红，然而，在她解开他的外袍、伸手抱住他的时候，他身体一震，脸色又唰地苍白。

"织莺，我知道你为什么不开心了。"他喃喃，似乎才想起一个重要的事情，语音忽然微微颤抖起来，失声道，"是的，无论我多么厉害，但我毕竟只是个机械，对不对？我不是一个真的男人！我们也不会有孩子！"

他说着，一步一步往后退，摇着头，"太傻了，我居然到现在才想起这一点！太傻了，太傻了！我……我是害了你吗？"

"不，不，望舒，别这样，"织莺抓住了他的手，不让他继续退却，低声道，"你没想到这些，难道我会没想到吗？所以，别自责，我既然答应和你成亲，自然早就准备好了接受这些不足之处——"

她用双臂挽住了他，叹了口气，低声道："望舒，你对我真好……我知道你做这一切都是为了我，也是真的喜欢我，而我也是喜欢你的，我愿意和你这样过完一生——因为你比那些活人更关心我、更懂我。"

"是吗？"她说得轻柔，望舒却忍不住欢喜得发抖，喃喃道，"你真的……真的愿意？可是……我们不会有孩子啊。"

"傻瓜，没有孩子有什么关系？"织莺在灯火下拥抱着新郎，解开他的袍子，抬起手轻轻抚摸少年坚实如玉的后背，将头靠在了他的肩膀上，叹息，"战争留下了那么多孤儿，我们可以收养过来当自己的孩子。"

她一边说着，一边轻抚他的身体，手指温柔缠绵地绕着他的胸口。望舒从来没有感受过这种触摸，只觉得新奇而战栗，忍不住将她更紧地抱在怀里，轻吻她的脸颊。天机公子并没有给他设置过这方面的知识，他也不清楚真正的人类在新婚之夜该做什么，然而有一种本能令他止不住地拥抱她，用嘴唇亲吻、接触她的肌肤。

她的手指是冰冷的，但身体却灼热，人的身体真是奇妙无比。

望舒像个孩子似的迷恋着怀里的新娘，亲吻她，抚摸她，喃喃着："是的……我们也可以有孩子……整个帝国的孩子……都是我们的。"

"如果你嫌那些孩子都不够聪明，也可以自己再造一个孩子出来，就如同——"织莺回应着他的吻，双手抚摸着他坚实的身体，声音却越来越轻，缥缈，如同远处传来，"就如同你造了整个元老院出来一样。"

听到这句话时，望舒的身体忽然僵硬，睁大眼睛定定地看着匍匐在自己怀里的女子，说不出话来。

那不是因为震惊，而是因为不能动！

织莺还靠在他的怀里，并没有抬起头，似乎是不敢看他。然而她的手，却正按在他的腹部，用力地摁住了气海穴——而他，不知为何已经全身不能动弹。

太奇怪了……这、这是怎么回事？

他不是人类，根本不会有所谓的穴道，可为什么织莺只是轻轻摁住了那个地方，他就完全不能动弹，如同被定住了一样？

"或许，连你自己也不知道这里是你的命门吧？"织莺的手没有移开，声音很轻，但每句话都如同惊雷炸响在他耳际，"望舒，我在地下工坊的水槽里第一次发现你的时候，你全身赤裸，蜷曲着沉在水中，只有一条透明的管子连接着你的气海穴——我尝试着将那条管子拔掉。那一瞬间，你全身震动，仿佛机关被开启了一样，缓缓苏醒了过来。"

"……"他说不出话，但却死死地看着她，不敢相信。

"是的，这里就是你的命门，是启动你这具机械的开关。"她终于抬起头来，笑了一笑，"这个秘密，天下只有我知道。"

望舒震惊地看着自己的新婚妻子，嘴唇动了动，却说不出一句话。

"我知道，你是想问我为什么要这么对你，是不是？"她叹息着，手指有些微微颤抖，咬着牙，忽然道，"因为，我不能听凭你继续这样下去，把整个沧流帝国毁掉！——元老院已经没有一个活人了，接下去，你想要把冰族都变成傀儡吗？"

"……"他猛然一震，用不可思议的眼神看着她。

"你想问我怎么知道元老院都已经是傀儡的秘密，对吗？"织莺的声音依旧轻而温柔，抬起眼睛，看了一旁架子上的机械鸟，嘴角浮出一个苦笑，"没想到吧？是因为小莺——那天，我吩咐它偷偷跟着你去和元老院长老见面，让它回来把听到的都复述给我。密室戒备森严，但没有人会防备一只鸟的偷听。"

望舒说不出话来，定定地看着她——这么说来，长老们跪下来称呼自己为主人、听从吩咐的场景，她早就知道了？

"你看，小莺果然有用得很，"她轻声笑了笑，"多谢你送我的这个礼物。"

"……"望舒说不出话来，看着她讽刺的笑容，只觉得怀里的人完全陌生。

"或许，你会问我为什么让小莺跟踪你，我到底是从什么时候开始对你起了疑心，是不是？"织莺终于转过头，直视着他的眼睛，一字一句，"望舒，自从我出了冰锥，看到你的第一眼起，我就觉得你不再是你了——你知道吗？你的眼睛里最初的那些明亮干净的东西，已经消失了！"

她凝视着他，喃喃道："你以前不是这样的啊……望舒！什么时候开始，你变成了这样阴狠而恶毒的人呢？你要报复什么？报复给予你一切的帝国吗？"

她看着他，眼里有泪水渐涌，"那个在码头上打了你的闾笛少将被无缘无故流放，而你又和我说，羲铮他带着鲛人叛逃了——我实在不敢相信，就让小莺跟了你一段路，听到了你和元老院长老的对话。那一刻，我……"

她没有说下去，望舒只觉得怀里的女子身体微微发抖。那一刻，他只觉得心痛如绞，却说不出话，也无法抬手抚摸她的发梢，只能长长叹了口气。

"你不仅设计陷害了羲铮，居然还操纵元老院，让他们同意了我们的婚事！我刚从远方回来，一无所知，不知道你到底还能操纵多大的局面，也不知道这个帝国里还有多少人是你的傀儡，所以，只能先答应了这门婚事。"织莺摇了摇头，语调低微而悲伤，"只有在新婚之夜，你我独处、裸裎相见的时候，我才有唯一的机会。"

"唯一的，彻底关掉你的机会！"

她的手指按在他腹部的气海穴上，持续用力，不敢松开。但是她的手指却不停地颤抖，似乎握住的是自己碎裂成千百片的心。

"我知道你并不是个处心积虑的阴谋家，你做这一切，都只不过是为了扫清你我之间的障碍——但是，望舒，我是冰族人，我不能让你毁掉整个帝国，尤其是沧流刚经历了这样的战乱，百废待兴。"织莺喃喃地说着，似乎是在解释，"非我族类，其心必异……巫咸大人说的果然是对的，可惜我没有听。你已经把元老院毁掉了，我不能再让你从上到下地侵蚀整个帝国——你会把沧流变成什么？傀儡帝国吗？"

望舒看着她，眼神里掠过一丝讥诮，终于挣扎出了一句话来："你……你觉得，我会把你也变成傀儡吗？"

"不，我知道你不会，"织莺摇了摇头，"就算你恨所有人，杀所有人，也不会伤害我——你只会把整个帝国变成自己的后花园和试验田而已！"

"哈哈……"望舒忽然间笑了起来，没有否认，"你，真是了解我啊……"

"可是，我不能让你这样。知道吗？只要我一抬起手指，你就会立刻死去了……"织莺喃喃，抬起头看着少年，眼里的泪水再也忍不住地滑落，"望舒，我会把你放回到地下工坊的水槽里，让你继续在那里睡着，睡得像个孩子……就像我第一次见到你的时候那样。"

她看着他，手指缓缓抬起，看着他眼中的光亮一点点地熄灭。

他一直凝视着她，眼神像个犯错的孩子，无辜又单纯，期待着原谅。她微微转过了头，不敢再看下去，生怕自己会在最后的一瞬心软。

"不……不要……"她用力地按了下去，耳边只听到望舒的声音，绝望而无助，似婴儿般地祈求，"不要关掉我……我会听你的话的……织莺！织莺！"

然而，那个声音随着她手指的抬起，迅速地变得微弱不可闻。

当他彻底沉默下来后，她转过头，踮起脚，轻轻地亲吻了一下他的嘴唇。他的眼睛还没有彻底闭上，半开半合地看着她，眼神里凝固着最后一刻的表情——无助、恐惧、绝望和哀求，如同一个被最后的亲人抛弃的孩子。

她只看得一眼，泪水就唰地一下滑落，不可抑制。

"望舒……望舒！"那一瞬，织莺终于无法控制自己，失声痛哭起来，用力抱紧了那具冰冷的机械，仿佛想把他融入身体里，"望舒！"

她哭得撕心裂肺，紧紧抱着怀里的新郎，似乎要用自己的体温来温暖这具冰冷的尸体。温热的泪水一滴滴落在少年玉石一样的脸上，沁入他的眼角——是的，今天是他们的新婚之夜。可她却亲手杀死了他，将这个异类重新打入了十八层地狱！

他死了。可是，他这一生，算是真的活过吗？

她或许是唯一能令他觉得自己是个"活人"的人，可是，偏偏也是她，亲手把他唤醒，又亲手把他埋葬——她是个活人，可是她这一生，也算是真的为自己活过吗？

她不知道，她只觉得自己和望舒其实并无区别。

"望舒，原谅我。"她拥抱着自己的新郎，喃喃低语，说出埋藏在心里最深处的话，"或许你最后想问的是我是不是真的愿意嫁给你，还是权宜之计——是的，我爱你，我愿意嫁给你。而且，我已经嫁给你了。"

"而且，这辈子我就是你的妻子，再也不会属于其他人。"

新娘在璀璨的烛火下深深拥吻着新郎，手指却缓缓抬起，彻底离开了气海穴，摁下了机关。当亲吻结束、松开手的时候，他的眼睛已经闭起，四肢垂落，成为了一具冰冷僵硬的机械人偶。然而，仿佛是听到了她最后的话语，少年的面容悄然改变，变得安静欣悦，嘴角甚至噙着一丝淡淡的微笑，没有丝毫怨恨和挣扎，就像是在瞬间睡去，宛如回到了多年前她第一次见到他的时候。

她在灯火下，定定地看了他片刻，抬起手，轻抚少年如玉的脸颊，如痴如醉。

不知道看了多久，她长长地叹了口气，狠下一条心来转过头，再也不看他一眼，拉开门径直走了出去，忽然间对着外面喊了起来："来人……快来人啊！望舒他、他忽然昏过去了！快来人！"

声音划破寂静的长夜，走廊外顿时有无数脚步声纷至沓来。

织莺转身奔回了婚房，将望舒更紧地抱在怀里，在所有人到来之前，最后俯下身，轻轻地吻了一下他的嘴唇。然后，她转过头，直视着门外即将到来的人群和变动，从泪水中浮出的眼神坚定而沉着，注视着即将到来的一切变故。

是的，这是她自己选择的路，她一定会走到底。

架子上，小莺侧过头无声地看着这一幕，乌溜溜的眼睛骨碌碌地转动——只有这只机械鸟看到了所有的一切，然而，它却不能明白这些如潮而来的恩怨。

是的，无论机械多么精密，也永远比不得人心。

第二十章

彼岸之光

　　白帝十九年七月，在白墨宸的带领下，空桑军队反败为胜，终于将冰族人从云荒大陆上击退，使其仓皇逃于海上。当冰族人退去后，那架巨大的匍匐在狷之原上数百年的迦楼罗金翅鸟也不见了踪影，连同传说中的破军一起消失了。

　　白墨宸领兵回到了空寂大营，犒赏将士，整顿军队，准备凯旋。而镜湖中心的伽蓝帝都早已腾出了王座，等待着霸主的归来。

　　然而，白帅并没有流露出太多欣喜，左右只见他经常在虎帐下神态焦躁地踱步，抚摩着左手上戴着的皇天戒指，一言不发。在某个深夜，他忽然召集了麾下最精锐的十二铁衣卫，给他们颁布了密令，令他们连夜出发。

　　"白帅到底要做什么？"幕下的心腹们都不知道他的意图，窃窃私语，"帝都王座悬空，如果不趁着刚得胜回去坐稳那个位置，可是容易横生变故。"

　　"白帅到底在找什么？一拨拨人马被派出去，几乎要把西荒翻过来了。"

"谁知道？接到命令的是十二铁衣卫，他们的嘴巴一贯紧得很。"

说到这里的时候，心腹们忽然噤声，散了开去——因为帘幕一动，一个青衣高瘦的中年人从外面走了进来，眼神肃然，冷冷地瞄了他们一眼。

"穆先生回来了？"有人立刻上去讨好，"我们正在商量，如今在西荒耽误得太久了，该劝说白帅早日班师回朝。穆先生是白帅最信任的人，不如……"

穆星北冷然打断了他："白帅要留下来，自然有他的原因，多说无益，不如好好做好自己分内的事情。"

"是。"左右噤声，不敢再问。

然而训斥完了属下，他走出了帐篷，却直接走向了白帅所在的虎帐。

"白帅，帝都王座悬空，您应该尽早返回伽蓝，迟则生变。"对着白墨宸，他说出的话居然和其他人一模一样，带着掩不住的担忧，"您在空寂大营停留了三四天了，一直不下令拔营回朝，不知道所为何事？"

"为了夜来，"白墨宸冷然回答，"不找到夜来，我是不会返回帝都的！"

那一刻，穆星北看到他的双瞳，不由得吃了一惊——白帅的眼神是深邃的黑，里面涌动着暗金色的火焰。怎么？难道是那种力量又控制了他？如今独坐在虎帐里的白帅，到底是白墨宸，还是那个乍现过两次的陌生而可怖的魔？

"殷仙子……不是已经死了吗？"他小心翼翼地措辞，"在劫火之变里。"

"不！她没有死！"白墨宸打断了他，"夜来就在这附近……就在这片大漠上。"

穆星北愣了一下，不敢再出声否定，只是低声问："白帅……白帅为什么会这么肯定呢？"

白墨宸迟疑了一下，似乎也被他问住了，半晌，才道："我也不知道，只是这么觉得而已——好像三天前开始，就有个声音在不停地告诉我，夜来她还活着！是的，她还活着，而且就在这附近！我一定要找到她，神挡杀神，佛挡杀佛！"

他说着，语速越来越快，到最后眼里金光璀璨，令穆星北凛然心惊，不敢直视。

他从没看到过白帅这样执着的眼神，那璀璨的暗金色双瞳里发出的光近乎妖魔，令人战栗——他错开了视线，心下顿时了然：一定是附身在白帅身体里的"那个人"，从心底给予了白帅这样的暗示。

"是……殷仙子一定还活着。"他叹了口气，最终还是不敢争辩。

是啊，在这个天下，又有谁敢质疑白帅？

走出虎帐后，他负手看天，在月下无声地叹了口气——殷仙子啊殷仙子，本来以为青水上那一别就是我们毕生的最后一面，可是，为什么你还固执地停留在这里，要给白帅添那么多麻烦呢？

你到底是活着，还是死了？

沙漠里，那些铁骑的嘚嘚马蹄声近了又远去，外面逐渐安静。

慕容隽坐在古墓的窗口下，感觉着夕阳的温度，眼神空茫——失去视觉后，这就是他唯一能和外面的世界联系的途径了。而且，在阳光下，身体里那种撕咬的感觉就会平静下去，跗骨之蛆般的痛苦也会略微平息。

虽然眼睛看不见，但在古墓里摸索了几个来回，也就熟悉了这里的构造，他已然可以在黑暗里熟练走动。每一次只要听到内室里略有响动，他便摸索着过去查看。然而，董然却一直没有苏醒。

"墨宸……墨宸。"她轻声叫着一个名字。

他听着她在昏迷里的呓语，心如刀割。

慕容隽不想再进入内室，便独自坐在窗下，听着外面的一切声音。眼睛看不见之后，他的听觉似乎变得分外敏锐。坐在古墓里，他可以听到风呼啸着吹过大漠，听到牧民们驱赶着牛羊经过，也能听到空寂大营里来的骑兵策马而过……外面的世界近在咫尺，历历如生，可是，他却再也看不到了。

他孤独地坐在黑暗里，一坐就是一整天。那缕从窗子里透入的阳光从衣襟移动到胸口，又移动到脸颊，最终消失。

看来，太阳又要落下去了。

慕容隽感受着脸颊上那种逐渐消失的温暖，忍不住对着虚空伸出手去，似乎想抓住从窗口射入的最后一线阳光，然而所有的光还是从他指间溜走了。

耳边传来湿润的呼吸，毛茸茸的脑袋从侧面拱过来，蹭了蹭他的脖子。那是蓝狐，成群结队地从窗口蹿入，叼来了各种食物。

慕容隽摸了摸蓝狐的脑袋，嘴角露出了一丝淡淡的苦笑——如果没有这些小东西的照顾，自己和堇然估计早就死在这座古墓里了吧？这些通灵性的小兽，是被这座古墓的主人叮嘱过，才这样尽心尽力照顾他们的吗？

慕湮剑圣曾经说过，等一切结束后，他可以回到古墓里找堇然。而且，她也实现了自己的诺言——然而，她却没有承诺过，他能找回属于他的那个安堇然。

他再也找不回当年叶城码头上初遇的那个少女了。在多年前，他已经失去了她。

当最后一丝暖意消失后，感觉到了夜晚的再次来临，失明的人重新沉默下去。慕容隽独坐在窗下的阴影里，只觉得骨髓里那种噬咬般的痛苦又剧烈起来了。太阳一落，那十万冤魂就会在他体内呼啸、啃噬，似乎想把这座困住它们的血肉牢笼咬穿，重新回到阳世。

今晚是月圆之夜，他知道那些恶灵会加倍地肆虐。

他咬着牙，抱着自己的双肩，后背紧紧贴着古墓的墙壁，极力抵抗着体内剧烈发作的痛苦。沉默中，一分一秒都显得分外漫长，而整个长夜宛如无间地狱。

"啊啊啊！"他终于忍不住低声叫了起来，因为剧痛而发抖。他用力咬着自己的手，不让自己失去控制，只怕失声大叫出来会吵到在内室休息的人——然而，那种无法言说的痛苦还是钻入骨髓，令他全身再也没有力气，跌倒在地面上，剧烈地抽搐。

啪的一声钝响，慕容隽把手砸在了墙上，借着剧痛来收敛自己的心神。血很快顺着手流了下来。然而他似乎感觉不到痛，还是发狂地一下下砸着，整个人发着抖。

在痛苦中挣扎的人几近发狂，一下一下地捶打着，血流满手。他甚至感觉不到蓝狐已经簇拥过来，拼命地呜呜叫着，也感觉不到墓室最深处的白衣女子已经被惊动，悄然睁开了眼睛——

这……这是哪里？耳边传来的又是什么声音？

殷夜来从黑暗里惊醒，来不及辨别自己到底身在何处，便被蓝狐簇拥拉扯着，朝着外面一路疾走，跌跌撞撞地摸索着过去，忽然间怔住——月光从窗口洒下，照在地上那个人身上。那个人正在月光里颤抖，发狂一样地把自己的身体往墙上撞，用自残的方式压抑着痛苦的呻吟，手上鲜血淋漓，却丝毫不肯停止。

"少游！"那一刻，她几乎不敢相信自己看到的人是慕容隽——那个在记忆中永远纤尘不染、高贵而冷静克制的白衣少年。

"少游……少游！"她失声惊呼，冲过去抓住了他的手，"别这样！"

她将他从地上抱起，拼命地阻止他自残的举动，大声喊着他的名字——他似乎真的听出了她的声音，在极度的痛苦中睁开了眼睛。然而，他的眼睛再也映照不出任何影子。

"你的眼睛！"她蓦然一震，"你的眼睛怎么了？"

"董然……是你？"他伸出鲜血淋漓的手，在虚空中摸索着。

"是我！"她一把握住了他虚空中的手，哽咽着，"你……你这是怎么了？"

"我……没什么……"慕容隽喃喃，忍住痛苦，极力想用平静淡然的语气和她说话，然而声音还是断断续续，"我……吵醒你了……"

"别说这种话！"殷夜来打断了他，强迫自己忍住情绪，语音发颤，"你……你这是怎么了？少游？你是怎么把自己弄成这样的？"

"不用管我，"慕容隽摇了摇头，苦笑，"我是……自作自受。"

"别说这种话！"她抱着他靠在墙边，撕下衣襟为他包扎鲜血淋漓的双手。他默不作声，用尽了所有力气克制住身体里的痛苦，不在她面前发出一声呻吟。殷夜来将他的十指细心包扎好，抬头看着他消瘦的脸颊和伤痕累累的身体，只觉心中剧痛，眼里的泪水一滴滴落下，落在他的手背上。

他看不见她的表情，却能感觉到有泪水打在肌肤上。那一刻，只觉得胸中有某种情绪排山倒海而来——已经过去了那么多年，发生了那么多事，可是，她还是会为他落泪！

他忽然抬起手，用力把她抱入了怀中，失去控制般喃喃：“堇然……堇然！”

她僵在那里，不知道说什么，微微发着抖。

“堇然已经死了。”半晌，她才轻轻道。

他感觉出了她的沉默，忽然也沉默了下来，低声苦笑，“是的……我怎么忘了呢？堇然已经死了——而且，是被我亲手设计的陷阱活活烧死的！”

“不要这么说，”她轻声道，“你并没有想要伤害我。”

“可我毕竟还是伤害了。”他喃喃，逐渐松开手来，“我还记得那一刻你在烈火中回望我的眼神，我一辈子都不会忘记。”

殷夜来轻轻从他怀里挣脱，叹了口气，低下头，继续把他受伤的双手细细包扎好。他的手还是那样修长好看，和记忆里的一模一样，只是眼前的人却变得如此憔悴病弱，被痛苦折磨得奄奄一息，似乎已经到了绝路。

可是，即便是到了绝路，他也宁愿一个人躲起来不让她看到。

那一刻，她只觉得心里一酸，几乎又要落下泪来。

——多么奇怪，从小她就是个性格冷硬坚强的人，无论怎样的逆境挫折，几乎从没掉过泪。然而从少女时代起，每次只要靠近少游，她经常会因为各种原因流泪，哪怕一点点微小的悸动也能触发最大的感慨——似乎她一生的泪水都是为他准备的。

“你身体里的血毒，已经被慕湮剑圣解开了。”当伤口包扎好之后，慕容隽轻声道，“从此后你不用再担心，你依旧是个健康的正常人，不必把自己锁在古墓里。”

“真的？”殷夜来眼神一亮，却转瞬黯淡，“即便如此，我又有何处可去？”

“白日里，我听到外面的大漠上有骑兵在搜寻你的踪迹，向牧民询问你的下落，”慕容隽摇着头，苦笑，“听说白墨宸已经赢得了这场战争，也赢得了这个天下——而且，他没有忘记你，他在找你，堇然。”

听到那个名字，她猛然颤抖了一下，第一反应居然是惧怕和躲避，失声道："他们……他们没找到这里来吧？"

慕容隽摇了摇头，"没有。"

"那就好……那就好。"她轻轻舒了口气，在黑暗里忽地抬起头，看着他，眼里的神色决绝而明亮，"殷夜来已经死在那场大火之中，所有过去付之一炬——所以，无论他如今怎样，我是再也不会回去了。"

"……"慕容隽似乎有些意外，沉默着没有回答。

"而且，我也不能扔下你不管。"她伸过手，扶住了他，"来，太晚了，我送你回去休息。"

刚刚苏醒的她犹自虚弱，手臂不是很有力气，仍扶着他站起。忽然间，慕容隽轻声笑了起来，讽刺地问："那么，你是在可怜我吗？可怜我双目失明、一无所有，不想把我像一条狗一样扔在这里不管，对不对？"

"不是。"耳边传来她的回答，轻轻的，"可怜的人是我自己罢了……"

她转过头，在月光下对着他笑了笑，"你眼睛看不见，所以不知道我现在的样子有多恐怖——而且，我筋脉俱断，一身剑技也已经作废。作为在大火里死过一次的人，我不再属于阳世，不如就在这座古墓里默默了此残生。"

"……"慕容隽怔了一下，抬起手，似乎想触摸她被烈火焚烧过的面颊，她却默默转开了头。

"怎么会？我永不会觉得你丑陋。"他摇了摇头，"我相信白墨宸也一样。"

沉默了一下，他忽然叹息："我没想到，你会劝我回到墨宸身边去。"

"这对你来说，是最好的结局。"他勉强回答了几个字，只觉得心头剧痛——是的，无论如何，他也不愿意看到堇然就这样埋葬自己的一生……宁可她去别人的身边，重新绽放出自己的生命之花。

"多谢你的好意，"她却回答，"但我有自己的人生。"

"堇然，你的人生，不该是在这座古墓里终老。"他低声叹息，"你不像我，是真的无路可去。如今只要你愿意伸出手去，这个天下都是你的。"

"呵，"她忍不住轻声地笑，"我不过是个女子，曾以为得一人之心便是全部奢望，从未觊觎过如此庞大的东西。"

古墓顶上的高窗里，有洁白的月光洒落。或许知道对方看不见，她才抬起头，趁着月光静静地看了他很久——帝都一别之后，他实在是消瘦得不成样子，风霜满面，再也不是以前那个俊秀如玉的贵公子模样。

"你真的瘦多了。"她轻声叹息，止不住地心酸。

他摇了摇头，眼睛已经看不见了，却依旧流露出淡淡的笑意，"但还活着，不是吗？"

"人生其实并不是在一个转身之间决定的……"殷夜来苦笑着摇头，"当年，我们走散了，曾经以为毕生永隔天涯——但不到最后一刻又有谁能知道结果呢？山不转水转，现在，我们还不是在这座古墓里又相聚了？"

他一时间也是心绪复杂，只觉这十几年分分合合的缘分，实在是难以言表。

殷夜来仰起头，看着古墓外沙漠上的那一轮月亮，轻轻叹了口气，"或许，这样的结局也不错吧？我们都是畸零漂泊了一生的人，在这个世间无处可去，不如就在这个古墓里和蓝狐为伴，打发余生。"

慕容隽微微一震：她这么说，是打算和他一起终老此处吗？相互照顾、相互扶持，直到他们两人都在这座古墓里化为白骨……或许，这样也不错吧？

他没有回答，空茫的眼睛盯着墓室顶，许久，忽然对着虚空笑了一声。

"怎么？"殷夜来愕然。

他笑着，摇了摇头，"打发余生？我不需要你可怜我，堇然。"

"别这么说！少游，你可不该是遇到一点挫折就如此自轻自贱的人。"她打断了他，微微蹙眉，"你如果这么不愿我照顾你，那么我另外找个去处就是——你何必这么贬低自己？"

"因为，余生，不是用来打发的。"慕容隽低声道，苦涩地笑了一笑，"而你，也不能随便这样就把我、把自己打发了……堇然，是你太看轻自己、太看轻我了。"

她忽然语塞，看着他的笑容，说不出话来。

"不说这个了，"仿佛也已经疲倦之极，慕容隽摇了摇头，低声，"先休息吧。"

她扶着他来到最深处的墓室里，躺在石床上休息。他闭上眼睛休息，她在一旁守着，生怕他又忽然发病，然而实在是身体虚弱，只是在黑暗里静默地待了半个时辰，眼睛便止不住地合起。

两个人一个靠着一个躺着，不知不觉渐渐睡去。

古墓黑暗，唯有月光如水，两个人的呼吸都清晰可闻。

"堇然……堇然。"极深的睡梦中，她依稀听到有人喃喃低语。

是少游的声音吗？他……是不是醒了？可是她困极了，睁不开眼睛。在半梦半醒的恍惚里，只觉得哀伤又温暖——在梦里，她站在对岸，和过去隔着宽广的河流，河流的另一边是一片大雾，只能影影绰绰看到日日的人和事。

梦境里，她看到了过去曾经出现过的一切：码头、跳板、商队、船只……少女时代的自己正牵着一个少年的手，在溪流的另一边玩耍嬉戏，银铃一样的笑声一直传到耳边。

她隔着时空望着另一个自己，感慨万千。多好啊……如果时间能永远停留在那一刻就好了。那是她一生中最花团锦簇、鲜妍美满的日子。

她站在河流的另一边，怔怔看了半天。忽然，她清清楚楚地看到前面的水面上起了一个巨大的漩涡，悄然无声地靠近这对无知无觉的少年情侣。

"小心！"那一刻，她忍不住脱口惊呼。

但是，那对少年根本听不到她在冥冥中的提醒和警示，还是沿着溪流往前，一步一步接近那个不断扩大的旋涡，欢天喜地，没有丝毫防备。

"小心！"她撕心裂肺地大喊，"少游……少游！"

她喊着他的名字，却无法渡过那条宽广的河流。她只能眼睁睁地看着洪流席卷而来，铺天盖地，眼睁睁地看着那对相爱的少年男女就此永远分离。

虽然噩梦连连，却怎么也醒不过来。这一觉睡得很沉，第二天醒来的时候已经是中午，太阳从天窗里直射进来，晒得人皮肤发烫。

然而，当她睁开眼时，对面的石床上却已经没有了人——这么一大早，难道少游已经起来了？他眼睛又看不见，起来这么早做什么？

"少游？"她站起身来，朝外走去，"你在哪里？"

她的声音在古墓里回荡，如同穿入的风。然而，却没有人回答。古墓不大，只是片刻便里外找了个遍，却一个人影都不见。殷夜来停下来微微喘了口气，只觉得自己的心一分分地沉了下去。

是的，少游不在了，他不在这座古墓里！他到底去了哪里？他还能去哪里？

他……会不会半夜病发，又做出了什么自残自伤的事情？

茫然无措之间，忽然，她感觉有什么东西拉了她的衣袂一下，低头看去，却是一只蓝狐。那通灵的小兽似乎知道她在寻找什么，叼着她的衣角，嘴里呜呜地叫着，拖着她往前走。她急急忙忙地跟着蓝狐往前走，一路上心怦怦跳，生怕自己被带着看到什么可怕的场景。

然而，蓝狐却将她带到了古墓外墙的那扇高窗下，然后一跃而上，在窗口上看了看她，又回头看了看窗外的沙漠，呜地叫了一声。

"什么？！"那一刻殷夜来明白过来，失声道，"他……他走了？"

蓝狐点头，呜呜叫了一声，一跃而下，朝外奔跑。她来不及多想，也吃力地攀上高窗，跳出了古墓。

外面已经是正午，烈日照耀在无边无际的大漠上，折射着刺眼的光，令重伤初愈的人有些目眩。殷夜来用手挡了一下眼睛，提起一口气，跟着蓝狐的足迹飞奔——少游去了哪里？一个双目已盲、身体又虚弱的人，独自离开古墓走入大漠，是想做什么？

蓝狐带着她一路往东北方而去，速度如电。

她撑着一口气，一路紧追，只希望能在他昏倒在大漠之前将他找到，不要让他独自死去，却浑然不知自己的身体也已经到达极限。

在烈日下狂奔了近一个时辰，殷夜来的速度开始慢了下来，脚步虚浮，摇摇欲坠——这么久以来，经过无数次伤痛，她的身体已经千疮百孔，虽然经过慕湮剑圣的救治，也并没有完全复原，此刻勉强追了这么久，已然是强弩之末。

她还是没有找到少游的踪影。他、他会不会已经迷路昏倒在大漠里了？

烈日似火，照得人目眩。殷夜来已经无力奔跑，但心下焦急，顾不上喘口气，继续往前一步一步地走去。酷烈的日头下，她的视觉开始模糊，脚步跟跄地在沙海里奔波着，忽然间膝盖一软，跌倒在灼热滚烫的沙子上。

不……不能就这样放弃！她如果不去找，少游就会死在大漠里！

然而，还没有挣扎站起，却听到前面的蓝狐发出了一声尖厉的警示。她吃力地抬起头，转眼耳边马蹄声嘚嘚，居然有一骑人马从远处飞驰而来，到了近处忽地散开，将她团团包围在了当中！

谁？是谁来了？她虚弱地抬起头，在热气升腾的大漠里，只模模糊糊地看到那是空桑的骑兵，个个黑衣黑马，似乎……似乎是哪里见过的装束。

天……忽然，她失声惊呼。

是的，她认出来了！这群人，是墨宸麾下的十二铁衣卫！墨宸最信任的心腹，怎么会忽然出现在了此处？

"是她吗？"领头的一个骑兵低头看着她，有些迟疑，"殷仙子？"

她沉默着别过脸去，没有回答。流离经年，昔日的倾国绝色已经憔悴不堪，半边脸已经毁容，另外半边也沾满了沙土，已经分辨不出她本来的容貌。

铁衣卫首领皱了皱眉，吩咐："把她扶上马带走。"

"是！"有一名铁衣卫跳下马来，把虚弱无力的她从大漠上抬起，扶上马背。她挣扎着，忽然出手将那个骑兵推了开去——然而她的手已经没有丝毫力气，那么一推，反而让自己又跌倒在了烈日狂沙之下。

"应该不是吧。"那个铁衣卫有些吃惊，"如果是殷仙子，又怎么会不肯回去见白帅？"

"不，她就是殷夜来。"忽然间，她听到有人开口，指认她。

那个声音令她全身一颤，抬起头来——少游！最后一匹马上坐着一个人，居然是少游！他……他怎么会在这里？为什么和这些人在一起？

【云荒】

羽
Yu

CANGQIONG
ZHIJIN

卷四

苍穹之烬

大结局

392

铁衣卫首领犹豫了一瞬，下令："无论是不是，先带回去给白帅看看！"

她被扶上了马背，和另一匹马上的慕容隽并肩而行。

少游……少游。她匍匐在马背上，微弱地喊着他的名字，用尽最后的力气探出手去拉住了他的衣袖，想要他说一句话——然而那个人始终没有回答。在她涣散的视线里，只看到他用空茫的眼神沉默地看着她，漆黑的眼睛似古墓里深不见底的古泉。

她恍惚地想，他是看不见自己的，那么，他在看什么呢？

他为什么独自离去？又为什么会忽然回到了这里？他带来了十二铁衣卫，是要把她交给墨宸吗？——她有那么多问题想问他，却连说出一个字的力气都没有了……就这样被十二铁骑簇拥着，朝着空寂大营的方向飞驰。

片刻后，空寂大营已经在望，猎猎飞舞的帅旗簇拥着居中的大帐。

"去吧，去空寂大营，回到那个人身边。"忽然间，她模糊看到他在一旁的马上低下头，在她耳边轻声道，"堇然，你应该有这样的人生……我也不需要你可怜。"

什么？！她几乎忍不住要喊起来了。她已经决定将自己埋葬，他为什么要竭尽最后一点力气，把她推到别人身边去？这是她的人生，不该由他来决定！

然而，奄奄一息的她却再也没有力气说出一句话。

"去吧，我知道你心里还是念着他的。你昏迷了那么久，日日夜夜都唤着他的名字……这一切，即便是你想骗过自己，我却都知道得清清楚楚。"他在她耳边轻声，一字一句地叮咛，"堇然，你不该把自己的一生埋葬在古墓里——即便你想如此，我也不允许。"

他的声音温柔而低沉，坚如磐石。那一瞬，她心中如沸。

"或许你最初跟了他，做他的杀手，做他的外室，是因为迫不得已。大概你内心也以为自己只是顺从命运，逢场作戏而已，并无太多真心。但到了后来，"说到这里，他停顿了一下，叹了口气，"到了后来，在那一场劫火之变里，你却在生死之间试炼出了自己真正的内心……你可以为他死，他也可以为你不顾一切。你们之间早就已经跨过了最初的障碍，彼此生死相许。"

"……"她说不出话，听着他嘴里说出自己的生平，只觉得恍惚如梦，却无可反驳。

"不要再欺骗自己了——堇然，人只活这一世。短短几十年，不要让自己留下遗憾，更不要眼睁睁地错过重逢的时机，变成我们如今这样。"

他低下头"看"着她，眼神空茫又深沉，蕴含着说不出的无数话语。他在她耳边轻声低语，手指最后一次轻抚过她的发丝，稳定而从容，然后不带一丝留恋地移开，"所以，回到他身边去吧！好好地过完这一生，享受这个世间的美好。除了古墓之外，你该拥有别样的人生。"

他握住马缰，转过了马头，忽然用力挥鞭，飞驰而去！

她微弱地张着嘴，想问他去哪里，然而枯涩的喉咙里一个字都发不出。少游……少游！你终究要彻底离去吗？

烈日下的大漠热气升腾，在模糊的视线里，她只看到他转身而去的背影，白衣飘飞如白鹤，在黄沙里渐渐湮没——她知道这可能就是他们这一生的最后一次相见，然而，竭力张开了口，却发不出声音，只能眼睁睁地看着他离开。

就如梦境里的一模一样。

——他们终究在命运的洪流之中，经历了第三次痛彻心扉的分离。

十二铁骑拥着昏迷的女子，一路飞驰，急冲进了空寂大营的中军帐。

"白帅！我们找到一个人！"铁衣卫的首领将殷夜来从马上横抱而下，送进了主帅所在的大帐，"带回来请您看看，是不是殷仙子。"

病弱的她被抱在铁甲战士的怀里，黑发如瀑散落，半边烧毁的脸露在外面，另一半脸上沾满了沙土——然而，中军帐里戎装军人只看得一眼，便变了脸色，霍然长身而起，一个箭步过来接住了昏迷的女子，"夜来！"

那一瞬，所有战士都听到了白帅发出的惊呼。

当西荒的战局崩溃时，在遥远的西海，一场惊变震动了整个沧流帝国。

新婚之夜，新郎望舒忽然昏厥，从此再也没有醒过来，新娘织莺哭得撕心裂肺，令所有人叹息无比。而更奇怪的是，当大家去请示元老院的时候，长老们居然也齐齐陷入了昏迷。一时间，整个空明岛陷入了空前的混乱。

元老院一夕间垮了，十巫之中，如今只剩下了一个巫真。而这个再度丧夫的女人悲痛得不能自已，不知道还能不能恢复理智。

然而，当沧流所有人都忐忑不安、各怀心思的时候，还穿着新婚嫁衣的巫真——织莺站了出来，在元老院召集了族里所有的长辈和校尉以上军衔的军人。

当所有人看到那个娇弱女子的瞬间，心里都震动了一下。

织莺脸色苍白，然而眼里闪烁着钢铁一样的光芒，竟然丝毫看不出软弱和悲痛。她只是静静坐在那里，看着所有前来的人，对如潮水一样涌来的慰问和同情淡淡以对，回答的时候言简意赅、谈吐从容。

在经受了那么深重的灾难性打击后还能如此，真是令人肃然起敬。

当所有人都到齐之后，织莺站起来，盈盈行了一个礼，一字一句地开口，声音在空旷的大厅内回荡，传入每个人的耳际——

"各位，织莺生来不幸，两嫁均落得如此结局，想来这是上天的意思，令我终生无家可依——如今，我的夫君已死，国家飘摇动荡，织莺在此立誓，此生将以沧流为夫，全心全意为守护家国，为族人奉献一切，永不再嫁！"

"如违此约，天地不容！"

女子声音虽不大，但每个字都落地有声，令所有惶惶不安的人们屏息。

"巫真！"短暂的沉默后，人群里爆发出了高呼。有人伸出了手臂，手心向下，是冰族里表达尊敬臣服的手势，大呼，"巫真！沧流的守护者！"

更多人伸出了手，掌心向下，向着她高呼。

一个月之言，有大军从东方归来，穿过万里迢迢的碧海，返回已经是一片废墟的棋盘洲。比翼鸟里走出筋疲力尽的羲铮少将，而在他身后，则是同样疲倦的战士，其中有牧原少将这样的精英，也有普通的校尉和下士。他们从云荒血战撤退，经过艰苦卓绝的万里路途才回到故乡，历经艰辛，十无一存。

而迎接他们的，是沧流帝国最高领袖，被称为守护者的巫真织莺。

"羲铮将军，"她在码头上迎接他的归来，淡淡的笑容里掩盖了太多苦涩沧桑，对他伸出手来，"帝国曾经有过谣言，说您是叛逃者，而如今，所有人都看到您是去支援我们在云荒的战士，并带着他们归来——今天，我代表元老院欢迎您。"

"织莺……"他喃喃，不知道该怎么面对自己曾经的妻子。

"不要叫我织莺，"她摇了摇头，语气平静而坚决，"那个叫作织莺的女子已经死了，如今活着的只是巫真——发誓此生将嫁给帝国的巫真！"

"……"他凝望着她，许久，才压低声音问，"那……望舒呢？"

织莺脸色微微一白，只是说了句"随我来"，便转过了身。

羲铮跟着她一路往前，走下了深深的地下军工坊——那原本是用来培养神之手的茧室，随着孩子们的离去变得空空荡荡。幽暗的房间中央有粼粼水光，却是一池碧水。巫真走过去，凝视着池水片刻，对他招了招手，"看吧。"

羲铮走过去，只看了一眼便怔住，失声道："望舒？！"

"是啊，"巫真的嘴角噙着一丝悲哀的笑，凝望着水底沉睡的少年，"你看，我把他送回了他来的地方，只是——"她抬起手，指了指水池周围的几具水晶棺，叹息，"只是元老院的诸位长老们，却再也无法醒来。"

每一具水晶棺里都躺着一个黑袍的长老，从首座长老巫咸到巫朗、巫姑、巫抵、巫礼……然而每一具栩栩如生的皮囊下，却都已经是冰冷的机械身躯。随着控制者望舒的沉睡，他们也恢复了无知无觉。

羲铮看着地底的这一切，不敢相信地喃喃："果然，整个元老院都变成了傀儡！"

"是，"巫真叹了口气，"幸亏你见机逃了出去。"

"……"羲铮说不出话来，看着面前纤弱秀丽的女子——他不敢想象这短短几个月来，她到底经历过怎样的绝望和悲痛。或许，整个帝国里，也只有他明白她内心对这个少年怀有怎样深挚的感情。

可是到了最后，她却亲手将望舒送回了水底，成为一具冰冷的机械。

巫真眼里含着泪，却微笑着，对着他伸出手去，"将军，如今元老院里的其他元老都不幸罹难了，您愿意成为元老院的新成员，以新晋十巫的身份协助我重振沧流吗？"

成为新的十巫？协助她重振沧流？

羲铮怔了一下，似乎觉得她的语气真诚而又疏远，虽站在面前，却似隔着千山万水伸过手来。然而他只是迟疑了那么一瞬，便立刻伸出手去，将那双手紧紧握住。

"是的，我愿意。"他看着她，眼神坚定，一字一句吐出承诺。

巫真望着他，微微而笑，眼里却有泪水渐渐涌现。她的笑容温暖，手指却冷得如同冰雪，缓缓抽出手来。

"谢谢你，羲铮将军。"

当她带着羲铮从地下军工坊里走出时，所有人都屏息等待着——当元老院被一扫而空之后，这对优秀的年轻男女是如今沧流仅剩的中流砥柱，百废待兴的帝国将由他们联手重新创建。

当站在所有人中间时，羲铮拉起了巫真的手，宣布："诸位见证，我羲铮愿意披上黑袍，成为元老院一员，和巫真大人并肩，以国为家，终以此生守护沧流！"

那一刻，整个空明岛如同春雷滚滚，宣告着一个崭新时代的开始。

[终曲]

　　白帝十九年七月三十日，空桑对冰族的战争彻底结束。

　　带领空桑扭转战局、取得胜利的元帅白墨宸率领大军班师回朝，于伽蓝白塔顶上的紫宸殿里接受了白族悦意女帝的禅让，正式即位为空桑新帝君。女帝退位，携夫君慕容逸回叶城，为镇国公夫人，受封赏无数。而其余六部藩王虽然心怀不满，却畏惧白帅的兵权不敢出言，只能保持缄默，各怀心思。

　　或许是为了给刚经历过战争的空桑百姓带来一些喜庆，扫去阴影，伽蓝帝都在新帝君登基时，举行了盛大的继位仪式。

　　仪式定在了十月十五日，海皇祭的日子。本来就是盛大的节日，又遇上了新帝君登基这样的大事，整个帝都的喜庆热闹更是十倍于往日。处处张灯结彩，宝马雕车香满路，街上满是出来看灯游玩的人，红男绿女，双双对对，嬉笑声不绝于耳。

　　"怎么一夜之间路边的树上都开出花来了？"一个少女在熙熙攘攘的大街上左顾右盼，看花了眼睛，"这都是什么花？我在南迦密林里都从来没见过！"

"傻瓜，那不是真的花，"旁边的一个青年男子回答，风帽下露出一缕深蓝色的长发，微笑着，"这些都是叶城的珠宝匠们用各种玉石一瓣一瓣雕刻出来的，花蕊里点缀着宝石，用珠光一映，就像是真的一样。"

"哇，真的，是用金丝穿起来的！"少女凑过去看了一眼，伸出手指拨了一拨，花蕊颤巍巍地摇动，"太美啦，每一片花瓣好像都会动！"

"喂，快滚开！这些东西只许看，不许碰！"旁边有巡逻看护的人一个箭步走过来，粗鲁地打开了她的手，大声呵斥，"这是流光玉雕的，弄坏了一个花瓣你们都赔不起！"

赔不起？琉璃吐了吐舌头，本来想反唇相讥，最后居然还是忍了，只是狠狠白了那个人一眼，拉着溯光转身就走。

"你的脾气收敛了许多啊。"溯光忍不住感叹。

"哼，何必和这些凡人一般见识！"琉璃撇了撇嘴，却抬起手，掂量着手里的一个荷包，"让他破点财也就算了。"

"你……"溯光不由得失笑，想起在大漠上第一次相遇——在那个时候，这个古灵精怪的小丫头也曾经试图偷过自己的辟天，差点被他下手打成重伤。

一想到这里，忽然觉得世事无常，宛如梦幻。

然而，琉璃并不知道那一瞬他心里转过了什么样的感慨，只是看着眼前盛大华美的景象，心满意足地叹了口气，喃喃道："我在天上被关了那么久禁闭，难得才回到地面上来，干吗为了一些小事坏了心情？何况我们马上就要离开云荒去海国啦。对了——"

她回过头，重新打量了他一下，"你……真的是海国的皇太子？"

"是，"溯光微笑点头，语气却低沉，"不过，我不想回去继承海国的王位。"

"为什么？"琉璃诧异。

"作为海皇的继承人，我本来应该守护龙冢，但我却撇下了自己的责任，擅自远游云荒。"溯光摇了摇头，"我不是一个合格的海国皇太子，所以，应该让更适合的人来继承这个王位——比如我弟弟溯源。"

"说得也是。你看你关心云荒比海国还多，"琉璃撇了撇嘴，语气并无太多挂怀，"其实王位真的没什么好，你看我在云浮城里当翼族的王，当得实在是太无趣了——你不想当就不当吧，也挺好。"

溯光看着这个少女，想知道她这番话是不是为了安慰自己。然而她眼里的神色坦然轻松，对那样重要的得失居然毫不挂怀——或许，这些在九天上飞翔的种族，心灵和身体是一样轻盈无挂碍的吧？

他笑了起来，带着她在锦绣灿烂的帝都穿行，享受着这一刻人世的繁华。

"哎呀，你看，放烟火了！开始放烟火了！"忽然间她停住了脚步，拉住他的袖子指着天上某一处叫了起来——她手指指着伽蓝白塔。围绕着塔基，皇宫里正在放御制的烟火。这种皇家特制的烟火一年也才放一次，比民间烟火富丽堂皇许多。

随着震耳欲聋的响声，一簇簇的烟火从夜空里升起，在头顶散开，笼罩整个帝都。

"看啊……那是星星的碎屑！"琉璃看着落下来的烟火，六种颜色的灰烬从天而落，如同宝石一样撒向大地，令她不由得惊喜万分，"不知道今晚会不会放'六星邀月'，如果能找到一枚金币就好了！"

她在万人之中抬头仰望，眼里映着明灭璀璨的烟火，清澈如水。

月亮很圆，却在很远的地方——远到她无法抵达。月下，那些在半空中散开又落下的烟火纷纷扬扬，如同一场巨大的流星雨，将整个帝都里抬头仰望的人群笼罩。那一刻，琉璃眼里的光芒暗淡了一下，忽然叹了口气。

溯光皱了皱眉头，"怎么，忽然不开心？"

"这些落下来的烟火，是不是很像通天木上的'仲夏之雪'？"琉璃黯然，将视线从烟火上转开——烟火年年都会有，然而故乡已毁，密林之中的"仲夏之雪"已成绝响，无论多少载也无法重现。

那一刻，溯光的眼神也微微一黯，只觉得心口有细微的刺痛。

"我的故乡有一种花，开在云端，凋落在风里，一生永不落地。"北越郡那场大雪之后，紫烟曾经慵懒地梳头，第一次对他提起这个名字，"短暂得就像是仲夏的雪一样……如果有一天你看到了它，会觉得自己做了一场梦。"

是做了一场梦吗？

他还记得一百多年前和她相遇的刹那，还记得那片密林里发生的惊心动魄的往事，还记得那些纷扬如雪而落的细小白色花朵……然而，那个随着明珠的碎裂而翩然离开他的影子，却已然如同幻梦般消失在轮回里。

"百炼钢尚有片片粉碎之时，回忆也当有终结之日。"黯月之下，那个消逝的影子对他说，"我将去往新的轮回，把你忘记——也请你把我忘记。"

紫烟……紫烟，我永远不会把你忘记。

但是，我会如你所说，继续往前走下去，好好地过完这一生。

"走，我们去买点东西，"耳边传来琉璃的声音，毕竟开朗年轻，黯然的神色只持续了片刻便一扫而空，挽着他的手往前走去，"快看，那边有一排摊子！"

溯光微微苦笑，顺从地被她拉着往前走去。

自从迦楼罗金翅鸟坠毁于九天之后，他先跟着琉璃回了一趟帕孟高原上的铜宫，见到了如今卡洛蒙家族的临时当家人翡丽长公主——琉璃把父亲和母亲在南迦密林的死讯告诉了姑姑，却隐瞒了自己的真正身份，也隐瞒了溯光的身份。

当她和养育自己的族人告别之后，便一身轻松地准备和他浪迹天涯。

"哎呀，你来看！"琉璃在一个摊子前停下，看着上面琳琅满目的小东西——有东泽出产的织品刺绣、西荒的奶酪糕点，也有来自于中州的精美陶瓷。她眼睛放光，每一样都拿起来不肯放下，到最后挑了满满一大包，然后为了一两个铜子的差价和小贩磨了半个时辰。

溯光在旁边看着，没有催促她，眼神安静而宽容。

当琉璃心满意足地拦腰砍了一半价格，买下了一大包东西后，眼睛一转，忽然又皱起了眉头，转过头问："你说，我去海国，该带什么东西去见你父皇呢？——这些小东西我打算用来送你的一些普通朋友，可不能送尊贵的海皇大人。"

溯光不由得愕然，"原来你是为了我买的这些？"

"是啊，我还从没见过你的族人呢……心里好紧张。"琉璃脸红了一下，有些忐忑地盯着自己的脚尖，"万一……万一他们不喜欢我，怎么办？你们鲛人都是海里来的，会觉得我们翼族是异类吗？他们……他们会不会反对？"

他看着她认真的模样，不由得微笑，"如果父皇反对，你准备怎么办？"

"那还能怎么办？我就只能低三下四苦苦哀求他老人家啦。"琉璃嘟囔着，悻悻然，"如果这样他们还是不答应，那就只能……"

"只能怎样？"溯光有心逗她。

"那就只能抢亲了！"琉璃忽然扑哧一声笑了出来，一把抓住了他的手，拖着往前就走，"干脆一把将你扛上肩膀，飞回云浮城成亲！翼族可不是任人欺负的，你们家那些虾兵蟹将还能追上来不成？"

溯光放声大笑，那一刻只觉得满心欢愉，将片刻前的黯然都冲散了。

她拉着他在夜市里四处转，然而心心念念的还是不忘给他的父亲准备见面礼。溯光终于忍不住叹了口气，劝她："宫里什么都有，不用买了——而且等我们回去，估计我父亲也不再是海皇了，不必如此拘礼。"

"啊？"琉璃愕然抬起头，"为什么？"

"前些日子我在青水畔，接到了文瑶鱼传来的讯息，龙神已经在从极冰渊的龙冢里诞生了，"溯光语气平静，眼神也没有什么变化，"因为我远游在外，守护在龙神身边的只有暗鳕——而她，擅自把初生的龙神带到了我弟弟溯源的面前。"

"哦？"琉璃没有明白，"然后呢？"

"龙神只和它睁开眼看到的第一个人达成契约，承认他为海皇。"溯光淡淡道，语气平静，"万古以来都是如此——所以，每当遇到龙神转世之时，海国的皇太子必须要在龙冢守护，以确保龙神醒来的第一刻不会落到别人手中。"

琉璃啊了一声，醒悟过来，有些愤怒，"这么说来，他们是谋夺了你的王位吗？"

"也不是，"溯光摇了摇头，苦笑，"应该说，是我擅离职守才导致了被剥夺头衔。"

"说得也是，"琉璃想了想，点头，"那……我们还去把它抢回来吗？"

"当然不。"溯光摇头，"暗鳕恋慕溯源，为了他守在极寒之地上百年，才等到了龙神转生这个机会。我说过了，溯源比我更适合当海皇——我这样习惯了四处漂泊的人，也不想被海皇的位置禁锢在宫殿里。"

"既然你也不想去抢回来，那就算了。"琉璃伸出手，将手里看中的一个水晶风铃放回原处，撇嘴，"如果是溯源当了海皇，我才不给他带什么礼物！"

"溯源和暗鳕都不是坏人。"溯光替他们分辩，"他们比我更适合主宰海国。"

"哼，但他们抢你的东西！"琉璃哼了一声，抬起手挽着他的手臂走入熙熙攘攘的夜市，歪着头，想了半天，"你说，你父亲是海皇，肯定天上地下啥珍宝都看过，我该送一些什么才能让他觉得我不是个没见识的乡下丫头呢？"

溯光没想到她还是满脑子想着这个，不由苦笑，"你是来自九天的独一无二的翼族，他们怎么会觉得你是个乡下丫头？"

"翼族？啊，对了！"琉璃忽然失声，"我想到了！"

不等溯光问她，她抖了抖肩膀，唰的一声，巨大的羽翼忽然从她肩后倏地展开！金色的羽翼映照着满市的璀璨灯火，折射出万道光芒，令周围的人齐齐发出了一声惊呼。

"你看，你看，这才是独一无二的！"琉璃欢呼，伸出手，啪的一声在自己的翅尖上拔了一根最长的羽毛出来，在溯光面前挥舞，"我用这个给你父皇织一条围脖好不好？他就算是富有四海的海皇，也肯定没有用翼族金羽织成的围脖吧？"

"……"溯光看着这个笑得见牙不见眼的小丫头，半晌说不出话来，叹了口气，"快把你的翅膀收起来！这么炫耀，想被抓吗？"

他一把拉住了她，迅速穿过围观的人群，试图离开。

然而夜市上的人们已经被惊动，潮水一般涌了过来，把这个长着翅膀的少女围了里三层外三层，还有空桑的巡逻队伍也从远处赶了过来，想知道刚才发生了什么事。琉璃心下一急，再也顾不得什么，翅膀一振，拉着溯光倏地从人群中飞起，穿过五颜六色的花灯，消失在了漫天烟火的黑夜里。

"看啊！那儿有个长着金色翅膀会飞的小姑娘！"

"不会吧？那不是一道烟火流星吗？"

圆月之下，这也是云荒大地上的人们最后一次看到翼族的出现——那之后，这一存在于传说之中的种族就如同杳然飞去的黄鹤，彻底地消失在了历史里，再也不曾被看到。

从此后，海阔凭鱼跃，天高任鸟飞。

当云荒的心脏上一片欢腾时，在大地的最西方，风沙呼啸，冷月高悬，寂无人声。在一座荒山上，有一个僧侣双手合十，迎着风，低低诵着经文。

他面朝着东方，然而眼睛却是空茫的，漆黑如深潭。

第一百遍的经文终于念完，万鬼噬身之痛也暂时平息。慕容隽放下了手掌，轻轻舒了一口气，手指里握着沙星祭司留在这里的珠串。

这些日子以来，只有在这座千佛窟里，凭着法器日夜诵经，身体内的痛苦才会稍微得到缓解，而一旦停下，昔日的罪业造成的苦楚就会立刻出现，无法抵挡——那被他所杀的十万亡魂铸成了一座牢笼，把他困在了空寂之山，他将以毕生来赎罪。

这里，就是他在这个世上的唯一可容身之处。

在离开镇国公府的时候，他曾和慕容逸立下了一个秘密的约定：兄弟两人各自选择一条路，一人投奔沧流，另一人效忠空桑，彼此都要全力以赴。这样，无论哪一方取得了最后胜利，慕容氏乃至中州人，都总归会有一条活路。

如今，他失败了，他的兄长赢了。

慕容隽在冷月下，迎风微微而笑——他知道，自己与这个尘世的缘分，已经永远结束了。从此后，他将永远留在这座空寂之山的千佛窟里，为以往的罪业赎罪。世上再也没有慕少游或者慕容隽，有的，只是一个寂寂无名的苦行僧。

"此生的苦，你才尝过十之一二，便说自己心灰如死——不知日后更大苦难到来时，你将何以承受。"当年，那个和尚大笑着，拍着他的肩膀，"怯懦小子，如此脆弱，还不如跟了我出家去吧！斩断一切恩怨，闯出这十丈软红，自证自存，明心见性。你命中注定不是这红尘中人，迟早要随我走出三界之外的。"

"择日不如撞日，就在今日吧！"

当时，他几乎就跟那个和尚走了，最后母亲以死相逼，硬生生拦下了他。就是这么一阻，他又在红尘里多辗转了十几年，受尽了诸般磨难苦楚。如今，家族平安度过了风波，慕容氏永镇叶城。而自己，也终于卸下了所有重担，回到了原来的地方，三千烦恼丝落尽，缁衣芒鞋，青灯古佛度此余生。

在这座空寂之山，将所有埋葬。

原来，果然是命中注定。这十几年来的坎坷流离，就如同一个圆，从终点又回到了起点，终于令他明白佛家所谓的因果和无常。

慕容隽在千佛窟前沉思往事，而在他身后，一群蓝狐静静地围着他。其中一个小心翼翼地挨过来，用毛茸茸的身体蹭了蹭他的脚踝，发出了轻微的呜呜声。天地寂寥，连风也冷了，唯有这小兽是温暖的，眼神澄澈晶莹。

千年之前，它们也曾这样陪伴古墓里那个孤独的女子吗？

"呵……"丰神俊秀的贵公子化身成为风骨清朗的僧侣，在千佛窟前回身，于冷月下合掌，无声微笑，对着天地作最后的告别——董然，我与这个世间的尘缘已断，平生再无其他奢望，唯愿你此生平安喜乐，享有这天地间最美好的一切。

——哪怕是在另一个人身旁度过。

此生已矣，但愿来生再见。

同样的一轮圆月之下，在镜湖的彼端，万丈高的伽蓝白塔的顶上，听着脚下万民的欢呼，空桑的新帝君脱下外袍裹在犹自虚弱的女子身上——自从在大漠里找回了殷夜来之后，他对她万分呵护，如珠如宝，然而，她的神色却始终郁郁，再未见笑颜，这令已经权倾天下的云荒主宰者暗自沮丧。

要怎样开解她，才能令她明白，即便是绝代容颜被摧毁，即便是旷世剑技已失去，无论她变成了什么模样，在他眼里，她永远都是停留在最美的那一刻——就如昔日在帝都那一场烈火中的诀别时，一模一样。

她没有死在他看不见的地方，她还活着，这已经足够。

"你快看。"

白墨宸拉着她，忽然指向了天空。

"看什么？"她愕然，然而，耳边随即就是一震，暗夜里有一点流星，迅疾地从大地上升起，冲向夜空，忽然散开，化为烟雨，当头落下！

"烟花！"殷夜来失声惊呼，看着一朵朵烟火在头顶绽放，散开，落下，缤纷明灭，如同最璀璨宏大的流星雨，美得令人窒息。

她定定地看着，一时间神为之一夺。

"美吗？这些烟花只是为你一个人绽放的。"空桑新帝君的声音低沉温柔，如同此刻拂过耳畔的风，"我记得你以前在叶城时，最爱看海皇祭时的烟火大会，可是人太多，经常挤不进去。如今你可以尽情看个够了——在最高处，谁也不能阻挡我们的视线。"

"……"殷夜来没有说话，沉默地看着天和地。

是啊，现在，她可以俯瞰整个云荒了——但在这片黑暗的大地上，她却永远也看不到少游在哪里。他把自己送到了这里，无人可及的万丈高空之上、君临天下的帝王身边，自己却隐身于黑夜，再也不见踪影。

她在璀璨的流星雨里凝视着大地，眼神微微变幻，似悲似喜。

她的半边脸在大火之中焚毁了，如今让大内巧匠用一个金丝的假面盖了起来，只露出剪水双瞳，让另外半边脸在月下显得尤为神秘。

"夜来，你看，"白墨宸指着天上的烟火，又指了指大地上的万家灯火，"这天，这地，都在眼中；而你，在我身旁——人生至此，夫复何求？"

殷夜来还是没有说话，视线却随着他的左手而移动。

他的左手还有着一道剑伤，上面疤痕犹在。那枚双翼戒指在他手指间闪耀，如同坠落的星辰——这是传说中象征着皇权的皇天神戒，九百年来从未有藩王能够戴上过。如今，他成为了皇天的主人，拥她在怀，指点江山，睥睨天下。

然而，这种狂傲霸气的神色，却是她所熟悉的那个沉默内敛的男人所不曾有过的。

"你的左手……"她看着他，终于说出了藏在心底的疑问，"不是在大火中被斩断了吗？为何如今却变得完整无缺？这……"

是的，从未听说过白骨还能复生，断臂还能再续，他又如何能做到？

听到怀里女子的问话，白墨宸一震，指点江山的手僵在了半空。许久，他开口了，声音一扫之前的喜悦和温柔，变得冷淡，"你想说什么？"

她也横了一条心，转过头，直直地凝视着他的双眸，"我想问的是，这些日子以来，你到底经历过什么？你……是不是有很多事情瞒着我？墨宸，我认识了你十一年，可是，我从未觉得你有现在这一刻的陌生。"

"怎么了？"他皱着眉，看着她，"我对你不好吗？坚信你并没有死，用尽全力找到你，把你带回帝都，册封你为我的皇后——我把能给的所有一切都给了你。"

"是的，你对我很好。"她叹息，"甚至比以前更好。"

"那，我有做过什么不可饶恕的事情吗？"他又问。

她想了想，最终还是摇了摇头，"没有。你驱逐了冰夷，安定了云荒，做的件件都是为国为民的大好事。"

"那你为什么还忧虑？"白墨宸微笑了起来，抬起手将她揽入怀中，"夜来，别以为我当了空桑的帝君之后就会变。变的只是身份和地位，不是内心——无论怎样，我对你，永远一如昔年在大火之中那一刻。"

大火之中。她忽地微微一震。

是的，她永远无法忘记那一刻他的表情，如此绝望愤怒，孤注一掷，几乎可以用所有来换取她即将逝去的生命——而如今，经历过那么多的苦难和挫折，他们终究还是相聚在一起，并没有让那场大火把所有的缘分燃烧殆尽。

这是多大的侥幸，她有何德何能，能令上天如此厚待？

她终于不再多问，低下头去，将头轻轻靠在了他的肩膀上，闭上了眼睛。那一时，天地都寂静了，耳畔只有天风吹拂，温柔而静谧。

"夜来，你知道吗？如今我只有你了……"云荒的新帝君忽然再度抱紧了她，用力得似乎要把她揉进身体，声音颤抖，"在这个天地之间，我已经失去了所有亲人，只剩下你了！"

殷夜来将头靠在他的肩膀上，只觉心中剧痛。

是的，在这一轮死而复生之后，人事全非，家人皆亡，连少游也放弃了她——在这个世界上，她何尝不是也只剩下了他？

"听！"忽然间，她听到白墨宸在耳边说，"夜来，你听见了吗？"

他们两个人并肩站在飞鸟难上的凌云绝顶，俯视着万仞之下的黑暗中的大地，天风在耳边吹拂，带来了下面百姓的欢呼笑语，还隐隐约约伴随着一种奇特的声音——绵延不断，一声叠着一声，不是来自某一处，似乎从四面一起涌来。

"那是潮汐的声音吗？"殷夜来猛然醒悟，失声。

"是啊……那是海皇苏摩千里跋涉而来的声音。"白墨宸从背后拥抱着她，站在白塔绝顶，闭上眼睛倾听着来自于下界的各种声音，"'每一年的今日，我都将返回云荒来寻找你'——夜来，你听到了吗？"

潮涌声响彻天地，她默默点头，思绪万千。

"你看，千年之前，海皇无法和所爱的女子在一起，光华皇帝也不能——而千年之后，我们却可以并肩在这里看着云荒……"他用带着皇天的手握住她纤细的手指，在她脸颊边低语，"你，觉得开心吗？"

她闭上眼睛，轻轻点了点头。

是的，他们，比史册上那些神话般的英雄都幸运，怎能再说什么不满足？

"你以后可以永远都开心，也应该永远都开心。"白墨宸仿佛许诺似的，握紧了她的手，"夜来，你为我吃了那么多苦，我将倾尽天下来回报你。"

"倾尽天下？"她却忽地笑了一笑，不知道触动了什么回忆，低声道，"墨宸，你知道我人生里最开心的一刻是什么时候吗？"

他微微皱起了眉头，"什么时候？"

"我觉得最开心的那一刻，就是你带我去八井巷，吃母亲做的那一碗面的时候——"她顿了顿，声音忽然有了微微的哽咽，"可惜，如今就算倾尽天下，也不能让那一刻重来一次。"

白墨宸猛地一震，默然无语。

黑夜里，钢铁般的男人低下了头，眼里居然隐然有泪——是的，他和他的家人都已经死了。合家团聚、其乐融融的那一刻，再也无法重来。

殷夜来轻声叹息："我不是故意要扫你的兴，墨宸。只是，让我开心用不着那么费力的，我不希望你为此刻意去做什么。"

"是吗？可是你说得晚了，我还是做了。"白墨宸苦笑着，站起了身，拉着她来到了女墙上，指着某一处，"看，这是你最爱的'六星邀月'——我特意让司礼监做了一百发，让你一次看个够。你不会笑话我吧？"

"六星邀月？"殷夜来愕然，却止不住地欢喜，"真的吗？"

话音未落，只听耳边一声呼啸，一点小小的暗红色从脚下升起，如同一支箭呼啸着穿上云霄，直到白塔绝顶，然后砰然绽放，化成赤白玄青蓝紫，象征着空桑六部的六种颜色，转眼间，那六种颜色又分别散开，一变二，二变四，纵横交错，幻化成更多的颜色——如同六朵巨大的莲花在空中绽放，簇拥着明月，幻化多变，缤纷灿烂。

大地之上传来如潮的欢呼，一层一层直达白塔之上。

"喜欢吗？"白墨宸低声问，看着她的表情，带着一些没有把握的忐忑。

——堂堂的空桑帝君、云荒之主，居然会用这种神色和语气小心翼翼地讨好一个风尘出身的毁容女子，只怕看到的所有人都会为之哑然。

殷夜来仰起头，定定地看着不可描述的美丽景象，眼里忽然盈满了泪水——是的，造化是如此神奇，天地间的种种大美，人们穷尽一生都未必能看得完。少游给了她重新站在这里的机会，而墨宸将陪着她一直走下去，命运对她，又是何等仁慈？

如果还要求其他，是不是算永无餍足？

"喜欢。"她低声回答，伸出手静静与他相握。

朗月下，只见那烟火一朵一朵绽放，每变换完六次形状之后收束起来，如同一朵凋零的花向着大地飘落，余烬拖着各种暗暗的光，如同流星消散在风里。

在一百朵里，间或会有一两朵坠落到地面，冷却凝固后成为金色的小颗粒，被云荒的百姓称为"从星星上落下来的金币"。在民间，能捡到金币是幸运的象征，甚至还可以凭着这个去帝都领取一枚真的金铢作为奖赏。

当初在叶城，每次烟火大会上放出"六星邀月"时，她都要拼命地挤进人群，试图捡到一枚金币，然而尽管有一身功夫，还是无法争过那些愚夫愚妇，被推搡挤出人群，结果总是扫兴地空手而归。

而现在，因为白塔离天最近，很多余烬落下时犹自明亮，几乎每一颗都化成了金币。

殷夜来伸出手，轻而易举地抓住了一片紫色的灰烬。这种烟火的火焰是冷的，并不灼烧肌肤。她看着它在手指间倏地燃烧，变成一朵小小的莲花，然后凝固成金色的颗粒，她忍不住笑了，举起给他，"看……我抓到了！我抓到金币了！"

"让我看看。"他笑着握住她的手，却没有去看她手心里小小的金币，忍不住低下头，轻轻吻了吻她的手指。

她轻轻低呼了一声，下意识地抽回手指，脸颊微微有红晕。

空桑的新帝王站在白塔绝顶，看着自己所爱的女子绽放出了长久未见的笑靥，在缤纷而落的烟火里抬头看天，手心里握满了落下的各色美丽金币，不由得心中也充满了欢悦和满足——在帝都那一场大火之后，他几乎认为此生都不会再有这样的一刻了。

是啊……就算是为了换取眼前这一刻，付出一切又算什么呢？

一百朵"六星邀月"在头顶依次绽放，无数金币从天空撒落，笼罩着白塔顶上的这对恋人。殷夜来伸出手，抓住了许多各种颜色的灰烬，发出了轻轻的笑声。那一刻，白墨宸心中忽然柔软起来，只觉得眼前这一切无比美好，几乎可以永恒。

左手的皇天戒指微微灼热，有一种力量在心里渐渐汹涌而起，推动着他的血脉加速奔流。白墨宸看着这天地间繁华盛大的景象，忽然脱口而出——

"且让那些人度过最后一个狂欢之夜吧。"

"今晚，宴会结束之后，我已经埋伏了骁骑军在帝都官道两侧，等六王一告退离开，就立刻将其劫走囚禁——然后，我要打开神庙的门，击碎那誓碑！"

他指着这天地，说出惊心动魄的话，令身侧的女子都变了脸色。

"墨宸！你……你这是要做什么？"殷夜来愕然。

"我要当皇帝。"他冷冷地回答。

"可你已经是皇帝了！"她不解，"你还要更多？"

"我不稀罕这只有一年任期的帝位，当我是什么？临时充数的？"他冷笑着，扬起眉看着苍穹，一字一句，"那些藩王，庸庸碌碌，怎么配拥有这天下！如果不是我，这一次冰夷入侵，空桑已经亡国了！"

"九百年了，这'六王轮政'的制度也该在我手里结束了！等国内动荡平息了，再出兵西海，把冰夷彻底灭了。说不定连碧落海也可以一并纳入版图……"

他说到这里，抬起手，用右手按住了左手上不由自主微微发亮的皇天戒，那一刻，他觉得身体里似乎有一个声音在耳语，重复着这些话，令他心潮汹涌不可抑制。

"……"殷夜来看着身侧的他，敬慕却也带着隐忧，低声叹息，"废黜六王？你怎么又要去做那么危险的事情……我如今剑术全失，万一遇到什么情况，只怕……只怕没办法帮上你了。"

"不要担心，夜来。"白墨宸摇头，斩钉截铁，"我早就不是昔日的我了——这一次，我绝不会让你有丝毫不安。你什么都不用担心，只管享受这现在吧！"

烟花缤纷而落，璀璨如雨。忽然间，夜空里掠过一道亮光，又有一枚东西坠入了殷夜来的掌心。她低头看了一眼，忍不住惊呼起来："墨宸，墨宸！你快看！"

"又捡到金币了？"他微笑着走过去，忽然间怔住——不是金币。落在殷夜来手掌心的，赫然是一枚银色的戒指！

"这……"只看得一眼，镇定如他，也忍不住失声，"这是从哪里来的？"

"我也不知道。"殷夜来喃喃，茫然地抬头看着夜空，"好像是那个'六星邀月'绽放的时候，从天上忽然掉下来的！我以为是金币，就接了一下，没想到居然是……"

白墨宸拉起她的手，放在自己的手心对比。

两只几乎一模一样的戒指，银色的，展开的双翼，托起一粒璀璨的蓝色宝石，在烟火明灭中折射出耀眼的光，一只在他的左手，一只在她的右手心。

他的声音忍不住有些发颤，"这……这是传说中的后土神戒！"

"什么？！"殷夜来也吃了一惊，想要拿起来细看。然而手指刚一动，那枚戒指仿佛活了一样，忽然自动跃起，在半空中一个轻灵转折，不偏不倚地落下，正正套上了她的右手中指！

"这……"殷夜来下意识地想去摘下那枚戒指，然而后土仿佛生了根一样套在她的手上，怎么也无法取下。白墨宸伸出手去抓住她的手，想帮她的忙——然而，那一刻，他只觉得左手猛然灼热。

皇天戒指在靠近后土的刹那，发出了巨大的共鸣！

那一瞬，在激烈的鸣动里，两枚戒指上的银色双翼齐齐展开，发出耀眼的光，如同日月同辉，照亮了整个天宇！

"天啊！那是什么？"大地上的人们正在抬头看着烟火，忽然看到伽蓝白塔顶上出现了一道明亮至极的光芒，一纵一横呈十字形，如同闪电割裂黑夜，不由得失声惊呼。

——那道耀眼的光芒中，整个云荒的人们都看到空桑新帝君牵着一个女子的手站在白塔顶上，并肩而立，两人的手里同时闪现出闪电一样的光，照彻六合。

太像了……太像了！

那一刻，所有看到的人都想起了上古传说中缔造云荒的魔君神后，以及开创空桑王朝的星尊大帝和白薇皇后。

　　　九嶷漫起冥灵的雾气

　　　苍龙拉动白玉的战车

　　　神鸟的双翅披着霞光

　　　从天飞舞而降的高冠长铗的帝君

　　　将云荒大地从晨曦中唤醒

　　　六合间响起了六个声音

暗夜的羽翼

赤色的飞鸟

紫色的光芒照耀之下

青之原野和蓝之湖水

站在白塔顶端的帝君

将六合之王的祈颂——聆听

——天佑空桑，国祚绵长

　　适时地，塔下不远处的紫宸殿里传来悠扬的祝颂声。那是大内的乐官和伶人在庆祝新帝君登基，齐声歌唱上古流传的雅歌，声音柔和清越，随风直上九霄。

　　在盛大的光芒里，白墨宸握住了殷夜来的手，只觉得这对戒指交错互放出的光亮如同旭日，将两人的过去未来照得一片通透——站在白塔顶上，他握着身边女子的手，感受到左手的灼热，不由得微微地笑了，如释重负。

　　是啊，那个蛰伏在他身体里的东西，应该很愤怒吧？

　　后土神戒从天而降，选择了夜来——就如同那个奇特的魔物选择了他一样。从此后，她将成为他的枷锁，肩负起守护的力量，遏制他的膨胀和野心。魔君神后，就如同昔年的白薇皇后遏制着星尊大帝一样。

　　他们两个人将相互依存、相互牵制，直到生命的最后一息。

　　轮回之中，原来早已将一切都丝丝入扣地安排好，只等他们来承受属于自己的命运。

　　"为什么……后土会选择我？"殷夜来低头看着手指上的戒指，迷惑不解。

　　因为只有你才配得上它，因为当我入魔时，只有你能杀得了我——白墨宸笑了，却只是握住她的手，将这对神戒并在一起，低声道："因为后土注定和皇天在一起，就如你注定要和我在一起一样。"

　　他低下头，将誓言印在她的额头上：

　　"夜来吾后，我们将共同拥有这个天下，直到百年。"

这样一个欢腾喧嚣的夜晚，在千百万人的仰望中，伽蓝帝都美得如同琉璃世界。

浩瀚的镜湖如同一面巨大的镜子，映照着玉盘之上的帝都，以及璀璨华美的烟火。那些烟火一簇簇地绽放，在欢呼声里散开、坠落，摇曳的灰烬如同流星一样坠入湖水。

六合八荒，有多少人在月下抬头相望，却远隔天涯。

空桑的人们在狂欢，在战乱后庆祝着胜利，夜不能寐；西海上，重建家园的人们睡在了废墟的月光里，心里却怀着对明日的期许；而在白塔之上，九天更高之处，那座空城在月下随风飘游，蕴灵池里有金色的卵悄悄孵化，那是一族复兴的潜因……

在月光的照耀之下，无数事情在悄然发生、变化、终结。

这些隐藏的引线，在九百年前就已经埋下，千丝万缕将这片大地导向了如今的结果。而在如今，又埋下了更多的"因"，冥冥中预示着未来的"果"。——这些庞大而缜密的丝线在月下交错，相互牵扯，编织成了一张巨大的网，没有一个人能够逃脱。

或许，能看到这一切的，唯有亘古沉默的天与地。

当烟火燃尽的时候，大地重新沉寂下去。朗月下，只见星垂四野，涛声入梦。皎洁的月光映照着银白色的海潮，一波一波地涌向云荒，轻柔地拍打着陆地，无休无止，如同千年之前那一颗深眷的不死之心，虽历经沧桑流转，却依旧不曾停止思念。

人所留在这世上、可以不灭的，大概也只有这些了吧？

镜湖暗了下来，仿佛大地上凝视着苍穹的那只眼睛默默合上，静静睡了过去。

唯有伽蓝白塔高耸入云，俯瞰着全境。

这座历经了无数沧桑的塔，如同云荒那颗伤痕累累却依旧跳跃着的心脏。

万古之前，星尊大帝和白薇皇后曾在这里并肩眺望天下；千年之前，光华皇帝真岚曾在这里登上帝位，无声目送着太子妃白璎的离开；而如今，新的帝君和他的皇后又站在了这里，戴着皇天后土的双手紧紧相握。

唯有神魔不灭，日月更替。

　　自光华皇帝开盛世以来，云荒承平数百载。然六十年一度，劫数轮转。幽寰重影，亡者归来；破军焕日，魔尊出世——时有浩浩之劫，滔滔之血，非扼守命轮不得以解其厄。

　　幸三界有精英辈出，负剑而来，于暗影中诛魔卫道，纵横万里，上下千年。百兽拜麒麟为帝，百鸟以凤凰为王。白鹤上舞于九霄，蛟龙腾跃于七海，又有孔雀明王，食污秽，净邪魔，随同众星之主，共守命轮。

　　天官湛深曾曰：九百年后，世当有王者兴，更有大难起。

　　皇天后土，终归聚首。云荒六合，天下归一。

——《六合书·天官》

羽落云中

By 沧月

在写完《镜》的七年之后，我终于又写完了《羽》。

这又是一场漫长的跋涉。继《镜》系列之后，这一部《羽》是我所写的第二部百万字小说，估计，也是最后一部系列长篇。

如果说，当初书写《镜》系列的时候，我年轻的心中充满了澎湃的热情和憧憬，而写完《羽》之后，心中留下的只有巨大的空洞和无尽的释然——就好像释放完了所有在心中呼啸的情绪，整个心里一下子就空空荡荡了；又好像走了很久很久的路，终于抵达了终点，就想扑倒在地上再不动弹。

仔细想想，或许，这真的是因为我不再年轻了吧？

从第一次提笔写出"云荒"两个字到现在，不知不觉，已经过去了快十年。外界生活天翻地覆，同龄人早已为人妻为人母，而我却固执地躲在自己构筑的虚幻世界里不肯出来，继续做着少时的白日梦——这个梦做得太长，长到横亘了我整个青春年华，长到青丝中暗生华发。

梦里不知身是客，醒来时却已经薄暮。时光如流而过，窗外蝉鸣如旧。只是，我已不再是那个二十岁出头的懵懂孩子。

但老去的好处，却是让笔触变得温和慈悲，再也不像当年那么虐身虐心，以"后妈"自居。在《羽》里的每一个人物，我都尽我所能地给了他们最好的结局——虽然不能让每一个读者都皆大欢喜如愿以偿，但总的来说，还是很温暖的吧?

从"为赋新词强说愁"到叹一声"天凉好个秋"之间，已经过去了那么久。

而随之改变的，除了情怀之外，还有坑品——我原本是一个（或者说自以为是一个）勤勉靠谱的作者，但自从《忘川》坑了之后，又在《羽》系列里掉了链子，在第三卷《黯月之翼》出版后，用了整整一年多才写完了这最后一卷。在此向在深深的坑里等待了多时的诸位，表示深深的歉意。同时，也感谢多年读者成闺蜜的风筝同学在大洋彼岸替我试阅《羽》4，修正了很多Bug，提出了许多建议。这个如今已经是美国名校计算机教授的MM，从《破军》开始和我结缘，差不多已经相伴十年。

一路走来，磕磕绊绊，自知有诸多不足，谢谢读者们一直包容我，等待我，陪伴我，一如最初。而我也珍惜这种隔着薄薄的纸张的相遇——人生漫长，际遇不同，或许我们一生都不会见面，但却曾经在这些故事里相互致意，会心一笑。

——这种相遇，岂不是更加美好而纯粹?

这些年来，走过很多路，经历过很多事，遇到过晴天也遇到过坎坷，有人粉，有人黑，获得过赞誉，也被人诋毁……而所有这一切，无论好或不好，都令我的人生变得完满丰富，百态纷呈。当几十年后逐渐老去时，会成为生命里明暗交错、斑驳遥远的记忆。

写完《羽》之后，我会接着填《忘川》，等写完了这一部，也算是填完了所有应该完成的坑，再无牵挂。然后，请允许我进入漫长的休眠期——不再以"织梦者"自诩，安安心心地做一个普通人，随心所欲地生活和书写，进入人生的另一个阶段。

到时候，就让我们相望于江湖，或，相忘于江湖。

2013 年7月15日

图书在版编目（CIP）数据

羽·苍穹之烬 / 沧月著. — 长春：时代文艺出版
社, 2013.8
ISBN 978-7-5387-4313-5

Ⅰ.①羽… Ⅱ.①沧… Ⅲ.①长篇小说—中国—当代
Ⅳ.①I247.5

中国版本图书馆CIP数据核字(2013)第216151号

出 品 人　陈　琛
产品总监　郭力家
责任编辑　王默涵

羽·苍穹之烬

沧月　著

出版发行/时代文艺出版社

地址/长春市泰来街1825号　时代文艺出版社　邮编/130011

总编办/0431-86012927　发行科/0431-86012939

网址/www.shidaichina.com

印刷/北京慧美印刷有限公司

开本/635毫米×965毫米　1/16　字数/387千字　印张/26.5

版次/2013年10月第1版　印次/2013年10月第1次印刷　定价/32.80元